이별 대행 에이전시

안네 헤르츠 지음

김진아 옮김

문학세계사

옮긴이 · 김진아
1973년 전주 출생.
숙명여자대학교 교육학 전공.
독일 베를린 자유대학교 연극학, 교육학 석사.
독일 두이스부르크-에센 대학교 교육학 강사 역임.
현재 전문 번역가로 활동 중.
번역한 책으로는『습지대』『서울의 잠 못 이루는 밤』등이 있음.

이별 대행 에이전시
안네 헤르츠 지음

•

초판 1쇄 발행일 2009년 12월 15일

•

옮긴이 · 김진아
펴낸이 · 김종해
펴낸곳 · 문학세계사

•

서울시 마포구 신수동 345-5(121-110)
대표전화 · 702-1800 팩시밀리 · 702-0084
mail@msp21.co.kr www.msp21.co.kr
출판등록 · 제21-108호(1979.5.16)

값 13,000원

ISBN 978-89-7075-483-3 03850
ⓒ 문학세계사, 2009

Trostpflaster

Anne Hertz

사랑이 대답이라면, 그 질문 다시 한 번 해주시겠어요?

―― 릴리 톰린 (미국 배우)

1장

"우와! 신부다, 신부!"

"와, 진짜 예쁘다!"

햇살에 초록이 눈부신 여름날, 교회 정문 앞에서 초등학생 서넛이 힘차게 손을 흔든다. 하필이면 드레스 자락과 바닥까지 닿는 면사포, 삼중 속 치마를 끌어안고 화려한 리무진 뒷좌석에서 최대한 우아하게 빠져나오려고 발버둥치고 있는 중이다. 그래도 공주님처럼 우아하게 손을 흔들 수 있는 기회를 놓칠 수는 없다. 기분 짱인데! 마치 세인트 폴 성당 앞에 도착한 다이애나 세자비가 된 기분이다!

그동안 내 베스트프렌드이자 결혼 입회인인 카티야가 차에서 내려 나를 도우러 온다. 마침내 내가 일어설 수 있게 되자 그녀는 내 드레스와 면사포의 주름을 펴고 옷매무새를 바로잡아준다. 그리고 풍성하게 틀어 올린 신부 머리를 한 번 더 체크한 뒤 손에 부케를 쥐어 준다. 부케는 새틴과 오간자(＊흔히 노방이라고 부르는 직물의 한 종류) 소재로 된 내 환상의 드레스에 맞춰 흰색과 크림색의 장미로 만들었다.

카티야는 나를 살짝 포옹하더니, 내 오른쪽 어깨 뒤로 침 뱉는 흉내를 낸다.

"퉤, 퉤, 퉤— 행복하게 잘 살아라!"

카티야 옆으로 아빠가 와서 선다. 짙은 색 양복에 나비넥타이를 맨 상당히 멋진 모습이다. 아빠는 나보다 더 긴장한 듯 보이지만, 내게 힘내라고 윙크를 해준다. "자, 공주님?" 아빠의 목소리는 살짝 떨리기까지 한다. 그러나 곧 헛기침을 한번 하고 가슴을 쭉 내밀며 말한다. "자, 이제 전쟁 터로 들어가 볼까!"

아빠의 팔짱을 끼고 교회 정문을 향해 걸어간다. 이제 진짜 하는 거다!

교회 안으로 들어서자 실내의 어둠에 익숙해지는 데 잠시 시간이 걸린 다. 어둠이 눈에 익자 하객들이 두 줄로 앉아 있는 것이 보인다. 왼쪽에는 여자들이, 오른쪽에는 남자들이 앉아 있다. 엄마는 이모 옆에 서 있는데, 벌써 손수건을 꺼내 들고 있다. 우리 집안 여자들은 일찌감치 눈물바람을 시작한 모양이다. 할머니도 손수건을 찾는지 급히 가방을 뒤지고 있다.

내가 손수 기용한 실내 관현악단이 연주하는 파헬벨의 '캐논'에 맞춰 나는 아빠와 함께 천천히 그리고 우아하게 중앙 복도를 따라 걸어 내려간 다. 속으로 곡조를 흥얼거리며 사뿐사뿐 걸음을 옮긴다. 라-라-라-라.

바로 이거야. 내가 상상했던 그대로다. 바로 이렇게만 계속하면 돼.

제단 앞에서는 목사가 파울과 함께 우리를 기다리고 있다. 내 미래의 남편은 정말 끝내주게 멋진 모습이다. 조끼에 받쳐 입은 우아한 연회색 상의는 파울의 몸매를 더욱 돋보이게 한다. 꼭 결혼예복 카탈로그에서 튀 어나온 것만 같다. 내 남자라고 너무 자랑하는 것처럼 들릴지도 모르겠 다. 하지만 진짜 멋진 걸 어떡해! 파울의 금발은 오늘 행사에 맞게 아주 차 분하게 뒤로 빗어 넘겨져 있다. 머리를 막 흐트러뜨리고 싶은 것을 꾹 참 는다. 오늘 하루 종일 참아야 한다. 파울의 커다란 밤색 눈이 나를 바라본 다. 내가 마침내 그 옆에 나란히 서자 그는 내 귀에 대고 속삭인다. "자기 정말 예뻐. 난 진짜 운 좋은 놈이야!" 심장이 콩닥콩닥 뛴다. 고대하고 고 대하던 순간이 마침내 온 것이다.

하객들이 모두 자리에 앉고, 우리도 제단 앞에 준비된, 벨벳이 씌워진 루이 15세 스타일의 의자에 앉는다. 한 여자 가수가 이층에 올라가 모차 르트의 〈라우다테 도미눔〉(*모짜르트의 저녁기도 중 다섯 번째 곡)을 부르기 시작한다. 맑고 청아한 목소리가 교회 가득 울려 퍼지자 코끝이 찡해지면서 눈물이 나오려고 한다. 워터 프루프 화장품을 선택하길 정말 잘했다.

장미꽃으로 장식된 의자에 나란히 앉아 있는 동안 파울은 여러 번 내 손을 지그시 잡는다. 내가 얼마나 긴장하고 있는지 알아챈 것이다. 이런 파울 덕분에 다소 긴장이 풀린 상태로 제단 앞에 선다.

목사는 단 하나의 질문을 던질 것이다. 그러나 중요한 질문이다.

"파울 에발트 마이스너, 주께서 허락하신 율리아 마리 린덴탈을 비가 오나 눈이 오나, 죽음이 너희를 갈라놓을 때까지 아내로서 사랑하고 존중하며 주께서 내린 계명과 계약에 따라 결혼생활을 할 것을 맹세하겠습니까? 그렇게 하겠다면 '예, 주의 도우심으로'라고 대답하십시오."

파울은 내 눈을 그윽하게 바라보더니 숨을 크게 한 번 들이마시고 목사를 향해 분명하고 큰 소리로 대답한다. "예, 주의 도우심으로."

목사는 이제 나에게 묻는다.

"율리아 마리 린덴탈, 도대체 언제 회의실로 올 겁니까?"

나는 내 귀를 의심한다.

뭐라고요?

"이봐요, 린덴탈 씨, 회의실로 오라는 말 못 들었어요? 다 모였는데 혼자만 빠졌잖아요!" 나는 멍한 눈으로 목사를 쳐다본다. 목사도 나를 쳐다본다. "린덴탈 씨, 어디 아파요?"

"어어, 저기, 그게…… 아뇨, 아니에요. 안 아파요." 목사가 왜 이렇게 낯이 익은지 이제야 알겠다. 우리 과장님이기 때문이다. 허버트 테쉬너! 지금 내가 있는 곳이 장크트 거트루드 교회의 혼인 제단 앞이 아니라 피델리아 보험사 건물 5층 경리과의 내 책상 앞이라는 것을 감안하면 이상할 것도 없다. 한 십오 분 정도 눈을 뜬 채 꿈을 꾸고 있었던 모양이다. 테쉬너 과장이 내 앞에 버티고 서서 아주 화난 얼굴로 노려보고 있는 걸 보니 말이다.

백일몽에 취해서 오늘로 예정된 기업 총회를 깜빡 잊고 있었던 것이다.

어쩌다 이런 일이! 으, 창피해!

오늘 회의는 벌써 며칠 전부터 우리 과 사람들 입에 부지런히 오르내리는 핫 이슈였다. 중앙관리본부의 전 직원이 참석해야 한다는 엄명이 떨어졌다. 구조조정설, 정리해고설, 해체설까지 나돌아 과의 분위기는 뒤숭숭했다. 하필이면 이 회의를 잊어버렸단 말인가? 테쉬너 과장이 저렇게 화를 낼 만도 하다. 회사의 높은 사람들이 오기 때문에 우리 과장님도 좀 좋은 인상을 남기고 싶었을 텐데.

"에에, 예, 가야죠, 막 가려고 하고 있었어요!" 벌떡 일어나서 다이어리를 집으려다가 슬그머니 도로 놓는다. 다이어리 밑에 있던 《마이 웨딩저널》 신간호의 귀퉁이가 드러난 까닭이다. 지금 과장님이 이걸 보면 날 쏴 죽이고 싶어할 것이다.

테쉬너 과장과 나는 말없이 회의실을 향해 바쁜 걸음을 옮긴다. 이런 상황에서 스몰토크는 시도하지 않는 편이 신상에 좋을 것 같다. 테쉬너 과장은 힘차게 문을 열더니ー 당연히 내게는 눈길 한 번 주지 않고ー 다른 과장들이 앉아 있는 앞줄로 가 헤닝 쉬만 재무이사 옆에 앉는다. 나는 되도록 눈에 안 띄게 한참 뒤로 가서 우리 과 직원들 사이에 앉을 생각이다. 그러나 여기서 '눈에 안 띈다는 것'은 아주 확장 가능한 개념이다. 혼자 십 분이나 늦게 오고, 게다가 과장한테 끌려오기까지 했으니 눈에 안 띌 수가 없다.

"자, 이제 한 사람도 빠짐없이 다 온 겁니까?" 이렇게 말하면서 쉬만 이사는 너무도 티나게 내 쪽을 쳐다본다. 쥐구멍아 나타나라, 좀 숨자! 없던 쥐구멍이 갑자기 나타날 리 없다. 앞줄에 앉은 세 개의 머리통이 내 쪽을 돌아보며 멍청하게 히죽거린다. 고맙다, 동료들아. 애틋한 동료애에 눈물이 다 난다!

쉬만의 연설이 이어진다. "여러분도 이미 들어서 아시겠지만, 우리 피델리아 보험은 몇 달째 어려운 고비를 맞고 있습니다. 우리 회사의 경쟁 기업들은, 특히 펀드형 리스터 연금(*도입 당시 노동부 장관의 이름을 딴 독일의 추가연금)의 경우 분야에 따라서는 20% 이상의 성장률을 보인 데 반해, 정작 이 분야의 개척자였던 우리 회사는 오히려 성장이 퇴조하는 양상을 보여 왔습니다." 쉬만 이사는 심각한 표정으로 좌중을 둘러본다. "다른 보험 분야도 상태가 좋은 편이 아닙니다. 게다가 뮌헨의 시쿠렌차 보험 인수 건도 기대에 훨씬 못 미치는 결과를 가져왔어요." 피델리아 보험의 상태가 얼마나 안 좋은지 차근차근 설명하는 그의 목소리가 조용한 회의실에 공명을 일으키며 퍼져나간다. 왠지 느낌이 좋지 않다. 저 앞에 서 있는 우리 물주의 오늘 연설은 '얘들아, 안됐지만 올해는 성탄절 보너스가 없단다' 정도로 끝날 것 같지가 않다. 의자 위에서 불안하게 몸을 뒤척이는 모양을 보니 다른 사람들도 나와 똑같은 생각인 것 같다. 운명적 연상 작용이라고나 할까. 지금 이 상황은 완전히 죽을 쑨 시험답안지를 나눠주기 직전, 수학 선생님이 잠시 경고 연설을 할 때의 그 짧고도 불길한 순간을 연상시킨다.

"한마디로 말하면, 사태가 심각합니다. 아주 심각합니다. 그래서 지난 몇 주 동안 우리 경영진과 함께 사태 분석을 하셨고, 또 앞으로 어떻게 이 위기를 헤쳐 나가야 할지 우리에게 전망을 제시해주실 분을 오늘 이 자리에 모시고자 합니다." 쉬만 이사는 비서에게 고갯짓으로 신호를 한다. "미스 슐테, 헤커 씨를 안으로 모셔요."

잠시 후, 소위 우리의 구원자가 입장하더니 당당한 포즈로 우리 앞에 떡 버티고 선다. 이 남자를 두 단어로 설명하라면? 미끈한 꽃미남.

나는 원래 첫인상으로 사람을 판단하는 사람이 아니다. 보통은 그 사람의 숨겨진 장점을 먼저 찾으려고 노력한다. 하지만 지금 우리 앞에 서 있는 이 헤커라는 이름의 남자는, 삼십대 중반에서 후반, 디자이너 옷감에 휩싸인 근육질 몸매, 젤을 발라 뒤로 넘긴 숱 많은 검은 머리, 거기다 자신감 넘치는 제스처를 날리는 이 카리스마 헤커는 내 원칙에는 어긋나지만 당장 꽃미남 범주에 넣지 않을 수가 없다.

그러나 내 옆 짝꿍을 보니, 세상에는 나와 다른 원칙을 가진 사람도 많다는 것을 새삼 확인하게 된다. 나의 친애하는 동료 도린 크뤼거는 거의 애끓는 눈빛으로—앗, 지금 보니 그는 양복 안에 핑크빛 와이셔츠를 입고 있다. 와우!—그를 바라보고 있다. "우리 회사에도 드디어 얼짱이 하나 생겼네." 도린은 내게 몸을 기울이며 속삭인다.

"완전 자아도취형인데?" 나는 작은 목소리로 빠르게 대꾸한다.

"자신감 있고 좋지, 뭐." 도린은 이렇게 받아치고는 다시 남자에게 사모의 눈길을 던지기 시작한다. 애교스럽게 머리카락을 쓸어 넘기고, 입술을 내밀어 섹시한 척하는 도린의 모습은 거의 민망할 지경이다. 나는 지금 한 여자가 암컷으로 변하는 장면을 목도하고 있다. 하긴, 도린은 원래부터 모든 남자를 볼 때 자기 파트너로 적합한지부터 살피기 때문에 그렇게 이상할 것도 없다. 나는 다행히 그럴 필요가 없다. 파울과 사귄 지도 오래되었고, 우리는 내년 여름에 결혼할 예정이기 때문이다. 그래서 다른 남자들은, 배에 왕(王)자가 새겨지든 간(干)자가 새겨지든, 내 관심의 대상이 아니다.

파울 생각에 어느새 또 생각이 삼천포로 빠진 나는 머릿속에서 오늘 오전에 만든 리스트를 떠올리고 있다. 인터넷에서 꽤 괜찮은 웨딩플랜 양식을 발견했는데, 당연히 바로 다운받았다.

〈신부를 위한 웨딩 캘린더〉

12개월 전 :
결혼 날짜를 정하고, 시청의 호적계 혹은 교회에 예약하라. 결혼 입회인을 정하는 것도 잊지 말아야 한다.

이건 당연히 벌써 해치웠다. 우리는 시청에 8월 4일에 가기로 했다. 다음 주에 시청에 전화해서 꼭 예약해야지! 교회 결혼식은 8월 5일이다. 장크트 거트루드 교회에는 이미 예약이 되어 있다. 입회인은 사실 몇 년 전부터 정해진 상태다. 내 입회인은 말할 것도 없이 카티야, 파울은 얀.

결혼식에 쓸 비용을 정하고, 초대 손님 명단을 만들어라.

이것도 이미 자세하게 생각해 두었다. 중동 협상을 할 때 이렇지 않을까 싶다. 하인리히 삼촌을 초대하면 잉에 이모도 초대를 해야 한다. 잉에 이모는 분명히 오트마 이모부를 데려오려고 할 것이다. 그건 괜찮다. 이모부는 분위기 메이커니까. 특히 이모부 동생인 헬무트랑 같이 술 한 잔 걸치면 환상의 콤비 탄생이다. 문제는 헬무트와 하인리히 삼촌이 앙숙지간이라는 사실…… 에이, 괜히 길게 생각할 필요 없다. 예상 가능한 불미스러운 일이나 갈등 상황 등을 모두 감안해서 결혼식 전야 파티에는 딱 백 명만 부르고, 시청 갈 때는 삼십 명, 교회 결혼식과 피로연에는 백이십 명을 초대하는 것이 좋겠다. 좀 많은가? 어쨌든 비용은 25000유로를 넘으면 안 된다.

슬슬 파티와 결혼 피로연 장소를 물색하라.

파울에게 처음으로 결혼식 비용 얘기를 꺼냈을 때, 파울은 약간 핏기가 가신 얼굴로 레니에 3세(*모나코의 왕자)와 그라시아 파트리시아(*레니에 3세와 결혼한 뒤 얻은 그레이스 켈리의 새 이름)의 결혼식을 따라 할 생각이냐고 물었다. 그러나 그 다음에 내가 결혼 피로연은 꼭 바케니츠 성에서 하고 싶다고 말하자 파울은 그저 껄껄 웃으며 나를 꼭 안아주었다.

아, 바케니츠 성 얘기를 하니까 생각났다. 거기 다시 연락해서 연회장 대여료가 얼마인지 물어봐야 한다.

약혼반지를 둘러보라.

오홋! 이건 이미 옛날 옛적에 끝냈다.

전문적인 웨딩플래너를 기용할 것인지 결정하라.

네버 네버! 일을 알아서 다 해주니까 편하기는 하지만, 그 비용은 낼 수도 없고 내기도 싫다. 25000유로― 현실적인 것만 생각해도 이 비용은 든다. 그 중 상당 부분은 이미 저축해 두었다. 매달 월급에서 몇백 유로씩 떼어서 따로 챙겨 두었다. 정말이지 쉬운 일은 아니었다. 하지만 기다리는 기쁨과 분명한 목표가 있는 사람에게 해외여행이나 쇼핑트립이 뭐 그리 중요하단 말인가? 게다가 우리 부모님도, 파울의 부모님도 생일이나 크리스마스 때에 항상 현금으로 선물을 주신다. 이렇게 해서 생긴 돈도 물론 모두 결혼 통장에 넣어 놨다. 이제 부족한 돈은 단돈 오천 유로다. 이 돈은 내년까지 모으면 된다. 그래도 안 되면 엄마, 아빠, 할머니, 할아버지, 그밖의 맘 좋은 후원자들한테 열심히 수금 다니면 된다.

이렇게 많은 돈을 하루에—좋다, 시청 혼인식과 전야 파티까지 해서 사흘에 걸쳐—쓴다는 것은 사실 내 생각에도 엄청나다. 하지만 이왕 하는 건데 폼나게 해야지! 철든 이후로 나는 결혼식 날만을 꿈꾸며 살았다고 해도 과언이 아니다. 아마 세상 모든 여자들의 마음 속에는 자신의 결혼식에 대한 꿈이 있을 것이다. 즉, 자신의 결혼식을 최대한 멋지게 치르고 싶은 욕심은 여자라면 누구나 가지는, 지극히 정상적인 욕심이다. 웨딩드레스 값만 해도 상당히 나갈 것이다. 이제까지 본 것 중 내 마음에 들었던 것은 가장 싼 것이 이천 유로였다. 하지만 그런 환상의 웨딩드레스를 입고 교회의 중앙 복도를 걸어 들어갈 내 모습을 상상하면…… 그날의 완벽한 연출을 위해 38사이즈(*정장 치수 55 내지 66에 해당한다)를 입을 수 있도록 내년 여름까지 5킬로그램을 뺄 작정이다. 나처럼 먹는 걸 좋아하는 사람한테는 정말 고역이다. 하지만 난 내가 어떻게 보이고 싶은지 정확히 알고 있다. 여기에 환상적인 드레스와 로맨틱한 올린 머리는 필수다. 그래서 일 년 전부터는 머리도 기르고 있다. 카티야의 미용실에서 시험 삼아 머리를 올려본 적도 있다. 그리고 재미로 면사포 대신 크리넥스 티슈로 장식을 했다. 그렇게만 해도 완전 멋졌다. 약간 니콜 키드먼 같다고나 할까. 그래, 난 빨간 머리가 아니라 금발이다. 눈도 파란색이 아니라 밤색이다. 그리고 여기서 오 킬로그램을 더 뺐다고 해도 니콜 키드먼보다 두 배는 더 나갈 것이다. 그래도 175센티미터에 풍성한 곱슬머리를 자랑하는 나다. 물론 니콜 키드먼 같은 '쏘핫'은 아니다. 뚱뚱한 니콜 키드먼 정도나 되려나. 하지만 일단 내 웨딩드레스를 입고 중앙 복도를 걸어가는 날이면…… 나는 가슴이 벅차올라 크게 숨을 들이마신다. 그러나 동시에 도린이 팔꿈치로 내 옆구리를 강타하는 바람에 현실로 돌아온다.

"쉿." 도린이 속삭인다.

"왜 그래?" 나는 놀라서 되묻는다.

"너, 콧노래 불렀어."

"콧노래?" 나는 기겁해서 손으로 입을 막는다. 으, 창피! 율리아, 정신 좀 차려! 마음 속으로 스스로를 질책한다. 그리고 회의실에서 벌어지고 있는 일에 정신을 돌린다.

"여기 계시는 시몬 헤커 씨는 저명한 기업자문회사인 '포세이돈 컨설팅'의 컨설턴트입니다. 더 이상의 소개는 필요 없을 줄 압니다." 쉬만 이사는 그 꽃미남을 소개하며 자랑스럽다는 듯 그의 어깨까지 두드린다.

나는 도린에게 몸을 기울이고 말한다. "아, 그 포세이돈 지옥!" 도린이 웃는다. 그런데 어찌 된 일인지 웃고 있는 사람이 도린 말고도 여럿이다. 우리 회사 회의실의 어쿠스틱이 이렇게 좋은 줄 미처 몰랐다. 게다가 하필이면 내 농담이 발설된 타이밍이 십 분 내내 쉬지 않고 떠들던 쉬만 이사가 잠시 말을 멈춘 순간과 맞아떨어졌다. 재수 옴 붙었다. 모두 내 농담을 들었다. 거짓말 안 하고 이 회의실에 있는 사람 모두 다 들었다. 쉬만 이사는 회의실 가운데에 난 복도를 따라 내가 앉아 있는 줄까지 걸어오는 수고를 아끼지 않는다.

"미스, 음…… 이름이 뭐였죠?"

쉬만 이사는 큰 목소리로 나를 제압한다.

"린덴탈입니다." 나는 기어들어가는 목소리로 겨우 대답한다.

"린덴탈 씨, 좋아요. 이렇게 심각한 상황에서도 유머를 잃지 않는 것은 높이 평가할 만한 자질입니다. 물론 상황을 가릴 줄 아는 판단 능력이 우선돼야 하겠지만요. 그런데 당신, 방금 지각해서 우리 모두를 기다리게 한 장본인 아닙니까?" 당연히 내 대답을 바라고 한 질문은 아니다. 대신에 그는 나의 특수한 경우를 두고 하는 말임이 분명한 일반적 직장윤리에 대해 일장연설을 늘어놓기 시작한다. 정말 재수 옴 붙은 날이다! 더 이상의 최악은 있을 수 없다. 우리 과장은 눈빛으로 나를 살해하려고 시도 중이다. 꽃미남은 웃음을 참느라 무진 애를 쓰고 있다. 웃음 때문에 어깨를 들썩이며 중앙에 설치된 책상으로 가더니 된장남들이 들고 다니는 소형 노트북을 비머(*빔 프로젝터)에 연결하고 있다. 쉬만 이사의 연설이 끝나자마자 꽃미남은 말을 시작한다.

"중요한 얘기는 이미 쉬만 이사님께서 좀 전의…… 중단 사태 전에 다 말씀하신 것 같습니다. 들으신 대로 지난 몇 주 동안 우리는 경영진과 함께 상세한 토의를 거쳤고 상황을 분석했습니다. 여기 제가 준비한 자료가 있습니다." 헤커는 먼저 자아도취적 제스처로 머리칼을 한번 쓸어 올린 후 노트북의 터치스크린을 클릭한다. 비머는 곧 우리 회사의 조직도를 벽에 비춘다. 예쁜 파랑색 동그라미는 함부르크의 피델리아이고, 초록색은 뮌헨의 시쿠렌차다. 동그라미들 속에는 각 부서를 나타내는 다양한 색깔의 네모들이 들어 있다.

"현 상황은 이미 숙지하시는 바와 같고, 새로운 것은 시쿠렌차 인수 뒤에 생긴 뮌헨 지사인데, 이 회사가 헐값과는 아주 거리가 멀었습니다. 그래서 현재 명백하게 합의된 우리의 목표는 하루라도 빨리 알오아이를 실행해야 한다는 것입니다."

아마 맨 앞줄에 앉은 사람들도 나처럼 멍한 표정을 짓고 있었던 모양이다. 너희들이 얼마나 무식한지 좀 보라는 듯 일부러 발음을 굴리며 하는 미스터 슈퍼 비즈니스맨의 말을 들어보라: "ROI. Return on investment. 상환이라고도 하죠. 돈맥경화가 풀리는 지점이라고나 할까요." 이렇게 말하며 그는 자신의 엄청나게 재치 있는 설명에 스스로 만족하여 입이 찢어져라 웃는다. 헉! 그동안 왜 맥킨지(*글로벌 경영 컨설팅 기업으로 전 세계적으로 7500명의 컨설턴트를 두고 있다)맨이나 그밖의 컨설턴트 나부랭이들이 준 것 없이 그렇게 미웠는지 이제 알 것 같다.

"여러 옵션을 재고한 결과, 저는 조직을 완전히 재정비하는 안을 내놓았고 경영진은 제안을 받아들였습니다. 새 조직 편성은 다음 화면에서 보실 수 있습니다."

클릭! 새 조직도가 나타난다. 언뜻 보면 앞서의 것과 그리 달라 보이지 않지만, 왠지 모든 것이 약간씩 오른쪽, 왼쪽, 위, 아래로 치우쳐 있다. 도린은 크게 안도의 한숨을 내쉬더니 다시 헤커를 향한 미소 작전에 돌입한다. 가만, 뭔가 이상한데…… 다시 자세히 살펴보니, 아까는 예쁜 파랑색의 함부르크 동그라미 속에 들어 있던 경리과를 표시하는 오렌지색 네모가 사라졌다. 우리 과다! 정확히 말하면 경리과 외에도 함부르크의 네모들이 몇 개 더 사라졌다.

"저기, 뭐가 하나 빠진 것 같은데요!"라고 말하는 내 목소리에 나는 흠칫 놀란다. 쉬만 이사는 즉시 린덴탈 씨, 이번엔 또 뭡니까? 라고 말하는 듯한 경고성의 눈길을 보낸다. 그러나 어쩌랴, 아마 내 무의식은, 어차피 오늘은 점수 따기는 글렀으니 말이나 속 시원히 하자는 쪽으로 결정을 내린 것 같다.

"질문 있으면 얼마든지 하십시오." 헤커는 친절하게 나의 다음 말을 유도한다.

"저기, 피델리아의 경리과가 없어졌는데요." 내가 설명한다.

헤커는 내 쪽으로 몇 걸음 다가오더니 진지한 비즈니스맨 표정을 짓고 말한다. "맞습니다. 지금 막 그 얘기를 하려던 참이었습니다." 그는 초조한 듯 손바닥을 비빈다. "이미 발견하신 것처럼 새 그림에는 함부르크에 경리과가 없습니다. 하지만 실수로 빠뜨린 것은 아닙니다."

갑자기 무릎에 힘이 빠진다. 아까 한 말 정정한다. 더 이상의 최악은 있을 수 있다!

헤커는 계속 지껄인다. "시너지의 최적 활용은 두 지사의 중추적 서비스 분야를 통합시킬 때에만 가능합니다. 그래서 인사, 감독, 그리고 방금 말한 회계 분야를 한 곳에 집중시킨 것입니다. 뮌헨으로요." 이 말을 하면서 그는 안됐다는 표정을 지어 보인다. 내가 절대 믿지 못할 것이 있다면 바로 저 표정이다. 이 작자는 평생을 살아도 감정의 감(感)자도 이해 못할 인간이다!

나는 벌떡 일어나 사람들의 머리 위로 그의 눈을 똑바로 쳐다본다. "하지만 어떻게…… 설마 진담은 아니겠죠?"

"미안하지만 진담입니다. 인터넷 앤 시오(Internet&Co.) 시대에는 한 기업에 회계부서가 두 개나 있어야 할 이유가 없습니다. 지사의 소재지는 몇만 리가 떨어져 있든 전혀 상관이 없죠. 게다가 함부르크와 뮌헨은 같은 시간대에 있어 밤낮이 바뀔 일도 없지 않습니까? 쉽게 말하면, 함부르크와 달리 뮌헨에는 시쿠렌차의 종합관리본부가 있습니다. 함부르크에서는 회사 건물이 세를 들어 있지만, 뮌헨에는 공간이 남아돕니다. 그래서 뮌헨으로 결정된 것입니다."

다른 사람들도 이제 헤커가 우리에게 무슨 청천벽력 같은 말을 하고 있는지 알아챈 것 같다. 테쉬너 과장은 너무 놀라서 입을 반쯤 벌리고 있고, 도린은 어느새 라마즈 호흡법으로 넘어가 있다. 5년째 내 앞 책상에서 일하고 있는 오십대 중반의 맘씨 좋은 아줌마, 베아테 한젠은 벌써부터 울음을 참느라 애쓰는 흔적이 역력하다. 손을 들고 질문하는 목소리도 한참 가라앉아 있다. "그러니까 우리 회사를 쑥대밭으로 만들겠다는 말이에요? 그럼, 그 다음 차례는 우리 모두 실직당하는 거예요?" 여기저기서 웅성거리는 소리가 나기 시작한다. "맞아요, 그 말이 아니면 뭐겠어!" 하고 누군가 흥분해서 외치자, 회의실은 금세 시장 바닥으로 변한다: "도대체 무슨 소리예요?", "둘러대지만 말고 쉬운 말로 해봐요!", "어떻게 그럴 수가 있어요, 말도 안 돼요!", "우리도 가만히 당하고만 있지는 않을 거요!"

시몬 헤커에게는 무슨 보호막이라도 쳐져 있는지, 마치 뜨거운 테플론 프라이팬에 버터가 미끄러지듯 이 모든 아우성이 그 앞에서는 자동 차단돼 미끄러져 내리는 것 같다. 헤커는 어떤 동요의 흔적도 없이 손을 들어 진정하라는 제스처를 취한다. "자, 자, 흥분하지 마십시오. 쑥대밭을 만들어요? 이건 과장이 심해도 너무 심했습니다. 사실은 정반대입니다. 제가 여기 온 건 피델리아에 더 큰 불상사가 생기는 것을 막기 위해서입니다!"

나는 농번기에 새참도 못 얻어먹고 일하는 소처럼 거센 콧김을 내뿜으며 항의한다: "흥, 불상사를 막아요? 그럼 당신이 우리 구원자라도 된다는 거예요? 이거, 사람 무시하지 말아요. 경영자들이 자기 입으로 직접 말하기 싫으니까 당신을 대신 내세운 거잖아요! 그리고 다음 주엔 우리들 우편함에 해고 통지서가 들어 있겠죠!"

"아니, 저기, 린덴탈 씨! 이름 린덴탈 맞죠? 갑자기 여기서 해고 얘기가 왜 나옵니까? 당연히 여기 계시는 분들 모두, 한 분도 빠짐없이 뮌헨으로 옮길 수 있는 기회가 주어집니다. 드렉셀 인사과장님이 며칠 후에 해당되는 분들과 면담을 하실 겁니다. 이사하시는 분들의 편의를 위해서 이미 리로케이션 서비스(*전근자를 대상으로 실시하는 생활관련 종합 서비스)까지 다 위탁이 돼 있는 상태입니다." 헤커는 이제 자신의 매력을 동원해 사람들의 마음을 사려는 듯 사람 좋아 보이는 미소를 날린다. "부탁드립니다. 이 제안을 기회로, 아니, 더 나은 출발을 위한 대안으로 생각해 주십시오."

"하지만 뮌헨이라면, 거긴…… 너무……" 나는 말을 더듬는다.

"린덴탈 씨, 뮌헨도 살기 좋습니다. 정말이에요." 헤커가 내 말을 끊고 말한다. 그의 얼굴은 이미 진지한 비즈니스맨이 아니라 미소 만점의 매력남으로 바뀌어 있다. "이탈리아가 바로 코앞이죠, 아름다운 알프스가 펼쳐져 있죠. 린덴탈 씨도 그 풍경에 아주 잘 어울릴 것 같은데요." 그의 미소는 이제 능청스러운 이죽거림으로 변한다. "린덴탈 씨가 우아한 디른델(*독일 바이에른 지방의 민속의상으로 가슴 부분이 깊이 파인 블라우스와 폭넓은 치마로 되어 있다)을 입은 모습이 벌써부터 상상이 되는데요. 뮌헨 남자들은 좋겠어요."

내가 아까 뭐라고 했지? 미끈한 꽃미남?

아까 한 말 정정한다. 쇼비니스트 개새끼!

이십 분 뒤 우리는 축 늘어진 어깨로 회의실을 나와 각자의 사무실을 향한다. 모두들 입을 꼭 다문 채다. 충격 때문에 모두 벙어리가 된 모양이다. 베아테는 그새 울음보가 터져서 이제는 아예 대놓고 흐느끼는데, 참으려고 해도 참아지지가 않는 모양이다.

베아테 옆으로 가 어깨에 손을 얹는다. 강한 흐느낌 때문에 그녀의 온몸이 들썩인다. "울지 말아요. 다 괜찮아질 거예요."

"전혀 괜찮을 것 같지 않은데요." 다른 방향에서 소리가 들려 돌아보니 테쉬너 과장의 얼굴이 곧장 눈에 들어온다. 그는 나를 보고 겸연쩍게 웃는다. "지금 린덴탈 씨 자리에 좀 따라갑시다. 린덴탈 씨 서랍에서 급히 필요한 게 있어요."

맞아, 스위트 박스! 지금이야말로 내 스위트 박스가 위력을 발휘할 때다. 다행히 어제 약 스무 개의 초콜릿 바와 '둘이 함께' 젤리 두 봉지, 여러 종류의 비스킷, 달팽이 모양 라크리츠, 곰돌이 젤리 외에 슈퍼마켓에서 파는 단것들을 잔뜩 사다가 서랍을 채워 두었다. 오늘 이런 일이 있을 줄 알고 내 예지능력이 발동한 것이었을까? 벌써 몇 년째 내 스위트 박스는 절망한 동료들이 제일 먼저 찾아오는 위로의 전당 같은 역할을 하고 있다. 이 아이디어는 엄마에게 물려받은 것이다. 엄마한테도 이런 서랍이 하나 있었다. 오빠들이나 내가 놀다가 다쳐서 돌아오면 엄마는 우리에게 위로 삼아 초콜릿이나 사탕 같은 것을 주었다. 오늘은 과장님을 포함해서 우리 모두 위로가 필요한 날이다. 테쉬너 과장은 여전히 내 대답을 기다리고 있다가 한 마디 덧붙인다.

"이제까지는 그 전설적인 서랍하고 인연 맺을 일이 없었지만, 오늘은 어디 나도 하나 얻어먹읍시다. 괜찮죠?"

나는 긍정의 뜻으로 고개를 끄덕인다. 이 회의는 우리 보스까지도 한 방에 때려눕힌 것이다. 당연하다. 과 전체가 없어지는 마당에 과를 이끄는 사람이 필요할 리 없다. 과장님한테 초콜릿 반은 줘야 할 것 같다.

내가 서랍을 빼내 힘겹게 책상 위에 올려놓자― 사실 이건 서랍이라기보다는 큰 박스에 가깝다― 베아테와 테쉬너 과장 외에 다른 동료 세 명이 나의 위로 서비스를 이용한다. 그동안의 경험으로 나는 어떤 걱정거리에 어느 과자 종류가 좋은지 거의 논문을 쓸 수 있을 만큼 빠삭해졌다. 돈 문제에는 곰돌이 젤리가 위로가 되지만, 애정 문제에는 다크 초콜릿이 제격이다. 상사 때문에 열 받는 일이 있을 때는 버터 비스킷도 괜찮고, 트윅스, 마르스 같은 초콜릿 바도 아주 잘 든다. 정확한 이유는 나도 모른다. 추측을 하자면, 끈적끈적한 초콜릿 바가 이를 바드득바드득 갈면서 씹기에 좋기 때문이 아닐까? 곰돌이 젤리는 아직 세금 고지서와 대출 이자를 모르던, 한없이 즐거웠던 어린 시절을 생각나게 하기 때문일 것이다. 그럼 다크 초콜릿은? 완벽한 수수께끼다. 다행인 것은, 내가 이걸 먹을 일이 아주 오랫동안 없었다는 사실이다.

파울을 떠올려 본다. 그리고 잠시나마 암울한 기분이 사그라지는 것을 느낀다. 난 이미 내 인생의 남자를 찾았는데 직장이 무슨 대수냐? 파울 표의 좋은 기분도 몇 초가 지나자 금방 효력이 떨어진다. 나는 미친 듯이 곰돌이 젤리를 먹기 시작한다. 내 미래의 계획들은 이제 조정이 불가피하게 됐다.

〈신부를 위한 새로운 웨딩 플랜〉

12개월 전:
결혼 날짜를 정하고, 시청의 호적계 혹은 교회에 예약하라. 결혼 입회인을 정하는 것도 잊지 말아야 한다.
- 시청: 8월 4일. 더 싸게 해주는 혼인식이 있는지 알아볼 것!
- 교회: 교회는 무슨 얼어 죽을! 꽃 장식? 실내 관현악단? 가수? 돈 없다. 당연히 교회에 기부할 돈도 없다.
- 입회인: 우리가 계속 돈 빌려달라고 해도 카티야와 얀이 입회인을 하고 싶어 할까?

결혼식에 쓸 비용을 정하고, 초대 손님 명단을 만들어라.

- 현재 생각하고 있는 초대 손님 수: 가족을 포함해 10명
- 예산: 20유로

슬슬 파티와 결혼 피로연 장소를 물색하라.

- 부모님 집의 정원. 하객들은 등산용 코펠과 무릎 덮개용 담요 지참할 것. 가져오는 김에 자기가 마실 음료와 먹을 것도 싸오게 한다.

약혼반지를 둘러보라.

- 당장 '금 사고 팝니다'에 내다 팔 것!

전문적인 웨딩플래너를 기용할 것인지 결정하라.

- 웨딩플래너? 노오오오오오오오오오오오오오오오오오!

2장

"바가지 머리에 다크블루 염색이요!" 막 일곱 시가 지난 시각, 카티야의 미용실 문을 열고 들어서며 외친다. 카티야는 쿠킹호일로 손님의 머리를 말고 있다가 깜짝 놀라서 나를 건너다본다.

"오늘 온다고 했었니?" 일하고 있는 카티야의 오른쪽 의자에 털썩 주저 앉는 나에게 카티야가 의아한 표정으로 묻는다.

"아니, 오늘 컨디션이 바닥을 쳐서 머리라도 감아야 할 것 같아." 나는 화장대 위에 턱을 괴고 거울을 들여다본다. 얼굴이 허옇다. 창백할 뿐만 아니라 완전 맛이 갔다. 이상할 것도 없다!

"잠깐만 기다려. 오 분이면 되거든. 그 다음에 얘기하자."라는 말과 함께 카티야는 다시 손님 쪽으로 몸을 돌린다.

카티야는 솔에 염색약을 묻혀 능숙하게 머리카락 한 줌에 칠한 뒤 쿠킹 호일로 감는다. 잠시 후, 카티야의 손님은 마치 안테나 달린 외계인 같은 모습으로 완성된다. 만약 지금 번개가 친다면 분명히 이 가게 안으로 떨 어질 것이다.

"자, 크뉘벨 부인, 이제 십오 분 동안 염색약이 스며들어야 하거든요. 그 다음에 마무리만 하면 돼요." 카티야는 상냥한 목소리로 손님에게 설 명한다.

크뉘벨 부인은 고개를 끄덕인 후, 자기 앞 화장대에 놓인 여성잡지를 집 으려고 팔을 길게 뻗는다.

"무슨 일인데 그래?" 카티야는 바퀴 달린 의자를 밀고 와 내 옆에 앉으며 묻는다.

"다 끝났어." 나는 약간 연극적인 어조로 내뱉는다.

"뭐가?" 카티야가 묻는다.

"다 끝났다니까. 쫓겨났어. 막 내렸어. 그 오랜 세월을 함께 한 대가가 이렇게 하루아침에 찬밥신세가 돼서 버림받는 것일 줄은 정말 몰랐어." 나는 이제 거의 울먹이는 소리로 말을 잇는다.

"뭐어? 버림을 받아? 이렇게 갑자기?"

나는 고개를 끄덕인다. "응, 이렇게 갑자기. 눈 하나 깜짝 안 하더라고."

"어머! 웬일이니?" 카티야의 입에서 신음처럼 감탄사가 튀어나온다. "어떡해?"라고 말하며 카티야는 내 손을 꼭 잡는다. 크뷔벨 부인은 '오일만에 섹스의 여신 되기' 기사를 열심히 읽는 척하고 있지만, 사실은 가자미눈을 하고 우리 쪽을 흘깃거리고 있다. "그래도 이유는 있을 거 아냐?"

"이유? 있지." 나는 냉소적인 웃음을 내뱉는다. "새로운 기회가 생겼는데, 아니, 더 나은 대안이 있는데, 그 기회를 안 잡는 사람이 바보란다." 이렇게 말하자 눈앞에는 헤커의 가증스러운 얼굴이 떠오르고, 나는 금방이라도 빽 소리를 지르고 싶어진다.

"어쩜, 말도 안 돼!" 카티야가 흥분해서 외친다.

"그쪽한테는 말이 된다는데, 뭐."

카티야는 잠시 왕 심각한 얼굴로 뭔가를 생각한다. 카티야의 머릿속에서 돌멩이 굴러다니는 소리가 들리는 것 같아 나는 거의 웃음이 나올 뻔한다. "그래." 카티야의 목소리는 이제 위로의 톤으로 바뀐다. "지금 이 순간에는 모든 게 아주 끔찍하게만 느껴질 거야. 그러니까 마치 하늘이 무너지는 것처럼."

나는 지당하다는 듯 고개를 끄덕인다.

"그래도 힘을 내야지. 당분간은 나한테 와 있어."

당장 큰 위로가 되는 말은 아니지만, 고맙다는 뜻으로 카티야의 손을 잡는다.

"정말 고마워. 하지만 내가 여기서 뭘 하겠니? 머리카락 치우고 손님들 머리 감겨 주라고?"

카티야가 웃는다. "아니, 가게에 와 있으라는 게 아니라 집으로 오라고. 두 사람 살기에도 충분해."

"내가 거기서 뭐해?"

카티야는 약간 혼란스러운 표정이 된다. "살지. 괜찮은 대상이 나타날 때까지."

"괜찮은 대상?"

카티야의 위로 작전이 이어진다. "생각처럼 그렇게 어렵지 않아. 더군 다나 너처럼 능력 있는 여자한테는."

"흥! 능력 있는 여자! 너 바깥세상이 얼마나 각박해졌는지 모르는구 나." 나는 코웃음을 친다.

"어머, 얘는? 그건 내가 더 잘 알아, 얘!" 이번엔 살짝 삐친 듯한 대답이 돌아온다.

"고깝게 듣진 말고. 너는 진짜 일이 잘 풀리고 있잖아. 누구 눈치 볼 일 도 없고."

"기집애, 너 전에는 그렇게 말 안 했어, 얘."

"내가 언제 뭐라고 했는데?" 의아한 일이다. 카티야가 육 년 전 '헤어드 림'이라는 간판을 걸고 이 미용실을 차린 후, 이 가게에는 쭉 손님이 끊이 지 않고 있는데, 내가 뭔가 비난성의 말을 했을 리가 없다.

"뭐, 아무렴 어때." 카티야는 상관없다는 듯 손을 내두른다. "그나저나, 네가 찬 게 아니라 차였다는 게 정말 안 믿어진다, 얘. 깨지게 되면 난 네 가 찰 거라고 생각했거든. 그 사람, 너무 지루하잖아. 그러니까 내 말은, 굴러 들어온 복을 제 발로 찬 셈이지. 너 같은 여자가 또 어디 있다고?"

"무슨 말이야? 지루하다니? 테쉬너 과장 얘기하는 거야? 짜증나면 짜증 났지 지루하다고 생각한 적은 없는데. 그리고 테쉬너도 잘렸어."

"얘가 무슨 뚱딴지 같은 소리야? 너희 과장이 이 일하고 무슨 상관이야?" 카티야는 이해가 안 된다는 듯 내 얼굴을 훑어본다.

"진짜야! 우리 과장도 잘렸어. 우리 모두 다 잘렸어. 함부르크 부서를 완전히 쑥대밭으로 만들어놨다니까!"

카티야는 잠시 멍해져서 나를 쳐다보고만 있더니 갑자기 발작적으로 웃음을 터뜨린다. 다시는 멈추지 않을 것처럼 웃어대는 카티야를 나는 이해할 수가 없다.

"뭐가 그렇게 재미있어?" 웃기 대회에라도 나온 사람처럼 한참을 웃어 젖히는 카티야에게 나는 약간 새치름하게 쏘아붙인다.

"난, 또……" 하고 말을 시작하려는 순간, 다시 도진 웃음발작 때문에 카티야는 말을 잇지 못한다. 그러나 잠시 진정한 뒤 다시 말한다. "난, 또 파울 얘기인 줄 알았지."

"파울?"

카티야는 고개를 끄덕인다. "여태까지 나는 파울이 찢어지자고 해서 네가 갈 데가 없는 줄 알았어!"

이제 내가 웃을 차례다. "기집애, 어떻게 그런 생각을 할 수가 있니?"

"왜 그랬는지 나도 모르겠어. 직장은 생각도 못하고 그냥 곧바로 파울하고 헤어졌다고 생각했어." 카티야가 웃음 때문에 가쁜 숨을 몰아쉬며 말한다.

크뉘벨 부인 쪽에서 킥킥거리는 소리가 선명하게 들려온다. 우리의 뒤죽박죽 대화가 재미있었던 모양이다. 카티야의 얼굴이 재빨리 손님 쪽을 향한다.

"아, 크뉘벨 부인, 하마터면 잊어버릴 뻔했네. 열처리해야 되는데!"

카티야는 벌떡 일어나 구석으로 가더니 헬멧 같은 것이 달린 기계를 끌고 와 크뉘벨 부인의 머리 위에 푹 씌우고 최고 단계에 다이얼을 맞춘다. 기계는 곧 귀가 떨어질 것 같은 소음을 내기 시작한다.

크뉘벨 부인은 기계 소음에 맞서느라 큰 소리로 투덜거린다. "아유, 옛날엔 이런 거 안 했잖아?"

카티야도 대답하느라 소리를 지른다. "이렇게 하면 파마가 훨씬 더 예쁘게 나와요!" 그리고 도로 내 옆 의자에 앉더니 흡족한 얼굴로 말한다. "자, 됐어. 이제 우리가 하는 말 하나도 안 들릴 거야."

"이러다 손님 떨어지면 어쩌려고?" 나는 기계 밑에 앉아 매우 불만스러운 표정을 짓고 있는 크뉘벨 부인에게 시선을 던지며 걱정스럽게 말한다. 팔월 중순에 머리에 히터까지 틀고 앉아 있어야 하는데 기분 좋을 사람은 없다.

"괜찮아. 왜 우리 가게 손님의 팔십 퍼센트가 단골손님인 줄 아니? 우리 '헤어드림' 손님들은 나한테 믿고 맡기면 다 잘된다는 걸 알거든."

"저 아줌마, 이제 미용실 바꾸는 거 아냐?"

카티야는 내 말에 대답할 필요도 없다는 듯 화제를 돌린다. "그런데, 회사에 무슨 일이 있는 거야?"

"피델리아가 뮌헨의 시쿠렌차랑 합병한 이후로 회사가 잘 안 되고 있었거든. 그래서 함부르크의 회계부서를— 싹둑!— 잘라버린 거야. 뮌헨으로 옮기라고 하는데…… 갑자기 그게 되니? 그래서 모두 잘린 거야." 카티야는 생각에 잠겨 아랫입술을 쑥 내밀고 있다.

"이건 진짜 문젠데."

"맞아." 생각 없이 이렇게 대답한 뒤 나는 바로 덧붙인다. "뭐야, 그럼 파울하고 내가 헤어졌다면 그건 진짜 문제가 아니라는 거야?"

"누가 그렇대?" 카티야는 즉시 반박하지만 속마음을 들켜 당황해하는 카티야를 나는 훤히 꿰뚫어본다.

"내가 네 속마음을 모를까봐? 우리가 한두 해 알고 지내니? 잡아떼긴 뭘 잡아떼?"

"아냐! 내가 왜 네 연애에 상관을 해? 네가 알아서 하는 거지. 난 그냥 파울하고 네 관계가 좀…… 단조롭다고 해야 하나…… 너무 노부부 같잖아. 내가 몇 번이나 말했지만, 네가 행복하면 그걸로 된 거야. 뭐, 내가 그 사람이랑 같이 사는 것도 아니고."

"맞아. 파울이랑 나는 아주 행복해. 그래서 내년에는 결혼도 할 거고."

"어유, 기집애. 너 화나게 하려고 그런 거 아냐." 카티야는 나를 달랜다. 하지만 나는 아직 할 말이 많다.

"그래, 네가 만나는 터프한 남자들하고는 비교가 안 되겠지. 하지만 성실하고 착한 게 죄니? 세상의 모든 남자들이 다 터프해야 한다는 법은 없어."

"당연히 없지. 사실은 나도 이제는 좀 건실한 남자를 만나고 싶어. 그런데 착실한 남자들은 이미 다 임자가 있잖아? 남은 건 특이한 남자들뿐인데, 내가 또 특이한 남자를 좋아하잖아? 난 왜 그런 사람이 좋은지 몰라." 우리는 서로 마주보며 히죽 웃는다. 그리고 둘 다 동시에 웃음을 터뜨린다. "가만 있어봐. 지금 남자가 중요한 게 아냐. 한 삼십 분 있으면 끝나거든. 어디 가서 조용히 의논을 좀 해보자."

"또 손님 있는 거 아냐?" 카티야는 저녁 여덟 시부터 열 시까지 '달빛 요금제'라고 해서 직장 여성들이 많이 찾는 늦은 저녁에도 일을 한다.

"응, 있긴 한데, 비상사태에는 비상조치를 해야지. 손님들한테 전화해서 예약 취소하면 돼."

"그러지 마!" 나는 미안한 마음에 즉시 카티야를 말린다. 내가 실직한 걸로 부족해서 카티야의 단골손님까지 끊어지게 할 수는 없다.

"아냐, 괜찮아. 다음번에 서비스로 컨디셔너나 헤어 에센스 준다고 하면 돼." 카티야 특유의 낙천적인 성격이 드러나는 말이다.

"그래도……" 나는 한 번 더 말려본다.

"정말 괜찮다니까." 카티야는 다시 한 번 내 손을 꼭 잡는다. "내가 힘들 때 네가 내 옆에 있어준 게 벌써 몇 번이니?"

꽤 많았다. 물론 미용실 일로 그런 적은 한 번도 없었다. 항상 헤어진 남자 때문이었다. 실연으로 괴로워하는 카티야를 위로하느라 그 집 소파에 쭈그리고 앉아 지샌 밤을 헤아려보면 열 손가락이 모자랄 정도다.

"잊어버릴 만하면 한 번씩?" 나는 외교적인 대답을 한다.

"거봐." 카티야는 문제없다는 듯 윙크를 해 보인다. "지금 너한테 그걸 갚을 기회가 왔는데, 손님이 문제겠니? 저기 앉아서 잡지라도 읽고 있어." 카티야는 내게 입구 쪽에 있는 푹신한 소파를 가리킨다.

"알았어." 나는 소파 쪽으로 어슬렁어슬렁 걸음을 옮기며, 속으로는 오늘 저녁 카티야가 나를 위해 시간을 내주는 것이 무지 기쁘다.

세 시간 뒤, 우리는 '헤어드림' 바로 옆에 있는 카페에 앉아서 사태를 하나하나 짚어보고 있다. "와인 한 잔 마시고 나면 상황이 완전히 달라 보일 거야."가 카티야의 주장이었다. 벌써 샤르도네 세 잔째지만 달라 보이는 것은 아직 없다.

"당연히 기분이 좋지는 않겠지만, 그렇게 어깨 축 늘어뜨리고 있다고 뭐가 나아지는 것도 아니잖니?" 카티야는 내 기운을 북돋워주려고 애를 쓴다.

"네 입장에선 그렇게 말할 수 있겠지. 만약에 네 가게가 문을 닫게 생겼으면 그런 말 안 나올걸." 나는 시큰둥하게 대답한다.

"자영업의 좋은 점이지, 뭐. 누가 이래라 저래라 하는 사람도 없고, 내가 닫고 싶을 때 내가 결정해서 닫으면 되니까." 카티야의 말에서 약간의…… 자기만족적인 냄새가 난다.

"맞아. 너 아니면 파산 관리자가 결정하겠지." 나는 가차 없이 맞받아친다. 지금은 카티야의 '난 정말 대단한 슈퍼 비즈니스 우먼' 타령에 맞장구칠 기분이 아니다.

"미안해. 난 너처럼 그렇게 말을 골라서 못하잖니?" 카티야는 금세 분위기를 파악하고 얼굴 가득 환한 미소를 짓는다. "그런데 정말이지 상황을 이렇게 부정적으로만 볼 필요는 없는 것 같아. 무슨 일이 됐든 긍정적인 면을 보려고 노력해야지."

"푸." 나는 짧은 한숨을 토해낸다. "그럼 내가 실직한 데에 어떤 긍정적인 면이 있는지 네가 한번 말해봐!" 있으면 말을 해보라지.

"음, 예를 들면……" 카티야는 실눈을 뜨고 생각에 집중한다. "……생활의 활력!"

"생활의 활력?"

"그래!" 카티야는 크게 고개를 끄덕인다. "내 말은, 넌 피델리아에서 인턴부터 시작했잖아. 그 뒤로 직장을 바꾼 적도 없고. 지금이야말로 벽지를 바꿀 때가 된 거지."

"고용지원센터의 벽지가 우리 회사 벽지보다 더 예쁠 것 같지는 않은데?" 나는 시니컬한 농담으로 반응한다.

"얘는 정말, 금방 새 일자리 나타날 테니까 걱정하지 마!" 카티야는 이 한마디로 나의 의심을 일축한다.

"네가 그걸 어떻게 알아? 네가 뭐 점쟁이라도 되니?"

"아니. 하지만 네가 오랫동안 실업자 신세로 있는 건 상상이 안 돼."

"난 충분히 상상이 돼. 요즘 보험업계가 잘 안 돌아가고 있거든."

"무슨 상관이야? 그럼 딴 거 하면 되잖아. 보험 일 이제 지겹지도 않니? 경리 일이야 어디서든 할 수 있는 거고. 사실 지루하기는 매한가지이긴 하지만……"

내 베스트프렌드의 대책 없는 사고방식에 난 두 손 두 발 다 들었다. 카티야는 마치 오늘 아침 나한테 일어난 일이 기껏해야 손톱 하나 부러진 정도라는 듯이 말하고 있다!

"그렇게 잘 알면 내가 해야 할 그 '딴 거'가 뭔지도 네가 알겠네."

"몰라." 카티야는 정말 좋겠다, 저렇게 단순하니 세상 살기 얼마나 편할까? "해보고 싶은 거 뭐 없어?"

"피델리아에 계속 남는 거! 거기선 적어도 굶어죽을 걱정은 안 해도 되니까."

카티야는 한심하다는 듯 눈알을 위로 굴린다. "조금만 더 모험심을 발휘할 순 없니? 너한테 필요한 건 바로 모험이야. 몇 년째 같은 회사에, 같은 남자에……"

"같은 친구에." 나는 이 말로 카티야의 잔소리를 무 베듯 잘라버린다. 우리는 학교 때부터 친구였다. 얼추 잡아도 최소한 십 년째 나의 베스트 프렌드이자 가장 중요한 친구의 자리를 지키고 있는 카티야다.

카티야는 깜짝 놀란 표정을 지으며 천연덕스럽게 외친다. "어머, 정말 이네! 빨리 이 상황부터 바꿔야겠다, 얘!"

"좋아. 그러지, 뭐." 나는 씩 웃으며 자리에서 일어나는 척한다. 그러나 다음 순간 우리는 약속이나 한 듯 웃음을 터뜨린다.

"거 봐. 내 말이 맞지? 금방 괜찮아졌잖아."

"와인 때문은 아니야. 카티야표 옵티미즘 더블 샷 덕분이지! 너 거기다 인증마크 붙여야겠다."

"언제라도 애용해. 한번쯤 나도 네 얘기를 들어줄 수 있어서 잘됐지, 뭐. 걱정거리를 들어주는 사람은 항상 너였잖아."

"하긴, 그렇긴 해." 카티야의 말이 옳다. 자상한 상담자로서의 내 명성은 사실 꽤 높다. 친구, 동료, 아는 사람들 중에 한번쯤 나를 찾아와 울지 않은 사람이 없을 정도다. '울다'라는 말의 어감은 부정적이지만 내게는 그렇지 않다. 나는 사람들의 말을 듣는 것을 좋아한다. 딱히 훌륭한 조언을 해줄 수 있어서가 아니다. 물론 훌륭한 조언을 해줄 때도 있다. 내 스위트 박스로 테쉬너한테 한바탕 깨지고 난 동료들을 위로한 적도 많았다. 그러나 내가 관찰한 바에 의하면 누군가 자기 말을 들어주는 사람이 있다는 사실, 그것 자체가 위로다. 진지하게 말을 들어주는 것. 이것이 내 장점이자 능력이다. 예전에 카티야는 항상 내게 심리학과에 가서 상담사가 되라는 말을 했었다. 그러나 직접 상담소를 차리고 손수 모든 책임을 떠맡는 일은 좀…… 그런 점에서는 역시 경리 일이 낫다. 그리고 사람들을 만나는 일이야 경리 일을 하면서도 얼마든지 가능하다. 엄밀히 말하면— 가능했다. 소파에 죽치고 앉아 있는 제4하르츠(＊정부가 알선하는 일자리를 거부하는 실업자에게 일정 기간 실업수당을 지급하지 않는 독일의 노동개혁 법안) 백수에게 누가 상담을 하러 온단 말인가.

찌질한 상상은 가급적 하지 않기로 한다. 지금 다시 암울한 미래상을 펼쳐봐야 좋을 것 하나 없다. 이번에는 특별 케이스로 내 말을 들어주는 사람이 있다는 것, 카티야가 옆에 있다는 것이 얼마나 다행인가!

"그나저나 앞으로 피델리아가 어떻게 될지 알 수 없는 상태야. 다음 주나 그 다음 주에는 그 잘난 시몬 헤커, 아니 우리의 '왕' 공정한 인사과장하고 면담이 있을 테지만, 나한테 뮌헨으로 옮긴다는 건 상상할 수도 없는 일이야. 그렇다면 늦어도 석 달 후에는 거리에 나앉게 된다는 얘긴데, 그 다음엔 어떡하지?"

"이번 기회에 일인창조기업 지원서를 내고 독립하는 건 어때? 네가 항상 하고 싶었던 일 없었어? 그걸로 회사를 차리는 거야."

나는 머리를 설레설레 흔든다. 카티야가 미용실을 운영하는 것을 보면서 정말 훌륭하다고 생각했고, 상사가 없다는 것 때문에 조금은 부럽기도 했지만, 카티야가 학교 때부터 가지고 있던 그 독립정신, 이 덕목은 내게는 해당되지 않는다. 다음 달에 얼마를 벌지 알 수 없다는 그 생각 하나만으로도 나는 아마 잠을 이루지 못할 것이다.

아마 카티야는 내 얼굴에서 내가 무슨 생각을 하는지 읽은 모양이다. "뭐, 꼭 독립을 해야 하는 건 아니지. 어쨌든 새 직장을 구할 때까지는 실업수당이 나오니까."

"새 발의 피야."

"새 발의 피라도 없는 것보단 낫지. 모자라면 저축한 걸 쓰면 되고."

"그건 안 돼!" 난 딱 잘라 말한다. "어디에 쓸 돈인지 너도 잘 알잖아."

"그래, 알아. 내가 그걸 왜 모르겠니? 환상의 결혼식 얘기를 하루에 열 번도 넘게 하는데." 거기다 카티야는 얄밉게 덧붙인다. "회사에서 잘렸을 때만 빼고! 네 입에서 피로연 장식 외에 다른 얘기가 나오는 게 얼마만인지 모르겠다, 얘."

"몇 년째 결혼식을 손꼽아 기다리고 있어서 그런 거다, 왜? 결혼식 얘기 좀 하면 안 되니? 나한테는 이 결혼식 준비가 정말 중요하단 말이야." 나도 질세라 맞받아친다.

"그래, 환상의 결혼식 꼭 하게 될 테니까 걱정 마라. 그리고 헤어랑 메이크업은 이 언니가 공짜로 해줄게." 카티야가 말한다.

"그것 말고도 돈 나갈 데가 얼마나 많은데?" 이 말에 카티야는 화난 척 눈을 흘긴다. "아냐, 고마워. 정말 고맙게 생각하고 있어." 나는 재빨리 감사의 말을 덧붙인다.

"됐거든." 카티야가 손사래를 친다. "그런데 지금 주제가 결혼식이 아니잖니?"

"맞아." 한숨이 절로 나온다. "이 일로 해서 내 결혼식도 지장을 받을 테니까 주제와 아주 상관없지는 않지만."

"안 되겠다 싶으면 다이애나 세자비처럼 하지 말고 베로나 푸스(＊미스 독일 출신의 연예인. 백마가 끄는 마차와 값비싼 웨딩드레스 등 화려한 결혼식으로 화제가 되었다)처럼 하면 되잖아. 그만큼만 해도 엄청 화려한 거야." 카티야가 농담을 한다.

"그래, 먹고 살 걱정부터 해야지." 하루의 긴장과 술기운이 한꺼번에 몰려와 하품이 난다. "아, 너무 피곤하다. 집에 가서 파울한테도 얘기해야 하니까 이제 그만 집에 가야 할까봐." 나는 여전히 에너지가 넘치는 카티야에게 양해를 구한다.

"그럼 계산하자. 나도 내일 볼 일이 있어서 일찍 나가봐야 해."

나는 손짓으로 종업원을 부른다.

"그냥 둬. 내가 낼게." 지갑을 꺼내는 나를 카티야가 말린다. "너 이걸로 헤어, 메이크업, 거기다 술값까지 절약하는 거다."

"정말 너밖에 없다!"

"당연하지. 아, 그리고", 카티야는 활짝 웃으며 덧붙인다. "파울이 이제 실업자라서 싫다고 하면 우리 집으로 와."

"난 또 뭐라고. 뭐 그런 걸 가지고 세상 무너진 것처럼 그래?" 파울은 내 볼에 부드럽게 입 맞춘 뒤 내 머리를 쓰다듬는다. 나는 파울의 어깨에 기대고 앉아 회사에서 있었던 일을— 아니면 회사에서 '당한' 일이라고 해야 하나?— 이야기하다 또 눈물 바람을 하던 참이다. 카티야표 옵티미즘 더블 샷의 효력은 이미 떨어진 지 오래다. 나는 휴지에 팽하고 코를 푼 뒤 고집스럽게 머리를 흔든다.

"세상 무너지는 거 맞아! 적어도 내 세상은 무너지는 거란 말이야."

"율리아, 자기가 직장에서 해고된 첫 번째 사람은 아니야." 파울은 언제나처럼 현실적인 관점에서 사태를 바라본다.

"하지만 난 일 년 뒤에 있을 결혼식 비용을 악착같이 모으다가 해고된 첫 번째 사람이야."

파울은 기가 막힌 듯 짧게 웃는다. "율리아, 자기가 방금 말한 대로 결혼식은 일 년 뒤잖아! 한참이나 남았어."

"그래. 한참이나 남았으니까 문제인 거야!" 내가 고집스럽게 맞받아친다. "직장이 없으면 그 한참동안 우리가 저축해놓은 돈에 손을 대야 한단 말이야. 그러면 일 년 뒤에는 피로연에 소시지와 감자샐러드 내놓을 돈밖에 안 남을걸!"

"그럴 일 없을 거야." 라고 말하며 파울은 내 코에 살짝 입을 맞춘다. "반대로 생각할 수도 있지. 자기가 퇴직금 받은 걸로 자기 삼촌이랑 이모들 오십 명씩은 더 초대할 수 있겠다!"

"하나도 안 웃겨!"

"다르게 한번 생각해봐. 중요한 건 우리가 서로 사랑한다는 거야. 그리고 자기가 내 아내가 되는 거고. 그게 중요한 거야. 설령 자기가 말한 불행한 사태가 닥친다고 해도, 뭐 어때, 소시지에 감자샐러드만 내면 되지."

"절대 안 돼!" 나는 단호하게 말한다. "시작이 안 좋으면……"

"그런 건 다 미신이야."

"미신 아니야!"

"아니면 피치 못할 경우, 교회 결혼식을 연기할 수도 있지. 일단 시청 가서 혼인식 하고, 파티는 여유 있을 때, 그때 가서 한 판 멋들어지게 하면 되잖아."

나는 불만에 가득 차 그르렁거리는 소리를 낸다. 왜 파울은 언제나 저렇게 현실적인 말밖에 못하는 걸까? '연기'는 말도 안 된다는 걸, 내 생각은 완전히 다르다는 걸, 그리고…… 그래, 내 마음 깊은 곳에는 백마 탄 왕자님과 동화 속 같은 결혼식을 올리고 싶어하는 낭만적인 소녀가 살고 있다는 걸 왜 모르냐고!

"자기 말이 맞을지도 몰라. 우선 일이 어떻게 돼 가는지 지켜봐야지. 불평은 그 다음에 해도 되니까." 일단 이야기를 마무리짓기 위해 나는 한 발자국 물러선다.

"그래야지, 이제 자기답다." 파울은 내게로 몸을 숙여 오랫동안 부드럽게 키스한다. 나는 두 팔로 그의 목을 감고 그가 내게 주는 안정과 보호의 느낌을 즐긴다. 파울 곁에서라면 두려워할 것이 없다는 것을 나는 안다. 파울은 언제나 내 옆에 있었고, 언제나 내 옆에서 나를 지켜줄 것이다. 나는 숨을 크게 내쉬며 눈을 뜬다.

"어때, 우리 공주님?" 파울은 내 귀에 대고 속삭인다. "이제 슬슬 자러 가야지." 그는 자리에서 일어나면서 나를 일으켜 세우더니, 마치 깃털처럼 가볍다는 듯 능숙한 동작으로 나를 단번에 안아든다. 이런 액션은 아주 오랜만이다. 하지만 지금 이 순간 아주 특별한 느낌으로 다가온다. 어쩐지…… 보호받는 느낌이다. "동화 속 공주님보다 예쁜 내 아내." 그는 욕실 쪽으로 성큼성큼 발걸음을 옮기며 내게 속삭인다. "이제 잘 시간이에요."

십 분 후, 우리는 이를 닦고 잠자리에 누웠다. 나는 파울의 품에 안겨 쿵, 쿵, 쿵 하고 내 가슴에 와 닿는 그의 심장 박동을 느낀다.

"지금 걱정하는 일만 안 일어나면 좋겠어." 나는 파울의 귀에 대고 작은 목소리로 말한다.

"다 잘 될 거야." 그는 나를 안심시킨다. 그리고 내게 살짝 키스한 뒤 옆으로 돌아눕는다. "이제 그만 자자. 걱정거리에는 잠이 최고야."

"잠이 안 올 것 같아. 자기랑 더 얘기할래."

그는 온화한 눈으로 나를 바라본다. "그런다고 당장 오늘 저녁에 무슨 수가 생기는 것도 아니잖아. 그리고 나 내일 일찍 출근해야 돼."

나는 실망한 티를 내지 않으려고 꽤 노력한다. 그래, 당장 오늘 저녁에 무슨 수가 생기는 것은 아니다. 하지만 파울과 더 이야기하고 싶다. 그러면 기분이 나아질 것 같다. 그러나 내일 아침 여섯 시면 어김없이 자명종이 울릴 것이다. 결국 "그럼 불 끌게."라는 말과 함께 전등 스위치를 내린다. 주위는 한꺼번에 깜깜해진다. 몇 분 후, 파울의 고른 숨소리가 들린다. 나는 어둠 속에서 말똥말똥 눈을 뜨고 있다. 머릿속에 생각이 너무 많아서 도저히 잠이 오지 않는다. 이리 뒤척 저리 뒤척 하는 사이 시간이 잘도 간다.

"그래, 율리아." 반은 속삭이는 말로 스스로에게 말한다. "파울 말이 맞을 거야. 지금 걱정하는 일은 일어나지 않아."

3장

한 시간 전부터 내 책상 위에 놓여 있는, 아직 뜯지 않은 저 편지에 뭐라고 씌어 있는지 나는 정확하게 알고 있다. 그러니까 그냥 열어봐도 된다. 하지만 그러기 싫다. 계속 못 본 척하고 있으면 편지가 혹시 저절로 사라지지 않을까?

내 앞 짝꿍 베아테는 편지를 읽은 뒤 울기 시작해서 지금까지 계속 울고 있다. 편지를 뜯은 것은 약 삼십 분 전이었다.

나는 스스로에게 나지막하게 말한다. "자, 이제 열어보자. 고집 피운다고 뭐가 변하는 것도 아닌데." 한숨이 절로 나온다. 어디, 이리 오너라, 편지야!

〈해고 통지서〉

존경하는 린덴탈 씨,

이미 구두로 설명드린 바와 같이, 함부르크 소재 회계부서의 영업중지로 인해 2008년 11월 1일을 기점으로 귀하를 본사와의 고용관계에서 해고하는 바입니다. 타 지사로의 배치, 혹은 타 직원의 해고를 통해 귀하의 해고를 피할 수 없었던 점을 유감스럽게 생각합니다.

해당년도의 해고일자까지 남은 귀하의 휴가는 22일입니다.

이 휴가는 해고기간 내에 사용하는 것으로 조치되었으므로, 귀하의 마지막 근무일은 2008년 9월 30일임을 알려드립니다.

소지하고 계신 회사 소유의 기물과 서류는 상기한 날까지 반납하시기 바랍니다.

이사회의 해고 승인서류는 본 통지문에 문서로 동봉합니다. 귀하측의 해고소송 포기시, 해당 소송의 청구기간이 끝남과 동시에 총액 14,000유로의 퇴직금을 지급합니다.

본 제안은 법적 사태의 판례가 없음을 알려드립니다.

Dr. 토마스 드렉셀

피델리아 인슈어런스 함부르크 인사과장

이제 해고는 공식적인 것이 되었다. 피델리아 9년 근속의 역사가 한순간에 날아가는구나. 기분이 묘하다.

다 잘 될 거라는 파울의 말은 틀렸다: 잘 된 것 하나도 없다. 뮌헨으로 옮기지 않기로 결정한 우리 부서 동료들은 오늘 모두 해고통지를 받았다. 옮기기로 결정한 사람은 스무 명이 넘는 인원 중 두 명뿐이다.

그러나 정든 일자리와의 이별은 묵직한 돈다발로 인해 조금 달콤해졌다. 14,000유로는 어쨌거나 거금임에는 틀림없다. 세금을 빼고 나면 얼마나 남을지 알 수 없지만 적어도 총액의 반은 넘을 것이다. 그리고 사실 카티야의 말에도 일리가 있다. 한 회사에 9년이면 너무 오래됐다 싶기도 하다. 그렇다면 낙심할 이유도 없다. 이것은 어디까지나 내 머리가 하는 생각이다.

내 마음 속에서는 완전히 다른 상황이 펼쳐지고 있다. 정확히 말하면, 나는 거의 패닉 상태에 빠져들고 있다. 이제 어떡하지? 새 직장을 구하지 못하면 어떻게 되는 거지? 아니야, 그럴 가능성은 아주 희박해. 스물아홉이면 아직 젊고, 함부르크의 경제가 완전히 망한 것도 아니잖아? 하지만, 그러나, 그럼에도 불구하고—나처럼 안정을 중요시하는 사람에게 이것은 대형사고 이상이다! 만약 결혼식 때까지 계속 실업자 신세면 정말 감자샐러드 대안밖에 남지 않게 된다. 일 년 후에 실업수당이 끊기면 당장 무얼 먹고 살아야 할지도 알 수 없는 판에, 저축한 돈과 퇴직금을 하룻밤 잔치에 몽땅 다 쏟아부을 수는 없는 일이다.

목 안에서 뭔가 뜨거운 것이 느껴지더니 왈칵 눈물이 쏟아지려고 한다. 접시 물에 코 박고 죽고 싶은 심정이다. 나는 책상 맨 위 서랍에서 인터넷에서 다운받아 놓은 체크 리스트를 꺼낸다.

〈체크 리스트〉

10-12개월 전:
· 교회와 피로연을 위한 연주자를 예약하라.
· 웨딩드레스와 액세서리를 골라라.
· 웨딩숍이나 백화점에 웨딩리스트(*결혼식 전에 신랑 신부가 원하는 선물을 골라 당사자들의 이름과 함께 정리해 놓고, 결혼선물을 구입하려는 친지나 친구들이 리스트에 있는 물건 중에서 선물을 살 수 있도록 하는 현대 독일의 풍습)를 붙일 것인지 결정하라.
· 사진이나 비디오를 위한 촬영기사를 섭외하라.
· 신혼여행 정보를 수집하라.
8-6개월 전:
· 손님 명단을 다시 체크하고 초대할 사람과 소식만 알릴 사람을 구분하라.
· 청첩장과 감사카드(*결혼식 참석과 선물에 감사하는 내용을 적어 보내는 카드로 주로 신랑 신부의 결혼식 사진을 카드 표지에 인쇄한다)를 주문하라.
· 플로리스트를 섭외하고 꽃 장식을 어떻게 할 것인지 계획하라.

나는 힘없이 손에서 리스트를 떨어뜨린다. 더 이상 읽을 수가 없다. 리스트에 적힌 항목을 하나하나 실행해나갈 생각에 정말 행복했었는데. 교회에서 연주할 악단을 예약하고, 웨딩드레스를 고르러 다니고, 플로리스트와 함께 최고로 멋진 웨딩장식을 고안해낼 생각이었는데. 그런데 이게 뭐람? 나의 장대한 계획들은 순식간에 물거품으로 변했다. 한숨을 쉬며 리스트를 서랍 속에 집어넣는다.

그리고 속으로 굳게 다짐한다. 절대 울면 안 돼, 지금 울면 안 돼! 지금 울기 시작하면 영영 멈출 수 없을 거야. 베아테를 봐. 그리고 베아테처럼 대놓고 울지는 않지만 소리 내어 흐느끼는 다른 동료들을 봐. 나는 자리를 박차고 일어나 사무실을 나간다.

십오 분 후, 사무실로 돌아온 내 손에는 프로세코(*스파클링 와인의 한 종류) 열다섯 병이 들려 있다. 딱 백 유로를 투자했다. 하지만 지금 돈이 문제가 아니다.

"모두 주목해주세요!" 깜짝 놀라 쳐다보는 동료들에게 내가 말한다. "해고 좀 당했다고 금방 죽는 건 아니에요. 술이라도 마시고 기운을 냅시다. 그리고 내 스위트박스도 요절을 내버립시다."

베아테가 휘둥그레진 눈으로 나를 멍하니 쳐다본다.

"자, 어서요!" 내가 동료들을 재촉한다. 베아테가 제일 먼저 일어나 휴게실에서 유리잔과 코르크 따개를 가져오고, 나를 도와 잔마다 술을 따른다. 잠시 후, 베아테와 내 책상은 한 무리의 사람들로 에워싸인다. 누군가 따로 떨어져 있는 과장실에 전화를 했는지 테쉬너 과장도 합류했다. 그는 한 손에 술잔을 들고 다른 손으로는 사과맛 나는 링 모양의 젤리 두 개를 집어 든다. 우리 보스도 상당히 망가져 있다. 테쉬너의 이런 모습은 아직 한 번도 본 적이 없다. 오늘 일은 분명 비상사태라 부를 만하다.

"여러분, 오늘은 우리 모두에게 정말 힘든 날이에요. 우리의 미래가 어떤 모습일지, 당장 어떻게 해야 할지 막막하기만 하지만, 제가 언제나 마음 속에 간직하고 있는 말이 하나 있어요. 닫히는 문이 있으면", 나는 여기서 잔을 높이 든다, "열리는 문도 있다!" 여기저기서 동의하는 말들이 두런두런 새어나오고 우리는 서로 잔을 부딪친다. 피델리아, 너 혼자 잘 먹고 잘 살아라!

두 시간 후, 객관적 상황이 달라지지는 않았지만 약간의 취기 덕분에 분위기는 많이 누그러졌다. 그리고 점심시간이다. 누구나 인정하듯이, 먹는 것은 항상 도움이 된다. 나는 우타, 도린, 베아테와 함께 회사식당에 앉아 있다. 내 앞에는 정체를 알 수 없는 갈색 소스가 끼얹어진 미트로프(*다진 고기를 빚어 팬이나 오븐에 구워낸 요리) 한 조각과 삶은 감자가 놓여 있다. 보통 때라면 후다닥 해치웠을 양이다. 보통 때라면.

비상사태인 오늘은 좀 다르다. 나는 포크를 휘두르며 열변을 토하느라 내 미트로프를 원래의 다진 고기 모양으로 거의 다 해체해 놓은 상태다.

"아니, 이게 다 짜고 치는 고스톱 아니냐고? 그러고서는 그 기업 컨설턴트인지 뭔지를 시켜서 애꿎은 우리한테만 피박 씌우잖아. 사실 말해서 진짜 문제가 뭔지 모르는 사람이 여기 어디 있어? 다 알잖아!" 도린과 우타는 열심히 고개를 주억거린다.

"노인 양반이 그놈의 시쿠렌차인지 뭔지 인수하면서 무리한 거지." 도린이 빠르게 내뱉는다. 그러자 말잇기놀이라도 하듯 우타가 맞장구를 친다. "너무 비쌌어. 그리고 품위와 신뢰를 지키면서 보험을 팔아야지. 그 시쿠렌차 멍청이들이 하는 짓을 보면 정말 울화통이 터져."

"엉망으로 판 건 걔네들인데, 정작 캔슬 처리하면서 욕먹는 건 우리지. 바로 그게 문제야!" 나는 구체화를 거쳐 결론에 이른다. 그리고 내 전투적인 기세에 눌려 풀이 죽은 삶은 감자 하나를 포크로 콕 찍어 올려 마치 헤커의 얼굴이라도 되는 양 매섭게 노려본다. 헤커야 물론 우리같이 미천한 직원들과 함께 회사식당 같은 데서 밥을 먹을 리가 없다. 지금쯤 분명히 이사들과 함께 프로세코 대신 샴페인을 마시며 우리를 잘 요리했다고 자축하고 있을 것이다.

베아테는 앞에 놓인 스체게딘(*헝가리의 도시 이름)식 돼지고기찜을 건드리지도 않은 채 처량한 모습으로 앉아 있다. 베아테가 평소에 보여주는 식욕을 생각하면 크나큰 낙심의 증거가 아닐 수 없다.

"율리아, 나 이제 어떡하지? 벌써 쉰네 살인데, 이제 와서 누가 나를 새로 채용하겠어?"

"아니에요, 베아테. 일단 짬밥이 있으니까 경리 일은 정말 속속들이 잘 알잖아요. 그리고 최근에 읽은 건데, 요새 인사과장들은 일부러 베스트 에이저들을 눈여겨본대요."

"베스트 뭐?" 베아테는 멍청하게 나를 쳐다본다.

"베스트 에이저요. 베아테처럼 경험도 있고, 한창때인 사람이요!"

베아테는 못 믿겠다는 듯 눈을 가늘게 뜨고 나를 쳐다본다. "내가 지금 한창때라는 생각은 안 드는데. 특히 오늘 같은 날에는 오히려 올드 슈가 된 느낌이야." 이번에는 내가 베아테를 멍청하게 쳐다볼 차례다. "헌신짝 신세라고." 우리는 모두 웃음을 터뜨린다.

웃음이 가시고 난 뒤 나는 베아테에게 차분한 목소리로 말한다. "어쨌든 분명히 새로운 일자리가 나타날 거예요."

"그러기를 바라야지." 한숨 섞인 목소리로 베아테가 말한다. "게르트가 아직 안정된 직장을 가지고 있으니까 당분간은 어떻게 되겠지." 베아테의 남편 게르트는 이십 몇 년째인가 똑같은 용역관리회사에 다니고 있다. 그러나 유니폼 차림에 무서운 경호원 표정의 게르트는 잘 상상이 안 된다. 청바지에 스웨터 차림의 그는 정말이지 개미 한 마리 못 죽일 것 같은, 맘 좋고 넉넉한 아저씨이기 때문이다.

"거봐요. 해고당해서 좋은 점도 있네." 도린의 말에 우리는 약간 당황해서 그녀를 바라본다. "이제 게르트 아저씨 근무 시간대에 맞춰서 생활할 수 있잖아요. 집에서 함께 있는 시간도 많아지고 좀 좋아요?"

"아유, 난 바로 그게 걱정이야!"라고 말하는 베아테의 얼굴에 멋쩍은 미소가 떠오른다. "이제까지는 그냥 말로만 자주 함께 있으면 좋겠다고 했지. 이제부터는 그걸 행동으로 보여줘야 하잖아!" 베아테는 생각만 해도 끔찍하다는 듯 과장된 표정을 짓는다. 우리 넷은 배꼽을 잡고 웃는다.

"점심 맛있게 드십시오, 숙녀분들! 그렇게 즐거워하시는 모습을 보니 좋습니다!" 우리는 소리 나는 쪽으로 일제히 고개를 돌린다. 시야에 들어오는 것은 만면에 미소를 띠고 있는 헤커! 이사들하고 샴페인 마시러 간 게 아니었군. 그럼, 우리의 처량한 신세를 구경이라도 하러 왔나? 이것 말고 헤커가 여기서 어슬렁거릴 다른 이유는 떠오르지 않는다. "합석해도 되겠습니까?" 그는 이미 탁자 끄트머리에 쟁반을 내려놓고 앉으면서 입으로만 묻는다. "음. 심플하고 맛있는 가정식이 역시 최고죠." 그는 킁킁거리며 자기 접시에 놓인 미트로프 냄새를 맡는다. 곧이어 고기 한 조각을 썰어 입에 넣고는 말한다. "내가 항상 하는 말이지만, 음식은 고미오(*프랑스의 유명한 레스토랑 가이드북. 매년 파리판과 지역판이 따로 출간된다) 수준으로 먹거나, 아니면 아주 심플하게 먹어야죠. 그 중간은 다 꽝이에요!"

우리 넷 다 꿀 먹은 벙어리처럼 한 마디 대꾸도 하지 못한다. 시몬 헤커 혼자서 계속 지껄인다. "들리는 말로는, 오늘 오전에 경리과에서 작은 파티가 있었다면서요, 린덴탈 씨? 나도 부르지 그랬어요?" 헤커는 거만하게 웃는다. "하지만 과 직원들끼리 있고 싶은 심정은 충분히 이해합니다. 뭐, 나도 아주 배려가 없는 사람은 아니거든요. 린덴탈 씨도 그렇죠? 여기서 일하는 동안 진짜 좋은 얘기만 들리더라고요. 경리과의 천사라고 칭찬이 자자하던데요?" 그는 대단하다는 표정을 지으며 내 반응을 살핀다. 나는 여전히 대꾸할 말을 몰라 당황스럽다. 이 인간이 뭘 잘못 먹었나? "뮌헨으로 옮기지 않겠다니 정말 안타깝습니다. 린덴탈 씨 같은 직원은 어디서나 필요한데 말이에요. 뚱하게 자기 일만 하는 사람이 아니라, 나는 전체의 한 부분이다, 라는 생각으로 동료들을 배려할 줄 아는 사람 말입니다. 팀에 있어서는 필수적인 요소죠. 기업에서 팀 빌딩 컨설팅을 할 때 제가 항상 하는 말입니다." 그는 만족스러운 듯 입맛을 다신다. "이제 여기 일은 끝났으니 또 어딘가 나를 필요로 하는 곳으로 가야 할 텐데." 헤커는 고기를 다시 크게 썰어 입에 넣더니 사과맛 탄산수를 한 모금 들이켠다. "철새 신세이기는 하지만 이 직업의 재미가 바로 거기에 있죠. 지루하지가 않거든요. 언제나 새로운 도시, 새로운 사람들…… 예, 정말 흥미로운 직업이에요." 음식을 씹는 그의 얼굴에 골똘히 생각하는 표정이 떠오른다. 그러더니 베아테, 우타, 도린, 내 얼굴을 번갈아보며 묻는다. "그런데 이제 다들 어떻게 할 생각이에요?"

잠시 우리는 물끄러미 서로를 쳐다보기만 한다. 그러나 곧이어 마치 약속이라도 한 듯 동시에 쟁반을 들고 일어선다. 그리고 헤커만 혼자 남겨둔 채 모두 자리를 뜬다.

"뭐 저런 철면피가 다 있어!" 수거용 컨베이어벨트 위에 쟁반을 올려놓으며 우타가 흥분된 목소리로 말한다.

"참 할 말이 없네." 베아테가 거든다. 얼굴에는 못마땅한 기색이 역력하다.

"말하는 사람 입만 아프지. 저런 인간은 그냥 낭떠러지에서 확 밀어버려야 돼. 양심의 가책도 느낄 필요 없어."

"율리아!" 베아테가 놀란다.

"율리아가 뿔났다." 도린이 웃으며 헤커 흉내를 낸다. "경리과의 천사라고 칭찬이 자자하던데요!" 우리는 웃으며 식당 출구를 향해 간다. 문 바로 앞에서 나는 한 번 더 시몬 헤커 쪽을 돌아본다. 저기 그가 앉아 있다. 혼자 외롭게 앉아서 포크로 자기 접시를 뒤적거리고 있다. 움츠린 어깨로 접시에 머리를 처박고 있는 그의 모습은 아무도 놀아주지 않는 외톨이 아이 같다. 미처 나 자신을 의식하지 못하는 사이 그가 참 안됐다는 생각이 들어버리고 만다. 그것도 잠시가 아니라 한참동안.

"미쳤어." 나는 소리 내어 스스로에게 반박한다.

"무슨 소리야?" 베아테가 묻는다.

"아무것도 아니에요." 그런 인간을 불쌍히 여기다니 정말 창피할 지경이다. 시몬 헤커는 피도 눈물도 없는 파렴치한이다. 하나도 안 불쌍하다!

4장

"좋은 아침, 율리아! 서프라이즈!"

볼에 와 닿는 간지러운 느낌에 부스스 눈을 뜬다. 파울이 침대 옆에 무릎을 꿇고 앉아 장미 한 송이로 내 얼굴을 간질이고 있다. "잘 잤어?"

"몇 시야?" 나는 자리에서 일어나 앉으며 얼떨떨한 표정으로 묻는다.

"벌써 열한 시도 넘었어." 파울이 책망하는 듯 부드러운 미소로 답한다. "여덟 시부터 자기 일어나기만 기다리고 있었어."

"정말? 내가 그렇게 오래 잤어?"

"그래. 첫날부터 제대로 백수 행세를 하겠다 이거지?"

백수. 역시 듣기 좋은 말은 아니다.

"미안." 파울은 자기 농담이 내 심기를 건드렸다는 것을 알아채고 즉시 사과한다. "난 그냥 자기 재미있게 해주려고 한 건데."

"하하, 완전 성공했네." 삐친 목소리로 내가 말한다.

"에이, 그러지 말고." 파울은 내 뺨에 키스한다. "자기 오늘 첫날인데 혼자 있지 말라고 오전만 휴가 냈단 말이야. 이것 봐." 그는 침대 옆에 놓인 작은 상을 가리킨다. "내가 아침식사도 준비했어."

맛있는 음식들로 정성껏 차려진 상을 휘둘러본다. 베이컨을 넣은 스크램블드에그와 토스트, 커드 치즈와 과일샐러드, 크루아상, 커피, 직접 갈아 만든 오렌지 주스까지 있다. 내 입가에는 곧 미소가 번진다. "정말 예쁘게 차렸네. 고마워."

파울은 조심스럽게 상을 들어서 내 앞에 놓고, 자기도 침대에 걸터앉는다. 나는 맛있게 먹는다. 음식은 이미 다 식었지만, 중요한 건 마음이니까 괜찮다.

"어때?" 파울이 묻는다. "아침에 회사 안 가도 되니까 좋지?"

"응, 좋아." 나는 고개를 끄덕인다. "하지만 장기간 이러고 싶진 않아."

"그런 걱정은 하지 마." 파울은 낙천적으로 말한다.

"안 해. 고용지원센터에 갔는데, 청소부 자리밖에 없다는 말 듣기 전까지는 걱정 안 해."

"왜 요즘 청소인력 수요가 얼마나 많은데?" 그는 내 말을 받아 농담을 한다. "그리고 청소하는 사람들 돈도 꽤 많이 받아."

"지금 그게 웃으라고 하는 말이야?"

"정말로 걱정할 필요 없다는 말이야! 늦어도 두 달 뒤에는 새 직장을 잡을 테고, 자기가 원하는 대로 다 잘 될 거야."

그는 웃음을 지어 보인다. "자기가 원하는 환상의 결혼식도."

"정말?"

"그럼, 내가 백 퍼센트 보장해! 우리가 그렇게 쉽게 포기할 사람들이 아니지!" 그는 다시 내게 입 맞추며 내 접시에서 베이컨 한 조각을 집으려고 한다. 나는 재빨리 손을 들어 그의 손등을 찰싹 때린다.

"어허!" 그리고 재미삼아 파울을 위협한다. "불쌍한 실업자의 밥그릇에 손을 대?"

파울은 손바닥을 들어 보이며 잘못을 인정한다. "알았어, 알았어. 손 안 댈게."

"그래야지." 나는 맛있게 아침식사를 마치고 마지막 남은 밀크커피까지 다 마신 후 기분 좋게 배를 쓰다듬는다.

"오늘 뭐 할 거야?" 파울이 묻는다. 나는 어깨를 으쓱한다.

"몰라. 계획 없어. 고용지원센터 상담은 일주일 뒤에나 있으니까, 그동안 도자기나 배우러 가든가, 레이스 가방이라도 뜰까봐."

"좋은 생각이야!"

"아니면……"이라고 말하며 나는 파울을 내 쪽으로 끌어당겨 키스를 하기 시작한다. 그는 나의 키스를 받는다. 우리는 쿠션 위로 쓰러져 서로를 애무한다. 후후, 이것도 정말 오랜만이다. 그것도 환한 대낮에, 게다가 평일에! 나는 파울의 셔츠 밑으로 손을 넣어 따뜻하고 부드러운 몸을 어루만진다. 그러나 바지 단추를 끄르려고 하자 파울이 나를 제지한다.

"미안해, 자기. 이제 슬슬 법원에 나가봐야 돼."

"삼십 분 정도는 더 있어도 되는 거 아냐? 아직 오전 다 안 지나갔는데." 나는 삐쳐서 투덜댄다.

파울은 나지막이 한숨을 쉰다. "사실은 아침에 빠지는 것만으로도 눈치 보이는 상황이야. 처리해야 할 서류로 책상이 휘어질 지경이라고."

"휘어질 책상이 아직 있어서 좋겠네." 나는 언짢은 목소리로 대꾸한다.

"그래. 그리고 그 책상이 날 아주 급하게 부르고 있어."

그래도 난 그를 놓아주지 않는다. 오히려 내 쪽으로 끌어당긴다. "아우, 자기야." 나는 파울을 조른다. 하지만 나의 자기는 다시 나를 떼어낸다.

"진짜 안 돼. 금방 회의가 있을 건데 빠지면 안 되는 회의야." 그는 일어나 앉더니 미안함이 담긴 눈으로 나를 바라본다. "오늘 저녁에, 응?"

"오늘 저녁엔 분명히 너무 피곤하다고 할 거야." 나는 시큰둥하게 말한다. "그러지 말고 아주 잠깐만……"

"자기, 우리가 무슨 틴에이저인 줄 알아?"

"틴에이저하고 이게 무슨 상관이야?"

파울은 내 코에 입을 맞춘다. "해야 할 일을 내팽개치고 하루 종일 침대에 누워 있을 수는 없어." 그는 자상하게 말한다. "마음은 굴뚝같지만 할 일은 해야지." 그는 일어서서 셔츠를 도로 바지 속에 집어넣는다. 그리고 복도로 나가 신발을 신고 재킷을 입은 뒤 다시 한 번 내게로 돌아온다. "삐치지 말고 휴일을 즐겨요, 아가씨. 그럼, 오늘 저녁에……" 그는 의미 있는 미소를 짓더니, 내게 입 맞추고, 윙크하고, 다시 나간다. 그리고 현관문을 닫기 전 안에 대고 외친다. "사랑해."

"사랑 안 하기만 해봐!" 나는 심술이 나서 문에 대고 외친다. 파울 바보. 이렇게 아름다운 여인을 침대에 남겨두고 법원 같은 델 가다니!

샤워를 하고 옷을 입는다. 그리고 이 자유의 첫날을 어떻게 하면 의미 있게 보낼 수 있을지 생각해본다. 마음 같아서는 카티야랑 카페에 앉아서 수다를 떨고 싶다. 안 그래도 오늘은 '헤어드림'이 쉬는 날이다. 하지만 카티야는 어젯밤에 전화해서 어떤 왕 멋진 남자랑 바닷가로 놀러간다고 했다: "얘기할 사람 필요하면 내가 데이트 취소할게. 너 혼자 지내기 힘들 수도 있으니까……" 당연히 난 거절했다. 그러다 카티야가 '꿈속의 왕자님'을 놓치기라도 하는 날엔 그 뒷감당할 일이 더 걱정이다. 물론 카티야는 그 꿈에서 상당히 빨리 깨어나긴 하지만.

나는 결정을 못 내리고 집안을 왔다 갔다 한다. 쇼핑을 갈까? 쇼핑은 혼자 하면 재미없다. 게다가 앞으로의 재정이 어떻게 될지 모르는 백수 첫날부터 돈을 쓴다는 것은 좀 그렇다. 지금은 아껴야 할 때다. 어찌 할까 망설이고 있는데 전화벨이 울린다. 나는 혼자 멋쩍은 미소를 짓는다. 유능한 경리 직원을 찾는 헤드헌터가 아닐까, 하는 생각이 들어서다.

전화선의 끝에서 들려오는 목소리는…… 완전히 넋이 나간 베아테다. "여보세요?" 베아테는 전화에 대고 흐느낀다. "집에 있어서 다행이야, 율리아."

"가고 싶어도 갈 데가 없는 걸요?" 나는 농담을 시도한다. 베아테가 울음을 터뜨린다. 아마 내 농담이 서툴렀던 모양이다. "무슨 일 있어요?" 내가 걱정스럽게 묻는다.

베아테는 잠시 말이 없다가 깊은 한숨을 쉰 뒤 떠듬떠듬 말하기 시작한다. "게르트도 오늘 해고당했어. 회사가 파산했대."

"오." 내 입에서는 짧은 비명이 새어나온다. 그리고 곧이어 "젠장!"이 튀어나온다.

"그래, 바로 그거야."

나는 베아테에게 뭔가 위로가 되는 말을 하려고 머리를 고속으로 회전시킨다. 하지만 아무 말도 떠오르지 않는다. 머릿속에서는 먼지만 풀풀 날린다.

"어, 저기, 그럼……" 나는 말을 더듬는다.

"딱 신파 영화의 주인공이 된 기분이야." 베아테는 힘없는 목소리로 말한다. "오늘 아침에 서류를 내러 고용지원센터에 갔었어. 별 희망 갖지 말라고 하더라고. 시간제 아르바이트를 알아보래. 개인연금 들었냐고 물어보더니 차라리 연금을 조기 신청하는 게 낫지 않겠냐고 하더라니까." 그녀는 숨을 깊이 들이마신다. "훗! 내가 벌써 환갑이라도 된다는 듯이 말이야! 난 이제 겨우 오십대 초반이야!"

"그럼요, 아직 한창때죠." 말로는 맞장구를 치지만, 속으로는 다음 주에 있을 내 상담에서는 과연 어떤 말이 나올지 의심스러워진다. 아니, 그 생각은 그때 가서 하자.

"그러고서 두 시간 전에 집에 왔더니 글쎄, 게르트가 해고당했다는 거야. 설상가상이라더니 정말……"

"큰일이네요." 나는 정말 마음이 싸하게 아파온다. 베아테에 비하면 나는 복에 겨워 투정하고 있었던 셈이다. 파울이 오늘 저녁에 당장 해고장을 들고 집에 돌아오지 않는다면 말이다. 다행히 파울은 법정 관리인으로서 공무원의 신분이라 그렇게 쉽게 잘리지는 않는다. "장담은 못 하지만, 도움이 될 만한 일이 있으면 꼭 연락할게요."

"고마워." 전화선 끝에서 베아테가 말한다. "아유, 이렇게 시간 내서 내 얘기 들어주는 게 도와주는 거야."

"뭘요, 전화하고 싶을 때는 언제라도 하세요."라고 말한 뒤 나는 장난스럽게 덧붙인다. "혹시 소문 들었는지 모르겠는데…… 나 이제 시간 많거든요."

"어머, 정말? 미처 몰랐는걸." 마침내 베아테가 조금 웃는다. 목소리도 조금 전보다는 훨씬 밝아 보인다. "정말 고마워, 율리아. 이제 게르트랑 같이 산책이라도 나가야겠어. 신선한 공기도 마시고 맑은 정신으로 생각도 좀 해봐야지. 잘 있어!"

수화기를 내려놓고 나니 왠지 우울하다. 세상은 정말 불공평하다. 베아테와 게르트 같은 성실한 사람들이 헌신짝 취급을 받고 거리로 내몰리다니! 기업이 도산해서 어쩔 수 없다는 건 이해한다. 그래도 너무 짜증난다!

몇 분 전까지만 해도 그나마 괜찮던 내 기분은 이 새로운 소식에 완전히 굴복하고 만다. 옛말 그른 데 없다더니 정말 엎친 데 덮친 격이다.

어떻게 하면 이 기분을 조금이라도 '업' 시킬 수 있을지 궁리해본다. 텔레비전? 이건 좀 아니다. 허접한 법정 드라마 같은 것을 보느니 차라리 목을 매겠다. 나도 산책을 갈까? 혼자 가기는 싫다.

불현듯 머릿속에 번쩍 떠오르는 생각이 있다. 파울 말이 맞다! '내가 그렇게 쉽게 포기할 사람 같아?' 나는 내 거실에게 따지듯이 외친다. "자, 이제부터 다시 결혼식 계획을 세우는 거야. 그렇게 비관적으로 생각해선 안 돼. 난 곧 새 일자리를 찾게 될 거야. 그러니까 이 뜻밖에 주어진 시간을 활용해서 확실하게 계획을 세우는 거야. 다시 고정수입이 생길 때까지 예약은 할 수 없겠지만, 계획은 세울 수 있잖아? 어쩌면 처음에 생각했던 것보다 훨씬 싸게 먹힐지도 몰라."

나는 얼른 파울의 서재로 들어가 컴퓨터를 켠다. 우선 서너 개의 웨딩 정보 사이트에 들렀다가 바케니츠 성, 시청 혼인계, 출장연회 서비스와 꽃집 몇 군데의 전화번호를 검색한 뒤, 일을 시작한다. 일단 세부적인 계획과 정확한 지출예산이 나오고 나면 훨씬 기분이 좋아질 것이다!

그로부터 세 시간 뒤. 전화를 한 오백 통은 한 것 같다. 그러나 내 기분은 전혀 나아지지 않았다. 완전히 반대다. 나는 허옇게 질린 얼굴로 내가 작성한 리스트를 내려다본다. 처음 생각한 것보다 훨씬 싸게 먹힐지도 모른다고? 이 생각을 하는 순간 마치 미국 시트콤에서 배경 처리되는 군중의 웃음소리가 들리는 듯하다. 원하는 대로 다 할 경우, 내 결혼식은 처음보다 훨씬, 훨씬, 훠어어어얼씬 더 비싸진다. 뒷골이 확 당긴다.

〈결혼식 지출 예산 율리아 & 파울〉

시청 혼인식 비용	약 100유로
교회/기부금	약 150유로
결혼반지	약 1000유로
시청에 입고 갈 드레스와 구두	약 750유로
시청에 입고 갈 양복과 구두	약 850유로
시청 갈 때 꽃다발	약 100유로
시청 혼인식 뒤 가족들과 피로연	약 1500유로
전야 파티	약 2000유로
헤어, 메이크업	공짜
웨딩드레스	약 2000유로
면사포	약 250유로
구두	약 250유로
장갑	약 250유로
속옷	약 250유로
핸드백	약 200유로
신부 부케	약 200유로
던지는 부케	약 100유로
꽃 장식/교회	약 500유로
리무진 대여료&장식	약 500유로
실내 관현악단	약 1000유로
가수	약 500유로

결혼예복, 구두	약 1300유로
화동 의상	약 400유로
청첩장/식사 메뉴/좌석표	약 400유로
웨딩케이크	약 300유로
바케니츠 성 연회실 대여료	약 1500유로
성 피로연(100명분)	약 6000유로
음료	약 6000유로
촬영기사	약 800유로
비디오 촬영	약 1000유로
DJ	약 1500유로
결혼식 당일에 입을 슈트	약 500유로
가족들 숙박비	약 2000유로
신혼여행	약 6000유로

여전히 핏기 없는 얼굴로 지출예산 리스트를 내려다본다. 다 합쳐서 41,100유로다. 거의 심장마비 직전이다. 이렇게 많은 돈은 평생 걸려도 모으지 못할걸! 거기다 웨딩정보 사이트마다 씌어 있는 조언을 진지하게 받아들인다면 지출 규모는 더 커진다: 필요한 항목을 다 계산한 뒤 거기에 십 내지 십오 퍼센트를 더하라. 생각지 못했던 지출은 언제나 생기는 법. 가난한 내 청춘에 건배!

맥이 탁 풀린 나는 소파 위로 나자빠진다. 다음 주에 고용지원센터에 가면 묵직한 연봉의 경영자 자리가 날 기다리고 있을까? 그럴 리 있다면 좋겠다……

5장

어디선가 색깔이 사람의 기분을 크게 좌우한다고 읽은 기억이 난다. 괜히 엄청 과학적인 척하는 어느 사이비 과학 잡지였나? 잘 생각이 안 난다. 어디서 봤건 그건 중요하지 않다. 내가 정확하게 기억하는 것은 갈색-녹색-회색이 딱히 활력을 주는 색 조합은 아니라는 것이다. 오히려 정반대다. 이 조합은 오히려 살맛 안 나게 하는 효과를 낸다.

이 고용지원센터의 퍼실리티 매니저(요즘에는 건물 관리인을 이렇게 부른다. 죽이는 직함 아닌가!)가 도대체 무슨 생각으로 회색 바탕의 벽에 이렇게 갈색과 녹색의 띠를 빙 둘러 칠해 놓았는지 궁금하다. 뭔가 메시지를 전달하려 한 것일 수도 있다. 걱정할 것 없어, 곧 다 좋아질 거야? 아니면, 집에 가서 잠이나 자라, 여기서 뻐대봤자 아무 소용없다?

그래도 이 띠는 바랜 회색의 리놀륨 바닥과는 꽤 훌륭한 대비를 이루고 있다. 그리고 복도를 따라 늘어서 있는 연갈색의 플라스틱 의자 세 개와도 잘 어울리는 편이다. 나는 이 의자 중 한 개에 앉아 출구의 인포메이션 스탠드에서 가져온 색색의 팸플릿을 넘기며 담당자와의 첫 면담을 기다리고 있다. 팸플릿의 제목은 하나같이 고무적이다: 유럽을 무대로─ 어르신을 위한 일자리 창출, 제대로 한번 해 봅시다─ 직업 상담 매거진. 특히, 직업의 세계로 풍덩─ 직업 적성 테스트가 눈에 들어온다. 재미있겠는걸! 이런 테스트를 받아보는 것도 나쁘지 않을 것 같다. 카티야 말대로 정말 직업을 한번 바꿔봐?

타고난 건축가라거나 피트니스 트레이너를 하면 성공한다거나 그런 테스트 결과가 나올 수도 있지 않을까? 이렇게 혼자 상상의 나래를 펼치고 있는데 느닷없이 우렁찬 목소리가 귓전을 때린다. "이 테스트는 이십 세 이하의 참가자를 위한 것입니다. 거기 위에 써 있네요. 솔직히 말해도 돼요? 스무 살은 훨씬 넘어 보이는데."

나는 화들짝 놀라 뒤를 돌아본다. 그런데 내 시야에 들어오는 것은……

……아는 얼굴이다. 꿈에도 보고 싶지 않은 얼굴: 시몬 헤커. 이 인간이 왜 여기 있지? 고용지원센터에서도 구조조정을 하나?

"아니, 여기서 뭐하고 있어요?" 나도 모르게 생각이 곧장 입으로 미끄러져 나온다. "그리고 왜 뒤에서 사람을 놀라게 하는 거예요?"

"독서삼매경에 빠져 있기에 뭐가 그렇게 재미나나 한번 들여다본 것뿐이에요. 아, 아직 인사도 안 했네요. 잘 지냈어요, 린덴탈 씨? 다시 만나서 기쁩니다." 헤커는 손을 착 내밀어 악수를 청한다. 어리둥절해진 나는 나도 모르게 손을 내밀어 악수에 응한다.

"에, 예, 잘 지냈어요." 헤커가 내 이름을 외우고 있다니 뜻밖이다.

"이름 안 잊어버리고 있어서 놀랐죠?" 헤커는 곧 명랑하게 지껄이기 시작한다. "자기자랑 같지만 내 기억력은 거의 사진에 가깝다고 해도 과언이 아니죠. 한번 본 사람은 절대 안 잊어버리거든요. 아무리 하찮은 사람이라도 다 기억한다니까요." 그는 히죽히죽 웃는다.

인간이 저렇게 오만방자할 수 있다니. 정말 기가 막혀! 나는 말로 몰아붙여 그를 완전히 묵사발로 만들어버리고 싶은 무시무시한 충동을 느낀다. 그러나 막상 말을 하려니 그럴 듯한 말이 한 마디도 떠오르지 않는다. 좋아, 그렇다면 무시 작전이다. 자기가 한 말 때문에 내 말문이 막혔다는 인상을 줘서는 절대 안 된다.

"이번엔 고용지원센터가 고객인가 보죠?"

내가 착각한 건가? 방금 헤커의 표정에 당황한 빛이 떠오른 것 같았다. 대답하기 어려운 질문도 아닌데 저런 반응을 보이다니 이상한 일이다.

"어, 그러니까…… 뭐, 인수 일정이 있다고 해두죠." 그는 대답을 회피한다. 그리고 실제로 약간 당황하고 있다. 순간, 나는 모든 것을 눈치챈다. 헤커는 나와 같은 이유로 여기에 와 있는 것이다! 확실하다, 아니면 내열 손가락에 장을 지진다.

"해고당한 거죠, 맞죠?" 나는 말을 돌리지 않고 직선적으로 묻는다. 속으로는 마치 성탄절, 부활절, 내 생일이 하루에 겹친 날에 로또 대박 난 기분이다. 남의 비극을 즐거워해서는 안 된다. 원래는 안 된다. 그러나 지금은 예외다!

"뭐, 그렇다고 할 수도 있죠."

나는 말꼬리를 붙든다. "그렇다고 할 수도 있다는 건 또 뭐예요? 그러면 그런 거고 아니면 아닌 거지."

"알았어요. 내가 졌어요. 그래요, 나 해고당했어요. 됐어요? 피델리아 프로젝트가 끝난 뒤에 우리 컨설팅에 주문이 끊겼어요. 그러니까 굿바이 하더라고요. 우리 업종 분위기 어떤지 알잖아요. 업 오어 아웃(Up or Out). 그로우 오어 고(Grow or Go)." 헤커는 약간 삐딱하게 웃는다.

"업 오어 아웃? 그로우 오어 고?" 나는 잘 모르겠다는 듯 눈을 껌벅거리며 딴청을 피운다. 그러면서 속으로는 깨소금 맛이 이런 거구나 싶다. 패배의 쓴맛을 한번 제대로 느껴보시라, 미스터 잘난 척. "무슨 모발관리 제품 이름 같기도 하고……"

"그게……" 헤커는 잠시 망설이더니 가볍게 한숨을 내쉬며 말한다. "하이어 앤드 파이어(hire and fire)라고도 할 수 있죠. 지금 난 예상치 않게 파이어 된 상태지요."

헤커는 무척 난감해한다. 차마 내 앞에서 이런 말을 하기가 힘든 모양이다. 나의 복수심은 어느새 눈 녹듯 사라진다.

"흠." 어찌해야 할지 몰라 나는 잠시 뜸을 들인다. "상당히 빨리 진행된 모양이네요."

"예, 나한테도 상당히…… 에에…… 뜻밖이었습니다." 헤커는 내 옆 플라스틱 의자에 앉는다. 이런 휑한 복도에 둘이 나란히 앉아 있으려니 어떤…… 동질감 같은 것이 느껴진다. 천성은 어쩔 수 없는 모양이다. 아무리 재수 없는 인간이라도 뜻밖의 불운을 당한 것을 보면 내 동정심이 발동하고 만다.

"그러고 보니 둘 다 같은 신세네요." 나는 시몬 헤커를 위로한다. "그쪽도 그렇게 되다니, 참 안됐어요."

그는 어이없다는 듯한 표정으로 나를 본다. "안됐어요? 얼마 전 회사 식당에서는 금방이라도 잡아먹을 듯이 노려보더니 뭐가 안됐어요? 그때 정말 어찌나 무서운지 피가 얼어붙는 줄 알았습니다." 그는 천연덕스럽게 웃어젖힌다.

멍청이!

"피가 얼어붙은 사람치고는 아주 건강해 보이는데요. 내 눈빛에 살인 능력은 없는 것 같네요. 앞으로 수련을 더 쌓아야지……"

"눈빛에 살해당할 뻔한 건 이번이 처음이 아닙니다. 우리 직업에서는 뺏을 때는 가차 없이 뺏어야 돼요. 쇼크 상태의 해고자들한테 별의별 소리를 다 들어봤어요. 한번은 어떤 일이 있었냐 하면……" 그는 뭐가 우스운지 혼자 킥킥거린다. 이 인간은 자신의 냉혈동물 이미지를 자랑스럽게 생각하는 게 틀림없다.

"그런 말을 하면서 웃음이 나와요? 적어도 지금 내가 왜 이 플라스틱 의자에 앉아 있어야 하는지에 대해서는 전혀 죄책감을 못 느끼는 것 같네요. 나라면 미안한 마음 때문에라도 그렇게 못할 거예요. 지금 우리 둘 다 똑같은 이유로 여기 앉아 있는 거 아니에요?"

헤커는 어떤 표정의 변화도 없이 양 눈썹을 치켜올린다. "그렇게 생각합니까?" 그는 기가 막힌 듯 짧게 웃는다. "그건 좀 어폐가 있죠. 린덴탈 씨는 직업을 구하러 여기 왔지만, 난 경험을 쌓으러 왔거든요. 어차피 일은 곧 구해질 거예요. 난, 내가 하는 일이 쓸모없는 인력을 최대한 빨리, 최대한 많이 내보내는 것이니까, 한번쯤 다른 관점에서 문제를 바라보자는 의도에서 온 겁니다."

천상천하 유아독존에 착각도 유분수지! 정말 할 말이 없다. 아니, 이 몇 마디 말은 할 수 있다. "그렇게 현실을 부인하려고 애쓸 필요 없어요. 싫든 좋든 우린 같은 배를 탄 신세니까요."

"그 말은 부정하지 않겠습니다. 하지만 린덴탈 씨는 어디까지나 노 젓는 선원이고, 난 선장이죠. 그러니까 연대감을 확인하려는 노력은 하지 말아주세요. 그 에너지를 아꼈다가 다른 의미 있는 일에 쓰세요."

헉!

이 세상에 둘도 없는 파렴치한 같으니라고! 얼굴이 벌겋게 달아오르는 것이 느껴진다. 따끔한 말로 몰아세워서 이 건방진 인간의 눈에서 눈물이 쏙 나도록 만들어줘야 한다. 그러나 어처구니없게도 내 입에서 터져 나오는 유일한 단어는 고음의 "허업!"이다. 따끔하게 혼내주기에는 조금 역부족이다.

헤커는 마치 베네딕트 교황이 가톨릭 보이스카우트단에게 부활절 축복을 내릴 때처럼 온화한 표정으로 나를 내려다본다. "린덴탈 씨, 너무 고깝게 듣지 말아요. 난 진짜 프로거든요." 그는 이 말과 함께 자리를 뜨려 한다. 나는 그제야 겨우 내 모국어를 다시 기억해낸다.

"진짜 프로?" 나는 헤커에게 쏘아붙인다. "도대체 당신이 할 줄 아는 게 뭔데요? 이 오만방자한 이기주의자 같으니라고. 당신이 잘 하는 거라곤 냉정하게 사람들 내쫓는 것뿐이잖아요. 당신 담당자가 이 자질에 대해서 뭐라고 할지 정말 궁금하네요. 나이트클럽에서 사람들 내쫓는 일이나 하면 딱 맞겠네요. 안 그래요?" 나는 이제 제대로 발동이 걸려 거침없이 말을 쏟아낸다. "그런데 거기서 '어깨' 하기에는 그 비싼 양복도 그렇고 좀 얄팍하네요. 내 말은 옷만 그렇다는 것이 아니에요! 당신은 사람을 어떻게 대해야 하는지, 세상을 어떻게 살아야 하는지 아무것도 몰라요!"

헤커는 얼이 빠져서 나를 쳐다보고만 있다. 그럼 그렇지! 후우, 이제 속이 좀 후련하네. 다음 차례로 기업 컨설턴트 일반에 대한, 그리고 특히 그에 대한 나의 경멸감을 표현하려고 잠시 숨을 돌리는 사이 왼쪽 방문이 열리며 젊은 여자가 얼굴만 내밀고 말한다. "린덴탈 씨? 이쪽으로 오시겠어요?"

두 시간 후, 시내에서 점심 약속을 하고 파울과 만난 나는 여전히 분이 가시지 않은 상태다. "상상이 돼?" 나는 스파게티를 포크에 돌돌 감으며 계속 투덜댄다. "멍청이, 나쁜 자식, 개자식……"

"율리아." 내 약혼자가 내 말을 중지시킨다. "자기가 왜 그 시몬 헤커라는 사람 때문에 그렇게 열을 내는지 이해가 안 돼. 그냥 잊어버려. 내가 보기엔 생각할 가치도 없는 사람 같은데. 괜한 시간 낭비야."

"자기는 자기 일 아니니까 그렇게 얘기할 수 있지." 나는 열이 나는 김에 파울한테도 한마디 쏘아붙인다. 오늘은 세상 모든 남자들이 나한테 한소리 듣고 싶어서 안달이 난 모양이다. 하라면 할 말이 없는 것도 아니다! "그래, 자기가 쫓겨난 거 아니니까!"

"율리아!" 파울이 버럭 소리를 지른다. "그렇게 갖다 붙이지 좀 마. 그 사람이 꼭 자기한테 개인적 원한이 있어서 그런 것처럼 말하고 있잖아. 실제로는 자기랑 아무 상관도 없는 사람이야."

"지금 그 사람을 두둔하는 거야? 미래의 자기 아내를 길거리에 나앉게 한 사람인데?"

"그런 거 아냐." 파울은 힘을 주어 반박한다. "나도 정말 화가 나. 하지만 자기가 끝없이 늘어놓는 신세한탄은 정말 더 이상 들어줄 수가 없어."

"뭐! 신세한탄? 오늘 다들 왜 이래, 정말!" 나는 홧김에 포크를 접시 위에 탁 소리가 나게 던진다. "자기하고는 상관없다 이거야? 이건 어디까지나 우리 둘 다에게 해당되는 문제야! 시몬 헤커가 내 일생일대의 꿈을 망쳐놓을 수도 있다고!"

"그렇게 감정적으로만 생각하지 마, 율리아." 파울은 나를 달래려는지 좀 누그러진 음성으로 말한다. 사람들이 우리 쪽을 흘끔거리기 시작한 것에 무척 신경이 쓰이는 눈치다. 흥, 보든지 말든지!

"이건 감정적인 것하고는 상관없어." 나는 여전히 고집스러운 말투로 대꾸한다. "나한테 우리 결혼식이 얼마나 중요한지 자기도 잘 알잖아. 물론 자기한테는 전혀 안 그런 것 같지만."

"당연히 나한테도 중요해! 하지만 자기가 만든 그 리스트를 생각하면…… 그건 너무 비현실적이야. 설사 자기가 아직 직장에 다닌다고 해도 그런 결혼식은 무리야. 하루 잔치에 그 많은 돈을 퍼붓는다는 건……"

"사흘!" 내 입에서는 이 말이 쏜살같이 튀어나온다. 한두 번 한 얘기가 아니기 때문이다. "그리고 신혼여행도 있어!"

"한 달이라고 해도 달라지지 않아. 완전히 미친 짓이야!" 파울의 목소리가 다시 커진다.

"아, 자기한테는 내가 우리 사랑의 결실을, 우리 인생에서 제일 중요한 날을 어디 선술집 같은 데서 치르지 않으려고 하는 노력이 미친 짓으로 보인단 말이지?"

"선술집과 고성 사이에는 여러 가지 가능성이 있어. 우리가 무슨 투른 운트 탁시스(*독일의 부유한 귀족 가문)도 아니고, 조금쯤 더 소박하게 할 수도 있다고!"

나는 말문이 막혀 파울을 쳐다본다. 파울이 성대한 결혼식을 탐탁치 않아 한다는 것은 이미 눈치채고 있었다. 그러나 지금 이 순간 그는 확실한 반대 의사를 밝히고 있다. "결혼하기 싫은 거야?" 담담한 목소리로 말하지만, 눈물이 마구 솟구친다.

"그건 또 무슨 뚱딴지 같은 소리야?" 파울은 약간 신경질적으로 내뱉으며 내 표정을 살핀다.

"맞잖아. 내 꿈이 어떻게 되든 자기한테는 아무 상관없잖아."

"정말 미치겠네!" 파울이 한 손으로 탁자를 친다. "도대체 오늘 왜 이래? 평소의 자기 같지 않아. 왜 이렇게 히스테리를 부려?"

"히스테리?" 나는 다시 발끈해서 무릎 위에 놓여 있던 테이블 냅킨을 들어 탁자에 내동댕이친다. "혹시 잊어버렸다면 말해줄게. 난 며칠 전에 해고를 당했고 앞으로 어떻게 될지 아무것도 모르는 상황이거든. 그런데 내 잘난 약혼자가 기껏 한다는 소리가 돈 몇 푼 아끼려고 결혼식을 선술집에서 하자는 거야!" 이 말과 함께 나는 자리를 박차고 나가려 한다.

"율리아, 제발. 그러지 말고 앉아." 파울이 나를 제지한다.

"아니, 너무 답답해. 바람 좀 쐬어야겠어!"

저녁에 현관문 소리가 들리자 나는 얼른 자는 척한다.

"율리아?" 파울이 부르는 소리가 난다. 재빨리 이불을 끌어당겨 머리끝까지 뒤집어쓴다. 그동안 흥분이 가라앉았고, 식당에서의 일도 지금은 창피하게 느껴진다. 대체 내가 무슨 생각으로 그랬는지 나도 잘 모르겠다. 보통 나는 감정 조절을 잘 하는 편이다. 그리고 우리는 보통 때는 싸움도 잘 안 하는 편이다. 그렇게 심하게 싸우기는 이번이 처음이다. 그러나 현재 상황은 보통이 아니지 않은가.

"율리아?" 다시 파울이 부르는 소리가 난다. 곧 침실로 들어와 내 옆에 앉는다. "자는 거야?" 그는 나지막이 속삭인다.

"응." 나는 이불 속에서 웅얼거린다. 파울이 내 얼굴에서 이불을 걷어낸다.

"아직도 화났어?"

나는 머리를 설레설레 흔들며 거의 웃음이 나오려는 것을 참는다. 파울은 내 옆에 누워 나를 보듬어 안는다. "아, 율리아." 파울은 한숨을 내쉰다. "아까는 자기가 오해한 거야. 그런 뜻으로 말한 거 절대 아냐."

"나도 알아." 나는 들릴락말락 한 소리로 말한다. "미안해."

"내가 원하는 건 우리가 정말 멋진 결혼식을 하는 거야. 평생 잊지 못할 결혼식. 하지만 돈을 써야 할 때와 쓰지 않아도 될 때를 잘 따져서 합리적으로 일을 처리하고 싶어. 그리고 무엇보다 지금 상황에서 우리 분수에 맞는지를 봐야지. 결혼식만 치르고 굶을 수는 없잖아."

"금방 새 일자리를 찾을 거라고 했잖아." 나는 고집스럽게 대꾸한다.

"그럼. 분명 그렇게 될 거야. 그래도 자기가 상상하는 건 좀…… 과하다 싶어."

"흠." 나는 별 대꾸를 하지 않는다. 하지만 마음 속으로는 파울 말이 틀렸다고 생각하지 않는다. 사실 나의 화려한 결혼식에 대한 남다른 의지는 사춘기 시절의 꿈이 성인기의 집착이 되어버린 면이 없지 않다. 그러니까…… 꿈이란 원래가 그런 것이다. "화내서 미안해." 결국 나는 이렇게 말해버리고 만다.

"괜찮아." 파울이 내 뺨을 어루만진다. "둘 다 너무 민감했어."

"맞아. 그런 것 같아."

"그래. 이제 그만 자자. 오늘은 정말 힘든 하루였어. 나는 완전히 녹초가 다 됐어." 그는 일어나 욕실로 가더니 잠시 후 사각팬티 차림으로 나타난다.

"잘 자." 그가 자기 쪽의 독서등을 끄려고 손을 내밀 때 내가 조용히 속삭인다. 5분 후, 나는 잠이 든다. 그리고 온통 흰색의 폴리에스테르로 된 꿈을 꾼다. 꿈속에서 나는 감자샐러드와 소시지를 걸신들린 듯이 입 속으로 처넣는다, 그리고…… 시몬 헤커가 큰 소리로 나를 비웃는다!

6장

"린덴탈 씨는 자신의 장점이 뭐라고 생각하십니까?"

이건 표준 질문이기 때문에 당연히 준비를 해왔다. "제 장점이요?" 나는 여유만만하게 질문을 되풀이하며 의자에 등을 기댄다. 그러나 웬걸, 막 대답을 시작하려는 찰나, 오늘 오전만 해도 머릿속에 잘 정리되어 있던 대답이 온데간데없이 사라졌다. "예, 그건, 그러니까 제 장점은, 어…… 에……" 빌어먹을! 내 장점이 뭐였지? 머릿속에서 윙윙거리는 소리가 나고 천천히 얼굴이 달아오르는 것이 느껴진다. 내 장점에 대해 뭐라고 말하려고 했었지? 내가 도펠코프 게임(*독일의 카드 게임)의 지존이고, 내가 만든 사과 케이크는 둘이 먹다 하나가 죽어도 모른다는 것? 여기 내 앞에 앉아 있는 양반들이 과연 이런 이야기를 듣고 싶어할까? 그러나 다른 것은 죽어도 생각이 안 난다. 완전한 블랙아웃! 이 면접을 얼마나 열심히 준비했는데, 게다가 고용지원센터에서 준 면접 가이드도 거의 외우다시피 했는데. 너무 열심히 외웠나?

"좋아요. 그럼 거꾸로 물어보죠. 린덴탈 씨의 약점은 뭡니까?" 미래의 내 직장이 될지도 모르는 회사의 인사과장이 내 얼굴을 뚫어져라 쳐다본다. "아니면 약점이 없습니까?" 인사과장 옆에 앉은 남색 옷의 여자가 쿡쿡대며 웃는다.

이마에 송골송골 땀방울이 맺힌다. "제 약점은, 말하자면, 그러니까, 그건……" 나는 머리를 쥐어짠다. 이런 질문은 함정이니까 대답하지 말라고 파울이 특별히 주의를 주었었다. 뭐였지…… 파울이 내 가장 큰 약점이라고 말한 게 뭐였더라? 그런데 파울이 누구지? "제 약점은, 어, 저의 착한 마음씨입니다." 에구머니, 내가 방금 착한 마음씨라고 했나?

"착한 마음씨요?" 남색 옷의 여자가 양 눈썹을 치켜올리며 되묻는다. 이런, 정말 했네! 이제 이 상황을 어떻게 빠져나가지? 나는 헛기침을 두어 번 한 뒤 어깨를 똑바로 편다.

"예. 제 생각에 저는 착한 마음씨를 가졌고, 그것 때문에 이용당할 때가 있습니다."

"그 말은 자기주장을 관철하지 못한다는 뜻인가요?" 빈센트 골트바흐라는 복 받은 이름의 인사과장이 경멸의 눈빛으로 나를 건너다본다(*골트-바흐는 금(金)과 내(川)의 합성어다). '마음씨가 착하다'는 틀린 대답이었다. 왜 참을성이 없다고 하지 않은 거지? 그랬으면 적어도 진취적이라는 인상은 줬을 텐데.

"아니요. 그런 뜻은 아니고요." 건질 수 있는 거라도 건지자. "자기주장을 관철하는 데 문제는 없습니다. 단지 그 전에 올바른 것이 무엇인지에 대해 먼저 생각하는 편입니다. 이것은 제 장점이기도 하다고 생각합니다." 좋았어! 이것으로 감점 만회다. 나는 새로 깨어난 자신감으로 골트바흐를 마주본다.

"뭐, 좋습니다. 하지만 린덴탈 씨, 우리가 지금 경리과 직원을 뽑고 있다는 사실은 알고 계시겠죠? 저 개인적으로는, 선에 대한 믿음은 경리 업무와 별 상관이 없다고 봅니다. 경리직은 냉정한 사실적 자료를 다룹니다. 정확한 계산이 중요하죠. 혹시 다른 생각이신가요?" 골트바흐의 입가에 조커의 미소가 떠올라 있다.

"아니요." 나는 서둘러 변명한다. "당연히 사실적 자료들이 중요하죠. 제 말은 인간적인 관계에서 그렇다는 것입니다."

"에, 내가 말한 건 직업적인 관계에서 그렇다는 겁니다. 지금 우리가 하고 있는 건 면접이지 잡담이 아니지 않습니까?" 골트바흐는 내 대답을 걸고 넘어진다. 맥이 탁 풀린다. 첫 번째 면접이 이렇게 어려울 거라고는 꿈에도 생각하지 못했다. 이 자리는 어느 모로 보나 완벽하게 나를 위한 자리였는데 말이다. 면접 통보를 받았을 때 난 사실 이 자리는 내 자리라고 확신했었다. 그 확신은 지금 이 방 안에서 봄눈 녹듯 사라지고 있다. 지적이고 위트 있는 농담으로 이 분위기를 무마시킬 수만 있다면 얼마나 좋을까. 하지만 나는 안타깝게도 상황 종료 후 십 분이 지나야만 적당한 말이 떠오르는 불행한 부류의 인간에 속한다. 상황이 이렇게 계속된다면 십 분후에 나는 다시 저 문 뒤에 서 있을 것이고, 새 직장은 그림의 떡이 되어 있을 것이다.

"좋아요, 린덴탈 씨. 그럼 이번엔 플랜 게임을 하나 해봅시다." 골트바흐는 몸을 뒤로 젖히면서 깍지를 낀다. "린덴탈 씨가 우리 회사를 위해 중대한 프로젝트를 이끌고 있다고 생각해보십시오. 한 고객의 등급 부여 건입니다. 아침에 출근해서 이메일을 체크하면서 보니까, 이 고객 기업의 팀장이 일의 진행에 문제가 있다, 특히 직원 A와 B가 일을 제대로 안 하고 있다면서 아예 주문을 철회하겠다고 합니다. 어떻게 하시겠습니까?"

나는 잠시 생각한다. "팀장에게 즉시 전화를 걸면 어떨까요?" 이걸로 일단 시작은 한 셈이다. 문제는 올바른 시작이냐 하는 것이다.

골트바흐는 미소를 짓고 있다. 다행이다! "그런데 팀장은 지금 통화할 수 없는 상태입니다."

빌어먹을. 올바른 시작이 아니었다.

"어, 그럼 직원 A, B와 대화를 해서 무슨 일이 있었는지 알아보겠어요."

"이 사람들은 아무 일 없이 잘 진행되고 있다고 말합니다. 그 팀장이 이상한 사람이라고 도리어 팀장을 욕해요."

"직원들 말대로 그 팀장이 좀 까다로울 수도 있으니까, 직원들과 팀장을 중재해서 서로 이해시키겠어요."

이번에는 골트바흐 옆에 앉은 여자가 흥분하며 나선다. "린덴탈 씨, 마음이 착한 게 아니라 여린 거네요! 지금 고객이 중요한 주문을 취소하겠다고 하는데, 일을 정말 잘못했을 수도 있는 직원들 말만 믿겠다는 거예요? 직원들을 감싸주기 전에 먼저 그 사람들이 한 업무를 체크해야죠!" 여자는 나를 엄한 눈으로 노려본다. 이 플랜 게임에서는 탈락한 것이 분명하다. 울고 싶다.

"그럼 여기서 면접을 마치겠습니다." 골트바흐가 내게 안락사를 선고한다. "면접에 참여해주셔서 감사합니다. 그럼, 곧 연락드리겠습니다."

"감사합니다." 나는 맥 빠진 소리로 말한다. 어서 이 자리를 떠야 한다. 그리고 이 치욕의 장소를 머릿속에서 영영 지워야 한다! 나는 자리에서 일어나 나의 고문자들에게 손을 내밀어 악수한다. 그리고 황급히 방을 빠져나온다.

난 다시는 새 직장을 구하지 못할 것이다. 결혼식 안녕!

참담한 면접 사건 일주일 후, 그동안 탈락 통지를 받았고 다른 면접도 들어온 것이 없는 상태다. 오랜만에 카티야를 만난다. 카티야의 이번 터프가이는 정말 터프한 게 틀림없다. 내 베스트프렌드는 어찌나 그 남자에게 빠져 있는지 몇 주째 코빼기도 볼 수 없었다. 물론 카티야가 한 남자를 오래 사귀는 법은 없다. 아주 빠르게 달아올랐다가 어느 정도 기간이 지나면 금방 차버린다. 남자는 영문도 모른 채 어느새 카티야의 리스트에서 지워져 있다. 반대로 카티야가 차일 때도 있다. 이런 경우, 다음 남자가 나타날 때까지 나의 구조 프로그램을 발동시켜야 한다. 카티야가 지금까지 만난 남자들로 도로를 깔면 플렌스부르크(*덴마크와 인접하고 있는 독일 최북단 도시)에서 콘스탄츠(스위스와 인접하고 있는 독일 최남단 도시)까지 충분히 깔 수 있을 것이다. 과장이 아니다!

"넌 어떻게 지내?" 장장 삼십 분 동안 라르스― 이번 터프가이의 이름이다― 의 정신적, 육체적 장점들을 하나하나 세세히 열거한 뒤에야 카티야가 묻는다.

"그냥 그래. 별로 새로운 건 없어." 나는 한숨을 쉰다. "오늘 고용지원 센터에 간 것만 빼고. 거기 가서 면접 어떻게 봤는지 얘기하고, 탈락한 거 보고하고, 앞으로 어떻게 할 건지 상담받았어."

"뭐 새로운 일자리가 있대?"

나는 고개를 젓는다. "아니, 지난주에 면접 보다 망친 그 일자리 하나밖에 없었어. 다음 주에 지원 트레이닝 받으래. 그런 걸 왜 해야 하는지 정말 짜증나 죽겠어!"

"왜? 도움 되는 거 아니야?"

"지원할 일자리도 없는데 그런 건 뭐 하러 해?"

"또 부정적으로 생각한다. 다 그럴 만한 이유가 있으니까 하라고 하는 거겠지."

"이해심 많은 척하지 마. 너도 그런 트레이닝 받아야 되면 입이 댓자는 나올 걸."

"아니야. 난 물건이든 일이든 새로운 것에는 개방적이야."

"카티야, 지금 주제는 너의 성생활이 아니야. 새내기 실업자로서의 내 앞날에 관한 얘기라고. 제목도 '지원 I— 완벽한 지원서 작성하기'가 뭐니? 그런 멍청한 트레이닝은 정말 싫어. 도대체 날 뭐로 보는 거야? 내가 이력서 쓰는 방법도 모를까봐? 내가 뭐 바본 줄 아나?"

카티야는 어깨를 으쓱한다. "지난번 지원이 성공적이지 못했던 건 사실이잖아. 트레이닝을 받는 것도 좋을 것 같은데."

"그렇기는 하지만, 지난번 일은 내 이력서하곤 아무 상관없었어. 교활한 면접관들이 날 함정에 빠뜨린 거야."

"이렇게 한번 생각해봐. 지원서가 좋을수록 면접 기회도 많아지고, 그러면 면접 연습도 더 할 수 있잖아. 그러면 골트바흐 같은 사람 앞에서도 끄떡없을 테고, 다시 좋은 일자리를 구할 수 있는 거지. 그 다음엔 딴 따따 따: 환상의 결혼식!" 카티야는 눈부시게 환한 미소를 짓는다. 나는 입가를 일그러뜨려 겨우 미소를 만들어낸다.

"그래, 그럴 거야."

"생각을 해봐! 너, 마지막으로 면접에 합격한 게 언제야? 제대로 지원한 적이라도 있니? 내 말은 골트바흐 참사 빼고?"

나는 흥분해서 씩씩거린다. "당연하지! 아주 성공적이었어. 첫 번째 질문에서 그냥 통과됐거든." 내 이력서는 아주 탄탄했으므로 당연한 일이었다.

카티야의 얼굴에 짓궂은 미소가 떠오른다. "아, 맞아. 그런데 그게 좀 오래됐지? 내가 기억하기로는 피델리아에 인턴사원으로 지원할 때였던 것 같은데. 그리고 그때 네 이모가 인사과장 비서 아니었니? 그건 빼야 하지 않을까?"

나는 아무 대꾸도 하지 않는다. 카티야 말이 옳기 때문이다. 내가 마지막으로 면접을 보고 합격한 것은 9년 전이다. 아주 오래된 일이다. 그래도 지원 트레이닝은 싫다. 오늘 상담에서 내 담당자가 마지막으로 해낸 생각이 바로 이 지원 트레이닝이었다. 인력 시장의 요구에 맞춰야 한다느니, 심리적 장애 요인을 제거하고 자부심을 회복해야 한다느니 하며 중얼중얼하더니 내놓은 결론이었다. 솔직히 내게 있어서 이 대안은 역효과를 낼 뿐이다. 나는 인력 시장의 요구에 맞출 준비가 충분히 되어 있다. 그리고 골트바흐랑 면담하기 전에도 전혀 심리적 장애를 느끼지 않았다. 물론 면담 후에는 무진장 많이 느꼈지만.

"율리아, 트레이닝에 가면 재미있는 사람들이 있을 수도 있잖아. 새로운 사람도 만나고 얼마나 좋니?" 카티야는 나를 달래려고 애쓴다.

"그런 거 필요 없어." 나는 손사래를 친다. 카티야에게 '재미있는 사람들'이란 언제나 '매력적인 남자들'을 의미한다는 것을 내가 모를 리 없다. 그리고 지금 난 연애 따위엔 관심이 없다. 뭐 하러 연애를 해? 나한텐 파울이 있는데.

카티야는 눈을 흘긴다. "어유, 그래. 너 하고 싶은 대로 해라. 이제 나한테 얘기 들어달라고 하지 마. 난 내가 해줄 수 있는 조언은 다 해줬으니까. 아무래도 넌 그냥 동정이나 받고 싶은 것 같다, 얘."

"뭐?" 나는 즉시 따지고 든다. "다른 때는 내가 항상 네 얘기 들어줬잖아. 처지가 바뀌니까 생색부터 내는 거야? 그리고, 네가 무슨 조언을 해줬는데? 그 중에 쓸 만한 건 하나도 없었어."

"어머, 넌 고맙다는 말을 그렇게 하니?" 카티야도 발끈한다. "어쩜, 넌 내가 한 얘기를……"

우리가 한참 싸우고 있는데 내 휴대전화가 울린다. 나는 가방 밑바닥을 뒤져 메일박스로 연결되기 직전에 통화 버튼을 누른다.

"여보세요?" 급하게 전화를 받는다.

"여어, 린덴탈 씨, 우리 잘 지내고 있는 거예요?" 전화기에서 명랑한 목소리가 흘러나온다.

"저어, 누구, 세요?" 내가 띄엄띄엄 묻는다.

"제 목소리를 기억 못하시다니 서운한데요."가 되돌아온다. "린덴탈 씨 인생에 있어서 굉장히 중요한 역할을 한 사람인데."

"굉장히 중요한 역할은 아니었나 보네요." 나는 평소보다 훨씬 냉정하게 전화를 받는다. "미안하지만, 말씀하시는 분이 누구신지 정말 모르겠거든요?"

"에이, 그럼 또 제가 궁금증을 풀어드려야죠." 전화기 저편에서 웃음소리가 나고, 나는 상대편이 누군지 단박에 알아챈다. 이 독선적인 웃음소리를 꿈엔들 잊을쏘냐. 나의 불길한 추측은 곧 기정사실화된다.

"접니다. 시몬 헤커."

7장

"헤커 씨?" 헤커가 내게 전화를 하다니 믿기지 않는다. "그 사람이야?" 카티야가 즉시 눈치를 채고 입모양으로만 말한다. 그리고 통화 내용을 엿들으려고 자기 머리를 내 얼굴 옆에 갖다 댄다. 나는 집중할 수가 없어 카티야를 밀어낸다. 그리고 전화기를 스피커 통화 모드로 바꾼다.

"여보세요? 아직 전화 받고 있어요? 아니면 너무 기뻐서 기절한 거예요?" 양철통 두드리듯 시끄러운 소리가 스피커를 통해 흘러나온다.

"내 전화번호는 어디서 알았어요?" 그의 실없는 농담을 무시하고 묻는다. 다시 그의 웃음소리가 울려 퍼진다.

"내가 괜히 범국가적으로 잘나가는 기업 컨설턴트인 줄 아십니까?"

헉, 기가 탁 막힌다. 자화자찬도 분수가 있지!

"잘나가던." 카티야가 내 귀에 대고 속삭인다. 무슨 뜻인지 금방 이해가 되지 않지만 카티야의 말을 수화기에 대고 그대로 전한다.

"무슨 뜻이에요?"

순간, 내게도 이 말의 뜻이 접수되면서 웃음이 삐져나온다. 이렇게 재치 있는 친구를 두다니 난 복도 많다. "헤커 씨는 범국가적으로 잘나가던 기업 컨설턴트였다고요." 나는 거드름을 피우며 말한다. "기억이 잘 안 나시는 모양인데, 지난번에 보니까 고용지원센터의 플라스틱 의자에 앉아 계시던데요?"

"아, 그거요!" 그는 대수롭지 않은 듯 말한다. "좀 특이한 경험을 해보고 싶었죠. 그건 그렇고 오늘 전화한 건 다른 일 때문이에요."

"뭔데요?"

"린덴탈 씨의 장래에 있어서 아주 흥미로운 직업 구상을 하나 제안하려고 합니다."

"헤커 씨가요?"

"예, 맞아요. 내가요."

"저기, 미안한데요, 장래, 직업 구상, 이런 말과 제가 경험한 헤커 씨의 인격은 서로 상충되는 부분이 있네요."

"에이, 그렇게 딱딱하게 굴지 말고요." 아하, 이제 능글 전략에서 화해 전략으로 전환인가? "하필이면 린덴탈 씨 부서가 걸릴지 낸들 알았겠습니까? 난 내 임무를 다 한 것뿐이거든요, 그리고……"

툭. 나는 있는 힘껏 통화 종료 버튼을 누른다. 분노에 치를 떨며 전화기를 노려보던 나는 순간 카티야의 멍한 시선을 의식한다.

"왜 끊었어?"

"왕재수랑 얘기하기 싫으니까."

"그래도 무슨 구상인지는 한번 들어보지 그랬어?"

나는 눈썹을 치켜올리며 이해가 안 된다는 표정을 짓는다. "내가 왜 아까운 시간을 낭비하면서 그런 왕재수 말을 들어야 되는데? 그 사람은 허풍 빼면 시체야!"

"나한테는 유머 있어 보이던데."

"유머? 그 재수 없는 말들이 유머라고?"

"뭐, 아무한테나 다 유머로 통하지 않을 수도 있지만. 그래도……"

"아, 그러니까 지금 유머를 이해 못하는 건 나라는 말을 하고 싶은 거야? 그 오만방자한 왕재수가 이상한 게 아니고?"

"아유, 좀 진정해라, 얘. 네가 잘못됐다고 말하는 거 아니야!" 카티야는 책망하듯 눈을 곱게 흘긴다. "내 말은 무슨 일인지 용건 정도는 들어볼 수 있다는 거지. 네가 손해 볼 거 없잖아."

"손해 볼 게 왜 없어? 시간 낭비에 신경 소모에 그리고 상처받는 내 자존심은 어떡하고?" 내가 이렇게 말하는 순간 전화기에서 삐삐 하는 소리가 난다. 문자가 왔다.

　미안해요. 내가 실없는 짓을 했어요. 전화해주면 고맙겠어요. S. H.

　나는 카티야에게 문자를 보여준다. "어머나." 카티야가 문자에 대한 평을 한다. "네가 그렇게 끊었는데도 이렇게 나오는 건 그 사람도 자존심 많이 죽었다는 증거야. 어서 전화해봐!"

　"네 모험심이 또 발동했구나." 나는 넋두리하듯 카티야에게 말한다.

　"웬 모험심?" 카티야의 맑고 큰 눈동자가 나를 물끄러미 쳐다본다.

　"그 사람도 남자잖아. 그것도 낯선 남자. 네 모험심을 발동하기엔 그걸로 충분하잖아."

　"그건 맞아." 카티야는 킥킥거리며 인정한다. "그리고 나 자신감 넘치는 사람도 좋아해."

　"자신감이 너무 넘쳐서 탈이지." 나는 짧게 한숨을 쉰다. "좋아, 이번 딱 한 번만이다." 그리고 '통화기록'에서 헤커의 전화번호를 찾아 누른다. 이번에는 스피커를 켜지 않는다. 다시 내 친구 입에서 헤커가 유머가 있네, 어쩌네 하는 말을 듣고 싶지 않아서다. 헤커는 내 실직의 장본인이고, 나한테 이 문제는 농담으로 웃어넘길 수 있는 문제가 아니다.

　신호음이 나고 곧 헤커의 목소리가 들린다. "내 그럴 줄 알았다니까. 역시 린덴탈 씨한테는 뉘우치는 전략이 먹힐 것 같았어요."

　우욱! 다시 전화를 끊어? 나의 자제력이 승리한다.

　"헤커 씨." 나는 최대한 차분하게 말하려고 노력한다. "허풍 떠는 거 들어줄 시간은 없거든요. 그러니까 필요 없는 말은 하지 말아주세요. 딱 오분 드릴게요. 할 말이 뭐예요?"

　"한 시간은 있어야 될 겁니다. 그리고 전화로 말고 직접 만나서 이야기합시다."

　"십 분 이상은 안 돼요."

"삼십 분. 마지막 제안입니다."

"난 안 들어도 그만이거든요. 직업 구상, 나 그거 별로 관심 없어요."

그는 연극배우라도 되는 양 과장된 한숨을 쉰다. "좋아요, 십 분. 하지만 연장 권한은 내게 있습니다."

내 입가에서 미소가 삐죽이 배어나온다. 하지만 나는 무뚝뚝하게 되받아친다. "헤커 씨에게는 아무런 권한도 없어요. 그래도 좋다면 십 분 드리죠."

여섯 시 정각. 로텐바움쇼세에 있는 카페 '인터메조'에 앉아서 나는 생각한다. 시몬 헤커를 만나러 나오다니 내가 드디어 미쳤구나. 이건 정말 코미디다! 하필이면 헤커가 내 구원자라도 된다는 듯 마지막 순간에 짠! 하고 나타나는 꼴이다. 그러나 내 호기심이 발동한 것도 사실이기는 하다. 전화에서 헤커는 아주 중대한 비밀이라도 되는 듯 진짜 내용에 대해서는 말을 아꼈고, 그와 티격태격 말다툼하는 것도 왠지 재미있었다.

당연히 카티야의 호기심도 발동했다. 그래서 오는 김에 같이 왔다. 누가 카티야를 말릴 수 있으랴. 지금 서너 테이블 건너에 앉아서 마치 나와 전혀 상관없는 사람인 양 잡지를 뒤적이고 있다.

"너 쓸데없는 짓 하면 알지?" 서로 다른 테이블로 흩어지기 전 나는 카티야에게 잔뜩 으름장을 놓았다.

"무슨 쓸데없는 짓?" 카티야의 순진무구한 눈빛.

"내가 알 게 뭐야? 너 사람 뒤통수 치는 데 선수잖아!"

"걱정 붙들어 매. 다른 자리에 앉아서 쥐죽은 듯 가만히 있을 테니까. 그냥 조용히 관찰만 할게. 어차피 그 시몬 헤커라는 사람이 어떤 사람인지 객관적인 입장을 대변할 제삼자가 있어야 할 것 아니야?"

"아, 그러니까 네가 그 객관적인 제삼자라는 거야?"

"당연하지!" 카티야는 자신만만한 표정으로 말한다. "직업이 직업이잖니? 사람 판단하는 일에는 나 따라올 사람 없어, 얘!"

"내가 아니라 네가 그 사람 만나야겠다. 차고 넘치는 자신감으로 따지면 너랑 그 사람이랑 죽이 착착 맞겠어."

"난 미래 구상 필요 없는데. 적어도 직업적인 면에서는." 카티야의 얼굴에 짓궂은 미소가 번진다. "그리고, 사적인 면에서도 라르스가 있기 때문에 필요 없지만, 만약의 경우를 대비해서 미리 한번 봐두지, 뭐."

"내가 장담하는데, 그런 건방진 왕재수는 너한테도 좀 아닐걸? 오래 옆에 두고 볼 수 있는 인간이 아니야."

"누가 오래 옆에 둔대?"

이렇게 해서 우리는 엄청난 음모를 숨기고 '인터메조'에 앉아 있다. 시몬 헤커는 아직 나타나지 않았다. 나는 미간을 찌푸리며 손목시계를 들여다본다. 여섯 시 십오 분. 내키지 않는 약속에 등 떠밀려 나왔는데 바람까지 맞는다면 난 정말 돌아버릴 거다!

카티야 쪽으로 시선을 보낸다. 카티야는 막 잡지에서 고개를 들어 입구 쪽을 살피고 있다. 나를 보더니 어깨를 으쓱한다. 어쩐다, 더 기다려봐? 아니면 지금 나가서 내 머릿속에서 헤커를 완전히 매장시켜버려? 어차피 처음부터 매장된 것이나 다름없긴 했지만, 최종적으로 흙도 단단하게 다지고 '역대 최고의 멍청이이자 떠버리'라고 비석까지 세워?

호랑이도 제 말 하면 온다더니 이렇게 생각한 순간, 역대 최고의 멍청이이자 떠버리가 나타난다. 그는 만면에 미소를 띠고 문을 지나 성큼성큼 내 쪽으로 걸어온다.

"린덴탈 씨!" 그는 온 가게가 쩌렁쩌렁 울리도록 큰 소리로 내 이름을 부른다. 몇몇 손님들이 그 소리에 놀라 우리 쪽을 돌아본다. 에구머니, 혼자 무슨 임금님 행차라도 하나? 으, 창피! 거기다 입을 아주 양쪽 귀에 갖다 걸었군. 열두 가지 기능이 있는 획기적인 강판 세트를 사라고 TV 홈쇼핑 사회자들이 할 일 없는 부인네들을 현혹시킬 때 짓는 표정이다. 거기다 한 손을 들어 젤로 번들거리는 머리카락을 쓸어 넘기는 자아도취적인 제스처까지 강행하는 헤커.

나는 슬쩍 카티야 쪽을 살핀다. 카티야는 창피한 줄도 모르고 넋이 빠진 눈으로 헤커를 빤히 쳐다보고 있다. 헤벌레 벌어진 입을 보니 말 안 해도 다 알겠다. 헤커는 카티야의 마음에 들었다. 왠지 이렇게 될 것 같았다. 도대체 저런 남자의 어디가 좋다는 것일까?

"안녕하세요?" 나는 자리에서 일어나 그에게 손을 내민다.

"어유, 어디 우리가 그렇게 형식적인 사입니까?" 그는 다짜고짜 내 어깨를 잡고 왼쪽과 오른쪽 뺨에 키스인사를 한다. 내가 원래 이 뽀뽀뽀 문화의 팬이 아니라는 것은 차치하더라도 헤커는 내가 절대 뽀뽀 받고 싶지 않은 사람이다.

"저기." 나는 그를 밀어낸다. "예, 저도 만나서 반갑네요."

그는 자리에 앉는다. "참, 늦어서 미안해요. 이 근처에 주차할 만한 곳이 마땅치 않아서요. 재규어는 아무 데나 막 주차할 수 있는 차가 아니거든요." 웩.

"네, 그러시겠죠." 이렇게 중얼거리며 나는 속으로 헤커를 만나러 나온 것은 역시 미친 짓이었다고 확신한다.

"자, 이제 제가 이렇게 왔으니 걱정 마십시오." 마치 나를 구원하러 온 메시아라도 된다는 말투다. 그는 바가 있는 쪽으로 몸을 돌려 발랄한 손짓으로 외친다. "운 에스프레소 도피오 페르 파보레!"(＊더블 에스프레소 한 잔 주세요. 이탈리아어) 그리고 내게 묻는다. "뭐 마실래요?"

"여, 여긴…… 셀프 서비스예요." 나는 그의 쪽팔리는 액션에 당황한 나머지 말을 더듬는다.

"에이, 팁 좀 주면 되죠, 뭘." 그러나 '에스프레소 도피오'를 가져오라는 그의 멋들어진 두 번째 주문에도 바 쪽에서 아무 반응이 없자 그가 직접 일어선다. 아마 이곳의 바텐더에게 헤커는 두둑한 팁을 줄 사람으로 보이지 않았던 모양이다.

"서비스 불모지 독일! 이 말밖엔 할 말이 없네요." 그는 못마땅한 듯 투덜거린다. "뭐 마신다고 했지요?"

"미네랄워터요."

"참 취향도 밋밋하기는. 그럼 소다수로 해요! 아니면 가스 안 든 거요?"

아아아아아악!

헤커가 음료를 가지러 바에 간 사이 나는 카티야와 눈짓으로 커뮤니케이션을 시도한다. 카티야는 양 엄지손가락을 위로 치켜든다. 나는 과장된 몸짓으로 손가락을 입에 넣는 시늉을 한다. 취향이란 정말 이렇게까지 다를 수 있다. 그러나 막 주문을 하고 있는 헤커 쪽으로 고개를 돌리는 순간…… 예상치 못했던 사실을 깨닫는다. 헤커는 실제로 꽤 멋있어 보인다. 적어도 뒤에서 볼 때는 그렇다. 평소의 양복 차림이 아니라 청바지를 입고 있는데, 상당히…… 예쁜 엉덩이가 도드라져 보인다. 약간 몸에 붙는 울 풀오버는 그의 넓은 어깨를 강조한다. 전체적으로 훤칠하고 눈에 확 들어오는 인상이다. 어디까지나 뒷모습이 그렇다는 말이다. 다시 몸을 돌려 특유의 능글맞은 미소를 지으며 걸어오는 그는 영락없이 뺀질뺀질한 한량이다. 세상에는 뒷모습만 보는 것이 나은 사람도 있다는 사실.

"자아." 헤커는 내 앞에 물컵을 내려놓으며 말을 시작한다. "한 주 동안 잘 지내셨습니까?"

"인사는 됐으니 용건부터 말씀하시죠."

"에이." 헤커는 저지하는 제스처로 손을 들어 보인다. "어느 정도 필요한 예의는 차려야 문화인이라고 할 수 있죠."

"좋아요." 나는 내키지 않는 목소리로 말한다. "저는 잘 지냈어요. 그쪽은요?"

"염려해주신 덕분에 아주 잘 지냈습니다!" 그의 대답이 돌아온다. 어련하시겠습니까, 당연히 나보다야 잘 지내셨겠죠, 킹왕짱 헤커님. "자, 이제 제가 왜 아주 잘 지냈는지 그 이유를 말씀드리지요."

"저기, 소금병 좀 빌려주실래요?" 슬그머니 우리 탁자로 다가온 카티야가 헤커에게 환한 웃음을 지으며 말한다. 나는 위협적인 표정으로 인상을 쓰며 카티야를 노려본다. 내가 그렇게 주의를 줬건만.

"그럼요." 헤커는 정중하게 소금병을 건넨다.

"금방 돌려드릴게요."

"여긴 필요 없거든요." 헤커가 말할 틈을 주지 않고 내가 얼른 끼어들어 말한다.

"고마워요." 카티야는 내 쪽은 쳐다보지도 않고 헤커를 향해 말한다. "정말 친절하시네요."

"어유, 아닙니다. 별것도 아닌데요, 뭘." 헤커는 카티야에게 윙크까지 한다. 나는 내 앞에 놓인 테이블을 입으로 물어뜯고 싶은 심정이다.

"이제 조용히 얘기 좀 할 수 있을까요?" 나는 헤커와 카티야에게 실눈을 뜨고 으르렁거린다. 카티야는 아양 섞인 웃음소리를 내더니 얌전히 물러간다.

"자." 카티야가 물러가자마자 나는 헤커의 말을 재촉한다. "방금 그동안 왜 그렇게 잘 지냈는지 말하려고 했죠?"

"예, 그랬죠." 헤커는 자기 옆 의자에 놓인 서류가방에서 종잇조각 하나를 꺼내더니 과장된 몸짓으로 내게 건넨다. "이거 한번 읽어보세요!"

신문에서 오려낸 토막기사다. "전화 한 통화로 끝낸다!" 나는 기사의 제목을 소리 내어 읽는다. 그리고 헤커에게 의문이 담긴 눈길을 던진다. "이게 뭐예요?"

"다 읽으신 후에 말씀드리지요." 나는 신문기사를 읽는다. 읽고 나니 읽기 전보다 더 오리무중이다. 베를린의 어느 에이전시에 대한 내용인데, 웬 엉뚱 생뚱한 아이디어로 장사를 해보겠다고 설치는 사람들이 있는 모양이다. 이 대행사에서 하는 일은 이별 대행이다. 농담이 아니다! 기사의 내용은 거의 믿거나 말거나 수준이다. 이 회사는 스스로 이별을 고하지 못하는 사람들의 주문을 받아, 고객 대신 이별을 맡아하는 일을 한다. 고객은 전화 이별, 서신 이별, 아니면 인편 이별 중 선택할 수 있다. 가격은 저마다 다르다. 《타이타닉》(*풍자를 주로 하는 독일의 황색 월간지)에나 나올 법한 농담성 기사의 느낌이다. 이런 일이 실생활에서도 일어난다니! 제발 그런 일은 없기를. 아니면 세상은 어느새 이렇게까지 냉소적으로 변한 것일까?

"믿을 수가 없어요." 나는 기사를 다 읽은 후 중얼거린다.

"그렇죠?" 헤커도 수긍한다. "믿을 수 없을 정도로 천재적이에요!"

"천재적이라고요?" 그는 고개를 끄덕인다. "믿을 수 없을 정도로 비인간적이죠."

"에이, 그렇게 도덕적인 척하지 말아요! 요즘 시대에 꼭 필요한 것이 바로 이런 대행사지요. 이 사업의 키워드는 효율성입니다. 개인적인 사안을 전문가에게 위임해 능률적으로 처리하는 거죠."

"사안이요?" 나는 숨을 거칠게 내쉰다. "사안을 위임한다고요? 사랑하던 사람들이 서로 헤어지는 건 우체국의 회송 서비스가 아니에요!"

"린덴탈 씨가 그렇게 감정적으로 나올 줄 알았어요." 그는 만족스러운 표정으로 고개를 주억거리며 좋아한다. "그래서 제가 린덴탈 씨에게 전화를 한 겁니다."

"이 기사를 왜 저한테 보여주시는 건지 전 아직 이해가 안 되는데요?"

"에이, 그걸 왜 몰라요? 척하면 삼천리죠!" 헤커는 잔뜩 들떠 있다. "그런 에이전시가 베를린에 있으면 함부르크에도 하나 있어야죠!"

나는 의심스러운 눈초리로 헤커를 노려본다. 그리고 순간, 불길한 예감이 든다. "설마……?"

"맞아요!" 그는 내 말을 낚아챈다. "내가 몇 년째 본 것들 중에선 이게 가장 믿을 만한 기업모델이에요." 그는 무슨 중대한 비밀이라도 되는 양 내게 몸을 숙여 말한다. "이제까지 많은 기업들을 봐왔지만, 여기 이거." 라고 말하며 헤커는 탁자 위의 신문기사를 손으로 툭툭 친다. "이건 정말 획기적이에요. 이것과 똑같은 모델로 해서 함부르크에 회사를 차릴 겁니다. 사람들의 이별을 돕는 이별 대행사." 헤커는 방금 나한테 성배가 있는 곳을 알려주기라도 한 듯 뿌듯한 표정을 짓는다.

"완전히 돌았군요." 나도 모르게 내뱉는다.

"천재들은 대부분 그런 소리를 듣지요." 그의 말투는 다시 설득조로 바뀐다. "린덴탈 씨, 내 말 한번 들어 봐요. 요즘이 어떤 시대입니까, 모두들 스트레스에 허덕이고, 워크 라이프 밸런스가 당면 과제로 떠오르는 시대 아닙니까? 시대를 앞서가는 저의 이 혁신적인 아이디어가 분명히 성공할 테니 두고 보십시오!"

"원래는 베를린에서 온 아이디어였죠, 아마?" 과대망상에 빠져 구름 속을 헤매는 헤커를 땅으로 끌어내린다.

"뭐, 그게 그렇게 중요합니까?"

"그런데 이 혁신적인 아이디어가 나랑 무슨 상관이죠?"

"그걸 아직도 모르겠어요?" 그가 답답하다는 듯 외친다.

"네, 모르겠어요. 좀더 분명하게 설명을 하시죠."

시몬 헤커는 내가 눈치채지 못하게 머리를 절레절레 흔든다. "말하자면 린덴탈 씨가 내게 기본 아이디어를 제공했다고 할 수 있어요."

"내가요?" 나는 헤커에게 이별 대행사를 차리라고 말한 기억이 없다. 내가 그런 생각을 했을 리도 없다.

"예. 고용 지원센터에서 나한테 뭐라고 야단쳤는지 생각나요?"

"오만방자한 이기주의자라고 한 거요?"

"그거 말고 다른 말도 했어요."

"미안해요. 안 좋은 기억이라서 빨리 잊으려고 하다 보니 생각이 안 나네요."

"나한테 그랬잖아요. 내가 잘 하는 건 사람들 내쫓는 것뿐이라고." 그는 등받이에 몸을 기대며 다리를 꼰다. "그러고 나서 이 기사를 읽는데, 마치 운명의 여신이 손가락으로 내 갈 길을 보여주는 것 같더라고요."

어쭈, 아주 드라마틱한 면까지 겸비하셨네.

"그 순간에 깨달았죠. 바로 이거다! 맞아요, 나는 사람들 쫓아내는 거 잘 합니다. 그러니 헤어지고 싶은 사람 대신 쫓아주는 회사를 차리는 건 내 운명이었던 셈이죠."

"네, 상당히 일리가 있네요." 나는 일단 그의 논리에 수긍한다. "하지만 그것으로도 이 일에서 내 역할이 뭔지는 아직도 설명이 안 되는데요."

"내 사업 구상에 따르면 위로를 잘 하는 사람이 한 명 더 필요합니다. 누군가 민감한 사안을 잘 다룰 줄 알고 감정이입을 잘 하는 사람 말입니다. 그게 린덴탈 씨 역할이에요."

허업. 너무 놀라 입이 떡 벌어진다.

"지금", 나는 갑자기 목소리가 뒤집어져 물을 마신 뒤 다시 말을 잇는다. "지금 나더러 사람들 떼어놓는 회사를 같이 차리자는 거예요?"

"딩동댕! 정확히 맞혔어요. 어때요, 생각 있어요?"

"에에."

"그게 무슨 뜻이에요?"

"할 말이 없다는 뜻이에요."

"내 그럴 줄 알았어요, 완전히 감동 먹었잖아!"

헤커는 다시 바 쪽으로 몸을 돌려 손짓을 동원해 가며 외쳐댄다: "시뇨레, 두에 프로세키 페르 파보레! 수비토, 수비토!" (*주인장, 프로세코(스파클링 와인의 한 종류) 두 잔 주세요. 빨리, 빨리! 이탈리아어)

8장

그로부터 삼십 분 뒤, 나는 카티야의 탁자로 옮겨 상황 보고를 한다. 내용을 듣고 난 카티야는 믿기지 않는 듯 되묻는다. "이별 대행사?" 헤커는 다시 한 번 잘 생각해보라는 말과 함께 카페를 나갔다. 지금 바깥에서 자신의 재규어를 찾고 있다. 잘 생각하고 자시고 할 것도 없다. 대답은: 노! 어림없는 소리!

"그래." 나는 카티야의 의문에 종지부를 찍는다. 그리고 그녀의 반응에 무척 만족해한다. 내가 삼십 분 전에 헤커의 제안을 듣고 놀라자빠졌던 것처럼 카티야도 꽤 놀라고 있다.

"정말 천재적인 아이디어야!"

엥? 카티야는 나와 같은 이유로 놀란 것이 아니었다. 반대의 이유였다. 카티야의 표정은 순식간에 열광으로 변한다. 내 주위에는 왜 이렇게 비정상적인 사람이 많은 거지?

"너 지금 그거 진심으로 하는 말이니?" 나는 혹시나 하는 마음에 대답을 재확인한다. 내 귀에 뭔가 들어가서 잘못 들었을 수도 있는 일이다. 사실 카티야가 한 말은 '어머, 미쳤어.' 뭐 그런 것이었을 수도 있다.

"그럼, 진심이고말고!" 카티야는 힘차게 고개를 끄덕인다. "정말 독창적인 생각이야."

"전혀 독창적이지 않아. 베를린에 이미 그런 회사가 하나 있어. 헤커도 거기서 베낀 거야."

"함부르크에는 아직 없으니까 괜찮아. 내 생각에는 굿 아이디어야."

"솔직히 그런 회사가 잘 될 거라고 생각해?"

"베를린에서는 잘 되고 있는 거 아냐? 그럼, 여기서도 안 될 이유가 없지." 카티야는 스프리처(＊백포도주와 소다수의 혼합음료)를 한 모금 들이켠다. "개인적으로는 그런 귀찮은 이별을 도맡아주는 회사가 있다면 금방 단골 될 것 같아. 울고불고, 싸우고, 끊임없는 질문 공세에 시달리고…… 너무 힘들잖아. 사실 '도대체 왜?'라는 질문은 백 번 천 번 해봐야 소용이 없거든. 짜증만 날 뿐이지. 그런데 그걸 떠맡아주는 회사가 있다면 난 당연히 맡길 거야. 머리 아플 일도 없고 얼마나 좋아."

"세상에 너처럼 비양심적인 사람만 있는 게 아니라서 정말 다행이다, 얘."

"진짜 고맙다. 네가 내 제일 친한 친구라니 정말 행운이다, 얘."

"동감이야. 하지만 내가 남자라면 절대 너 같은 여자한테 넘어가고 싶지는 않다." 우리는 서로 마주보며 웃는다.

"내 문제가 뭔지 나도 알아. 난 이별할 때는 정말 세심하지 못하거든. 네가 내 대신 했더라면 분명히 훨씬 더 잘 했을 거야."

"흠." 그 말에는 분명 맞는 구석이 있다. 예를 들어 그레고어의 경우를 보자면…… 그레고어는 카티야와 삼 개월 정도 사귄 남자였다. 이 남자를 더 이상 견딜 수 없게 되자 카티야는 그와 함께 마지막 밤을 보낸 뒤 욕실 거울에 '없었던 걸로 하자'라고 쓴 포스트잇을 붙이고 영영 그를 떠났다. 그래, 나라면 분명히 그보다는 상처를 덜 주는 방법을 택했을 것이다. "좋아, 그 아이디어에 약간의 재고 가능성이 있다손치더라도, 시몬 헤커라는 문제는 여전히 남아 있어."

"아, 그 사람!" 카티야는 손사래를 친다. "내가 보기엔 순전히 허풍선이야. 겉모습처럼 그렇게 강한 사람은 아니야."

"아, 그래?" 내 입에서는 비실비실 웃음이 새어나온다. "소금병 좀 빌려줄래요? 그 한마디로 이미 그 사람을 훤히 꿰뚫어보기라도 한 거니?"

"얘, 그건 그 사람이 하고 많은 사람 중에 하필이면 네 앞에 와서 머리를 조아리는 것만 봐도 알아." 카티야가 지지 않고 대든다.

"가만 있어봐. 지금 여기서 '하고 많은 사람 중에 하필이면' 이라는 건 무슨 뜻으로 하는 말이야?" 나는 카티야를 추궁한다. "그리고, 그건 머리를 조아리는 것하고는 하늘과 땅 차이야. 그 사람이 뭐라고 했는지 알아? 네, 린덴탈 씨. 내 생각은 이래요. 내가 회사를 차리는 거니까 당연히 사장은 나고요, 린덴탈 씨는 훌륭한 조수 역을 해주실 거라고 믿어요."

"어쨌든 자기 혼자서 그 아이디어를 현실화할 수 없다는 건 그 사람도 잘 알고 있어. 아니면 너한테 전화를 했을 리가 없지." 카티야의 말을 듣고 보니 그런 것도 같다.

"아니야. 헤커는 그냥 만만한 부하를 찾는 것뿐이야. 자기가 잘난 체하는 걸 봐주고 마음껏 부려먹을 수 있는 사람을 찾는 거야." 나는 다시금 반론을 편다.

"그럼 더 좋지, 뭐!"

"더 좋다고?" 나는 황당한 표정으로 내 친구를 본다. "시몬 헤커가 위대한 참파노(*페데리코 펠리니의 영화 〈길〉에 등장하는 거리의 차력사) 역할을 하고 난 심부름하는 조수 역인데 그게 좋다고?"

"그럼." 카티야는 스프리처를 한 모금 더 마신다. "헤커가 회사를 차리면 회사에 대한 책임도 혼자 다 질 거 아냐. 넌 직원이니까 꼬박꼬박 월급이나 챙기다가, 만약 회사가 망하면 그땐 그냥 나오기만 하면 되잖아."

"흠. 그 생각은 미처 못 했어." 나는 순순히 인정한다.

"그럼에도 불구하고 어느 정도는 너한테도 동업자의 권한이 있겠지. 너희 둘이 처음으로 대행사를 차리는 거니까 자잘한 것들을 결정할 때는 너도 발언권을 갖지 않겠어?"

"잘도 그러겠다."

"그럼, 다음 번 협상에서는 이걸 조건으로 내걸어. 지금 아쉬운 사람은 네가 아니라 그 사람이잖아." 카티야는 별 큰일도 아니라는 듯 여유 있는 웃음을 지어 보인다. "그런데, 율리아." 카티야가 다시 설득조로 말한다. "이건 정말 괜찮은 기회야. 솔직히 너 지금 당장 다른 대안도 없잖아?"

"없지." 수긍할밖에 다른 도리가 없다. 지원 트레이닝을 대안이라고 할 수는 없으니까.

"그러니까 내 말 들어! 네가 손해 볼 거 하나도 없잖아? 그리고 너 내 좌우명 알지: 노 리스크, 노 펀(No risk, no fun)!"

내 머릿속은 갖가지 생각들로 시끌시끌하다. 정말 한번 해봐? 위험을 무릅쓰고? 방금 카티야가 말했듯이 그다지 큰 위험도 아니잖아? 돈을 투자하지 않아도 되니까 당연히 손해 날 일은 없을 거야. 아니야, 시몬 헤커의 그 아니꼬운 꼴을 매일 봐야 하는데? 뭐, 정 안 되겠다 싶으면 회사를 나오면 돼. 그래도 지금보다 나빠질 건 없어.

"너 꼭 귄터 야우흐(*독일 'RTL2' 텔레비전의 퀴즈쇼 '누가 백만장자가 될 것인 가'의 진행자)의 밀리언 문제 푸는 것 같다, 얘." 카티야가 내 생각 속으로 끼어든다.

"응, 꼭 그런 심정이야."

"이제 와? 하루 종일 어디 갔나 했네." 저녁 아홉 시쯤 집에 돌아오니 혼자 텔레비전을 보고 있던 파울이 나를 반긴다.

"카티야랑 한잔 했어." 소파 위에 털썩 주저앉아 파울에게 살짝 입을 맞춘다. 그리고 신발을 벗는다. "어휴, 술 냄새." 파울이 미소 띤 얼굴로 말한다. "무슨 술 냄새가 난다고 그래? 딱 두 잔밖에 안 마셨어." 나는 장난삼아 언성을 높인다. 미네랄워터에서 어느 순간 화이트와인으로 넘어가 두 잔을 마셨다.

"알았어, 알았어. 자기 미래의 남편은 차하고 호밀 비스킷이나 먹으면서 자기를 기다리고 있는데 말이야." 그는 눈으로 소파 탁자 위를 가리킨다. 탁자 위에는 정말 김이 나는 차 한 잔과 부스러기가 담긴 접시가 놓여 있다.

"제대로 차려 먹지 그랬어?"

"우리 예쁜 자기 오면 함께 이탈리아 식당에 갈까 하고 기다렸지." 그는 내 어깨에 팔을 두르며 말한다.

"미안해." 정말 미안한 마음이 든다. "미리 말하지 그랬어? 난 그런 줄도 모르고 아까 카티야랑 같이 먹었지."

"아하! 이제 미래의 남편을 독수공방 시키는 걸로 모자라서 굶기기까지 하는 거야?" 파울은 내게 쪽 소리 나게 입을 맞춘다. "괜찮아. 피자 시켜 먹으면서 텔레비전이나 보자. 집에서 편안하게 사랑하는 자기랑 소파 위에서 먹는 게 제일 좋지, 뭐." 파울은 일어나서 전화기를 가져다 '피자 택시'에 전화를 건다. 그리고 곧 다시 내 옆에 앉는다.

"뭐 보고 싶어? 스릴러, 로맨스, 아니면 드라마 시리즈?" 반 년 전 하드디스크가 탑재된 DVD 레코더와 프리미어(*독일의 Pay TV 회사) 디코더를 구입한 뒤 이 기계들은 파울이 가장 아끼는 장난감이 되었다. 몇 시간이고 앉아서 사용설명서를 탐독하고, 별의별 영화와 텔레비전 방송을 다 녹화해뒀다가 광고 부분을 편집하는가 하면, 틈날 때마다 내게 일장연설을 하곤 하는데, 연설의 기조는 이렇다: 이 혁명적인 기술이 시청 시간의 완전한 독립만을 의미하는 것이냐, 당연히 아니다, 우리는 이 기술로 말미암아 마침내 모든 귀찮은 광고 트레일러로부터 해방된 것이다. 왜냐? 파울이 다 잘라내니까. '혁명적'이라는 표현을 쓸 만큼은 아니지만 통틀어 볼 때 나도 상당히 편리한 기술이라고 생각하고 있다.

그런데 며칠 전, 이웃에 사는 피아와 얀이 놀러왔을 때는 이것 때문에 좀 당황스러운 일이 있었다. 그날도 파울은 하드디스크 레코더의 혁명적 기술에 대한 연설을 늘어놓기 시작했는데, 너무 흥분한 나머지 그만 얀의 직업이 무엇인지 깜빡한 것이었다. 얀은 미디어 플래너라는 직업을 가지고 있는데, 고객을 위해 텔레비전의 광고 시간대를 예약하는 일을 한다. 얼마 안 가 둘은 다투기 시작했다. 얀은 아무도 광고를 보지 않으면 광고를 하는 사람도 없어질 것이고, 그러면 경제 위기가 닥칠 것이라고 주장했다. 피아와 나는 슬그머니 부엌으로 자리를 옮겨 프로세코 한 병을 다 비웠고 그동안 수탉들은 자기들끼리 계속 싸웠다. 그러나 지금 중요한 것은 닭싸움이 아니다.

"지금 텔레비전 보기 싫은데." 내가 말한다. "자기랑 조용히 할 얘기가 있어."

"오." 파울은 텔레비전을 끄고 리모컨을 내려놓는다. "심각한 얘기 같은데?"

"아냐, 아냐." 나는 파울을 안심시킨다. "심각한 건 아니야. 그냥 사소한 일인데 자기랑 같이 의논하고 싶어서."

"결혼식에 관한 거야?" 그는 신경질적으로 들리지 않게 하려고 애를 쓴다. 말은 하지 않았지만 그의 말투에서는 '뭐야, 또 그 얘기야?'가 배어난다. 이것 때문에 약간 언짢아지지만—왜냐면 결혼식은 혼자 하는 것이 아니고 둘이 함께 하는 것이니까—지금 내 머릿속에 든 문제는 다른 것이기 때문에 그냥 넘어간다.

"아니, 내 직업에 관한 거야."

"적당한 일자리가 나온 거야?" 파울의 목소리는 금방 기대에 찬 목소리로 바뀐다.

"아니."

"그럼 뭔데?"

나는 파울의 옆구리에 한 방 먹인다. "자기가 그렇게 계속 내 말을 끊는데 어떻게 얘기를 해?"

"알았어." 파울은 빙그레 웃는다. "이제부터 입 다물고 있을게."

십 분 뒤, 그는 웃느라고 소파에서 떨어질 뻔한다. "이별 대행업? 그런 웃기는 직종은 처음 들어봐! 그 시몬 헤커라는 사람 정말 머리가 어떻게 된 거 아니야?" 그는 큰 소리로 웃어젖히다가 배를 움켜쥔다. 그리고 "어유!" 하고 콧김을 내쉬며 말한다. "너무 웃으니까 정말 배가 아프네!"

나는 머릿속에서 적당한 말을 찾아 헤맨다. 파울이 이 아이디어에 긍정적인 반응을 보이지 않으리라는 것은 알고 있었다. 하지만 이렇게까지 '열광적인' 반응을 보이리라고는 미처 생각하지 못했다. 내가 미천한 역할을 하게 된다는 말과 함께 헤커의 계획을 듣고 난 파울의 반응을 보니 차마 이 아이디어가 아주 나쁘지만은 않다는 말을 할 수가 없다. "처음엔 나도 자기처럼 생각했어." 그래도 시도는 해본다. "그런데 카티야랑 얘기하고 나니까…… 카티야는 좋은 기회가 될 거라고 하더라고."

"카티야!" 파울은 웃음을 참느라 켁켁거린다. "카티야도 제 정신이 아니네! 고데기 운전이나 잘하라고 해. 카티야가 사업에 대해 뭘 알아?"

"걔네 미용실이 얼마나 잘 되는데." 나는 즉시 내 베스트프렌드를 옹호한다. 파울이 카티야를 무시하는 말을 하는 것은 싫다.

"그래. 미용실. 그건 사업을 하는 회사하고는 차원이 다르지! 이 법정관리인 말 믿어. 법원에서 매일 보는 게 그런 사람들이야. 자기들 딴에는 기상천외한 아이디어랍시고 회사 차렸다가 부도 신고하러 오는 사람이 태반이야. 아냐, 안 돼." 그는 단호하게 고개를 가로젓는다. "잊어버려."

"나는 자본을 댈 필요도 없어." 나도 지지 않고 맞선다. 슬며시 오기가 생긴다. 파울은 마치 세상물정 모르는 틴에이저 딸에게 아버지가 '아가, 아서라' 하는 식으로 말하고 있다!

"어쨌든 그 아이디어는 말도 안 돼." 파울의 대답이 돌아온다. "그리고, 설사 그렇지 않다손치더라도……" 그는 여기서 말을 끊는다.

"그렇지 않다손치더라도 뭐?"

"율리아." 파울이 내 손을 잡으며 말한다. "그건 자기가 할 수 있는 일이 아니야. 그 헤커라는 사람과 에이전시를 만들고, 회사를 차리겠다니…… 아무리 직원으로만 들어간다고 해도, 그리고 재정적 위험이 없다고 해도 자기가 책임져야 할 부분이 생긴다고."

"그럼, 책임지면 되지." 나는 굳은 표정으로 대꾸한다. 내 고집은 이제 분노로 넘어가기 직전이다.

"아, 율리아." 파울은 나를 보듬는다. "자기랑 알고 지낸 게 몇 년인데 내가 자기를 모르겠어? 자기는 그런 일을 할 재목이 아니야. 내 말 듣고 다시 경리직으로 지원해. 아무것도 새로 만들지 않아도 되는 탄탄한 회사에 말이야." 그는 내게 살짝 입을 맞춘다. "금방 새 일자리가 나타날 거야. 조금만 더 인내심을 가지고 기다려."

나는 뭔가 대꾸를 하고 싶다. 하지만 화가 나고 기가 막혀 아무 말도 나오지 않는다. 지금 방금 내 약혼자가 나를 거친 남자들의 세상에서 설치지 말고, 얌전히 커피나 타고 카피나 하며 시키는 일이나 하라고 어르고 있는 건가? 아무리 좋게 생각하려 해도 울화가 치밀어 견딜 수가 없다! 생각이 여기까지 이르자 나의 분노는 곧 격노로 업그레이드된다! 그러나 파울은 나의 이런 감정 변화를 전혀 눈치채지 못하는 것 같다. 그는 다시 룰루랄라 리모컨을 집어 들고 말한다. "자, 이제부터 영화나 한 편 때리면서 우리 사랑하는 자기랑 기분 좋은 저녁시간을 가져 볼까나."

아, 그래서? 어디 그럼 난 당장에 그 리모컨을 뺏어서 우리 사랑하는 자기의 머리통을 후려친 뒤, 우리 사랑하는 자기가 사랑하는 하드디스크 레코더랑 같이 창문 밖으로 던져 볼까나!

두 시간이 흐른 뒤, 나의 분노는 어느 정도 가라앉았다. 소파 위에서 콜콜 자고 있는 파울을 볼 때마다 아직 가라앉지 않은 화가 언짢음으로 되살아날 뿐이다. 나는 탁자를 치운다. 파울이 먹은 접시와 찻잔을 치우고 내일 아침을 위해 커피머신을 준비해둔다. 조금 전만 해도 사나운 호랑이처럼 화가 나 있던 내게 어느새 나의 오래된 친구인 자기 회의가 찾아든 것이다.

어쩌면 파울 말이 옳을 수도 있다. 이제까지 가능한 한 모험을 피하며 살아왔고, 오늘 점심때까지만 해도 창업이나 동업 따위는 꿈에도 생각해본 적이 없었다. 그런데 시몬 헤커와 카티야가 제대로 바람을 넣었다. 이 계획에는 생각하면 할수록 끌리는 데가 있다. 생각하면 가슴이 뛴다. 완전히 다른 일이라니 흥분된다. 그리고 아직 해본 적도 없는데 나한테 사업가로서의 재능이 있는지 없는지 어떻게 안단 말인가? 게다가 모든 재정적 부담은 시몬 헤커가 진다고 하지 않는가. 나를 시험해볼 수 있는 절호의 기회다! 나는 천길 높이에서 혼자 아슬아슬한 줄타기를 해야 하는 것이 아니라, 흔들리기는 하지만 어느 정도 안정된 구름다리 위를 걸어가기만 하면 되는 것이다.

생각에 잠겨 집안을 거닐던 나는 문득 잠든 파울을 내려다본다. 그리고 욕실로 가 화장을 지우고 이를 닦는다.

"어떻게 생각해?" 거울에 비친 내게 묻는다. "파울이 하는 말이 맞을까? 내가 여태까지 생각해낸 것 중에 가장 멍청한 생각일까? 아니면 모험을 해봐?" 나도 충분히 자립할 수 있는 사람이며, 그는 그가 주장하는 것만큼 나를 잘 알고 있지 못하다는 것을 파울에게 보란 듯이 증명해보이고 싶은 강한 욕구가 솟구친다. 다시 거울 속의 나를 응시한다. 율리아 린덴탈, 스물아홉 살, 갈색 눈, 어두운 금발, 콧등에는 약간의 주근깨―이런 여자가 과연 프로페셔널하게 사람들을 떼어놓을 수 있을까? 무표정한 내 얼굴 위로 살며시 미소가 떠오른다. 자신만만한 미소다. 나 자신에게 날름 혀를 내밀어 보인다.

나는 얼른 복도로 나가 내 손가방을 낚아챈다. 하늘의 계시일까? 단번에 휴대전화가 손에 잡힌다. 나는 빠르게 문자를 찍어나간다.

안녕하세요, 헤커 씨. 다시 생각해봤어요. 제안을 받아들이겠어요! 율리아 린덴탈.

삼 분도 안 되어 답장이 온다. 그런데 예상치 못한 답장이 왔다. 그러게 나한테 안 넘어오는 여자가 없다니까요, 혹은 이제 정신을 좀 차렸군요 따위의 헤커 특유의 느끼한 문장이 아니다. 답장은 단순하고 담백하다.

친애하는 린덴탈 씨, 그렇게 결정하셨다니 정말 기쁩니다! 내일 전화드리겠습니다. 시몬 헤커.

9장

나는 심장이 벌렁거리는 것을 들키지 않으려고 포커페이스에 태연한 태도를 가장한다. 헤커가 내놓은 월급의 액수에 감격해서라면 좋겠지만 그 반대의 이유에서다. 나는 여간 마뜩찮은 게 아니다. 도대체 날 뭘로 보는 거야?

"헤커 씨, 솔직히 말할게요." 나는 최대한 차분한 목소리로 말한다. "총액 1200유로면 순액 900유로도 안 될걸요. 이걸 지금 제안이라고 하는 거예요?"

헤커는 어깨를 으쓱한다. "왜 안 돼요? 난 새내기 사업가니까 지출을 아껴야 해요. 사업가에겐 뭐니 뭐니 해도 절약정신이 제일의 덕목이지요. 이런 속담도 있잖아요. 티끌 모아 태산 된다."

"아, 그래요? 제가 아는 속담은 좀 다른 건데 혹시 들어보셨어요? 기와 한 장 아끼려다 대들보 썩는다. 이제까지 전 한 달에 2500유로씩 받았어요, 그것도 일 년에 열세 번을요. 손가락 하나 까딱 안 하고 있어도 실업수당이 이거보다는 많이 나와요."

"린덴탈 씨, 바로 거기에 우리나라 제도의 병폐가 있는 겁니다! 이렇게 전망이 밝은 사업에 뛰어들 생각은 하지 않고 집에 앉아서 보조금이나 챙기겠다는 무사안일주의잖아요. 정말 요즘은 이상주의를 찾아볼 수가 없어요. 아주 씨가 말랐어요." 그는 책상 위에 팔꿈치를 받치고 내 앞에 바짝 얼굴을 들이대며 말한다. "혹시 알고 계시는지 모르겠는데, 린덴탈 씨와 린덴탈 씨의 동료들이 받았던 그 돈이 바로 피델리아 함부르크 지사의 중앙관리부서 해체의 원인이었어요. 책임질 수 없는, 높기만 한 인건비, 장기적으로 봤을 때 이건 기업의 죽음을 의미합니다."

죽음 이야기가 나와서 말인데, 지금 나는 엄청난 폭력에 대한 욕구를 느끼고 있다! 헤커가 희생자인 살인사건의 상상. 한마디만 더 해라, 헤커. 새로 산—아주 굽이 높은—내 스웨이드 슈퍼 하이힐의 맛을 보여주마.

"뭘 그렇게 씩씩거립니까?" 헤커가 묻는다.

내가 정말 씩씩거렸나?

"그냥 내가 이런 대우밖에 받을 자격이 없나 생각하고 있었어요." 그리고 다음 말을 톡 쏘아붙인다. "역시 좋은 생각이 아니었던 것 같아요." 뒤로 착 빗어 넘긴 검은 머리에 얼굴에는 그 능글맞은 미소를 띠고 내 앞에 앉아 있는 헤커를 보니 정말 내가 무슨 귀신에 홀려서 이 자리에까지 나와 앉아 있는지 한심스럽기만 하다. 이런 남자랑 같이 일을? 못해, 안 해, 미친 짓이야!

"여, 여, 린덴탈 씨!" 그는 유치원 선생 같은 말투로 야단치듯 말한 뒤 씩 웃는다. "월급 협상은 원래가 냉정한 겁니다. 금방 그렇게 삐치지 마십시오. 개인적으로 받아들이면 안 되죠. 그리고 액면 그대로 받아들여서도 안 됩니다. 내가 이런 상황에서 어떤 말을 들어봤는지 아마 상상도 못할 겁니다. 린덴탈 씨는 좀 터프해질 필요가 있어요."

"터프해지라고요?"

"자, 이제부터 내가 설명해줄 테니 잘 한번 들어봐요." 그는 자기 역할에 무척 만족하며 말한다.

"좋아요." 나는 의자에 한껏 등을 기대고 다리를 꼰다. "어디 한번 해보시죠!"

"자아, 영화대본이라고 생각해봅시다. 나쁜 상사인 내가 야심찬 젊은 매니저 린덴탈 씨에게 말도 안 되는 액수의 월급을 제안했습니다. 린덴탈 씨는 당연히 거절을 하겠죠? 당연한 반응입니다. 그러자 내가 돈이 없다며 우는 소리를 했어요. 자, 이제 린덴탈 씨 차례예요. 린덴탈 씨가 왜 더 많은 월급을 받을 자격이 있는지 말해보세요. 그냥 있는 그대로 말하면 됩니다. 어서요. 왜 월급을 더 많이 받아야 하지요?"

순간, 마치 담배 피다 걸린 중학생이 된 기분이다. 난감해진 나는 더 깊숙이 의자 속으로 숨는다. 하지만 의자와 내 척추의 한계 때문에 더 이상 미끄러져 들어갈 곳이 없다. 더 이상 숨을 곳은 없다. 어서 말을 해, 율리아. 나는 속으로 스스로를 응원한다. 자, 용기를 내는 거야. 어린애 취급을 당하고 있잖아.

"어어…" 더듬거리며 말을 시작한다. "제가 더 많은 월급을 받아야 하는 이유는…… 돈이 더 필요해서?"

헤커는 눈을 위로 치켜뜬다. 역시 좋은 대답이 아니었다.

"돈을 더 받을 가치가 있는 사람이니까?"

"아까보다는 낫네요. 그럼, 그 가치가 어떤 가치지요?"

"헤커 씨가 혼자서는 못하는 일을 내가 할 수 있으니까요." 점차 발동이 걸리면서 이제껏 느껴보지 못한 낯선 종류의 자신감이 솟아난다. 어느덧 나는 긴장을 풀고 상체를 약간 앞으로 숙인 자연스러운 자세로 앉아 깍지 낀 두 손을 차분하게 탁자 위에 올려놓고 있다. "그쪽이 직접 말했잖아요, 내가 사람들한테 잘 다가간다고. 내가 호감을 주는 사람이고, 위로를 잘 한다고요." 거봐, 잘 하잖아! 이제 말이 술술 나온다. "난 상대방의 아픈 마음을 금방 알아채요. 말을 들어주는 것도 잘 하고요. 사람들도 나한테 금방 신뢰감을 가지죠. 이건 아마 헤커 씨와 저의 가장 다른 점이 아닐까 하는……"

"예, 예, 됐습니다." 다 말하려면 아직 멀었는데 헤커는 내 말을 중단시킨다. "잘 대답하셨어요. 그리고 다 옳은 말입니다. 듣고 보니 린덴탈 씨는 우리 회사에 꼭 필요한 사람이네요." 그는 빙그레 웃는다. 이번에는 살며시 나도 따라 웃는다. 갑자기 이 일이 재미있어 죽겠다! "그럼에도 불구하고……" 헤커의 표정이 다시 진지해진다. "린덴탈 씨의 자질로도 상쇄

할 수 없는 현실적인 문제가 남습니다. 우리 같은 신생기업이 처음부터 고액의 월급을 지불하는 것은 현실적으로 불가능해요. 그래서 한 가지 제안을 하겠습니다. 우선 기본급으로, 지금 받는 실업수당에 해당하는 금액을 드리겠습니다. 그보다 좀 많을 수도 있어요. 그리고 추가로 이익배당금을 드리죠. 회사가 잘 되면 린덴탈 씨도 그 덕을 봐야 하지 않겠습니까? 어때요?"

순간, 내가 건너가야 할 구름다리의 나무판 몇 개가 삐걱거리는 소리가 들리는 듯하다.

"흠, 글쎄요." 나는 망설인다. "이익이 전혀 없으면 어떡하죠?"

"그런 걱정일랑 붙들어 매십시오." 헤커는 내 의구심을 싹 쓸어버리겠다는 듯이 호언장담한다. "내가 만지는 건 언젠가는 다 금이 됩니다."

"모든 일에 그렇게 자신만만해요?" 한마디 하지 않을 수 없다.

"내 생각이 옳을 때는요!"

한숨이 나올 뿐이다.

"자, 그럼." 그는 내게 손을 내민다. "딜?"

공중에 매달린 밧줄과 구름다리, 항상 부족했던 나의 자신감, 나를 무조건 믿어주는 카티야…… 그리고 파울이 한 말이 머릿속을 스쳐 지나간다. 그러나 내릴 수 있는 결정은 언제나 하나다. 내밀어진 그의 손을 잡는다. "좋아요."

헤커는 환하게 웃더니, 바텐더를 향해 능숙한 제스처로 손가락을 튀긴다. 그런데 우리가 앉아 있는 곳은 이번에도 '인터메조'다. 이 남자는 극도로 기억력이 나쁘거나 아니면 학습능력이 떨어지거나 둘 중 하나임에 틀림이 없다. 여기는 셀프서비스라는 걸 언제나 납득하려는지, 원. 창피해진 나는 말없이 바닥을 응시한다. 남의 실수 때문에 창피해하는 데 난 선수다. 그러나 삼 초 후, 믿기지 않는 일이 벌어진다. 바텐더가 직접 우리 탁자로 오더니 오래된 친구나 되는 양 시몬을 반기는 것이 아닌가. "차오(*이탈리아 인사말), 시몬! 뭐 마실래?" 나는 어안이 벙벙해진다. 헤커가 이번엔 또 무슨 수를 쓴 거지? 장담하는데, '인터메조'에서 탁자에 앉아 주문하는 사람은 정말이지 한 사람도 없다! 그러나 오늘부터는 다르다. 역사의 첫줄을 장식한 그 남자의 이름은 시몬 헤커. 주특기: 자기자랑. 특징: 아무도 못 말린다.

헤커는 내 생각을 읽기라도 한 듯 승리의 표정을 지어보이더니 또박또박 말한다. "내가 뭐랬어요." 그러고는 곧 바텐더를 향해 말한다. "코라도, 축하할 일이 있어. 여기 시뇨리나 린덴탈이 새로 개업하는 우리 회사에 들어오시기로 했으니 기념하는 의미에서 당연히 두에 프로세키(*프로세코 두 잔. 이탈리아어)."

"수비토, 시몬, 수비토. 콩그라툴라치오네!"(*금방 가져오지, 시몬. 축하해! 이탈리아어)

그로부터 몇 분 지나지 않아 우리 앞으로 프로세코 잔이 날라진다. "린덴탈 씨." 헤커는 약간 감동 어린 목소리로 말을 시작한다. "이제 우리 둘이 파트너가 됐으니 앞으로 우리 회사의 앞날에 탄탄대로만 펼쳐질 것이란 확신이 드네요. 제 아이디어를 믿고 따라주셔서 고맙게 생각하고, 함께 일하게 돼서 정말 기쁩니다. 자, 우리 앞으로 한번 잘해봅시다!" 쨍! 우리는 건배한다.

"고마워요, 헤커 씨. 방금 한 말처럼만 되면 좋겠네요."

"시몬이라고 불러요. 다른 호칭은 너무 형식적이에요. 아니면 계속해서 린덴탈 씨라고 불러야 합니까?"

그의 미소 짓는 표정으로 미루어보건대, 그에게 이건 관계의 문제라기보다는 수사학적 문제이지 싶다. 뭐, 율리아에서 율헨(*율리아의 애칭)으로만 넘어가지 않는다면 뭐라고 부르든 상관없다.

"좋아요, 시몬. 우리를 위하여!"

"율리아, 우리를 위하여!" 우리는 한 번 더 건배를 하고 잔을 들이켠다. 그런 뒤 시몬은 중대한 표정으로 자기 손목시계를 들여다본다. "자, 이제 슬슬 활동을 개시합시다. 내가 벌써 비즈니스 약속을 하나 잡아놨거든요.

빈터후데(*함부르크 북쪽의 외곽지역)에서 오 분 후에요."

나는 어이없는 표정으로 그를 쳐다본다. "벌써 비즈니스 약속을 잡아놨다고요? 내가 안 한다고 했으면 어쩌려고요?"

"내 좌우명을 아직 모르시는 모양이네." 그는 웃으며 말한다.

"내가 맞춰볼게요: 배 째라?"

그는 내 얼굴을 뚫어지게 쳐다보며 천천히 고개를 젓는다: "Never take no for an answer."

시몬 헤커는 시베리아 같은, 사람이 살지 않는 곳에서 운전면허를 딴 것이 분명하다. 어쨌든 우리는 교통법규를 일체 지키지 않고 달려 사 분 삼십 초 만에 빈터후데에 들어선다. 이것은 일방통행 도로에서 일방통행다운 일방통행이 이루어질 때에만 가능한 일이다. 그런데 우리가 지금 차선 반대 방향으로 질주해 들어오고 있는 지리히슈트라세는 그런 작고 아담한 일방통행 도로가 아니다. 그렇기는커녕 알스터(*함부르크시를 가로지르는 강의 이름)를 끼고 이어지는 교통량이 많고 번잡한 이차선 대로다. 다른 차들은 모두 시속 60 내지 70킬로미터로 달리고 있다. 나는 스스로도 의식하지 못하는 사이 양가죽으로 된 의자 시트를 꽉 움켜잡고 있다.

"저기, 다른 차들이 왜 우리한테 저렇게 경적을 울려대는지 모르는 건 아니죠?"

"저 사람들이 이상한 거예요." 그도 나름대로 상황 파악은 하고 있다.

"이제 이백 미터만 더 가면 돼요. 벨뷰를 뺑 돌아서 갈 순 없잖아요! 이렇게 차가 많은데 그렇게 가면 내일 새벽에나 도착할 걸요." 시끄러운 경적 소리와 깜박거리는 헤드라이트 불빛과 함께 차 한 대가 바로 우리 앞으로 질주해오고 있다. 나는 재빨리 하늘에 대고 마지막 기도를 올린다. 차는 간신히 우리를 비껴간다. 멀미가 난다. "아, 정말 독일 운전자들은 하나같이 저렇게 잘난 척을 안 하곤 못 배긴다니까!"

그는 씩씩거리며 갑자기 브레이크를 밟는다. "아, 주차 공간이다!" 그는 다시 짧게 우회한 뒤 이미 주차되어 있는 차들 사이에 우리 차를 갖다 댄다. 차는 절반이 인도에 받혀진 상태로 겨우 들어간다. 내가 '패닉'까지 올라간 맥박수를 '약간 높음'으로 끌어내리는 사이 시몬은 홀쩍 차문을 열고 나와 조수석 쪽으로 튀어오더니 내게 문을 열어준다. "브왈라! (＊프랑스어로 '짠', '다 됐다/다 왔다'의 의미) 빈터후데의 가장 아름다운 동네에 오신 것을 환영합니다. 아마도 여기가 우리의 새 보금자리가 될 겁니다." 차에서 내린 나는 그륀더차이트(＊독일과 오스트리아가 경제 붐을 이룬 19세기 말을 가리킴) 양식의 흰색 건물을 올려다본다. 인상 깊은 경관이다. 건물 정면은 유겐트슈틸(＊19세기 말부터 20세기 초에 걸쳐 독일에서 유행한 미술 양식. 꽃, 잎 따위의 식물 모티브를 추상화한 곡선미가 특징이다)로 되어 있고, 최근에 새 단장을 한 듯 깨끗하다. 정문에는 화강암으로 새겨진 두 소녀의 조각이 머리에 화환을 쓰고 앉아 엄한 표정으로 아래를 내려다보고 있으며, 오층 건물의 삼각형 지붕 밑에는 1906이라는 건축연도가 새겨져 있다. 이 시대는 엄청 고상하게 몰락했군.

"괜찮지요? 집안도 기대해도 좋습니다. 이 집 주인이 가장 좋은 층으로 준다고 약속했거든요." 헤커는 초인종을 누른다. 나지막한 벨소리가 나더니 문이 열리고 집안으로 들어가는 복도가 나타난다. 웬 복도? 이건 복도가 아니라 강당이다. 천장 중앙에는 크리스털 샹들리에가 매달려 있고, 양쪽 벽으로는 거대한 거울이 서 있는데 스투코(＊치장 벽토) 재질의 날개 편 공작상이 거울을 떠받들고 있다. 바닥은 말할 것도 없이 환한 색감의 화강암이다. 흰색과 어두운 색의 꽃무늬 부조가 들어가 있다. 우리 바로 앞에는 에드가 월레스 영화에서나 나올 법한 고풍스러운 엘리베이터가 서 있다. 아이비 잎사귀 모양으로 장식된 강철 새장 같다. 시몬이 엘리베이터의 문을 연다. 맨 위층으로 올라가니 꽤 나이가 있어 보이는 남자가 우리를 기다리고 있다.

"헤커 씨와 린덴탈 씨?" 남자는 우리를 친절하게 맞아준다. "저는 비젤이라고 합니다. 잘 오셨습니다. 나무랄 데 없는 집이라 아주 마음에 드실 겁니다." 그는 우리를 화려한 장식이 되어 있는, 짙은 마호가니 나무문 앞으로 안내한다.

문지방을 넘어서자, 이제까지 본 것 중 가장 아름다운 고풍스러운 집이 나타난다. 복도만 해도 벌써 시선을 사로잡기에 충분하다. 천장은 우리 집보다 두 배는 더 높아 보인다. 테두리를 따라 스투코로 만든 우아한 꽃줄기 장식도 되어 있다. 나는 그 우아함에 탄복하며 집주인을 따라 조용히 첫 번째 방으로 들어선다. 방은 햇빛이 잘 들어 환하고 엄청 크다. 최소한 삼십 평방미터는 될 성싶다. 오래되었지만 잘 손질된, 격자 모양으로 깔린 마룻바닥에 감탄하며 따라가다 보니 미닫이 문 하나를 사이에 두고 비슷한 크기의 방 하나가 연결되어 있는 것이 보인다. 발코니도 있다. 문을 열고 발코니로 나간다.

"시몬, 이리 와 봐요. 알스터 강이 보여요!" 나는 처음으로 놀이공원에 온 아이처럼 들떠 있다. 우리 집 발코니에서는 차가 많이 다니는 사거리와 동네 카센터밖에 보이지 않는다.

"아, 정말 대단한데요." 평소에는 무지 '쿨' 한 척하는 시몬도 감격했다. 그도 그럴 것이 여기 위에서는 나무 꼭대기 너머로 외(外)알스터까지 한눈에 내려다보인다. 지금이 십일월이어서 그렇지 여름이었다면 작은 돛단배들이 수없이 많이 떠 있는 것을 볼 수 있었을 것이다. 진짜 함부르크 사람이라면 그 광경을 보고 가슴 찡하지 않은 사람이 없다. 비젤 씨도 고개를 내밀어 내다본다.

"그럼, 계속 돌아보실까요?"

방 네 개와, 부엌, 욕실을 다 돌아보고 내가 내린 결론은 사장과 직원 한 명이 쓰기에는 공간이 턱없이 넓다는 것이다. 게다가 우리는 아직 고객 0명에 사장이라는 사람은 삼십 분 전까지만 해도 내게 절약정신 운운하며 강의를 했던 사람이다. 비젤이 최근에 새 단장한 내용을 설명하는 동안 나는 시몬의 귀에 대고 말한다. "싸구려 벽지가 아니라 텍스처 페인트를 칠해놓으니까 정말 다르네요. 멋진 집이에요. 그런데 너무 크지 않아요?"

그는 의미심장하게 손을 들어 보이며 빙긋 웃는다.

집 구경이 끝났다. 비젤 씨는 집의 약도로 보이는 종이를 시몬의 손에 쥐어주며 말한다. "자, 헤커 씨, 그럼 밖에서 엘리베이터를 기다리는 동안 답을 주시면 좋겠습니다. 저는 먼저 나가 있겠습니다." 그리고는 나를 향해 매우 정중하게 인사한다. "린덴탈 씨! 조금 있다 뵙겠습니다."

다시 차에 타자마자 내 말문이 터진다. "저런 대저택을 정말 사무실로 쓰겠다는 거예요? 방 다섯 개에 최소한 140평방미터는 돼 보이던데…… 그냥 나 기죽이려고 한번 그래본 거 아니에요? 그렇다면 성공했어요. 참고로 말하자면, 난 바름벡에 있는 방 세 개에 65평방미터짜리 주택건설조합에서 만든 집에 살아요. 우리 동네에서는 사무실도 아주 싸게 빌릴 수 있어요. 절약이 사업가의 제일 덕목이라면서요!"

시몬은 곁눈질로 나를 흘깃 보며 약간 재수 없는 미소를 지었을 뿐 별 말없이 운전에 집중한다.

"성실한 사람들이 사는 근로자 거주 지역에 대한 편견이 있는 건 아닙니다." 그는 능숙하게 트럭 한 대를 추월한 뒤 다시 차선을 바꾸느라 자동차들 사이를 요리조리 빠져나가며 말한다. "하지만 우리 회사에 적당한 환경은 아니에요. 우리는 상류층 고객들을 상대할 텐데 그 동네는 좀 그렇죠?"

도대체 이 남자는 무슨 재주가 있기에 매번 단 오 초 만에 나를 이렇게 분노 상태로 몰아갈 수 있는 것일까? 나는 그를 매섭게 노려본다.

"첫 번째, 바름벡은 매일 쓰레기통이 불타거나 하는 그런 동네는 아니에요. 그리고 두 번째, 상류층 고객을 상대한다고요? 상류층 고객은 고사하고 우린 아직 고객이 한 명도 없잖아요. 아니면 내가 잘못 알고 있는 거예요? 난 우리 집이나 당신 집 남는 공간에 책상 하나, 전화 두 대, 이렇게 놓고 시작할 거라고 생각했어요."

"어, 우리 둘 다 같은 생각을 하고 있었네요." 그는 신호등을, 말하자면 어두운 노란색에서 지나치면서 말한다. "나도 일단 집의 자투리 공간에 책상 하나 놓고 시작해야 한다는 생각이에요. 문제는 어떤 집이냐 하는 거지요." 또 다시 그의 재수 없는 눈길을 받게 되자 나는 정말 이 인간을 한 대 치고 싶은 심정이 된다. "방금 얘기 들어보니까 당신 집에는 남는 공간이 없네요. 그리고 난 지금 떠돌이 신세예요. 피델리아 프로젝트 때 하숙으로 들어갔었는데 이제 나갈 때가 됐거든요."

"아하." 순간 왠지 불길한 느낌이 든다. 그리고 이 불길한 느낌은 곧 사실로 드러난다.

"그래서 생각을 해봤습니다." 시몬은 말을 잇는다. "두 마리 토끼를 다 잡는 방법이 없을까 하고요. 그래서 사무실로도 사용하고 내가 살 수도 있는 건물을 세내기로 한 겁니다."

역시 내 예상이 옳았다. 에이전시는 아직 만들어지지도 않았는데 이 인간은 자기 편하게 살 궁리부터 하고 있었던 것이다! "뭐, 말이 안 되진 않네요." 나는 최대한 권위적인 톤으로 말한다. "그런데, 앞으로 이익배당까지 나누게 될 회사의 파트너로서 제 의견을 말하자면요, 아무리 두 가지 용도로 사용한다고 해도 이 집은 너무 커요."

"율리아." 그는 너털웃음을 웃는다. "이렇게 빨리 존재감 없는 사무실 여직원에서 결정과정에 적극적으로 참여하는 당찬 파트너로 거듭나는 것을 보니 참 기쁘긴 한데요, 이 점 하나는 알아두셨으면 합니다. 이 사업에서는 사무실 분위기가 모든 걸 좌우합니다. 다락방 같은 곳에 사무실을 차린다면 그런 분위기에서 연애와 같은 사적인 문제를 털어놓을 사람이 누가 있겠습니까?"

"다락방과 무도회장 사이에는 다른 가능성들이 얼마든지 있어요." 나는 용감하게 맞선다. 그러면서 파울의 선술집-고성 비교를 떠올리지 않을 수 없다.

"예, 예." 파울은 손사랫짓을 한다. "하지만 정말 좋은 집 아닙니까?"

"맞아요." 나는 순순히 인정한다. "정말 좋긴 해요."

"그럼 결정된 겁니다." 헤커는 더 이상의 반론은 받아들이지 않겠다는 듯 단정적으로 말한다. "그런데 어디로 모셔야 하지요?" 그는 내게 윙크를 하며 덧붙인다. "나랑 같이 우리 하숙집 갈래요?"

"뭐요?"

"농담이에요, 농담. 자, 어디로 모실까요?"

"먼저 사무실 문제를 마무리짓고 싶은데요." 내가 그렇게 호락호락 넘어갈 줄 알았다면 이 남자 뭔가 크게 착각한 거다. 시몬은 약간 귀찮다는 듯 한숨을 내쉰다.

"율리아, 집세의 절반 이상은 내가 사적으로 부담할 겁니다. 그러니 회사경영에 적자가 날 걱정은 하지 않아도 돼요. 에이전시에 필요한 공간은 그 미닫이문으로 연결된 방 두 개면 충분해요. 그러면 우리 둘 다 각자의 사무실을 갖게 되는 거고, 회의를 하거나 할 때는 문을 열어놓으면 됩니다. 복도가 넓으니까 비서를 들인다고 해도 거기다 접수 데스크를 놓으면 될 거고요. 그 집이 정말 '딱' 이라니까요!"

"어머?" 비꼰다기보다는 놀란 말투로 내가 묻는다. "우리가 벌써 비서를 들일 처지가 된다고 생각하는 거예요?"

그의 입가에 다시 조소가 떠오른다. "씽크 빅, 율리아, 씽크 빅!"

"당신 같은 허풍쟁이는 당연히 그렇게 생각하겠죠."

"허풍쟁이요?" 흘깃 나를 쳐다보는 그의 얼굴은 약간 화난 듯 보인다. "별로 듣기 좋은 말은 아니네요."

나는 그에게 눈을 흘기며 말한다. "존재감 없는 사무실 여직원도 과히 듣기 좋은 말은 아니었죠?"

이 말에 그는 껄껄 웃는다. 나도 피식 따라 웃는다.

"자, 이제 결정된 거죠? 그 집으로 하는 겁니다."

"좋아요. 사장이 그러자는데 뭐 어쩌겠어요. 그러다 적자 나도 내 책임은 아니니까요."

"적자 날 일 없습니다." 그는 자신감 넘치는 목소리로 말한다. "나한테다 생각이 있습니다." 그 생각이 괜찮은 생각이길 빌 뿐이다. "그런데 계속 이 근처를 헤매야 하는 겁니까? 어디로 가야 되지요?"

"그냥 다음 지하철역 앞에 내려주세요."

"집까지 데려다 줄 수도 있는데."

"아니에요, 됐어요. 이 자동차 타고 바름벡 같은 슬럼가에 들어갔다가 무슨 봉변을 당하려고요?" 차 안에는 다시 웃음이 터진다.

시몬은 다음 지하철역에서 나를 내려준다. 부르르. 날이 다시 추워졌다. 다행히 내겐 파울이 선물해준 예쁜 스웨이드 장갑이 있다. 장갑을 끼려고 가방을 뒤지지만…… 보이지 않는다. 내 가방 속이 거의 대형 참사 현장에 가깝기는 하지만, 이 분 동안 집중적으로 찾은 후에도 안 보이는 걸 보니 어딘가에 놓고 온 것이 분명하다. 빌어먹을, 아주 예쁜 장갑이었는데. 분명히 꽤 비싸게 주고 샀을 것이다. 어디다 두고 왔을까? 기억을 더듬어본다. 비젤 씨 집은 아니다. 거기 갔을 때는 장갑을 끼고 있지도 않았다. 시몬 차에 두고 내렸나? 아니다. 거기서는 맨손으로 의자 시트를 꼭 잡고 있었다. 그럼 남는 건 '인터메조' 뿐이다. 거기 가는 길에는 장갑을 끼고 있었다. 한숨이 절로 나온다. 그 먼 길을 다시 되돌아가야 하다니 정말 싫다!

'인터메조'에 도착하니 평소와는 달리 가게가 텅 비어 있다. 바텐더는 나를 알아보고 손짓을 한다. "아, 시뇨리나, 장갑 놓고 갔죠?"

"예! 아, 다행이에요. 따로 보관해두셨네요."

"그럼요, 좋은 장갑인데 잃어버리면 아깝잖아요." 그는 싱긋 웃는다. "제가 잘 치워놨죠."

"고마워요."

"시몬 여자친구인데 당연하죠."

"에, 전 그 사람 여자친구가 아니에요!" 이 사람이 어떻게 생각하든 별 상관이 없기는 하지만, 그래도 바로잡을 건 바로잡아야 한다.

"아아, 베네(*영어의 'gut' 혹은 'well'에 해당하는 이탈리아어), 상관없어요. 하지만 아주 잘 어울리는 커플인데."

"커플이 아니라니까요." 나는 거듭 강조한다. "그냥 파트너예요." 엄밀히 말하면 나는 시몬의 직원이기 때문에 이 말은 사실에 어긋난다. 하지만 뭐 어떤가, 파트너라는 말이 훨씬 멋있지 않은가.

바텐더는 눈썹을 치켜올린다. 눈에는 의문이 가득하다. "파트너라고요? 파트너랑 여자친구가 다른 게 뭐예요?"

으음, 지금은 독일어의 정교한 사용법에 대해 수업을 하고 있을 때가 아니다. 나는 그냥 손사래를 친다.

"별로 중요하지 않아요." 장갑을 받아들고 고맙다는 인사를 한 뒤 돌아서던 나는 묻고 싶은 것이 생각나 멈춰 선다. "손님으로서 시몬이랑 내가 다른 점이 뭐죠?"

바텐더는 의아한 듯 되묻는다. "무슨 뜻이에요? 시몬은 남자고 당신은 여자죠!"

"아니요. 그런 뜻이 아니라, 오늘 왜 우리 탁자에서 주문을 받았어요? 원래는 안 그러잖아요. 전 항상 바에서 주문을 했거든요. 시몬을 특별 대우하는 이유가 뭔가 해서요."

그는 대답 대신 큰 소리로 웃는다. "시뇨리나, 그건 남자들 사이의 비밀이에요."

"에이, 그러지 말고 말해줘요!" 나는 비장의 '저는 깊은 산 속에 혼자 남겨진 연약한 여자예요, 당신은 힘세고 강한 남자잖아요' 눈빛을 발사한다. "시몬이 특별한 이유가 뭐죠?"

"이십 유로."

나는 어이없는 눈으로 그를 쳐다본다. "뭐라고요?"

"특별한 이유는 이십 유로예요. 시몬이 여기 와서 당신을 기다렸어요. 그리고 나한테 와서 말하길, '내가 아주 아름다운 여자한테 점수를 따려고 하는데, 이십 유로 줄 테니까 우리 탁자에 와서 나한테 친한 친구처럼 인사를 하고 주문을 받아줘요.' 그랬어요." 그는 내게 한 눈을 찡긋한다. "시몬한테 말하지 마요. 당신한테 좋은 인상을 주려고 그런 거예요."

"정말 기가 막혀!" 나는 머리를 절레절레 흔든다. "그냥 지폐 한 장 쥐어줬단 말이죠. 전 앞으로도 계속 여기 앞에 와서 주문할게요. 주머니 사정이 그렇게 넉넉지 않아서요." 나는 뒤돌아서서 가려다 말고 다시금 할 말이 생각난다. "이제 와서 배신하는 것도 훌륭한 행동은 아니에요."

그는 어깨를 으쓱한다. "난 그 잘난 체하는 놈보다 당신이 더 맘에 들어서 말해준 거예요."

지하철역으로 가는 내내 계속 웃음이 나온다. 잘난 체하는 놈. 후후, 딱 들어맞는 말이다. 잘난 체하는 놈, 시몬 헤커. 하지만 내게 잘 보이기 위해 바텐더를 매수할 생각을 하다니 귀엽게 봐주지 않을 수가 없다. 내가 비밀을 알아냈으니 시몬은 재수가 없군! 다음에 만나면 이 일로 어떻게 약을 올린담?

아니다, 그러지 말자. 이 일은 나의 작은 비밀로 간직하기로 하자. 그러나 시몬의 자신감 넘치는 외면 뒤에 숨겨진 비밀을 엿볼 수 있었던 것은 상당한 수확이었다.

10장

한 시간 뒤, 끄레망(＊프랑스산 스파클링 와인의 한 종류) 한 병과 델리(＊요리
된 고기, 치즈, 샐러드 따위를 파는 조제식품 판매점으로 델리카트슨을 줄여 부르는 말)
에서 산 온갖 진미가 든 봉지를 들고 집에 도착한다. 취업 축하 파티다! 파
울은 거실 소파 위에 작은 선반을 달려는지 사다리 위에 위태롭게 서서
막 벽에 구멍을 뚫고 있다.

"자기야, 나 왔어!" 나는 방긋 웃으며 끄레망을 들어 보인다.

"잠깐만." 그는 전기드릴과 씨름을 하느라 앙다문 입술로 말한다. "금
방 끝나."

나는 불안한 표정으로 내 약혼자를 올려다본다. "뭐하는 거야?"

"다 되면 봐." 짧은 대답이 돌아온다. 벽에 다시 드릴을 들이대자 소음
때문에 더 이상의 대화는 불가능해진다. 나는 부엌으로 가 끄레망을 냉장
고에 넣어두고, 안티 파스티(＊토마토 절임, 해물 절임 등 이탈리아나 그리스 등지
에서 먹는 애피타이저)를 접시에 보기 좋게 담는다. 드릴 소리가 멈추지 않은
것으로 보아 파울은 아직 끝나지 않은 모양이다. 이 시간을 이용해 샤워
를 하고 특별히 예쁜 옷으로 골라 입는다. 몇 주 전 부티크에서 산 로맨틱
한 꽃무늬 원피스다. 헤어드라이어로 머리를 다 말리고 났는데도 드릴 소
리가 들려온다. 시간이 있으니 공들여 화장을 한다.

삼십 분 뒤 넘실거리는 와인 잔 두 개와 안티 파스티가 담긴 쟁반을 들
고 다시 거실로 들어서니, 주위가 온통 깜깜하다. 파울이 거실 창 앞의 두

터운 커튼을 내린 모양이다.

"자기야?" 불안한 발걸음을 떼어놓으며 파울을 부른다. 순간, 폭발음 같은 엄청난 소음이 귓전을 때린다. 바로 오른쪽 귓가에서 거대한 사자 한 마리가 입을 벌리고 울부짖는 것만 같다. 깜짝 놀란 나는 그만 와장창 소리를 내며 쟁반을 떨어뜨리고 만다.

"율리아!" 불이 켜진다. 파울은 내 바로 앞에서 배를 잡고 웃고 서 있다. "미안해, 자기." 그는 웃음에 겨워 말한다. "그렇게까지 놀라게 하려는 건 아니었는데." 나는 어안이 벙벙한 채 깨진 유리와 접시가 나뒹구는 바닥을 내려다본다. 그리고 이제는 소리 없이 포효하고 있는 사자 쪽으로 시선을 돌린다. 책장 앞에 파울은 커다란 영사막을 걸어 놓았다. 사자 머리 위에는 볼륨이 강한 글씨체로 'Metro Goldwyn Mayer' 라고 씌어 있다.

"이…… 이게 도대체 다 뭐야?"

"우리의 홈 시네마!" 파울은 팡파르를 울리듯이 자랑스럽게 외친다. "좋지?"

"홈 시네마?" 나는 아직도 멍한 상태다.

"그래." 파울은 활짝 웃으며 아까 구멍을 뚫고 있던 반대편 벽으로 나를 끌고 간다. "여기 비머가 있잖아?" 그는 내게 윙윙거리는 작은 기계를 보여주며 설명한다. "이걸 DVD 레코더에 연결한 다음……" 파울은 '안실 루멘' (*빛의 세기에 관한 용어)이니 '돌비 서라운드' 니 하는 단어를 써가며 알아들을 수 없는 말을 지껄인다. 내 머릿속은 뒤죽박죽이 된다. 드디어 강연을 마친 파울은 활짝 웃는 얼굴로 선언하듯 말한다. "이제 집에 모든 장비가 갖춰져 있으니까 평생 영화관 안 가도 돼. 정말 기발하지?"

"응…… 어…… 좋네."

그는 내게 쪽 하고 입을 맞춘다. "자기도 좋아하니까 좋다! 자기 오기 전에 다 끝내놓고 깜짝쇼를 하려고 했는데." 그는 소리 내어 웃는다. "어쨌든 놀라게 하는 데는 성공했네."

내 시선은 다시 바닥에 쏟아진 끄레망 쪽으로 향한다. 깜짝쇼는 확실히 성공했다.

"이리 와 봐." 파울은 내 손을 끌고 소파 쪽으로 간다. "바로 시험을 해보자. 자기한테 이 장치의 진가를 보여주려고 내가 액션 영화를 하나 준비해놨거든." 곧 다시 불이 꺼지고, 내 옆에 앉은 파울이 시작 버튼을 누르자 꽝 하는 묵직한 소음과 함께 영화가 시작된다.

"저기, 자기야." 영화가 폭발 장면으로 시작했기 때문에 나는 파울의 귀에 대고 소리를 질러야만 한다. "사실은 자기랑 축하할 일이 있어."

"뭐?" 파울은 무엇에 홀리기라도 한 듯 영화에서 눈을 떼지 못하고 외친다. "이 사운드 좀 들어봐. 정말 바로 옆에서 들리는 것 같지 않아?" 그는 리모컨을 집어 들더니 볼륨을 더 높인다. 십 초 후면 분명히 피아와 얀이 들이닥쳐 우리의 살림살이와 정신이 모두 온전한지 물을 것이다. 만약 우리가 이 소음 속에서 초인종 소리를 들을 수 있다면 말이다. 파울은 이 장치를 집에 둘 생각이라면 청각장애인을 위한 초인종도 하나 사다 붙여야 할 것이다. 밖에서 누가 초인종을 누르면 안에서 불빛이 깜빡깜빡하는 장치 말이다. 안 그러면 누가 문 두드리다 죽어도 전혀 모를 것이다.

파울이 어린아이처럼 열광하며 이것저것 시험해보고 탄성을 올리는 것을 보며 나는 왠지 슬퍼진다. 나의 빅뉴스로 파울을 놀래주려고 잔뜩 기대에 부풀어 있었는데, 파울은 자기의 홈 시네마에만 정신이 빠져 있다. 내가 시몬 헤커의 제안을 받아들였다는 것을 모르니 당연한 일이다. 그래, 내가 이해하자. 내 꽃무늬 원피스와 올린 머리, 공들인 화장은 그렇다 치더라도, 끄레망을 보고는 뭐 특별한 일이라도 있냐고 한마디쯤 물을 수 있지 않았나? 그리고 내가 이렇게 치장하는 것도 날이면 날마다 있는 일이 아닌데.

파울이 계속되는 대형 충돌 장면에 빠져 있는 사이 나는 마룻바닥의 난장판에 신경이 쓰인다. 살짝 소파를 빠져나와 깨진 접시 조각과 산산조각 난 안티 파스티를 치우고 부엌에서 걸레를 가져와 후다닥 바닥을 닦는다. 바닥을 닦는 동안 내 머릿속에서는 다른 의문 하나가 고개를 든다. 이번에 파울에게 강림한 저 지름신은 도대체 얼마짜리였을까? 돈을 잘 버니까 자기 돈으로 자기가 사고 싶은 것을 사는 것은 문제가 되지 않는다. 파울은 주로 그 돈을 전자제품 파는 마트에 퍼다 준다. 하지만 이 특수한 상황에서…… 이번 한 번만이라도 미리 의논을 했더라면 하는 아쉬운 생각이 꾸역꾸역 치밀어 오른다.

"저거 다 사는 데 얼마나 들었어?" 마침내 그 굉음이 사라지자 나는 파울 옆에 앉아 있다가 꽤 직선적으로 묻는다. 귀에서는 윙윙거리는 소리가 나고, 눈이 거실의 전등빛에 적응하는 데 시간이 걸린다.

"왜?" 약간 신경질적인 반문이 즉각 튀어나온다.

"아, 그냥 좀 궁금해서."

"무슨 얘기 하려는지 알겠는데" 파울이 공격적으로 나온다. "통틀어 따져보면 무지 싸게 산 거야."

"아하." 내 슬픔의 감정은 다른 방향으로 급선회한다. 왠지 모르게 화가 난다. 우리의 꿈의 결혼식을 계획대로 치르기 위해 나는 어떻게든 빨리 재취업하려고 이 고생인데 자기는 돈을 못 써서 안달이 나 있다니 정말 화가 난다.

"정말이야. 별로 비싸지 않았어. 다 전시품이었던 거야. 그래서 아주 싸게 줬어."

"그럼 됐고." 이 문제에 대해서는 더 이상 왈가왈부하고 싶지 않다. 난 지금 파울과 싸우고 싶은 기분이 아니다. 원래는 파울과 함께 내 직업적 발전을 위해 축배를 들 생각이 아니었는가.

"자기는 오늘 하루 종일 뭐 했어?" 흠, 결국 물어보긴 하는군. 정말 궁금해서인지, 아니면 이 주제를 피해가기 위해서인지는 알 수 없지만.

"어어." 나는 말을 늘여 뺀다. "뭘 했더라…… 아, 제일 먼저 한 일은 양말 정리야." 파울은 눈을 동그랗게 뜨고 내 얼굴을 쳐다본다.

"양말 정리?"

나는 고개를 끄덕인다. "그 다음에는 재활용 종이랑 빈 병을 내다 났고,

현관문이 삐걱거려서 기름칠도 했고, 그 다음엔 적십자에 보낼 헌옷 몇 벌 챙겼어."

"잘 했네. 시간 남을 때 집안 정리 하는 것도 좋지." 그는 한 팔을 내 어깨에 두르고 입을 맞춘다. "집에 들어오기 바로 전에는 어디 있었는데?"

"바로 전에?" 나는 일부러 뜸을 들인다. "아, 그래, 하마터면 잊어버릴 뻔했네! 시몬 헤커 만나서 에이전시를 차렸어. 내일부터 일 시작할 거야."

파울은 잠시 혼란스러운 눈으로 나를 본다. 그리고 마침내 상황을 파악한다. "그 헤커란 사람 제안을 받아들인 거야?"

"응." 나는 짧게 대답한다.

"그 얘기는 이미 끝난 거 아니었어?" 파울이 흥분해서 말한다.

나는 고개를 가로젓는다. "아니, 그렇지 않아. 자기 혼자한테나 끝났겠지. 난 다른 생각이었어." 나는 약간 떨어져 앉은 뒤, 가슴 위로 팔짱을 끼고 화난 눈으로 그를 쏘아본다. 그의 첫 반응이 왠지 지나치게 신경에 거슬린다.

"자기야." 그는 나를 다시 안으려고 하지만 나는 내 자리를 지키며 꿈쩍도 하지 않는다. "지금 자기 상황이 쉽지 않다는 건 알아. 하지만 그런 멍청이로 증명된 거나 다름없는 사람이랑 같이 사업에 뛰어드는 건 가미가제나 마찬가지야. 그런다고 정말 뭐가 나아질 거라고 생각해?"

"왜 증명된 거나 다름없는데?" 나는 꽤 공격적인 자세를 취한다.

"무슨 소리야?"

"시몬 헤커가 멍청이로 증명된 거나 다름없다며?"

"오, 미안해!" 그는 저항하는 제스처로 두 팔을 들어 보인다. "난 그냥 자기 말을 옮긴 것뿐이야. 그 사람이 얼마나 저질인지 구구절절 늘어놓은 건 자기였잖아. 왕재수라며?"

"헤커가 인간성이 좋은 사람이라고 말하진 않았어. 하지만 그건 그 사람의 경영 능력하고는 별개의 문제야."

파울은 한숨을 내쉰다. 그러고는 내 어깨에 팔을 두른다. 내키지는 않지만 그냥 놔둔다. "우리 율리아가 지금 인격적으로 오점이 있는 사람이랑 함께 일해도 괜찮다고 말하는 거야?"

나는 어깨를 으쓱한다. "좋은 기회야, 놓치고 싶지 않아."

"보기 좋게 망할 기회겠지."

나는 그를 밀어내고 자리에서 벌떡 일어선다. "파울." 내 목소리는 내가 의도하는 것보다 훨씬 크고 신경질적이다. "이해 못하겠어? 난 적어도 시도는 하고 싶은 거야. 내가 다시 직장을 구할 수 있을지 없을지도 모르는데, 아무 일도 안 하고 가만히 앉아서 기다리고만 있을 수는 없다고. 난…… 난 내 일을 해보고 싶어!"

"그게 어디 자기 아이디어였어? 그 멍청이가 생각해낸 거 아냐?"

"난 더 이상 그 아이디어가 멍청하다고 생각하지 않아." 나는 분노에 찬 눈으로 파울을 노려본다.

파울은 소파에서 일어나 다가오더니 다시 나를 품에 안는다. "율리아, 난 자기를 이해하려는 거야." 한껏 누그러진 음성으로 말하며 나를 자기 쪽으로 끌어당긴다. "그런데 자기가 너무 자기답지 않은 말만 하니까 걱정되는 건 당연하지."

"걱정하지 말고 도와줘." 나는 뾰로통하게 말한다.

파울은 소리 내어 웃으며 내게 살짝 입을 맞춘다. 그리고 나를 지긋이 바라본다. "정말 자기한테 중요한 일인 것 같다."

"그래, 맞아." 나는 순순히 긍정한다. "내 말은 결혼식도 그렇고……"

파울은 슬그머니 웃는다. "솔직히 말해봐." 그리고 내 눈이 그의 눈과 마주치도록 내 턱을 들어올린다. "정말 오로지 결혼식 비용 때문이야?"

"일단은 그래." 사실 조금 거짓말도 섞여 있지만 나는 당당하게 주장한다. 그렇다고 해서 꼭 틀린 말도 아니다.

"일단은 그렇고 그럼 이단은 뭔데?"

나는 잠시 생각한다. "새로운 일을 한다는 게 재미있고 좋아. 위험은 있지만 과감하게 한번 해보고 싶어. 내가 언제 위험을 무릅쓰고 뭔가 시도

하는 거 본 적 있어?' 이 말을 내뱉는 순간, 정말 단 한 번도 위험을 무릅쓴 일이 없었다는 사실을 깨닫는다.

파울은 이제 양 팔로 나를 꽉 감싸 안고 놓지 않는다. "글쎄, 잘 모르겠는데." 그는 내 귀에 대고 속삭인다. "하지만 우리가 뭔가 위험한 짓을 해야 할 때가 된 것 같긴 해." 이 말과 함께 그는 침실 쪽으로 내 손을 잡아끈다. 방에 도착하자 그는 나를 부드럽게 침대 위로 밀어 쓰러뜨린 뒤, 입가에 은근한 미소를 띤 채 셔츠 단추를 풀기 시작한다.

"자기야." 나는 갑자기 어디서 이 열정이 나오는지 몰라 약간 놀란 목소리로 말한다. 근 몇 년간 이런 일은 아주 드물었다, 아니 아예 없었다. "난……"

"입 다물어." 파울이 낮게 속삭인다. 그는 내 옆에 누워 키스를 퍼붓기 시작한다. 이 순간이 황홀한 느낌으로 다가오는 것을 인정하지 않을 수 없다. 지금 파울은 엄청나게 남성적이다. 우리의 싸움 때문일까? 아니면 그냥 나와의 언쟁을 무마하려는 의도일까? 더 이상 생각하지 않고 이 순간을 즐기기로 한다. 나는 그의 키스에 응답한다. 시몬 헤커와 만난 일을 더 자세히 얘기하고 싶지만 지금은 적당한 때가 아니다. 파울의 머릿속에서는 뭔가 다른 중요한 일이 일어나고 있다…….

"와우!" 다음날 '헤어드림'에 들러 시몬 헤커의 제안을 받아들이기로 했다는 말을 하자 카티야는 소리부터 지른다. "율리아, 정말 멋져!" 카티야는 기뻐하며 내 목을 끌어안는다. 파마로트를 감은 손님과 샴푸 의자에 누워 머리를 감다 만 손님은 어서 이 불편한 자세에서 해방되기를 기다리고 있다가 그녀의 괴성에 놀라 움찔한다. "그만 됐어!" 나는 카티야의 포옹을 풀며 말한다. "그렇게 날뛸 일은 아니야."

"왜 날뛸 일이 아니야?" 그녀는 눈을 동그랗게 뜨고 나를 쳐다본다. "내 제일 친한 친구, 안전제일주의자 율리아가 지루한 삶을 때려치우고 모험을 하러 나섰는데 날뛰지 않게 됐어?"

"진짜 고맙다, 얘!" 나는 조금 삐쳐서 말한다.

"뭐가?"

"지루한 삶이라며. 너무 지루해서 접시 물에 코 박고 죽을 정도는 아니었거든." 여기 와서 새 소식을 알린 것이 슬슬 후회되기 시작한다. 미용실 손님들이 내 얘기를 다 알게 되는 것이 썩 내키지 않는다. 따로 만나서 얘기할 걸 그랬나? 카티야 성격에 이렇게 난리를 칠 것은 안 봐도 뻔한 일이었다. 그러나 이미 엎질러진 물이다.

"뭘 그래? 지난 몇 달 동안 네 유일한 관심사는 그 잘난 결혼식이었잖아. 그리고 솔직히 말해서 그 얘기도 안 한 지 한참 됐어."

"계획은 계속 세우고 있어."

"아유, 어련하시겠어요?" 카티야는 손사래를 친다. "다이애나 같은 결혼식을 하려면 한 일 년은 준비해야겠지. 하지만 이번 네 결정은 정말 짱이야 짱! 어쨌든 옛 직장 일로 기죽지 않고 용감하게 네 길을 찾아 나서는 걸 보니 정말 흐뭇하다, 얘."

"글쎄." 나는 좀 창피해져서 얼굴을 붉힌다. "완전히 자발적으로 한 일도 아닌데, 뭘."

"시작이야 어쨌건 무슨 상관이야? 좋은 기회가 왔을 때 잡았다는 게 중요하지."

"정말 좋은 기회인지는 더 두고 봐야지." 나는 시큰둥하게 대꾸한다. 카티야는 심상치 않다는 듯 내 얼굴을 살핀다.

"너 말하는 게 어째 파울의 말투다. 아, 알겠다. 파울의 반응이 별로였구나?"

"꼭 그런 건 아니고." 이렇게 말하며 나는 지난밤을 떠올린다. 그 밤의 반응은 별로와는 거리가 멀었다. 그 전의 대화는…… 뭐, 다 지난 일이다.

"꼭 그런 게 아니면 뭔데?" 카티야가 캐묻는다.

"그래, 아주 열광하진 않았어." 나는 마침내 실토한다. "이상할 것도 없지. 그 전에는 내가 항상 시몬 헤커 욕만 했으니까. 그러다 갑자기 함께 사업을 하겠다고 하니 파울이 놀라는 게 당연해. 하지만 일단 일이 시작되면 분명히 두 팔 걷어붙이고 도와줄 거야."

"그럼. 파울은 착한 거 빼면 시체잖아." 그녀의 얼굴에 짓궂은 미소가 번진다.

"무슨 뜻이야?"

"어? 파울이 착하다고." 카티야는 뭔가 다른 것이 떠올랐는지 얼굴이 미소로 넘친다.

"그런데 파울이랑 시몬이 만난 적 있어?"

"아니. 서로 만날 일이 있었어야지."

"아, 그렇구나." 카티야는 세면대로 가 작은 용기의 내용물을 덜어 손님의 머리에 대고 마사지를 하기 시작한다. "나이마르크 부인, 좀 차가울 거예요. 하지만 머릿결이 반짝이게 하려면 처음 몇 번은 뜨거운 물로 감으면 안 되거든요." 그녀는 샤워기를 집어 들고 물을 튼다. 그러더니 다시 나를 향해 말한다. "그 둘이 만나면 정말 재미있겠다, 그치?"

"왜?"

"어, 뭐 그냥." 카티야는 어깨를 으쓱한다. "둘이 잘 지낼 수 있을까 싶어서."

"사이좋게 지낼 수 있을 거야. 파울은 그런 마초가 아니거든." 나는 이 말로 카티야의 장난기 어린 의구심을 일축한다.

몇 년 전엔가 한 다큐멘터리 영화에서 알프스 산의 산양 수컷 두 마리가 싸우는 걸 본 적이 있다. 초고속으로 달려들어 서로의 뿔을 들이받을 때 울려 퍼지는 둔탁한 소리가 인상적이었다. 그때 들은 뿔 부딪는 소리가 지금 이 순간 들리는 것 같다. 눈을 씻고 봐도 산양 따위는 보이지 않는데 말이다. 아니면 지금 이 둘은 인간보다는 산양 수컷 두 마리에 가깝다고 해야 하나?

"뭐 굳이 숨길 일도 아닌 것 같습니다. 사실 저는 헤커 씨의 아이디어나 헤커 씨의 인물됨 자체를 높이 평가하고 있지는 않습니다. 하지만 제 약혼녀의 일이니 전력을 다해 도울 생각입니다."

"물론 그러시겠지요, 에에, 성함이 뭐라고 하셨더라?"

"마이스너."

"아, 맞아요, 마이스너 씨. 자기 약혼녀를 돕지 않으면 또 누구를 돕겠습니까?" 시몬은 너스레를 떤다. "제가 항상 하는 말이 있지요. 사랑하는 여인과 조국을 위해서는 사나이 한 목숨 아까울 것 없다."

"우린 서로 마음이 잘 통하는 것 같군요." 이 말은 아주 다양하게 표현될 수 있는 말이다. 지금 막 파울의 입에서 나온 말은 야채를 급속냉동시킬 만큼 차갑다.

쌓아 올린 이삿짐 박스 위에 앉은 나는 삼십 분이 넘도록 신경전을 벌이고 있는 두 남자를 민망한 얼굴로 바라본다. 둘 다 팽팽히 맞서고 있다. 겉으로 직접 드러나지 않는 암투이지만, 참석자들 모두 이 불편한 분위기를 확연히 느끼고 있다. 브레인스토밍(＊자유로운 토론 속에서 창의적인 아이디어를 끌어내는 일)을 위한 편안한 자리를 제안했던 나는 입장이 무척 난처하게 됐다. 허물없는 분위기에서 구체적인 사업안을 논의하기 위해 우리는 파울, 카티야, 피아, 얀, 베아테, 게르트를 아직 비어 있는 우리 사무실로 초대했다. 팀워크는 내가 아는 가장 효율적인 의사수렴 방식이다. 물론 시몬 헤커는 다른 의견이었다. "왜 우리가 그런 아마추어들하고 회사 일을 의논해야 됩니까? 그 사람들이 이런 사업에 대해 뭘 안다고요?" 이렇게 구시렁거렸다. 하지만 나는 내 주장을 굽히지 않았고 결국 1:0 린덴탈의 승리로 끝났다.

지금까지 아주 생산적인 논의가 진행되었다고 말하기는 힘들다. 주로 파울과 시몬이 서로를 씹느라 바빴다. 시몬은 지금 자신이 준비해온 구체적 사업안을 발표하고 있는 중이다. 그리고 파울은 각 항목마다 걸고넘어지며 잔소리와 쓴 소리를 해대고 있다. 허물없는 분위기는커녕 불편하기 그지없는 상황이다.

"물론 그 심정은 이해합니다." 시몬이 말한다. "나라도 내 약혼녀가 앞으로 무슨 일을 하게 될지, 그리고 누구와 함께 시간을 보내려고 하는지 알고 싶을 겁니다."

내가 제대로 들었다면 방금 시몬은 '보내려고 하는지'에 특히 강세를 두어 말했다. 사실 '보내게 될지'라고 말할 수도 있는 일이었다. 곁눈질로 슬쩍 보니 파울은 막 자리를 박차고 일어날 태세다. "에, 여러분." 나는 우렁찬 목소리로 이 신경전을 중단시킨다. 그리고 와인 병을 집어 들고 각자의 플라스틱 컵에 와인을 부어준다. 우리는 파울이 법원에서 가져다준 이삿짐 박스 위에 둥글게 원을 그리며 앉아 있다. "우리 에이전시의 출발을 축하하는 의미에서 한 번 더 건배하는 게 어때요?" 나는 플라스틱 컵을 높이 쳐들며 미소 띤 얼굴로 좌중을 둘러본다. 잠깐의 망설임 뒤에 파울, 시몬, 다른 손님들도 술잔을 든다. 내가 선창을 한다.

"자, 성공을 위하여!"

"성공을 위하여!" 합창이 울려 퍼진다.

"이제부터는 사업을 어떻게 꾸려나가야 할지 구체적인 아이디어를 내주시면 고맙겠어요. 사무실만 있다고 저절로 사업이 되는 것도 아니고……"

"사실 제 사업안에 모든 것이 세세하게 적혀 있습니다." 시몬이 내 말을 끊더니 자기 앞에 놓인 서류더미를 툭툭 치며 말한다. "하지만 율리아는 주변사람들의 의견을 들어보는 것도 나쁘지 않다는 의견이었습니다." 그의 눈길이 '거봐라, 사업에 '사' 자도 모르는 사람들한테 웬 조언? 내 말이 맞지 않느냐'고 말한다.

"가구는 준비했어?" 베아테가 끼어든다. "둘 다 어딘가에 앉아야 할 것 아니야, 손님들 앉을 데도 필요하고." 나는 이 말에 조금 황당해진다. 베아테는 정말 우리가 아직까지 가구에 대해서도 생각을 안 했을 것이라고 믿는 걸까? 시몬은 아마 지금 그녀를 둘둘 말아서 창밖으로 내던지고 싶을 것이다.

"그렇지요. 일단 가구가 있어야지요. 가구 문제는 이미 조달자와 얘기가 된 상태입니다." 뜻밖에도 시몬은 마치 베아테가 아주 중요한 점을 지적했다는 듯 진지하게 대답한다. 나는 내 마음이 잘 전달되기를 바라며 '잘 했어요. 고마워요.' 라는 메시지가 담긴 눈길을 시몬에게 보낸다. "피델리아의 해체된 부서에서 남은 가구를 인수하기로 얘기가 됐습니다. 아주 실용적인 해결책이지요. 율리아가 새 의자와 컴퓨터에 적응해야 할 필요도 없고요." 그는 만족스러운 웃음을 짓는다. 그러나 내게는 찔리는 데가 있다. 피델리아 가구 건은 이미 알고 있었지만, 베아테 앞에서 이 이야기가 나오지 않기를 바랐다. 베아테는 아직 직장을 구하지 못했다.

"잘됐네." 즉시 베아테가 언짢은 반응을 보인다. 그러나 더 이상의 말은 하지 않는다. 그 대신 자기 컵에 와인을 한 잔 더 따른다.

"그런 당연한 것들 말고, 이제 진짜 중요한 문제에 대해 얘기를 해야 하지 않겠습니까." 파울이 조급한 말투로 말한다. 내 새 보스에게서나 예상했던 조급함에 나는 흠칫 놀란다.

"어떤 중요한 문제가 있겠습니까, 마이스너 씨?" 시몬이 파울의 말을 받는다. 제발 다시 싸움이 붙지 않았으면!

"율리아 말을 제가 제대로 이해했는지 모르겠지만 이 에이전시에서는 커플들의 관계를 정리해주는 서비스를 한다면서요."

"네, 아주 잘 이해하셨습니다."

"그 서비스를 구체적으로 어떻게 시행할 생각이신지요?"

"원래는 제 사업안에 다 적혀 있습니다만", 시몬은 조금 깔보는 말투로 말한다, "긴 문장을 읽기 싫어하시는 분들은 저희 광고 전단이 나올 때까지 기다리셔야겠습니다. 접이식 광고 전단을 만들 생각인데, 이미 율리아와 함께 구상 중입니다."

생전 처음 듣는 소리지만 일단 고개를 까딱해 보인다. 사업 파트너의 뒤를 받쳐줘야 할 것 아닌가. 파울이 자기 약혼녀를 뒷받침해주듯이.

그렇다면 나도 당연히 파울을 뒷받침해줘야 하는데? 그렇지만 이건 사적인 문제 아닌가?

아, 골치 아파. 애당초 이런 모임을 제안한 것 자체가 실수였다! 시몬 말이 옳다. 한 번도 자기 사업을 해보지 않은 사람들을 데려다 사업에 대한 조언을 들으려 하다니 개가 웃을 일이다. 그러나 이미 활을 떠난 살이요, 엎질러진 물이다. 그렇다고 이제 와서 후회하는 모습을 보여 시몬에게 약점 잡히기는 싫다. 그러니 용기를 내어 얼굴에 미소를 철썩덕 붙이고 아주 만족스럽다는 듯 좌중을 둘러보는 수밖에.

"물론 시간을 들여서 이 문서를 다 읽어볼 수도 있겠지만요." 얀이 끼어든다. 그도 '긴 문장을 읽기 싫어하시는 분들'에 숨겨진 의미를 눈치챘고, 이제 자기 친구를 위해 지원사격에 나선 것이다. "그 내용으로 사업을 하시려는 분이면 그냥 간단한 말로도 충분히 설명할 수 있어야 하는 것 아닙니까?"

"지당한 말씀입니다. 그럼, 설명을 드리지요. 사실 실제로도 아주 간단합니다. 일단 저희는 애정관계를 끝내달라는 고객의 주문을 받습니다. 고객은 저희에게 이 일에 대한 전권을 위임하고, 저희는 고객의 신분증 사본과 타인은 모르는 애정관계에 대한 정보를 제공받습니다……"

"그건 왜죠?" 피아가 질문한다.

"우리도 신분을 증명해야 하니까요." 내가 얼른 끼어들어 말한다. 시몬 혼자 모든 것을 다 생각해냈다는 인상을 주지 않기 위해서다. 우리는 파트너 관계가 아니었던가. 그럼, 그렇고 말고! "우리가 방문을 하거나 전화를 걸었는데, 우리 얘기를 농담으로 들을 수도 있거든요. 그러니까 우리도 증명을 할 필요가 있어요. 증명이 된 다음엔 헤어지자는 고객의 뜻을 전달하면 되는 거예요."

"아유, 끔찍해라." 베아테는 한숨을 내쉬며 게르트의 손을 잡는다. "옛날엔 이렇지 않았는데."

"암, 그렇고 말고." 게르트는 자기 아내의 말에 맞장구를 친다. 그리고 너무나도 따뜻한 눈빛으로 그녀를 바라본다. 순간, 마음이 찡해온다. 이십 년 후에 파울과 나도 저런 눈으로 서로를 바라볼 수 있을까? 나는 게르트가 베아테에게 보낸 것만큼이나 그윽한 시선을 파울에게 보낸다. 수취인 불명. 파울은 지금 똥 씹은 표정으로 자기 앞의 허공을 노려보고 있다. 둘만 있을 때 다시 시도해볼 수밖에.

"일반적인 사항은 여기까지 얘기하기로 하겠습니다." 시몬이 다시 사회를 맡는다. "그리고 그 조언은 참고하도록 하겠습니다. 에에…… 마이스너 씨, 조언 감사합니다. 곧 있을 기자회견에서는 대중적이고 이해하기 쉬운 말로 정리해서 준비하도록 하지요. 예, 이제부터는 저희 에이전시에 부족한 것이 무엇인지 말씀해 주시면 좋겠습니다."

"광고요!" 카티야가 외친다. "정보지, 홈페이지, 로고!" 카티야는 마치 자기 일이라도 되는 양 열을 올린다. 아마 '헤어드림'을 처음 시작할 때의 일이 떠오르는 모양이다.

"아, 그건 이미 진행 중입니다." 시몬이 대답한다. 나는 놀라서 눈이 동그래진다. 처음 듣는 말이기 때문이다. "제가 아는 광고회사가 있는데 아주 전문적인……"

"광고회사요?" 카티야가 흥분해서 끼어든다. "왜 그런 데다 돈을 써요? 내가 해줄게요."

"카티야 씨가 그런 걸 할 줄 알아요?" 시몬은 의외라는 듯 그녀의 얼굴을 훑어본다.

"그럼요." 카티야는 득의양양해서 대답한다.

"율리아 말로는 미용사라고 하던데." 이 말에 나는 움찔한다. 카티야는 미용사라고 불리는 것을 싫어한다.

"내가 언제 그렇게 말했어요?" 나는 얼른 부정한다. 하지만 카티야는 웃는 얼굴이다.

"괜찮아, 율리아. 뭐 그런 걸 가지고." 카티야는 날카로운 시선으로 시몬을 마주본다. "먼저 요즘은 헤어 디자이너라는 말을 사용한다는 걸 말씀드리고 싶고요. 그리고 제가 창의적인 일에 손재주가 좀 있거든요. 그래서 로고, 정보지, 홈페이지 꾸미는 일을 좋아하고 잘해요. 홈페이지는 디자인이 끝난 뒤에 프로그래머가 컴퓨터 언어로 변환만 하면 돼요. 어때요, 생각 있어요?"

시몬은 잠시 생각한다.

"그래주면 좋지." 내가 거든다.

"글쎄요." 시몬은 회의적이다. 좋게 표현하자면 그렇다. "그런 일 맡아서 해본 적 있어요?"

"그럼요. 아니면 제가 먼저 하겠다고 나서겠어요?" 카티야의 양미간에 주름이 진다. 좋은 신호가 아니다. 이 멍청한 모임을 생각해낸 사람이 대체 누구야? 절대 나는 아닐 거야……

"흠, 그럼 포트폴리오를 좀 볼 수 있을까요?" 시몬도 쉽게 물러서지 않는다.

"딱히 포트폴리오라고 부를 만한 건 없어요." 카티야는 슬쩍 비켜선다. "하지만 전 그런 일에 정말 재능이 있거든요. 공짜로 해드릴게요."

"그렇게 자기 일처럼 선뜻 나서주시니 정말 고맙습니다. 그리고 카티야 씨의 창의적인 재능도 믿어 마지않습니다. 헤어 디자이너도 창의적인 직업이니까요." 시몬은 일부러 '헤어 디자이너'에 강세를 둔다. "하지만 전문적인 해결책을 고집해야 하는 제 입장도 이해해 주셨으면 합니다. 오해는 하지 마시기 바랍니다. 사실 돈은 별로 중요한 문제가 아닙니다. 이 계통의 사업에서는 제대로 된 광고와 PR이 기업의 성공을 좌우한다고 해도 과언이 아닙니다. 말씀드린 그 광고회사도 저와 친분이 있는 사이라 아마 비싸게 받지는 않을 겁니다. 말하자면 그쪽에서 저한테 갚아야 할 빚이 있거든요."

"그래요?" 베아테가 매섭게 쏘아붙인다. "거기서도 직원들 쫓아내는 일을 도와줬나보죠?"

헤커는 그녀의 말을 무시한다. 나는 곁눈으로 카티야를 살핀다. 겉으로는 아무렇지도 않은 척하고 있지만 속으로는 분명히 부글부글 끓고 있을 것이다. 아니면 내가 착각했나? 카티야는 손을 들고 아주 차분한 목소리로 말한다.

"헤커 씨의 말은 충분히 이해했어요. 그건 전문가에게 맡기는 게 좋겠네요. 그런데 가장 중요한 것이 빠졌어요." 그녀는 잠시 뜸을 들인다. 시몬, 파울, 피아, 얀, 베아테, 게르트와 나는 숨을 멈추고 카티야를 바라본다. "그건 바로", 그녀가 드디어 입을 연다, "이름이에요! 에이전시 이름이 없어요!"

"그것도 생각을 해둔 게 몇 가지 있습니다."

"뭔데요?" 내가 막 물어보려는데 카티야가 선수를 친다.

시몬은 장엄한 표정으로 연말 영화제 시상식 사회자 같은 말투로 외친다: 끝장!

열네 개의 눈이 못 믿겠다는 듯 그를 응시한다. 제일 먼저 정신을 차리고 한마디 하는 것은 베아테다.

"에헴." 그녀는 헛기침을 한 번 한다. "헤커 씨, 그건 너무…… 부정적인 것 같지 않아요?"

"왜요? 확실하게 요점을 말해주지 않습니까."

"그렇긴 한데요." 이번엔 피아가 나선다. "어째 좀…… 몰인정한 느낌이잖아요."

"맞아요." 얀이 거든다. "요즘은 감정이 팔리는 시대예요." 얀은 광고 전략가로서의 전문가적인 면모를 유감없이 드러낸다. "따스함이 느껴지고, 느낌이 팍팍 오는 카피. 사람들은 그런 걸 원한다고요."

"미안합니다만", 헤커는 피식 웃는다, "율리아와 제가 만드는 회사는 관계를 정리해주는 회사입니다. 따스함이나 느낌 팍팍 하고는 거리가 멀어요."

"거리가 멀어도 마치 가까운 것처럼 느끼게 하는 데에 바로 광고의 기술이 있는 겁니다." 얀도 지지 않고 말한다. 그는 의미심장하게 파울 쪽으로 시선을 던진 뒤 덧붙인다. "헤커 씨 같은 프로가 그 정도는 이미 계산에 넣으셨을 거라고 생각했는데요?"

헤커의 얼굴에는 자기 말고 대장 노릇을 하려는 사람이 한 명 더 나타난데 대한 못마땅함이 역력히 드러난다. 반대로 파울은 아주 흡족한 표정으로 자기 컵에 와인을 따른 뒤, 여유롭게 벽에 등을 기댄다.

"아듀는 어때요?" 베아테가 의견을 낸다.

"무슨 장의사 이름 같아요." 카티야가 핀잔을 준다.

"그럼, 굿바이?" 베아테는 카티야의 핀잔에 굴하지 않고 계속 의견을 낸다. "잘 있거라, 나는 간다?"

"그건 노래 제목이잖아요." 시몬은 탐탁치 않다는 듯 고개를 갸우뚱한다. "뜻은 나쁘지 않지만……"

"그럼 소우 롱 앤드 쌩스 포 올 더 피시(So long— and thanks for all the fish)는 어때요?" 피아도 의견을 낸다.

"뭐라구요?" 내가 묻는다.

"더글라스 아담스의 소설 제목이에요." 피아가 기죽은 목소리로 대답한다. "히치하이커스 가이드 투 더 갤럭시(Hitchhiker's Guide to the Galaxy)란 소설도 썼는데, 잘 모르려나?"

출판사에서 편집일을 하는 피아는 이쪽 정보에 빠삭하다. 문제는 다른 사람들이 이해할 수 있느냐 하는 것이다.

"미안합니다만", 시몬이 내 생각을 대신 말해준다, "저희는 문학부 학생들만 상대하는 게 아닙니다."

"그럼, 간단하게 '잘 살아!' 는 어때요?" 게르트가 한껏 들떠서 말한다. "요점도 말해주면서 느낌도 좋잖아요. 헤어지기는 했지만 잘되기를 바라는 마음도 들어 있고."

"안 돼요." 카티야가 무 자르듯이 말한다. "너무 식상해요." 이 말에 게르트는 곧 민망한 듯 시선을 떨어뜨린다.

"전혀 식상하지 않아." 게르트가 불쌍해진 나는 얼른 반대 의견을 낸다. 오랜만에 의견을 냈는데 저렇게 묵살당하다니 카티야가 너무 했다.

카티야도 내 생각을 눈치챘는지 게르트에게 미소를 지으며 한결 부드러운 음성으로 말한다. "맞아요, 그렇게까지 식상하진 않아요. 그래도 이제까지 나온 것 중엔 제일 나아요." 게르트의 얼굴에 다시 미소가 번지고, 베아테는 자랑스럽다는 듯 남편의 손을 잡아준다. 나는 또 코끝이 시큰해진다.

"그것도 좋지만" 파울이 말한다. "좀더 강한 느낌이 필요해요. 의미는 의미대로 전달하면서 동시에 어떤 위로의 느낌을 줄 수 있는 말."

갑자기 파울이 저렇게 적극적으로 나오다니 한편으로는 의아하면서도 무지 기쁘다. 여전히 이 에이전시를 탐탁치 않아 함에도 불구하고 나를 도우려는 마음이 느껴져서다.

"네…… 계속 의견을 내보죠." 내가 제안한다. 우리는 그렇게 이십 분이 넘게 앉아 있지만, 가끔 가다 누군가 의견을 하나 내면 금방 반대 의견이 나오곤 해서 성과는 별로 없는 상태다. 나는 머릿속에서 이별과 사랑의 아픔에 대한 모든 개념을 총집합시킨다. 그러나 이 카테고리는 왠지 좀 아니다.

좋아, 그렇다면 다른 카테고리에서 찾아보자. 나는 생각에 집중한다. 막 실연당한 사람이 초콜릿 먹고 보드카 마시는 것 외에 또 뭘 하지? 나는 허공을 뚫어져라 쳐다본다.

실연당한 사람이 원하는 게 뭐지?

"여러분!" 돌연 내가 외친다.

"예?" 모두 내게 집중한다.

"좋은 생각이 났어요!" 나는 만면에 웃음을 띠고 좌중을 응시한다. 그리고 스스로에게 힘차게 고개를 끄덕인다. "그래 바로 이거야. 완벽해!"

11장

"신사숙녀 여러분, 다사다망하신 중에도 저희의 기자회견에 이렇게 많은 분들이 참석해주신 데 대한 심심한 감사의 말씀을 드립니다!' 짙은 회색의 촘촘한 줄무늬 양복을 입은 시몬은 배경막 앞에 서서 거칠 것 없는 제스처와 함께 환영인사를 하고 있다. 어디서 저런 자신감을 파는지 알면 나도 하나 구입하고 싶다. 나는 지금 딱 접시 물에 코 박고 죽고 싶은 심정이기 때문이다. '이렇게 많은 분들' 이라니! 사실무근의 과장이다. 헤커의 기자회견 초청장에 낚여 월요일 저녁 새롭게 단장한 우리 에이전시의 사무실을 찾은 사람은 단 세 명뿐이다. 그리고 이 세 명 모두 지역 언론에서 온 사람들이다. 석간신문 《아벤트 포스트》에서 나온 중년의 여기자가 한 명, 지역통신 《쿠리어》에서 나온 남기자 한 명, 그리고 〈라디오 한제〉에서 온 웬 실습생 하나가 전부다. 나 원 창피해서!

오늘을 위해, 사무실을 사무실처럼 보이게 하기 위해 우리 둘은 지난 이 주 동안 정말 밤낮없이 일했다. 책장 조립도 하고, 그럴 듯해 보이는 그림도 액자에 넣어 걸고, 넓은 의미에서의 전문서적도 구해 놓았다. (물론 『합법적인 세금트릭 1000가지』가 우리 사업과 아주 깊은 연관선상에 있다고 보기는 어렵다. 하지만 세금 절약은 누구한테나 유익한 주제이고, 무엇보다도 그 옆에 놓인 『러브 아카데미』, 『크나우르의 애정관계 네비게이터』, 『사랑의 119』……와 표지색이 아주 잘 어울렸다. 물론 이 책들도 우리 사업과 많은 상관이 있다고는 할 수 없다.) 우리는 사무실에 전선 배치를 했고, 컴퓨터를 연결했고, 쓰지 않는 구석을 이용해 작은 회의 코너도 만들었으며, 그밖에도 무수히 많은 일을 했다. 그런데 (저 세 명만 빼고) 아무도 우리에게 관심을 보이지 않은 것이다.

오늘 오전, 아무리 최면을 걸어도 팩스가 더 이상의 초대 승낙을 뱉어내지 않자, 다급해진 우리는 카티야, 파울, 베아테, 피아, 얀을 출동시켰다: "볼펜하고 수첩 하나씩 들고, 그래 카메라 있으면 목에 걸고 와, 그리고 심각한 표정으로 앉아 있으면 돼!"

"꼭 해야 돼?" 카티야가 뾰로통해서 말한다. "나 오늘 라르스랑 영화 보러 가기로 했는데……"

"꼭 해야 돼!" 불평의 기미가 보이자마자 단호하게 자른다. "나랑 계속 친구 안 할 생각이면 안 와도 돼."

은근히 걱정이 됐던 파울은 오히려 예상과 달리 기자 흉내를 내달라는 부탁에 선뜻 응해주었다. 예상과 달랐다는 건 사실 맞는 표현이 아니다. 왜냐하면 파울은 이제까지 한 번도 내 부탁을 거절한 적이 없기 때문이다. 그렇다고 파울의 생각까지 달라진 것은 아니다. 지난 몇 주간 그는 시몬과 나의 아이디어를 멍청하다는 말로 비판하는 일을 게을리 하지 않았다: "하지만 자기가 그렇게 하고 싶다면 말리진 않겠어. 이제 직접 겪어보면 세상에 그런 에이전시를 필요로 하는 사람이 없다는 걸 알게 되겠지." 뭐, 딱히 강력한 뒷받침이라고 할 수는 없지만, 어쨌든 이 중요한 시점에서 내 편이 되어주었고, 지금도 의자 두 줄 중 맨 앞에 앉아 자기 수첩에 뭔가 부지런히 받아 적고 있다. 시몬이 아직 환영인사밖에 안 했는데도 말이다.

"저희는" 시몬은 손짓으로 나를 가리킨다. "제 어시스트인 율리아 린덴탈 씨와 저는" 이 말이 떨어지자 나는 사전에 약속한 대로 앞으로 나가 시몬 옆에 선다. "오늘 이 자리에서 아주 특별한, 또한 독창적이라고 할 수 있는 사업안을 하나 소개하고자 합니다." 플래시가 터진다. 파울이 사진을 찍었다. 거기다 빙긋 웃으며 나를 향해 엄지손가락까지 치켜 올린다.

나는 눈짓으로 오버하지 말라는 신호를 보낸다.

내 앞에 앉은 사람들을 한 바퀴 둘러본다. 그 중 여섯 명은 관심이 있어 보이고, 나머지 세 명은 시큰둥하게 앉아 있다. 이 세 사람 중 나와 개인적 친분이 있는 사람이 하나라도 있다면 얼마나 좋을까. 빌어먹을! 우리의 기자회견은 가족잔치로 그치고 말 것이다.

나는 처음부터 이메일로 짤막한 신문 발표만 하자고 주장했다. 하지만 내 말을 들을 시몬이 아니다. 그는 기가 막힌 듯 웃었다. "율리아, 내 말 한번 믿어 봐요. 뉴스라고 다 같은 뉴스가 아니라니까요." 그는 전국 라디오뿐 아니라 TV 방송국까지 들먹였다. 방송국 사람들이 몰려와 아침부터 조명 설치를 하고 자리다툼을 하느라 난리가 날 것이라고 했다. 그러나 지금 여기 몰려온 인원은 내 친구들을 제외하면 하품을 쩍쩍 해대는 지역 언론의 기자 세 명뿐이다! 시몬은 왜 자기 친구들을 총동원하지 않았을까? 그랬다면 이렇게까지 초라하지는 않았을 텐데. 어쩌면 시몬에게는 부를 친구가 없는지도 모른다. 당연한 일이다. 우리 '왕중요' 님께서는 육 주 이상 한 곳에 머물지 않으니 친구가 있을 리 없다. 그나마 에블린이 참석했다. 시몬이 말했던 그 '짱 프로' 광고회사의 여사장이다. 그녀는 우리를 향해 응원의 미소를 보내고 있다.

생각 속을 헤매던 나는 사무실이 떠나갈 듯 사업안을 설명하는 내 에이전시 파트너의 우렁찬 목소리에 순간적으로 현실로 돌아온다. "오늘의 조촐한 회담을 알리는 초청장에서 이미 밝혔듯이", 아하, 이제 스케일이 좀 작아지는군, "여기 린덴탈 씨와 저는 함부르크의 불행한 커플들을 미래의 행복한 뉴 싱글로 만드는 일을 저희의 중대한 과제로 삼으려고 합니다." 그는 너스레 섞인 웃음을 웃는다. 곁눈질로 보니 이마에 땀방울이 송골송골 맺혀 있다. 평소의 폼생폼사, 쿨 가이 시몬이 아니다. "저희는 즉각적인 효력을 내기 위해 이 중대한 과제에 열성으로 임할 생각입니다."

"그러니까 이별 에이전시입니까?" 지역통신의 사내가 묻는다. 드디어 질문이다!

시몬은 장엄한 표정으로 고개를 끄덕인다.

"이 비즈니스 모델이 좀 비인간적이라고 생각하지 않으십니까?" 순간 나는 몸을 움찔한다. 시몬이 처음에 내게 이 아이디어를 말했을 때 내가 한 질문과 똑같기 때문이다.

"재미있는 질문입니다." 시몬은 사내를 향해 웃는다. "하필이면 인간적인 보도로 유명한 《쿠리어》 기자님께서 이런 질문을 하시니 참 아이러니컬하네요." 쿠쿵! 제대로 허를 찔린 사내는 잠시 대꾸할 말을 찾지 못한다. 이 순간만큼은 시몬의 떠버리 기질이 밉지 않다. 그의 얄짤없는 냉혹함도 오히려 자랑스럽게 느껴진다.

"그래도 그 아이디어가 독창성과 거리가 멀다는 건 인정하시겠죠?" 여기자가 급히 동료 기자를 두둔하고 나선다. "그런 에이전시는 벌써 몇 년 전부터 있었고, 별 성공도 거두지 못한 걸로 알고 있는데요."

"기자님." 하고 웃으며 시몬은 그 여자 앞으로 다가선다. "미안하지만, 방금 하신 말씀 중에 좀 정정해야 할 부분이 있네요. '순수한' 이별 대행사는 있었을지 모르겠습니다. 하지만 그 회사들은 우리 모델과 전혀, 제 말은 백 퍼센트 상관이 없습니다."

"이 회사의 모델은 어떤 건가요?" 이번에는 카티야가 묻는다. 시몬은 치약 선전용 미소로 카티야에게 고마움을 표시한다.

"조금 아까 말씀하신 《쿠리어》 기자님의 말씀이 옳습니다. 순수한 이별 대행사는 셀 수 없이…… 뭐, 아시는 바와 같습니다만." 사내는 의아한 표정으로 시몬을 훑어본다. 아마 시몬이 갑자기 그의 말을 인정하는 것이 신기한 모양이다. 나도 마찬가지다. "저희는 개념이 좀 다릅니다. 저희는 커플 관계를 정리하는 것뿐만 아니라, 그 다음에 생기는 일까지도 책임집니다."

"그게 무슨 뜻입니까?" 이 질문은 파울에게서 나온다. 시몬은 내 옆구리를 툭 친다. 이제 내가 나설 차례인 것이다.

"중요한 것은, 에……" 나는 더듬거리며 말을 시작한다. "그러니까 저희는 에……" 율리아, 정신을 집중해, 생사가 달린 문제야! "저희는 관계를 정리하는 것으로 끝나는 것이 아니라, 헤어진 연인들이 절망의 구렁텅이에 빠지지 않도록 돕습니다. 그래서 사후관리 서비스를 제공할 생각입니다."

"사후관리 서비스요?" 석간신문의 여기자가 묻는다. "예, 그렇습니다." 시몬이 답변을 대신한다. 나는 속으로 안도의 한숨을 쉰다. 많은 — 아, 참, 세 명뿐이었지 — 기자들 앞에서 연설하는 것은 내 적성에 맞지 않는다. "율리아 린덴탈 씨가 실연당한 사람들을 위해 심리상담 차원의 관리를 해주실 것입니다. 위로와 상담을 통해, 애정관계의 끝이 인생의 끝을 의미하지 않는다는 것을 느끼도록 해주실 겁니다. 이렇게 저희는 종래의 이별 대행사와는 달리, 막 이별한 고객들이 새롭게 도래한 상황에 잘 적응하도록 도와주는 차별화된 서비스를 제공할 생각입니다."

"린덴탈 씨가 심리학 전공인가요?" 《쿠리어》의 사내가 묻는다. 내가 막 인간에 대한 이해, 감정이입 따위에 대해 말을 하려고 하는 순간, 시몬이 대답을 낚아챈다.

"물론입니다. 우리 린덴탈 씨는 다년간의 직업적 경험을 자랑합니다." 갑자기 나는 기침발작이 일어나 내 옆 책상 위에 있던 물병을 들어 꿀꺽꿀꺽 마신다. 당연히 병째로 들이켠다. 그리고 한 차례 심호흡을 한 뒤에야 고른 호흡으로 돌아온다. 아무렇지도 않게 그런 거짓말을 하다니 정말 예측하기 힘든 인간이다. 들통 나면 어쩌려고?

"듣고 보니 상당히 재미있네요." 《쿠리어》의 사내가 말한다. "이 독창적인 서비스의 가격은 얼마입니까? 회사측에서도 이윤을 바라고 하는 일일 텐데요."

"당연하지요." 시몬은 당당하게 대답한다. 그리고 오른쪽 구석에 세워진 차트 앞으로 가서 펜을 집어 든다. "저희가 제공하는 이별 서비스는 기본적으로 세 가지입니다. 원거리 구문 통지, 서면 통지, 개별 방문 통지." 그는 이것을 차트에 차례대로 써내려간다.

"원거리 구문 통지요?" 라디오 실습생이 째지는 목소리로 묻는다. 그렇다, 저 나이에 이런 말을 들어봤을 리가 없다. 요즘 아이들은 SMS로 헤어지는 일이 보통이니까. 순간 이 서비스 내용을 우리 포트폴리오에도 올렸어야 하는 것 아닌가 하는 생각이 든다. 그러나 곧 다시 시몬에게 주의를 돌린다. 그는 패키지 요금을 설명하고 있다.

"원거리 구문, 즉 전화 통지의 기본요금은 29.95유로입니다. 서면 통지는 59.95유로로, 개별 방문 통지는 149.95유로입니다. 이상이 기본요금이고 다른 서비스가 부가되면 그때그때 가격이 올라갑니다. 하지만 모든 기본요금에는 린덴탈 씨의 사후 119서비스가 포함됩니다."

"우편으로 통지할 경우 말인데요." 석간신문 아줌마가 걸고넘어진다. "119서비스는 어떻게 이루어지죠? 린덴탈 씨가 편지를 한 통 더 쓰나요?"

"아닙니다." 시몬이 답변한다. "이 경우에는 통보를 받는 사람이 상황에 잘 적응할 수 있도록 하는 내용이 이미 편지에 씌어 있습니다. 그리고 응급 상황에서 우리의 도움을 받을 수 있도록 당연히 우리 에이전시의 연락처도 들어 있습니다."

"그런 인정사정없는 이별 통보를 받으면 당장 다리에서 뛰어내리고 싶은 게 사람 마음인데, 그런 상황에서 에이전시에 전화할 사람이 있을까요?"《쿠리어》의 사내가 거드름을 피우며 말한다.

"다른 에이전시의 경험을 참고하자면 사실 우편 서비스를 이용하는 고객은 많지 않은 편입니다. 그래서 저희는 개별 방문 통지 쪽에 비중을 두고 일을 진행할 생각입니다. 이쪽이 더 인간적이기도 하고요."

"더 비싸기도 하지요." 석간신문 아줌마가 토를 단다.

"자, 이제 기본적인 사업 방향에 대해서는 다 말씀드린 것 같습니다." 시몬은 그녀의 말에는 더 대꾸하지 않는다. "아마도 저희 에이전시의 이름이 뭔지 아주 궁금해하실 것 같은데요." 그는 잠시 뜸을 들이며, 내가 보기엔 하나같이 시무룩한 표정인 아홉 사람의 얼굴을 쭉 훑어본다. "이미 말씀드렸듯이 저희 에이전시는 순수한 이별 대행사가 아닙니다. 그래서 저희가 택한 이름은……"

시몬은 오늘 아침 설치한 비머의 리모컨을 누른다. 잠시 후 배경막에는 거대한 반창고 그림 위에 빨간 글씨가 박힌 우리 로고가 나타난다. (＊이 소설의 원제는 독일어의 관용적 표현으로, 직역하면 '위로 반창고'라는 뜻이다)

여기저기서 쑥덕거리는 소리가 들린다. 나는 미리 친구들에게 귀띔을 해두었다. "이름 좋네!" 카티야가 불쑥 말한다.

"감사합니다." 시몬이 오스카 시상식에서 상을 받은 사람처럼 말한다. "〈작은 위로〉라는 이름은 저희의 사업 이념을 잘 표현하는 말입니다. 저희는 불행한 애정관계에서 사람들을 해방시킬 뿐 아니라 실연당한 사람들에게도 작은 위로가 되고자 합니다." 시몬은 명함 케이스에서 인쇄된 지 얼마 안 된 따끈따끈한 명함을 꺼내 모두에게 나누어준다. 에블린이 디자인한 이 명함은 종이 반창고 모양으로 앞면에는 회사 이름과 슬로건이, 뒷면에는 전화번호, 이메일, 홈페이지 주소가 박혀 있다. 광고지도 인쇄가 끝난 상태다. 여기에는 우리가 제공하는 서비스와 요금 리스트가 적혀 있다. 광고물은 정말 그럴싸해 보인다. 역시 전문가에게 맡기길 잘했다. 하지만 에블린이 내놓을 청구서가 기다려지지는 않는다. 헤커는 분명히 제일 비싼 옵션을 택했을 것이다.

"여기 있습니다." 시몬은 석간신문 아줌마에게 명함과 광고지를 건넨다. "이용하실 일 있으면 잘해드릴게요." 그는 그녀에게 한쪽 눈을 찡긋해 보인다.

"그럴 일 없을 거예요." 그녀는 조금 차갑게 말한다.

그는 그녀 쪽으로 몸을 숙이더니 은근한 목소리로 속삭인다. "질문이 있으면 제 휴대전화로 언제라도 연락하세요." 여기자는 얼굴이 붉어지더니 명함을 받으며 중얼거린다. "명함 고마워요." 정말 수단과 방법을 가리지 않는군. 시몬이 정말 그 석간신문 아줌마에게 관심이 있어서라고 생각되지는 않는다. 오십대 중반의 주름치마 입은 아줌마와 시몬? 불가능한 상상이다.

"질문 있으십니까?" 시몬은 다시 모두를 향해 큰 소리로 묻는다. 조용. 쥐 죽은 듯 고요하다. "좋습니다. 그러면 이제 즐기는 시간으로 넘어가도록 하죠. 샴페인!"

진짜 기자 두 사람은 마감이라 바쁘다며 시몬의 말이 끝나자마자 도망치듯 가버렸다. 한편으로는 샴페인 한 잔쯤 같이 마실 수도 있었을 텐데 하는 섭섭한 마음도 들지만, 다른 한편으로는 일찍 간 것이 다행이다 싶기도 하다. 남아 있었더라면 싸구려 알디(*독일의 디스카운터 슈퍼마켓 체인) 프로세코밖에 없다는 것을 알아챘을 테니 말이다. 냉장고에 뵈브(*뵈브 클리코. 프랑스산 샴페인)나 태팅거(*프랑스산 샴페인), 혹은 그 비슷한 것도 들어 있지 않은 것을 보고 내가 놀라자 시몬은 말했다. "샴페인은 그냥 기분 내라고 장식으로 있는 거예요. 기억 안 나요? 절약 정신!"

그래도 다행히 라디오 실습생은 남았다. 그는 아마 아직 진짜 샴페인과 알루미늄 마개가 달린 싸구려 샴페인 맛을 구분하지 못할 것이다. 세 잔을 마시고 난 뒤 그의 얼굴은 어쨌든 무척 즐거워 보인다.

"짱 기발한 아이디어예요." 어느 순간 그는 시몬과 내 귀에 대고 중얼거린다. "모 아니면 도 아니겠어요? 잘해보세요."

"도 나올 일 없으니 걱정 마십시오, 에에…… 성함이?" 시몬은 또 시작이다.

"슈누켈." 그가 대답한다.

"슈누켈?" 시몬과 나는 동시에 합창한다. (*사랑스럽다는 뜻으로 주로 연인을 부르는 애칭으로 사용된다)

"예." 그는 바보스러운 웃음을 짓는다. "이름이 좀 이상하지요? 그래도 물려받은 성인 걸 어쩌겠어요?"

"에에……" 시몬은 뭔가 말을 하려고 한다. 시몬이 이렇게 말이 막히는 일은 아주 드물다. 그러나 그의 떠버리 근성이 쉽게 사라지지는 않는다. "슈누켈 씨, 걱정해줘서 고맙지만, 내가 손대는 일 중에 대박 안 난 일이 없어요."

"두고 보면 알겠지요." 라고 말하며 슈누켈은 더 따라달라는 의미로 내게 잔을 내민다.

"우리 얘기는 언제 방송에 나가죠?" 내가 묻는다.

그는 영문을 모르겠다는 듯 나를 쳐다보더니 어깨를 으쓱한다. "안 나가요."

"안 나가요?"

"저 〈라디오 한제〉에서 실습 시작한 지 일주일밖에 안 됐어요." 그는 딸꾹질을 한다. "아직 참여 권한이 없어요. 우리 팀장이 별로 중요한 기자 회견 아니니까 연습 삼아서 한번 가보라고 해서 온 거예요."

"그래요?" 시몬의 눈썹이 치켜 올라간다. "팀장이 그렇게 말했어요?"

"옙."

"그럼 이걸로 이만 가주셔야겠네요." 라고 말하며 그는 슈누켈의 손에서 새로 채워진 잔을 뺏는다. 슈누켈의 눈에 순간 혼란이 일렁이는가 싶더니 시몬의 "꺼져, 임마!" 하는 소리에 그만 꼬리를 내리고 시무룩해서 물러난다.

"잘 끝난 것 같네." 잠시 후 우리 쪽으로 온 파울이 내 목에 팔을 두르며 말한다. 그는 시몬을 향해 상냥하게 고개를 끄덕여 보인다. 시몬도 인사에 답한다. 이 두 남자가 베스트프렌드가 되거나 의형제가 될 리야 없겠지만 적어도 이제 서로 못 잡아먹어서 안달하는 추태는 보이지 않으니 다행이다.

"기자들이 너무 조금 와서 난 실망이야." 내가 말한다. "하지만 《쿠리어》랑 《아벤트 포스트》에서 우리 얘기를 쓸지, 쓴다면 어떻게 쓸지 정말 기대돼!"

"걱정 말라니까요." 시몬이 재차 장담한다. "느낌이 좋아요. 우리 '작은 위로'의 취지를 기자들이 잘 이해한 것 같아요."

"'라디오 한제'에서 온 사람만 빼고요."

"아, 그 녀석은 제대로 된 기자도 아닌데요, 뭘!"

이때 카티야, 피아, 얀도 합류해 우리는 모두 함께 건배한다. "다시 한 번 축하해." 카티야가 말한다. "축하해요!" 피아의 축사가 뒤따른다. 얀이 피아의 말에 덧붙인다. "우리 사이에 문제 생기면 이제 율리아한테 말하면 되겠네." 그는 내게 한쪽 눈을 찡긋한다.

"자기는 그 전에 벌써 나한테 죽었어!" 피아가 핀잔을 준다.

"왜요?" 시몬이 묻는다. "우리 회사가 왜 있는데요?"

"이 멍청한 남자를 치워야 할 때가 되면 제가 직접 치울 거예요." 피아가 답한다.

"뭐, 멍청한 남자?" 즉시 얀이 반발한다. "자기, 우리 조용히 얘기 좀 해야지 안 되겠다." 얀은 피아의 소매를 잡아끈다. 둘은 킥킥거리며 부엌 쪽으로 사라진다.

"그럼 이제 아이디어가 먹히기를 바라는 수밖에 없겠네요." 파울이 말한다.

"말했듯이, 느낌이 아주 좋아요. 율리아와 함께라면 잘 해낼 수 있습니다." 이렇게 말하며 시몬은 내 어깨에 팔을 올리려 한다. 그의 손이 내 어깨에 닿는 순간, 나는 어깨를 움찔한다. 시몬도 그제야 적당한 행동이 아니라는 생각이 들었는지 얼른 손을 내린다. 파울의 얼굴에서 나는 그가 시몬의 이 지배적 제스처를 충분히 감지했다는 것, 그리고 이 제스처가 그의 맘에 들지 않았다는 것을 읽어낸다. 시몬이 얼른 말을 잇는다. "어쨌든 곧 성과가 나타날 겁니다."

"그런 의미에서 한 번 더 건배!" 카티야가 잔을 높이 든다. 이것으로 시몬, 파울, 나 사이의 미묘한 순간은 지나가고, 나는 겨우 숨을 돌린다.

"자기는 어떻게 생각해?" 그날 밤, 내 곁에 누워 있는 파울에게 묻는다. "'작은 위로'가 모가 될 것 같아, 아니면 도가 될 것 같아?"

"글쎄." 그는 내 쪽으로 돌아누워 나를 꼭 껴안는다. "어떻게 되든 난 항상 자기편이야. 자기가 떨어지면 내가 받아줄게. 그거 하나는 확실히 말할 수 있어!" 그는 내 코에 입맞춘다.

"고마워." 나는 그의 가슴을 파고든다. "그래도 떨어지는 일은 없으면 좋겠는데."

따리리링! 따리리링! 따리리링!

나는 쿠킹 타이머 꿈을 꾼다. 아니면 시끄러운 학교 종소리였나? 아니면…… 아니다, 꿈이 아니다.

"율리아!" 파울이 흔들어 깨우는 통에 나는 현실로 돌아온다. "자기 전화야!"

"으음?" 나는 잠에 취해 중얼거린다. 눈이 안 떠진다.

"자기 전화 왔어!" 파울이 재촉한다. "벌써 세 번째 울리고 있어. 비번 날이라 늦잠 좀 자려고 했더니 하필이면!" 이제 눈이 떠진다. 나이트 테이블 위의 알람시계를 보니 6시 23분이다. 누가 이 시간에 전화를 한담?

가방을 놔둔 복도에서 다시 전화벨 소리가 울린다. "빨리 가서 받아봐. 안 그러면 계속 저럴 거야!" 파울이 짜증 섞인 목소리로 말하며 반대편으로 돌아눕는다.

나는 잠이 덜 깬 상태로 일어나 슬리퍼를 끌고 복도로 나간다. 가방을 뒤져 막 다시 울리기 시작한 전화기를 찾아낸다. 액정 화면을 확인한다. 시몬 헤커. 이 인간이 또 뭣 때문에 꼭두새벽부터 전화질이람?

"시몬." 나는 언짢은 기분을 감추지 않고 인사를 한다. "새벽부터 웬일이에요?"

"지금 지리히슈트라세로 와요. 사무실 아래 빵집으로요." 그는 명령조로 소리를 지른다.

"뭐요? 미쳤어요? 난 아직 잘 시간이에요."

"잠은 죽은 다음에 실컷 잘 수 있어요!" 그는 이 말과 함께 전화를 끊는다. 나는 어리둥절하여 전화기만 내려다본다. 이게 또 웬 난리람?

"무슨 일 있어?" 하품을 하며 복도로 나온 파울이 사타구니를 긁으며 묻는다.

"시몬인데, 지금 바로 사무실로 나오래."

"미친 놈이 정신이 나갔군." 파울은 다시 하품을 한다. 그리고 내 어깨를 감싸 침실 쪽으로 이끈다. "우리 율리아는 이 시간에 아무 데도 못 가. 가서 다시 자자."

다시 파울 옆에 누운 나는 정신이 말똥말똥하다. 갖가지 생각이 머릿속에서 난무한다. 이런 이상한 전화를 하다니…… 시몬은 왜 이 새벽에 사무실로 날 불러내는 걸까? 뭐, 아무 일도 없겠지. 두 시간도 못 기다릴 일은 아닐 거야. 스스로를 안심시킨다. 그리고 파울에게 바짝 다가 누우며 긴 한숨과 함께 눈을 감는다.

급한 일이면 어쩌지? 다음 순간, 전광석화처럼 내 머릿속을 스쳐가는 생각이다. 그렇지 않으면 왜 이 시간에 전화를 했겠어? 나는 벌떡 일어나 앉는다.

"왜 그래, 또?" 파울이 짜증을 낸다.

"미안." 나는 서둘러 침대에서 빠져나온다. "가봐야겠어. 무슨 일이 생겼는지도 모르잖아!"

"생기긴 무슨 일이 생겨?"

"나도 몰라. 하지만 이제 부분적으로라도 자기 사업을 하는 사람이 이런 전화를 받고 모른 체할 수는 없어."

"맘대로 해." 파울이 포기한 듯 말한다. 나는 급히 청바지와 풀오버를 입고 양말과 신발을 신은 뒤 삼 초 후 집을 나선다.

"무슨 일이에요?"

십오 분 후, 나는 빵집 문턱에 발이 걸릴 정도로 정신없이 뛰어 들어간다. 그런데 시몬 헤커는 키 큰 탁자에 기대서서 아주 태연하게 커피를 홀짝거리고 있는 것이 아닌가.

"좋은 아침, 율리아!" 그는 태연한 미소를 짓는다. "커피 마실래요? 여기 커피 맛 좋은데요. 커피 전문점 맛은 아니지만 빵집 커피 치고는 아주 훌륭해요."

"시몬." 나는 그에게 으름장을 놓는다. "설마 이 꼭두새벽에 나랑 커피 마시면서 수다나 떨자고 불러낸 건 아니겠죠?"

그는 능청스러운 미소를 짓는다. "그럴 리가요." 그리고 《쿠리어》의 신보를 내게 들이민다. "읽어봐요!" 나는 시키는 대로 한다. 그리고 거의 쓰러질 뻔한다.

농담 집어치워!
게랄트 파울리 기자

사람들한테 돈 뺏는 방법도 참 가지가지다. 어떤 사람은 전기담요를 팔고, 어떤 사람은 잡지 구독권을 강매한다. 시몬 헤커와 율리아 린덴탈은 아주 독창적이지는 않지만 새로운 방법을 생각해냈다. 절망 장사.

'작은 위로'라는 에이전시를 연 이들은 사랑에 신물난 고객의 주문을 받아 애정관계를 정리하는 서비스를 제공함으로써 함부르크의 애정관계 시장을 석권하려는 야심을 품고 있다. 전화, 편지, 개별 방문—이 두 사람은 인정사정없는 해결사다. 비인간적이고 냉소적으로 들린다면 제대로 짚었다. 기본요금은 29.95유로부터 시작된다. 감정은 더 이상의 가치가 없어진 것인가?

'쿠리어'의 정보에 의하면 얼마 전까지 기업 컨설턴트였다가 현재 무직자인 시몬 헤커는 "저희는 순수한 이별 대행사가 아닙니다."라고 강조한다. 본인의 말에 의하면 상담치료 분야에서 수년간 종사했다는 율리아 린덴탈이 이 차별화된 업무를 담당하게 된다. 그러나 정보에 의하면 그녀의 이력은 최근까지 피델리아 보험사의 경리로 일한 것이 전부다. 즉, 심리학과는 아무 상관이 없다. 그러나 이것의 진위 여부나

이 에이전시의 정체를 따지는 일에 시간을 낭비할 필요는 없을 것이다.

나는 맥이 탁 풀려 신문을 떨어뜨린다. 더 이상 읽을 수가 없다.

시몬은 희한하게도 환한 표정을 짓고 있다. "어떻게 생각해요?"

나는 목이 콱 메어와 숨을 쉬는 것도 힘들다. "이제 우린 파산이에요! 끝장이라고요! 아직 시작도 안 했는데 웃음거리가 됐어요!"

시몬은 웃는다. "에이, 뭘요! 잘된 거예요!"

"잘돼요? 완전히 묵사발이 됐는데 잘됐다고요?"

"그럼요!" 그는 느긋하게 커피를 한 모금 마신다. "원래 좋은 기사보다는 나쁜 기사가 장사에는 더 도움이 되는 법이에요. 적어도 사람들이 읽기는 하잖아요. 디터 볼렌(＊전 '모던토킹'의 멤버로 숱하게 구설수에 오르내리는 독일 가수)을 봐요."

기가 막혀 말도 안 나오고 뭐라고 해야 할지도 모르겠다. 그냥 땅이 갈라져서 나를 삼켜버렸으면 좋겠다.

"율리아, 어디 초상났어요?" 그는 힘내라는 뜻인지 어깨로 나를 한 번 툭 친다. "이 기사가 나가고 나면 전화통에 불나도록 주문이 들어올 거예요! 지금 사무실에 올라가면 벌써 문의전화 오고 난리났을 걸요. 내기할래요?"

12장

전화는 쥐죽은 듯 조용하고, 나는 혼자 사무실을 지키고 앉아 있다.

내가 잘못 들은 것이었을까? 시몬은 막스 라베(＊팔라스트 오케스트라와 함께 독창적인 팝송 리메이크 음반을 내고 있는 독일의 카바레 예술가)의 노래를 휘파람으로 불고 있었다. 잘못 들은 것이 아니라면 헤커의 자조와 유머의 수준을 내가 턱없이 낮게 본 것이 틀림없다. 장례식 유머라고나 할까. 기자회견이 있은 지 정확히 일주일이 지났고,《쿠리어》에 그 망할 놈의 기사가 실린 지 엿새가 지났다. 그렇다. '작은 위로'에 전화를 건 사람은 단 한 사람도 없었다. 내 말은 성가신 애인을 정리하려고 우리에게 문의나 주문을 한 사람이 없었다는 말이다.

첫째날과 둘째날에는 분명히 전화선에 이상이 있는 것이라 믿고 베아테, 카티야, 파울을 시켜 사무실로 전화를 하게 했다. 서른두 통의 테스트 통화를 거친 뒤에야 아무도 우리에게 전화를 하지 않았다는 것을 인정할 수 있었다. 그 후 우리는 멋진 새 사무실에 앉아 이따금씩 창밖으로 알스터 강을 내려다보거나 줄곧 커피를 끓여 마시며, 우리가 구해 놓은 이른바 '전문서적'을 독파하고 있는 중이다. 그간 달라진 점이 있다면, 사장 흉내내는 것에도 싫증난 시몬이 전에는 나한테만 시키던 커피 준비를 셋째 날부터는 나와 번갈아가며 하고 있다는 정도이다. 커피 끓이러 부엌에라도 드나들지 않으면 무료해서 못 견디겠는 모양이다. 지금 시몬이 어디에 처박혀 있는지는 나도 모른다. 두 시간 전에 "생각 좀 해야겠어요." 라는 말을 던진 뒤 나갔다. 아마 지금쯤 부도 신청서를 어느 법원에 내야 하는지 생각하고 있을 것이다.

새로 받게 될 실업수당 계산을 해보려고 막 인터넷에서 온라인 계산기를 찾고 있을 때 시몬이 돌아온다.

"생각 잘 했어요?" 나는 컴퓨터 화면에서 고개를 들어 그를 쳐다본다. "산책하면서 뭐 좀 건졌나요?"

시몬은 자기 의자에 털썩 주저앉아 머리 뒤로 손깍지를 낀 채 나를 건너다본다. 기분이 좋아 보인다. "그럼요!"

"뭔데요? 말해 봐요!" 지금 기적을 믿고 싶은 건 아니지만, 또 모르는 일이다.

"포엘쇼캄프에 새로 생긴 프랑스 식당의 요리사가 아주 훌륭하던 걸요. 아, 고급 와인 메뉴도 있었어요."

"뭐요? 지금 진심으로 하는 말이에요?" 잘못 들은 것이 아닌가 싶어 재차 묻는다. 시몬은 크게 고개를 끄덕인다.

"평생 속고만 살았어요? 아주 좋은 샤블리(*프랑스산 와인)에 연한 송아지 가슴살 고기를 먹었어요. 디저트로는 고급 로 밀크 치즈(*열처리하지 않은 원유로 만든 치즈) 플레이트를 시켰는데 맛이 아주 좋더라고요."

우리 사장은 느긋한 자세로 앉아 흡족한 미소를 짓고 있다. 나는 기가 막힌 표정으로 그를 쳐다보기만 한다. 그러나 곧 폭발하고 만다.

"그걸 지금 생각이라고 하고 온 거예요? 난 사무실에 처박혀서 앞으로 어떡하나 걱정이 태산인데, 사장이라는 사람은 맛집 탐방이나 다니면서 돈을 물 쓰듯이 쓰고, 지금 제 정신이에요?"

"흥분할 것 없어요." 그는 손짓으로 나를 진정시킨다. "돈을 물 쓰듯 하지도 않았을 뿐더러, 내 돈을 내가 어디에 쓰든 그건 사적인 문제죠."

"네, 그렇죠." 나는 여전히 흥분이 가라앉지 않은 목소리로 대꾸한다. "업무 시간 외에는 송아지 고기를 먹으러 가든, 금송아지 고기를 먹으러 가든 내가 상관할 바 아니죠. 하지만 지금은 엄연히⋯⋯"

"아니, 내가 밥 좀 먹으러 간 게 그렇게 화가 납니까?" 시몬이 이상하다는 듯 묻는다. "어디 가서 맛있는 거라도 좀 사먹어요, 좋은 와인도 한 잔하고. 혈당수치가 너무 낮아 보여요."

"어머머!" 나는 이제 자리에서 일어나 내 책상과 그의 책상 사이를 왔다갔다 한다. "나도 그러고 싶어요. 하지만 내 주머니 사정이 허락을 안 하는 걸 어떡해요? 그리고 계속 이런 식으로 가다간 마른 빵에 수돗물이나 먹어야 할 판이에요!"

"왜 그렇게 부정적으로만 생각해요? 신생기업들은 원래 워밍업 기간이 필요한 법이에요. 그렇게 안달복달 할 것 없어요."

"아, 그래요?" 나는 비꼬는 투로 말한다. "《쿠리어》에 그 비방기사가 났을 때 전화통에 불날 거라고 했던 게 누구였죠?"

그는 어깨를 으쓱한다. "곧 달라질 거예요."

"퍽이나 그러겠네요!" 어느새 나는 마구 소리를 지르고 있다. "왜 안 달라지는지 알아요? 당신 아이디어가 완전 꽝이었기 때문이에요. 오랫동안 사귄 사람을 평생 본 적도 없는 사람들한테 정리해달라고 할 사람이 이 세상에 어디 있어요? 그런 뇌에 구멍 뚫린 것 같은 소리를 믿은 내가 미쳤지." 나는 한바탕 해댄 뒤 다시 의자에 앉는다.

"내 생각은 좀 다른데요."

"생각이 달라서 참 좋겠네요! 생각을 한번 해봐요, 예를 들어서 나랑 파울 같은 커플이……"

"어?" 그가 끼어들어 말한다. "우리 회사의 첫 번째 고객이 될 생각이에요? 회사를 위한 희생정신이 너무 투철한 걸요!"

나는 잠시 종이에 구멍 뚫는 데 쓰는 철제 펀치를 그에게 던져버리고 싶은 유혹을 느낀다. 하지만 그는 분명히 회사 기물 파괴라며 경고성 멘트나 날릴 것이 뻔하다. 내가 만약 그를 명중시키지 못한다면 말이다.

"뭘 모르시는 모양인데", 어느새 펀치는 내 손아귀에서 풀려나 있다. "오래된 관계는 원 나이트 스탠드하고는 질적으로 달라요. 파울과 난……" 나는 머릿속에서 적당한 비교를 찾는다. "술김에 어쩌다 엮어진 그런 사이가 아니라고요."

헤커의 입술이 움직인다. 틀림없이 또 뭔가 염장 지르는 소리를 하려는 태세다. 그러나 곧 입을 다물더니 표정 없는 얼굴로 나를 응시한다. 잠시 그는 멍하게 스탠바이 모드를 유지한다.

"이봐요? 갑자기 왜 아무 말이 없어요? 뭐라고 말 좀 해봐요……"

그가 계속 무표정한 얼굴로 침묵하자 은근히 걱정이 된다. 내가 너무 심했나?

"시몬, 내 말은……"

"훌륭해!" 헤커가 갑자기 소리를 지르는 통에 나는 화들짝 놀란다.

"에, 뭐가요? 내가요?" 나는 영문을 몰라 헤맨다. 뭐가 훌륭해?

"바로 그거예요! 우리가 해야 할 일이 뭔지 알았어요. 먼저 자제력이 약한 목표 집단을 집중 공략한 뒤에 프리미엄 세그먼트로 뚫고 올라가는 거예요!"

'뭔 말인지 하나도 모르겠네.' 하고 나는 속으로 생각한다. 그리고 입으로 말한다. "뭔 말인지 하나도 모르겠어요."

헤커는 자리에서 벌떡 일어나 외친다. "간단해요. 자신의 오래된 관계를 노 네임 에이전시에 맡기지 않는 건 당연해요. 즉, 우리에게 필요한 건 이름입니다. 그리고 이름이 알려질 때까지 우리가 해야 할 일은 우리에게 일을 맡길 만한 사람을 찾아내는 거예요. 그런데 누가 우리한테 일을 맡기겠어요? 자기 파트너에게 별 미련이 없는 사람들이죠. 예를 들어, 레퍼반(*함부르크의 유명한 유흥가)에 놀러갔는데 아침에 깨보니 낯선 사람이 옆에 누워 있더라, 뭐 그런 상황이 있을 수 있잖아요. 그럼, 이 관계를 어떻게 끝내야 할지 고민하는 사람도 생긴다고요. 바로 그런 사람들을 공략해야 합니다."

"아하! 어떻게 하면 공략할 수 있는데요? 하룻밤의 실수를 정리하고 싶어하는 그런 사람들을 어디 가서 찾아요?"

시몬은 잠시 생각하다가 말한다. "일단은 더 널리 알려야지요. 이벤트 같은 걸 벌여서, 뭔가 언론에서 흥미 있어 할 만한⋯⋯."

안 돼, 언론은 이제 그만! 그렇지 않아도 별로 내세울 것 없는 내 자신감은 《쿠리어》에 무참히 짓밟힌 이후 큰 타격을 입었지만, 그래도 아직은 살아 있다. 그러나 여기서 한 번 더 상처를 입는다면 아마 두드러진 불안 증세를 동반한 신경과민성 언론공포증에 걸리고 말 것이다. 나는 심호흡을 한 뒤 최대한 단호하고 확신에 찬 목소리로 말한다. "제 개인적인 생각으로는 지난번 대언론 광고로 충분하다고 봐요. 그리고 미안하지만, 나쁜 기사가 좋은 기사라는 당신 의견도 완전히 들어맞지는 않았잖아요? 당신 아이디어가 우리가 바랐던 만큼 먹히지 않는다는 걸 인정할 때가 되었다고 생각하지 않아요?"

나는 긴장해서 시몬의 반응을 살핀다. 과연 그는 내 예상대로 입에 거품을 물고 발광하며 나를 배신자로 몰아붙일 것인가?

땡! 틀렸다. 웃음 띤 표정의 그는 내 모든 의구심을 손사랫짓 하나로 날려버린다.

"율리아, 날 만난 게 정말 행운인 줄 알아요. 내가 안 나타났으면 당신은 아직도 피델리아에 앉아 인형처럼 숫자 계산이나 하고 있을 거예요. 너무 겁이 많아요. 한 번 실패했다고 그렇게 벌벌 떨어서야 원! 원래 위대한 아이디어들은 의심하고 시기하는 사람들 때문에 적용 초기에는 시련을 겪는 법입니다! 자, 내 기발한 아이디어를 들어볼 생각 있어요?"

너만 아니었으면 아직 피델리아의 따뜻한 지붕 아래서 세상 편하게 지내고 있을 거라는 말이 목구멍까지 치밀어 올라오지만 참는다. 그 대신 말 잘 듣는 아이처럼 고개를 한 번 끄덕인다. "뭔데요?"

"슈누켈한테 빨리 전화해요!"

"이 일에 파울이 도움이 될 거라는 생각은 안 드는데요."

"당신 슈누켈 말고 우리 슈누켈이요! '한제'의 라디오 리포터 말이에요! 대박 날 아이디어가 있다고 말해요. 지겨운 실습생활 때려치우고 마이크 앞에 앉을 절호의 기회니까 절대 놓치지 말라고 해요." 시몬의 눈이 반짝반짝 빛난다.

"뭘 어쩔 생각인데요." 두두두두두두, 팡파레……

"라디오 청취자들 중에 다섯 명을 뽑아서 공짜 이별 쿠폰을 주는 겁니다! 라이브로요! 왜 그런 거 많이 하잖아요. 파티에 손님 모자랄 때 라디오에 전화하면 찾아주고 하는 거. 이 방법으로 하면 우리가 찾는 바로 그 고객층이 낚일 거예요. 내 생각이 어때요?"

"맙소사."

"어때요, 죽이는 아이디어죠?"

"누구 죽는 꼴 보려고 그래요! 난 그런 일 못 해요! 라디오에서 라이브로 이별을 통보한다는 건…… 그건 너무……" 나는 적당한 단어를 찾는다. "역겨워요!"

"그런 소리 말아요! 쿠폰을 서로 받으려고 아주 난리가 날 거예요. 공짜 잖아요. 그럼 우린 단번에 함부르크 전체에 유명해지는 겁니다. 기발해요, 기발해!" 그는 내 책상 위에 반쯤 걸터앉아 전화기를 내 쪽으로 밀며 재촉하는 눈길을 보낸다.

이렇게까지 망가지면 안 돼! 나는 전화기를 밀어낸다. "품위 있는 기업으로 성장하자고 말하지 않았어요? 이 이벤트는 회사의 이념과 위배되는 거예요."

그는 전화기를 다시 내 앞으로 민다. "품위는 유명해진 다음에 챙겨요. 그 전에는 품위 따져봤자 득 될 것 하나도 없어요. 품위 있게 망하고 싶어요? 쇼크 광고를 한 번 때려줘야 한다니까요. 자, 어서요!"

"당신 아이디어니까 전화도 당신이 걸어요. 내가 스스로 확신을 못 하는데 어떻게 상대방에게 확신을 시켜요?" 나는 찬바람이 쌩쌩 나게 말한다. 자기 아이디어니까 자기가 직접 웃음거리가 되라지. 이 계획이 얼마나 꽝인지는 심지어 실습생인 슈누켈도 금세 알아챌 것이다. 나는 '라디오 한제'의 전화번호를 구글에서 찾아 헤커의 손에 쥐어준다. "여기요.

전 사장님이 전화하시는 거 옆에서 들으면서 설득의 기술이나 한수 배울 게요."

시몬은 한숨을 쉬더니 수화기를 집어 든다.

"여보세요? 헤커라고 합니다. 슈누켈 씨하고 통화할 수 있을까요?"

슈누켈이 전화를 받으러 오기까지는 시간이 꽤 걸린다. 무능력 때문에 벌써 자료실로 쫓겨나 테이프 제목 붙이는 일이나 하고 있는 것 아닐까?

"슈누켈 씨? 아, 연결됐네. 헤커입니다. 에이전시 '작은 위로' 기억나죠? 내가 이제부터 하는 말 잘 들어요. 지금 우리는 아주 전형적인 윈-윈 상황에 놓여 있어요. 그러니까 슈누켈 씨하고 우리하고……"

'라디오 한제' 같은 방송에서 이런 이벤트 제의를 수락하다니 정말 라디오도 갈 데까지 갔다. 하긴 '파티타임'이라는 방송도 '한제'에서 하는 것이다. 라디오에 전화해서 생판 모르는 사람을 집으로 초대하게 하는 방송 말이다.

나는 한껏 들떠서 녹음장치를 점검하는 슈누켈과 함께 서 있다. 곧 이 방송의 첫 번째 희생자에게 이별을 통보하고 곧이어 그 사람을 위로해야 하는 상황이 펼쳐질 것이다. 앞으로도 이 이별 신파극을 방송에 계속 내보낼 수 있도록 눈물 쏙 빼는 위로여야 한다. 내가 어쩌다 이런 상황에까지 몰린 거지? 역시 이번에도 시몬은 미꾸라지처럼 잘도 빠져나갔다. '한제' 사장과 잠시 쑥덕거리더니 이런 일은 섬세한 여자 손에 맡겨야 한다고 자기네들끼리 결론을 내렸다: "그 편이 청취자들한테는 훨씬 잘 먹힐 거라는데요, 율리아?"

건물 전면의 초인종 버튼들을 훑어본다. 일로나 크라우제라는 이름을 발견하고 벨을 누른다. 잠시 후 걸걸한 여자 목소리가 "누구세요?" 한다.

"율리아 린덴탈이라고 합니다. 엔더스 씨의 소식을 전하러 왔는데요. 잠시 문 좀 열어주시겠어요?" 띠이 하는 소리와 함께 문이 열리더니 육십년대식 월세 아파트의 낡은 복도가 나타난다. 슈누켈이 나를 앞으로 떠민다. "사층이라고 했죠? 와, 긴장되는데요!"

"약속한 거 기억하고 있죠?" 나는 엄청난 프로나 되는 듯 행동한다. "말은 내가 할 거예요. 그쪽은 입 다물고 있는 거예요. 알았죠?"

첫 번째 일이라 안 그래도 떨리는데 이 틴에이저까지 끼어든다면 난 정말 책임 못 진다. "알았어요. 이런 대화는 어떻게 해야 하는지도 몰라요. 이 사업의 아이디어가 워낙이 크레이지하잖아요. 그런데 우리 여기 들어갔다가 어디 한 방 터지고 나오는 거 아닐까요?" 슈누켈이 킥킥거린다.

"그렇지는 않을 거예요. 엔더스 씨 말로는 조용하고 우아한 성격이라고 했어요."

"그럼 왜 스스로 말을 안 했겠어요? 그런 성격이면 자기가 직접 말하면 되지."

"이 여자분을 아직 잘 모르기 때문에 헤어지자고 하면 어떻게 나올지 모르겠대요." 이 말을 끝으로 나는 슈누켈에게 눈빛 메시지를 보낸다: '아가, 이제 그만 입 좀 다물어라, 응?'

눈빛 메시지 전송 실패. 웬걸, 슈누켈은 복도 전체가 울리도록 크게 웃음을 터뜨린다. "그럼, 조용하고 우아하다는 말도 잘 모르고 하는 말이잖아요!"

"쉿, 다 듣겠어요. 벌써 문 열어놓고 기다리고 있을지도 몰라요. 일 시작하기도 전에 다 망치고 싶어요?" 나는 험상궂은 얼굴로 슈누켈에게 주의를 준다.

"아니요. 전 입 다물고 조용히 있을게요. 말은 누님이 다 하세요."

사층 층계참에 도착하니 복도를 따라 집들이 쭉 늘어서 있는 것이 보인다. 그 중 크라우제의 현관문이 살짝 열려 있다. 이제 첫 번째 관문은 통과한 셈이다. 적어도 집안으로 들어가는 데에는 성공할 것이다. 아파트 입구에서 '남자친구가 헤어지겠답니다!'라고 외치지 않아도 되니 얼마나 다행인가. 혹시 집안으로 들어오지 못하게 하면 어쩌나 걱정을 했었다.

"크라우제 씨?" 상당히 고급 취향의 외투가 걸려 있는 현관 옷걸이 앞에서 집주인을 부른다.

"쪼매만 기다리소. 금방 가요이."

아하, 크라우제는 라인란트 출신인 것이 분명하다. 드디어 그녀가 현관 복도에 모습을 드러낸다. 조용하고 우아하다는 말만 듣고 상상했던 것과는 사뭇 다른 모습이다. 외관으로만 보기엔 좀…… 다부지다고나 할까? 물론 겉모습이 중요한 것은 아니다. 핑크색의 루렉스 풀오버를 입고 있는데 사이즈가 XXL은 되어 보인다. 가슴둘레가 겨우 75A인 나는 지금 더블더블 D는 되어 보이는 그녀의 가슴을 질투하는 것일까? 주름이 좀 많기는 하지만 그녀의 얼굴은 한눈에 봐도 상당히 매력적이라고 할 수 있는 얼굴이다. 단지 '우아'와 좀 거리가 멀 뿐이다. 나의 이런 생각을 증명이라도 하듯 그녀는 "뭔 일이디야?" 하고 성급하게 내뱉는다.

"이렇게 갑자기 찾아와서 죄송합니다. 저는 에이전시 '작은 위로'의 율리아 린덴탈이라고 합니다. 이쪽은 에…… 제 동료인 슈누켈 씨고요. 남자친구분인 요아힘 엔더스 씨의 부탁으로 말을 전하러 왔어요. 고객정보 수집 차원에서 대화를 녹음해도 괜찮을까요?' 다 거짓말이지만 슈누켈과 그가 들고 있는 녹음장치를 뭐라고 달리 해명할 길이 없다. 처음부터 '라디오 한제' 이야기를 꺼내는 것은 분명 좋은 생각이 아니다. 다행히 크라우제는 우리가 누군지, 뭘 하러 왔는지에 대해 별로 적대심을 갖지 않는 듯 보인다. 그저 귀찮은 표정으로 우리에게 자리를 권할 뿐이다.

"엔더스 그 양반이 뭔 중요한 일로 사람을 다 보냈다요? 청혼이라도 할랑갑네. 공개 청혼, 뭐 그런 것이여?" 그녀는 호탕하게 웃어젖힌다. 나는 등골이 서늘해진다. 그녀는 결혼 생각까지 하고 있는데 제삼자에 의한 공개 이별 통보라니 너무 잔인하다! 엄마, 나 좀 여기서 나가게 해줘요! 슈누켈을 보니 얼굴에 함박꽃이 피었다. 그는 사디스트임에 분명하다.

"어, 그러니까…… 그러니까 저는……" 나는 밑도 끝도 없이 말을 더듬는다. 이러면 안 되는데! 슈누켈도 나와 같은 생각인지 머리를 설레설레 흔들고 있다. 머릿속 한켠에서는 분명히 내 말더듬을 편집하는 데 시간이 얼마나 걸릴지 계산하고 있을 것이다. 자! 어차피 해야 할 일이야, 끝내버려! 나는 정신을 집중한다. 그리고 나의 '너무 심각하게 듣지는 말고' 톤으로 말을 시작한다. "크라우제 씨, 이런 소식을 전하게 돼서 유감이지만, 엔더스 씨는 크라우제 씨와의 관계를 끝내고 싶어하세요. 서로 연락을 끊기를 원하고 있어요."

휴우. 말해버렸다. 다행히 나는 바로 꺼낼 수 있도록 가방 안쪽에 티슈를 준비해두었다. 아마 곧 필요하게 될 것이다. 일로나 크라우제는 아직 아무런 반응도 보이지 않았다. 당연하다. 쇼크를 받은 것이다. 슈누켈은 긴장감을 못 이겨 손톱을 물어뜯고 있다.

"크라우제 씨, 제가 한 말 이해하셨어요?" 나는 망설이다가 살며시 물어본다. "지금 기분이 어떠실지 충분히 상상이 됩니다. 저한테 뭐든지 다 얘기하셔도 돼요." 그녀는 고개를 끄덕인다. 그리고 갑자기 큰 소리로 웃음을 터뜨린다. 너무 호탕하게 웃어서 몸이 다 들썩거릴 정도다. 그녀의 거대한 가슴이 위아래로 흔들린다. 나는 그 와중에 루렉스 풀오버가 걱정된다. 제발 터지지 마라! 이 웃음으로 그녀의 이미지는 단박에 상향조정됐다. 극도의 긴장 상태인데도 불구하고 나 또한 살짝 웃음이 나올 정도다. 정신 차려, 율리아, 프로의 위엄을 지켜. 뭐, 아직 진짜 프로는 아니지만, 적어도 프로 지망생의 자세는 가져야지.

한 오 분 동안이나 그렇게 웃었을까, 드디어 그녀가 웃음을 멈춘다. 너무 웃어서 나온 눈가의 눈물을 닦더니 나를 보고 말한다. "그 망할 놈의 인간이 나를 떼버릴라고 함서는 지가 직접 말할 용기가 없응께 새댁을 대신 보냈다, 이거 아니여? 아이고, 그놈 떼버려서 내가 속이 다 시원허네!"

"아, 예…… 그럼, 저희의 위, 위로, 상담 서비스는 필요 없으시겠네요?" 나는 다시금 말을 더듬는다.

"새댁, 나는 그런 것은 필요 없소이. 근디, 그런 허접한 사내는 트럭으로 실어다 주어도 마다 허더라고, 이 말은 좀 꼭 전해주시오이!"

"저희가 이 서비스를 '라디오 한제'에 보도할 생각인데요, 말씀하신 내

용을 방송에 내보내도 되겠습니까?'

이 녀석이 돌았나? 이런 대화를 어떻게 방송에 내보내겠다는 거야? 게다가 일로나 아줌마가 저 '연약한' 손목으로 자기 목을 비틀 것이 두렵지 않은 모양이군.

"그럼, 그럼, 슈누켈헨(*슈누켈의 애칭). 내보내도 되고말고. 하루 죙일 밤낮으로 내보내도 돼. 그래서 그 인간이 얼마나 허접한 인간인지 세상 사람들이 다 알아야 혀. 그나저나 총각이 튼실허니 맘에 드는구먼."

슈누켈은 얼굴이 빨개지면서 "임자가 있는 몸이에요." 비슷한 말을 조그맣게 중얼거린다.

"아이고, 아깝네이." 그녀는 얼굴 가득 미소를 띠고 우리를 보더니 슈누켈의 녹음 마이크에 대고 완벽한 표준말로 말하기 시작한다. "알려드립니다. 함부르크 보트람 슈트라세 92번지에 사는 요아힘 엔더스는 밤일에 완전히 꽝입니다. 이런 일을 하는 회사가 있는 줄 일찍 알았다면 첫날밤이 지나자마자 제가 먼저 이 에이전시……" 그녀는 대답을 재촉하는 눈길로 나를 쳐다본다. 나는 멍하니 아무 말도 못한다.

"작은 위로." 슈누켈이 재빨리 말한다.

"이 에이전시 '작은 위로'에 전화를 해서 사람을 보냈을 것입니다."

그녀의 집을 나온 뒤 내 기분은 완전히 바닥이다. "되는 일이 하나도 없네요.《쿠리어》의 비방 보도에 이어 이번 일도 엉망이 됐으니……"

"엉망이라니요? '한제' 사상 최고의 히트예요, 히트. 이제 두고 보면 알걸, 율리아." 슈누켈은 내가 허락하지도 않았는데 제 흥에 겨워 반말을 한다. "이제 '작은 위로'가 뜨는 건 시간문제야, 시간문제. 주문 폭주, 대박 예감!" 그는 너스레를 떨며 내 어깨에 팔을 두른다. 나는 있는 힘껏 그의 팔을 밀어낸다.

"슈누켈 씨, 이 삼류 동영상 같은 인터뷰를 방송에 내보낼 생각은 아니겠죠? 말도 안 되는 생각이에요. 그 여자 거의 제정신이 아니었어요. 너무 충격이 커서 그 슬픔에…… 슬픔은 아니더라도 그런 비슷한 감정 때문에 이상하게 행동하는 것 같았어요."

"그 아줌마? 멀쩡한 제정신이었어……요. 킹왕짱! 엄청난 히트라니까요, 히트! 편집장이 아주 입이 찢어지겠는걸. 내 팔자도 이제 슬슬 피겠구나! 누님 보스 말이 맞았어요. 정말 끝내주는 윈-윈 작전이에요."

나는 기가 막힌 표정으로 그를 쳐다본다. 이 녀석도 제정신이 아닌 게 분명하다. "슈누켈, 그 녹음테이프 빨리 나한테 줘요. 얼른요!"

"어림 반푼어치도 없어요. 그리고 누님이 누구한테 명령할 처지도 아니잖아요. 그냥 직원이잖아요. 자, 방송국으로 출발!" 그는 고물이 다 된 자신의 오펠 자동차 문을 열더니 어서 타라는 시늉을 한다.

"내가 왜 그 차를 타요?"

그는 어깨를 으쓱한다. "그럼 걸어가시든가."

"걸어갈 거예요."

내가 혼자서 우울한 점심식사를 하고(시몬 말이 맞았다. 새로 생긴 프랑스 식당은 정말 최고였다) 점심시간이 한참 지나서야 사무실에 도착하니 내 불길한 예감이 벌써 현실로 나타나고 있다. 일층 빵집에서는 손님들과 빵집 아가씨들이 평소에는 배경 소음에 가까웠던 라디오에 완전히 심취해 있다: "그런 허접한 사내는 트럭으로 실어다 주어도 마다 허더라고 알려드립니다. 함부르크 보트람 슈트라세 92번지에 사는 요아힘 엔더스는 밤일에 완전히 꽝입니다. 이런 일을 하는 회사가 있는 줄 일찍 알았다면 첫날밤이 지나자마자 제가 먼저 이 에이전시 '작은 위로'에 전화를 해서 사람을 보냈을 것입니다." 크라우제의 말 뒤에 슈누켈의 멘트가 이어진다. "이상은 일로나 크라우제 씨의 음성이었습니다. 크라우제 씨는 막 새로 개업한 이별 대행사 '작은 위로'의 첫 번째 고객으로……"

그 다음 말은 사람들의 웃음소리에 묻혀 들리지 않는다. 다들 아주 우스워 죽겠다는 표정들이다. 하하! 이제 진정 돌이킬 수 없는 웃음거리가 되고 마는구나. 나는 라테 마키아토를 하나 사들고 사무실로 올라간다. 불이 꺼져 있다. 시몬은 아마 추첨 때문에 아직 방송국에 있는 모양이다. 슈누켈하고 둘이서 좋아라 하고 있겠지.

전화벨이 울린다. "에이전시 '작은 위로'의 린덴탈입니다." 나는 시큰둥하게 전화를 받는다.

"안녕하세요?" 여자 목소리다. "제 이름은 피셔라고 하는데요, 방금 라디오에서 그 이별 이벤트와 에이전시에 대한 방송을 듣고 전화하는 거예요. 저 좀 도와주세요!"

두 시간 후, 마침내 시몬이 사무실에 모습을 나타냈을 때 나는 끊임없이 걸려온 전화 때문에 왼쪽 귀에서 연기가 날 정도다. 피셔, 멘첼, 카우프만 등 이름도 기억할 수 없는 수많은 사람들이 전화를 해서 상담 예약을 했다. 거기다 자동응답기도 쉬지 않고 미친 듯이 깜박거렸다. 와우!

"라디오 방송 나간 것 들었어요, 율리아? 아주 훌륭했어요. 일주일 동안 더 내보낸대요. 당신 목소리도 적당하게 진지하고 동정하는 듯한 느낌이 아주 좋았어요. 그리고 그 아줌마 정말 죽여주더라고요! 굿 잡, 율리아!"

나는 혼란스러울 따름이다. "말도 별로 안 한걸요. 그리고 내 생각엔 계속 심하게 더듬기만 한 것 같은데."

"아니에요. 아주 좋았어요. 정말 그 여자의 처지에 공감하는 것 같았어요. 현장감 최고였다니까요. 생각보다 연기가 아주 뛰어나요, 율리아? 거기다 바로 사무실에 돌아와 일까지 하고 있다니 최고예요!"

"칭찬 고마워요!" 나는 그냥 기뻐하기로 한다. 슈누켈과 싸웠기 때문에, 그리고 우리 에이전시의 워털루가 될 거라고 여겼던 그 방송의 현장에 있지 않기 위해서 사무실로 일찍 돌아왔다는 사실은 그냥 묻어두기로 한다. "아, 그리고 라디오가 대박 낼 거라는 당신 말이 맞았어요. 내일과 모레로 상담 예약한 사람만 해도 벌써 스무 명이에요." 시몬은 공중으로 한 번 펄쩍 뛰더니 달려와서 나를 얼싸안는다. "잘했어요. 이건 우리 둘이 함께 쟁취한 첫 번째 성공이에요!"

13장

날아갈 듯한 기분으로 집에 돌아온다. 미래가 핑크빛으로 보이는 것이 몇 주, 아니 몇 달만인지 모르겠다. 휘파람을 불며 외투를 옷걸이에 걸다 말고 거울을 본다. 그래, 성공적인 비즈니스 우먼의 얼굴은 바로 이런 거야! 화사하고 생기 넘치는 얼굴!

하룻밤 새에 이렇게 많은 것이 달라질 수 있다니 놀라울 따름이다. 그나저나 함부르크 전체가 그 라디오 방송을 들은 모양이다. 카티야, 베아테, 피아, 그밖의 내 친구들도 모두 전화해서 축하해주었다. 그리고 내 목소리도 전혀 이상하지 않았고, 오히려 성공적인 PR이었다고 말해주었다. '진짜' 첫 번째 고객 상담이 어떨지 무척 기대된다. 사무실이 너무 크다고 시몬을 타박했지만 이제는 사람들이 너무 많이 와서 비좁을지도 모른다는 생각까지 든다.

어서 나의 슈누켈헨에게 이 모든 이야기를 들려주고 싶어 좀이 쑤실 지경이다. 아니면 심장이 터져버릴 것만 같다! 그러나 집안은 수상할 정도로 고요하다. 파울도 집에 없는 것 같다. 이상하다. 파울은 원래 다섯 시 반이면 항상 집에 와 있는데. 그러고 보니 오늘 파울한테서 한 번도 전화가 없었다. 아직 아무 말도 못 들은 것일까? 그럴 리가 없다. 파울은 사무실에서 '라디오 한제'를 끼고 사는데.

"파울?" 대답이 없다. 침실을 한번 살펴본다. 낮잠이라도 자는 걸까? 아니다. 파울은 여기에도 없다. 어딜 간 거지? 다시 거실로 돌아오니 소파 탁자 위에 붙어 있는 노란색 포스트잇이 눈에 띈다.

〈친구들이랑 한잔 하러 가. 늦을 거야. 뽀뽀. 파울.〉

아잉, 이런 법이 어디 있어? 파울하고 한잔 해야 할 사람은 바로 나라고! 내 첫 번째 미션의 성공을 함께 축하하려고 했는데 친구들을 만나러 가버리다니. 안 그래도 혹시나 해서 내가 얼마나 긴장하고 있는지 어제 넌지시 귀띔을 해두었건만. 특히, 일이 잘 안 되었을 경우를 대비해 파울이 집에서 기다리고 있다가 나를 위로해주기를 바랐다. 정말, 남자들이란! 남자들은 원하는 게 뭔지 분명히 말하지 않으면 이해를 못 한다. 알아서 좀 챙겨주면 어디가 덧나나?

뭐, 할 수 없지. 파울한테 전화해서 내가 직접 그리로 가는 수밖에. 파울의 친구들과 함께 축하하는 것도 나쁘지 않다. 그리고 '친구들' 이라고 해봤자 옆집의 얀과 직장동료 안드레아스뿐이다. 다 함께 마시면 더 화기애애하고 신날 것이다.

파울의 휴대전화로 전화를 건다. 전화벨 소리는 부엌에서 난다. 이런! 전화기를 집에 두고 갔네. 이제 파울을 어떻게 찾는담? 잔뜩 부풀어 있던 기분이 갑자기 바람 빠진 풍선처럼 피시식 쪼그라든다. 이런 날에 혼자 집에 있기는 정말 싫은데. 놀러가고 싶어! 다시 수화기를 든다.

"카티야, 나야. 손님 많니? 나랑 놀러가지 않을래?" 파울이 안 된다면 카티야라도 꼬셔보는 수밖에.

"어머, 미안해. 나도 그러고 싶은데 오늘 예약손님이 꽉 찼어. 열시 반 전에는 안 끝날 것 같아. 파울은 어쩌고? 떠오르는 젊은 여성 사업가를 축하하려고 벌써 샴페인 차갑게 해놓고 기다릴 줄 알았는데?"

"으응, 그게…… 집에 와 보니까 나가고 없네."

"뭐? 너랑 같이 축하도 안 한단 말이야?"

"그런 건 아니고." 나는 얼른 변명한다. 틈만 보였다 하면 파울의 태도에 꼬투리를 잡는 카티야의 버릇을 알기 때문이다. "미루면 안 되는 약속이 있대."

"하필이면 이런 날에 웬 약속이라니? 피아나 베아테한테 전화해보지 그래?"

"아니야, 오늘은 정말 친한 사람이랑만 함께 있고 싶어. 일단 집에 있으면서 새로 산 비머라도 시험해보지, 뭐. 그것도 꽤 재미있더라고. 파울도 곧 올 거야."

"아유, 불쌍한 것! 나중에 내가 한잔 살게, 알았지?"

전화를 끊고 난 뒤, 나는 혼자 섹트(*독일어권 국가에서 스파클링 와인을 이르는 말)라도 한잔 할까 생각한다. 만약을 대비해서 우리 집 냉장고에는 언제나 비상용 섹트 한 병은 들어 있다. 그러나 왠지 혼자 축하를 한다는 것이 청승맞게 느껴진다. 좋아, 그렇다면 땅콩 스낵에 시원한 맥주나 한잔하면서 파울의 방대한 DVD 컬렉션 중 영화나 한 편 골라 봐야겠다. 사실 이런 걸 원한 건 아니었지만, 이것도 나쁠 것은 없다. 일단 침실로 가서 '오늘은 더 이상 밖에 안 나가' 트레이닝 바지와 헐렁한 티셔츠로 갈아입는다. 탁자 위에는 맥주, 내 옆에는 스낵 봉지, 편안한 저녁시간을 위한 준비 끝. 내 TV 안경만 빠졌다. 난 약간 근시다. 아, 저기 있구나. Let's the games begin!

책장 앞에 서서 〈그레이 아나토미〉(*미국 ABC사에서 제작한 TV 시리즈물) 시즌1을 다 볼 것인가 생각하고 있는데 딩동 하고 초인종이 울린다. 아! 파울이다! 드디어 오늘의 모험담을 들어줄 사람이 나타났다. 문을 연 뒤, 나는 "자기!" 하고 외치며 그를 얼싸안는다. 시몬 헤커다!

젠장. 이 인간이 여기 뭣 하러 왔지?

"아이고, 깜짝이야. 환영이 대단한 걸요!"

어떡해! 난 지금 미스터 '날 선 양복' 앞에 팔 년 된 트레이닝 바지 차림으로 서 있다. 거기다 안경까지! 그리고 실수로 그를 끌어안기까지 했다! 일본 여자였다면 품속의 은장도를 꺼내 할복을 해야 할 판이다.

"에, 시몬, 웬일이에요?" 나는 어색하게 그를 안고 있던 팔을 푼다. "다른 사람을 기다리고 있던 중이었어요. 내 남자친구인 줄 알았어요."

"뭐, 나도 남자친구 아닌가요?"

"그런 게 아니라, 파울이 온 줄 알았다고요!"

그는 빙긋 웃는다. "안타깝네요. 난 우리가 새로운 차원의 커뮤니케이션에 도달한 줄 알았죠. 몸의 차원 말이에요." 그는 능글맞은 미소를 짓는다. 바보! "그러니까 파울을 기다리고 있었군요. 편안한 옷차림만 봐도 알겠네요. 안경 멋진데요."

귀신들은 다 뭐하는지 몰라, 이 인간 안 잡아가고? 두 시간 전만 해도 내가 이 인간을 괜찮은 사람이라고 생각했다니 스스로의 판단력이 의심스러워진다. "지금은 퇴근 후라구요. 집에서는 편하게 있는 걸 좋아해요. 뭐, 문제 있어요?"

"물론 없습니다. 예쁜 여자는 뭘 입어도 예쁘죠." 이제 그는 꽤 상냥한 목소리로 말한다. "말장난이나 하러 온 건 아니고요, 우리의 첫 번째 성공을 파울과 함께 셋이서 축하하고 싶다는 생각이 들었어요. 그래서 차가운 뵈브 클리코 한 병 들고 무작정 찾아온 겁니다."

어떤 사람이 아주 재수 없는 동시에 아주 귀여울 수도 있을까? 솔직한 대답: 사람은 몰라도 남자는 가끔 가능하다. 게다가 그에게 함께 축하할 사람이 없을 것이라는 데에 생각이 이르자 괜한 동정심마저 생긴다. 나는 가볍게 한숨을 쉰다. 그리고 문을 활짝 열며 고갯짓으로 들어오라는 시늉을 한다.

"좋아요. 그렇다면 들어오세요. 파울은 지금 나가고 없어요. 저하고만이라도 괜찮겠어요?"

"그럼요! 물론 매력 만점의 사장과 함께 샴페인을 마시고 있는 여자친구를 보고도 파울이 싫어하지 않는다면요." 그는 낄낄대며 웃는다.

"그런 걱정은 하실 필요 없어요. 제 남자친구는 제가 얼마 전까지만 해도 사장님을 왕재수로 생각했다는 걸 알고 있거든요."

"아, 그럼 아직 희망은 있는 거네요."

"무슨 희망이요?"

"방금 그랬잖아요. 얼마 전까지만 해도 나를 왕재수로 생각했다고요. 그 말은 이제 생각이 바뀌었고, 나도 왕재수 딱지는 떼었다는 말 아니에요? 내 안의 옵티미스트는 그렇게 믿고 싶어하는데요!"

"어, 그건." 대꾸할 말이 바로 떠오르지 않는다. "어쨌든 파울은 나를 백 퍼센트 믿어도 된다는 걸 알아요."

"다행이네요."

내가 착각한 걸까? 방금 그 말투는 왠지 약간 서운해하는 듯한 말투였다. 뭐, 상관없다. 어쨌든 처음엔 놀랐지만, 그가 와서 잘됐다. 사실, 사람들과 어울리고 싶을 때 '집에서 혼자 영화보기'는 썩 좋은 대안이 아니다. 어울릴 사람이 시몬 헤커 한 사람뿐이라는 것이 좀 그렇긴 하지만, 아예 없는 것보다는 낫다. 그러나 함께 어울리기 전에 급히 변해야 할 것이 하나 있다.

"잠깐 실례할게요. 잔은 거실 장식장 안에 있어요. 금방 올게요."

삼 분 뒤, 나는 새 청바지에, 카티야가 항상 '왕섹시'하다고 말하는 캐시미어 풀오버 차림으로 시몬 옆자리에 앉는다. 그는 똑똑하게도 이번에는 변한 내 옷차림에 대해 어쭙잖은 코멘트를 자제한다. 대신 우아한 동작으로 내게 술을 따라준다. 그리고 자기 잔을 채운 뒤 건배한다.

"작은 위로를 위하여! 앞으로 더 잘해봅시다!"

"그래요, 작은 위로를 위하여!" 첫 한 모금을 들이켜고 맛을 음미한다. 맛있다! 왜 나는 샴페인을 자주 마시지 않는 거지? 비싸서 자주 마실 수 없는 것이 현실이지만, 역시 가끔은 이렇게 좋은 술도 마셔줘야 한다. 시몬은 분위기를 잡으며 자기 잔 너머로 나를 건너다본다. "율리아, 우리 회사에 들어와 줘서 고마워요. 오늘 라디오 들었을 때 정말 감동적이었어요. 당신이랑 나, 우린 훌륭한 팀이에요."

"칭찬해줘서 고마워요. 하지만 솔직히 말하면…… 오늘 오후까지만 해도 누군가 우리에게 전화를 할 거라고는 생각도 하지 못했어요. 역시 당신 말이 옳았어요. 그 자세는 나도 좀 배워야 할까 봐요." 나는 그에게 미소를 지어 보인다.

"와, 처음엔 왕재수 딱지를 떼어주더니 이제 칭찬까지 하는 거예요? 난 율리아가 나를 완전히 인간쓰레기로 생각하는 줄 알았어요."

나는 깜짝 놀라서 그를 쳐다본다. "그런데 왜 나한테 함께 일하자고 한 거예요?"

"왜냐하면 난 당신이 참 훌륭하다고 생각했거든요!" 그는 다시 웃는다. 이번엔 정말 서글서글한 웃음이다. "당신의 능력에 대해서는 처음부터 확신하고 있었어요. 그리고 진짜 성공하고 싶다면 남들이 하는 말이나 반응에 얽매여서는 안 되는 법이지요."

"아, 그랬군요. 하지만 다른 사람들이 어떻게 생각하든 정말 상관없어요? 목표만 달성하면 그만이에요?"

"옙, 난 그런 놈이에요. 충격 먹었어요?"

나는 잠시 생각한 뒤, 천천히 고개를 젓는다. "아니요. 그냥 내가 왜 그렇게 오랫동안 피델리아의 경리과를 나올 수 없었나 하는 생각이 들어서요. 나한테는 뭔가 중요한 것이…… 뭐라고 표현하기 힘들지만, 아무튼 중요한 한 가지가 빠져 있었던 것 같아요. 그냥 중요한 한 가지요."

이번에는 그가 생각하는 표정이 된다. "걱정 말아요. 당신한테 부족한 건 없어요. 그냥 능력을 발휘할 기회가 없었던 것뿐이에요."

"그럴 수도 있겠죠. 피델리아에서는 정해진 일만 했으니까요."

"이제까지 살면서 그런 거 있었어요? 세상 그 무엇보다도 중요하고, 설령 아끼는 사람에게 상처를 주게 되더라도 이것만은 반드시 이루고 싶은 소중한 일."

나는 즉시 고개를 끄덕인다.

"정말이요?" 그는 마치 곧 내 입에서 비밀 이야기라도 나올 거라는 듯 귀 기울이는 시늉을 한다. "궁금해요. 어서 말해 봐요!"

"내 환상의 결혼식이요." 나는 환하게 웃으며 대답한다.

"환상의…… 결혼식이요?" 헤커는 의외라는 듯 눈썹을 치켜올린다.

"유치하다고 생각하죠?" 나는 웃으며 말한다. "우린 내년에 결혼할 생각이거든요. 나한테는 이 결혼식이 아주 중요해요. 어떻게 이런 일이 그렇게 중요할 수 있는지 이해가 안 되죠?"

"아니에요, 아니에요." 그는 즉시 부인한다. "전혀 유치하다고 생각하지 않아요. 이거 사람을 어떻게 보고 하는 소리예요? 나도 낭만을 아는 남자입니다."

"정말이요?"

"그럼요!" 그는 자신 있게 말한다. "내가 만났던 여자들한테 다 물어봐요. 적어도 다섯 명은 그렇다고 대답할 걸요. 다섯이 뭡니까, 열은 될 겁니다, 열!"

나는 기가 막힐 따름이다. "거봐요. 바로 그게 낭만적이지 않다는 증거예요."

"왜요?"

"낭만적인 남자는 다섯이나 열이라고 대답하지 않아요. 하나라고 하죠. 이 여자 아니면 안 되는 단 한 명의 여자요."

시몬 헤커는 어깨를 으쓱하더니 다시 웃는 얼굴로 돌아간다. "낭만적이지 않으면 좀 어때요? 낭만이 밥 먹여주나요, 뭐? 어쨌든 내 말이 무슨 뜻인지는 이해했죠?"

"무슨 말이요?" 나는 진짜 몰라서 묻는다.

"사람이 자기 자신을 넘어 성장하려면 마음속 깊이 원하는 게 있어야 한다고요. 무슨 일이 있어도 꼭 성취하고 싶은 꿈이 있어야 해요. 환상의 결혼식! 좋아요, 하세요. 문제는 이 꿈을 이루기 위해서 예전에는 못할 거라고만 생각했던 도전을 하고 있느냐 하는 거예요. 환상의 결혼식을 위해서 어떤 도전을 했어요?"

나는 숨을 한 번 크게 들이마신다. 답은 어렵지 않다. "당신 제안을 받아들였죠." 나는 생각나는 대로 거침없이 말한다. "만약 내 꿈의 결혼식 비용을 모으기 위해 어서 재취업을 해야 한다는 생각이 없었다면, 제안을 거절했을 거예요."

"썩 듣기 좋은 말은 아니네요. 하지만 그동안 나랑 일하면서 내가 그렇게 나쁜 놈은 아니라는 걸 알게 됐지요?"

딱히 적당한 대꾸가 생각나지 않아 나는 그의 질문을 무시하고 다시 결혼식 이야기로 돌아간다. "파울을 만난 지 정말 오래됐거든요. 벌써 칠 년이에요. 난 이 결혼식에서 아주 낭만적인 방식으로 보여주고 싶어요. 봐라, 우린 처음 만났을 때처럼 여전히 사랑하고 있다."

"누구한테 그걸 보여주고 싶은데요?"

"누구한테요? 그야……."

"가족? 친구들? 아니면 자기 자신?"

나는 흠칫 놀란다. "자기 자신이라니 무슨 뜻으로 하는 말이에요?"

"말 그대로예요. 파울과 당신이 처음 만났을 때처럼 여전히 그렇게 많이 사랑한다는 걸 누구한테 보여주고 싶냐고요? 그리고, 왜 그걸 굳이 누구한테 보여주려고 해요? 다른 사람이 어떻게 생각하느냐에 따라 두 사람의 사랑이 달라지나요?"

"물론 아니에요!" 급히 부정하며 나는 어떤 불길한 예감에 휩싸인다. 대화가 이상한 국면으로 접어들고 있다. 왠지 마음에 들지 않는다. 나한테 내 결혼식이 얼마나, 왜 중요한지, 시몬 헤커가 참견할 일이 아니지 않은가?

그는 흔들림 없는 차분한 목소리로 말을 잇는다. "외부 사람들이 문제되지 않는다면 스스로를 확신시키려 한다는 대답밖에 안 남네요."

정말 어이가 없어서! 이제 더 이상 못 참겠다.

"어떻게 그런 말을 할 수가 있어요?" 나는 이윽고 화를 내기에 이른다. "잘 알지도 못하면서 그런 말을 하는 이유가 도대체 뭐예요? 내가 파울을 사랑하는지 나 스스로를 확신시키려 한다고요? 기가 막혀서!" 나는 아주 신경질적이고 높은 목소리로 말한다. 시몬은 몸을 움찔한다.

"그렇게 말하지 않았어요!"

"그렇게 말했어요!" 나도 모르게 버럭 소리를 지른다. "그렇게 말한 게 아니면 뭐예요? 내가 지금 거짓말하고 있어요?"

팽팽한 긴장 속에서 우리는 말없이 서로를 노려본다. 잠시 후, 시몬은 당황스러운 듯 일시에 시선을 거둔다. "당신 말이 옳아요." 이렇게 말하고 그는 빈 잔을 이리저리 돌리며 멍하니 생각에 잠긴다. 그러더니 갑자기 머리를 들어 나를 본다. 그의 얼굴에는 미안해하는 표정이 떠올라 있다. "잘 알지도 못하면서 주제넘은 소리를 했네요. 미안해요."

"앞으로 그런 말은 삼가주세요."라고 말하는 내 목소리는 아직도 상당히 화가 나 있다.

"헤이, 율리아." 그는 애교 섞인 목소리로 말한다. "정말 그런 뜻으로 한 말은 아니었어요. 정말이요! 화 풀어요!"

나는 잠시 망설이다가 결국 고개를 끄덕인다. 그의 말에서 진심이 묻어났기 때문이다. "좋아요. 하지만 주제는 바꾸는 게 좋겠어요. 그 다섯 명 내지 열 명의 여자들에 대해 얘기해보는 건 어때요?"

그의 얼굴에는 특유의 능글맞은 미소가 다시 자리를 잡는다. 미안해하던, 소년 같은 시몬에서 뺀질이 헤커로 돌아오는 데 걸리는 시간은 영점일 초! 정말 세상 살기 편한 성격이다.

"왜 안 물어보나 했네! 그 중에 진짜 좋은 사람이 없었다는 게 슬플 뿐이죠. free as a bird. 만나고 싶은 사람 있으면 만나고, 만나기 싫으면 안 만나요. 이걸로 그 슬픔이 조금은 보상되는 면이 있지요."

"그럴 줄 알았어요. 내 말은 남들 다 데이트할 저녁 시간에 옆구리에 샴페인 끼고 단 하나뿐인 직원 집에 연락도 없이 찾아오는 건 싱글들이나 하는 짓이거든요. 사실 좀 외롭죠, 안 그래요?"

"이거 왜 이러시나? 그럼, 트레이닝복 차림에 혼자 앉아서 맥주에 땅콩 스낵 먹는 사람은 싱글이어서 그런 거예요? 무늬만 커플 아니에요?"

꽈당. 헤커 승.

"이건 아주 특별한 경우죠. 파울은 선약 때문에 나갔어요." 나는 시치미를 떼고 둘러댄다. "만날 친구들이야 많지만 별로 내키지 않아서 그냥 혼자 있는 거예요."

"그럼, 나를 들여보내준 것에 감사해야겠는데요?" 잔에 다시 술이 채워지고, 우리는 건배한다. "사실, 틀린 말은 아니에요. 실제로 함부르크에 친구가 많지 않아요. 직업이 직업이다 보니 여기서 삼 개월, 저기서 육 개월 하는데 친구 사귀는 일이 어디 쉽겠어요? 이제 정착을 했으니 달라지겠죠." 그는 빙그레 웃으며 봉지에서 땅콩 스낵을 한 줌 집는다. "율리아는 여기가 고향이에요?"

"네. 난 평생 딱 한 번 이사를 했어요. 우리 부모님 집에서 파울하고 사는 이 집으로요. 지루한 인생이죠?"

시몬은 어깨를 으쓱한다. "왜요? 이사할 필요가 없어서 안 한 건데요, 뭐. 이사하는 게 무척 재미나는 일은 또 아니거든요."

나는 내 잔에 든 샴페인을 단숨에 마신다. 시몬은 바로 잔을 채워준다. 슬슬 술기운이 돈다.

"가끔은 그런 생각도 들어요." 나는 혼잣말처럼 말한다. "한번쯤 미친 짓을 해보고 싶다, 전혀…… 상상도 못했던 일!"

시몬은 허허 웃는다.

"뭐가 그렇게 우스워요?"

"내가 그때 총회에서 뮌헨으로 옮기는 것도 좋은 대안이라고 했을 때는 그렇게 말 안 했잖아요? 그때 정말 날 찢어죽이고 싶은 눈으로 노려보는데, 거짓말이 아니라 진짜 겁나더라고요."

나도 웃음이 나온다. "그래요. 맘껏 놀려요. 그런데 왜 또 내 얘기를 하고 있죠? 당신 얘기 좀 해봐요."

"뭐, 할 얘기가 있나요? 중요한 건 다 알고 있잖아요. 서른두 살에 싱글이고, 아직 함부르크에 정착한 지 얼마 안 됐고. 꽃미남에 훈남이라는 건 눈이 있으면 봐서 알 테고. 뭐 더 알고 싶은 거 있어요?"

그동안 나는 그의 자화자찬에 적응이 되었기 때문에 고개를 크게 끄덕이며 그의 어깨를 토닥거릴 뿐이다.

"맞아요. 알아야 할 건 다 알고 있었네요. 그럼 이제 대화 소재는 바닥난 거예요?"

"그 환상의 결혼식에 대해 더 얘기해 봐요."

"아니요. 그 얘긴 더 안 할래요. 이별 대행사 사장한테는 별로 흥미 없는 주제 아닌가요?"

"꼭 그렇다고는 할 수 없지요." 그는 부정한다. 하지만 나는 그의 작전에 휘말리지 않고 대화를 사업 쪽으로 돌린다.

"내일 어떨지 정말 기대돼요. 예약이 한 시간마다 하나씩 있어요. 전부 여덟 건이에요. 어떻게 할 거예요? 둘이 돌아가면서 할 건가요?"

"우선 처음에는 상담도 같이 하고 외근도 둘이 같이 나갑시다. 그래야 팀워크도 더 연습할 수 있으니까요. 차차 일의 순서가 익숙해지면 그때 가서는 각자 단독으로 하고요. 아니면 다른 의견 있어요?"

"아니에요. 좋아요. 먼저 체크리스트를 하나 만드는 게 좋을 것 같아요. 순서에 따라 빠짐없이 일을 할 수 있게요."

"율리아. 그렇게 꼭 짜인 계획에 따라 움직이려고 하지 말아요. 우리 일은 회계장부 정리하는 게 아니거든요." 그는 장난삼아 훈계를 한다. "Learning by doing. 우선 찾아온 사람들의 말을 들어보고, 그 다음에 어떻게 할지 생각해보자고요. 한 가지 중요한 건, 통보 대상이 혼자 있을 때 만날 수 있는 장소를 확실하게 알아내는 거예요. 무조건 집으로 찾아간다고 해서 당사자를 만날 수 있는 건 아니니까요."

"그리고 사람들이 크라우제 씨처럼 그렇게 의연하게 받아들이지 않을 거라는 것도 계산에 넣어야 돼요. 모든 사람이 다 그렇게 반응하지는 않아요. 이제부터는 고객들에게 상대방의 반응이 어떨지 더 자세하게 물어봐야겠어요."

헤커는 고개를 주억거린다. "첫 작업을 하러 가기 전에 미리 가능한 상황의 시나리오를 짜봐야지요."

"좋은 생각이에요. 쉽게 받아들이는 사람은 그리 많지 않을 거예요. 나 같으면 심하게 충격받을 거예요." 나는 속마음을 실토한다. "예를 들어, 당신이 지금처럼 이렇게 찾아와서는 파울이 나랑 헤어지고 싶어한다고 말한다면, 정말 생각만으로도 끔찍해요! 난 아마 그 자리에서 바로 쓰러질 거예요."

"상대가 기절하는 경우를 대비해서 캠핑용 침대를 들고 다니자는 말이에요?"

나는 피식 웃는다. "아니요. 연약해 보이는 사람은 내가 맡을 테니, 건장해 보이는 사람은 당신이 맡아요. 그럼 별 문제는 없을 거예요."

"그래요, 문제없이 잘 할 수 있을 거예요. 율리아, 이 프로젝트를 함께 하게 돼서 정말 기뻐요." 잠시 침묵이 흐른다. 얼굴에 다시 뺀질이 미소를 띤 시몬이 침묵을 깨고 말한다. "어쨌거나 함부르크 여자들은 우리한테 고맙다고 해야 됩니다. 엔더스 씨의 허접한 연인 자질에 대해서만큼은 확실하게 경고를 해줬잖아요?"

"그래도 우리가 하려는 일이 참 특이한 일이라는 생각 들 때 없어요?"

그의 얼굴에 의아한 표정이 번진다. "특이하다니요? 무슨 뜻으로 하는 말입니까?"

"원래는 당사자들이 스스로 해결해야 하는 일인데, 우리가 대신 해주는 거잖아요."

"원래는 세금 정산도 스스로 해야 하는 일이에요. 하지만 대부분의 사람들이 세무사에게 맡기죠."

"지금 사랑을 세금 정산과 비교하는 거예요?"

"비교 못할 이유는 또 뭡니까?" 그는 어깨를 으쓱한다. "결국은 둘 다 플러스, 마이너스 따지는 거잖아요."

"플러스, 마이너스요?"

"그래요. 관계가 가져오는 이익과 손실을 저울질하는 거죠. 그러다 손실이 이익보다 커지면 관계를 끝내는 거고요. 이 지점에서 우리가 투입되는 거죠."

"아주 로맨틱하네요."

내 사업 파트너는 짧게 웃는다. "로맨틱은 관계의 존재 이유가 서로의 이익을 위한 것이라는 사실을 위장하기 위한 허울일 뿐입니다."

"그럼 사랑은요?"

"사랑이라⋯⋯" 시몬은 잠시 생각에 잠기더니 가볍게 한숨을 쉰다. "사랑은 이 모든 과정에 있어서 가장 예측불허의 요소라고 할 수 있겠지요."

나는 생각에 몰두한 채 스낵봉지에 손을 가져간다. 적어도 스낵에 대한 욕구에서 시몬과 나는 이심전심이었던 모양이다. 순간, 우리의 손은 스낵봉지 위에서 마주친다. 나는 손을 움찔한다. 하지만 그는 자기 손으로 내 손을 감싼다.

"내가 방해하는 건가?"

나는 화들짝 놀라 소리 나는 쪽을 본다. 문가에 파울이 서 있다⋯⋯

⋯⋯그리고 분노가 일렁이는 눈으로 우리를 바라보고 있다.

"아, 자기 왔어? 시몬이 우리랑 축하하겠다고 잠깐 들렀어. 하필이면 자기가 없는 시간에 왔네." 나는 자리에서 일어나 파울에게 키스 인사를 하려고 한다. 그러나 그는 나를 피해 곧장 시몬 쪽으로 걸어간다.

"안녕하세요, 헤커 씨?" 파울은 아주 무뚝뚝하게 악수를 청한다. "축하할 일이 뭡니까?"

"라디오 안 들었어요? 오늘 우리 에이전시의 첫 작품이 방송을 탔어요. 여기저기 다 나갔는데 못 들었어요?" 시몬은 쾌활하게 지껄인다.

"참, 어제 율리아한테 들은 기억이 납니다. 잔뜩 긴장하고 있더라고요. 그래서 다 잘 될 거라고 말해줬죠. 내 말이 맞지, 자기? 내가 다 잘 될 거라고 했잖아. 이번 일로 앞으로의 사업에 도움이 될 수도 있겠네."

"지금 그게 좋아하는 거야?" 나는 파울에게 눈을 흘긴다. 하지만 파울은 나를 쳐다보지도 않는다. "오늘 문의 전화가 스무 통이나 왔었어. 그리고 다 예약으로 연결됐다고."

"스무 통? 그런 멍청한 아이디어를 필요로 하는 사람이 정말 있었다니, 세상 말세네."

"파울!"

나와 달리 시몬은 차분하게 반응한다. "그렇게 생각할 수도 있지요. 하지만 제 생각은 좀 다릅니다. 수익성이 좋은 아이디어가 결국 좋은 아이디어죠."

"아, 그런가요?" 두 남자는 한동안 말없이 서로를 노려보고 서 있다. 내 머릿속에서는 다시 산양의 뿔 부딪는 소리가 울려퍼진다. "뭐, 그렇다면 저도 함께 축하해야겠네요." 파울은 장식장에서 잔을 하나 꺼내온다. 나는 얼른 그의 잔을 채워준다. "율리아, 시몬, 사업의 번창을 위하여!"

한 오 분 정도 시시콜콜한 잡담을 주고받았을까, 시몬은 손목시계를 보더니 할 일이 있다며 정중히 인사한 뒤 자리를 뜬다. 시몬이 가고 나서 나는 파울에게 핀잔을 준다.

"왜 그렇게 불친절해?"

"안 그러게 됐어? 집이라고 들어왔더니 자기네 오만방자한 뺀질이 사장이 내 소파에 턱 앉아서 샴페인 따놓고 내 약혼녀 손까지 잡고 있는데 친절하게 손님대접을 하라는 거야?"

"우린 손 안 잡았어. 그리고 시몬은 오만방자하지도 않고 뺀질이도 아니야."

"자기가 직접 한 말이야."

"내가 잘못 생각했던 거야. 시몬은 그냥…… 성격이 적극적인 거야."

파울은 기가 막힌 듯 눈동자를 굴린다. "아, 성격이 적극적이면 이렇게 말도 없이 남의 집에 쳐들어와도 되는 거야?"

"그냥 우리를 놀래주려고 깜짝 방문한 거야. 우리 둘 다한테 온 거라고. 나쁜 의도로 온 것도 아니고. 오늘은 '작은 위로'에 있어서는 정말 특별한 날이란 말이야. 그리고 시몬은 아직 함부르크에 친구도 없어."

"눈물 나네. 그렇게 외로우면 남의 약혼녀 꼬드기지 말고, 개나 한 마리 사서 키우라고 해."

"꼬드기다니? 그냥 과자 집으려다가 우연히 손이 닿은 거야. 내가 무슨 불륜이라도 저질렀어? 별것도 아닌 일에 왜 이렇게 민감하게 반응해?"

"미안해. 나도 내가 왜 이러는지 모르겠어." 순간 내 약혼자가 너무 딱해 보인다. 마음이 짠하다. "난 그 사람 맘에 안 들어. 그런 허풍쟁이들은 딱 질색이야. 그건 그렇고 어쩌자고 그치를 집에 들여놓은 거야?"

"나 거기에 대해서는 할 말 많거든. 집에 왔는데 일단 자기가 기다리고 있지 않아서 너무 실망이었어. 오늘 라디오 출연할 거라고 내가 어제 얘기했잖아, 그리고 내가 얼마나 긴장하고 있는지 자기도 잘 알고 있었어. 그런데 자기 오늘 나한테 전화도 한 번 안 하더라? 그러고 있는데 시몬이 왔으니 난 함께 축하할 사람이 생겨서 당연히 좋았지. 축하는 혼자보다는 여럿이 하는 게 좋잖아? 그리고 샴페인 사들고 우리 집 찾아온 사람을 어떻게 문전박대해서 보내?"

파울은 내 어깨에 손을 얹더니 나를 자기 쪽으로 끌어당긴다. "미안해, 자기. 난 이 일이 자기한테 그렇게까지 중요한 줄 몰랐어. 알았으면 나도 샴페인 사놓고 기다렸을 거야."

나는 여전히 뾰로통해 있다.

"정말이야. 그런 줄 알았으면 꽃다발도 사왔지. 다음번에 꼭 축하해줄게. 약속!"

나는 파울을 내게서 약간 밀어낸다. "앞으로는 내가 하는 일을 더 진지하게 여길 거라고 약속할 수 있어?"

파울은 엄숙한 표정으로 손을 들어 선서의 제스처를 취한다. "맹세!"

"좋아, 그럼 한 번만 용서해줄게."

나는 그에게 살짝 입을 맞춘다. 그리고 손으로 그의 턱을 잡고 그와 눈을 맞춘다. "정말 시몬한테 질투하는 거야?"

"아니야. 뭐…… 조금은 그렇다고도 할 수 있지. 하지만 방금 그건 정말 이상해 보였어."

"알았어." 나는 오른손을 들고 말한다. "시몬이 여기 금송아지를 끌고 나타난다고 해도 안 넘어간다고 맹세해. 난 자기밖에 없어."

"알았어." 그는 내게 입 맞춘다. "난 그냥……"

"또, 뭐? 그 과자 봉지 때문에?"

"아니. 그냥…… 그 풀오버가 맘에 걸렸어."

나는 눈썹을 치켜 뜬다. "내 풀오버?"

"응."

흠?

"이 풀오버는 원래 자기가 나한테 보내는 신호잖아. 자기가 나랑 거침 없는 섹스를 하고 싶다는 신호. 나한테 보내는 신호!"

아마 내가 입을 헤 벌리고 있었던 모양이다. 파울은 집게손가락으로 부드럽게 내 턱을 들어올린다. "그거 몰랐어?"

나는 고개를 젓는다.

"그럼 이 신호를 보내는 것은 아마 자기의 무의식인 모양이지. 자기 무의식한테 얘기 좀 해, 앞으로는 나한테만 신호 보내라고."

무의식? 풀오버?

아, 말도 안 돼!

14장

"라디오 들었을 때 '바로 이 사람들이 내 문제를 해결해주겠구나' 하는 생각이 들더라고요."

우리 앞에는 티나 멘첼이 앉아 있다. 작은 키에 호감이 가는 사십대 중반의 여자로 턱까지 닿는 검은 단발을 하고 있다. 우리의 진짜 첫 번째 일이다. 이렇게 자부심이 강해 보이는 여자가 왜 자기 남자친구에게 직접 헤어지자는 말을 못하고 우리를 찾아왔을까 하고 생각하는 동안 시몬은 되도록 이해심 많고 품위 있어 보이려고 무진 애쓰고 있다. 지금 시몬의 표정은 일전에 친구 하나가 테스트레슨을 위해 시립공원에 모인 동호회 사람들 앞에서 '두려움을 없애는 북치기' 시범을 할 때 지었던 바로 그 표정이다. 정말 대단했다. 북 연주 말고 그 표정이.

"지난 몇 년간 펠릭스랑 벌써 세 번이나 헤어졌어요. 아니, 헤어지려고 해봤어요. 하지만 다 실패했어요. 내가 헤어지자는 말만 하면 울고불고 난리가 나요. 무릎 꿇고 빌고, 내가 생각하는 것보다 훨씬 더 사랑하고 있다고 맹세를 하고, 떠나지 말라고 애걸복걸하고…… 정말 너무 힘들어요. 이젠 지쳐서 더는 못하겠어요." 티나는 울기 시작한다. 시몬은 티슈를 건네며 가볍게 그녀의 어깨를 다독인다.

"티나." 시몬은 작은 목소리로 속삭이듯 말한다. "티나라고 불러도 되겠지요?" 시몬은 슬슬 타고난 '우먼 위스퍼러'로서의 면모를 드러내기 시작한다. 앞으로 내가 할 일은 뭐가 될지 궁금해지는 대목이다. 위로는 내 전문이 아니었던가.

티나는 휴지에 코를 팽 풀고 나서 말없이 고개를 끄덕인다.

"한때 사랑했던 사람에게, 혹은 아직도 사랑의 감정이 남아 있는 사람에게 헤어지자는 말을 하는 것은 말처럼 쉬운 일이 아닙니다. 그동안 할 만큼 다 하신 듯한데, 이젠 정말 확실하게 정리할 수 있는 구체적인 방법을 찾아서 완전히 끝장을 내십시오."

이런, 그건 좀 심하다. 그 말을 곧이듣지는 않을 텐데?

"이렇게 이해해주시니 정말 고마워요, 헤커 씨."

곧이듣는군.

"시몬이라고 부르세요, 티나. 자, 이제 저희가 펠릭스랑 조용히 이야기할 수 있는 장소가 어디인지 말씀해주시지요."

"내일 열한 시에 집으로 오시는 게 좋을 것 같아요. 전 오늘 저녁에 친구 집에서 잘 거예요. 펠릭스한테는 출장 간다고 했어요. 그리고 펠릭스는 내일 오후 당번이니까 정오에 집에서 나갈 거예요. 그럼 전 그때 제 짐을 꺼내오려고요. 이렇게 할 수밖에 없어요. 펠릭스 얼굴은 더 이상 보고 싶지도 않아요. 이번에도 실패하면 전 정말……" 그녀는 다시 한 번 코를 푼다.

"티나, 약속합니다. 저희가 책임지고 끝내드리겠습니다." 시몬은 지금 위로의 화신으로 거듭나고 있다.

"펠릭스에게 헤어지는 이유를 말해야 할까요, 아니면 말하지 않는 것이 좋을까요?" 내가 두 사람의 은밀한 분위기 속으로 끼어든다. 내용적으로도 진도가 나가야 할 것 아닌가.

"글쎄요. 잘 모르겠어요…… 이유를 말하는 편이 나을까요?"

"저라면 상대방이 왜 헤어지고 싶어하는지 이유를 알면 더 받아들이기 쉬울 것 같아요. 물론 사람에 따라 다르겠지만요. 지난번에는 이유를 뭐라고 말씀하셨어요? 세 번 다 같은 이유였을 것 같은데."

티나는 불안한 표정으로 나를 바라볼 뿐 대답이 없다. 어라? 그렇게 어려운 질문은 아니었는데.

"그게 말이죠." 그녀는 망설이며 말을 시작한다. "세 번 다 달랐어요." 그리고 쓴웃음을 짓는다.

나는 놀라움을 금치 못한다. 시몬도 마찬가지인 것 같다. 그는 순간적으로 내게 익숙한 뺀질이 헤커 톤으로 돌아온다. "정말입니까? 그 남자랑 헤어지려는 이유가 세 번 다 달랐다고요? 뭐, 이런 엿 같은 경우가 다 있나? 인내심이 장난 아니신가 봐요."

역시 부드러운 쪽이 더 나았다. 티나는 깜짝 놀라 그를 쳐다본다. 나는 시몬에게 못마땅한 표정을 지어 보인다. "멘첼 씨, 계속 말씀하시죠."

"그러니까, 첫 번째 이유는 이자벨이었어요. 그 다음엔 그 나쁜 년 타냐랑 같이 있는 걸 현장에서 잡았죠. 세 번째는 아마 하이케였던 것 같아요." 그녀는 내 눈을 똑바로 쳐다보며 말한다. "지금 무슨 생각하는지 다 알아요. 세 번이나 바람을 피웠는데 아직도 헤어지지 못하고 있다니 미쳤다고 생각하죠? 네, 맞는 말이에요. 난 미친 것 같아요." 고집어린 표정이 누그러지더니 그녀의 눈에는 눈물이 고인다. 나는 속으로 흠칫 놀란다. "하지만 이젠 정말 끝이에요. 마라는 내 동생이거든요."

지금 이 순간 헤커와 내 표정을 찍는다면 아주 좋은 사진이 나올 것이다. 제목: 세상에서 가장 멍청한 표정. 약 십 초 후, 그래도 시몬은 나보다 먼저 제정신으로 돌아온다. 역시 프로는 프로다.

"그러니까 바람을 피운 게 네 번인데, 그 중에 한 번은 상대가 동생분이라고요?"

"제가 알고 있는 게 네 번이지요. 몇 번이 더 있었는지 알고 싶지도 않아요." 티나는 미소를 지으려고 애를 쓴다. "여동생이 하나인 게 얼마나 다행이에요. 우리 어머니야 너무 나이가 많을 테고."

드디어 내 입도 풀린다. "그러면서 매번 떠나지 말라고 매달릴 염치가 있었단 말이에요?"

그녀는 어깨를 움찔한다.

"완전히 잘못됐다는 걸 잘 알면서도 매번 다시 받아주셨고요?"

티나는 시선을 바닥으로 향한 채 미동도 하지 않는다.

"어떻게 그런 일이." 나는 흥분해서 나도 모르게 "개자식!" 하고 내뱉고 만다.

"린덴탈 씨, 너무 감정적인 단어는 사용하지 말도록 하죠." 시몬이 '바른생활 맨'을 자처하고 나선다.

"그냥 놔두세요, 시몬. 그 말이 옳아요. 나도 매번 어쩌다 그렇게 됐는지 모르겠어요. 하지만 이제 정말 끝낼 거예요. 두 분이 저를 위해서 끝내주세요."

시몬은 비장한 표정으로 티나에게 손을 내밀어 악수를 청한다. "예, 반드시 끝내드리겠습니다."

티나가 가고 난 뒤에도 우리는 한참동안 상담실에 남아 있다. "정말 그런 사람이 있다는 게 상상이 돼요?" 내가 묻는다.

시몬은 고개를 가로젓는다. "난 내 머리한테 그런 힘든 일 시키고 싶지 않아요. 그쪽은 상상이 됩니까?"

"아니요. 듣는 사람이 상상이 안 될 정도니 그동안 마음고생이 얼마나 심했겠어요? 꽤 오래 같이 살긴 했겠지만 어떻게 네 번씩이나? 그것도 친동생하고? 그게 어디 인간이 할 짓이에요?"

시몬은 자기 손끝만 내려다본다. 과연 무슨 생각을 하고 있는 것일까?

"개인적인 건데, 뭐 좀 물어봐도 돼요?" 내가 묻는다.

그는 입가에 미소를 띠며 대답한다. "물어봐요. 너무 사적인 거면 그냥 통과할 테니까."

"애인이 바람피운 적 있어요?"

"아니요. 당연히 없죠."

"당연히 없다? 아주 자신만만하시네요."

"그런 게 아니라, 오래 사귄 여자가 없어서 그래요. 사랑에 빠져 있는

넉 달 사이에 바람피우는 사람은 별로 없잖아요? 단기간 연애의 큰 장점
이죠."

"아하." 이것보다 더 똑똑한 대답은 떠오르지 않는다.

"나도 한번 물어봅시다. 애인이 바람피운 적 있어요?"

나는 대답하기 전에 잠시 생각에 잠긴다. "예, 한 번이요. 상처가 컸어
요. 지금은 다 잊어버렸지만요."

이제는 시몬이 약간 당황한 듯 보인다. 우리 사이에는 잠시 침묵이 흐
른다. 시몬이 헛기침을 하더니 말한다. "그 다음은 누구예요?"

"우도 랑한스라는 사람이에요. 십 분 뒤에 도착하기로 되어 있어요. 다
음은 시모네 바르텔스, 슈테파니 엥켄스, 클라우스 헤어몬……"

"예약 플랜은 훌륭한데, 그 속에 점심식사 플랜도 들어 있는 거겠죠?"
시몬은 짐짓 놀라며 묻는다.

"사장님, 이렇게 바쁜데 무슨 밥 타령이에요?" 나는 장난스럽게 팔을
걷어붙이며 말한다. "돈 벌어야지요, 돈."

일곱 시간 뒤, 나의 열성은 눈에 띄게 줄었다. 이 일은 생각했던 것처럼
녹록치 않다! 다행히 다른 고객들과의 상담은 티나 멘첼 때처럼 그렇게
길지는 않았다. 예약 고객 중 둘은 결국 나타나지 않았고, 하나는 자신을
이 시대의 귄터 발라프(*다양한 사회 문제를 언더커버로 취재한 독일의 르포 문학
가)로 착각하는 지방 방송의 한 기자로, 언더커버로 우리를 취재하러 온
사람이었다. 사이사이 짬을 내어 빵집으로 뛰어 내려가 요깃거리를 조달
해왔지만, 지금 나는 완전히 에너지 고갈 상태다.

나와 달리 시몬은 막 새로운 에너지로 넘치고 있다.

시몬의 왕성한 기운은 오늘의 마지막 고객인 페트라 피셔의 등장에 기
인하는 바가 크다. 오늘 우리가 맞은 다른 여성 고객들과 달리 그녀는 상
당한 미모의 소유자이기 때문이다. 정확히 말하면 양귀비 뺨치게 예쁘다.
만약 우리 사장이 늑대였다면 우우 하고 큰 소리로 울었을 것이다. 그러

나 그녀의 사슴 같은 커다란 밤색 눈과 어깨에 찰랑거리는 윤기 나는 갈색 머리를 마주하고 앉으니, 세상은 왜 이리 불공평한가 싶어져 나 또한 울고 싶은 심정이다. 그러나 이십대 중반으로 보이는 이 천사 같은 여자의 표정은 그녀의 미모에 전혀 어울리지 않는다. 마치 세상의 모든 고민을 그 가냘픈 어깨에 다 짊어진 듯한 표정이다.

"피서 씨." 이번에도 시몬이 나를 앞질러 말한다. "문제가 뭔지 말씀을 해보시지요."

그녀는 헛기침을 하더니 작은 목소리로 말한다. "제 남자친구가", 그녀는 말을 잇지 못한다, "제 남자친구가", 곧 말이 이어진다, "이 주일 전에 청혼을 했어요."

"그런데 어떻게 거절해야 할지 난감하신 거군요?" 내가 지레짐작으로 말한다.

그녀는 "아니요." 하더니 다시 "에, 예, 그래요." 하고 말을 바꾼다. 그러고는 다시 침묵한다. 그녀의 얼굴은 점차 절망의 그림자로 뒤덮인다.

"피서 씨, 천천히 말씀하세요." 나는 이렇게 말하고 만일을 대비해 미리 크리넥스 티슈 통을 그녀 쪽으로 밀어준다. 그녀는 정말이지 금방이라도 울음을 터뜨릴 것만 같다. "시간을 충분히 가지고 허심탄회하게 말씀하세요. 저희를 믿고 솔직하게 말씀을 해주셔야만 저희도 일을 잘 해결할 수 있거든요."

이 예쁜 아가씨는 티슈 한 장을 뽑아 코를 닦더니 다시 말을 시작한다. "마리안과 저는 오 년 전에 처음 만났어요. 대학 1학년 1학기 때 정치학과 동기로 만났죠. 전 사실 그렇게 빨리 대학에 들어갈 생각은 없었어요. 고등학교를 졸업한 뒤에 여행도 좀 하고……" 슬쩍 시몬 쪽을 건너다보니 얼굴에 살짝 신경질적인 표정이 떠올라 있다. 그도 그럴 것이 이 아가씨의 이야기는 금방 끝날 것 같지 않다. 그러나 이렇게 말하기 어려운 이야기에 귀를 기울이고 고객을 돕는 것이 우리의 직업이 아닌가. 도움을 구하러 온 고객이 모든 사실을 일목요연하게 보고하기를 바라는 것은 사실상 무리다. 돌연 내 속의 포근하고 섬세한 율리아가 깨어나는 느낌이다. 여기 이 건은 정말 조심스레 다가가야 할 일인 것 같다. 그리고 이것이 바로 나의 직업이다.

"맞아요." 나는 차분한 어조로 말하기 시작한다. "누구나 가끔씩 그럴 때가 있어요. 내 꿈은 이게 아닌데 싶으면서도 왠지 그렇게 해야만 할 것 같은 생각에 엉뚱한 결정을 내릴 때가 있지요. 그러다 남자친구를 만나게 됐고, 세계여행을 가지 않길 잘 했다, 안 그랬으면 이 남자를 못 만났을 테니까, 하는 생각이 들었겠죠." 난 정말 타고났다. 내가 들어도 아주 설득력이 있다. 그리고 사무실에서 하도 연애 상담을 많이 하다 보니 누가 언제 무슨 말을 듣고 싶어하는지도 빠삭하게 안다.

"맞아요. 지금 말씀하신 그대로예요!" 이렇게 말하며 페트라 피셔는 마치 내가 세계 역사의 가장 큰 수수께끼를 풀었다는 듯 고마운 눈길을 보낸다. "우린 처음부터 완벽한 짝이었어요. 관심사도 같고, 좋아하는 것도 같고, 취향도 비슷하니까요."

"그럼, 더 바랄 것이 없겠네요." 시몬이 끼어든다. 나는 그에게 경고의 눈초리를 보낸다. 페트라 피셔가 우리를 찾아온 데는 다 이유가 있을 터였다. 나의 시선에 시몬은 즉시 입을 다문다. 그렇지, 이럴 땐 나서지 말고 가만히 있어주셔야지.

"원래는 그래야 정상이죠." 피셔가 말을 잇는다. "가족들도, 친구들도 모두 우리더러 천생연분이라고 했어요. 그리고 오 년이라는 세월이 결코 짧은 세월은 아니니까요."

나는 고개를 끄덕인다. "맞아요. 긴 세월이죠. 저도 제 남자친구하고 사귄 지 벌써 칠 년이 넘었어요."

페트라 피셔는 놀란 눈으로 나를 쳐다본다. "정말이에요?"

나는 다시 고개를 끄덕인다. 이번엔 약간의 자부심이 담긴 긍정이다.

"지금도 여전히 행복하세요?"

"에……" 전혀 예상치 못했던 질문에 나는 약간 당황한다. 나는 그저 고객과 비슷한 입장이라는 것을 알려 내 이해심을 강조하려는 의도였다. "그럼요." 나는 서둘러 덧붙인다. 페트라 피셔는 한숨을 내쉰다.

"좋으시겠어요."

"더 이상 행복하지 않으세요?" 내가 추리한다.

"아니요, 행복해요." 이 말은 나를 다시 한 번 당황하게 한다. "아니, 어쩌면 행복이라는 표현은 적당하지 않을 수도 있겠네요. 만족스럽다고 해야 할까요? 아니면…… 그래요, 좋다고 해두죠."

"다시 끼어들어서 미안합니다만." 시몬이 말한다. "무슨 말씀을 하시려는지 전 아직도 이해가 안 됩니다. 남자친구와 오 년째 좋은 관계를 유지하고 계시고, 최근에는 그 남자친구가 청혼을 했다고 하셨죠?" 페트라 피셔는 고개를 끄덕인다. "그런데 저희더러 뭘 어떻게 하라는 겁니까? '작은 위로' 를 찾아오신 거 맞아요?"

순간, 상황이 반전된다. 봇물 터지듯 울음보가 터지고, 부지런히 티슈를 뽑는 손길이 있을 뿐, 페트라 피셔는 쉽게 울음을 그칠 것 같지 않다. 시몬과 나는 난감한 시선을 교환하며 어쩔 줄 몰라 한다.

"제 문제가 바로 그거예요." 페트라 피셔가 드디어 울먹이는 목소리로 말문을 연다. "저도 뭘 어떻게 해야 할지를 모르겠어요!"

이 건은 심각한 혼란의 문제인 듯하다.

"항상 그렇게 생각했어요. 모든 게 잘 되고 있다, 마리안과 난 결혼할 것이고 아이를 가질 것이다. 좋아하면 다들 그렇게 생각하잖아요. 하지만 청혼을 받고 난 이후로…… 뭔가 크게 잘못됐다는 걸 깨달았어요."

"뭐가 잘못됐는데요?" 내가 묻는다.

"전 이제 겨우 스물다섯이에요!" 그녀가 억울한 듯 외친다. "이 나이에 모든 조건이 괜찮은 남자와 결혼하는 것으로 만족할 수는 없어요!"

"에에, 만족하면 안 되는 건가요?"

"적어도 전 만족하고 싶지 않아요. 사랑은 어떡하고요? 열정은요? 가슴 뛰는 사랑의 느낌은요? 마리안과 전 둘도 없는 친구예요. 하지만 우리 사이엔 더 이상의 설렘이나 떨림 같은 감정은 없어요."

"이해를 못 하는 건 아닌데요." 내가 반박한다. "오랫동안 함께 지내다 보면 그런 감정이 없어지는 게 당연한 현상 아닌가요?"

"저한테는 있어야 돼요!" 고집스러운 대답이 돌아온다. "그리고 전 그런 사랑이 있다고 믿어요."

"그런……" 내가 다시 말을 시작하려고 할 때 시몬이 끼어든다.

"물론 그런 사랑도 존재합니다." 놀랍게도 시몬은 갑자기 '오래된 연인 관계'의 전문가로 돌변한다.

"저도 그렇게 생각해요." 피셔는 돌연 단호한 표정이 된다. "마리안을 정말 좋아하고 친구로서 아끼지만, 청혼을 한 이후로, 그리고 마리안과의 결혼이 무엇을 의미하는지 깨달은 뒤로…… 마리안과의 관계가 저를 더 이상 채워주지 못한다는 것을 분명히 알게 됐어요."

"그럼, 청혼을 거절했나요?" 내가 묻는다. 그녀는 땅이 꺼져라 한숨을 쉰다.

"아니요. 승낙했어요."

문제가 뭔지 이제 알 것 같다. "그 순간에는 아직 결혼이 당연하게 느껴졌군요." 내가 부드러운 목소리로 말한다.

그녀는 내게 고마움이 담긴 눈길을 보낸다. "그게 당연한 귀결이라고 생각했어요. 다들 하늘이 맺어준 인연이라고 말했거든요."

"그러니까 피셔 씨는 결혼할 뜻이 없다는 말을 마리안에게 전하면 되는 거죠?" 내가 결론을 내린다.

페트라 피셔는 고개를 끄덕인다.

"마리안도 분명히 이해해줄 거예요." 나는 그녀를 위로한다. "요즘은 꼭 결혼을 하지 않아도 되잖아요? 그냥 그렇게 같이 사는 것도 괜찮아요." 나라면 무슨 일이 있어도 절대로 파울과의 환상의 결혼식을 포기하지 않겠지만 말이다. 결혼은 사랑의 완성이며, 영원히 함께 하겠다는 약속이며, 서로에게 공식적으로 맹세하는 일이 아닌가. 결혼은 그냥 함께 사는 것과는 본질적으로 다르다. 그러나 이 생각을 지금 입 밖에 내서는 곤란하다. "저희가 그 무거운 짐을 덜어드릴 테니 남자친구와 함께 예전의 열정을 다시 되찾을 수 있도록 노력하세요." 나는 속으로 생각한다. 율리아, 넌 천재야!

"그건 제가 원하는 게 아니에요." 피셔가 말한다. "헤어지자는 말도 함께 전해주세요. 마리안이 되도록 상처를 덜 받도록 해주시고요. 우리를 연결하는 끈이 사랑이 아니라 우정이라는 것을 알고 난 뒤 전 다른 남자를 알게 됐고 사랑에 빠졌어요."

시몬과 나는 오늘 하루에 두 번이나 '올해의 가장 멍청한 표정' 커플이 된다.

"벌써 새 남자가 생겼어요?" 시몬이 묻는다.

"그 사람이 바로 제가 찾던 사람이에요." 페트라 피셔의 얼굴이 환해진다. "마리안에게는 정말 미안한 일이지만요."

"아하." 하고 나는 말한다. 그리고 속으로 생각한다: 헉. 이 건은 생각보다 훨씬 어려울 것 같다.

"하실 수 있겠어요?" 그새 내 심상치 않은 표정을 눈치챈 페트라 피셔가 묻는다. "마리안에게 상처 주지 않고 하실 수 있겠어요?"

"그럼요, 문제없습니다!" 시몬이 얼른 대답한다. "이렇게 까다로운 경우를 위해서 저희가 있는 것 아니겠습니까!" 그는 내 등을 토닥거리며 말한다. "안 그래요, 린덴탈 씨?"

"네, 그럼요." 나는 가까스로 대답을 토해낸다. 그러나 내 머릿속에는 방금 한 대답과는 완전히 다른 생각들이 난무하고 있다: 불쌍한 남자! 우리는 그 불쌍한 남자에게 자신이 사랑하는 여자가 자신과 결혼할 의사가 없다는 것뿐만 아니라, 다른 남자랑 도망갈 궁리를 하고 있다는 말까지 전해야 하는 것이다. 시작부터 참 쉬운 일이 걸렸군!

"그 말씀을 들으니 한결 마음이 놓이네요." 페트라 피셔가 말한다. "마리안은 심리적으로 큰 충격을 받을 거예요. 하지만 제가 '작은 위로'를 찾아온 이유도 바로 거기에 있어요. 심리적 사후관리 서비스요. 저는 지금의 남자친구와 함께 한 일 년 정도 떠나 있을 거예요. 항상 꿈꿔왔던 여행을 드디어 할 수 있게 됐어요. 하지만 마리안에게도 대화 상대가 필요해요. 힘들 때 전화를 걸거나 만날 수 있는 사람이요. 돈은 얼마가 들든 상관없어요. 마리안을 돌봐주겠다고 약속해 주세요."

"당연하지요. 약속드리겠습니다, 피셔 씨. 각 파트너에 대한 사후관리는 저희 회사가 드리는 상담 서비스의 핵심입니다. 우리 린덴탈 씨는 이런 난감한 상황을 다룰 줄 아는 섬세한 심성을 가지고 있으니까 마리안에게 훌륭한 위안이 될 겁니다. 표준 패키지 말고 저희의 특별한 서비스인 '위로 디럭스 패키지'를 선택하시면 언제든 연락이 가능한 비상연락번호를 받으실 수 있습니다. 새벽 두 시건 일요일 낮이건 언제라도 연락이 가능합니다."

비상연락번호? 언제라도? 내가 잘못 들었겠지! 이 인간이 뭘 잘못 먹었나? 나는 책상 밑으로 그의 발을 밟으려고 시도한다.

"아, 헤커 씨. 이젠 정말 마음 놓고 떠날 수 있겠어요!" 피셔는 눈가에 온통 주름이 잡히도록 활짝 웃는다. "더 알아야 할 사항이 있으면 물어보세요."

"우선 커피를 더 드실 것인지 물어봐야겠네요. 커피주전자가 빈 지 한참 됐으니까요." 헤커는 비난이 담긴 시선을 내게로 보낸다. 나는 그의 눈짓을 못 본 척한다. 커피 끓여다 바치고 거기다 밤낮없이 고객의 전화까지 받아야 하다니 내가 무슨 종이야? 이렇게 당하고만 있을 수는 없다. 몇 가지 기본원칙에 대해 짚고 넘어가야 안 되겠다. 그러나 시몬이 커피에 대해 더 말을 꺼내기 전에 페트라 피셔는 고맙다며 사양한다. 이 눈치코치 없는 인간과 달리 그녀는 분위기를 파악할 줄 아는 모양이다.

둘은 자세한 사항에 대해 얘기한 뒤, 우리가 마리안의 퇴근시간에 맞춰 기다리고 있다가 소식을 전하는 것으로 약속을 정한다. 그러면 마리안도 곧바로 집으로 돌아가 조용히 생각할 시간을 가질 수 있으리라는 계산이다. 그 전에 페트라 피셔는 중요한 물건들을 집에서 꺼내오겠다고 한다. 낡은 새장에서 벗어나 바로 세계를 향해 날아갈 참인데, 갈아입을 옷과 칫솔 외에 뭐가 더 필요하냐고 삐딱하게 묻고 싶은 것을 꾹 눌러 참는다.

"참, 사랑이 뭔지." 피셔가 가고 우리만 남게 되자 시몬이 한마디 한다. "남자친구를 위하는 마음이 갸륵하지 않아요?"

"그렇게 오래 사귀었는데 당연한 거죠. 갸륵할 것 하나도 없어요." 나는 핀잔 섞인 어조로 말한다. "그렇게 걱정된다면 떠나지를 말아야죠."

시몬은 손사래를 친다. "그거야 그렇죠. 하지만 혼자 남겨지는 남자친구한테 대화할 상대를 마련해주고 떠나려는 마음이 애틋하잖아요. 이런 손님만 있다면 대박은 시간문제일 텐데 말이에요!" 그는 초조한 듯 손바닥을 비빈다. 분명히 페트라 피셔에게 받아낼 거액의 계산서에 대해 생각하고 있을 것이다. 왠지 모르게 꺼림칙한 기분이다. 하지만 그것도 잠시, 곧 내게는 기발한 생각이 떠오른다.

"참, '언제라도'에 대해 할 말이 있는데요." 나는 달콤한 대박의 꿈에 젖어 있는 시몬에게 찬물을 끼얹는다. "24시간 비상대기를 해야 한다면 월급조정이 불가피할 것 같은데, 어떻게 생각해요?"

시몬은 금세 넋 나간 표정이 된다. "뭐요? 이제 겨우 고객 넘버 투 상담 끝냈어요. 벌써 월급조정이라니요?"

"고객들이 내 휴대전화로 밤낮없이 전화하게 할 생각이라면 월급조정은 불가피해요. 특히 페트라 피셔 같은 경우, 당연히 나한테도 떨어지는 게 있어야 해요. 수익금의 사십 퍼센트면 될 것 같아요."

"수익금의 사십 퍼센트요?" 시몬은 흑하고 숨을 들이마신다. "미쳤어요? 당신이 그 돈 받아서 일 유로도 쓰기 전에 난 벌써 파산이에요."

"그건 그쪽 사정이죠." 나는 눈썹 하나 까딱하지 않는다. "돈이 없으면 그런 비싼 서비스를 제공하지 말든가."

"그래도 어떻게……"

"됐거든요. 근무 시간에는 피셔든 멘첼이든 열 명, 스무 명이라도 성심

성의껏 위로하겠어요. 하지만 퇴근시간 이후와 주말에도 해야 한다면 얘기가 다르죠."

"율리아, 실연한 사람들은 자기가 세상에 혼자뿐이라는 생각이 들 때 가장 괴로워한다는 거 잘 알잖아요. 그리고 그런 때는 주로 퇴근 시간 이후라고요!"

"알아요. 하지만 그 뭐야, '위로 디럭스 패키지'라고 했던가요? 그 계산서 따로 나가는 거 아니잖아요. 당신이 그 불쌍한 피서를 쳐다볼 때 내가 정확히 봤어요. 눈에 달러 표시가 반짝반짝하던걸요? 사십 퍼센트예요!"

"십!"

"삼십!"

"이십!"

"좋아요."

"날 파산시키려고 작정을 했군요."

"그 대신 아주 맛있는 커피를 끓여드리죠."

"됐거든요." 시몬은 내 호의를 거절한다. "지금 나가봐야 해요. 약속이 있어요."

"무슨 약속이요?" 내가 캐묻는다. 지금부터는 헤커에게 무슨 약속이 있는지 내게도 알아야 할 권리가 있다. 이제부터 우리는 동업자가 아닌가!

"사적인 거예요." 그가 대답한다.

"아, 그래요? 그럼 이제 나도 퇴근해야겠네요. 카티야랑 베아테를 만나기로 했거든요." 기지개를 켜는데 하품이 절로 나온다. "오늘은 정말 힘든 하루였어요."

"네, 맞아요." 시몬도 동의를 표한다. "참, 내일은 열한 시에 시작합시다. 첫 번째 상담도 열한 시 반에나 있고, 또 내일도 힘든 하루가 될 테니까요."

"그래요." 아, 좋아라. 그럼 오늘 저녁에 늦게까지 놀고도 푹 잘 수 있겠다. 나는 속으로 쾌재를 부른다. 아아, 역시 자기 사업은 다르구나. 매일 아침 일곱 시에 출근하지 않아도 된다니 신난다!

"안녕? 나, 왔어! 아유, 피곤해 죽겠다!" 약속 장소인 '상투스'에 도착한 나는 카티야와 베아테 옆 바 스툴 위에 걸터앉으며 활기찬 목소리로 말한다. 고급 식당들이 즐비한 에펜도르프에 위치한 이 와인 바에 올 때면 언제나 약간의 거북한 느낌을 지울 수 없었다. 그러나 막 월급인상에 성공한, 잘나가는 비즈니스 우먼인 지금의 나에게 이 가게는 딱 안성맞춤이다. 또한 여기서 코너만 돌면 카티야의 가게도 금방이고, 베아테도 지하철을 타러 가기 좋기 때문에 두루두루 좋은 위치다.

"우와, 기분 좋아 보이는데?" 카티야가 삐딱하게 말한다.

"응, 오늘 기분 짱이야. 난 기분 좀 좋으면 안 되니?" 나는 빠르게 메뉴판을 훑어보고 오늘도 샴페인이 어울리는 저녁이라는 생각에 샴페인으로 결정한다.

"자주 좀 그렇게 기분 좋아라, 애! 아, 난 하루 종일 사랑에 빠진 손님들 얘기 들어주느라 죽는 줄 알았어. 막 솔로가 된 사람한테 정말 못할 짓 아니니? 하지만 뭐 어쩌겠어, 직업에 따르는 위험이라고 생각해야지."

"왜? 그 터프가이……" 나는 카티야의 새 남자친구 이름이 바로 떠오르지 않아 잠시 멈칫한다. "그래, 라르스는 어쩌고?"

"누구?" 카티야는 누구 얘기인지 뻔히 알면서도 시치미를 뚝 뗀다.

"그 터프가이!" 나는 장난 섞인 말로 카티야를 놀린다. "빨리도 잊어버리네."

"아, 그 남자! 터프가이는 무슨, 터프가이가 다 얼어 죽었다니?"

아하, 혹시나 했더니 역시나다. "네가 금방 싫증내는 거잖아. 딴 사람들 탓할 거 없어." 나는 아무 일도 아니라는 듯 태연하게 말한다.

"너도 지금 내 탓 하고 있잖아." 카티야도 웃음을 섞어 대꾸한다.

"무슨 소식 있어요?" 나는 아직까지 한마디도 하지 않은 베아테에게 묻는다. 베아테는 민망한 듯 내 시선을 외면한다.

"없어. 아직 면접도 한번 못 봤어. 게르트도 마찬가지고. 한번 바람이라 도 쐬어야겠다 싶어 나오긴 했는데, 좋은 분위기 내가 다 망치는 거 아닌 가 모르겠네."

"그런 말 마세요. 우리가 분위기 확실하게 띄울게요. 샴페인 어때요?"

베아테는 눈을 커다랗게 뜨고 나를 본다. "정말 낼 거야?"

"그럼요. 그리고 오늘 너무 힘들었기 때문에 빨리 나한테 상을 줘야 해 요." 나는 샴페인 세 잔을 주문한 뒤, 내 친구들에게 오늘 있었던 고객 상 담 이야기와 나의 기막힌 월급조정 무용담을 들려준다. "네가 시몬 얼굴 을 직접 봤어야 하는 건데. 정말 죽이는 표정이었어. 어찌나 고소하던지. 나한테 제대로 뒤통수를 맞은 거지."

"와, 너 오늘 끗발 났구나." 카티야는 자못 놀라는 표정을 짓는다. "그 밖에는 어때? 시몬 그 사람, 정말 네가 생각했던 것처럼 그렇게 뺀질이 야?"

"점잖다고는 할 수 없지. 하지만 함께 지내는 데는 전혀 문제없어. 오히 려 친절하고 재미있는 사람이야. 글쎄, 어제 저녁에는 '라디오 한제' 건을 축하한다면서 샴페인 한 병을 들고 우리 집에 찾아왔더라고."

"어머, 정말? 재미있었겠다. 사실, 시몬하고 파울이 사이좋게 소파에 앉 아 있는 모습은 상상이 안 되지만 말이야." 카티야가 짓궂게 웃는다.

"왜? 둘이 사이가 안 좋아?" 호기심이 발동한 베아테가 끼어든다.

"아유, 베아테, 브레인스토밍 할 때 못 봤어요? 그리고 시몬 같은 뺀질 이하고 머리끝에서 발끝까지 공무원인 파울 샌님하고 어디 사이가 좋을 수 있겠어요?"

이 말은 내 심기를 건드린다. "미용사냐 헤어 디자이너냐, 이름 하나 때 문에 야단법석을 떠는 사람치고는 다른 사람 직업에 대해 너무 뭉뚱그려 서 말하는 거 아니니, 너?" 나는 일부러 퉁명스럽게 쏘아붙인다.

카티야는 과장스럽게 고까운 표정을 짓는다. "아유, 기집애. 네, 알아서 모시겠습니다, 미스 폴리티컬 코렉트니스 님. 내 말은 그렇게 다른 두 사람이 사이좋게 샴페인 잔 부딪치는 모습이 상상이 안 된다는 것뿐이야."

"상상하려고 애쓸 필요 없어. 파울은 그때 집에 없었거든."

"아, 맞아, 기억난다. 그날 파울은 행방불명이었지. 아마 법조항 외우러 갔었나 보지?"

"그만 안 할래, 너? 심술쟁이 기집애!"

베아테는 한심한 표정으로 우리를 번갈아본다.

"어유, 둘 다 그만 둬. 난 지금 심리적으로 안정이 필요한 사람이라고!"

"미안해. 내가 너무 흥분했어." 나는 카티야와 한 번 더 잔을 부딪친다. "화해하자. 축하하려고 나와서 싸우면 안 되지."

"그래, 화해하자." 내 십년지기 친구가 말한다. "그 대신 어제 저녁에 있었던 일 자세하게 말해봐. 헤커가 약속도 없이 무작정 들이닥쳤단 말이지? 내가 한번 맞춰볼게. 너 그 후줄근한 트레이닝 바지 입고 있었지?"

"넌 나를 너무 잘 알아서 탈이야." 나는 얼굴 가득 웃음을 머금고 카티야를 흘겨본다. "당연히 금방 갈아입었지. 그 다음은 정말 재미있는 시간이었어. 얘기도 많이 했고. 주로 사적인 얘기였어. 함부르크에 아직 친구가 많지 않다, 뭐 그런 거."

"시몬이 왔다간 걸 파울도 알아?" 카티야의 눈이 호기심으로 빛난다.

"집에 왔을 때 아직 안 가고 있었어. 파울이 온 다음에 파티는 금방 끝났지만."

"왜?"

"내 풀오버 때문에."

"풀오버?" 카티야와 베아테가 합창한다.

"내가 입고 있던 풀오버 때문에 파울이 질투를 했거든. 파울이 별것도 아닌 걸로 계속 난리를 치니까 시몬이 금방 가버렸어."

"참 특이하네. 풀오버를 안 입고 있어서 질투를 했다면 모르겠지만, 입고 있어서 그랬다니 좀 이해가 안 되는데." 카티야가 킥킥거린다.

"하나도 안 웃겨, 얘. 난 옷 다 입고 있었으니까 걱정하지 마. 그런데 새로 산 내 캐시미어 브이넥 풀오버가 에로틱한 시그널을 보내는 모양이야. 난 아무 생각도 없었는데 파울 말을 듣고 보니 그런 것도 같아."

"그 왕섹시 풀오버? 나랑 같이 가서 산 거?' 카티야는 내 옆구리를 한번 툭 친다. "파울 말이 맞아. 그 옷, 시그널 보내. 품행이 방정하지 못한 처 자로고!' 이제 베아테도 웃음을 참지 못하고 킥킥거린다.

"그래, 실컷 놀려라. 그 얘기는 이제 그만 하자. 내일 첫 번째 이별통보 를 하는 날인데 걱정이야. 잘 돼야 할 텐데!'

"어떻게 하는 건데?' 베아테가 궁금한 듯 묻는다.

"일단 첫 번째 통보는 함께 하기로 했어요. 우리 둘 다 빨리 경험을 쌓 아야 하니까요. 그러다가 일정한 루트가 정해지면 따로 다닐 거예요. 일 의 성질에 따라서 적당한 사람이 일을 맡아요. 세심한 손길이 필요한 일 이면 내가 하고, 무자비하게 끝내야 하는 일이면 시몬이 하고요."

"그래." 베아테가 웃으며 말한다. "시몬이 그 일을 맡는 건 참 잘 어울 리네. 그런데 항상 함께 다니는 게 좋지 않아? 안전 문제도 생각해야지. 갑자기 미쳐 날뛰는 사람이 있을 수도 있잖아."

"안 그래도 그 문제에 대해서 얘기를 많이 했어요. 우선 통보를 받는 사 람이 과민반응을 보일 여지가 있는지 알아내야 해요. 그래서 사전에 고객 에게 자세히 물어보고 조금이라도 위험요소가 있으면 함께 다니기로 했 어요. 사실, 둘이 따로 다니는 게 더 효율적이거든요. 그리고 둘 중에 한 사람은 사무실에 남아 있어야 다른 고객의 전화를 받을 수도 있고요. 언 젠가 비서를 둘 날이 있을지 모르겠지만, 그때까지는 어떻게든 둘이서 해 나가야죠. 그건 나중 일이고, 지금은 당장 내일 일 때문에 너무 떨려요."

"잘 할 수 있을 거야." 카티야가 응원의 말을 한다. "아니면 내가 같이 가줄까?'

"안 돼." 나는 카티야를 툭 치며 말한다. "내일 고객들은 전부 '텐더& 마일드'로 예약했단 말이야. 그런데 네 특기는 '퀵&더티'잖아?'

"좋은 생각이 났어." 베아테가 갑자기 외친다.

"뭔데요?"

"알다시피…… 내가 지금 하는 일이 전혀 없잖아. 그리고 솔직히 말하면, 하는 일 없이 지내려니까 아주 죽을 맛이야." 베아테는 여기서 말을 중단한다.

"계속 말해 보세요." 내가 다음 말을 재촉한다.

"비서 들일 돈이 없다고 하니까 생각이 난 건데…… 둘 다 나가고 없을 때 내가 전화를 받아주면 어떨까? 그 일은 내가 잘 할 자신이 있거든. 그리고…… 자원봉사로 해줄게. 나는 할 일이 생기는 것만으로도 좋거든."

"좋은 생각이에요!" 카티야가 재빨리 맞장구를 친다.

나는 잠시 생각한다. 보스는 엄연히 시몬이기 때문이다. 적어도 공식적으로는. 그러나 달리 생각해보면 그가 반대할 이유도 없다. 베아테가 돈도 안 받고 일을 해주겠다는데 시몬이 싫어할 이유가 뭐란 말인가? 게다가 전화를 지킬 사람이 있으면 우리가 나갔을 때 다른 고객들이 자동응답기에 말하지 않아도 될 것이고, 그러면 초창기부터 고객을 놓치는 일도 없을 것이다. "내일 한번 사무실로 와보세요. 내일은 열한 시에 시작하거든요. 와서 시몬이랑 같이 얘기를 해봐요. 전 찬성이에요."

베아테의 얼굴이 활짝 핀다. "그래, 알았어! 다시 할 일이 생긴다면 정말 좋겠다." 이번에는 베아테가 한 잔씩 산다. 그녀는 주머니 사정이 허락하지 않는다며 샴페인 대신 섹트로 주문한다. 하지만 좋은 친구들과 마시는 술은 다 맛있다.

15장

"율리아, 바로 연락 줘요. 지금 바로!"

휴대전화에 녹음된 시몬의 음성메시지는 간단명료하다. 그리고 다급하고 화가 난 목소리다. 불길한 예감이 엄습한다. 무슨 일이지? 전화기의 액정 화면을 들여다본다. 부재중 전화 9:32 a.m. 헤어드라이어 소리 때문에 못 들은 모양이다. 나는 시몬의 전화번호를 누른다.

"시몬, 율리아예요. 무슨 일 있어요?" 나는 일부러 명랑한 목소리로 말한다.

"무슨 일 있냐고요? 예, 있어요!" 시몬은 어찌나 화가 났는지 금방이라도 전화기 밖으로 튀어나올 기세다. "오늘 아침에 새 직원이 와서 얼마나 놀랐는지 알아요? 어제 고용됐다고 하더라고요. 그런데 난 어제 누구를 고용한 기억이 없거든요!"

아이고, 이런. 시몬에게 전화하는 것을 잊었다. 아니, 전화는 했지만 통화를 못 했다. 메시지를 남기기가 싫어서 다시 전화해서 연결되면 말해야지 했는데 그만 깜빡한 것이다. 게다가 난 베아테가 열한 시나 돼야 사무실에 나타날 것이라고 믿고 있었다. 지금은 열 시도 안 된 시간이다. 일단 어떻게든 이 상황부터 해결해야 한다.

"미안해요. 베아테가 우리 일을 도와주겠다고 해서 한번 와보라고 했어요. 미리 전화해서 얘기하려고 했는데 전화가 꺼져 있더라고요."

시몬은 여전히 씩씩거린다. 내가 이미 사과를 했건만. 그리고 이 일은 정말이지 화낼 일이 아니다.

"그렇게 화만 낼 일은 아니에요. 내 말은……"

"화낼 일이 아니라고요?" 시몬은 다짜고짜 소리를 지른다. "프라이버시 침해당하고, 못 볼 꼴까지 보였는데 화낼 일이 아니라고요?"

못 볼 꼴? "그게 무슨 말이에요?"

"못 볼 꼴이 뭔지 몰라요? 오늘 아침에 당신 친구 베아테가 내 엉덩이를 봤다고요."

저런! 어떻게 그런 일이 일어났지? 화장실에 있는 걸 목격했나? 머릿속에 그려지는 장면에 나는 거의 웃음이 나올 뻔한다. 그러나 이 상황에서 내가 웃는다면 헤커는 엉덩이 귀신으로 변할지도 모른다.

"여보세요?" 그는 나를 다그친다. "지금 전화 받고 있는 거예요?"

"에, 예. 받고 있어요!"

"이 사태를 어떻게 생각해요?"

"글쎄요, 이 사태에 대해서는…… 할 말이 없네요."

"그래요, 나도 할 말이 없더라고요."

"그런데 베아테한테는 열쇠가 없는데, 사무실에 어떻게 들어갔죠?"

"비젤 씨가 열어줬대요. 꽃다발과 음식 바구니를 가지고 와서 깜짝 파티를 한다고 하니까 바로 넘어간 거죠."

"그러니까 그 순간에, 어…… 부적절한 상황이었던 거군요?"

"내 말을 아직 이해 못했어요? 아니요, 아주 적절한 상황이었어요! 새로 만난 아리따운 아가씨에게 남자로서의 내 능력을 증명하려는 순간이었다고요."

"우리 사무실에서요?"

"우리 사무실이기도 하지만 내 집이기도 합니다! 부엌에 있는데 베아테가 꽃병을 찾으러 들어왔어요!"

끔찍하여라, 베아테가 무슨 죄가 있다고! 그렇다고 시몬한테 죄가 있는 것도 아니다. 이게 웬 난리람? 다 내 탓이다.

"어머, 정말 미안해요. 뭐라고 할 말이 없네요. 베아테는 어때요?"

"내가 어떤지는 안 물어봅니까? 대답해줘요? 기분 아주 엿 같아요! 그리고 내 아리따운 아가씨는 어떠냐고요? 몰라요. 곧바로 뛰쳐나갔으니까. 그리고 당신 친구가 아래 빵집에서 기다린다고 전해달랍니다. 알아들었으면 곧장 튀어나와요!"

탁.

나는 멍하니 전화기를 내려다본다. 이 사태를 어떻게 수습한담?

빵집 유리를 통해 안을 들여다보니 베아테가 키 높은 탁자 앞에 커피를 포트로 시켜놓고 서 있는 것이 보인다. 나는 가게 안으로 들어가 그녀 옆에 선다.

"조금 전에 시몬 전화 받았어요."

"응, 왔어?" 그녀는 낙심한 얼굴로 나를 맞는다. "정말 미안하게 됐어. 이것도 입사라고 축하하는 의미에서 이것저것 좀 샀거든. 그런데 너무 흥분이 돼서 그때까지 기다릴 수가 없는 거야. 그래서 일단 가서 건물이라도 둘러보자는 생각으로 일찍 나왔지. 가져온 물건은 그냥 문 앞에 됐어야 하는 건데. 시몬이 안에 없는 것 같더라고. 초인종을 눌러도 대답이 없고. 그러다 그 나이 지긋한 양반이 오더니 뭐 축하할 일이라도 있느냐고 묻는 거야. 그래서 내 입사 첫날이라고 했지. 그랬더니 미리 들어가서 준비하라고 문을 열어주더라고. 다들 출근하기 전에 다 준비해 놓으려고 한 건데." 베아테는 한숨을 푹푹 쉰다. "이제 이 일을 어쩌면 좋아?" 베아테는 슬픈 눈빛으로 애꿎은 커피만 젓는다. 나는 가만히 그녀의 손을 잡고 말한다.

"베아테 잘못이 아니에요. 내가 시몬한테 미리 얘기했어야 하는 일이에요. 한 번 전화했는데 안 받아서 다시 해야지 하다가 잊어버렸어요. 일찍 누가 온다는 걸 알았으면 시몬도 분명히 식탁 말고 다른 놀이터를 찾았을 텐데." 뜻밖에도 베아테는 얼굴에 미소를 띠우는가 싶더니 쿡쿡 웃기까지 한다!

"미안, 그런데 상황이 좀 우습기도 했거든. 자기네 사장 몸이 참 좋더라. 엉덩이가 귀여워."

"베아테!"

"나도 알아. 이러면 안 되는데."

호기심에 나도 참지 못하고 묻는다. "여자는 어땠어요?"

"금방 뛰쳐나가서 자세히는 못 봤는데 상당히 어렸어. 검은 곱슬머리에 상당한 미인이었어. 당연하지. 자기 물건을 챙기더니 내 옆으로 쏜살같이 달아나더라고. 그런 상황에서는 누구라도 그럴 거야."

"기분 좋은 상황은 아니죠. 이제 난 사자 굴로 들어가서 사태를 좀 수습해봐야겠어요."

"시몬이 나를 받아들여 줄까?" 베아테는 걱정스러운 눈초리로 말한다.

"그럼요. 첫 번째, 시몬이 화난 상대는 베아테가 아니라 저예요. 두 번째, 시몬은 공짜라면 사족을 못 쓰거든요."

"자기 말이 옳았으면 좋겠다. 다시 일을 하게 돼서 정말 기뻤는데!"

"제가 잘 말해볼게요." 여전히 걱정스러운 눈빛. "저만 믿으세요."

이렇게 호언장담을 해놓고 사무실로 올라가는데 슬그머니 걱정이 된다. 너무 섣불리 약속을 했나? 하지만 딱히 다른 좋은 수가 있는 것도 아니다.

시몬은 자기 책상에 앉아 뭔가 부지런히 끼적거리고 있다. 나는 인기척을 낸 뒤 인사를 한다. "안녕하세요?"

그는 나를 잡아먹을 듯이 무섭게 쳐다본다.

"나한테 화 많이 났죠?" 불호령이 떨어지기 전에 미리 선수를 친다. "화날 만해요. 그런 일을 당하게 해서 정말 미안해요. 하지만 정말 좋은 의도였어요."

여전히 무서운 표정의 시몬이 왼쪽 눈썹을 치켜올리며 차갑고 짤막하게 반문한다. "나쁜 의도였다는 말도 합니까?"

나는 겸연쩍게 웃는다. "그런 말은 잘 안 쓰죠. 하지만 베아테 잘못이 아닌 건 분명해요. 내가 이미 전화해놨을 거라고 생각하고 한 행동이니까요. 다 내 탓이에요." 이 정도면 상당히 정중하게 사과한 셈이다. 더 이상 무슨 말을 더 해야 할지도 모르겠다. 시몬이 그렇게 오래 삐치는 성격은 아닐 것이다.

"꼭두새벽에 남의 사무실에 들이닥쳤어요."

오래 삐치는 성격이군.

"내 친구는 기겁을 해서 뛰어나갔어요." 그는 굳은 표정으로 말을 잇는다. "잘 될 수 있는 관계였는데 다 망쳐놨으니 이제 어쩔 거예요?"

그는 관계라는 말에 강세를 둔다. 우리가 그의 미래의 신붓감이라도 쫓아냈단 말인가? 죄의식 외의 다른 감정이 슬그머니 고개를 든다. 뭐라고 꼬집어 말할 수 없는 정체 모를 감정이다. 이것의 정체는…… 언짢음인가? 시몬이 이른 아침 우리 부엌에서 자기 사냥감과…… 아니, 자기 친구와 섹스를 하는 상황이 내 심기를 건드리지 않는 것은 아니다. 만약 내가 일찍 출근했다면 풀가동 중인 그의 엉덩이를 봐야 하는 사람도 나였을 것이다.

"아홉 시 반이 다 되어가는 시간이었어요."

"지금 내 잘못이라고 말하는 거예요?"

"아니요. 내 말은 꼭두새벽이 아니라 오전 아홉 시 반이었다고요. 내가 일찍 출근할 수도 있었어요."

"꼬치꼬치 따지는 이유가 뭐죠? 내가 내 사생활을 일일이 허락받아야 합니까?"

"우리 사무실에서 일어나는 일일 때는요."

"우리는 부엌에 있었어요. 그리고 내가 어제 열한 시에 나오라고 분명히 말했잖아요."

"하지만 여기는 내 일터이기도 해요. 나한테는 내가 원할 때 일찍 나올 권리가 있어요. 예를 들어, 미리 준비할 일이 있거나 밀린 일을 해치워야 할 때도 있지 않겠어요?"

시몬은 뚱한 표정으로 아무 말이 없다.

"여긴 일차적으로 당신 집이 아니라 우리 사무실이라고요." 내가 최후의 일격을 가한다.

"좋아요." 그는 한참 뒤에야 한층 누그러진 말투로 말한다. "이 일에 대해서는 더 이상 얘기하고 싶지 않아요. 그냥 없었던 일로 합시다."

"반대할 의사 없어요."

"좋아요. 그럼, 우리 둘 다 같은 의견이니 이제 내려가서 베아테 불러와요."

"그럼, 베아테가 자원봉사로 비서 일 하는 데 찬성하는 거예요?"

시몬이 씩 웃는다. "아직 눈치 못 챘어요? 자원봉사라는 단어와 일이라는 단어가 합쳐지면 내 귀에는 음악으로 들려요."

"물론 눈치챘죠. 그래서 베아테한테 한번 와보라고 한 거예요. 분명히 좋다고 할 것 같았거든요."

"사실 베아테한테 고마워해야 할 일이죠." 시몬도 순순히 인정한다. "오늘부터 바로 일 시작해주면 좋겠어요. 그리고 이번 일은 다 잊어버립시다."

나는 고개를 끄덕인다. "그리고 하나 말해줘야 할 것이 있어요."

"뭔데요?"

"그 아리따운 친구분 이름하고 주소 좀 알려줘요. 베아테의 첫 임무로 꽃다발 사서 보내게 하려고요."

시몬은 멍청히 내 얼굴을 훑어본다.

"그럼 분명히 그 친구분 기분도 풀릴 거예요." 시몬이 내 제안에 선뜻 응하지 않자 나는 한마디 덧붙인다. "여자들은 그런 거 좋아해요. 이름하고 주소만 알려줘요. 잘될 수 있었던 관계를……" 나는 조금 전 시몬이 한 것처럼 이 말을 강조한다. "베아테랑 나 때문에 망친다면 우리가 너무 미안하잖아요."

그는 여전히 망설인다. 아마 좋은 생각인지 아닌지 확신이 안 서는 모양이다. "에." 시몬이 드디어 입을 연다. "이름은 마누엘라, 아니 멜라니. 주소는, 에, 그건 중요하지 않아요. 내 말은 꽃다발 보내는 거 말이에요. 멜라니는 꽃 안 좋아해요."

막 열한 시가 되어갈 무렵, 시몬과 나는 차를 타고 코어비슈트라세로 접어든다. 여기가 바로 티나 멘첼의 남자친구가 못할 짓을 하고 다닌다는 현장이다. 대학병원 바로 뒤에 있는 깨끗한 동네다. 일하러 가기는 편하겠군. 티나의 남자친구는 병원에서 간호조무사로 일한다고 했다. 우리는 깔끔하게 단장된 다세대 주택 앞에 서 있다.

핸드백을 열어 준비물을 확인한다. 위임장, 펠릭스의 사진, 티나의 신분증 사본, 빠진 것 없이 다 있다. 우리는 티나가 보내서 왔다는 것, 그리고 우리가 하는 말이 농담이 아니라는 것을 증명해줄 서류들이다.

시몬이 벨을 누르자 띠이 소리가 나며 문이 열린다. 누군지 물어보지도 않고 문을 열어주다니 사람을 잘 믿는 인간인 모양이다. 우리에게는 잘된 일이다. 우리는 이층을 향해 행진한다. 문에 도착하자마자 활짝 문이 열리며 환하게 웃는 얼굴의 펠릭스가 나타난다. 우리를 발견한 그는 깜짝 놀라 한 발자국 물러선다.

"어, 난 다른 사람을 기다리고 있었는데. 누구시죠?" 우리 앞에는 사십대 중반의 평범한 인상의 남자가 서 있다. 크지도 작지도 않고, 섹시하지는 않지만 매력이 없는 것도 아니다. 이렇게 생긴 남자한테 여자들이 줄줄이 넘어가다니, 하고 나는 속으로 의아해한다. 입이 꽤 잘생기기는 했다. 하지만 머리도 많이 빠졌고, 폴로셔츠 위로 볼록한 똥배가 완연히 드러난다. 이런 남자한테 티나 멘첼이면 감지덕지. 아니면 내 생각이 잘못된 것일까? 여태껏 살면서 쌓아온 남녀관계와 성적 매력, 그리고 누가 무엇 때문에 바람을 피우는가에 대한 나의 개똥철학이 일시에 의심스러워지는 순간이다.

"안녕하세요? 에이전시 '작은 위로'의 시몬 혜커라고 합니다. 이쪽은 제 어시스트 율리아 린덴탈 씨입니다. 저희는 티나 멘첼 씨의 부탁으로 왔습니다."

"티나의 부탁으로요?" 펠릭스는 시몬의 말을 되풀이한다.

"맞습니다." 내가 말한다. "잠시 안으로 들어가도 될까요?"

펠릭스는 층계 밑으로 시선을 던진다. "지금은 좀 곤란한데요."

"누구를 기다리고 계신가요?"

"네. 나중에 다시 오시죠." 그는 상당히 불편해한다. 다시 시몬의 눈썹 하나가 치켜올라간다. 멋지다. 나도 거울 앞에서 한번 연습해봐야겠다. 내 나이에도 눈썹을 치켜올려 자유자재로 움직이는 기술을 터득할 수 있을까 생각하고 있는데 밑에서 문 열리는 소리가 난다. 잠시 후, 예쁜 얼굴에 금발의 젊은 여자가 우리 옆에 와 선다.

"펠릭스, 나 왔어요." 여자는 우리를 위아래로 훑어본다. "아, 게츠(* GEZ. 독일의 방송수신료를 받는 기관으로 불시 방문을 통해 방송기기 신고 여부를 검사한다)에서 나온 사람들이에요?" 피식 웃음이 나온다. 시몬은 화가 나서 콧김을 내뿜는다.

"어, 이 손님들은 금방 갈 거야. 이 분들은 에, 건물관리소, 맞아, 건물관리소에서 오신 분들이야. 발코니를 개조한다나 뭐라나. 이미 말씀드렸듯이 지금은 시간이 없으니까요, 집주인한테 연락해서 그 사람한테 얘기하세요." 이 말과 함께 그는 금발 아가씨를 집안으로 들여보낸 후 문을 쾅 닫고 들어간다. 우리는 꿔다 놓은 보릿자루처럼 복도에 남겨진다.

"저 여자가 그 여동생일까요? 아니면 그 다음 타자?" 내가 추리한다.

"이제 어쩌지요? 아예 상대도 안 할 작정인 것 같은데." 시몬이 난감해한다.

"벌써 낌새를 챘을까요?"

그는 어깨를 으쓱한다. "그럴 수도 있죠. '라디오 한제'를 듣는 사람이라면…… 문제는 한 시간 후에 티나 멘첼이 여기 나타날 거라는 사실에요. 티나는 펠릭스가 일하러 간 줄 알고 있으니까요. 그리고 펠릭스는 티나가 출장 간 줄 알고 일의 종류를 누워서 하는 일로 바꾼 거예요. 우리 고객에게 다시 현장을 목격하게 하는 짓은 하고 싶지 않은데 말이에요."

"못할 짓이죠. 직접 겪어봤으니 더 잘 아시겠어요?" 나는 짓궂은 표정으로 그를 쳐다본다.

그는 나를 잡아먹을 듯이 노려본다.

"미안해요." 나는 그 기세에 눌려 자그마한 소리로 중얼거린다. "그나저나 이제 어쩌죠?"

시몬은 초인종을 누른다. 아무 소리도 나지 않는다. 다시 한 번 누른다. 그리고 또 한 번. 이윽고 문이 열리고 펠릭스가 얼굴을 내민다.

"이 사람들이 미쳤나? 남의 일 방해하지 말고 당장 꺼지지 못해요?"

"마라하고 데이트하는 데 방해가 됩니까?" 시몬이 차가운 목소리로 묻는다.

"마라? 헛소리! 지금 무슨 소리 하는 거요?"

"방금 그 금발 여자 말이에요." 내가 거든다.

"그 여자는 내 운동치료사 카타리나요. 난 지금 운동치료 중이라고요."

"어련하시겠습니까. 그럼요, 그러시겠죠. 그럼 난 산타클로스고, 여긴" 시몬은 나를 가리키며 말한다. "루돌프요. 짧게 말합시다. 약 한 시간 후면 당신 여자친구 티나 멘첼이 여기 나타날 거예요. 당신을 떠나기 위해서 짐을 가지러 오는 겁니다. 티나 멘첼이 왜 떠나는지, 그 이유는 잘 알고 있겠죠? 우리는 당신에게 부드러운 말로 이별의 뜻을 전해달라는 부탁을 받았어요. 지난번처럼 당신이 소란 피우지 않도록 말이에요. 제안 하나 하지요. 카타리나 데리고 호텔 하나 잡아서 거기서 운동 계속하쇼. 그리고 다시는 티나 멘첼 앞에 얼씬거리지 말아요."

"이 자식이 이거, 어디서 굴러먹다 온 개뼈다귀가 이래라 저래라 명령이야? 당신, 나한테 원하는 게 뭐야?" 펠릭스는 마구 소리를 지르며 화를 낸다.

"원하는 게 뭔지 말씀드리죠." 시몬은 아주 차분한 목소리로 냉정하게 딱 잘라 말한다. 어찌나 냉정한지 나도 모르게 목덜미가 서늘해온다. "내가 원하는 건 없습니다. 하지만 우린 티나 멘첼한테 당신을 정리해달라는 부탁을 받았어요. 그리고 이것 하나는 명심해요. 당신한테는 더 이상의 어떤 기회도 없어요. 그러니 둘 중 하나를 택해요. 지금 꺼지고 우리 고객 앞에 다시는 나타나지 말든가, 아니면 이대로 버텨요. 차라리 죽고 싶게 만들어줄 테니까. 내가 여기 문 앞에서 지키고 서 있다가 카타리나든 마라든, 당신 여자들이 나타나면 지저분한 당신 사생활을 다 까발릴 거야. 당신 직장에도 다 알리고, 당신 친구들 중에 당신이 어떤 사람인지 아직 모르는 사람들도 있을 텐데 그 사람들한테도 알려줘야지. 알아듣기 쉽게 얘기할까? 티나 멘첼은 당신 같은 쓰레기 때문에 고통받을 이유가 없어. 앞으로 근처에 얼씬도 하지 마. 안 그러면 내가 가만 안 둘 테니까. 무슨 말인지 알겠어?"

"하지만……"

"내 말 알아들었냐고!"

펠릭스는 망설이다 결국 고개를 주억거린다. "얼씬도 안 하겠소…… 약속합니다."

"그러는 게 신상에 좋을 거요." 이 간담이 서늘해지는 한마디를 뒤로 하고 시몬은 곧장 뒤돌아 층계를 내려간다.

나도 서둘러 따라 내려간다. 이건…… 뭐라고 표현해야 하나? 놀랄 '노'자다. 심지어 나도 무서워서 주눅이 들 정도다. 고객을 이렇게까지 열정적으로 변호하는 그의 모습은 내게 감동을 주기에 충분하다. 어제 막 알게 된 사람이 아니라, 마치 수년 동안 알고 지내온 소중한 사람을 변호하는 것 같지 않은가. "우와, 무서워요." 내가 말한다. "좀 하던데요? '텐더&마일드'는 아니었지만…… 뭐, 괜찮았어요." 아주 잘했어요, 이 말이 혀끝에 맴돌지만 끝내 입 밖에 내지는 않는다.

시몬은 자족적인 표정으로 씩 웃는다. "괜찮은 정도가 아니죠. 끝내주는 거죠." 역시나 그 자신감은 사라지지 않는다. 하지만 나도 이런 자화자 찬성 발언에 응수하는 방법을 터득한 지 오래다.

"맞아요. 끝내주는 남자예요. 끝장내는 남자 말이에요." 나는 칭찬을 하면서 되도록 농담처럼 들리도록 애를 쓴다. "첫 통보였는데 성공적으로 해결했네요. 축하해요."

"고마워요. 그 남자 말하는 폼을 보니까 '텐더&마일드' 전략으로는 안 되겠다 싶더라고요. 남자들은 곱게 한 번 말해서는 듣지를 않거든요."

"그렇게 말하는 사람은 남자 아니에요?" 내 입가에는 비죽이 웃음이 새어나온다.

"난 당연히 예외죠."

"그럴 줄 알았어요." 나는 그의 어깨를 토닥거린다. "당신은 곱게 두 번 말해도 안 듣죠? 그런데 정말 무서웠던 거 알아요? 내 말 알아들었냐고!" 우리는 웃음을 터뜨린다.

"그 머저리가 다시는 티나를 귀찮게 하지 말아야 할 텐데 걱정입니다. 티나가 오기 전에 그 집에서 나가야 할 텐데." 그는 시계를 본다. "벌써 열 두 시네요. 뭐 좀 먹으러 안 갈래요?"

"베아테가 첫날이라 음식 준비한다고 한 것 같았어요. 나오기 전에 그런 얘기 하더라고요. 준비한 성의가 있는데 바로 사무실로 돌아가요."

시몬은 약간 실망하는 기색이다. 내가 착각한 것일까? 아니면 정말 나랑 둘이서만 있고 싶었던 것일까?

"베아테가 합류하고 나서 우리 어머니가 와 계신 것처럼 되는 건 싫은데. 왜, 어머니들이 항상 하는 말 있잖아요. 꼭 식사시간에 맞춰서 집에 와라……"

"……부엌에서 섹스하지 말아라. 무슨 말인지 나도 알아요. 하지만 곧 과한 걱정이었다는 걸 알게 될 거예요. 베아테도 원래는 그렇게 아줌마 타입이 아니에요. 지금 좀 의지할 데가 필요해서 그래요." 나는 시몬의 어깨를 툭 치며 말한다. "어이, 사장님, 또 삐쳤어요?"

"하, 하, 그…… 아침 운동 좀 한 거 가지고 언제까지 놀릴 겁니까?"

"조금만 더요. 금방 그만둘 거예요."

"조금만이 얼마나 오래인데요?"

"음, 길어봐야 이 주? 삼 주?"

시몬은 한숨을 푹 쉬더니 머리를 절레절레 흔든다. "베아테가 어머니라면 당신은 심술쟁이 여동생 같군."

복도에서부터 맛있는 냄새가 솔솔 난다. 그러나 베아테는 우리가 없는 사이 요리만 한 것이 아니었다. 사무실 환경미화에도 아주 적극적이었던 흔적이 여기저기 보인다.

"아니, 이게 다 뭐야?" 문을 열자마자 시몬이 놀란다. "우리가 집을 잘못 찾았나 봐요?"

복도에 들어서는 순간 나도 어안이 벙벙해진다. 아무것도 없이 휑하던 복도에 갑자기 살림살이가 들어선 것이다. 편안해 보이는 바구니 소파 두 개가 작은 탁자를 사이에 두고 놓여 있고, 탁자 위에는 생수, 커피포트, 여러 개의 컵이 가지런히 놓여 있다. 소파 옆에는 큰 화분을 놓아 시각적으로 구색을 맞추고, 그 옆에는 등받이 없는 낮은 의자 위에 여러 권의 잡지를 쌓아 놓았다. 이것으로 다가 아니다. 벽에도 작은 액자에 든 그림들이 여러 개 걸려 있다. '러브 이즈……'

벌거벗은 뚱뚱한 남녀의 만화 캐릭터다. 시몬과 나는 말없이 그림들을 들여다본다. 먼저 입을 여는 것은 당연히 헤커다.

"미치겠네." 하더니 안에 대고 버럭 소리를 지른다. "한젠 씨!"

컴퓨터로 인쇄했는지 '작은 위로. 안내'라고 씌어진 종이가 붙은 왼쪽 방의 문이 열리고 베아테가 얼굴을 쏙 내민다.

"어, 벌써 왔어요?" 우리를 발견한 그녀의 얼굴이 밝아진다. "난 더 오래 걸릴 줄 알고……"

"이게 대체 뭡니까?" 시몬이 베아테를 다그친다. 순간 그녀의 얼굴에 웃음기가 가시고 불안한 기색이 역력해진다.

"복도가 너무 썰렁해서 고객들이 편하게 기다릴 수 있도록 조금 꾸몄는데. 가구는 창고에 있던 것을 우리 집 양반이 실어다 줬고, 화분은……"

"여기 이건요?" 시몬은 손으로 벽을 가리키며 그녀를 다그친다.

"아, 그거요." 베아테의 목소리가 떨린다. 빨리 뭔가 변호하는 말을 해주고 싶지만 마법에 걸린 듯 나는 한 마디도 할 수 없다.

시몬의 취조가 이어진다. "네, 이거요!"

"그건……" 베아테는 긴장해서 침을 꿀꺽 삼킨다. "인터넷에 있는 걸 인쇄해서 붙였어요. 안 쓰는 액자도 있고 해서. 그리고…… 그림이…… 귀여워서……"

"귀여워요?" 시몬의 얼굴은 아직도 분노로 일그러져 있다. 내게는 왠지 아까 펠릭스를 겁주던 냉정한 시몬보다 뚜껑이 열려 김이 펄펄 나는 지금의 시몬이 더 친숙하게 느껴진다.

"시몬." 나는 드디어 마법에서 풀려난다. "왜 그렇게 화만 내요? 베아테가 생각해서 한 일인데."

베아테는 이제 살았구나 하는 표정으로 가벼운 한숨을 토한다. 겁먹은 토끼 같던 표정도 조금 밝아진다.

"생각해서 한 일이라고요? 생각을 발로 합니까?" 시몬은 내게 화를 낸다. 그리고 갑자기 벽에서 액자 하나를 떼어내더니 그림의 글귀를 읽기 시작한다. "사랑이란, 인생의 험한 계곡을 함께 건너는 것!" 그는 고양이가 쥐 쳐다보듯 베아테를 무섭게 노려본다. "도대체 무슨 생각으로 이런 걸 떡하니 걸어놓은 겁니까?"

"기분이 좋아지잖아요." 베아테가 주눅 든 소리로 말한다. "난 이 그림, 언제 봐도 기분이 좋아지던데. 그 작가가 그린 거예요. 킴 카……"

"이런 유치한 그림, 누가 그렸든 상관없어요." 시몬은 베아테의 말을 무자비하게 중단시킨다. "당장 떼세요!"

그의 표정을 보니 더 이상 어떤 말도 통하지 않을 것 같다.

"하지만 이 그림들은 정말 사람을 기분 좋게 만들어요." 베아테가 갑자기 세게 나간다.

"기분 좋게 만들어요? 우리가 여기서 하는 일이 뭔지 알고 하는 얘기입니까?" 시몬은 계속해서 베아테를 다그친다. "우린 이별 대행사예요! 관계를 정리하는 일을 한단 말입니다! 여기 오는 사람들이 이런 거 읽고 싶어할 거라고 생각해요?" 시몬은 다음 액자를 떼어 크게 소리 내어 읽는다. "사랑이란, 회색빛의 흐린 날에도 파란 하늘이 보이는 것."

나는 참지 못하고 쿡쿡 웃는다. 사실 시몬 말대로 이 시적인 문구들은 우리 사무실에 전혀 어울리지 않는다. 베아테의 마음은 충분히 이해하지만 역시 좋은 생각이 아니었다. 의자와 화분이 생긴 것은 더없이 좋다.

그러나 왼쪽 벽의 액자로 눈을 돌리는 순간, 이번에는 내 입이 딱 벌어진다. 《쿠리어》에 실렸던 기사가 걸려 있는 게 아닌가!

"저기…… 이건 왜 여기다 걸어놨어요?" 나는 액자 속의 신문 기사를 가리킨다.

"여기다가는 자의식 게시판을 만들 거야." 베아테가 설명한다. "신문이나 방송에 나간 자료를 여기다 붙여놓으면 사람들이 우리가 얼마나 유명한지 알 수 있잖아."

이런 비방 보도가 우리 이미지에 도움이 될 리 없다, 당장 떼자고 말하려는 순간, 놀랍게도 시몬이 베아테 편을 들고 나선다.

"이건 잘 하셨네요. 좋은 생각입니다. 하지만 이 애들 장난 같은 그림은 다 떼세요. 지금 당장이요."

"잠깐만요." 내가 급히 제동을 건다. "농담하지 말아요! 이런 기사가 나갔다는 사실 자체만으로도 끔찍한데 이런 걸 복도에 떡하니 전시할 수는 없어요!"

"율리아." 그는 다시 유치원 선생 같은 말투로 말하기 시작한다. "지난번에 내가 말했지요, 나쁜 기사라도 없는 것보다는 낫다, 기억나요? 그리고 이렇게 붙여놓으면 우리가 비판에 얼마나 초연한지도 선전할 수 있잖아요. 안 그래요?"

"아하." 나는 머릿속이 멍한 채로 대답한다. "비판에 초연하다는 걸 알리기 위해서 나를 또 한 번 묵사발로 만들어야겠다는 거예요?"

"에이, 뭐 그런 데 그렇게 신경 쓰고 그럽니까? 곧 긍정적인 기사도 나올 거예요."

"그럼, 자의식 게시판은 만들어도 돼요?" 베아테가 묻는다.

"예, 한젠 씨." 시몬이 명쾌하게 대답한다.

"베아테라고 불러요." 베아테가 웃으며 말한다.

"그래요, 베아테. 아주 잘 했어요." 내 옛 직장동료와 현재의 상사는 죽이 착착 맞는다. 나만 외톨이다.

"그럼, 난 이제 액자를 치워야겠네."

시몬은 베아테에게 고개를 크게 한 번 끄덕이고는 사무실로 들어간다. 나도 군소리 없이 얌전히 따라 들어간다. 하지만 마음 속으로는 언젠가 저 기사를 떼고 말겠다고 다짐한다. 여의치 않을 경우, 아무도 없을 때 떼서 버릴 생각도 한다. 자의식 게시판은 무슨, 자아해체 게시판이 낫겠다.

막 여섯 시가 지난 시각, 시몬과 내가 마리안 벡을 만나러 나갈 때 복도에는 이미 액자가 다 치워진 상태다. 단 하나만 남아 있다. 현관문 안쪽에 걸려 있는 액자인데, 그 위에는 '오늘의 작은 위로'라는 팻말이 붙어 있고, 액자 속에는 다음과 같은 글귀가 들어 있다.

사랑은 서로를 마주보는 것이 아니라,
사랑은 함께 같은 방향을 바라보는 것이다.
── 앙트완 드 생택쥐베리

"아까 것보다 훨씬 좋은데요." 나는 이렇게 베아테를 칭찬한다. 그리고 시몬의 거센 압박에도 굴하지 않는 그녀의 뚝심에 마음 속으로 박수를 보낸다. 시몬은 피식 웃는다.

"내 생각엔 서로를 절대 쳐다보지 않고, 각자 앞만 보고 가는 것이 사랑인 것 같은데요. 나란히 함께 서 있을 뿐인 거죠."

"꼭 피셔와 벡의 이야기 같아요." 내가 말한다.

"그러네요." 시몬이 맞장구를 친다. "오늘의 격언으로 딱입니다!"

베아테는 소리 없이 환호성을 지른다. 칭찬이 기쁜 모양이다.

"자, 갑시다!" 시몬은 우아한 동작으로 내게 문을 열어준다.

16장

    나는 페트라 피셔의 일이 쭉 마음에 걸렸다. 남자친구인 마리안 때문에 크게 걱정하고 있던 그녀에게 시몬은 나를 무슨 대단한 심리학자라도 되는 양 팔아먹었다. 우리 사무실 벽에 턱하니 걸려 있는 《쿠리어》의 비난성 기사가 떠오른다. 즉, 심리학과는 아무 상관이 없다. 그러나 이것의 진위여부나 이 에이전시의 정체를 따지는 일에 시간을 낭비할 필요는 없을 것이다. 그래, 따지고 보면 나는 한낱 경리아가씨였을 뿐이다. 물론 나는 사람을 잘 위로할 줄 안다. 하지만 이제까지 내가 위로한 사람은 기껏해야 사무실 동료나 가까운 친구들이 고작이었다. 생판 모르는 남에게도 내 위로가 통할지는 알 수 없는 일이다. 점점 더 신경이 곤두서는 것이 느껴진다.

    "아까부터 왜 이렇게 조용해요? 괜찮아요?" 시몬은 평소의 운전 방식대로 러시아워의 함부르크 시내를 질주하다가 나를 힐끔 쳐다보며 묻는다.

    "예, 괜찮아요."

    "긴장됩니까?"

    "조금요. 왠지 티나와 펠릭스 때보다 더 어려울 것 같아요."

    "그럴 수도 있죠. 하지만 안 그럴 수도 있어요. 어쨌든 긴장할 필요는 없어요. 선수가 왜 긴장을 해요? 율리아는 이 방면에 천부적인 재능이 있어요." 그가 미소를 지으며 말한다.

    "그러면 오죽 좋겠어요? 《쿠리어》의 그 기사가 생각났어요. 그리고 실제로도 나는 경리 일밖에 배운 게 없는 경리아가씨인걸요."

"포지티브 씽킹, 린덴탈! 옛날에 경리아가씨였죠. 지금은 무지 잘나가는 초일류급 에이전시의 이모셔널 컨설턴트예요. 잊지 말아요! 그리고 오늘 아주 예뻐요."

"어, 고마워요!" 나는 느닷없는 칭찬에 얼굴이 붉어진다. 이 남자가 갑자기 왜 이러지? 평소엔 이렇지 않은데.

"나도 마음만 먹으면 아주 자상한 사람이에요." 마치 내 속마음을 읽기라도 한 듯 시몬이 말한다.

"그럼, 그 고운 마음 좀 자주 먹어봐요." 내가 받아친다.

"오는 말이 고와야 가는 말이 곱다는 말도 몰라요?"

"어머머!" 난 놀란 척한다. "그럼 내가 자상하지 않다는 말이에요?"

"그 대답은 노코멘트로 하죠." 그는 내게 한 눈을 찡긋한다.

"좋아요. 그 얘기는 그만두고요, 베아테가 만든 자의식 게시판 때문에 할 말이 있어요."

"뭔데요?"

"솔직히 말할게요. 그 비방 기사가 우리 사무실 벽에 붙어 있는 게 싫어요. 그것 좀 떼면 안 될까요?"

"안 될 것도 없죠."

시몬이 이렇게 협조적으로 나오다니 오늘은 해가 서쪽에서 떴나? 전혀 예상치 못했던 반응이다.

"문제는 군이 떼어야 할 필요가 있느냐 하는 거죠." 그러면 그렇지. 어째 너무 순순히 동의한다 했다.

"나한테는 있어요." 나는 힘주어 말한다.

"그래요?" 시몬의 얼굴에 심술궂은 미소가 떠오른다. "베아테도 나와 같은 의견이었으니까 2:1로 우리가 이겼네요."

흠, 나는 속으로 작전을 바꾼다. 역시 아무도 없을 때 떼버리는 수밖에 없겠군. 자기는 가짜 심리학자 취급을 받지 않았으니, 그가 내 절박한 심정을 알 리 없다.

"자, 다 왔습니다."라고 외치는 시몬의 목소리에 나는 현실로 돌아온다. 그는 주차한 뒤 내게 가자는 눈짓을 한다. "어디 한번 가 봅시다!"

마리안 벡은 준수한 외모의 청년으로 약간 우수에 젖은 얼굴을 하고 있다. 니켈 안경테 너머로 보이는 커다란 밤색 눈동자가 어린아이처럼 맑다. 페트라 피셔가 그렇게 걱정을 할 만도 하다. 그도 그럴 것이 이 청년은 바람 불면 쓰러질 것 같은 연약한 인상이다. 우리는 퇴근해서 막 사무실을 나오는 그를 별 어려움 없이 낚을 수 있었다. 페트라 피셔의 부탁으로 왔다는 말에 그는 순순히 근처 카페로 따라왔다.

"페트라의 부탁으로 오셨다고요?" 그는 차분한 표정으로 우리를 바라본다. "무슨 일인지 궁금합니다. 말씀하시죠!"

나는 헛기침을 한 번 한다. "이런 소식을 전하게 돼서 안됐지만, 피셔 씨는 청혼을 거절하고 싶어해요. 그리고 벡 씨와 헤어지기를 원하고 있어요. 이 결정을 하는 것이 너무 힘들었기 때문에 저희에게 도움을 요청했고, 또 벡 씨에게도 저희가 도움을 주기를 바라고 있어요."

마리안 벡의 얼굴은 순간적으로 뒤에 있는 하얀 회벽처럼 창백하게 변한다. "뭐요? 페트라가 나랑 헤어지고 싶어한다고요? 그리고 당신들이 나를 도와줄 거라고요?"

나는 고개를 끄덕여 보이며 최대한 사려 깊은 눈으로 그를 마주본다.

"맞아요."

그는 잠시 말이 없다. "지금 이거 장난이죠? 우리가 함께 산 지 벌써 오년째예요. 이 주 전에는 내 청혼을 받아들였고요. 그런데 이제 와서 낯선 사람을 보내 헤어지자고요?" 그는 믿을 수 없다는 듯 고개를 젓는다.

잠시 기다린 후, 나는 다시 부드러운 목소리로 말한다. "어제 피셔 씨를 처음 만났지만 아주 책임감이 강한 사람이라는 느낌을 받았어요. 피셔 씨는 이별 뒤에 더 이상 벡 씨의 마음을 위로해줄 수 없는 상황에서 누군가 다른 사람이라도 그 일을 할 수 있도록 조처해놓고 싶어했어요." 새 남자친구와 세계여행을 간다는 말은 당연히 뺀다. "그래서 저희 에이전시에 문의를 하셨어요. 저희는 이별을 겪은 분들의 대화 상대가 되어드리거든요. 물론 대화를 원하실 경우에요."

"대화 상대가 되어준다고요?" 그는 앵무새처럼 내 말을 반복한다. 나는 고개를 끄덕인다. 아마 이 순간에야 내 말이 사실로 와 닿은 모양이다. 갑자기 히스테릭한 웃음을 터뜨리더니 금세 꺼이꺼이 울기 시작한다. "그 누구보다 사랑했는데, 함께 늙고 싶었는데, 내 인생을 다 바치려고 했는데." 그는 눈물에 젖은 얼굴로 울먹인다. "그런 여자가 생판 모르는 에이전시 사람들을 보내서 끝이라고 통보를 해오고, 당신들은 내 대화 상대가 되어주겠다고요?"

"그 심정 충분히 이해해요." 나는 그를 진정시키려고 되도록 차분하게 말한다. 그는 금방이라도 쓰러질 듯 위태위태해 보인다. "당연히 충격이 클 거예요, 하지만……"

"충격이요?" 그는 불쑥 끼어들어 말한다. "내 인생 전체가 무너졌어요. 한순간에 모든 게 무너졌다고요!"

"지금은 그렇게 보이겠지만……"

"뭐요?"

그의 날카로운 반응에 나는 순간 섬뜩해진다.

"그렇게 보인다고요? 내가 사랑하고, 나를 사랑한다고 믿었던 사람이 냉정하게 끝을 내자는데, 당신 같으면 어떻겠어요? 내가 세웠던 계획도, 소망도, 꿈도 다 무자비하게 짓밟아버린다면요? 내가……"

"백 씨!" 이제 좀 강하게 나갈 필요가 있다. "피서 씨와의 관계가 어땠는지는 모르겠지만 피서 씨가 그토록 힘든 결정을 내린 데에는 분명히 무슨 이유가 있었을 거예요." 나는 이 말로 잠시 그의 분노를 잠재우는 데 성공한다. 그는 이마에 깊은 주름을 잡으며 생각에 잠긴다.

"맞아요." 잠시 후 그가 입을 연다. "이 년쯤 전부터 우리 사이가 예전 같지 않다는 느낌을 받았어요. 하지만 그 정도 같이 살았으면 관계에 일상이 끼어드는 것은 당연한 일 아닌가요?"

"맞아요." 나는 그의 말에 동의한다. "문제는 사랑하는 두 사람 사이에 끼어든 일상이 얼마나 당연한 위치를 차지하는가 하는 것이지요." 시몬이 내게 곁눈질로 인정하는 눈빛을 보낸다.

"예, 그래서 저도 그런 로맨틱한 청혼 이벤트를 계획했던 거예요. 함께 베니스까지 날아가서 무릎 꿇고 약혼반지를 끼워줬어요. 마르쿠스 광장에서요."

"정말 로맨틱했겠네요." 나는 미소를 짓는다. "하지만 그건 순간일 뿐이에요. 아마 모든 여자들이 꿈꾸는 순간이겠지요." 그의 얼굴에 엷은 미소가 나타난다. 아마 베니스에서의 기억을 떠올리고 있는 모양이다. "하지만" 순간 그의 얼굴에 미소가 사라진다. "그 특별한 순간과 특별한 감정이 지나고 다시 일상으로 되돌아왔을 때는……"

"그건 현실적으로 불가능해요!" 벡은 답답하다는 듯 내 말을 끊고 말한다. 이것으로 화해적인 분위기도 사라진다. "공부에, 집안일에, 그리고 그밖에도 신경 써야 할 일이 한두 가지가 아닌데 어떻게 항상 연애하는 감정으로 삽니까? 두 사람이 좋은 팀을 이루면 되는 거 아닌가요?"

"그 말도 맞아요. 하지만 모든 사람이 완벽한 팀의 구성원으로 살고 싶어하지는 않아요."

"사랑하는데도요!"

"그 말 믿어요. 하지만 페트라 피셔도 같은 감정일까요? 제가 보기엔 그렇지 않은 것 같아요."

그는 기겁해서 묻는다. "페트라가 그렇게 말했나요?"

나는 고개를 끄덕인다. "유감이지만 사실이에요. 피셔 씨가 벡 씨를 배려하는 마음은 정말 애틋해요. 아니면 그렇게 고민을 하지도, 고민 끝에 우리를 찾아오지도 않았겠지요. 하지만 평생 함께 살 수 있을 만큼 사랑하는 감정은 아닌 것 같았어요."

그는 다시 울기 시작한다. 하지만 누가 그를 나무랄 수 있겠는가. 시몬은 냅킨 통에서 냅킨을 한 장 뽑아 그에게 건넨다.

"정말 장난치는 거 아니에요?" 마리안 벡이 울먹이며 묻는다.

"네, 장난 아니에요." 나는 가만히 그의 팔을 다독거린다. "페트라 피셔의 위임으로 온 거 맞아요."

세상을 다 잃은 듯 우는 마리안 벡 앞에 한 십 분 정도 앉아 있었을 것이다. 나는 그를 똑바로 쳐다볼 수가 없다. 말 그대로 가슴이 찢어지는 것만 같다. 사랑의 끝이란 그것을 목도하는 것만으로도 얼마나 아프고 끔찍한 일인가! 파울이 나를 떠나는 상상만으로도 나는 가슴이 메어진다. 다행히 이런 상상은 할 필요가 없다. 왜냐하면 파울은 절대로, 절대로 나를 떠나지 않을 것이기 때문이다. 파울은 언제나 나를 사랑하고 내 옆에 있어줄 것이다. 그리고 설령 떠난다고 해도 에이전시를 통해 이별을 통보하는 일 따위는 절대 하지 않을 것이다.

"좋아요." 이윽고 마리안 벡이 울음을 그치고 큰 소리로 코를 푼다. 나도 생각의 회전목마에서 내려온다. "이제 괜찮습니다." 그는 미소를 지으려고 애쓴다. "이제 어떻게 하면 되죠? 집에 가면 페트라가 기다리고 있나요?"

나는 목이 메여 말이 나오지 않는다. 고맙게도 시몬이 내 대답을 대신한다.

"아닙니다. 피셔 씨는 집에 없을 겁니다." 그는 분명하고 자상한 말투로 말한다. "얼굴을 맞대봐야 두 분 모두 더 힘들기만 할 겁니다. 당분간 피셔 씨를 만나기 힘들 거예요. 그리고 피셔 씨도 계속 연락하는 것을 바라지 않습니다."

"그럴 수는 없어요!" 그는 울화를 터뜨린다. 나는 만일을 대비해 미리 냅킨을 한 장 뽑아놓는다. "그럴 수 있습니다. 그리고 이미 그렇게 되었고요." 시몬이 말한다. "제 개인적인 의견을 말하자면, 그 편이 벡 씨에게도 도움이 될 겁니다. 앞으로 며칠간 무척 힘들겠지요. 그 후에도 힘들기는 마찬가지일 거고요. 저희 '작은 위로'의 오랜 경험에 의하면" ― 웬 오랜 경험? — "헤어지는 커플이 서로를 대면하는 일은 이별을 더 힘들게 할 뿐입니다. 각자 자신의 방향을 바라보며 나아가는 것이 훨씬 낫습니다." '오늘의 작은 위로'를 이렇게 빨리 써먹다니 놀라운 응용력이다.

"그렇지만…… 얘기를 해야 돼요! 페트라의 입으로 직접 듣고 이해를 해야……"

"아무리 오래 이야기를 해도 피서 씨 입에서 벡 씨가 만족할 만한 대답이 나오지는 않을 거예요. 얘기를 하면 할수록 더 상처만 받아요. 아니면 헛된 희망이나 생길 뿐이죠. 제 말 믿으세요. 이렇게 하는 편이 훨씬 나아요. 언제라도 전화하세요." 나는 그에게 내 명함을 내민다.

"고맙습니다." 어느새 다시 촉촉해진 눈으로 그는 내 명함을 받는다. "전화할 일이 있을 것 같네요."

"저희가 당연히 해야 할 일이에요." 우리는 상투적인 위로와 감사의 말을 몇 마디 더 나눈 뒤 각자의 방향으로 헤어진다.

시몬 옆 조수석에 앉은 나는 이상한 기분에 휩싸인다. "휴우, 정말 만만치 않았어요." 차가 출발하고 난 뒤 내가 말한다.

"그래도 뭐, 행패를 부리거나 하지는 않았잖아요." 시몬은 어깨를 으쓱한다.

"차라리 그랬으면 더 편했을 것 같아요." 내가 말한다. "그렇게까지 펑펑 울다니 정말 안됐어요."

"계집애같이 질질 짜기는! 남자 망신 다 시키던 걸요, 뭐."

이 사람이 방금 전까지만 해도 자상하게 위로의 말을 건네던 시몬이란 말인가?

"그런 마초 발언이 나올 줄 알았어요!" 내가 씁쓸하게 대꾸한다.

"이게 왜 마초 발언입니까?"

"그 남자는 깊은 절망에 빠져 있다고요."

"그러니까 자기 여자친구가 불행하다는 걸 일찍 눈치챘어야죠."

"이상은 연애 전문이신 헤커 박사의 말씀이었습니다!"

"놀리고 싶으면 놀려요." 그는 태연한 목소리로 말한다. "내가 확실히 느낀 건 사랑도 기업과 다를 게 하나도 없다는 거예요. 어딘가 삐걱거린 다 싶으면 제때 바로 고쳐야지 안 그러면 전체가 다 망하는 거예요. 이게 내 연애 이론이에요."

"그 두 사람도 일찌감치 허심탄회하게 대화를 했더라면 다른 결과가 나왔을 수도 있어요." 나도 내 의견을 내놓는다.

"예, 제때 대화를 하는 것이 중요해요." 그도 내 말에 동의한다. "그런데 그렇게 오래 같이 살면 할 얘기가 있어요?"

나는 의아한 눈으로 그를 본다. "지금 나한테 질문하는 거예요?"

"그럼 여기 우리 둘 말고 누가 더 있어요? 파울하고 동거한 지 오래됐잖아요. 그렇게 오래 같이 살아도 할 얘기가 있어요?"

"당연하죠!" 순간 나는 흥분해서 맞받아친다.

"아, 그래요? 무슨 얘기요?"

"여러 가지죠, 뭐."

"예를 한번 들어봐요."

"지금 청문회 해요?"

"아니요. 그냥 궁금해서요. 그리고 아마추어로서 프로에게 묻는 거예요. 이미 말했듯이 연애는 단거리 경험밖에 없거든요. 그리고 연애의 내면 공학적 커뮤니케이션에 있어서는 젬병이기 때문에, 이론만 빠삭하지 실제는 잘 몰라요. 피셔와 벡의 경우처럼 다른 사람의 일은 객관적으로 잘 파악할 수 있지만 막상 내 일이 되고 보면……" 그는 여기서 말을 중단한다. 나는 다음 말을 기다린다.

"막상 내 일이 되고 보면요?" 내가 더 이상 기다리지 못하고 묻는다.

"뭐, 별로 재미있는 얘기는 아니에요."

그는 은근슬쩍 빠져나가려고 한다.

"에이, 그러지 말고 말해 봐요!"

"재미없는 얘기라니까요." 자꾸 재미없다고 하니까 왠지 아주 재미있을 것 같다.

"어서요. 아무한테도 말 안 할게요. 정말이요!"

시몬은 잠시 망설이더니 마침내 실토한다. "지난번 여자친구와 헤어질 때 냉장고에 붙은 포스트잇을 보고 알았거든요. 내가 자기 말을 들어준 적이 한 번도 없다고 씌어 있더라고요. 사실…… 맞는 말이기도 했어요. 그래서 당신과 파울 같은 장거리 선수들은 무슨 얘기를 하나 궁금해진 겁니다."

"정말 냉장고에 붙은 포스트잇으로 헤어졌어요?" 장거리 선수의 조언은 뒷전으로 밀려난다.

"옙, 깨끗하게 헤어졌죠."

"설마 그 여자친구가 카티야는 아니었지요?" 웃을 일이 아니기 때문에 나는 웃음을 억누르며 말한다. "포스트잇으로 하는 이별은 카티야의 특기이기도 하거든요."

"정말이요?" 시몬은 의외라는 표정을 짓는다. "잔인하기는! 당하는 사람한테는 꽤 충격적이에요. 나도 그때 한 방 맞은 기분이었어요." 그리고 싱긋 웃는다. "걱정 말아요. 당신 친구 카티야는 아니었으니까."

어느새 우리는 사무실 앞에 도착한다. 시몬이 시동을 끄며 묻는다. "어때요? 잠깐 맥주 한 잔 하면서 장기연애 커플의 대화주제에 대한 강의 좀 들어볼까요?"

"어머, 미안해서 어쩌죠?" 나는 일부러 미안한 척 호들갑을 떤다. "내 장기연애 파트너가 저랑 대화하려고 집에서 눈 빠지게 기다리고 있기 때문에 빨리 가봐야 해요. 다음에 꼭 한 잔 같이 해요, 꼭이요!" 나는 차에서 내려 시몬에게 한 번 더 손을 흔든 뒤 지하철역으로 향한다.

휴! 겨우 빠져나왔네.

지하철에 앉자마자 머릿속에서는 잡생각들이 춤을 춘다. 솔직히 말하면 아무리 머리를 쥐어짜도 파울과 요즘 연인간의 대화라고 할 만한 대화를 한 기억이 없다. 시몬이 내 사생활의 내막을 다 알아야 할 이유는 없다. 내가 스스로 생각하게 된 것만으로도 충분하다.

그러나 다른 한편으로는, 요즘 계속 일이 바빴기 때문이라고 스스로를 위로한다. 해고에 이어서 에이전시 창립…… 그 바쁜 통에 연인간의 대화가 끼어들 틈이 없었다. 곧 '작은 위로'가 어느 정도 궤도를 찾게 되면 대화할 시간도 생길 것이다. 그리고 내년에는 어차피 결혼할 텐데, 뭐! 만약 내가 결혼식에 옛날처럼 신경을 쓸 수 있다면 말이다.

"잘되겠지, 뭐." 나는 소리 내어 혼잣말을 한다. 맞은편의 할머니가 수상한 듯 나를 쳐다본다. 나는 할머니에게 고개를 까딱하며 상냥하게 인사를 한다. 할머니도 고개를 까딱한다. 잘될 거야. 나는 속으로 다시 한 번 말한다.

다음 순간, 페트라 피셔와 마리안 벡의 얼굴이 눈앞에 떠오른다. 파울과 나 또한 일상의 덫에 걸려 있는 것은 아닐까? 아니, 그럴 리 없다. 그동안 얼마나 바빴는데.

휴대전화가 울린다. 가방을 뒤져 전화를 꺼낸다. 할머니의 못마땅한 눈초리가 느껴진다.

"네, 린덴탈입니다." 전화기에서는 지직거리는 소리가 심하게 난다. 지하철 내에서는 수신 상태가 좋지 않다. 지지직 하는 소리가 계속 난다. "여보세요?"

"안녕하세요? 저……" 다음 말은 다시 소음 속에 묻힌다.

"여보세요?" 나는 전화에 대고 외친다. "누구세요?"

"피셔예요." 이제야 소리가 또렷하게 들린다. 울먹이는 여자 목소리다. "저 페트라 피셔인데요. 지금 시간 있으세요? 급해요!"

17장

삼십 분 뒤, 페트라 피셔가 이사한 집으로 가보니 실로 가관이다. 사실 집이라고 하기에는 너무 협소하다. 작은 조리 시설이 붙은 방 하나에 화장실이 딸려 있을 뿐이다. 바닥에는 매트리스가 깔려 있고, 그 옆에는 이삿짐 상자 두 개가 놓여 있다. 아마 이것이 마리안의 집에서 꺼내온 중요한 물건의 전부인 모양이다.

"이런 데로 오시라고 해서 미안해요." 페트라 피셔는 울어서 퉁퉁 부은 눈으로 겸연쩍게 웃는다. "지금의 제 상태로는 밖에서 만나는 것이 좋지 않을 것 같아서요."

"괜찮아요." 나는 아무렇지도 않은 얼굴로 그녀가 내미는 종이컵 속의 와인을 받아든다. "바로 새 남자친구 집으로 이사했을 거라고 생각했어요." 내 말에 페트라 피셔는 놀란 듯 고개를 가로젓는다.

"아니에요. 급하게 서두르고 싶은 생각은 없어요. 여행 떠나기 전까지는 혼자 지낼 생각이었어요. 이 집도 두 달간 빌릴 수 있었고요."

"그러는 편이 더 나을 수도 있지요." 나는 그녀의 말에 공감을 표시한다. 그러나 곧 본업에 착수한다. "무슨 일이 있었는지 얘기해줄래요? 백씨가 전화를 할지도 모르겠다고 생각했는데, 피셔 씨가 전화를 할 줄은 몰랐어요."

그녀는 깊은 한숨을 쉰다. "사실 저도 그렇게 생각했어요. 그런데 갑자기 모든 게 달라졌어요. 좀 전에 마리안한테 전화가 왔었어요. 아주 침착한 목소리로 행복하기를 바라고, 자기랑 행복할 수 없다면 보내주겠다고 하더라고요."

"와우, 대단한 이해심인데요." 시몬이 응용한 '오늘의 작은 위로'가 마리안의 마음에 와 닿았던 것일까?

페트라 피셔는 고개를 끄덕이며 작은 목소리로 말한다. "네, 그런 사람이에요. 마음이 넓고 이해심이 깊어요." 그렁그렁 맺혀 있던 눈물방울 하나가 그녀의 볼을 타고 또르르 흘러내린다. "그리고 앞으로 어떻게 할 건지, 어떤 가구를 내가 가져도 되는지 그런 얘기를 주고받았어요. 얘기하는 내내 마리안은 상냥하고 담담한 말투였어요. 정말…… 담담했어요."

"그럼 마음이 많이 놓이셨겠네요. 이별을 받아들이지 못할까봐 그렇게 걱정을 하셨는데."

"네." 그녀의 눈에서는 어느새 주룩주룩 눈물이 흐른다. "마리안이 저와의 이별 때문에 절망하는 것을 원치 않았어요. 하지만 지금 문제는", 그녀는 크게 흐느낀다, "저 자신이 절망하고 있다는 거예요."

"아하." 이 말밖에는 떠오르지 않는다. 일이 예상치 못한 방향으로 흘러가고 있다.

"정말 이상했어요." 페트라 피셔가 말을 잇는다. "마리안과 통화한 뒤에 이젠 정말 끝이라고 생각하니까 갑자기 너무 슬퍼지면서 눈물이 그치질 않는 거예요."

"이상할 것 없어요." 나는 그녀를 진정시킨다. "그렇게 오랜 세월을 함께 했는데 하루아침에 잊는다는 것은 말이 안 되죠."

"알아요." 그녀는 와인을 들이켠다. "그런데 순간적으로 심장이 찢어지는 것처럼 아팠어요. 전 새 남자친구인 패트릭을 정말 사랑해요. 그런데도 순간순간 이게 과연 옳은 결정일까, 내가 크게 잘못하고 있는 것은 아닐까 의심이 들어요."

나는 종이컵을 내민다. 이 상담을 계속하려면 술이 더 필요할 것 같다. 그녀는 내 컵에 술을 따른 뒤 이야기를 계속한다. "그런 생각이 드니까 누구랑 얘기를 해야 할지 모르겠더라고요. 마리안에게 전화를 할 수도 없는 노릇이고, 다른 친구들은 분명히 이해하지 못할 것 같고, 부모님은 당연히 안 되고요. 부모님은 아직 우리가 헤어진 것도 모르세요." 그녀는 매트리스 옆에 놓인 휴지를 한 장 뽑아 큰 소리로 코를 푼다. "패트릭이랑 이런 얘기를 하는 것도 좀 우습고요." 그녀는 힘없이 미소를 짓는다.

"그렇지요." 내가 맞장구를 친다. "저한테 연락하시길 잘했어요. 제가 당연히 할 일인 걸요."

"그 '위로 디럭스 패키지' 말씀이죠?" 그녀는 내게 고마움이 담긴 미소를 지어 보인다. "그래도 퇴근시간에 이렇게 불러내서 정말 미안해요. 하지만……"

"그런 생각 말아요." 나는 그녀에게 문제없다는 듯 말한다. 그러나 이미 눈에 띄지 않게 시계를 몇 번이나 봤고, 집에서 걱정하고 있을 파울에게 전화를 해야 한다는 생각에 마음은 초조하기만 하다. 잠시 양해를 구하고 전화를 할 수도 있겠지만, 지금 이 상황은 비상사태이므로, 파울한테는 나중에 잘 얘기하면 이해해줄 것이다. "원래는 벡 씨를 위한 위로 서비스였지만, 저희 '작은 위로' 에서는 고객의 문제를 진지하게 생각하기 때문에 도울 부분이 있으면 가리지 않고 도움을 드려요."

페트라는 감사의 눈빛으로 말한다. "지금 하고 계시는 일, 정말 좋은 일이에요."

"정말 그렇게 생각하세요?" 뜻밖의 말에 나도 모르게 힘이 난다.

"그럼요!" 페트라는 크게 고개를 끄덕인다. "사실 언뜻 보면 남의 애정 관계에 끼어드는 것처럼 보일 수도 있어요. 하지만 감정이 끼어드는 애정 문제에서는 바깥에 있는 사람의 시선이 필요하기도 해요. 감정에 휘말리지 않는 제삼자가 더 중립적으로 잘 판단할 수 있으니까요."

"고마워요. 그런 말 듣는 게 얼마나 큰 힘이 되는지 모르실 거예요."

"왜요?" 페트라가 묻는다.

"사실 이 일을 직업으로 삼고 있기는 하지만, 가끔은 저도 이거 뭔가 크게 잘못하고 있는 것 아닌가 하는 생각이 들거든요." 우리는 서로 마주보며 웃는다. 순간 페트라와 나 사이에는 연대감이 형성되는 듯하다.

"그런 걱정은 마세요." 페트라가 나를 안심시킨다. "적어도 저한테는 큰 도움이 되고 있어요. 여기 이렇게 와 주신 것만으로도 얼마나 위로가 되는지 몰라요."

"이미 말씀을 드렸듯이 언제라도 상관없으니 연락 주세요. 그건 그렇고 얘기를 하다 말았지요? 제가 더 도울 일이 있을지 모르니 계속 얘기해 보세요." 나는 원래 주제로 대화의 방향을 돌린다. 뜻밖의 칭찬에 피로도 잊은 채 나는 고객의 기분이 나아지기 전에는 이 방을 나가지 않으리라 결심한다.

그녀는 다시 한숨을 쉰다. "아까 말했듯이 갑자기 그런 생각이 들었어요. 항상 나쁘지만은 않았던 그 많은 날들을, 정말 이 모든 걸 다 내팽개쳐도 되는 걸까? 마리안만 한 남자도 없는데, 패트릭과의 관계가 어떻게 될지는 아무도 모르는 것 아닌가?"

"어떤 일에도 보장은 없는 법이지요."

"예, 제 말도 그 말이에요." 페트라도 내 말에 동의한다. "하지만 보장이 없다고 해서 아무것도 시도해서는 안 되나요? 문제가 있어도 그냥 그대로 살아야 하나요?"

"흠……" 그런 생각은 해본 적이 없다. 은연중에 나는 최근에 뭔가 시도한 일이 있었는지 떠올려본다. 있다. 순수하게 자발적으로 한 시도는 아니었지만 있긴 있다. "아니요. 그래선 안 되겠지요."

"제 생각도 그래요." 페트라가 말한다. "그런데 이렇게 생각하다가도, 자꾸만 이게 정말 옳은 결정일까 하는 두려움이 생겨요. 마리안은 평생 내 곁에 있어 주었을 거예요. 언제나 내 편이 되었을 거고요. 가슴 설레는 감정 하나가 과연 이 모든 것과 맞바꿀 만한 가치가 있는 걸까요?"

"손 안의 참새와 지붕 위의 비둘기를 비교하는 건가요?"

"그렇다고도 할 수 있죠."

"질문을 다르게 한번 해봐요." 나는 생각나는 대로 말하기 시작한다. "만약 패트릭을 만나지 않았다면 마리안을 떠나지 않았을까요? 아니면 그래도 떠났을까요?"

페트라는 이마에 주름을 잡으며 말한다. "솔직히 말하면", 그녀는 여기서 잠시 뜸을 들인다, "잘 모르겠어요."

"그럼 다르게 질문할게요. 마리안이 청혼했을 때 이 남자와 평생 같이 살 수 없겠구나 하는 생각이 들었다고 했잖아요? 그때 이미 패트릭을 알고 있는 상태였나요?"

"아니요." 피서가 대답한다. "패트릭은 그로부터 사흘 뒤에 만났어요."

"그럼 답이 나왔네요. 마리안과의 이별은 패트릭과 상관이 없어요."

"네." 페트라도 내 논리에 수긍한다. "하지만 패트릭이 나타나지 않았더라면 더 오래 나 자신과 싸웠을 거예요. 그리고 마리안과의 관계를 회복시키려고 했겠지요."

"그럴 수도 있지요. 그렇다면 문제는 어느 지점까지 관계의 회복이 가능하고, 또 어느 지점부터는 회복이 불가능한지가 되겠네요."

페트라는 잠시 침묵하다가 말한다. "그걸 어떻게 알 수 있지요? 판단하기 힘든 일이에요."

"그럼, 다른 질문을 하죠. 마리안과의 관계가 끝났다는 사실이 힘들게 느껴진다고 했는데 그 이유가 뭐죠? 슬픔이에요, 아니면 앞으로 어떻게 될지 모르는 불안감과 두려움이에요?"

"둘 다요." 그녀는 명쾌한 답을 내지 못한다. 그리고 한숨을 내쉰다. "나도 이런 내가 싫어요."

"스스로에게 그렇게 엄격하게 굴 필요는 없어요. 나라도 그렇게 말했을 거예요."

그녀는 피식 웃는다. "그렇게 말해주니 고마워요! 하지만 가끔 나 자신의 판단력에 문제가 있는 건 아닌가 하는 생각도 들어요."

"내가 보기엔 멀쩡하기만 한데요." 우리는 종이컵으로 건배한다. 어느

새 이 상담은 여자친구들의 수다로 변해가고 있다.

"내가 질문 하나 할 테니 대답해 봐요." 페트라는 다시 우리의 잔을 채운 뒤 불쑥 말한다.

"대답할 수 있는 것이면요."

"사랑하는 것과 사랑받는 것 중 어느 쪽이 더 중요해요?"

"에에." 나는 약간 놀라 바로 대답하지 못한다. "그런 생각은 아직 해본 적이 없어요."

"정말이요? 하지만 정말 중요한 문제잖아요!" 그녀는 이해가 안 된다는 표정을 짓는다.

"좋아요." 차츰 술기운이 올라 머리가 아주 맑은 상태는 아니지만 생각하려고 애를 써본다. "사랑받는 것인 거 같아요."

"정말이요?"

나는 고개를 까딱한다.

"사실 나도 이제까지는 그렇게 생각했어요. 나를 사랑해주는 사람, 믿고 의지할 수 있는 사람이 있는 것이 훨씬 중요하다고요. 그런데 어느 순간부터 더 이상 확신할 수가 없더라구요. 그리고 패트릭을 알고 난 후에는 더욱 믿을 수 없게 됐어요."

"그럼 사랑하는 게 더 중요하다고 생각해요?"

"지금은 그래요. 마리안에게 사랑을 받을 때에는 마치 안전한 동굴 속에 있는 것 같았어요. 패트릭은 달라요. 마치 들판을 달리는 것 같아요. 흥분되고……"

"사랑과 연애의 감정을 헷갈리는 것 아닌가요?"

"그럴지도 모르죠." 그녀는 순순히 인정한다. "연애감정은 언젠가는 사라진다는 거 나도 알아요. 사랑의 감정은 연애감정과 다르다는 것도요. 하지만 수십 년이 지났어도 연애감정을 그대로 간직하고 사는 사람들도 있잖아요."

"맞아요, 있어요." 나는 결혼한 지 오래되었지만 아직도 연애하듯이 살고 있는 베아테와 게르트를 떠올린다. 그리고 파울과 나도 여기에 해당된다고 생각한다. 부부는 아니지만 곧 결혼을 할 테니 마찬가지다. 그런데 왜 이 순간 파울의 홈 시네마가 떠오르는 거지?

"거봐요." 다행히 페트라가 내 주의를 다른 곳으로 돌린다. "우리 사이에는 그런 감정이 없어진 지 한참 됐어요. 하지만 내가 원하는 건 바로 그런 관계예요."

"그러니까 오 년 후에 패트릭과의 관계가 어떨지 그걸 모르는 거군요? 과연 다를 것인지, 아니면 마리안 때와 같을지."

그녀는 길게 한숨을 쉰다. "족집게로 집어냈어요. 맞아요. 바로 그걸 모르겠어요."

"모르면 알아내야지요." 나는 그녀에게 공모자의 윙크를 보낸다. "그리고 장거리 여행은 그런 걸 알아내는 데 최고예요!" 그녀는 이제 살며시 웃는다. 그녀의 기분을 낮게 해주려는 내 노력이 어느 정도 성공한 것 같다.

"먼저 내 짐 속에 와인 한 병이 더 있는지 봐야겠어요. 계획 없이 시작하긴 했지만, 미녀들의 수다를 술도 없이 계속할 수는 없잖아요?" 이렇게 말하며 페트라는 이삿짐 상자를 뒤지기 시작한다. 미안, 파울. 나는 마음속으로 파울에게 문자를 보낸다. 일할 때는 열심히 일하고, 놀 때는 열심히 놀아야 한다. 그리고 마실 때는 열심히 마셔야 한다. 특히, 술이 맛있을 때는.

새벽 두 시, 살그머니 침실 문을 열자 파울이 자고 있는 것이 보인다. 문 오른쪽 옆, 서랍장 위에는 텔레비전이 아직 켜져 있다. 그렇게 숨죽여 조용히 들어올 필요도 없었다. 파울의 베개 옆에 놓인 리모컨을 들어 전원을 끈다. 그리고 재빨리 옷을 갈아입은 뒤 사랑하는 내 남자친구 옆에 나란히 눕는다.

눈을 감고 그의 어깨에 기대어 잠을 청하지만 정신이 말똥말똥하다. 페트라 피셔와 나눈 이야기가 머릿속에서 떠나지 않는다.

사랑하는 것과 사랑받는 것.

이것에 대해서는 정말 한 번도 깊이 생각해본 적이 없다. 하지만 중요한 문제인 것 같다. 왠지 그런 느낌이 든다. 이 생각을 옆으로 밀어놓고, 페트라가 '작은 위로'에 대해 한 말을 떠올려본다. 그녀는 우리가 자신과 같은 사람들에게 얼마나 큰 위로를 주는지, 그리고 우리가 일을 잘한다고 말했다. 나는 만족한 표정으로 돌아누우며 베개에 얼굴을 파묻는다. 숱한 우여곡절을 겪은 뒤라 그녀의 칭찬은 내 마음을 어루만지기에 충분했다. 비방 보도든 뭐든 쓰고 싶은 대로 다 쓰라지. 내가 하는 일은 좋은 일이고 옳은 일이다. 그리고 중요한 일이다.

"좋은 아침! 잘 잤어?" 다음날 아침 나는 아주 기분이 좋다. 부엌으로 들어서니 파울은 벌써 커피를 마시고 있다.

"좋은 아침." 하더니 그는 찻잔을 들고 일어나 개수대에 갖다 놓는다. 그리고 의자 위에 있던 서류가방을 들고 부엌을 나간다. 키스도 없이, 말 한마디도 없이 그냥 나간다.

"저기, 자기야?" 나는 이상한 생각에 그를 부르며 복도로 따라 나간다. 그는 재킷을 걸치고 있다. "자기, 무슨 일 있어?"

그는 의아한 표정을 짓는다. "무슨 일?"

"그냥 자기 행동이 좀…… 이상해서."

"이상해?" 이윽고 그의 얼굴에 감정이 드러난다. "내가 어디가 이상해? 전화해도 전화기는 꺼져 있지, 말 한마디 없이 저녁 내내 실종돼 있다가 새벽에야 들어온 사람이 누구더러 이상하대?"

"자기야." 나는 파울에게 한 걸음 다가서며 그를 안으려고 한다. 하지만 그는 나를 피한다. "어제는 정말 어쩔 수가 없었어. 퇴근하고 있는데 에이전시의 고객한테 비상사태라고 전화가 왔어. 그래서 안 갈 수도 없고……"

"미안한데, 나 지금 나가봐야 돼. 나도 내 일이 있거든." 그는 홀연히 문

밖으로 사라진다. 나는 그가 나간 문만 쳐다본다. 푸.

점심 무렵이 되자 파울의 반응에 대한 생각이 어느 정도 정리되었다. 저녁에 집에 가면 조용히 이야기할 생각이다. 전화를 안 한 건 내 잘못이다. 반성하고 있다. 하지만 정말이지 그렇게 삐칠 일은 아니다. 어쩔 수 없는 상황이었다는 것을 이해시켜야 한다. 상황이 많이 변했지만 곧 익숙해질 것이다.

모퉁이의 슈퍼마켓에서 샐러드를 사가지고 돌아오니, 나의 동지들, 시몬과 베아테가 자의식 게시판 앞에 팔짱을 끼고 언제나와 같은 자세로 서있다. 액자 하나를 들여다보고 있는데 아주 만족스러운 표정들이다.

"뭐예요?" 궁금해진 내가 묻는다. "나 없는 사이에 무슨 재미있는 일이라도 있었어요?"

"있었고말고요." 시몬이 대답한다. "긍정적인 고객 피드백 1호예요. 방금 도착했어요." 나는 뭔지 자세히 보려고 두 사람 옆에 가 선다. 반갑게도 페트라 피셔가 보낸 이메일이다.

친애하는 '작은 위로' 팀, 친애하는 율리아 린덴탈 씨,

제가 '작은 위로'의 전문가들로부터 받은 위로에 감사하기 위해 이 글을 씁니다. 특히, 어제 린덴탈 씨의 응급 상담은 제게 큰 위로가 되었어요. 그 상황에서 린덴탈 씨에게 연락한 것은 정말 잘한 일이었다는 생각이 듭니다. 다른 사람들에게도 기꺼이 추천할 생각이에요. 앞으로도 사업이 번창하길 빕니다! 계속 애써주세요. 그리고 '작은 위로'가 애정문제에서 더 이상의 답을 모르는 사람들에게 얼마나 큰 도움이 되는지 말씀드리고 싶어요!

그럼 좋은 하루 되세요, 페트라 피셔

P. S.: 저희 고모가 꽤 큰 여성잡지에서 일하세요. '작은 위로' 이야기를 했더니 취재를 하고 싶다고 하시네요. 아마 곧 연락이 갈 거예요.

자의식 게시판 앞에 나란히 선 우리 셋은 이 편지가 무슨 문화재라도 되는 듯 흐뭇한 표정으로 읽고 또 읽는다. 이런 칭찬을 하얀 바탕에 찍힌 검은 활자로 눈앞에 대하니 마냥 기쁘기만 하다! 한 장 더 인쇄해서 저녁에 파울에게도 보여주어야겠다. 그러면 파울도 이 일이 내게 어떤 의미를 가지는지 이해할 수 있을 것이다.

"기분 짱인데요." 나는 좋아서 입이 찢어진다. "가끔은 이런 일도 있어야 일할 맛이 나죠."

"그럼요." 시몬은 이렇게 말하며 불쑥 나와 베아테의 어깨에 양 팔을 걸친다. "요기 위에다는"이라고 말하며 그는 턱으로 《쿠리어》 기사 위를 가리킨다. "전국에 판매되는 여성잡지에 실린 기사를 붙입시다." 그리고 껄껄 웃으며 양 팔로 우리를 살짝 끌어안는다. "이제 온 세상이 우리의 위대함을 알게 될 겁니다. 우린 잘하고 있는 거예요!"

"그럼요." 내가 맞장구를 친다.

"잘하고 있고말고요." 베아테도 장단을 맞춘다. "하지만 이제 슬슬 일을 해야지요. 삼십 분 뒤에 고객 상담 있어요." 베아테는 이 말과 함께 자기 자리로 돌아가고, 시몬과 나도 각자의 책상으로 향한다. 나는 방으로 들어가기 전에 휙 몸을 돌려 베아테가 문에 붙여 놓은 '오늘의 작은 위로'를 읽는다.

남자가 여자에게 정중하게 자동차 문을 열어줄 때는
차 아니면 여자 둘 중의 하나는 새것이다.
― 우시 글라스

오케이, 베아테, 멋쩌부러!

18장

"율리아, 베아테, 그리고 친애하는 친구 여러분. '작은 위로' 가 문을 연지 아직 두 달도 되지 않았지만 함부르크 커플의 반은 벌써 저희가 행복한 싱글로 만들지 않았나 하는 생각이 듭니다."

카티야는 "과장이 심하시기는!' 하는 한마디를 참지 못하고 내뱉는다.

시몬은 카티야에게 장난으로 위협하는 표정을 지어 보인 후 말을 계속한다. "지금 저희 사무실 책상에는 주문이 산더미처럼 쌓여 있습니다. 제가 원래 아주 낙관적인 성격인데요, 이렇게 출발이 좋을 줄은 정말 꿈에도 생각하지 못했습니다. 저희 고객인 페트라 피셔 씨의 도움으로 《마리안네》에 그 열광적인 기사가 나간 뒤로는 저희 얘기를 모르는 사람이 없을 정도입니다. 다른 언론에서도 취재요청이 쇄도하고 있으며 특히, 저희 직원 중 한 사람이 아주 좋아할 소식인데 지난주에는 저희가 《쿠리어》에서 선정한 함부르크에서 가장 잘나가는 신생기업 중 하나로 뽑혔습니다." 그는 좌중을 향해 씩 웃은 뒤 말을 계속한다. "그래서 사실은 우리가 이루어낸 성공적인 이별들을 축하해야 하겠지만, 우리는 지금 크리스마스를 축하하기 위해 모였고, 모두 알다시피 크리스마스는 이별의 축제가 아니라, 사랑의 축제 아니겠습니까?' 그러면서 시몬은 잔을 높이 든다. "자, 사랑을 위하여!' 모두 건배한다.

"옳소. 사랑을 위하여!'

"건배!'

"사랑을 위하여!"

시몬, 카티야, 베아테, 게르트, 파울과 나는 서로 잔을 부딪친다. 지금 우리는 사무실에서 그리 멀지 않은 곳에 있는, 작지만 고급스러운 레스토랑 '카페 히르쉬' 의 긴 탁자에 모여 앉아 있다. 시몬은 여기서 첫 번째 사내 크리스마스 파티를 열기로 하고, 내친 김에 초대 인원을 늘려 그의 표현대로 '작은 위로―패밀리&프렌즈 파티' 로 만들었다.

나는 와인을 쭉 들이켠다. 이런 저녁은 정말 좋다! 날아갈 듯 마음이 가볍다. 피델리아에서의 마지막 크리스마스 파티와는 비교도 안 된다. 그 파티는 오후 다섯 시에 회사 식당에서 열렸는데, 뤼네부르거 하이데(*독일 중북부에 펼쳐진 황야지역. 히스와 관목으로 뒤덮여 있어 관광지로 유명하다) 당일치기 여행만큼이나 재미없었다. 비오고 흐린 날 버스 안에서 전기담요를 강매하는 그런 싸구려 여행 말이다. 들쩍지근하고 끈적끈적한 글뤼바인 (*적포도주에 레몬, 오렌지, 정향, 계피 등을 넣고 데운 것으로 겨울, 특히 성탄절에 많이 마신다)과 버슬버슬 부서지는 슈톨렌(*독일에서 성탄절에 먹는 빵. 럼에 절인 견과류가 들어 있다)이 나왔다. 피델리아에 망조가 들었다는 걸 그때 알아봤어야 했다. 당시 우리 인사과장은 연설이랍시고 말도 안 되는 소리를 횡설수설하더니, 급기야는 잔뜩 취해서 직원들을 귀찮게 했다. 정말 생각하기도 싫다! 거기에 비하면 여기 이 파티는 수준도 있고 재미도 있다.

"사랑이 중요한 이유가 뭔지 아십니까?" 시몬이 말을 계속한다. "사랑이 없으면 행복한 커플이 있을 수 없습니다. 행복한 커플이 없으면 불행한 커플도 없습니다. 불행한 커플이 없으면…… '작은 위로' 의 고객도 없어집니다. 그래서 사랑이 중요합니다. 또한 통계에 따르면 크리스마스 직후에는 이혼 신청이 급증한다고 합니다. 그러니 오는 새해에는 아주 바빠질 것 같지요!" 그는 연신 싱글거리며 다시 한 번 건배를 청한다. 카티야와 베아테는 우스워 죽겠다는 표정이다. 게르트도 미소를 짓고 있는데, 파울만이 분위기에 어울리지 않게 시무룩한 표정이다. 나는 그의 어깨를 툭 치며 귀에 대고 속삭인다.

"좀 웃어!"

"하, 하. 됐어?"

"왜 그렇게 기분이 안 좋아?"

"올해의 기업가 상이라도 받은 듯이 떠벌리는 자기 사장 때문이야. 저 것도 연설이라고, 정말……"

"그럼 오지 말지 그랬어?" 나는 날카롭게 핀잔을 준다. 그러나 금세 이 러면 안 되겠다 싶어 한층 부드러운 목소리로 말한다. "사람들 웃기려고 그러는 거야. 그리고 이건 우리 회사의 첫 번째 크리스마스 파티잖아. 그 러니까 자기도 얼굴 펴고 즐겼으면 좋겠어. 응? 이 심술쟁이야!" 이렇게 말하며 나는 파울의 귓불을 깨문다. 몇 주 전 우리는 긴 대화를 나누었고, 파울도 이제는 내 상황을 이해한다고 생각했다. 그리고 사실 대부분의 일 은 잘 이해하는 편이다. 단지 시몬에 대해서만은 아직도 민감하다. "모두 즐기려고 모인 사람들이야. 그러니까 자기도 즐겨, 알겠지?" 나는 작은 목소리로 덧붙인다.

"거기 두 사람! 지방 방송 꺼." 베아테가 짐짓 엄격한 얼굴로 농을 한다. 시몬도 뭔가 낌새를 채고 파울 쪽으로 돌아앉는다.

"아마 여기 있는 사람 중에는 저 허풍쟁이 헤커가 돈 좀 벌었다고 자랑 이 심하구나 하고 생각하시는 분도 있을 겁니다."

아이쿠, 시몬이 우리가 한 말을 들은 모양이다. 아니면 독심술을 할 줄 알든가.

"그리고 사실 그 분 생각이 옳습니다. 만약 저한테 그럴 만한 이유가 있 지 않다면요. 하지만 제가 사업이 잘되는 것을 자랑한 데는 다 그럴 만한 이유가 있습니다. 제게 좋은 아이디어가 하나 떠올라서 며칠 전 고용지원 센터에 있는 친구에게 문의를 해보았습니다. 그리고 오늘 이 기쁜 자리에 서 이 기쁜 소식을 발표하게 되어 더없는 영광으로 생각합니다. 내년 일 월부터 우리 '작은 위로'에 정식 직원이 한 명 더 늘어나게 될 텐데요, 그 주인공은 바로 베아테 한젠입니다! 우리 크리스마스 파티에 맞추려고 그랬는지 바로 오늘, 사업 지원금 승인서와 인력 편입 지원이 나왔어요." 시몬은 베아테를 향해 환하게 웃는다. 베아테는 여전히 어안이 벙벙한 표정이다. 이 기쁜 소식이 바로 접수가 안 되는 모양이다. 시몬은 탁자를 빙 돌아 그녀에게 다가가 악수를 청한다. "자원봉사 시절은 이제 끝났어요, 베아테. 다음 달부터 고용지원센터의 지원으로 적합한 월급을 주고 정식 채용하겠습니다. 정식으로 '작은 위로' 가족이 된 것을 환영합니다!"

베아테는 빽 소리를 지르더니 자리에서 일어나 시몬을 얼싸안는다.

"고마워요, 헤커 씨! 이제까지 받은 것 중 가장 좋은 크리스마스 선물이에요!"

나는 가슴이 찡해져 탁자 밑으로 파울의 손을 꼭 쥔다. 이 얼마나 좋은 소식인가! 그러나 파울은 금세 손을 빼더니 내 쪽으로 몸을 기울여 귓속말을 한다.

"저 인간이 피델리아에서 쫓아낸 사람들을 다 다시 채용하려면 자기네 사무실 더 넓은 데로 이사 가야겠는걸. 허허!"

"그런 소리 마, 파울." 나는 그의 귀에 대고 속삭인다. "피델리아가 파산 직전이었던 건 시몬 잘못이 아니야. 회사 임원들이 자기네들이 직접 해고하기 싫으니까 기업 컨설턴트를 부른 거라고. 누구를 불렀든 간에 함부르크 지사는 어차피 문을 닫았을 거야."

"아이고! 쥐가 고양이 생각하는 격이네. 자기, 얼마 전까지만 해도 그렇게 말 안 했어. 바로 저 인간이 냉정하게 자기를 거리로 내몰았다고. 벌써 잊어버렸어? 그리고 나도 거리에 좀 나가봐야겠어. 여긴 공기가 너무 답답해." 이 말과 함께 벌떡 일어난 파울은 성큼성큼 밖으로 나가버린다. 으아, 창피! 모두들 영문을 몰라 서로를 쳐다보기만 한다.

"전화할 데가 있는 모양이에요." 나는 미안한 표정으로 어깨를 으쓱해 보인다. 그리고 파울을 뒤따라 나간다. 이대로 혼자 집에 가버리는 것만은 막아야 한다.

밖에 나오자마자 나는 그에게 따진다. "도대체 왜 그래? 나 기분 나쁘라고 일부러 그러는 거야? 이럴 거면 왜 따라왔어?"

"평소에는 자기 얼굴 못 보니까 얼굴 보려고 따라왔어."

"그게 무슨 소리야?"

"그럼 내가 자기 얼굴 볼 새가 어디 있어? 집에는 한밤중이나 돼야 들어 오고, 집에 있어도 정신은 딴 데 가 있잖아. 왜 자기 고객들은 하필이면 내가 자기랑 영화 좀 보려고 하면 꼭 응급 상황이야? 고객이 전화 안 할 때에도 마찬가지야. 입만 열면 하는 얘기가 애인한테 차여서 식음을 전폐한 불행한 사람들 얘기뿐이잖아."

우리가 나눈 긴 대화의 약발은 이것으로 끝이다.

파울의 입에서는 봇물 터지듯 불평이 쏟아져 나온다. "그리고 난 자기가 저런 바람둥이랑 같이 일하는 게 싫어. 저런 자식들 내가 많이 봐서 알아. 내가 조금이라도 틈을 보이면 옳다구나 하고 자기를 낚아챌걸."

아하, 그러니까 일차적인 이유는 시몬이었구나. 정말 어처구니가 없다.

"말도 안 돼!" 나는 헛웃음을 웃는다. "자기 지금 시몬한테 질투해?"

"맘대로 생각해!" 그는 마치 고집 부리는 아이 같다. "자기 같으면 그런 생각 안 하겠어? 허구한 날 하는 얘기가 작은 위로, 작은 위로, 작은 위로 뿐인데. 그리고 자기는 순전히 일 때문이라고 하지만 난 그 말 안 믿어. 자기는 저 자식의 마초 성향에 혹한 거야."

"아니야. 난 일하는 게 재미있고, 그런 직장이 있는 게 좋을 뿐이야! 그리고 나 헤커한테 관심 없어. 오 년이고 십 년이고 저 사람이랑 놔둬봐. 자기가 안 지켜도 아무 일 안 일어나. 걱정하지 마." 이 말을 내뱉은 순간, 내가 의심을 받았다는 사실에 밑도 끝도 없이 억울해진다. "그런데 지금 문제는 헤커나 내가 아닌 거 아냐? 자기 여자친구를 못 믿고 감독을 해야 한다고 생각하는 자기가 문제인 거 아냐?"

파울은 그저 눈을 둥그렇게 뜰 뿐 아무 말도 없이 가게 안으로 들어가 버린다. 나도 그의 뒤를 따른다.

"두 사람 왜 그래?" 카티야가 눈치를 못 챘을 리 없다. "싸웠어?"

나는 고개를 젓는다. "아니야. 그냥 할 이야기가 좀 있어서."

파울은 일언반구도 하지 않는다.

"무슨 얘기를 여기까지 나와서 해?" 카티야가 묻는다.

"중요한 거 아니야. 술이나 좀 따라줘." 나는 얼른 잔을 내밀며 말머리를 돌린다.

"나도 한잔 줘요." 파울은 자기 잔을 내밀며 중얼거린다. 그리고 다른 손으로 내 등을 감싸며 속삭인다. "미안해. 내가 너무 생각없이 굴었어. 난 그저 자기를 저 인간이랑 나누기 싫은 것뿐이야. 나보다 저 인간이랑 보내는 시간이 훨씬 많잖아. 하지만 자기를 믿지 못하는 건 아니야. 정말이야."

나는 그에게 미소를 짓는다. "그럼, 자기 나 믿어도 돼. 난 자기밖에 없어. 그리고 날 나눈다고 해도 가장 먹음직스럽고 맛있는 부분은 언제나 자기 차지인걸."

이번에는 파울이 내 귓불을 깨문다. 아르르르! 사실 질투할 때 파울은 정말 귀엽다.

다음날 내 머리는 쇳덩이라도 든 듯 천근만근이다. 데이 애프터로만 따지면 피델리아 파티가 훨씬 나았다는 것을 인정하지 않을 수 없다. 그래도 어제는 정말 재미있었다. '카페 히르쉬'에서 맛있는 식사를 마친 뒤 우리는 새로 생긴 고급 카지노로 향했다. 내 기억이 제대로라면, 나는 룰렛에서 삼백 유로를 땄고, 그 돈으로 칵테일 바에 가서 한 잔씩 샀다. 그 다음에 무슨 일이 있었는지는 필름이 끊긴 상태로만 떠오른다. 카이피리냐 세 잔째부터는 전혀 기억이 나지 않는다. 우욱, 그 생각은 하지 말자. 지금도 토할 것 같아……

그래도 나만 그런 게 아니라는 사실에 조금 위안이 된다. 사무실에 도착하니 베아테도 축 늘어진 것이 평소의 원기 왕성한 모습과는 완전히 딴판이다. 시몬은 일어나기만 해도 어지럽다며 딱 두 번, 그것도 잠깐 전화하러 나왔을 뿐, 오전 내내 침실에 틀어박혀 있다. 그리고 방금 점심시간이라며 사무실에 들른 카티야도 다 죽어가는 모습이다. 아마 술 냄새 때문에 손님들이 견디지 못하고 도망쳤을 것이다.

"안녕, 친구야!" 카티야는 내 방의 바구니 소파에 털썩 주저앉는다. "아직도 속이 메슥거려 죽겠어. 너도 그러니?"

"아마 내가 너보다 심할걸. 난 칵테일 체질이 아닌가봐. 파울 갈 때 나도 같이 집에 갔어야 하는 건데. 세 번째 잔이 정말 치명적이었어." 나는 하품을 한다.

카티야는 이상하다는 듯 내 얼굴을 찬찬히 살핀다. "그래, 그때 집에 갔어야 했는데." 카티야가 히죽 웃는다.

"왜? 나 실수한 거 있어?"

"실수라고 하기는 좀 그렇고." 카티야의 얼굴에 장난스러운 미소가 번진다. "기억이 하나도 안 나니?"

"솔직히 말하면, 어떻게 끝났는지 기억이 안 나. 베아테랑 같이 택시를 탔던 것 같기는 한데 기억이 가물가물해. 그렇다고 대놓고 물어볼 수도 없고. 나 정말 많이 취했었나봐."

"걱정 마." 카티야가 말한다. "베아테랑 같이 택시 탄 거 맞아." 그러나 카티야는 아직도 히죽거리고 있다. 뭔가…… 좀 이상하다!

"카티야, 너 왜 그렇게 웃어? 내가 정말 뭐 실수한 거야?" 머리가 띵해서 열두 고개 수수께끼 풀 기분은 정말 아니다.

"어, 그냥 잊어버려." 그녀는 손사래를 치며 별것 아니라는 듯 말한다. "내가 가본 크리스마스 파티 중 가장 재미있는 파티였어. 너도 아주 기분 좋아보였고. 실수 같은 건 별로 안 했어."

흠, 역시 뭔가 숨기는 것이 있다. 하지만 더 이상 묻지 않기로 한다. 그러기에는 속이 너무 안 좋다.

문이 열리고 베아테가 들어온다. "아, 카티야! 컨디션이 어때?"

"오늘 나한테 오는 손님은 다 쥐 뜯어먹은 머리예요. 좀 쉬어가면서 하려고요."

"그래야지. 율리아, 옆방에 손님 와 있어. 지나가다 들렀는데 상담을 받고 싶대. 우리 보스는 오늘 되도록 손님들 앞에 얼굴 안 내미는 게 좋을 것 같아. 그리고 나오라고 해도 못 나올 것 같고. 율리아가 한번 와볼래?"

고개를 끄덕이는 순간, 뇌와 머리뼈가 부딪치는 소리가 난다. 아우!

"가봐야지요. 금방 갈 테니까 미네랄워터 좀 준비해주세요. 그리고 피셔맨스프렌드(＊감기 증상을 완화시켜주는 덴마크산 캔디형 정제 브랜드)나 뭐 그런 거 있어요?"

"틱택 캔디는 있는데?"

"그것도 좋아요. 새 고객인데 술 냄새로 쫓아버릴 수는 없잖아요. 그밖에 다른 상담 들어온 거 있어요?"

베아테는 고개를 젓는다. "다음 주가 크리스마스잖아. 지금 헤어지고 싶은 사람이 누가 있겠어? 혼자 청승맞게 크리스마스트리나 지키고 앉아 있어야 할 게 뻔한데. 하지만 시몬 말대로라면, 적어도 다다음주부터는 또 리스트가 꽉 차겠지." 베아테는 내게 파일 하나를 내민다. "여기 이별편지 세 건. 내용은 내가 다 정리해놨어." 베아테는 내 책상 위에 틱택을 놓고 다시 방을 나간다.

"율리아, 나도 한번 들어봐도 돼?" 카티야가 불쑥 묻는다. "네가 저런 상담을 어떻게 하는지 꼭 한번 보고 싶어."

"비공개 상담이야. 우리 고객도 구경꾼이 있는 걸 좋아하지는 않을걸."

"부탁이야! 그냥 어시스턴트라고 하면 되잖아, 응?"

"흠, 글쎄……"

"이번 꼭 한 번만, 응? 부탁이야! 정말 궁금해서 그래. 그냥 입 꾹 닫고 가만히 있을게. 다른 사람한테도 한마디도 안 할 거고. 진짜, 진짜, 맹세!"

"미용실에서 만날 듣는 얘기가 그런 얘기일 텐데 뭐가 그렇게 궁금해? 에이, 모르겠다. 이번 한 번만이야. 그리고 절대 끼어들면 안 돼, 알겠지?"

"알았어. 고마워!"

나는 양심적으로 틱택 캔디 세 개를 먹은 뒤 고객을 들어오게 한다.

"아마티 씨?" 그녀는 고개를 까딱하며 악수를 하기 위해 손을 내민다. "전 린덴탈이라고 해요." 그리고 탁자에 앉아 있는 카티야를 가리킨다. "이쪽은 제 어시스턴트인 브라우어 씨예요. 뭘 도와드릴까요?"

피오나 아마티는 나와 비슷한 나이의 금발 아가씨인데, 머리색깔이 나보다 두 배는 더 밝아 보인다. 그리고 무척 흥분해 있다. 아니면 고혈압이다. 어쨌든 뺨이 아주 붉은데 볼연지를 너무 많이 발라서 그런 것 같지는 않다.

"제 남자친구와 당장 헤어질 수 있도록 도와주세요."

"네, 알겠어요. 남자친구 이름이 뭐죠?"

"여기요." 그녀는 사진 한 장을 책상에 놓는다. "라파엘 카이저예요."

"잠깐만요." 카티야가 책상 위의 사진을 바짝 들여다본다. "그 라파엘 카이저요?" 나는 그녀의 소매를 잡아당기며 조용히 하라는 신호를 보내지만 소용이 없다.

"네, 그 라파엘 카이저요."

"와, 라파엘 카이저의 여자친구세요?"

"여자친구였어요. 제 말은 더 이상 그 사람과 상관하고 싶지 않다는 뜻이에요."

"에, 브라우어 씨." 나는 카티야를 향해 말한다. "카이저 씨를 알아요?"

"그럼……요! 모르세요?"

"몰라요. 처음 듣는 이름인데요. 얼굴도 본 적이 없고."

"라디오 진행자예요." 피오나 아마티가 설명한다. "꽤 유명해요. '알파 라디오'의 모닝 쇼를 진행하고 있거든요. 팔공구공 베스트, 그리고 따끈따끈한 최신가요를 전해드립니다, 못 들어봤어요?"

"아하." 나는 아침에 라디오를 듣지 않는다는 설명을 생략하고 다음으로 넘어간다. "좋아요. 아마티 씨, 이미 알고 계시는지 모르겠는데, 저희 에이전시에서는 여러 종류의 이별 통보 서비스를 제공하고 있어요. 크리스마스가 코앞이니까 사후관리까지 포함한 '텐더&마일드'가 좋으실 것 같네요. 그리고 명절 기간에도 사후서비스를 받으시려면 '위로 디럭스 패키지'도 예약을 하셔야만 해요. 크리스마스 기간이니까 이건 특별히 할인을 해드릴게요. 그리고……"

"아니요. 뭘 잘못 생각하시는 것 같은데요. '텐더&마일드', 위로, 그딴 거 필요 없어요. 그 나쁜 사기꾼 새끼 갈비뼈를 부러뜨려 주세요."

카티야와 나는 동시에 흑 하고 숨을 들이마신다.

"물론 진짜 그렇게 하시라는 건 아니에요." 그녀는 얼른 말을 바꾼다. 하지만 그녀의 독기 서린 얼굴을 보니 진심으로 하는 말인 것 같다. "'텐더&마일드' 말고 콜드&크루얼, 뭐 그런 거 있으면 그걸로 해주세요."

와우, 이 여자는 정말 화가 단단히 난 모양이다. 나는 헛기침을 한 번 한 뒤 입을 연다. "콜드&크루얼은 저희가 지향하는 바가 아니고요, 헤어지는 이유도 대지 않고 사후관리 서비스도 없는 '숏&페인리스' 서비스가 있는데 어떠세요? 큰 상처를 받으신 것 같지만, 이 말 한마디는 해야겠네요. 크리스마스 직전에 받는 이별 통보만으로도 충분히 잔인하지 않나요?" 피오나는 세차게 고개를 흔든다. "그냥 상처만 준 거면 내가 이러지 않아요. 아니요! 그 나쁜 자식은 매운 맛을 한번 봐야 해요."

카티야는 다시 아마티 쪽으로 고개를 쑥 빼고 묻는다. "호기심으로 들릴 수도 있겠지만, 일에 필요해서 그러는데, 카이저 씨가 무슨 짓을 했기에 그러세요?"

"이유는 말하고 싶지 않아요. 하지만 이제껏 살면서 그런 꼴을 당한 건 처음이에요!" 그녀는 흐느껴 울기 시작한다. "나쁜 새끼! 도와줘요. 그 자식 얼굴을 다시는 보고 싶지 않아요. 오늘 당장 가서 전해주세요!"

나는 자동적으로 위로의 손길을 뻗어 그녀의 팔을 다독인다. 그리고 목소리를 '다 잘될 거야' 톤으로 낮춘다. "잘 알겠어요, 아마티 씨. 저희가 맡아서 해드리죠. 단, 몇 가지 필요한 정보가 있어요."

피오나 아마티가 방에서 나가자마자 카티야는 책상 위의 사진을 낚아채 열심히 들여다본다. "여자가 한을 품으면 오뉴월에도 서리가 내린다더니, 정말 무섭네. 그나저나 카이저 이 사람 상당히 괜찮은 사람인데."

"개인적으로 아는 사람이야?"

"아니."

"그럼 괜찮은지, 안 괜찮은지 네가 어떻게 알아?"

"뭐, 일단 잘생겼고, 목소리도 무지 섹시해. 이 정도면 훈남인데."

"아마티 말대로라면 오히려 막가남인 모양인데?"

"가보면 알겠지."

뭐라고? "가보면 안다니? 같이 가겠다고? 안 돼, 절대 안 돼."

"김칫국만 마시게 하고 정작 떡은 안 주겠다는 거니? 이건 이제 내 사건이기도 해!"

"카티야, 너 변호사 드라마를 너무 많이 본 거 아니니? 이건 네 사건이 아니야. 그리고 웬 사건? 아마티는 내 고객이고, 나는 고객한테 받은 주문을 이행하는 것뿐이야. 나 혼자서 말이야. 그러니까 넌 빠져."

카티야는 뾰로통한 얼굴을 한다. 삐친 표정 짓는 데는 도사다. 입술이 통통해서 더 삐친 것 같아 보인다. 나는 저런 통통 입술은 꿈도 못 꾼다. 성형수술을 한다면 모를까.

"난 우리가 친구라고 생각했어!" 카티야가 볼멘소리를 한다.

"우리 친구 맞아."

"무슨 친구가 그래? 넌 친구도 아냐."

"너 지금 정말 우정에 대해서 토론하고 싶은 거니?" 나는 기가 막혀 묻는다.

"그건 아니지." 카티야는 무슨 꿍꿍이속인지 갑자기 빙그레 웃는다. "하지만 같이 가게 해줄 때까지 계속 귀찮게 할 거야!"

나는 길게 한숨을 내쉰다. 머리가 지끈지끈 아파온다. 아, 모든 게 다 귀찮다!

"그래, 같이 가자. 하지만 내가 지금 정말 좋아서 이러는 건 아니라는
거 알지? 더 이상 저항할 힘이 없을 뿐이야."

"고마워!" 카티야는 좋아서 폴짝폴짝 뛰더니 내 볼에 입을 맞춘다. 카
티야가 갑자기 내 직업에 이렇게 열광적인 관심을 보이다니 수상하고 또
수상하다.

"이번엔 정말 한마디도 하면 안 돼. 질문도 하지 말고, 끼어들지도 말
고, 욕도 하지 마. 아무것도 하지 마. 입 꾹 닫고 있는 거다, 알겠지?"

"예스, 맴!"

유명한 라디오 진행자는 돈을 제법 버는 모양이다. 피오나 아마티가 준
주소로 찾아가보니 상당한 부자동네다. 사실 열다섯부터 스물아홉까지
의 젊은 층을 깨우는 일이 주 업무인 아침 방송 진행자에게 너무 과하다
싶기도 하다. 엘베 강이 훤히 내다보이는 블랑케네제 지역의 백사장 근처
의 집이라니 한마디로 짱! 항구 쪽으로 가는 큰 배가 이곳을 지나간다면
정말 바로 눈앞에서 지나가는 것처럼 크게 보일 것이다. 카이저의 집도
함부르크 관광가이드에 나오는 캡틴 하우스이다. 그리 크지는 않지만 아
기자기하고 예쁘다. 내가 아마티라면 아마 남자한테는 미련이 없어도 이
집은 생각날 것 같다.

일층의 큰 창문에 사람 그림자가 어른거리는 것을 보니 카이저는 집에
있는 것 같다.

"어떻게 말할 거야?" 카티야가 묻는다.

"단도직입적인 건 통하지 않아. 괜히 문제만 생겨." 얼마 전 비슷한 일
을 시도했다가 봉변당할 뻔한 일이 생각나 나는 가볍게 몸서리를 친다.
만일 시몬이 끼어들지 않았더라면 그 여자는 내 눈을 후벼팠을지도 모른
다. "하지만 되도록 짧게 말할 생각이야. 좋은 대우를 받을 자격이 없는
사람인 것 같고, 또 남자 쪽에서도 이미 헤어지는 이유를 알고 있는 것 같
으니까. 일단 이 원칙에 따라 움직이고, 그 다음은 상황을 보면서 결정해

야지."

"하지만 그 여자가 잘못 알고 있는 거면 어떡해? 그리고 그 여자가 사이코이고 이 남자는 착한 남자일 수도 있잖아?"

"그러면 그 여자랑 헤어질 수 있게 돼서 남자가 좋아하겠지."

대문에는 초인종이 없고 옛날식으로 두드리는 문고리만 있다. 세 번째 두드리는 소리에 문이 열린다. 사진에서 본 그 얼굴이다. 라파엘 카이저가 분명하다.

"안녕하세요, 카이저 씨? 제 이름은 율리아 린덴탈이라고 합니다. 이쪽은 제 어시스턴트 카티야 브라우어고요."

"아, 갈라(*독일의 여성잡지)에서 오셨지요? 어서 들어오세요."

"예, 뭐라고요?"

"홈 스토리 때문에 오신 거 아닌가요?"

"아, 아니에요. 에이전시 '작은 위로'에서 왔습니다."

"'작은 위로'요? 아, 몇 달 전에 '라디오 한제'에서 방송되었던 그 에이전시요? 축하해요. 아주 기발했어요. 그때는 정말 '한제'가 우리한테 한 방 먹였죠. 그 이야기를 '알파'에서 반복하실 생각이신가요? 제 모닝 쇼에서요? 좋은 생각입니다! 들어오세요." 그는 한 걸음 물러서며 우리에게 길을 터준다. "미안합니다. 연락이 잘 안 됐지요? 아마 편집실에서도 여러 번 연락을 했을 텐데, 요즘 제 전화기가 좀 이상해서요. 이쪽으로 앉으시죠." 그는 팔을 이리저리 휘두르며 컨트리풍의 커다란 식탁이 있는 부엌으로 우리를 안내한다. 나는 이 상황이 도무지 마음에 들지 않는다. 카티야는 신나 죽겠다는 표정이다. 저러다 입 찢어질라. 하긴, 우리는 편집실에서 보내서 온 게 아니라는 말을 해야 하는 사람은 카티야가 아니라 나니까.

"말씀해보시죠. 어떤 플랜인가요?"

나는 헛기침을 한 번 한다. "카이저 씨, 저희는 편집실의 소개로 온 것이 아니에요."

"예?" 그는 놀란 얼굴로 나와 카티야 얼굴을 번갈아본다. "그럼, 제 집 주소는 어디서 알았고 저한테 무슨 볼일이 있는 겁니까?"

"저희는 피오나 아마티 씨의 부탁으로 왔습니다. 여기 아마티 씨의 위임장이에요." 나는 종이쪽지를 카이저 앞으로 내민다. "아마티 씨는 카이저 씨와의 관계를 청산하고 싶어하세요. 더 이상의 만남을 원하지 않기 때문에 저희를 대신 보낸 겁니다."

라파엘은 깜짝 놀라 내 얼굴만 쳐다본다.

"피오나가…… 뭘 어쨌다고요?"

인정한다. 뭔가 잘못됐다. 카이저는 충격을 받은 것이 분명하다. 즉 남자 쪽에서도 이유를 알고 있을 것이라는 예상은 빗나갔다. 순간, 망치로 쾅쾅 치는 것처럼 다시 머리가 아파온다.

"아마티 씨는 카이저 씨와 헤어지고 싶어하세요. 이 말을 전하러 제가 온 거라고요."

카이저는 잠시 침묵을 지킨다. 그러나 곧 침묵을 깨고 말을 쏟아내기 시작한다. "도저히…… 도저히 믿을 수가 없어요. 그럴 리가 없어요! 피오나는 이제까지 만난 여자 중 내가 가장 사랑한 여자입니다. 뭔가 착각하신 거 아닌가요? 혹시…… 이거 장난 아니에요? 아니면 몰래카메라? 맞아, 이거 몰래카메라죠? 어느 방송국에서 나왔어요? 카메라는 어디 있죠? 피오나? 내 말 들려? 사랑해, 피오나! 내가……"

그가 더 말하지 못하도록 나는 그의 손을 잡고 그의 눈을 직시한다. "카이저 씨, 이건 장난이 아니에요. 이런 말 전하게 돼서 미안해요. 하지만 아마티 씨는 정말 헤어지기를 원하고 있어요."

카이저는 손으로 머리를 감싸 안고 엉엉 울기 시작한다. 이런.

"하지만 왜요? 서로 사랑하고 있는데! 왜 나한테 이런 짓을 하는 거죠?"

카티야는 더 이상 엉덩이를 붙이고 앉아 있지 못하겠는지 벌떡 일어나 카이저에게 다가가 울먹이는 그의 어깨를 감싼다. 나와의 약속 같은 것은 진작에 잊어버린 것이다.

"카이저 씨, 진정하세요. 아마티 씨는 이유를 대지 않았어요. 너무 마음이 아파서 이유를 말하지 못하는 것 같았어요. 어쩌면 아직 사랑하는 마음이 남아서 그런지도 몰라요."

엥? 이게 무슨 소리야? 물론 나도 나쁜 자식, 갈비뼈, 어쩌고 하는 말을 그대로 다 옮길 생각은 없었다. 하지만 그렇다고 정반대로 말할 필요는 없지 않은가.

"어, 예, 브라우어 씨가 말한 대로 아마티 씨는 이유를 말하지 않았어요. 뭐 전할 말씀이 있으시면 저희가 아마티 씨에게 전해드릴게요."

카이저는 고개를 가로젓는다. "전할 말 없어요. 지금은 제대로 생각할 수조차 없어요. 헤어지는 이유를 말 안 했단 말이지요? 좋아요."

좋아? 나 같으면 물론 전혀 좋지 않겠지만. 뭐 그럴 수도 있지. 다 개성이니까. 게다가 지금 카이저는 제정신으로 보이지 않는다. 아무래도 충격이 큰 모양이다. 더 말하고 자시고 할 것도 없다. 혹시나 쇼크 상태의 카이저가 지금 이 스타일을 완성시키려고 전기 드릴을 꺼내러 가기 전에 빨리 작별인사를 하고 이 집을 나가자. 카이저는 꺽꺽 울면서 우리를 문까지 배웅한다. 다시 자동차에 앉자 날아갈 듯 홀가분하다!

"아이, 너무 불쌍해." 카티야가 끙끙 앓는 소리를 한다.

"직업이 직업이니만큼 어쩔 수 없어." 나는 무미건조하게 말하며 씹어 먹는 아스피린을 찾아 조수석 앞의 서랍을 뒤진다. "그래도 이 사람은 퀼브란트 다리까지 태워달라고 하지는 않았잖아. 지난주에는 그런 사람도 있었어. 물에 빠져 죽겠다면서……"

"아마티는 왜 그렇게 심하게 욕을 한 걸까? 그 남자 정말 충격받은 것 같던데."

"그러게. 그런데 그런 일 생각보다 많아. 가끔은 사람들이 어쩜 저렇게 서로를 모를까 싶어. 오래 같이 산 사람들이니까 상대방이 극한 상황에서 어떻게 나올지 정도는 당연히 알아야 하는데 전혀 모르더라." 나도 모르게 한숨이 나온다. "반대로 생각하면, 그래서 헤어지는 것일 수도 있고."

카티야는 생각에 잠긴 눈으로 나를 골똘히 쳐다본다. "이런 일, 난 하라고 해도 못할 것 같아. 넌 어쩜 그렇게 눈 하나 깜짝 안 하고 잘 하니?"

"먼저 낯이 두꺼워져야 돼." 나는 마침내 아스피린을 찾아낸다. "그리고 이번 경우는 사후관리 안 해도 되니까 부담도 없잖아."

"그게 무슨 뜻이야?"

"일 끝났다는 뜻이야. 이 일은 이제 그냥 잊어버리면 돼."

"너 정말 많이 변했다." 카티야가 말한다. "옛날 같았으면 그런 말 안 했을 거야."

엘프쇼세를 달려 시내로 진입하는 동안 우리는 아무 말도 하지 않는다.

"그런데 말이야." 카티야가 불쑥 말을 꺼낸다. "크리스마스 파티 마지막이 어땠는지 정말 기억 안 나?"

"응. 아까 점심때도 그러더니 왜 자꾸 물어? 내가 바 스툴에서 떨어져 구르기라도 했니?"

카티야가 웃는다. "아니!"

"아니면 희한한 행동이라도 했어?"

"약간 비슷해."

"낯선 남자랑 시시덕거렸어?" 나는 조심스럽게 묻는다.

"딩동댕!"

"아니야…… 거짓말이지? 빨리 거짓말이라고 말해." 그리고 제발 그 낯선 남자가 아주 낯선 남자는 아니라는 말은 하지 마……

"아주 낯선 남자는 아니었어."

"말도 안 돼. 설마……?" 나는 고개를 돌려 카티야를 쳐다본다. 카티야가 고개를 까딱한다.

"맞아. 시몬하고 키스했어. 여자 화장실 옆 담배 자판기 앞에 둘이 있는 거 내가 봤어. 파울이 일찍 집에 간 게 다행이지."

얼굴이 화끈거리고 식은땀이 난다.

내가 다시 술을 먹으면 인간이 아니다.

19장

다음 주가 크리스마스라 무척 한가하다. 점심을 먹은 뒤 카티야와 함께 크리스마스 쇼핑을 간다. 못 말리는 내 친구는 단 하루 만에 모든 선물을 다 사겠다는 야심찬 계획을 세웠다. 카티야는 기분이 좋은지 내 옆에서 천천히 걸으며 크리스마스 노래를 휘파람으로 불고 있다. 나로 말하자면 영 크리스마스 기분이 나지 않는다. 이 시즌을 훌쩍 뛰어넘어 빨리 일월이 되었으면 하는 생각뿐이다.

여전히 기억은 나지 않지만 크리스마스 파티만 생각하면 마음이 싱숭생숭해진다. 시몬이 그 일에 대해서 한마디도 언급하지 않았기 때문에, 둘 다 필름이 끊긴 것이었기를 바랄 뿐이다. 하지만 그렇지 않을 수도 있다는 생각에 영 마음이 편치 않다. 대놓고 물어볼 수도 없는 일이다. 나는 어쩌다 그런 실수를 한 걸까?

파울에 대해서는 당연히 말할 수도 없는 죄의식을 느끼고 있다. 당연하다. 남자가 대범하지 못하게 왜 그러느냐, 혼자 둬도 아무 일 안 생기니까 걱정 말라고 호언장담을 하자마자 그런 일이 일어났으니!

"얘, 율리아, 자니?" 카티야가 내 소매를 잡아당긴다. 아마 나는 쇼윈도 앞에서 잠시 넋이 나갔던 모양이다.

"어, 파울한테 무슨 선물을 할까 생각했어." 지금은 파티 얘기를 꺼낼 기분이 아니다. 아기 예수여, 이 편의의 거짓말을 용서하소서. 카티야는 의외라는 표정이다.

"아직 파울 선물 안 샀어? 네가 웬일이니? 항상 십일월부터 서둘러 사 놓더니. 왜, 이제 파울 왕자님이 싫증난 거야?"

이크, 또 시작이다! "왜 넌 틈만 나면 파울한테 트집을 못 잡아서 안달 이니? 이젠 슬슬 지겹다, 애! 아직 선물을 안 샀다는 게 우리가 헤어질 징 조라도 된다는 거야? 그럴 일 없으니까 걱정 마. 그냥 선물 살 시간이 없 었을 뿐이야. 새 직업이 옛날 직업보다 시간을 훨씬 많이 잡아먹는다고."

카티야는 빙글빙글 웃으며 내 말을 받는다. "그래, 옛날 임자보다 새 임 자가 일을 더 많이 시키니 어쩔 수 없지."

"너 계속 깐죽대라. 다음 버스 타고 사무실로 돌아가 버릴 테니까. 둘 중에 하나 골라. 계속 내 신경을 긁든가, 즐거운 쇼핑을 계속하든가. 선택 권은 너한테 있어."

"알았다, 알았어. 무서워서 무슨 말을 못 하겠네. 그런데, 파울 선물은 뭐로 할 거야? 양말 세트?"

나는 카티야의 파렴치한 농담을 못 들은 척 태연히 대답한다.

"뭔가 테크닉에 관한 걸로 하려고 생각하고 있어. 요즘은 홈 시네마 만 드는 데 재미가 들었거든. 비머랑 영사막이랑 사다 달더니 거실이 제법 영화관 같아졌어. 진짜 애들처럼 좋아한다니까. 그래서 낭만적인 선물은 아니지만 테크닉에 관한 것으로 해야 할 것 같아."

"그럼, 〈시씨〉(＊오스트리아 왕비가 되는 독일 처녀의 이야기로 로미 슈나이더가 시씨 역으로 나온다) 영화 시리즈 DVD는 어때? 그러면 홈 시네마에 사용할 수도 있고 낭만적이기도 하잖아."

"너 정말 자꾸 그럴래?"

카티야는 영문을 모르겠다는 듯 어깨를 으쓱한다. "난 그냥 제안한 것 뿐이야."

"파울한테 〈시씨〉를 사주라고?"

"싫음 말고. 그럼 또 뭐가 있나…… 공구 세트는 이미 있을 테고, 양말 세트는 네가 싫다고 하고. 넥타이는 어때? 아니야, 그건 시몬 헤커한테나 어울리겠다. 그런데, 시몬 선물은 안 사니?"

"내가 시몬 선물을 왜 사?"

"너네 사장이잖아. 그리고 파울 선물 얘기는 진짜 지루해서 그만 하고 싶거든."

"그런데 왜 하필이면 시몬 얘기를 해?"

"기집애, 시치미 좀 그만 떼라. 너도 시몬한테 관심 있잖아. 내가 이 두 눈으로 똑똑히 봤거든."

"너한테 한 가지 확실히 해둘 게 있는데, 내가 시몬을 더 이상 왕재수로 생각하지 않는 건 사실이지만 그렇다고 해서 갑자기 시몬 팬이 된 건 아니거든. 그날은 그냥 취해서 그랬을 뿐이야." 이렇게 말한 뒤 나는 카티야를 째려본다.

"알았어. 또 다음 버스 타고 돌아간다고 하려는 거지? 내가 입 다물면 되잖아."

우리는 천천히 쇼윈도를 구경하며 걷는다.

"이건 완전히 다른 얘긴데, 라파엘 카이저가 너희 사무실로 전화했었니?" 카티야가 불쑥 묻는다.

나는 약간 놀란 표정으로 되묻는다. "아니, 그 사람이 왜 우리한테 전화를 해?"

"실연의 슬픔 때문에 사후관리 서비스가 필요할지도 모르잖아."

"난 그 사람한테 전화하라는 말도 안 했어. 그 여자가 한 말 기억 안 나? 갈비뼈 부러뜨리라고 했잖아. 그런데 웬 사후관리?"

"그래도 어디서 듣고 전화했을 수도 있잖아."

"아니, 전화 안 왔어. 그리고 전화한다고 해도 위로는커녕 욕이나 안 먹으면 다행이지. 우리 고객은 그 여자친구 쪽이고, 그 여자의 주문은 위로가 아니었거든. 어쩔 수 없이 고객 편을 들어야 하는 게 우리 입장이야."

"너 꼭 변호사처럼 말한다. 보기 좋다, 얘. 이제 법대 간다고 하는 거 아냐?" 카티야가 웃으며 말한다.

"농담하지 마. 일에 치여서 죽을 지경이야. 에이전시를 위한 새로운 아이디어들도 많이 있는데 지금까지는 너무 바빠서 글로 정리할 시간도 없었어."

"그 아이디어가 뭔데?" 카티야가 호기심을 나타낸다.

"작은 위로를 발전시킬 새로운 계획을 만들고 싶어. 그것도 아주 제대로 하고 싶어. 시몬이 처음에 한 것처럼 비즈니스 플랜도 짜고 그밖의 필요한 것도 다 만들 거야. 안 그러면 시몬이 진지하게 받아들이지 않을지도 몰라."

"난 진지하게 받아들여. 재미있을 것 같은데? 우리 어디 앉아서 커피 마시면서 그 얘기나 하자. 비즈니스 우먼 대 비즈니스 우먼으로, 어때?"

"그래. 파울 양말 때문에 싸우느니……"

십 분 뒤, 우리는 예쁜 카페에 앉아 김이 모락모락 나는 밀크커피를 마시고 있다. 카티야는 호기심 가득한 눈으로 말을 재촉한다. "자, 말해봐!"

"난 작은 위로가 고객들의 삶에 도움이 되는 회사였으면 좋겠어."

"어째 사회복지나 종교 느낌이 나는데? 지치고 짐 진 자여 모두 내게로 오라?"

"그런 건 아니야! 내 말은 이별 뒤에 발생하는 생활 전반의 문제를 우리 작은 위로가 담당하겠다는 거야. 따로 나가 살 집을 구한다거나, 이삿짐 센터에 연락을 해준다거나, 좋은 심리치료사를 소개해준다거나 하는 거 말이야. 아니면 새 직장이 필요하거나, 이혼 변호사가 필요한 사람도 있을 거야. 말하자면 '토털 안심 패키지'를 내놓는 거지. 무엇이든 도와드립니다. 걱정 마세요, 저희가 있으니까요. 이런 식으로."

나는 입에 모터라도 단 듯 단숨에 말을 쏟아낸 뒤, 반짝이는 눈으로 카티야의 반응을 기다린다. "어떻게 생각해?"

"좋아. 그런데 직원이 많이 필요하겠다."

"직원이 많으면 좋지. 중요한 건 관계 정리하는 데서 끝나지 않는다는 거야. 헤어진 사람들을 도울 수 있는 방법은 정말 다양하거든."

카티야는 고개를 끄덕인다. "좋은 생각인 것 같아. 좋은 일도 하고, 돈도 번다면 시몬도 반대할 이유가 없고."

"그렇지? 나도 시몬이 남 돕는 걸 싫어하는 사람은 아니라고 봐. 돈만 많이 들어온다면." 우리는 약속이라도 한 듯 동시에 웃음을 터뜨린다.

다시 사무실로 돌아오니 문 앞 계단에 젊은 여자 하나가 앉아 있다. "어머나, 안에 아무도 없어요? 예약하셨나요?" 내가 묻는다.

"아니요. 전 그냥…… 초인종을 누를까말까 망설이는 중이었어요." 그녀는 우물쭈물 대답한다.

"용건이 뭔지 말씀을 하시면 제가 그 결정에 도움이 되어드릴 수 있을 것 같은데. 헤어지고 싶은 사람이 있는데 도움이 필요하신 건가요?"

그녀는 고개를 가로젓는다. "아니요. 이 집에 사는, 아니 일하는 사람을 만나고 싶은데……. 집인지 사무실인지 정확히는 모르겠어요. 그런데, 제가 그 사람 전화번호를 몰라서 그냥 한번 와본 거예요."

아, 이제 알 것 같다. 나는 그녀를 자세히 살펴본다. 상당한 미인에 검은 곱슬머리, 많아 봐야 스물셋, 토끼소녀 타입.

"아, 일전의 그 마누엘라!"

토끼소녀는 얼굴이 빨개진다. "제 이름은 멜라니예요."

"아, 참, 멜라니. 미안해요. 시몬 만나러 온 거예요?"

"잘 모르겠어요." 그녀는 당황하며 웃는다.

"잘 모르겠다고요?"

"네…… 아니요! 제 말은…… 여기 온 게 잘한 일인지 잘 모르겠다고요. 그 사람은 제가 오는 줄 모르고 있고, 또 일에 방해가 될 수도 있고." 토끼소녀는 어찌할 바를 모른다. 그런 식으로 퇴장을 하고 난 뒤이니 당연하다. 보아하니 시몬은 그 뒤로 다시 연락도 하지 않은 것 같다. 시몬 같은 인간에게 무엇을 더 기대하리오. 모르긴 몰라도 이런 식으로 울린 여자가 한 다스는 족히 될 것이다.

멜라니는 불쌍한 강아지 눈으로 나를 쳐다본다. 지금 내가 이 애를 위로해야 하나? 에이, 선심 썼다. 뭐, 곧 크리스마스니까! 나는 멜라니 옆에 나란히 쭈그리고 앉는다. "멜라니, 그러지 말고 잠깐 들어와요. 들어가서 시몬 있나 보고, 있으면 커피 한 잔 달라고 하고, 없으면 다시 집에 돌아가면 되잖아요. 그러면 그냥 집에 가서 후회할 일도 없을 거 아니에요?" 율리아는 어쩜 이렇게 착할까, 천사가 따로 없다.

멜라니는 초롱초롱한 눈으로 감격해서 말한다. "정말 고마워요, 언니."

시몬의 방으로 가려면 먼저 베아테 앞을 지나쳐야만 한다. 멜라니는 베아테를 본 순간 그 자리에 얼어붙는다. 그러나 베아테는 마치 처음 본 사람이라는 듯 친절하게 인사를 건네며 단 한 번 눈길을 주었을 뿐이다. 못 알아본 것이 아니라면 베아테는 천부적인 배우의 소질을 타고 난 것임에 틀림없다.

시몬은 자기 방에서 일을 하고 있다. 나는 머리만 쏙 내밀고 말한다.

"바빠요? 손님이 찾아오셨어요."

시몬은 고개를 든다. "어, 내가 상담 약속 잊어버렸나요? 돈보따리 싸들고 와서 빨리 하자고 보챕니까?"

"아니요. 사적인 손님이에요. 멜라니가 왔어요."

지금 시몬의 반응은 방금 전 베아테보다도 못하다.

"누구요?"

이런, 그는 멜라니를 기억하지 못한다.

내가 막 귀띔을 해주려고 할 때, 멜라니가 나와 문 사이를 비집고 들어온다.

"안녕, 시몬. 나예요."

시몬은 '아' 하는 짧은 탄성을 질렀을 뿐 별다른 반응을 보이지 않는다. 들어가서 커피나 한 잔 하라고 끌고 들어온 내가 너무 오지랖이 넓은 건가? 아니면 시몬은 재회의 기쁨에 할 말을 잊은 것일까? 나는 초인적인 자제심을 발휘해 호기심을 꾹꾹 누른 뒤 둘만 남겨둔 채 문을 닫는다.

하릴없이 책상 앞으로 돌아온 나는 이미 베아테가 종류대로 정리해놓은 우편물을 검토한다. 대부분 영양가 없는 것들이다. 상공인 연합회의 회원정보지, 영계 애인을 정리해줘서 고맙다는 어느 중년 여성의 짤막한 감사편지, 그밖에는 전부 계산서다. 이 정도면 빨간 날 기다리지 말고 일찌감치 휴가에 들어가도 되지 않을까? 하루를 헛되이 보내지 않기 위해 나는 머릿속의 계획을 문서로 작성하기로 마음먹는다. 그러나 십 분쯤 지난 뒤에도 여전히 자꾸만 시몬과 멜라니 생각을 하고 있는 나를 발견한다. 시몬은 멜라니를 어디 바 같은 데서 낚았을까? 아니면 슈퍼마켓에서 알게 됐을까? 헤커 사장에게 토끼소녀는 좀 어리지 않나? 이상한 일이다. 매일 접하는 일이 애정관계와 이별에 관한 것인데, 정작 그 일을 함께 하는 시몬의 사생활에 대해서는 아는 바가 전혀 없었다. 물론 싱글이라는 말을 듣기는 했다. 하지만, 예를 들어 퇴근 후에는 뭘 하지? 멜라니는 과연 그의 집으로, 동시에 우리 사무실로 낚여온 첫 번째 토끼소녀일까? 수많은 토끼소녀들이 시몬의 침실로 가기 위해 내 책상을 지나쳐 갔을 거라고 생각하니 왠지 기분이 이상해진다.

사실, 이것은 내가 신경 쓸 일이 아니다. 그런데 왠지 신경이 쓰인다. 게다가 멜라니는 보기 드문 미모의…… 생각이 이쯤에 이르자 혹시 이것이 질투의 감정인지 스스로에게 묻지 않을 수 없다. 이렇게 스스로와 청문회를 벌이고 있는데, 불현듯 시몬이 내 책상 앞에 와 선다.

"난 이만 퇴근할게요. 어차피 손님도 없고, 따로 할 일도 있고 하니까."

"그러실 테지요." 나는 의미 있는 웃음을 지으며 말한다. "즐거운 저녁 되세요."

"내가 착각한 건가요? 아니면 지금 나 놀리는 겁니까?"

"어머, 놀림당할 일이라도 있으세요?" 나는 약간 아양 섞인 목소리로 되묻는다.

"당연히 없죠. 베르크 씨는 이 근처에 왔다가 커피 한 잔 하러 잠시 들른 겁니다. 친구끼리 그러지 말란 법도 없잖아요?"

"그럼요, 그럼요. 그리고 난 놀릴 생각 같은 건 눈곱만치도 없었어요. 그냥 남은 시간도 즐겁게 보내시라고 인사한 것뿐이에요."

"고마워요. 베아테랑 율리아도 그만 퇴근하지 그래요?"

이 말에 나는 웃음이 삐져나오는 것을 참지 못한다. "어머, 혼자만의 오붓한 시간이 필요하신가 봐요?"

"율리아, 정말 이럴 거예요? 나도 자상한 사장 역할을 한번 해보려는 것뿐인데."

"어머, 미안해요. 너무 갑자기 역할을 바꾸시니까 그 뜻을 바로 헤아리지를 못했네요."

"헤아리고 싶은 대로 혼자 맘껏 헤아려요. 난 갑니다."

"좋은 저녁 보내세요. 아, 참, 베아테한테 내일 열한 시 이전에는 절대 출근하지 말라고 할까요?"

시몬은 휙 바람소리를 내며 방을 나간다. 잠시 후 멜라니와 함께 복도를 걸어가는 소리가 나고, 베아테에게 던지는 "그만 퇴근하세요."라는 짤막한 인사와 함께 현관문이 철커덕 닫히는 소리가 들린다. 문 닫히는 소리가 평소보다 거칠다.

오 초도 안 되어서 베아테가 내 방문을 열고 들여다본다. "무슨 일이 있었어?"

"아니요. 우리 사장님이 좀 머쓱하셨던가 봐요."

"역시 내가 제대로 봤네. 부엌에 있던 그 아가씨 맞지?" 나는 고개를 끄덕인다. 베아테는 쿡쿡 웃는다. "그러게 일과 사생활을 한데 섞으면 안 된다니까."

"지금쯤 아마 후회막심일 거예요. 하지만 누구 탓할 것도 없죠, 뭐. 이 집 아니면 안 된다고 끝까지 우긴 사람은 시몬이었으니까요. 허풍 떠느라고 너무 욕심을 냈어요."

"사실, 욕심낼 만도 하지. 사생활이 보장이 안 돼서 그렇지 집은 정말 좋잖아." 베아테는 시계를 본다. "사장님의 뜻인데 빨리 퇴근해야지. 선물도 아직 다 못 샀거든. 게르트는 지금이 돈 쓸 때냐고 아무것도 사지 말라는데, 그래도 선물 없이 크리스마스를 보내는 건 너무 서글프잖아? 그래서 작은 거라도 하나 사려고."

내 입에서는 한숨이 나온다.

"나도 파울 선물 아직 못 샀어요. 올해에는 뭘 사야 할지 도무지 모르겠네요. 파울은 자기를 행복하게 하는 건 이미 다 가졌다고 하고."

베아테는 내게 한 눈을 찡긋한다. "그게 다 칭찬이야! 그리고 내년에는 장가도 가게 해줄 거잖아. 그게 얼마나 큰 선물인데."

"그렇다고 내가 나를 포장해서 크리스마스트리 밑에 갖다놓을 순 없잖아요."

"크리스마스 날도 시댁에서 지낼 거라면서, 더욱 안 되지!" 베아테는 까르륵 웃는다. "나 시내 나가는데 같이 안 갈래? 남편 선물도 없이 크리스마스를 맞을 순 없잖아."

"아까 점심시간에 카티야랑 같이 돌아봤어요. 오늘은 더 이상 쇼핑할 기분 아니에요. 그냥 집에 갈래요."

베아테가 퇴근한 뒤 나는 컴퓨터를 끄고 나갈 채비를 한다. 이렇게 일찍 퇴근하는 것도 정말 오랜만이다. 사무실을 나서는데 내일을 위해 베아테가 미리 문에 걸어 놓은 오늘의 작은 위로가 눈에 띈다.

> 사랑 때문에 바보가 되는 사람은
> 사랑에 빠지지 않더라도 언젠가는 바보가 된다.
> ─ 고트홀트 에프라힘 레싱

나는 속으로 피식 웃는다. 시몬과 오늘의 갑작스러운 손님을 염두에 둔 글귀일까?

집에 도착하자마자 일단 소파에 털썩 주저앉는다. 지금은 세 시 반이다. 파울이 오려면 적어도 한 시간 반은 있어야 한다. 마음 놓고 게으름을 피울 수 있는 시간이다. 잡지 하나를 집어 든다. 아, 좋다. 소파에 누워서 뭔가를 읽는 것이 얼마만인가! 피델리아에 다닐 때에는 그래도 매일 저녁 신문 첫 장부터 마지막 장까지 대충이라도 읽을 시간이 있었다. 요즘은 가끔 《슈테른》(*독일의 시사 주간지)이라도 훑어볼 짬이 나면 다행이다. 소파 위에 막 편하게 자리를 잡자마자 휴대전화가 요동친다. 문자 메시지가 왔다. 나는 소파에 누운 채 꼼짝도 안 한다. 그러나 곧 호기심에 못 이겨 일어나 내용을 확인한다. 시몬이 보냈다: 친애하는 J, 친애하는 B, 1월 4일까지 휴무에 들어가기로 했어요. 할 일도 없잖아요. 휴가 잘 보내요. 메리 크리스마스+해피 뉴 이어, SH.

나는 기가 막혀 메시지를 재차 읽는다. 휴무? 뭐하자는 거야, 지금? 오늘 낮에 나도 똑같은 생각을 하긴 했지만 이건 그것과는 완전히 다른 얘기다. 모순되게 들릴 수도 있지만 다른 건 다른 거다. 나는 물론 순전히 작은 위로의 이익 차원에서 그렇게 생각한 것이다. 찾는 사람도 없는데 사무실에 죽치고 앉아서 인력낭비 할 일이 아니라 내일을 위해 에너지 재충전을 하자는 생각이었다. 하지만 이 시몬이라는 인간은 자기 생각밖에는 안 한다. 한번 실패한 작업을 만회할 기회가 생기자 눈에 보이는 게 없는 것이다. 자기 사생활, 아니 성생활 때문에 사장이라는 사람이 회사 일을 내팽개치다니! 바람둥이!

우리 사장의 사생활에 대해 나는 당연히 배 놔라 감 놔라 할 자격이 없다. 하지만 베아테와 나는 그의 잘난 사생활 때문에 강제로 휴무에 들어가는 상황이 됐단 말이다. 이게 말이 돼? 당연히 안 된다. 말이 안 될 뿐만 아니라 있을 수도 없는 일이다! 내가 그냥 넘어갈 줄 알았다면 큰 오산이다. 나는 이 사실을 알리기 위해 시몬의 전화번호를 누른다. 흠, 미리 짐작을 했군. 바로 음성녹음으로 연결된다. "시몬, 나 율리아예요. 메시지 듣는 대로 바로 연락 줘요." 어디, 두고 보자고요, 사장님!

그 다음으로 베아테에게 전화를 건다. 아직 시내에 있는지 전화를 받지 않는다.

급하게 누구랑 통화를 하고 싶은데 아무도 안 받을 때처럼 짜증날 때가 또 있을까? 이번에는 카티야에게 시도해본다. 짜증나 죽으라는 법은 없나 보다. 세 번 신호가 간 뒤 통화가 연결된다. 아싸!

"나 오늘 일찍 퇴근했어. 넌 아직도 쇼핑하고 있니?"

"아니, 다 샀어. 포장까지 완료!"

"좋겠다! 그럼 우리 집에 와서 오랜만에 일찍 퇴근한 이 친구랑 좀 놀아 주라."

"안 돼. 이따가 약속 있어."

"아하, 크리스마스 데이트?"

"그렇다고도 할 수 있지." 카티야는 시원하게 대답을 안 한다. 나도 더 이상 캐묻지 않는다. 사실 지금은 그런 얘기가 별로 당기지 않는다. 그 대신 내 이야기를 쏟아낸다. 멜라니가 왔던 일과 갑작스러운 휴무 통보에 대해 열을 내며 이야기한다. "어떻게 생각해?" 평소보다 훨씬 수다스럽게 보고를 마친 뒤 나는 카티야의 반응을 살핀다.

"잘됐네." 카티야의 심드렁한 대답이 돌아온다.

내가 원했던 반응이 아니다. "잘되긴 뭐가 잘돼? 내 말 제대로 들은 거야? 시몬이 자기 맘대로 휴무를 결정한 건 그 멜라니라는 애하고 실컷 놀고 싶어서라고! 우리가 언제 일하고 언제 쉬는지가 그 사람 사생활에 따라서 좌지우지되어야 하는 거니?"

"왜 그래? 어차피 손님도 없으니까 일찍 휴가 시작하면 좋겠다고 한 건 너였잖아. 하루라도 더 쉬면 좋은 거 아냐? 그리고 그 여자애는 너하고 아무 상관도 없잖아. 시몬도 좀 즐기라고 놔둬. 아님, 너 혹시 그 애한테 질투하니?"

"어머! 얘가 미쳤나봐? 난 그냥 직원의 한 사람으로서 내 의견이 의사결정에 반영되기를 바라는 것뿐이야. 사장이라고 해서 그렇게 독단적인 결정을 내려도 되는 거니? 게다가 문자 통보라니 말도 안 돼."

"질투하는 거 맞네." 카티야는 매정하리만치 건조하게 내뱉는다. "몇 시간 전만 해도 시몬과 같은 의견이었으면서 그 애가 나타나자마자 이렇게 생난리를 치고 있잖아. 파울이 알면 뭐라고 할지 참 궁금하다, 얘."

못된 기집애! 내가 왜 이 기집애한테 전화를 한 거지? 파울한테 생트집이나 잡으려고 혈안이 돼 있는 애한테?

"파울은 내 말이 옳다고 할걸. 시몬이 집과 사무실을 공용으로 한다고 할 때부터 파울은 반대였어. 그리고 파울 말이 맞았던 거지."

"그렇게 흥분하지 마. 돈은 돈대로 받으면서 며칠 더 쉴 수 있는데 왜 화를 내고 그래? 횡재 만난 거야."

"그래도 이건⋯⋯"

"좀 쉬어, 율리아." 카티야는 이제 더 이상 받아주지 않겠다는 기세다. "과자도 굽고, 파울 선물도 사러 가고, 아기 예수 탄생을 기뻐하라고. 알겠니?"

난 한숨을 쉰다. "알았어. 네 말이 맞는 것 같아. 과자나 구워야겠다."

"그래. 그럼 크리스마스 기분도 날 거야."

"우리 크리스마스 전에 한번 만날까?"

"힘들 것 같아. 주말까지 매일 밤 열 시까지 일해야 돼거든. 이십사일까지 예약이 꽉 차 있어. 올해는 크리스마스 전에 머리를 하는 손님이 특히 많네."

"아우, 너무해⋯⋯ 일 끝나고 글뤼바인 한 잔 정도는 마실 수 있잖아. 늦어도 괜찮아."

"아니야. 진짜 안 돼. 미안해. 율리아, 나 이제 나가야 되거든. 끊는다!"

전화를 끊은 뒤 나는 하릴없이 부엌으로 가 오래 전에 산 제빵 제과 요리책을 꺼낸다. 어떤 과자를 구울까 생각해보지만 집중이 안 된다. 자꾸 딴 생각이 든다. 카티야에게는 뭔가 숨기는 것이 있다. 아니, 숨기는 사람이 있다. 한 시간도 안 된다고 딱 잘라 거절하는 폼이 무지 수상하다.

20장

"위르겐, 나무가 삐뚤다니까요." 마이스너 집안의 거실, 파울의 어머니 레나테는 역시 마음에 안 든다는 듯, 거실 중앙에 덩그러니 서 있는 나무를 다시 한 번 둘러본다.

"삐뚤긴 뭐가 삐뚤다고 그래? 이제까지 산 나무 중에서 제일 좋은데." 위르겐도 지지 않고 맞선다. 레나테는 기가 막힌다는 표정을 짓는다.

"그 말은 맞네요. 요 몇 년 동안 사온 것들은 나무라기보다는 장작때기에 가까웠으니까요. 항상 늦게 가니까 장작때기 같은 것만 남아 있지요. 그나마 이번 것은 생물학적 의미에서나마 나무라고 할 수 있겠네. 그래도 삐뚠 건 삐뚠 거예요."

위르겐은 눈동자를 위로 굴리며 황당하다는 표정을 짓는다. "레나테, 아직 제대로 세우지도 않았어. 그러니 삐뚤어 보이는 게 당연하지. 저리 가요, 내가 할 테니까."

"하긴 뭘 해요? 나무 자체가 삐뚤다니까. 아무리 앞뒤로 돌려봐요, 삐뚠 것이 펴지나. 아유, 내가 지금 이것 때문에 열 내고 있을 때가 아니지. 나무는 당신 책임이니까 당신이 알아서 해요."

그렇다. 성탄절이다. 사랑의 축제…… 파울 부모님의 집에서는 언제나 "여보, 나무가 삐뚤잖아요."라는 말로 성탄절이 시작된다. 결국 전체적으로 원만한 성탄절이 되긴 하지만 시작은 언제나 이런 식이다. 나는 그만 피식 웃고 만다. 파울이랑 나도 나중에 저렇게 될까? 왠지 정겹고 마음이 훈훈해지는 장면이다. 우리도, 말하자면 이 가문의 오랜 전통을 이어가게 될까?

우리 엄마는 성탄절에 언제나 따뜻한 곳으로 여행을 간다. 섭씨 25도의 맑은 하늘 아래서가 아니면 명절 스트레스에 짓눌려 죽을 것이라는 것이 여행의 구실이다. 그래서 몇 년 전부터 우리 부모님이 마데이라(＊휴양지로 유명한 포르투갈령의 섬. 마데이라는 포르투갈어로 '나무'라는 뜻이다) 섬의 선탠 의자에 앉아 있는 동안 나는 마이스너 집안의—삐뚤어진—나무 아래 앉아 있게 되었다.

파울이 거실로 나와 내 옆 소파에 앉으며 뜨거운 잔을 건넨다.

"아, 뜨거! 이게 뭐야?"

"냄새 맡아봐."

"흐음, 글뤼바인이네. 도수가 상당히 높아 보이는데?"

"응. 올해는 우리 부모님의 크리스마스트리 촌극을 맨정신으로 견디기 힘들 것 같아서 말이야. 그리고 자기더러 맨정신에 저 촌극과 술취한 약혼자를 동시에 견디라고 하는 건 너무 잔인하잖아? 그래서 만드는 김에 자기 것도 같이 만들었어. 건배!"

한 모금 마시자 속에서 불이 확 난다. 후아! 화주(火酒)다! "이거 글뤼바인 맞아? 브랜디가 더 많이 들어간 것 같아."

"그래야 오래 가지. 오늘 하루 버티려면 진하게 마셔둬야 해." 파울은 껄껄 웃으며 자기 잔에서 한 모금 쭉 들이켠다.

나는 자리에서 일어나 아직도 나무 때문에 싸우고 있는 파울의 부모님 곁으로 간다.

"저기, 뭐 더 필요하신 거 없으세요? 두 시까지 가게 문 여는 것 같던데, 필요한 거 있으면 저희가 나가서……"

"곧은 나무 한 그루 사오너라." 파울의 어머니가 침통한 목소리로 말한다. "다른 건 다 있다."

다시 파울 옆으로 도망 온 나는 파울의 귀에 대고 속삭인다. "우리도 늙으면 저렇게 될까?' 파울은 고개를 끄덕인다.

"응, 백 퍼센트." 나는 눈을 휘둥그레 뜨며 위협적인 표정을 지어 보인다. 파울은 팔꿈치로 나를 툭 치며 말한다. "역할이 바뀔 수는 있겠지. 자기가 나무를 사오고 나는 잔소리하고." 나는 파울을 바싹 끌어당겨 쪽 소리 나게 입을 맞춘다.

네 시간 뒤, 나무 장식이 끝나고, 오븐에서는 거위가 노릇노릇 익어갈 무렵, 파울의 부모님도 결국 휴전에 들어간다. 우리는 모두 꼬까옷으로 갈아입었고, 파울의 할머니도 느지막이 도착했다.

파울의 할머니는 여든일곱 살의 나이와 동글동글 말아 올린 파르스름한 회색의 파마머리 때문에 언뜻 보면 순진하고 수더분해 보이는 인상이다. 하지만 절대 얕잡아봐서는 안 된다. 할머니는 눈치가 보통이 아니어서 척하면 착이고, 입심도 좋아서 잘못했다가는 험한 말을 듣기 일쑤다.

"아이고, 잘 지냈는가?' 할머니는 인사와 함께 내 볼을 살짝 꼬집는다.

"네, 할머니도 잘 지내셨어요?"

"어이, 근디 어찌 쪼매 말렀는갑다. 여름까지는 살 좀 다시 찌워야 혀. 신부가 바람에 떠날러가게 생겨서 어디 쓰겠어?"

"걱정 마세요, 할머니. 어머니가 또 요리를 십인 분은 하셨어요. 크리스마스 둘째 날까지는 아마 식구들 모두 적어도 오 킬로씩은 찔 거예요." 이 말은 안타깝게도 사실이다. 파울의 어머니는 명절에 사람이 모이는데 음식이 남으면 남았지 절대 모자라서는 안 된다고 믿는 사람이다. 할머니는 머리를 절레절레 흔든다.

"먹는 것만 중요헌 것은 아니여. 사람이 모이믄 술이 있어야제. 샴페인 있으믄 쪼매 따라봐라. 술이 없으믄 명절 기분이 안 나는 것이여." 파울은 할머니가 시키는 대로 샴페인을 가져와 먼저 할머니 잔에 따르고 다른 사람들에게도 따라준다.

파울의 아버지는 잔을 높이 들고 축사를 한다. "가족 여러분! 올해도 잘 장식된 크리스마스트리 앞에……"

"아주 조금밖에 안 삐뚤어진 트리 앞에!" 파울이 덧붙이며 내게 눈을 찡긋한다.

"······이렇게 모두 모일 수 있어서 정말 기쁩니다." 파울의 아버지는 아들의 방해 공작에 아랑곳없이 계속 말을 잇는다. "메리 크리스마스. 건배!" 우리는 서로 돌아가며 잔을 부딪친다. 나는 밀려오는 감동에 일단 숨을 한 번 크게 들이마신다. 아직 정식 가족은 아니지만, 티격태격 싸움도 하고, 너무 기름진 음식들뿐이지만, 가족과 함께 하는 성탄절은 감동적이다. 따뜻하고 포근하며 사랑이 넘친다. 지금 이 순간에 여기 있는 것이 정말 좋다. 나는 가만히 파울의 손을 잡는다.

"다 마셨으면 이제 전채부터 시작해볼까요?" 열정적 요리사인 레나테 마이스너는 지난 이틀간을 꼬박 부엌에서 보냈다. "올해는 좀 특별한 것으로 준비해봤어요. 연어 테린(＊파이와 비슷하지만 빵 없이 젤라틴으로 굳혀 만든 음식)이에요. 맛있게들 드세요." 레나테는 꽤나 상기된 표정이다.

위르겐은 그녀의 어깨에 팔을 두르고 머리카락에 입을 맞춘다. "장맛 좋은 집은 금슬도 좋다고 난 아마 음식 때문에도 당신 절대 못 떠날 거야." 레나테는 약간 수줍어하며 남편을 쳐다본다. 결혼 삼십 년째인 부부의 모습이다. 귀여워라! "단, 내 나무에 대해서 또 잔소리를 할 경우에는 다시 생각해보겠어!" 이 말과 함께 그는 껄껄 웃음을 터뜨리고 레나테는 화난 척 남편의 가슴을 때린다.

"감히 그런 소리를 해요? 내년에는 소시지와 감자샐러드밖에 없을 줄 알아요."

막 식당으로 발을 옮기는데 내 전화기가 울린다. 누가 성탄전야에, 그것도 이런 시간에 전화를 한담? 외로운 명절을 보내느라 힘들어진 고객인가? 시몬의 뜻대로 회사는 휴무에 들어갔고 새해에나 근무를 다시 시작하지만, 비상 연락망은 연휴기간에도 유효하다. 그러니 전화를 받아야 한다. 내 직업이니 어쩔 수 없다.

가방 밑바닥에 있는 전화기가 금방 손에 잡히지 않아 이미 벨소리가 멈춘 후에야 전화기를 찾아낸다. 액정화면을 보니 시몬의 번호가 떠 있다.

시몬이 왜 성탄전야에 나한테 전화를 하지?

"누가 이 시간에 전화를 하는 거야?" 즉시 파울이 다가와 내 전화기 화면을 엿보려고 한다.

"응, 아마 고객인 것 같아." 라고 말하며 나는 얼른 전화기를 뒤집는다. "사후 119 서비스 있잖아."

"오늘은 크리스마스야." 파울이 화난 목소리로 외친다.

"지금이 그 사람들한테는 특히 더 힘들어." 겉으로는 이렇게 말하지만 속으로는 죄책감이 밀려든다. 시몬에게 전화를 해야 하나? 하지 않기로 한다. 정말 급한 일이면 다시 전화가 오겠지."

순간, 다시 전화가 울린다. 재빨리 화면을 확인한다. 다시 시몬이다. 나는 아주 태연한 목소리로 전화를 받는다. 누가 전화했었는지 내가 이미 알고 있다는 것을 파울에게 들키지 않기 위해서다.

"네, 린덴탈입니다."

"안녕하세요, 린덴탈 씨?" 시몬이 아닌 웬 여자 목소리에 나는 깜짝 놀란다. "에블린 프랑케예요. 기억하세요?"

"에……" 빠르게 기억 속을 뒤지지만 그 이름은 찾아지지 않는다. "미안하지만 기억이 안 나네요."

"일전에 그쪽 에이전시의 광고 일을 했었지요." 그녀가 설명한다.

아, 그 에블린. 하지만 에블린이 왜 나한테 전화를 하지? 성탄절에 고객 유치 전화를 할 리는 없고, 그때 광고비 결제가 안 됐었나? 그런데 왜 시몬의 번호가 뜨는 거지? 알 수 없는 일투성이다. "그런데 어째서…… 저, 상황이 좀 이해가 안 되는데요."

"예, 그러실 거예요. 저도 본의 아니게 성탄절에 전화를 드리게 됐네요. 그런데 정말 급한 일이라서 어쩔 수가 없었어요."

"급한 일이요?" 역시 결제가 안 됐구나.

"예, 지금 시몬 헤커가 저희 집 소파 위에 쓰러져 있는데, 아주 비관적인 상태예요."

"네?" 며칠 전만 해도 멀쩡했는데. 나는 다른 식구들을 의식해 얼른 복도로 나간다.

"무슨 일이에요? 헤커 씨한테 무슨 일이 생겼나요?"

"예, 맞아요."

"지금 상태가 어떤데요?" 비관적이라니 거의 암호해독 수준이다. 큰일이 아니어야 할 텐데.

"술이 떡이 됐다고나 할까요?"

"뭐요? 술 취해서 그 집에 쓰러져 있단 말인가요?"

"네."

"오해는 하지 말고 들어주세요. 저도 냉정한 사람으로 비치고 싶지는 않거든요. 그런데 제가 그 일과 무슨 상관이죠? 왜 지금 저한테 전화를 하셨어요?"

"파트너시니까 와서 좀 데려가실 수 없나 해서요."

"뭔가 오해하시는 모양인데, 전 헤커 씨의 사업상 파트너이지 인생의 파트너가 아니거든요." 저편에서 에블린 프랑케의 한숨 소리가 들린다. 하지만 이건 정말 내 문제가 아니다. 그리고 내가 성탄전야에 나가서 헤커를 데려오겠다고 하면 파울이 나를 가만두지 않을 것이다. 그래도 궁금한 것은 못 참는다. "그런데 왜 헤커 씨가 그 집 소파에 가 있죠? 만약 두 분이서 오붓한 크리스마스 파티를 하다가 그렇게 된 거라면 헤커 씨를 돌보는 일은 그쪽에서 해야 할 크리스천의 의무 아닐까요?"

에블린 프랑케는 큰 소리로 웃는다. "아니요, 전혀 그렇지 않아요. 한 시간 전에 시몬이 집으로 찾아왔어요. 곤드레만드레 취해서는 몸도 잘 못 가누더라고요."

"저런, 놀라셨겠네요. 그런데 왜 하필이면 프랑케 씨를 찾아갔을까요?"

"사실은 한때 좀 가깝게 지내는 사이였어요. 혀 꼬인 소리로 중얼중얼하는데 옛날 생각이 났다나 어쨌다나."

나는 혼자 피식 웃는다. 시몬은 명절 우울증에 걸린 것이다!

그 인간에게 그런 고도의 감정적 동요가 가능하리라고 누가 생각이나 했단 말인가! 지금 옛 애인의 집에 있다면 멜라니와의 단란한 해피 크리스마스 계획은 무산된 모양이군.

자초지종을 듣고 나니 이제 일련의 궁금증은 풀렸다.

"성탄전야를 망치셨겠네요. 하지만 제가 헤커 씨 유모도 아니고…… 그냥 자게 놔뒀다가 아침에 쫓아내시는 게 어때요?"

"평소 같으면 그렇게 했죠. 그런데 지금은 상황이 달라요. 한 시간 뒤면 제 남자친구가 저를 데리러 올 거예요. 그 다음엔 짐을 싣고 공항으로 가야 하고요. 세 시간 뒤에 캐리비안으로 가는 비행기를 타야 하거든요. 그냥 택시에 실어서 집으로 보낼까 하는 생각도 했지만 어느 택시기사가 이렇게 인사불성이 된 사람을 태워주겠어요? 전 차가 없어요. 그렇다고 집 앞 복도에 눕혀놓고 갈 수도 없고."

이런. 그렇다면 상황이 또 달라진다. 나는 헛기침을 한다.

"큰일이네요. 그런데 가까운 사이였다면서 함부르크에 다른 친구나 친척이 있는지 혹시 모르세요?"

"제가 아는 사람은 없어요. 시몬 전화기의 통화기록을 뒤졌더니 린덴탈 씨 번호가 가장 많이 찍혀 있더라고요. 그래서 전화를 한 건데……" 그녀는 말끝을 흐린다.

파울에게 어떻게 말해야 할지 머리를 굴려본다. 다른 방법이 없다. 성탄전야의 스케줄에 약간의 차질이 생겼다고 솔직하게 말하는 것이 최선이다.

"어쩔 수 없네요. 그쪽 주소를 불러주세요."

"고마워요, 린덴탈 씨. 저한테는 구세주이세요."

전화를 끊는다. 이제 날 잡아 잡수 하고 호랑이굴로 들어갈 차례다.

파울은 부엌에서 어머니를 도와 테린(*여러 가지 채소, 생선, 고기 등을 층층이 쌓아 굽거나 젤라틴으로 굳힌 요리)을 잘라 접시에 예쁘게 펼쳐 담고 있다.

나는 레나테가 자리를 뜰 때까지 기다린다.

"자기, 문제가 생겼어."

파울은 몸을 돌려 내 표정을 살핀다. "또 그 119 상황이야?"

"비슷해." 나는 에블린 프랑케와의 전화 내용을 짤막하게 요약해서 들려준다. 아직 가기로 약속했다는 말은 하지도 않았는데 그는 화를 내기 시작한다.

"잠깐만. 지금 술 취한 헤커를 데리러 가겠다는 말이야?"

"그게…… 응. 그리고 이미 가겠다고 약속했어."

"뭐? 지금 제정신이야? 절대 안 돼! 이건 중요한 가족모임이야. 우리 어머니가 이거 준비한다고 며칠을 부엌에 서 계셨는지 알고 하는 말이야? 헤커를 여기로 데려올 생각은 꿈에도 하지 마." 파울은 어찌나 화가 났는지 얼굴이 시뻘개져서는 연어 자르던 칼을 이리저리 휘두르는 통에 나는 저절로 한 걸음 뒤로 물러선다.

"좀 진정해! 그리고 그 칼 좀 휘두르지 마." 내 말에 파울은 여전히 씩씩거리면서도 손동작은 멈춘다. "어쩔 수 없잖아. 함부르크에 더 이상 아는 사람도 없는 것 같은데."

"그래서? 자기가 무슨 구세군이야? 그리고 내가 무슨 자선사업가인 줄 알아? 술 깰 때까지 근처 병원에 맡기라고 해."

"파울. 오늘은 성탄절이야."

"알고 있어. 그거 생각 못 하는 사람은 자기 아니야?"

"아니, 왜들 싸우니?" 레나테는 거실 장식장에서 좋은 식기들을 꺼내오느라 우리가 하는 이야기를 다 듣지는 못했다.

"착한 일 안 하고는 못 배기는 율리아 버릇이 또 도졌어요. 지금 어디 쓰러져 있는 회사 사장을 도와주러 가겠대요. 그 사장 안 그래도 맘에 안 들었는데, 밉다, 밉다 하니까 정말 미운 짓만 골라서 하네."

"그냥 차에 태워서 집에 데려다주기만 하면 돼요." 나는 미안한 표정으로 레나테에게 양해를 구한다.

"파울, 나도 타이밍이 좋지 않다는 건 알아. 하지만 만약 내가 곤경에 처했을 때 누군가 날 도와준다면 난 정말 감사할 거야." 나도 할 말은 해야겠다.

"누군가라니? 자기는 안정된 관계 속에서 살고 있어. 헤커하곤 달라. 성탄전야에 다른 사람들한테 피해 줄 일은 없다고!"

"얘들아, 그만해라." 레나테는 진정시키려는 듯 아들의 머리를 쓰다듬는다. "성탄전야는 이웃사랑을 실천하기에 좋은 타이밍 아니니? 그리고 지금 바로 나가면 연어는 놓쳐도 거위 때는 돌아올 수 있겠구나."

파울은 아직도 성이 잔뜩 나서, 하고 싶은 대로 하라며 투덜거린다. 그러나 더 이상의 말은 하지 않는다. 레나테가 그렇게 아무 일도 아니라는 듯 말해주니 천군만마를 얻은 기분이다. 나는 그녀에게 눈짓으로 감사의 인사를 보낸다. 그녀도 답례로 눈을 찡긋 하는데, 무언의 한숨 같은 제스처로 "남자들이란 하여튼!" 이라고 말하는 듯하다.

리장

다 왔다. 에블린 프랑케의 집은 저 앞에 있는 오른쪽 집이다. 내 낡은 오펠 코르사의 카 라디오에서는 웸의 〈라스트 크리스마스〉가 흘러나오고 있다. 십이월 들어 이 노래를 백 번도 더 들은 것 같다. 음악 방송 PD들의 십팔번인지 이상하게도 자꾸 이 노래만 틀어준다. 그러나 이런 노래 하나가 히트한다면 일주일간 남프랑스의 성에서 결혼 피로연 하는 것 정도는 문제도 아닐 것이다. 음악적 재능을 타고나지 못한 것이 천추의 한이다. "Last christmas, I gave you my heart, but the very next day, you gave it away"를 나지막이 따라 부르며 '한때 가깝게 지내던 사이'가 과연 어떤 사이였을지 생각해본다. 헤커는 광고 인력이 필요해지자 왕년에 자기가 사귀었던 숱한 여자들 중에서 우리의 미스-PR을 뽑아낸 것일까? 정말 못 말리는 남자다. 그렇다면 나쁘게 헤어지지는 않았다는 말인데. 이것 역시 헤커에게 실점이 되지는 않는 대목이다.

아직 초인종에서 손가락을 떼지도 않았는데 문이 벌컥 열리며 에블린 프랑케가 모습을 드러낸다. "어서 와요! 혹시 마음이 바뀌어서 안 오는 것 아닌가 걱정했어요. 그럼 정말 곤란해지거든요. 시몬은 그새 곯아떨어졌어요. 들어오세요. 깨워야겠어요."

앞장서는 그녀의 뒤를 쫄래쫄래 따라 들어간다. 시몬은 빨간색 디자이너 소파 위에서 코를 드르렁드르렁 골며 자고 있다. 에블린은 그의 소맷자락을 잡아 흔든다. 처음에는 살살 흔들더니 일어나지 않자 마구 흔든다. 그래도 반응이 없다. 이번에는 어깨를 잡아 흔든다.

"시몬, 일어나. 린덴탈 씨가 왔어. 집에 데려다줄 거야." 헤커는 알아들을 수 없는 말을 그르렁거린다.

"시몬, 일어나라니까! 나 지금 나가야 돼. 집에 갈 시간이야!" 그는 우리 쪽으로 얼굴을 돌리더니 초점 없는 눈으로 나를 본다.

"잘래." 그는 다시 소파 위로 쓰러진다.

"여기서는 안 돼." 에블린이 야단치듯이 말한다. "어서 일어나. 다른 데 가서 자라고. 린덴탈 씨 따라서 빨리 집에 가."

시몬은 이제야 나를 알아본 모양이다. "어, 율리아, 반가워요! 그는 혀 꼬부라진 소리로 말하며 비틀비틀 일어나 앉는다.

"저도 정말 반가워요." 비꼬는 말로 핀잔을 주려는 의도였지만 지금 상태의 시몬에게는 전혀 먹히지 않는다. "가죠. 집 앞에 차를 세워놨어요. 집에 데려다줄게요."

"집?" 헤커는 내 말을 반복한다.

"그래요, 집이요. 자, 어서 일어나요!"

그가 자리에서 일어나자 나는 에블린 프랑케와 함께 그를 부축해 문을 나선다. 아, 나는 왜 사서 고생을 할까! 나는 에블린에게 비닐봉지를 하나 달라고 한다. 내 차에다 토하면 내가 어떻게 반응할지 나도 알 수 없다.

차를 타고 가는 동안 비닐봉지를 가져오길 정말 잘했다고 생각한다. 첫 번째 골목을 돌자마자 쓸모가 있었다. 정말 끝내주네. 더구나 난 옆에서 누가 토하는 소리만 들어도 메스꺼워지는 타입이다…… 조금이라도 신선한 공기를 마시기 위해 내 쪽의 창문을 연다. 그리고 가속 페달을 밟는다. 어서 빨리 사무실에 도착해서 시몬을 내려놓는 수밖에 없다!

그러나 마음처럼 빨리 가지지가 않는다. 백 미터마다 한 번씩 토하는데, 시몬의 엑스 걸 프렌드가 준 봉지는 커다란 슈퍼마켓 봉지가 아니라 자그마한 위생용품점 봉지다. 거의 사십오 분이 지나서야 지리히슈트라세에 도착한다. 이제 거위구이는 물 건너갔다. 시간에 댔더라도 먹지는 못했을 것이다. 오늘 이후 적어도 삼주 동안은 식욕이 없을 것 같다.

시몬 헤커는 얼굴이 허연 게 초죽음 상태다. 슬슬 동정심이 든다. 성탄 전야에 왜 이렇게 술이 떡이 되도록 마신 것일까? 차를 타고 오는 동안 그는 한마디도 하지 않았다. 하긴 말할 틈이 아예 없었다. 누가 두 가지 일을 동시에 할 수 있단 말인가, 말하고…… 또…… 됐다, 더 이상은 말하지 말자.

나는 시몬이 차에서 내리는 것을 도와주려고 조수석으로 간다. "자, 다 왔어요. 위에까지 데려다 줄게요. 그리고 금방 다시 가봐야 해요."

"아파요." 시몬은 나를 쳐다보며 기침을 한다. "율리아, 좀더 있다 가면 안 돼요?" 아직 한 번도 본 적이 없는 헤커의 강아지 눈은 사람의 마음을 잡아 흔드는 데가 있다. 갑자기 나 자신이 피도 눈물도 없는 인간으로 느껴진다.

"이런 상태에서 혼자 있고 싶지 않은 것은 이해해요. 하지만 오늘은 성탄전야라구요. 파울과 가족들 모두 나를 기다리고 있어요. 파울은 내가 여기 오는 것도 못마땅해했어요. 더 이상 기다리게 할 수 없어요. 이런 갑작스런…… 어…… 병치레도 날을 봐가면서 해야죠."

시몬은 잠시 아무 말 없이 앉아 있다가 천천히 차에서 빠져나온다. 나는 손을 내밀어 그가 일어나도록 도와준다. 차에서 내린 그는 잠시 크게 휘청거린다. 그러다 앞으로 한 걸음 내딛는가 싶더니 푹 고꾸라지며 내 목에 매달린다. 내 얼굴 위로 술 냄새가 확 풍긴다. 말 그대로 숨이 막힌다. 나는 숨을 참는다.

"율리아, 나 너무 외로워요!" 시몬은 혀 꼬부라진 소리를 하며 나를 꽉 끌어안는다. 나는 그를 밀어내려 하지만 그는 납덩어리처럼 끄떡도 하지 않는다. "가지 말아요…… 당신이 있으면 안 아플 것 같아요." 그는 흐느껴 울기 시작한다.

"시몬, 이거 놔요. 아픈 건 알겠는데, 숨도 못 쉬게 해서 나를 죽일 작정이에요?"

"아." 시몬은 비틀거리며 뒤로 한 걸음 물러선다. "그럴 생각은 아니었어요. 미안해요."

"됐어요. 빨리 올라가요." 시몬은 어린아이처럼 시무룩해져서 내 뒤를 따라 올라온다. 우리 층에 도착하자 문을 열고 그를 살짝 집안으로 밀어 넣는다.

"자, 이제 바로 가서 자요. 어떤지 보러 내일 잠깐 들를까요?"

헤커는 말없이 고개를 끄덕인다.

"좋아요. 그럼 내일 봐요. 잘 자요!"

막 문을 닫으려는데 헤커가 뭔가 내 뒤에 대고 소리친다.

"또 뭐예요?"

"메리 크리스마스. 율리아, 당신은 천사예요."

혀 꼬부라진 소리였지만 듣기 싫은 말은 아니다.

돌아가는 길에 나는 생각한다. 시몬은 정말 외롭고 불행한 것일까, 아니면 0.28퍼센트의 혈중 알코올 농도와 섞인 명절 우울증 때문일까? 자타가 공인하는 바이지만, 나는 옆 사람이 불행한 꼴을 못 보는 성격이다. 그냥 마이스너 씨 집으로 함께 데려갈 걸 그랬나 하는 생각이 든다. 그랬다면 파울이 내 목을 비틀었을 것이다. 마이스너 가족도 인사불성이 된 취객을 성탄 선물로 받고 싶지는 않을 것이다. 그래도 나는 파울과의 언쟁을 불사하면서까지 시몬을 안전하게 집에 데려다주었다. 일단은 이것으로 위안을 삼는다. 성탄전야에 이만큼 했으면 정말 할 만큼 한 것이다.

다시 집으로 돌아오니 파울은 나를 아는 척도 하지 않는다. 아하, 아직도 삐쳐 있구나. 그러라지, 뭐. 반대로 레나테는 나를 더욱 반긴다.

"아유, 오래 걸렸네. 내가 거위 요리하고 붉은 양배추 절임, 사과 구이하고 해서 큰 접시에 따로 데워 놨어. 앉아 있어. 금방 가지고 올테니." 순간적으로 나는 토하는 시몬을 떠올리고 만다.

"어머니, 놔두세요. 지금은 못 먹을 것 같아요. 좀 있다가 먹든지 할게요. 샴페인이나 한 잔 마실래요."

"파울, 율리아한테 샴페인 한 잔 갖다 주렴. 그러고 나서 이제 선물을 풀자."

"어머나, 저 때문에 기다리셨어요?"

"당연하지." 파울이 언짢은 음성으로 쏘아붙인다. "우리는 지켜야 할 것은 지키거든."

나는 파울의 빈정거림을 못 들은 척하고 예쁘게 포장된 선물 상자들이 쌓여 있는 크리스마스트리 쪽으로 가 다른 가족들 옆에 앉는다. 예비 시부모님을 위해 나는 나와 파울이 함께 찍은 사진 중에서 잘 나온 것을 골라 액자에 넣었다. 레나테는 가족들의 사진을 모아 벽난로 위에 장식하기 때문이다. 할머니 선물로는 크랩트리&에블린의 라벤더향 바디케어 세트를 샀다. 라벤더는 할머니가 가장 좋아하는 향이다. 파울에게는 상당히 좋은 레드와인 한 병과 와인에 관한 영화 〈어느 멋진 순간〉(＊리들리 스콧 감독, 러셀 크로우 주연의 2006년 영화)의 DVD를 선물했다. 더 이상 뭘 사야 할지 몰라 에라 모르겠다는 심정으로 산 선물이다. 그래도 양말보다는 낫지 않은가.

어느새 모두의 손에는 샴페인 잔이 들려 있고, 파울의 아버지는 새 캐럴 송 CD를 넣는다. 전주가 흐른다. 〈라스트 크리스마스〉다. 저절로 웃음이 나온다. 나는 삐쳐 있는 내 약혼자를 비롯한 가족들 모두와 잔을 부딪친 후 내 앞으로 된 선물을 찾는다. 예쁜 포장 때문에 특히 눈에 띄는 작은 상자 하나가 있다. 상자는 비닐 포장 속에 들어 있고, 이 안에는 빨간 종이로 오린 하트가 가득 들어 있다. 그리고 빨간색의 커다란 카드도 붙어 있다. 나는 봉투에서 카드를 꺼내 읽는다.

사랑하는 율리아,

크리스마스는 사랑의 축제라고들 하지. 그러니 사랑하는 사람에게 사랑한다고 말하기에 더할 나위 없이 좋은 때라고 생각해.

난 완벽한 로미오는 아니지만, 자기 같은 낭만소녀에게는 로맨틱이 중요하잖아? 그래서 지난 몇 주간 이 노트를 썼어. 내가 왜 자기를 사랑하는지, 그리고 자기랑 좋았던 순간들에 대해 매일매일 쓴 노트야.

아직 얇은 노트지만, 시작 치고는 괜찮지?

자기랑 부부로 살게 될 삶이 기다려져. 그때쯤이면 아주 두꺼운 노트가 완성될 거야.

사랑해.

파울

나도 모르게 눈물이 솟구친다. 완전히 감동 먹었다. 그리고 동시에 너무도 미안한 마음이 든다. 파울은 나를 위해 이렇게 정성을 다했는데, 나는 별 생각 없이 고른 와인 한 병에 싸구려 DVD로 넘어가려 했으니. 파울은 어느새 내 옆에 와 앉아 있다.

"맘에 들어?"

나는 고개를 끄덕인다. "정말 멋져. 고마워." 나는 그에게 살짝 키스하고, 그는 나를 포옹한다.

"짜증내서 미안해. 그런데 너무 화가 났어. 난 하루 종일 자기가 내 선물을 보면 뭐라고 할까 하는 생각에 마음이 부풀어 있었는데, 자기는 헤커 때문에 나가겠다고 하고."

"아니야, 내가 미안해. 나라도 화가 났을 거야." 우리는 서로의 눈을 지그시 들여다본다. 파울이 미소를 짓는다.

"화해한 거다?"

나는 고개를 까딱한다. "응, 화해!"

그는 나를 꼭 안아준다. "메리 크리스마스! 자, 이제 술고래 헤커 얘기를 들어봐야지."

나는 한숨을 한 번 쉰 뒤 나의 헤커 구조 작전을 요약해서 들려준다. 특히 내가 구조 대상의 급성 차멀미 증상에 대해 이야기하자 파울은 큰 소리로 웃는다. "엄청 쿨한 척하는 자기 사장이 구토 봉지를 손에 들고 있는 꼴이라니, 상상은 잘 안 되지만 진짜 웃기다!"

"아니야, 정말 심하게 안 좋은 것 같았어."

"다 제 잘못이지, 뭘. 쌤통이다."

나는 잠시 생각에 잠겨 파울의 눈을 들여다본다. "자기, 나 한 가지 부탁이 있는데 들어줄 수 있어? 크리스마스 부탁이야."

"뭔데 그래? 어서 말해봐." 그는 내 턱에 손을 갖다 대고 코에다 입을 맞춘다.

"언제 한번 시몬이랑 맥주 마시러 가면 안 돼? 시몬 얘기만 나오면 질색을 하고 싫어하잖아. 친한 친구가 되라는 건 아니야. 그렇게 싫어하지 말고 좀 사이좋게 지냈으면 좋겠어. 남자들끼리는 맥주 한 잔 하면서도 금방 친해지잖아."

파울은 끙 소리를 내며 못마땅한 표정을 짓는다. "왜 나한테 그런 걸 요구하는 거야?"

"요구하는 거 아니야."라고 말하며 나는 최대한 사랑스러운 표정을 짓는다. "그냥 그랬으면 좋겠다는 거지."

"그러지, 뭐."라고 말하며 그는 한숨을 쉰다. "크리스마스니까." 이번에는 내가 그의 코에 키스한다.

"고마워, 자기야. 자기는 정말 마음이 넓어. 휴가 끝나고 내가 한번 자리를 마련해볼게."

"꼭 그래야 하는지는 모르겠지만……"

"꼭 그래야 해!"

"좋은 아침, 시몬!" 다음날 오전, 사무실로 들어서며 나는 특별히 명랑한 목소리로 외친다. "좀 어때요?" 사실 나는 어제 시몬을 보러 가지 말아야겠다고 마음먹었다. 그런데 웬일로 파울이 먼저 나서서 잠깐 가서 보고 오라는 것이었다. 크리스마스 분위기를 탔는지 외로움, 명절 연휴 동안의 높은 자살률 운운하며 선뜻 보내주었다.

"여기 뒤에 있어요." 시몬의 침실 쪽에서 소리가 들린다. 살짝 문을 열고 들여다보니 그는 여행용 트렁크에 짐을 싸고 있다. "여기서 며칠 나가 있어야겠어요." 의문 가득한 내 눈빛에 대한 시몬의 답이다. "만날 사무실에서 죽치고 있으려니까 바보가 되는 것 같아서요."

"흠, 이해해요. 두통은 없어요?"

헤커는 약간…… 놀란 듯, 아니 약간 재수 없는 표정으로 나를 본다. "아니요. 왜요?"

"어제 거의 인사불성이었어요. 집에까지 데리고 오는 데도 얼마나 애먹었는데요."

"살짝 취한 거 가지고 과장이 좀 심한 거 아니에요? 데리러 올 필요까지는 없었는데. 불필요한 일이었지만 어쨌든 고마워요."

뭐? 불필요한 일? 뭐 이런 경우가 다 있어?

"무슨 소리예요? 프랑케 씨 집 소파에 쓰러져서 안 일어나는 걸 뜯어내다시피 해서 데려왔는데. 그리고 그 봉지 없었으면 내 차에다 다 토할 뻔했어요. 외롭다고 울면서 나더러 가지 말라고 할 때는 언제고? 그 정도에 도움이 불필요했으면, 진짜 도움이 필요할 때는 어느 정도일지 정말 궁금하네요."

"과장이 심하시기는!" 시몬은 특유의 뺀질이 웃음을 웃는다. "고맙다고 했잖아요. 성탄전야에 택시가 어디 쉽게 잡히나요? 그런데 외롭다니요? 그 말은 분명히 잘못 들었을 거예요. 난 태워다 준 것이 고마워서 예의상 마실 것이나 대접하려고 한 거였어요. 그 이상은 아니라구요."

기가 막히고 코가 막힐 노릇이다. 이 배은망덕한 인간 같으니라고!

"그러니까 내 말은, 그래요, 혼자라는 말은 쓸 수 있겠죠. 하지만 외로움이라니? 외로움과 혼자인 것은 엄연히 다릅니다. 그리고 내가 혼자인 건, 내가 혼자이고 싶기 때문입니다. 그렇게 걱정해주니 눈물이 앞을 가리네요."

아마 지금쯤 내 이마에는 분노의 일자 주름이 생겼을 것이다. "그거 알아요? 어제 난 정말 걱정 많이 했거든요. 약간 취한 게 아니라 아주 술이 떡이 돼서 심각한 상태였어요. 난 성탄전야고 뭐고 다 집어치우고 달려갔다고요. 그것도 모자라서 파울한테 언제 같이 만나서 맥주라도 한 잔 하면서 친해지라고 부탁까지 했어요. 파울이 당신을 인간 취급도 안 하는 게 싫어서요. 그런데 그럴 필요가 없는 이유가 뭔지 알아요? 당신은 인간도 아니에요! 가고 싶은 대로 아무데나 가세요. 올해는 더 이상 얼굴 보지 말죠." 말 끝나기가 무섭게 나는 휙 몸을 돌려 나간다. 뒤에서 시몬이 비꼬는 말투로 "새해 복 많이 받아요!"라고 외치는 소리가 들린다. 나는 현관문을 쾅하고 닫는다.

22장

1월 4일 아침, 회사에 출근한 나는 여전히 시몬에게 화가 잔뜩 나 있다. 내가 마음이 약하다고 이렇게 물로 보다니, 생각할수록 화가 난다. 지렁이도 밟으면 꿈틀한다는 것을 보여주리라. 서둘러 '작은 위로'의 발전 계획안을 작성할 생각이다. 이 계획은 여러 모로 쓸모가 있다. '작은 위로'가 총괄적인 생활 상담 에이전시가 되면 상담치료사나 부동산 중개인 같은 파트너 회사에게 방을 하나 내주어야 할 테고, 그러면 시몬은 더 이상 사무실을 자기 거실로 사용할 수 없을 것이다. 그렇게 되면 베아테와 나도 시몬의 개인 사정에 따라 쉬고 안 쉬고 할 일이 없어진다.

베아테는 일찍 출근해서 지난 열흘 동안 쌓인 우편물을 정리하고 있다. 콧노래를 흥얼거리는 것을 보니 꽤 기분이 좋아 보인다.

"연휴 잘 보냈어요?"

"그럼." 그녀가 대답한다. "새해는 우리의 해가 될 거야. '작은 위로'에도 손님이 끊이지 않을 거고, 게르트에게도 좋은 직장이 생길 거야. 느낌이 아주 좋아. 유니버스에 주문했거든."

"유니버스에 주문을 해요?" 내가 의아해서 묻는다.

"아직 몰라?"

"뭔데요? 그 유니버스라는 거요?" 무슨 소리인지 통 이해가 안 된다.

"유니버스에 주문하는 거 몰라?"

"처음 들어요. 그게 뭔데요?"

"책이 하나 있는데, 그 책에 다 씌어 있어.(＊독일에서 백만 부 이상 팔린 베스트셀러 『우주(유니버스)의 소원 배달 서비스』, 베르벨 모어 지음, 우리나라에도 번역 출판되었다. 문학세계사 : 편집자 주) 마음 속에서 이런 일이 일어났으면 좋겠다, 아니면 내 인생이 이렇게 달라졌으면 좋겠다 싶은 걸 아주 자세하게 상상하는 거야. 아주 세부적인 것까지도. 머릿속에 그림이 다 그려졌으면, 그때 유니버스에 주문하는 거야."

"유니버스, 부탁이야, 내가 주문한 대로 배달해줘, 이렇게요?"

"그래, 맞아. 그 다음엔 기다리기만 하면 돼. 좀 이상하게 들리지? 나도 처음엔 좀 사이비 냄새가 난다 싶었는데, 다들 진짜 이루어진다고 하더라고. 그래서 속는 셈 치고 나도 한번 해봤어."

"잘못 배달됐을 때는 반품도 되려나……"

어쨌든 베아테의 주문 중 하나는 제대로 도착한 모양이다: '작은 위로' 에 손님이 끊이지 않는다. 의자에 앉자마자 전화벨이 울리기 시작하더니 끊임없이 전화가 이어지고 있다. 자기 짝을 차버리고 싶어 하는 함부르크 사람들이 어찌나 많은지 벌써 한 시간에 다섯 건이나 예약하는 성과를 올렸다. 그것도 모두 개별 방문 통보에 사후관리, 다양한 '위로 디럭스 패키지' 까지 묵직한 것들이다. 정말 되네! 나도 유니버스에 주문해볼까? 로또 당첨? 베르사체 웨딩드레스? 물론 성탄 연휴에 대한 헤커의 이론이 맞아 떨어졌다고 보는 편이 더 이성적이긴 할 것이다. 연휴 전에는 아무도 헤어지려 하지 않지만 연휴만 지나면 모두들 헤어지려고 악을 쓰고 덤빌 것이라는 이론 말이다. 물론 나는 그 '모두' 에 포함되지 않는다. 나는 당연히 헤어질 일이 없다. 내게 새해는 직업적으로 성공하고 싶은 해일 뿐 아니라 고대하던 결혼식이 있는 해이기도 하다. 직장 파트너와 결혼 파트너가 서로 견원지간만 아니라면 더욱 성공적일 텐데……

시몬이 문을 열고 들여다보며 인사를 한다. "좋은 아침! 새해 복 많이 받아요. 연휴는 잘 보냈어요? 올해에도 발바닥에 불나게 뛸 준비 됐죠?"

"대답은 둘 다 예스예요. 새해 복 많이 받으세요." 나는 최대한 사무적으로 대답한다. "그런데 지금 전화통에서 벌써 불나고 있거든요. 그 방 전화 돌려놓으세요. 아니면 베아테 쪽으로 돌리든가요. 혼자서 감당하기 힘들어요. 그리고 사실, 제가 그쪽 개인 비서도 아니지 않아요?" 흥! 새해의 행동원칙 1: 갈등 상황을 피해가지 않는다. 지렁이도 밟으면 꿈틀한다는 것을 보여준다!

"그럼요. 지당하신 말씀이죠. 그런데 비젤 씨한테 전화 오면 나 없다고 좀 해줄래요? 그런 건 베아테보다 율리아가 잘하잖아요, 네? 알았죠?" 무슨 일이기에 비젤 전화를 피하지? "개인 비서는 아니지만 이 부탁은 들어줄 수 있지요?"

"좋아요. 이번만 예외로 하죠. 아파서 병원에 입원해 있다거나, 두바이 같은 나라로 출장 갔다고 해요?"

시몬의 눈썹 하나가 치켜 올라간다. "고객과 중요한 상담 중이라고만 해도 충분할 것 같은데요. 그럼 부탁해요."

시몬은 텔레파시 능력이 있는 것이 틀림없다. 시몬이 나간 뒤 집주인 비젤 씨에게 전화가 온다. 베아테가 주소록을 전부 저장해놓은 덕분에 저장된 전화번호일 경우, 벨이 울리면 전화한 사람의 이름이 같이 뜬다. 피하고 싶은 전화가 있을 때 아주 유용하다.

"안녕하세요, 비젤 씨?" 나는 특별히 상냥한 목소리로 인사를 한다. "새해 복 많이 받으세요. 웬일로 전화를 다 하셨어요?"

"예, 새해 복 많이 받으세요. 저, 헤커 씨하고 통화를 좀 하고 싶은데."

"아, 헤커 씨는 지금 중요한 상담 중인데요, 무슨 일이신지 저한테 말씀하시면 안 될까요?"

"흠, 글쎄요. 린덴탈 씨한테 얘기할 성격의 문제인지 잘 모르겠네요."

"괜찮아요. 헤커 씨가 알아야 할 내용은 저도 다 알아야 하니까요."

"아, 그래요? 실은 집세 때문에 전화를 했어요."

"뭐 문제라도 있나요?"

"그건 내가 묻고 싶은 말이에요. 한 달치 집세가 밀려 있는데 일월에도 아직 입금이 안 됐어요."

"오." 이 말밖에는 다른 할 말이 떠오르지 않는다.

"오해는 하지 말아요. '작은 위로' 같은 회사가 우리 빌라에 세들어 있는 건 환영입니다. 평판도 좋고 열심히 하는 기업이니까요. 그런데 나도 돈 나갈 데가 많다 보니까 집세가 꼬박꼬박 들어오지 않으면 힘들어요."

"당연히 그러시겠지요. 이해합니다!" 나는 서둘러 입에 발린 말로 대꾸한다.

"그래서 원만하고 조속한 해결을 위해서 헤커 씨하고 한번 만나봐야겠다고 생각하고 있던 참인데……" 비젤은 뭔가 바라는 것이 있는 듯 말끝을 흐린다. 사실 비젤을 만나고 싶은 마음은 별로 들지 않는다. 게다가 나는 시몬이 왜 집세를 안 냈는지도 전혀 모른다. 그러나 다른 한편으로는 사업 파트너로서의 책임감을 보여줄 수 있는 기회라는 생각도 든다. 그리고 시몬이 왜 집세를 안 냈는지 그 이유가 궁금하기도 하다.

"좋아요. 그럼 저랑 약속을 잡으시지요."

"아, 그래주면 나는 좋지요. 그럼 지금 바로 올라가겠습니다."

앗, 시몬과 비젤이 서로 마주치지 않게 해야 하는데.

"아, 그건 좀 곤란해요. 지금 어느 유명인 고객의 상담을 하고 있는데, 고객이 외부에 알려지는 것을 꺼려해서요. 지금 사무실에 출입제한이 되어 있어요. 비밀엄수 때문에요. 이해하시죠? 그러지 말고 아래 빵집에서 만나는 게 어떨까요?" 비젤은 약간 의아해하는 기색이지만 더 캐묻지는 않는다. 아마 베로나 푸스가 '작은 위로'를 통해 프란조(*프란조 푸스. 베로나 푸스의 사업가 남편으로 2008년 사기와 관련한 파산으로 구설수에 올랐다)와 헤어지려는 것인지 생각하고 있을 것이다.

십 분 뒤, 우리는 김이 모락모락 나는 커피를 사이에 두고 앉아 있다.

"천팔백 유로라는 집세가 적은 돈은 아니지만, 위치나 집 상태로 볼 때 절대 비싼 것은 아닙니다. 그래도 돈 액수가 많다 보니까 몇 개월씩 집세가 밀리는 일은 없도록 하려고 신경을 쓰고 있습니다. 오천, 육천 유로씩 밀려 버리면 그때는 정말 집세 내기가 힘들어지거든요. 그렇다고 벌써 또 집을 내놓는 것도 그렇고…… 그쪽도 지금 이사할 상황은 아니지 않겠습니까?"

이사! 이 말에 나는 정신이 번쩍 든다. 도대체 시몬은 왜 여태껏 집세를 안 냈단 말인가? 돈은 꾸준히 들어오고 있는 것 아니었나? 벌써 '작은 위로'의 수명이 다했단 말인가? 아니, 그럴 리 없다. 회사는 잘 돌아가고 있다. 주문이 넘치면 넘쳤지 모자라는 상황은 아니다. 그리고 시몬은 베아테까지 새 직원으로 채용하지 않았는가. 어안이 벙벙할 따름이다. 정말이지 이런 문제가 있으리라고는 생각도 하지 못했다.

비젤은 내 대답을 기다리는 듯 초조한 표정이다. 사실 마음 속으로는 온갖 회의가 들지만 최대한 자신 있는 표정으로 씩씩하게 말한다. "이 문제는 곧 해결해드리겠어요. '작은 위로'에 사업상의 문제는 없습니다. 아마 전자 결제 시스템에 문제가 있는 것 같네요. 은행에서 가끔 결제가 늦어지곤 하더라고요. 걱정 안 하셔도 돼요."

"예, 그 말을 들으니 안심이 되네요. 그래도 신생 기업에게 이 집세가 좀 높은 건 사실이지요. 그래서 내가 제안을 하나 할까 해요. 사실 오래 전부터 관리인을 하나 두려고 생각을 하고 있었는데." 그는 커피 한 모금을 마신 뒤 말을 잇는다. "지금 관리를 맡고 있는 용역 회사가 영 시원치가 않아요. 예전에는 이 옆 건물에 전용 관리인이 쓰던 집이 있었지요. 그런데 그 집을 리모델링해서 세를 주었거든요. 그 뒤로는 전용 관리인 쓰기가 힘들어졌어요. 관리인이 살 집은 고사하고 관리실조차 없는 형편이니까요." 그는 약간 멋쩍은 듯 웃는다. "좀 우스운 얘기지요. 이것 포함해서 나란히 세 건물이 다 내 것인데, 관리인 한 사람 들일 자리가 없으니! 그래서 든 생각인데, '작은 위로'에서 방 하나나 두 개 정도를 나한테 돌려주면 집세가 훨씬 낮아질 테니 그쪽은 집세 부담이 적어 좋고, 나는 거기다 관리인을 들일 수 있으니 서로서로 좋지 않겠어요?"

고것 참 신기한 일이로고. 나는 손가락 하나 까딱하지 않았는데 문제들이 착착 해결되어 가고 있다. 유니버스의 힘인가? 나는 숨을 한번 크게 들이마신다.

"예, 좋은 생각인 것 같아요. 안 그래도 헤커 씨가 따로 나가 살 집을 알아볼 생각인 것 같더라고요. 저희처럼 이렇게 일을 많이 하는 사람들에게는 직장과 사생활의 구분이 더 많이 필요하거든요. 그렇게 되면 관리인을 위한 공간이 자동으로 생기는 셈이지요."

"아, 그렇게만 된다면야 더할 나위 없이 좋지요. 그럼, 린덴탈 씨가 서둘러서 헤커 씨와 의논을 좀 해주세요. 난 그동안 관리인을 뽑을 테니까." 그는 불현듯 한숨을 내뿜는다. "그런데 요즘은 쓸 만한 사람이 드물어요. 전기 기술이나 손재주뿐만 아니라 믿을 수 있는 성실한 사람이어야 하는데, 그런 사람 찾기가 어디 쉬워야 말이지요."

순간, 다시 유니버스의 힘이 느껴진다. 택배 왔어요, 하는 소리가 들리는 것만 같다. 배송은 게르트의 일자리다!

"아, 제가 아는 사람 중에 아주 괜찮은 사람이 있는데." 나는 일단 운을 띄워본다.

"정말이요? 어떤 사람입니까?"

"저희 비서의 남편인데, 손재주가 좋아서 못 고치는 것이 없고 무척 성실해요. 그리고 부인이 '작은 위로'에서 일을 하기 때문에 어차피 자주 왔다 갔다 하고요. 어떠세요? 한번 만나보시겠어요?"

우리 집주인의 얼굴이 활짝 펴진다. "그럼요. 린덴탈 씨, 이거야말로 누이 좋고 매부 좋은 격입니다! 새 집세도 원만한 합의하에 결정할 수 있겠지요?"

나는 고개를 끄덕인다. "그럼요. 헤커 씨 상담이 끝나자마자 의논해볼게요." 시몬에게는 뜻밖의 소식일 것이다. 하지만 분명한 것은 곤란해질 수 있는 상황을 내가 아주 우아하게 해결했다는 것이다. 즉, 불평할 이유가 하나도 없다.

"아니, 뭐요? 나한테 말도 없이 집주인을 만났다고요? 그리고 나도 모르는 사이에 내가 홈리스가 됐고, 베아테 하나로는 모자라서 이제는 게르트까지 여기 와서 진을 칠 거라고요? 아니, 왜 시키지도 않은 짓을 합니까?"

아무리 금은보화가 쌓여 있어도 만족하지 못하는 사람이 있다. 복에 겨워도 한참 겨웠지.

"비젤 씨 전화를 나더러 받으라면서요? 그래서 시키는 대로 했어요. 그리고 집세 밀려 있다는 말 좀 해주면 어디 덧나요? 어쨌든 난 그 상황에서 최선의 선택을 한 거예요. 우리는 하루아침에 길거리에 나앉을 수도 있었다고요."

"과장 좀 하지 말아요! 그냥 결제에 문제가 있었을 뿐이에요. 그리고 그것도 벌써 다 해결됐어요. 괜히 별것도 아닌 일로 불안하게 하고 싶지 않아서 말 안 한 거고, 다음 주에 집세 낼 겁니다. 나한테 여기서 나가라고 은근슬쩍 압력 넣는 거죠, 지금? 미안하지만 난 나갈 생각 없어요. 왜 날 못 쫓아내서 그렇게 안달입니까?"

"다 당신을 위한 일이에요! 멜라니한테 한번 물어보세요. 아주 좋아할 텐데요."

"멜라니가 이 일과 무슨 상관이에요? 멜라니가 좋아하든 싫어하든 나하곤 상관없어요. 그리고 당신이 내 군대 교관이라도 돼요? 내 어머니라도 돼요? 다 당신을 위한 일이라니, 나를 위한 일이 뭔지는 내가 알아요!"

"좋아요. 그럼, 정정하죠. 당신을 위한 일이 아니라, 회사를 위한 일이에요. 됐어요? 그리고 왜 집세를 못 냈는지는 모르겠지만, 그건 회사에 있어서는 결코 좋은 신호가 아니거든요. 만약 비젤이 우리더러 나가라고 한다면 '작은 위로'도 그걸로 끝인 거예요. 아, 그리고 당신이 여기 사는 거, 사실 마음에 안 들어요. 처음부터 마음에 안 들었고, 지금까지 쭉 마음에 안 들었어요."

"허!" 시몬은 더 이상 할 말을 찾지 못하는 듯하다. 그렇다면 내가 말을 계속할 수밖에.

"그리고 비젤 씨랑 이미 사무관리비 얘기도 다 했어요. 만약 게르트가 여기다 관리실을 차리면 어차피 복사기나 전화기가 필요하니까, 우리 것을 사용하고 사무관리비를 나눠서 내겠대요. 그러니까 우린 집세만 적게 내는 것이 아니라, 거기다 추가 수입까지 생기는 거예요." 당연히 시몬에게는 이 말들이 훨씬 잘 먹힌다. 탁탁, 탁탁. 그의 머릿속에서 계산기 버튼 누르는 소리가 들리는 듯하다.

"얼마나 준대요?"

"일단 한 달에 칠백 유로요."

시몬은 휘파람으로 쾌재를 부른다. "나쁘지 않은데요. 흥정을 그렇게 잘하는지 몰랐어요. 이런 조건이라면 나가 사는 것도 나쁘지 않겠군."

"그럼, 그렇게 하는 거예요?"

"한번 생각해보겠다고요."

"네, 그러셔야지요. 어련하시겠어요."

"그런데 게르트가 그 관리인 자리를 얻을 확률은 좀 있는 거예요? 솔직히 말하면 그 조건이 아니면 받아들이기 싫거든요. 이렇게 멋진 우리 사무실에 불한당 같은 사람이 들락거리면 어디 그림이 좋겠습니까? 게다가 베아테도 얼마나 기뻐하겠어요? 항상 게르트 때문에 노심초사하잖아요. 그러니까 당신 친구 비젤에게 전해요. 게르트를 채용한다는 조건으로 한번 생각해보겠다고요. 만약 다른 사람을 쓴다면, 놀이터에 관리실을 내든 운동장에 내든 우린 알 바 아니라고 해요."

"예, 그러죠. 그런데 언제부터 그렇게 남의 걱정을 했어요?"

"나도 그 점이 참 수수께끼예요. 당신 옆에 있으면 갑자기 착해지는 것 같거든요. 난 그러기 싫은데 말입니다. 이렇게 나가다가는 곧 구세군의 장교로 입대할 것 같군요." 우리는 둘 다 웃음을 터뜨린다.

"착한 사람 얘기가 나와서 말인데, 파울이랑 같이 맥주 마시러 가는 얘기는 어떻게 됐어요? 내가 인간이라는 것을 입증할 기회를 준다면서요?"

시몬은 화제를 바꾼다.

"크리스마스 때 이미 말했잖아요. 인간이 아니니까 인간인 걸 입증할 필요도 없고, 그럼 만날 필요도 없지 않겠어요?" 나는 한껏 비꼬아 준다.

"이봐요, 나 방금 게르트를 실직자 신세에서 구원해준 사람입니다. 그런데도 파울의 술친구로 부적격이라는 거예요? 실망인데요. 참 좋은 아이디어라고 생각하고 있었는데."

"아이디어는 당연히 좋죠. 누가 낸 아이디어인데요?"

"그러니까 나한테 파울 전화번호를 알려줘요. 그럼 내가 다 알아서 할게요." 그러더니 그는 무슨 공모라도 하는 듯 낮은 목소리로 속삭인다. "우리 비밀은 지킬게요."

"무슨 비밀이요?"

시몬은 소파에 털썩 주저앉으며 여유 있는 웃음을 짓는다. "예를 들면, 어느 크리스마스 파티라든가 담배 자판기라든가……"

순간, 나는 얼굴이 화끈 달아오르며 어찌할 바를 모른다.

"저기, 그거……" 나는 말을 더듬는다. "그거 기억하고 있었어요? 난 둘다 필름이 끊긴 줄 알았어요!"

시몬은 여전히 빙글거린다. "웬걸요. 아주 상세한 것까지 잘 기억하고 있는데요."

"그런데…… 그걸…… 왜 이제야 얘기하는 거예요?"

그는 웃는다. "율리아도 참. 그거 몰라요? 젠틀맨은 침묵한다. 단지 즐길 뿐이다."

"헉……" 더 이상 할 말이 없다. 너무 창피해서 쥐구멍에라도 숨고 싶은 기분이다. 시몬은 우리의 키스 사건을 기억하고 있다! 오호 통재라!

"파울 전화번호 줄 거예요, 말 거예요?" 시몬이 망연자실해 있는 나를 깨운다. "걱정 말아요. 당신 애인한테 우리의…… 사고에 대해서 고자질하는 일은 없을 테니까. 약속하지요." 나는 하는 수 없이 파울의 번호를 적어준다.

"오케이." 시몬은 쪽지를 받아들고 자리에서 튕기듯 일어나 자기 책상 쪽으로 걸어간다. 그러다 잠시 걸음을 멈추고 뒤를 돌아보지 않은 채 말한다. "그런데, 참 잘하던데요. 키스 말입니다."

시몬과 파울의 술자리는 별로 성공적이었던 것 같지 않다. 아니, 오히려 실패였다는 편이 나을 것 같다. 어쨌든 친구들 간의 즐거운 저녁 시간은 아니었던 모양이다. 열 시도 안 됐는데 벌써 집에 들어온 것을 보니 말이다. 그래도 나는 쾌활한 목소리로 파울을 맞는다.

"헤커랑 재미있었어?"

파울은 무덤덤한 표정으로 나를 한 번 쳐다보더니 언짢은 기색을 숨기지 않고 쏟아낸다. "도대체 그런 쇼비니스트랑 어떻게 매일 얼굴을 맞대고 지내? 보통 회사 같았으면 성 평등 위원회에서 가만 안 두었을 거야."

"에이, 그렇게 나쁜 사람은 아니야. 알고 보면 괜찮아. 짖는 개는 안 문다는 말도 있잖아." 나는 상황을 무마시키려고 노력한다.

"그 개가 물지 않는 이유가 뭔지 알아? 떠벌리느라고 입을 다물 새가 없어서야. 정말 질렸어! 어쩌면 그렇게 입만 열었다 하면 자기 자랑인지. 그것도 아무나 할 수 있는 일이 아니지."

"너무 과장하는 거 아니야?"

"자기가 어떻게 알아? 그 자리에 있지도 않았잖아. 기업 컨설턴트 시절 얘기를 하는데 정말 같잖아서, '상상이 안 될 거예요. 매주 월요일과 금요일에 비행기에 앉아 있어 봐요, 루프트한자 세나터 라운지도 따분해요.' 그 인간이 스튜어디스를 뭐라고 부르는지 알아?' 질문은 아니었던 모양이다. 내가 대답을 생각하기도 전에 파울이 스스로 답을 말한다. "주스 푸서래, 주스 푸서. 정말 기가 막혀서."

나도 모르게 웃음이 나온다.

"그 말을 듣고 웃음이 나와?" 파울은 정말 화가 많이 난 모양이다. "마초도 그런 마초가 없어. 혹시 자기 회사 수준 자체가 그런 거 아니야?"

"아냐. 당연히 아니지."

"그리고 여자들 사귄 얘기는 또 어찌나 장황한지. 짜증나서, 정말! '남자들이라면 다 알아야 하는 것 아닙니까? 여자들한테 너무 잘해줄 필요 없어요. 좀 잘해주면 금방 기고만장해져서 하늘 같은 남자한테 기어오르거든요. 그러니까 처음부터 길을 잘 들여야 해요. 적당히 무시해요. 그럼 여자가 알아서 긴다니까요!' 이런 사람이 자기한테는 괜찮은 사람이야?"

"자기 말이 맞네. 그 점에서는 시몬이 좀…… 유치하지." 나는 적당한 표현으로 넘어가려고 한다.

"그건 유치한 게 아니라 파렴치한 거지."

나는 한숨을 쉰다. 그리고 더 이상 대꾸하지 않는다. 두 사람을 만나게 한 건 역시 잘한 일이 아니었다.

23장

시몬의 사업 동향에 대한 예견은 맞아떨어졌다. 1월 들어서는 어찌나 바빴는지 마지막으로 이별 통보를 한 사람이 누구였는지조차 기억이 안 난다. 남자친구뿐만 아니라 처음 보는 나한테도 즉각 동상주의보를 발동시키던 냉정한 비즈니스 우먼, 쿨만 씨였나? 사십 년 결혼생활 끝에 아내에게 버림받은 이웃집 아저씨 같은 남자, 산더 씨? 아니면 새해를 맞아 일부일처제의 가치를 깨달았다며 널려 있는 남녀관계를 정리해달라던 그 자유분방한 커플이었던가? 파울은 가끔 자기가 '작은 위로'에 예약을 해도 나는 눈치조차 채지 못할 것이라며 놀리곤 한다.

에이전시가 날로 번창하는 것을 보는 것은 비할 데 없는 기쁨이다. 우리 사무실의 자의식 게시판에는 이제 신문이나 잡지에서 발췌한 기사들이 스무 개도 넘게 붙어 있다. 그 중에는 지역 언론뿐 아니라 연방 차원의 기사도 많다. 그리고 내용은 하나같이 긍정적이다. 물론 일을 맡겼던 고객들의 감사 편지도 빼놓을 수 없다. 개중에는 고객의 엑스 파트너들이 보낸 것도 있다.

나의 1월을 더욱 즐겁게 한 것은 월급에 따라온 추가 수입이다. 처음 이익배당을 받았는데, 자그마치 사백 유로나 된다! 기분 짱이지만, 다른 한편으로는 이러다 '작은 위로'가 망하면 안 되는데 하는 생각도 든다.

그러나 시몬이 그런 걱정을 하는 것 같아 보이지는 않는다. 아마도 지난주 이후 줄어든 집세 부담 때문일 것이다. 시몬은 예상보다 빨리 이사를 나갔고, 지금은 아임스뷔텔에 있는 방 한 칸짜리 집에서 살고 있다. 그의 취향에 비해 수준이 많이 떨어지기는 하겠지만, 집세가 싸다는 것으로 위안을 삼고 있는 듯하다. 사회적 신분하강에도 불구하고 그는 여전히 기분이 좋아 보인다. 내가 이익배당금이 든 봉투를 열어보고 복도에서 잠시 기쁨의 댄스를 추었을 때도 입이 찢어지도록 웃고 있었다.

"첫 달치고는 괜찮지 않습니까? 기분 좋지요?"

"예, 예, 예! 기분 짱이에요!"

"그럼, 계속 즐겨요. 난 사람들 떼어놓으러 가봐야 하니까."

"좋아요. 난 춤 좀더 추고 나서 사무실 지키고 있을게요!"

"첫 월급 나오면 친구들한테 한 턱 쏘는 거 알죠? 이익배당도 마찬가지예요. 나 올 때까지 기다려요."

"한 턱 쏘는 건 알겠는데 사장님을 왜 기다려야 하죠?" 나는 약은 척을 한다. 시몬은 그저 웃으며 머리를 설레설레 흔들 뿐, 곧 외투를 집어 들고 사무실을 나간다.

베아테와 나는 눈으로 그의 뒷모습을 쫓는다. 베아테가 말한다. "저 사람이랑 이렇게 한 식구처럼 지내게 될 줄 누가 알았겠어? 피델리아에서 시몬 처음 봤을 때 생각나?"

"그걸 잊어버리겠어요? 아직 반 년밖에 안 됐는데 아주 먼 옛날 일 같네요." 내가 막 과거 속으로 빠져들고 있을 때 열쇠구멍에 열쇠 꽂히는 소리가 나며 게르트가 문을 열고 들어온다.

"커피 타임에 내가 방해되나?" 그는 쾌활하게 말한다. 그리고 베아테에게 다가가 가볍게 키스한다.

"아니에요, 여보. 시간이 참 빨리 간다는 얘기를 하던 참이었어요."

게르트는 고개를 끄덕이며 맞장구를 친다. "맞아, 시간 참 빠르지. 어쨌든 힘든 시간이 빨리 지나가서 다행이야. 이제부터는 다 잘될 거야. 지금 쓰레기통 때문에 게시문 만들어야 하는데 두 아가씨 중에 누가 나 좀 도와줄래?"

"내가 할게요, 여보." 베아테가 말한다. "컴퓨터로 칠 거 있으면 줘요. 금방 쳐줄게요."

나는 도로 내 방으로 돌아간다. 두 사람이 다시 저렇게 만족스러운 얼굴을 하고 있는 것을 보니 마음이 뿌듯하다. 게르트가 관리인으로 채용되고 뒷방에 관리실을 차리면서부터 베아테는 딴 사람이 된 듯하다. 예전에도 좋은 동료이긴 했지만, 지금은 옛날에 피델리아에 있을 때처럼 명랑하고 활기가 넘친다.

시계를 본다. 막 다섯 시가 넘었다. 오늘은 그만 퇴근하고 카티야네 미용실에나 들러야겠다. 오늘 받은 사백 유로 중 일부는 내 똥개 금발(*칙칙한 색의 금발을 이르는 말)에 광내는 데 투자할 생각이다. 예약은 안 했지만 카티야가 어느 틈새기에라도 끼워 넣어줄 것이다. 그리고 나의 '작은 위로' 입사를 누구보다도 적극적으로 밀어준 사람이 카티야였으니 나의 성공 소식도 제일 먼저 카티야에게 알리고 싶다. 카티야도 자기 사업을 하고 있으니 나의 이런 마음을 알아줄 것이다. 우리의 즐거운 수다를 위해 쿠키 한 통을 챙긴다. 이제 나의 즐거운 미용실 행은 준비 완료다.

"웬일이야?" 카티야가 눈을 둥그렇게 뜨면서 하는 말이다. 조금은 실망스러운 환영인사다.

"머리 코팅이나 새로 할까 하고. 오늘 첫 이익 배당금을 받았거든. 그래서 그 돈을 첫 번째로 새 헤어스타일, 두 번째론 너한테 술 사주는 데 쓰기로 했어."

"미안해. 나 오늘 안 돼." 카티야는 바쁜 손놀림을 멈추지 않은 채 말한다. "오기 전에 전화를 하지 그랬어? 지금 눈코 뜰새없이 바빠. 일찍 문 닫아야 하거든."

찾아온 사람의 성의가 있지, 이렇게 불친절할 수가!

"무슨 기분 나쁜 일 있니?"

"아니, 전혀. 그냥 시간이 없을 뿐이야. 다른 이유는 없어."

"좋아. 그럼, 머리는 나중에 하지, 뭐. 그 대신 잠깐 앉아서 놀다 가도 돼? 초코 쿠키 가져왔는데." 나는 쿠키 통을 그녀의 코앞에 들이댄다.

카티야는 고개를 가로저으며 거울 앞에 앉아 있는 손님을 가리킨다. 머리에 수건을 싸매고 있는 여자 손님이다. "저 손님 머리 빨리 해야 돼. 그 다음엔 바로 나가야 되고. 쿠키 먹을 시간 없어."

"무슨 약속인데 그래? 나 떼어놓으려고 하는 것 보니까 중요한 약속인가 보네."

"너 떼어놓으려는 거 아니야. 세무사를 만나기로 했어. 국세청에서 조사 나올 거거든."

"아, 그래? 그럼, 세금 계산 잘하고 시간 날 때 연락해. 아니면 내가 공식적인 접견 예약이라도 잡아야지, 뭐."

쿠키 통을 들고 미용실 문을 나서는데 어디선가 많이 본 듯한 사람이 이쪽으로 걸어온다. 삼십대 중반, 잘생긴 얼굴, 눈에 띄게 파란 눈동자…… 그는 카티야의 살롱 안으로 들어간다. 나는 쇼윈도 앞에 멈춰 서서 방금 들어간 손님을 눈으로 쫓는다.

저 사람이 카티야의 세무사? 그럴 리 없다.

왜냐하면 저 사람은 라파엘 카이저니까!

그가 미용실에 들어서자마자 카티야는 그의 품으로 달려든다. 그리고 둘은 열정적인 키스를 나눈다. 키스 열전이군! 나는 코가 짓눌리도록 유리창에 바짝 얼굴을 대고 그들을 관찰한다. 아주 코믹해 보이겠지만 지금 그런 것 따질 때가 아니다. 카티야는 다시 손님의 머리를 자르기 시작하고, 그는 의자를 끌어다 카티야 옆에 자리를 잡고 앉는다. 라파엘과 카티야는 신이 나서 대화를 주고받는다. 물론 무슨 내용인지 들리지는 않는다. 그러나 그녀가 끊임없이 거울을 통해 그에게 눈길을 주는 것은 확실하게 볼 수 있다. 빨리 나를 살롱에서 내쫓아야 할 이유가 따로 있었던 것이다!

차가 주차된 곳까지 거의 다 왔을 때 나는 걸음의 방향을 바꾼다. 아무리 생각해봐도 안 되겠다. 이런 거짓말에 그냥 속아줄 수는 없다. 살롱 문을 열고, 땡그랑 하는 종소리가 나자 카티야가 뒤를 돌아보고는 그대로 굳어버린다.

"어머, 율리아. 뭐 잊어버렸니?" 카티야는 최대한 태연한 척한다.

"응, 네가 나를 얼마나 우습게 보는지 물어보는 걸 깜빡했어."

카티야는 얼굴을 붉힌다. 그녀에게는 잘 없는 일이다. "율리아, 오해하지 마. 난 그저……"

"안녕하세요, 카이저 씨!" 나는 과장된 쾌활함으로 그에게 인사를 건넨다. "세무사 일도 하시는지 몰랐어요! 이렇게 다른 종류의 이중 스펙이라, 참 드문 경우죠? 참, 세무 얘기 나온 김에 광고비 세금 계산 어떻게 하는지 한번 물어봐야겠네요……"

라파엘 카이저는 영문을 몰라 혼란스러워한다. 그러나 그가 뭔가 말하기 전에 카티야가 정신을 차리고 끼어든다.

"그래, 너한테 들킨 거 인정해. 이제 됐니? 진작부터 얘기하려고 했어. 하지만 이렇게 두서없이 급하게는 아니야. 조용히 말할 생각이었어."

"이봐요. 세무 얘기는 나중에 하고 머리부터 해주면 안돼요?" 순간, 카티야의 손님이 끼어든다. "머리도 젖어 있는데 추워 죽겠어요."

"죄송해요, 쾨네 부인. 금방 해드릴게요." 이렇게 말하더니 카티야는 우리에게 작은 목소리로 속삭인다. "지금은 말하기 곤란하니까 요 옆 바에 좀 가 있어. 십오 분 뒤에 갈게."

라파엘은 아직도 얼떨떨해 보이지만 카티야가 시킨 대로 나와 함께 미용실 옆의 바로 들어간다. 우리는 둘 다 밀크커피를 주문한 뒤 침묵을 지킨다. 잠시 후, 이 침묵이 너무 불편한지 그가 먼저 말문을 연다.

"요전에 한 번 만난 적 있지요? 카티야의 제일 친한 친구, 맞죠?"

"맞아요."

"카티야한테 얘기 많이 들었습니다."

"전 그쪽 얘기 전혀 못 들었어요."

라파엘 카이저는 겸연쩍게 웃더니 다시 분위기를 바꾸려고 시도한다. "카티야도 말하려고 했습니다. 나도 그래야 한다고 말했고요. 적당한 기회를 기다리고 있었던 거예요. 제 전 여자친구가 그쪽 고객이었기 때문에 그쪽에서 좀…… 이상하게 생각할까봐 카티야가 걱정을 많이 했지요."

"제가 무슨 말을 하겠어요? 뭐, 걱정할 만했네요. 카티야가 아마 얘기했을 테죠? 전 그때 카티야를 댁에 데리고 갈 생각이 전혀 없었어요. 저희 '작은 위로'는 아주 전문적으로 운영되는 회사예요. 만약 전혀 상관없는 제삼자를 구경꾼으로 데리고 다닌다는 소문이라도 나게 되면 저희에겐 아주 치명적이에요. 품위와 진지함, 이런 가치와는 정반대되는 이미지가 만들어지겠죠. 제가 더 이해할 수 없는 건 카티야가 자기와 상관없는 면담에 참여했을 뿐 아니라 거기서 만난…… 어…… 이별 통보 대상과 접촉을 시도했다는 거예요." 라파엘 카이저에게 이런 이야기를 하는 동안 나 스스로에게도 이 상황의 어처구니없음이 더욱 분명해진다. 카티야는 정말이지 남자 문제에 있어서만은 절대 예측불허에, 슈퍼 에고이스트다. 신경질이 난다. 진짜 신경질이 나 미치겠다!

"아닙니다. 잘못 알고 계신 거예요! 그날 이후 며칠 뒤엔가 시내에서 카티야를 우연히 만났어요. 그리고 제가 먼저 말을 걸었지요. 제 말은, 전 그때 막 실연한 상태였고, 카티야는 매력적인 아가씨잖아요? 저한테는 안 될 이유가 없었지요. 그러니까 카티야의 잘못이 아닙니다. 오해하지 말아주세요."

지금 이 말이 얼마나 진실에 가까운지는 알 수 없지만 라파엘이 카티야를 두둔하는 마음만은 나무랄 수 없을 것 같다. 나는 한숨을 내쉰다.

"좋아요. 사실 내가 끼어들 일이 아니라고 생각해요. 이미 일어난 일을 어쩌겠어요? 전 여자친구에게 이상한 소리만 안 하신다면……"

"당연히 안 하죠. 다시 연락하고 싶지도 않아요. 그쪽에서도 원하지 않고요."

맞다. 당시 그 여자의 목소리에는 독기가 서려 있었다. 왜? 이유는 말하지 않았다.

"아마티 씨가 왜 헤어지고 싶어했는지 혹시 알고 계셨어요? 제 말은, 그때 상당히 절망하시는 것 같았거든요."

그는 어깨를 으쓱한다. "아니요. 몰랐어요. 저한테도 큰 충격이었어요. 다행히 카티야를 만나게 됐고, 카티야 덕분에 모든 걸 이겨낼 수 있었어요. 제일 친한 친구시니까 잘 아시겠지만, 카티야는 정말 특별해요."

흠. 내 직감에 의하면, 라파엘 카이저는 뭔가 숨기고 있다. 그러나 더 캐물을 새도 없이 카티야가 나타난다.

"둘이 안 싸우고 얘기 잘하고 있었어?"

"그럼, 자기야. 그리고 우리 관계가 어떻게 시작됐고, 자기한테 죄가 없다는 것도 내가 벌써 다 얘기했지."

카티야는 약간 걱정스러운 눈초리로 나를 본다. "화났니?"

나는 고개를 젓는다. "아니. 철없는 애들도 아닌데, 뭘. 사실 내가 상관할 바 아니지. 네가 먼저 카이저 씨한테 연락을 했다면 또 모를까……."

"응, 살다보니 그런 우연도 있더라."

"그러게, 우연치고는 참 특이하네." 나는 날카로운 눈으로 카티야를 응시한다. 내가 착각한 것일까? 순간, 카티야는 약간 긴장한 듯 보인다.

"다 말하고 나니까 속 시원하다, 애. 그리고 둘이 서로 잘 이해하니까 좋다. 언제 파울이랑 같이 넷이서 저녁이라도 먹을까?" 카티야와 더블데이트? 전혀 어울리지 않는 조합이다. 어쨌든 이번에 그녀는 꽤 진지해 보인다.

"그래, 좋은 생각이네. 파울한테 언제 시간 낼 수 있는지 물어볼게."

라파엘은 시계를 보더니 말한다. "자기야, 시간 다 됐어. 내가 연인들을 위한 로미로미 마사지 예약해놨거든. 하와이 마사지인데, 기의 흐름을 터서 기가 조화롭게 흐르게 해준다는군."

다시 운전대 앞에 앉은 나는 여전히 약간의 의구심을 떨치지 못한다. 대체 카티야에게 무슨 일이 일어난 거지? 얼마 전까지만 해도 달랑 포스트윗 한 장으로 남자들을 뻥뻥 차버리던 내 친구가 갑자기 하와이 마사지 숍 같은 데서 데이트하자는 남자한테 푹 빠지다니? 앗! 아무래도 이번에는 제대로 걸린 것 같다.

"카티야가 사랑에 빠졌다는 게 상상이 돼?" 집에 돌아온 나는 텔레비전과 비머 사이를 바쁘게 왔다 갔다 하고 있는 파울에게 모든 경위를 이야기한다.

"음."

"게다가 그 상대가 우리 고객 중 한 사람이야. 직접적인 고객은 아니지만. 그리고 그 사람 내가 정리했거든. 그때 카티야가 옆에 있었어. 둘 다 말로는 나중에 우연히 만났다는데, 우연 치고는 너무 이상하지 않아?"

"음."

"내 말 듣고 있는 거야?"

"안 보여."

"뭐?"

"나 지금 비머 셋업 최적화하고 있거든. 그런데 자기가 렌즈 바로 앞에 서 있어서 아무것도 안 보여."

"어머머, 카티야가 사랑에 빠졌다니까! 지금 비머 셋업이 중요해?"

"그래, 내가 하는 일이야 안중에도 없겠지. 언제나 자기가 말하는 게 중요하지. '작은 위로'에 뉴스거리가 없으면 무지 흥미로운 자기 친구 카티야가 다음 순위지."

이 남자가 또 왜 이런담? 나는 황당한 표정으로 그를 응시한다. "왜 그렇게 삐쳤어? 난 자기가 내 문제에 관심이 있는 줄 알았어."

"관심 있어. 문제는 자기가 내 문제에 관심이 없다는 거지. 오늘 저녁 일은 그 좋은 예가 아닐까?"

"왜?"

"우리 오늘 밖에서 만나기로 했었어. 여섯 시 정각에. 시간 맞춰서 자기 사무실 앞에서 기다렸어. 기억나? 쇼핑하고 나서 영화 보기로 한 거?"

앗! 기억난다. 일 톤 망치로 머리를 얻어맞은 기분이다.

"그 앞에 멍청하게 서 있는데 자기는 안 나오고 시몬이 나오더라고. 불쌍하다는 듯이 내 어깨를 툭 치대. 속으로는 엄청 비웃고 있었겠지. 아주 좋은 경험 하게 해줘서 고마워."

"아, 자기야, 정말 미안해!" 미안하고, 미안하고, 또 미안하다! 정말이지요 몇 달 동안은 너무 정신없이 살았다.

파울은 아무 말도 없이 비머만 만지작거리고 있다. 그래, 만약 내가 파울 사무실 앞에 꿰다놓은 보릿자루처럼 서 있어야 했다면 나도 지금쯤 분명 머리끝까지 화가 나 있을 것이다. 나는 파울 옆에 앉아 그의 목덜미를 어루만지기 시작한다.

파울은 처음에는 싫은 기색을 하더니 결국은 몸을 돌려, 내게 살짝 키스한다.

"나 요즘 정말 소외감 느끼는 거 알아? 불쌍한 파울을 예뻐해 주던 옛날의 율리아가 보고 싶어진단 말이야. 자기도, 나도 일은 인생의 전부가 아니라는 생각이었잖아."

그래. 하지만 그때는 내 직업이 무진장 지루했고, 그래서 매일매일 퇴근 시간만 기다렸지. 이렇게 속으로만 생각한다. 불난 데 부채질을 할 필요는 없다. 그저 파울이 이렇게 빨리 기분을 풀어서 다행이라고 생각할 뿐이다. 내일은 제 시간에 퇴근해서 좋은 화이트와인 한 병 차갑게 해놓고, 파울을 위해 맛있는 요리라도 해야겠다. 이 각오를 내일까지 잊어버리지 않는다면.

24장

요즘 시몬이 이상하다. 말수도 눈에 띄게 줄었고, 출근하자마자 자기 방으로 사라져서는 내 방으로 통하는 문도 열어놓지 않는다. 며칠째 계속 이런 식이다. 그 중에서도 나를 가장 불안하게 하는 것은 적어도 일주일 째 나를 놀리는 짓궂은 언행을 일체 하지 않고 있다는 점이다. 항상 하던 말장난도 뚝 그쳤다. 어제만 해도 일정 부분(좋아, 인정한다, 사실은 전부다) 나의 판단 착오로 인해 복잡해진 문제를 상의했는데, 나를 곯리기에 안성맞춤인 그 좋은 기회를 그냥 흘려보내는 것이었다. 이런 정황들로 미루어볼 때 뭔가 심각한 문제가 있는 것이 틀림없다. 시몬이 언제쯤이나 이 문제에 대해 입을 열지는 알 수 없다.

그래서 나는 직접 문제의 진상을 파헤치기로 한다. 아침에 출근하자마자 잔 두 개에 커피를 가득 따라가지고 그의 방으로 쳐들어간다. 커피를 그의 책상에 탁 내려놓은 뒤, 나도 구석에 있는 탁자에 자리를 잡고 앉는다. 시몬은 깜짝 놀라서 묻는다. "무슨 일 있어요?"

"시몬, 그건 바로 내가 하고 싶은 말이에요." 곧바로 공격 개시. "요즘 꼭 넋 나간 사람 같아요. 말도 잘 안 하고, 대답도 건성이고, 농담도 안 하고, 의자에 꿀 발라놨는지 책상 앞에만 앉아 있고…… 자, 실토해요! 무슨 일이에요?" 나는 기대에 가득 찬 눈으로 그의 대답을 기다린다. 그러나 그는 아무 말도 없이 커피잔만 요리조리 돌리고 있다.

"사장님! 주무십니까? 일어나세요!"

그러고서도 한참이 지나서야 그는 말문을 연다. "맞아요. 요즘 별로 안 좋아요. 상의하고 싶었는데 어떻게 해야 할지를 모르겠더라고요. 그리고 사무실에서는 그런 얘기 하고 싶지 않아요. 오늘 저녁에 약속 있어요?"

사실 시몬의 제안에 대한 대답은 '노'다. 오늘은 파울, 피아, 얀과 함께 게임하기로 한 날이다. 그러나 지금 시몬은 너무 안돼 보인다. 고용지원센터에 왔을 때에도 이렇게 비관적인 모습은 아니었다.

"아니요, 없어요."

가끔은 중요성에 따라 일의 순서를 가려야 한다. 그리고 지난번 영화보기로 한 약속을 깜빡한 이후 실점을 만회하기 위해 그동안 파울에게 온갖 현모양처 노릇을 다 했으니 괜찮을 것이다.

"뭐 간단한 거라도 먹으면서 조용히 이야기합시다."

무지 심각하다. 그리고 이 말을 하는 시몬의 표정이 너무 안 좋다. 그러나 지금은 아무 말도 하고 싶지 않은 모양이니 그냥 혼자 두는 수밖에.

전화를 걸어 게임 약속에 못 가겠다는 말을 하자, 파울의 반응은 역시 예상했던 대로다. "중요한 비즈니스 미팅? 헤커하고 저녁 먹으러 가겠다는 소리야, 지금? 자기 하나 때문에 이미 두 번이나 미룬 게임 약속을 또 깨겠다고?"

"약속을 깨겠다는 말은 하지 않았어. 난 빠지겠다고만 했지."

"그 말이 그 말이지. 도펠코프 게임에는 네 명이 필요하단 말이야. 말이 되는 소리를 해야지."

"아우, 답답해. 그럼 스카트 게임을 하면 되잖아!" 내 언성이 높아진다. 파울은 즉시 기분이 상해 아무 말도 하지 않는다. "미안해, 자기야." 나는 파울을 달랜다. "하지만 정말 중요한 일이라서 거절할 수가 없었어. 이해해줘."

"아니, 이해 못해. 난 내가 자기한테 정말 중요한 사람이라고 생각했어. 그런데, 내가 잘못 생각한 것 같아." 파울은 진짜 상처를 받은 듯하다. 제길. 내 인생에서 가장 중요한 두 남자가 하필이면 같은 날, 같은 시각에 비상계엄을 선포한단 말인가?

순간, 나는 스스로의 생각에 깜짝 놀란다. 시몬 헤커가 어느새 파울만큼이나 내게 중요한 사람이 되었나? 나는 얼른 이 생각을 지우며 '내게 중요한 것은 일이다'라고 머릿속에 쓴다.

"율리아? 뭐라고 말 좀 해."

"파울, 정말 미안해. 하지만 오늘은 정말 안 되겠어. 내가 피아랑 얀한테 전화해서 미안하다고 할게. 응?" 파울은 혼자 뭐라고 구시렁거릴 뿐 가타부타 말이 없다. "내가 두 사람한테 사과하겠다고. 그럼 되겠어?" 나는 재차 대답을 재촉한다.

"알았어. 하지만 다음부터는 여러 사람 계획 망치지 말고 일찌감치 말해."

휴우. 간신히 넘어갔다.

시몬은 '카페 히르쉬'로 갈 것을 제안한다. 지난 크리스마스 파티 이후 가지 않았기 때문에 선뜻 내키지 않지만, 사실 소리치지 않고도 대화를 나눌 수 있는 조용하고 편안한 분위기이긴 하다.

우리는 구석의 작은 테이블에 자리를 잡고 앉는다. 시몬은 레드와인 한 병을 주문한다. 왠지 말할 용기를 내기 위해 술이 필요한 것 같다는 느낌이다. 아니나다를까, 그는 첫 잔부터 단숨에 들이켠다. 나는 꽤 자제하는 편이다. 왜냐하면 지난번 여기서 마신 엄청난 양의 알코올은 결국 나를 시몬의 품에 안기게 했기 때문이다. 즉, 오늘의 모토는 깔끔하게 마시자! 이다. 정신 똑바로 차려야 한다. 시몬도 너무 많이 마시게 해선 안 된다. 한 병이 두 병 되는 건 시간문제다. 게다가 나는 지금 문제가 뭔지조차도 모르고 있다.

"자, 시몬, 말해 봐요. 문제가 뭐예요?" 그는 와인을 한 모금 쭉 들이켜더니 내 얼굴을 물끄러미 쳐다본다.

"미안해요. 회사를 떠날 생각입니다."

뭐, 뭐라고? "뭘…… 어쩔 생각이라고요?"

"회사를 떠날 생각이라고요. 옛 직장 '포세이돈'에서 아주 괜찮은 제안을 해왔어요. 거절할 수 없는 제안이지요. 그리고 에이전시 일이 나한테 아주 잘 맞는 것 같지가 않아요. 계속 그런 생각이 들었는데 더 분명해졌어요. 나한테는 빅 비즈니스가 필요해요. 큰물에서 놀고 싶다고요. 무슨 뜻인지 알겠어요?"

나는 말문이 막힌다. 이런 일이 일어나도 되는 건가? 내가 잘못 들은 것이 아닐까? 나도 시몬처럼 와인 세 잔을 원 샷하고 나면, 시몬이 비밀 코드를 사용해 말한 내용을 제대로 이해할 수 있을까? 사실 시몬이 한 말은 '베아테와 야반도주할 거예요'였는지도 모른다. 그렇다 하더라도 '작은 위로'에 미치는 영향은 그리 다르지 않을 테지만 말이다.

"아무 말도 안 하네요." 시몬이 약간 서운한 듯 말한다. 나는 목을 가다듬는다.

"일단 이것부터 물어볼게요. 방금 한 말 진심이에요? 아니면 어딘가에 몰래 카메라가 숨겨져 있고, 지금 내 멍청한 표정이 'Super RTL' 같은 막장 TV에 나가고 있는 거예요? 이거 끝나면 상으로 BMW 컨버터블 받는 거예요?"

시몬은 고개를 젓는다. "아니요, 컨버터블도 몰래 카메라도 없어요. 이미 말한 대로 다시 '포세이돈 컨설팅'으로 돌아가겠다는 말입니다."

나는 잠시 이대로 울어버려야 할 것인지 생각한다. 그러나 눈물이 나기는커녕 엄청난 분노와 실망감이 솟구친다. 미스터 슈퍼 비즈니스맨, 시몬 '나 신생 기업 사장이요' 헤커가 지금 천연덕스럽게 자기는 자기사업 할 체질이 아니라고 말하고 있단 말인가? 기가 막혀서!

"이런 바보천치!" 내 입에서 욕설이 터져 나온다. "밸도 없는 인간 같으니라고!" 나는 아직 상당히 많이 남아 있는 내 잔을 들어 단숨에 마신 뒤 자리에서 벌떡 일어난다.

시몬은 내 소매를 잡으며 나를 도로 자리에 앉힌다.

"가지 말아요. 설명할 기회를 줘야지요……"

"설명이요?" 나는 그의 말을 끊고 사납게 몰아붙인다. "지금 여기 설명할 게 뭐가 있어요? '포세이돈 컨설팅' 이 일 년 동안 나를 두 번이나 해고시켰다는 거 말고는 없어요. 아니, 입은 삐뚤어졌어도 말은 바로 해야죠. '포세이돈 컨설팅' 이 아니라 시몬 헤커가 나를 두 번 해고하는 거죠. 정말 보기 좋게 속았어요! 홍, 뭐가 자유로운 기업가 정신이에요? 뭐가 이 사업의 미래가치냐고요? 그런 말 도대체 왜 했어요? 린덴탈은 멍청하니까 속여도 괜찮다, 그렇게 생각했어요? 그래요, 내가 멍청한 거죠. 난 점점 당신을 믿게 됐으니까요. 우리를 믿었어요. 우린 한 팀이라고 생각했어요. 이제 앞으로 점점 성장할 거라고 믿었다고요. 내가 우리 팀을 얼마나 자랑스러워했는지 알아요? 그런데 당신은 그동안 '포세이돈' 에서 다시 불러주기만 기다리고 있었던 거예요. 베아테랑 나는 예약 하나하나 들어올 때마다 손뼉을 치며 기뻐할 때, 당신은 왜 경영진한테서 전화가 안 오나 하고 기다리고 있었던 거잖아요. 정말 재수 떡이에요!'

나는 내 잔에 술을 한 잔 더 따른다. 오늘 내가 헤커의 품에 안길 가능성은 제로니까 괜찮다.

그는 마치 얻어맞은 개처럼 잔뜩 풀이 죽은 모습이다. "율리아, 그건 오해예요. 나도 우리 프로젝트에 불타는 열정으로 임했어요."

"그래서 불 끄려고 찬물 끼얹는 거예요?"

"아뇨. 나도 다 이유가 있어요."

"그래요. 빅 비즈니스, 큰물에서 노는 거, 다 이해했어요. 빨리 일어나요. 내 눈앞에서 당장 꺼져요. 꼴도 보기 싫으니까."

시몬은 잠시 망설인 뒤 어정쩡하게 일어나다가는 곧 다시 자리에 앉는다. "좋아요. 정말 진실이 듣고 싶어요?"

"당연하죠. 빨리 털어놔요. 배신자인 게 다 드러난 이상 더 숨길 것도 없지 않아요? 내 눈치 보지 말고 속 시원하게 다 털어놔요."

"사실은 나 파산 상태예요. '작은 위로'는 잘 돌아가고 있지만, 그 돈으로는 월급 주고 집세와 관리비 내고 나면 남는 돈이 없어요. 내 재규어 할부금 내기도 빠듯해요. 그래서 연말에 집세도 못 냈던 거예요. 돈이 없는데다 결제가 밀린 고객들이 몇 있었어요. 이제까지 내가 회사에 투자한 돈만 해도 거의 사만 유로예요. 사무실 보증금에, 부동산 중개 수수료에, 광고비에…… 내 대출한도도 바닥났어요. 형한테 돈을 빌렸었는데, 형도 다시 돈이 필요하다고 하고, 은행은 내가 정식고용이 된 상태라야 다시 대출을 해줄 수 있다고 하고, 그러던 중에 '포세이돈'에서 연락이 와서 제의를 받아들인 거예요. 정말 빈털터리거든요." 그는 낙심한 표정으로 자기 손만 내려다본다.

당연히 이 고백은 내 마음을 움직이기에 충분했다. "시몬, 난 그런 줄도 모르고…… 방금 심하게 말한 거 미안해요. 하지만 이해해줬으면 좋겠어요. 다시 직장을 잃는다는 건 나한테 너무 큰 타격이거든요."

시몬은 고개를 들고 내 얼굴을 유심히 들여다본다. "이게 '작은 위로'의 끝이 돼야 할 이유는 없어요. 어차피 회사를 팔 거예요. 돈이 필요하니까요. 어때요, 관심 있어요?"

"하, 하, 농담이죠? 내가 무슨 돈이 있다고요?" 나는 머리를 설레설레 흔든다.

"아주 좋은 조건으로 대출해줄게요."

"파산 직전인 사람이 무슨 대출을 해요? 아니요. 됐어요. 그리고 혼자 이렇게 거창한 사업은 못해요."

"그럼, 어쩔 수 없죠. 평안감사도 저 싫으면 그만이라는데. 강요는 하지 않겠어요. 하지만 혼자서도 충분히 할 수 있어요."

"그럴지도 모르죠. 하지만 지금 같지는 않을 거예요."

침대에 누워 잠을 청하지만 오늘은 잠자기 글렀다. 머릿속이 생각으로 꽉 차서 금방이라도 뻥 터져버릴 것만 같다. 파울은 고른 숨소리를 내며 잠들어 있다. 따뜻한 우유라도 한 컵 마셔야겠다는 생각으로 자리에서 일어난다. 그러면 마음이 좀 진정될 것 같다.

우유가 넘치지 않도록 살피며 레인지 앞에 서 있는 동안 시몬 없는 '작은 위로'를 상상해본다. 베아테와 나뿐인 '작은 위로', 그리고 사장은 나.

과연 가능할까? 사실 시몬은 떠벌리기나 하지 실제 일은 내가 다 한다고 생각했었다. 이것이 사실임을 증명할 기회가 찾아왔다고 생각해야 하나? 그러나 이것은 정말 사실일까? 불을 끄고 우유를 컵에 붓는다. 음, 맛있다. 다시 질문으로 돌아간다. 시몬은 정말 떠버리일 뿐이었던가? 일단 에이전시 자체는 그의 아이디어였다. 그리고 그는 자신의 아이디어에 많은 것을 투자했다. 떠버리든 아니든 그가 나보다 용감한 것은 사실이다. 용기는 사업가에게 꼭 필요한 자질이다. 나로 말하자면 시몬보다 훨씬 꼼꼼하고 인간관계가 좋다. 하지만 이것으로 한 기업을 이끌어갈 수 있는 것일까? 언젠가 내 사업을 하려면 헤커의 성격을 몇 가지 닮아가야 할 것이다. 더 큰 책임을 질 각오는 되어 있다. 그러나 이 모든 것을 혼자서 짊어지고 갈 생각을 하면 두려운 마음부터 든다.

우유를 한 모금 더 마신다.

만약 내가 시몬에게 필요한 만큼 돈을 빌려준다면? 그럼 변하는 것 없이 이대로 지낼 수 있을 것이다. 반 년 전만 해도 꿈도 못 꾸었던 일을 과연 내가 할 수 있을까? 시몬에게 돈을 빌려줘? 내 환상의 결혼식 자금을?

나는 시몬에게 돈을 얼마나 저축해두었는지 말하지 않았다. 그러나 사실은 시몬의 사정을 듣자마자 저축 생각이 먼저 났다. 그리고 '작은 위로'의 운명이 내 손에 달려 있다는 이 느낌은 그 이후로 쭉 내 머릿속에서 떠나지 않고 있다. 시몬 말이 옳다. 나도 다른 사람들처럼 얼마든지 '작은 위로'를 살 수 있다. 그의 제안은 사실 구미가 당기는 구석이 있다. 작은 부분 하나만 고친다면 말이다. 시몬에게 회사를 사는 것이 아니라, 시몬회사의 지분을 사는 것이다.

나는 잔뜩 들뜬 마음으로 거실로 나가 노트북을 찾는다. 그리고 전원을 컨 뒤 자판을 두드리기 시작한다.

〈계약서〉

§1

시몬 헤커와 율리아 린덴탈은 공동의 회사 '작은 위로'를 창업한다. 두 사람은 동등한 권리를 가지는 공동 주주가 된다.

§2

상기의 목적을 위해 시몬 헤커는 이미 존재하고 있는 에이전시 '작은 위로'를 새 회사에 가지고 온다. 율리아 린덴탈은 시몬 헤커에게 20,000Euro(유로)를 지급하고 회사 주식의 오십 퍼센트에 대한 권리를 가진다.

§3

시몬 헤커와 율리아 린덴탈은 회사의 공동 사장이 된다.

한 시간 뒤, 계약서는 완성되었다. 나는 인쇄 버튼을 누른다. 법적 표현은 좀 허술하지만 이것은 변호사가 해결할 문제이고, 알짜배기 내용은 다 들어 있으니 괜찮다. 흐뭇한 마음으로 내 작품을 내려다본다. 그리고 스스로에게 축하 인사를 건넨다: 율리아 린덴탈, 너 정말 용감해졌다. 짱 멋진데!

25장

"좋습니다." 시몬은 자리에서 일어나며 내게 힘차게 손을 내민다. "이 제부터는 진짜 파트너가 되는 겁니다."

나는 시몬의 악수에 응한다. "잘 해보자고요!"

"우린 완벽한 파트너가 될 겁니다!"

무진장 흐뭇하다. 바로 이거야, 이게 바로 내가 원하던 거야. 이런 느낌 처음이다. 물론 사소한 일들에서 비슷한 느낌을 가졌었다. 하지만 지금 이것은 차원이 다르다! 자유의지로 결정한다는 것, 위험을 감수하면서 어떤 중대한 결정을 내린다는 것이 어떤 것인지 이제야 제대로 알 것 같다. 미치도록 좋은 느낌이다. 아드레날린이 혈관으로 뿜어져 나오는 것만 같다. 환상적이다. 이제 나는 시몬 헤커와 동급이다. "제 어시스턴트에게 말하세요." 따위의 언사는 이제 사절이다.

기쁨에 들뜬 얼굴로 시몬과 마주보며 환하게 웃고 있지만 마음 한 구석에는 불안한 마음이 없는 것도 아니다. 잘돼야 할 텐데! 제발, 제발 잘돼야 할 텐데! 만에 하나 잘못 되면 피땀 흘려 모은 이만 유로도 날아가고 꿈에 그리던 환상의 결혼식도 물거품이 된다. 파울이 이 사실을 알면 뭐라고 할까? 미리 상의했어야 하는 것 아닐까? 에라, 모르겠다. 내 돈 가지고 내가 쓰는데 누구 허락이 필요하단 말인가. 그리고 파울에게 결혼식은 그렇게 중요한 일이 아니었다. 소시지와 감자샐러드도 괜찮다고 말한 사람은 언제나 파울이었다. 그 정도의 결혼식은 남아 있는 칠천 유로로도 충분히

치를 수 있다. 그리고 그럴 일도 없을 것이다. '작은 위로'는 어차피 잘될 테니까. 나는 내 육감을 믿는다.

"애인이 뭐라고 안 해요?" 시몬이 내 마음을 엿보기라도 한 듯 묻는다.

"네? 뭘 뭐라고 안 해요?"

"위험한 데 투자한다고 파울이 뭐라고 안 하더냐고요. 처음에 내 아이디어에 많이 반대했었잖아요. 아니면 그동안 생각이 바뀌었나요?"

"그럼요. 많이 바뀌었죠." 나는 태연하게 거짓말을 한다. "사업이 얼마나 잘되는지 눈에 뻔히 보이는 걸요."

"그럼 기뻐했겠네요?" 시몬도 그냥 물러서지는 않는다. 왠지 유도 심문의 느낌이 들지만, 그렇다고 해서 갑자기 꼬리를 내릴 수도 없는 일이다.

"그럼요. 자기 애인의 성공을 기뻐하지 않을 남자가 어디 있겠어요?"

시몬이 너털웃음을 웃는다.

"뭐가 그렇게 웃겨요?"

"율리아는 아직 남자들을 잘 모르나 봐요?"

"그게 무슨 뜻이에요?"

"자기 여자의 성공을 모든 남자들이 다 좋아할 거라는 생각은 큰 오산입니다. 특히 여자가 남자보다 더 큰 성공을 이룰 때는요."

나는 문제없다는 듯 손사래를 친다. "에이, 그건 구식 사고방식이죠. 파울은 여자가 밖에서 성공했다고 자존심 상해하는 그런 남자 아니에요."

"뭐, 그렇다면 더없이 잘된 일이고요." 시몬의 말이 왠지 탐탁치 않다.

"파울을 별로 안 좋아하죠?" 나는 직설법의 질문을 날린다.

"왜 그렇게 생각해요?" 시몬이 놀라 되묻는다.

"뭐, 그냥요. 가끔 그런 식으로 평가하는 걸 들은 것 같아서요."

"평가요? 내가요?" 그는 피식 웃는다. "난 다른 사람 사생활에 관심 없어요. 그런데 평가라니요?"

"그런가요?"

"물론 예외가 있기는 하지요. 사생활 때문에 우리 직원이 회사 일에 집중을 못한다, 뭐 그럴 경우에는 다르겠지요."

"동업자요!" 나는 그의 표현을 고쳐준다. "벌써 잊어버렸어요?"

"안 잊어버렸어요! 그런데 슬슬 베아테와 게르트에게도 이 소식을 알려야 하지 않을까요? 겸사겸사해서 오늘 저녁에 회식이나 합시다. 내가 식당 예약할게요. 파울한테 전화해서 '다레모'로 오라고 해요."

"파울은 왜요?" 도둑이 제 발 저리다더니 내가 깜짝 놀라며 반문한다. "파울이 이 일이랑 무슨 상관이에요?"

"약혼자잖아요."

"그건 그렇지만, 약혼자가 회식에 와야 할 이유는 없죠."

"초창기에 도움 많이 받았잖아요. 어려울 때 도와준 사람 잊어버리면 벌 받아요. 그리고 카티야랑 그 두 사람도 불러요. 이름이 뭐였죠? 피아랑 얀이었던가…… 사람이 많아야 재미있지요. 그리고 모두 우리에게 도움을 준 사람들이고요."

"돈 좀 생겼다고 흥청망청 쓰지 말고, 다음을 생각해서 저축하는 게 어때요?"

"걱정 말아요." 시몬이 웃는다. "다 세금 공제되는 거니까 잔소리 말고 전화나 해요." 그는 눈짓으로 내 책상 위의 전화기를 가리킨다.

"오늘 저녁에 시간 안 될 텐데."

"물어나 봐요."

"아, 오늘 저녁에 시간 안 된다고 했어요." 나는 추측에서 단정으로 건너뛴다.

"율리아!" 시몬은 다시 그 꿰뚫어보는 눈빛으로 본다. 사람의 마음을 움직이게 하는 눈빛이다. "내가 그렇게 눈치 없는 사람인 줄 알았어요?"

"뜬금없이 무슨 소리예요?"

"우리가 동업하게 됐다는 거 파울한테 말 안 했죠? 그렇죠?"

"어, 그게…… 아주 확실하게는 안 했어요." 나는 순순히 자백한다.

"아주 확실하게는 안 했다? 알겠어요."

"조금 더 준비가 되면 말하려고요."

"이해심이 많고 여자가 성공하는 것을 함께 기뻐해주는, 진부하지 않은 남자라서요?" 시몬은 나를 가차없이 비꼰다.

"예." 나는 맥없이 대답하다가 앞뒤 문맥이 맞지 않음을 깨닫고 곧 정정한다. "아니요. 내 말은 그게 아니라…… 그게 좀……"

"율리아, 살면서 어떤 결정을 내리든 그건 결국 자신만의 문제예요."

시몬은 이 말로 나의 횡설수설을 끝맺는다. 비꼬는 것도, 잘난 척하는 것도, 선생 같은 말투도 아니다. 가끔 고객을 상대로 말할 때 사용하는 말투로, 그의 뺀질이 껍질 밑에 완전히 다른 무언가가 숨겨져 있을 것이란 느낌을 준다.

"제가 애정관계에 대한 조언을 좀 해 드리자면……"

"애정관계에 대한 조언이요? 조언을 구할 사람이 따로 있죠." 내가 끼어들어 말한다. "지금 만나는 사람 이름이 멜라니인지, 마누엘라인지, 매기 대처인지도 모르는 사람한테 조언이요?" 어, 너무 아픈 데를 건드렸나? 그러나 내 입에서는 나도 모르게 더 많은 독화살이 쏟아져 나온다. "그리고 마지막으로 헤어졌을 때는 냉장고에 붙은 포스트잇으로 애인이 떠난 줄 알았던 사람한테요?"

시몬은 차분한 눈빛으로 고개를 끄덕인다. "아주 잘 기억하고 있네요. 내가 조언을 하겠다는 것도 내가 바로 그런 사람이기 때문이에요. 자기가 사랑하는 여자를 잃고 쓸데없는 아집 때문에 더 이상 아무도 사랑하지 못하게 된 바보가 하는 조언이에요. 파울에게 말해요. 당신의 결정을 알려요. 한시도 미루지 말아요."

"나도 그럴 생각이에요." 나는 약간 퉁명스럽게 대꾸한다. 하필이면 시몬 헤커한테 이런 조언을 듣는 것이 썩 내키지 않는다. 나는 하지 말아야 할 줄 알면서도 비비 꼬인 말을 덧붙이고 만다. "훌륭한 조언 고마워요. 아주 도움이 많이 됐어요."

"잘됐네요." 그는 어깨를 으쓱하며 말한다. "파울한테 말하기 전까지는 우리만 알고 있기로 해요. 다른 사람을 통해 들었다가는 오해하기 십상이니까요." 이 말과 함께 시몬은 자기 자리에 앉아 이메일을 체크하기 시작한다.

"왜 그래요?" 여전히 방 한가운데 덩그러니 서 있는 나에게 시몬이 말을 건다.

"다른 사람 생각도 할 줄 아는 거 보니까 신기해서요."

그는 빙긋이 웃는다. 그리고 그 순간 다시 뺀질이 헤커로 돌아간다. "가끔은 나도 아주 착해요. 그런데 그럴 때면 내가 왜 이러나 싶어서 스스로가 무서워진다니까요. 내 테라피스트 말로는 별 문제 없대요. 그냥 금방 왔다 금방 사라지는 거랍니다." 그러더니 시몬은 고갯짓으로 내 책상을 가리킨다. "이제 일 좀 하시죠, 동업자님! 가만히 손 놓고 있어도 회사가 저절로 굴러가지는 않거든요!"

파울, 자기야. 집으로 오르는 계단을 밟으며 파울에게 할 말을 속으로 정리한다. 벌써 오래 전부터 말할 생각이었는데, 자기가 항상 바쁘더라고…… 물론 이 말은 사실과 다르다. 지난 몇 주 동안 눈코 뜰 새 없이 바빴던 사람은 파울이 아니라 나다. 오늘은 꼭 말을 해야지 하면서도 정신없이 하루가 지나가버리곤 했다. 사실은 시몬이 아주 괜찮은 제안을 하나 했는데, 거절하기엔 너무 아깝더라고. 그래서……

그러나 열쇠구멍에 열쇠를 꽂아 돌릴 때쯤엔 다른 생각이 든다. 아니야. 이런 식으로는 안 돼. 너무 진부해. 현관문을 밀고 들어가 복도의 전등 스위치를 켜는 순간 나는 까무러칠 뻔한다.

띠리리리리리라……

환각 증세! 분명하다! 다르게 설명할 수가 없다. 5평방미터 남짓한 바름벡의 우리 집 복도에 관현악단이 앉아서 파헬벨의 〈캐논〉 첫 소절을 연주하고 있다니!

부엌 문가에 기대어 서서 빙그레 웃고 있는 파울이 아니었다면 이 환영을 떨쳐버리기 위해 나는 그대로 뒷걸음질쳐서 다시 문 밖으로 나갔을 것이다.

눈을 비빈 뒤 다시 크게 뜬다. 연주자들은 여전히 그 자리에 앉아서 현이 끊어져라 악기를 문질러대고 있다. 이게 뭐지? 중증 환각 증세인가?

벙찐 상태로 연주가 끝나기를 기다린다. 연주자들이 일어서서 인사를 하고 파울이 박수를 치자 내 언어중추기관도 다시 가동하기 시작한다. "이게 다 뭐야?" 나는 숨 쉴 틈도 없이 내뱉는다.

"뭐긴 뭐야? 실내 관현악단이지." 파울이 여전히 웃음 띤 얼굴로 대답한다. "훌륭한 연주였어요!" 파울은 각각의 연주자들과 악수를 나눈다. "그럼, 연락하겠습니다. 일정과 시간, 장소는 전화로 알려드리지요." 오분 뒤, 연주자들은 악기를 정리해 자리를 뜬다. 파울이 연주자들을 내보내고 현관문을 닫은 뒤 나를 포옹할 때까지도 나는 유령이라도 본 것처럼 넋이 빠져 있다.

"자기가 듣기엔 어때?"

"저, 저건……" 나는 말을 더듬으며 묻는다. "아니, 저 사람들 누구야?"

"음대 학생들." 준비해두었다는 듯 파울의 대답이 튀어나온다.

"음대 학생? 음대 학생들이 우리 집에 왜 왔어?"

"시범 연주." 파울은 마치 관현악단이 우리 집에 모이는 것이 자주 있는 일이라는 듯이 말한다.

"아하." 더 이상 생각나는 말은 없다.

"자, 이제 와인 한 잔 하면서 내 얘길 들어봐." 파울은 거실 쪽으로 내 등을 떠민다. 거실 탁자에는 이미 마개를 딴 레드와인과 치즈 플레이트가 준비되어 있다.

"뭐 특별한 일이라도 있어?" 나는 첫 잔을 쭉 들이켠 후 어느 정도 정신을 차리고 묻는다.

"아니, 뭐 별로." 그는 약간 원망 섞인 목소리로 말한다. "반 년 뒤에 우리가 결혼하는 것만 빼고. 벌써 잊어버린 건 아니겠지?"

"당연히 안 잊어버렸지."

"자기가 너무 바빠서 결혼식 준비 할 시간이 없는 것 같아서 내가 좀 챙기기로 했어."

"그래서 브레멘 악대(＊그림 형제의 동화)를 집에 초대한 거야?"

파울이 껄껄 웃는다. "오후에 잠깐 백화점에 갔다가 보행자 거리에서 봤어. 연주를 잘 하기에 결혼식 연주도 하느냐고 물어봤지. 돈 조금 주니까 집에 와서 시범 연주도 하겠다고 하더라고. 난 자기한테 깜짝 선물을 할 생각이었거든." 그는 부드러운 눈길로 나를 어루만진다. "어때, 성공했어?"

"무슨 성공?"

"놀랐느냐고?"

"놀랐지."

"성공!" 그는 내게 살짝 키스한다. "교회 결혼식에서 악단 빼는 것 때문에 자기 속 많이 상했었잖아. 전문 악단이 너무 비싸니까. 그런데 그 학생들을 보는 순간, 바로 이거야 하는 생각이 들더라고! 이백 유로에 해주겠대. 정말 잘됐지?"

"음." 머릿속이 복잡해진 나는 건성으로 대답한다. 시몬과 동업한 사실을 털어놓을 생각이었는데…… 이제 이 얘기를 어떻게 꺼낸담?

"깜짝 선물이 또 하나 있어." 파울은 들뜬 표정으로 벌떡 일어나 텔레비전 옆에 있는 서랍장에서 뭔가를 꺼내온다. 작은 광고전단들이다. "내가 아이디어를 좀 냈지." 이렇게 말하며 그는 코팅된 종이 한 다발을 내 눈앞에 내민다. "이 근처에 대여 가능한 고성(古城)이 있는지 알아봤어. 바케니츠보다 훨씬 싼 값에 빌릴 수 있더라고." 그는 한 광고책자를 넘기며 그 안의 사진을 보여주느라 열심이다. "이것 봐. 완전 로맨틱하지 않아?"

"음." 나는 그 사진들에 슬쩍 눈길을 주지만 아무것도 눈에 들어오지 않는다. 파울이 왜 이러는 거지? 이제까지는 나한테 다 맡기고 쳐다보지도 않더니, 왜 갑자기 이런 열혈 웨딩 플래너로 돌변한 거지?

"그리고 내가 계산을 다시 해봤거든. 학생 오케스트라를 기용하고, 라이브 대신 CD에 있는 노래를 틀고, 그밖에 몇 가지를 바꾸면 상당히 현실적인 가격이 나와." 그는 나를 보고 환하게 웃는다. "딱 이만 유로면 우리가 꿈꾸었던 환상의 결혼식을 올릴 수 있어."

"우리가 꿈꾸었던." 나는 건조하게 이 말을 반복한다. 내게 지금 이 상황은 마치 재미없는 코미디 같다.

"율리아." 파울은 나를 끌어당겨 키스한다. "나도 알아. 그동안 내가 우리 결혼식에 너무 무관심했어. 그런데 이것저것 직접 알아보니까, 우리 인생의 가장 기쁜 날을 계획하고 준비하는 일이 생각했던 것과 달리 참 재미있더라고. 그리고 자기가 저축해놓은 딱 그만큼이면 된다니까."

"흠." 나는 아직도 약간 어리벙벙한 상태에서 대꾸할 말을 찾고 있다. 분명한 것은 내 인생에 일어난 작은 변동사항을 지금 이 자리에서 발표하는 것만큼 멍청한 일은 없다는 것이다.

"자, 쇠뿔도 단김에 빼랬다고, 오늘부터 적극적으로 추진해 보자고." 그는 소풍 가는 어린아이처럼 들떠 있다. "생각도 너무 오래 하면 안 좋아. 이제 슬슬 청첩장 박고, 호텔방도 예약해야지. 주말에 한번 쭉 돌아보고 맘에 드는 곳 있으면 선금까지 걸고 오자고. 빨리 확실한 일정이 잡혀야 내가 사랑하는 여자가 내 아내가 되지."

아니다. 역시 지금 말해야 한다.

"파울." 나는 일단 입을 연 뒤 심호흡을 한 번 한다. "자기가 이렇게 결혼 준비에 열심인 걸 보니까 정말 기분 좋다. 그런데……" 그의 초롱초롱 빛나는 눈을 보니 말문이 막힌다. 지금 나는 산이라도 들어 옮길 준비가 되어 있지만 단 하나, 결혼 준비는 안 돼 있다는 말을 도저히 못하겠다. 파울은 이해하지 못할 것이다. 이해를 바라는 것 자체가 무리다. 몇 개월째, 아니 벌써 몇 년째 오직 결혼식만을 생각하며 살던 사람이 갑자기 딴 소리를 한다면……

"율리아." 파울은 손으로 내 얼굴을 감싼 채 길고 부드러운 키스를 한다. "자기한테는 뜻밖이겠지만, 지난 몇 주간 생각해보니까 하얀 드레스를 입은 내 여자를 마침내 아내로 맞이하는 것만큼 내 인생에서 의미 있는 일도 없더라고."

나는 숨을 정돈한다. 이래서야 말을 꺼내볼 수도 없겠군!

"자기야." 내가 다시 한 번 운을 떼는 순간…… 신의 보살핌인지 초인종 소리가 들린다. 그러나 벌떡 일어나려는 나를 파울이 말린다.

"놔둬." 그는 작은 목소리로 속삭이더니 다시 내게 키스한다.

"아마 피아랑 얀일 거야. 심심해서 영화나 보러 왔겠지." 그의 키스가 점점 정열적으로 변한다.

초인종이 연달아 다섯 번 울린다.

"급한 일인가 봐." 나는 억지로 포옹을 푼다. 파울은 금세 입이 튀어나와서는 팔짱을 낀다.

"피아랑 얀이면 오늘 별로 안 보고 싶으니까 집에 가서 둘이 놀라고 해." 복도로 나가는 내 등에 대고 그가 외친다.

"알았어." 절대 그럴 생각은 없지만 말로는 알았다고 한다. 피아랑 얀이 와서 함께 영화를 봐준다면, 자백을 하기 전까지 시간을 때울 수 있는 더없이 좋은 핑계가 된다.

그러나 우리 집 문 앞에 서 있는 것은 피아와 얀이 아니다. 완전히 정신이 나간 카티야다. 머리는 헝클어지고, 눈은 퉁퉁 부었고, 붉은 눈자위 주변에는 마스카라가 다 번져 있고, 코는 루돌프 코다. 카티야는 나를 보자마자 울음을 터뜨리며 내 목을 끌어안더니 오 분간은 놓아주지 않는다.

"무슨 일이야?" 나는 그녀를 겨우 떼어내며 묻는다. "무슨 일 있었어?"

"라파엘이……" 그녀는 여전히 울먹이는 소리로 말한다.

"사고 난 거야?" 나는 순간 현기증을 느끼며 조심스레 묻는다. 그러나 카티야는 힘차게 고개를 젓는다. 그리고 몸을 쫙 펴면서 울부짖는다. "라파엘 그 나쁜 새끼한테 여자가 있었어!"

26장

"가만 있어봐. 그게 지금 무슨 소리야?" 파울에게 짤막하게 자초지종을 말한 뒤, 울먹이는 카티야를 가장 가까운 술집으로 데려다 앉혀놓고 진토닉을 가져다주며 묻는다.

"그러니까 그 자상하고, 세련되고, 이해심 많은, 너무 훌륭한 너의 라파엘이 우리한테 일을 맡겼던 그 엑스 걸프렌드하고 다시 합쳤단 말이야?"

난 아직도 어떻게 된 일인지 접수가 되지 않는다. 우리에게 '인정사정 없이 차버려' 패키지를 예약했던 그 차가운 여자에게 라파엘이 돌아갈 거라고는 꿈에도 생각하지 못했다.

"아니, 다시 합치지 않았어." 카티야의 대답에 더욱 혼란스러워진다.

"아니야? 그럼……"

"네가 무슨 생각하는지 알아." 카티야는 자기 앞의 롱 드링크를 한 모금 마신다. "얘기가 더 재미있게 됐어. 라파엘한테는 다른 여자친구가 있었어. 피오나를 만나기 한참 전부터 사귀던 여자야. 아마도 피오나가 너희 회사를 찾은 것도 그 여자 때문이었을 거야."

"그러니까 네 말은……" 말을 하려던 나는 말문이 막히고 만다. 지금 카티야가 하고 있는 이야기는 너무 황당한 데다 잔인하기까지 하다.

"맞아. 네가 생각하는 그대로야." 카티야가 침통한 목소리로 말한다. "라파엘한테는 아주 오래 전부터 여자친구가 있었어. 그래서 피오나도 끝을 낸 거야. 나도 똑같은 신세가 됐어."

그녀는 다시 흐느껴 울기 시작한다.

"그런데 어떻게 해서 알았어?" 내가 다시 카티야 옆에 앉으며 묻는다.

카티야는 크게 한 번 흐느끼더니 술을 한 모금 마신다. "너무 드라마 같아서 웃기지도 않아. 그 여자가 라파엘 휴대전화로 전화를 했는데 내가 받았어."

"왜 네가 라파엘 전화를 받아?"

"그때 머리 감고 있었거든. 오늘 저녁에 미용실에 머리 자르러 왔어. 우리 실습생이 샴푸를 해주고 있는데 전화가 왔어. 그래서 내가 받았지. 방송국에서 온 전화일 수도 있잖아. 다른 생각은 없었어."

"어쩜!" 옛날 여자친구가 잘라달라고 해서 자기 손으로 직접 잘랐는데, 그 여자친구가 자기 남자친구에게 전화를 했으리라고 누가 상상이나 할 수 있겠는가? 게다가 그 여자친구 외에 여자친구 세컨드가 있으리라고는…… 아니지, 그 여자가 먼저니까 세컨드가 아니라 퍼스트…… 아, 복잡해!

"어쨌든 내가 전화를 받았어. 그리고 라파엘 씨 휴대전화입니다, 했지. 그랬더니 처음에는 아무 말도 안 하더라고."

"그래서?"

"조금 있다가 나디야인데 누구세요, 하더라. 다행히 내가 라파엘의 헤어디자이너인데요, 라고 말할 정신이 있었지. 지금 머리 감고 있어서 전화를 받을 수 없다고 했지."

"그래서?"

"그랬더니 여자친구한테 전화왔었다고, 전화 기다린다고 전해달라는 거야. 그리고 나서 인사하고 끊었어."

"기가 막혀!" 나는 뜨악한 표정으로 카티야를 마주 볼 뿐이다. 그런 일이 실제로 있다니 믿어지지가 않는다.

"그래, 나도 기가 탁 막히더라! 득달같이 세면대에 달려들어서는 찬물을 쫙 틀었지. 그랬더니 자리에서 벌떡 일어나서는 이게 무슨 짓이냐면서 막 소리를 지르더라고. 그래서 나디야가 안부 전해달라고 하더라고 했지. 그랬더니 아무 말 못하더라고."

"무슨 헐리웃 영화의 한 장면 같다, 얘. 뭐라고 변명도 안 해?"

"제대로 변명도 못해. 아, 나디야, 그게…… 저기, 그건…… 뭐 이러면서 말을 더듬더라고. 너무 구차해서 정말 인간이 싫어지더라. 그런데 그 순간에 정신이 번쩍 들면서 냉철해지더라고. 그 사람 눈을 똑바로 쳐다보면서 나디야가 네 여자친구 맞느냐고 물었지. 맞아, 그러더라고."

"정말? 바로 자백했단 말이야?"

카티야는 고개를 끄덕인다. "아마 너무 놀라서 제정신이 아니었나봐."

"별일도 다 있네!"

카티야는 머리를 세차게 흔든다. "그건 약과야. 사귄 지 얼마나 됐냐고 내가 물으니까 뭐라고 한 줄 알아? 칠 년 됐대."

"칠 년?"

"응, 장장 칠 년. 네가 파울과 사귄 게 칠 년이잖아."

"진짜 별일이네."

"다 설명하겠다는 걸 뿌리치고 뛰쳐나와서 그 길로 너한테 온 거야." 카티야는 깊은 한숨을 쉰다. "이게 다야. 정말 악몽 같아."

"세상 오래 살고 볼 일이다, 얘."

"동감이야."

나는 잠시 생각한다. "그럼 피오나도 라파엘한테 오래된 여자친구가 있다는 걸 알고 '작은 위로'에 왔던 거구나."

"그랬겠지."

"하지만 왜……" 나는 적당한 단어를 찾느라 인상을 쓴다.

"우리가 이별 통보를 하러 갔을 때 왜 그렇게 절망했는지, 그리고 왜 나한테 바로 작업을 걸었는지 이해가 안 된다는 거지?"

누가 누구한테 작업을 걸었는지는 더 따져봐야 할 문제이지만, 지금은 그것을 따질 때가 아니다. 그밖에는 카티야의 말이 옳다. "응. 그건 정말 이해가 안 돼. 뻔히 자기가 잘못한 게 있는데 어쩜 그럴 수가 있니……"

"남자들은 원래 그래. 양심이라고는 털끝만치도 없는 데다 자기밖에 몰라." 카티야는 냉소적인 표정으로 그새 비어버린 잔을 바라본다. "파울은 예외야. 내가 이제까지 파울에 대해 나쁘게 말한 것 다 잊어버려. 지루하다느니 그런 말 다 취소할게. 넌 정말 복 받은 거야. 그런 정직하고 성실한 사람 흔치 않아."

이 말을 들으니 양심에 찔린다. 사실은 파울과 나 사이에도 해결해야 할 문제가 산더미다.

"흠." 나는 불쾌한 생각들을 접어놓고 다시 카티야를 향한다. "이제 어쩔 생각이야?"

"두고 봐." 그녀는 마치 내가 라파엘이라도 되는 양 무섭게 노려보며 말한다. "이 나쁜 자식, 거리에서 만나기만 해봐라, 그대로 잘리는 줄 알아. 그것도 아주 천천히, 아주 고통스럽게 내 숱 치는 가위로 거세를 해주겠어."

"아우." 내 입에서는 저절로 감탄사가 터져 나온다. 심각한 상황이지만 왠지 자꾸 웃음이 난다. 카티야가 여기 이러고 앉아서 남자에게 복수할 상상을 하고 있는 모습은 어딘지 모르게 코믹한 구석이 있다. "얘, 그건 좀 너무……"

그 순간, 카티야의 전화기가 울린다. 카티야는 가방에서 전화기를 꺼낼 생각조차 하지 않는다. "라파엘이야." 그녀가 단정하듯 말한다. "전화를 벌써 열 번도 넘게 했을걸. 백 번을 해봐라, 내가 받을 줄 알고? 흥."

"그럼. 나라도 안 받아."

"뭐 하러 받아? 구차한 변명만 늘어놓을 게 뻔한데. 네가 오해하는 거다, 사실은 그렇지 않다, 그런 헛소리나 해대겠지."

"그래, 그런 변명 들어줄 필요 하나도 없어." 내가 맞장구를 친다.

카티야는 작정한 듯 자리에서 일어나더니 바에 가서 진 토닉 두 잔을 가져온다. 사실 술은 별로 당기지 않지만, 괴로워하는 친구를 위해 술을 같이 마셔주는 것 외에 내가 더 할 수 있는 일이 무엇이 있겠는가? 특별한 상황에서는 특별한 규칙이 필요한 법이다. 세상일이 원래 다 그렇다.

"나, 그 사람 정말로 믿었어." 롱 드링크 세 잔째에 이른 카티야가 분위기를 잡으며 말한다. "그리고 그런 사람이 내 애인이라는 게 정말 좋았어. 매력적이고, 직업적으로도 성공했고, 나한테도 잘해주고……"

"그래, 나도 알아." 나는 카티야를 위로하려 애쓴다. 그러는 사이 자연스럽게 질문 하나가 떠오른다. 한때 내 화두이기도 했지만, 에이전시 일이 바빠 어느새 잊고 있던 질문이다. 사랑하는 것과 사랑받는 것 중 어느 것이 더 중요한가? 만족할 만한 대답은 아직 찾지 못했다. 지금의 카티야에게 이 질문을 할 필요는 없어 보인다.

"조금이라도 피오나를 떠올렸더라면 좋았을걸."

"무슨 뜻이야?"

"피오나가 우리 사무실에 와서 상담했을 때 했던 말이 생각나서. 나쁜 사기꾼 새끼라고 했어. 정확히 그 표현이었어."

"그래, 맞아." 카티야도 이제 생각난다는 듯 말한다. "난 그때 그 말을 안 믿었어. 그냥 버림받고 상처받은 여자가 하는 말이려니 했어. 그리고 새끼 치고는 덩치가 너무 크잖아?" 그녀의 얼굴에 쓴웃음이 번진다.

"그래도 '나쁜'과 '사기꾼'은 맞는 것 같은데?"

"응, 믿고 싶지 않지만 사실이야." 그녀는 다시 한 번 울컥 눈물이 솟구치는지 크게 숨을 들이마신다. 그래도 전체적으로는 꽤 빨리 안정을 되찾은 편이다. 만난 지 기껏해야 한 달이나 두 달 정도 됐을 테니 이별에 필요한 시간도 그만큼 적은 것인지 모른다. "그 자식 얘기는 그만 하자." 카티야는 스스로에게 명령하듯 힘주어 말하고, 남아 있는 술잔을 비운 뒤 탁자 위에 쾅 소리가 나게 내려놓는다.

"그래." 나는 한층 안심한다. "그럼 이제 무슨 얘기 할까?"

"네 얘기."

"내 얘기? 할 만한 얘기도 없어."

"에이전시는 어때?"

"잘 되고 있어." 나는 대답을 피한다.

그러나 곧 내 입에서는 수다가 술술 풀려나오기 시작한다. 안 그래도 요즘 내 신상에 일어난 변화를 내 베스트프렌드에게 털어놓고 싶어 입이 근질근질했던 참이다. 사실 파울과 나의 미래에 관한 일이므로 파울에게 먼저 말해야 옳지만 파울은 지금 여기 없지 않은가. 나는 카티야에게 내가 회사에 많은 돈을 투자한 사실, 시몬과 내가 동업자가 된 사연을 요약해서 들려준다.

"흠." 내 말을 다 듣고 난 카티야가 말한다. "파울한테 조금이라도 빨리 말해. 안 그러면 배신감 느낄 거야."

"아닌게아니라 벌써 문제가 생겼어. 난 회사 일이 중요해져서 돈을 다 회사에 투자했는데, 하필이면 이제야 결혼 준비를 하겠다고 뒷북 치고 나서지 뭐니? 고성의 광고 책자를 모아오질 않나, 음대생들을 집으로 데려 오질 않나……"

"네 인생의 일순위가 정말 바뀌었구나." 카티야가 요점을 정확하게 짚어낸다.

"그런 것 같아." 나는 순순히 인정한다. "에이전시 일도, 자기사업 하는 것도 정말 재미있어졌어. 시몬이 갑자기 회사를 그만두겠다고 하니까 겁이 덜컥 나더라고. 내가 이제까지 노력한 것이 다 물거품이 되는구나 싶어서."

"내가 아는 파울은 그런 것 정도는 이해할 수 있는 사람이야. 항상 뭐든지 잘 이해했잖아." 카티야가 파울을 두둔한다.

"글쎄, 난 잘 모르겠어. 처음부터 '작은 위로'라면 눈에 쌍심지를 켜고 싫어했으니까. 거의 전 재산을 '작은 위로'에 쏟아 부었다는 것을 알면 절대 좋아하지 않을 거야."

"파울이 그렇게 싫어하는 게 정말 에이전시라고 생각해? 다른 것일 수도 있어."

"다른 거, 뭐?"

"무슨 말인지 알잖아. 시몬 얘기 하는 거야."

"시몬 헤커가 이 일이랑 무슨 상관이야?" 카티야가 무슨 말을 하는지 물론 나도 안다. 하지만 그 얘기는 하고 싶지 않다.

카티야는 과장되게 눈을 치켜뜨며 기막히다는 표정을 짓는다. "상관이 아주 많지. 일단 잘생겼지, 게다가 너랑 하루의 대부분을 함께 보내는 남자잖아."

"시몬과 나는 이윤을 목적으로 한 공동체고, 그건 파울도 잘 알고 있어." 나는 언성을 높여 반박한다.

"정말 그것뿐이야?"

"정말 그것뿐이야. 우린……" 갑자기 말문이 막힌다. "조금은 안 그런 것 같기도 해." 그리고 결국에는 시인한다. "그래, 옛날처럼 싫어하는 감정만 있는 건 아니야. 죽도록 싫은 사람과 동업을 할 수는 없지 않겠니?"

"그래, 처음엔 죽도록 싫어했지." 카티야가 기억을 상기시킨다. "너의 주적 넘버원이었고, 페스트든 원형탈모든 나쁜 병은 다 걸리라고 저주하는 수준이었잖아. 그런데도 함께 일을 시작하더라."

"기회를 놓치고 싶지 않았어. 나를 위한 기회, 그리고 파울과 나의 미래를 위해서."

"지금은 어떤데?"

"지금 청문회 하니?"

"응, 비슷해." 카티야가 싱긋 웃는다.

"내가 갑자기 시몬을 아주 좋은 친구로 생각하게 됐다거나 그런 건 아니야." 나는 카티야에게 설명한다. "당연히 아니지. 앞으로도 그럴 일은 없을 거야. 그러기에는 너무 자기중심적이고 건방지잖아. 그런데 같이 지내다 보니까 그 사람한테도 이런 저런 좋은 면이 있더라고. 처음에 생각했던 것처럼 그렇게 표면적이고 냉정하기만 한 사람은 아니었어. 오히려 인정이 많은 부분도 있어. 그리고 무엇보다 일 하나는 확실하게 하거든. 노하우도 있고, 책임감도 강해. 지금까지 우리가 함께 달성한 것도 무시하지 못할 수준이고, 앞으로도 이렇게만 계속하면 우린 '작은 위로'로 큰 돈도 벌 수 있을 거야. 적어도 베아테와 게르트에게 새 직장을 구해주는 데는 성공했잖아? 물론 그건 아주 작은 부분……"

"율리아, 아직도 모르겠니?" 카티야가 내 말을 중단시키고 묻는다.

"뭘?"

그녀는 내 쪽으로 몸을 굽히더니 가만히 내 손을 잡는다. "지금 네가 한 말 모두 시몬 헤커를 두둔하는 말이었어."

"아, 정말?"

그녀가 고개를 까딱한다.

"난 그저 직업적인 면에서……"

카티야는 다시 내 말을 중단시킨다. "율리아, 내가 하고 싶은 말은, 파울이 지금 이 상황에서 불행할 수도 있다는 거야. 넌 파울에게 있어서 직업은 좀 지루하지만 안심하고 믿을 수 있는 여자, 관심사라고는 오직 꿈 같은 결혼식뿐인 그런 여자였어."

"누가 결혼식 안 한대? 내 꿈은 변함없어!" 나는 거세게 반박한다.

"그래. 하지만 지금 네가 원하는 건 그게 다가 아니잖아. 더 많은 것을 원하지 않니? 결혼식은 이제 더 이상 네 관심의 중심이 아니게 됐어."

"용기를 내서 도전해야 한다고 부추긴 건 너였잖아!" 나는 억울한 마음에 카티야에게 책임을 떠넘긴다.

"맞아. 그리고 나도 그 생각에는 변함없어. 네가 아주 잘했다고 생각해." 그녀는 내 팔을 다독인다. 이 제스처는 내가 이별 통보를 받는 사람들을 위로할 때 항상 사용하는 것이라 나는 적잖이 놀란다. "난 네가 변했다는 걸 말해주고 싶은 거야. 물론 부정적인 변화는 아니야. 하지만 너를 좋아하는 남자 쪽에서는 좀…… 적응하기 힘들 수도 있어. 그러니까 네가 파울을 더 배려해야 한다는 말이야. 중요한 결정을 하기 전에는 의논도 꼭 하고. 너, 예전에는 항상 그렇게 했었어."

"예전의 내 인생에 중요한 결정 같은 것은 없었어." 나는 고집스럽게 대꾸한다. "그리고 파울은 내가 관심 있어 하는 일에는 전혀 관심이 없었어. 음, 자기 맘대로 해. 난 아무래도 좋아. 이게 내가 결혼식 얘기를 꺼낼 때마다 파울이 하는 말이었어."

"그럼, 아마 파울이 예전 행동이 잘못됐다는 걸 깨닫고 이제라도 고치려는 모양이지."

나는 잠시 기억을 더듬는다. 그리고 결국은 "네 말이 맞는 것 같아."라고 대답한다.

"그럼, 내가 언제 틀린 말 하는 거 봤니?" 카티야는 방긋 웃다가 금세 표정이 어두워진다. "내 인생에 관한 것만 빼고."

나는 웃는다. 그리고 그녀의 손을 잡고 위로한다. "친구야, 그렇게 상심하지 마. 그렇게 철두철미하게 작업을 걸었는데, 라파엘 쇼에 안 넘어갈 여자가 있었겠니? 조화로운 기의 흐름을 위한 로미로미 마사지까지 받았잖아."

"맞아." 카티야도 피식 웃는다. "라파엘 쇼. 그 말이 딱 맞아. 난 그 쇼의 맨 앞줄에 앉아 있었던 거야!"

우리는 잠시 침묵한 채 각자의 생각 속으로 빠져든다.

"이제 어떡하지?" 별안간 내가 묻는다. "나 이제 어떻게 해야 할까?"

"파울이랑 솔직하게 얘기를 해봐. 그동안 너한테 에이전시가 얼마나 중요해졌는지 말하고, 왜 그런지도 이해를 시켜. 네가 솔직하게 말하면 파울도 이해할 거야. 그러면 네 변화도 받아들일 수 있을 거고."

"그래, 네 말이 맞아. 집에 가자마자 당장 말해야겠다."

카티야의 전화가 다시 울린다. 이번에는 가방을 뒤진다.

"그 나쁜 놈이랑 다시는 말도 하기 싫다며?"

"생각이 바뀌었어. 나도 할 말은 해야겠어!" 이 말과 함께 가방에서 전화기를 집어올린 카티야는 전화기에 대고 버럭 소리를 지른다. "왜 전화질이야!"

그러더니 조용히 고개를 끄덕이며 듣기만 한다. 그녀의 두 눈에 눈물이 고인다. 전화를 끊은 카티야는 경직된 얼굴로 나를 건너다본다.

"왜?"

"나 가볼게."

"라파엘한테?" 나는 믿기지 않는 표정으로 묻는다.

"응." 카티야는 순순히 시인한다. "그 사람 말이, 다 오해니까……"

"설명할 기회를 달래?" 내가 그녀의 문장을 완성시킨다. "내 말 들어. 우리 사무실에서 하루에도 네다섯 번씩은 듣는 말이 그 말이야!"

카티야는 힘없이 어깨를 으쓱한다. "나 어떻게 해야겠니?"

"가서 그 자식 엉덩이를 까버려!"

카티야는 놀란 눈으로 나를 본다.

"너 정말 변했구나. 옛날 같았으면 그런 말은 입에도 담지 않았을 거야. 오히려 나한테 이해하라고 했을 거야."

"그 율리아는 이제 없어." 내가 확신에 찬 목소리로 말한다. "그리고 옛날 율리아가 그립지도 않아. 왜냐하면 새 율리아는 누가 한 대 치면 가만 있지 말고 맞받아쳐야 한다는 걸 배웠거든. 그리고 내가 아는 카티야는 언제나 그런 사람이었어."

카티야는 조용히 한숨을 쉰다. "그런데 지금은 상황이 달라. 나, 그 사람 아직 사랑하거든. 왜 그런 말도 있잖니, 가장 늦게까지 죽지 않는 건……"

"……희망이다."

"내가 지금 딱 그래. 라파엘을 차버리기 전에 설명할 기회를 주고 싶어. 어쩌면 내가 모르는 문제가 있을 수도 있잖아? 그래야 나중에 너무 경솔하게 헤어졌다는 후회를 안 하지." 그녀는 절실함이 담긴 표정으로 나를 본다. "이해해줄 수 있지?"

나는 그녀의 손등을 쓸어내린다. "그럼, 이해하고말고. 나도 불행한 사랑을 해봤는걸. 받아들이기 쉽지 않다는 거 알아. 그때 만약⋯⋯" 여기서 나는 목이 멘다.

"그 사람⋯⋯" 카티야도 말을 하려다가 만다.

"응, 그 사람 얘기야." 우리는 말없이 서로를 응시한다. 그러나 무슨 말인지 너무나 잘 알고 있다. 더 이상의 말은 필요 없다. 아주 오래 전에 지겨울 만큼 많이 얘기했다. 이제 다 지난 일이다.

"이해해줘서 고마워." 잠시 후 카티야가 속삭이듯 말한다.

"걱정 마." 나는 애써 명랑한 표정을 짓는다. "내일은 또 맘이 어떻게 바뀔지 몰라."

카티야가 웃는다. "정말 많이 변했다는 말밖에 할 말이 없다! 그리고 너 점점 시몬 헤커 닮아가는 것 같아."

"그건 일단 노코멘트로 놔둘게. 그런데 너도 많이 변한 거 알아? 네가 파울 편을 들면서 나한테 훈계를 할 줄은 정말 꿈에도 생각 못했어."

카티야는 머리를 설레설레 흔들며 자리에서 일어선다. "우리 둘 다 많이 배웠네." 이렇게 말하며 그녀는 지갑을 연다.

나는 급히 손사래를 친다. "놔둬. 오늘은 '작은 위로'에서 쏜다. 다음번 애정 고민 상담에서는 네가 내."

"내 애정 고민, 아니면 네 애정 고민?" 카티야가 묻는다.

"말할 필요도 없지. 난 거의 유부녀나 마찬가지인데 무슨 애정 고민이 있겠어?"

자정이 다 되어서야 집에 돌아오니 파울은 깊이 잠들어 있다. 한편으로는 카티야와 얘기를 하고 와서 그 여세를 몰아 한시라도 빨리 털어놓으려던 계획이 무산되어 실망스럽기도 하고, 다른 한편으로는 더 시간을 가질 수 있게 되어 안심도 된다.

목욕탕 거울 앞에 서서 이를 닦으며 카티야의 말을 떠올려본다. 카티야가 옳다. 나는 변했다. 그러나 이 변화가 마음에 든다. 그리고 내가 갑자기 완전히 다른 사람으로 변한 것도 아니지 않은가. 단지 인생에서 나를 즐겁게 하는 일이 몇 가지 더 생긴 것뿐이다. 그렇다고 환상의 결혼식을 포기하려는 것도 아니다. 그저 내가 처음에 상상했던 것처럼 그렇게 호화롭지 않아도 된다는 생각이 들 뿐이다. 혹은, 내 삶이 더 안정되고 에이전시가 제 궤도를 찾을 때까지 몇 달 정도 결혼식을 연기해도 되지 않을까 하는 것뿐이다.

침실로 들어와 조용히 내 쪽의 독서등을 켠다. 파울은 낮은 소리로 코를 골며 자고 있고, 곤히 잠든 그의 주변에는 고성과 출장연회에 관한 여러 종류의 광고지와 웨딩잡지가 널브러져 있다. 기쁜 마음과 죄의식이 한꺼번에 든다. 파울이 갑자기 이렇게 결혼 준비에 열심인 것을 보니 귀엽기도 하다. 귀엽지만 타이밍이 좋지 않다. 몇 주 전만 됐어도 완전히 감동했을 텐데. 어쨌든 지금도 기쁘긴 하다.

"사랑해." 나는 그의 따뜻한 체온을 느끼려고 그에게 바싹 다가 누우며 그의 귀에 대고 속삭인다. 대답이 없다. 파울은 원래 한번 잠들면 누가 와서 업어 가도 모른다. "사랑해."라고 한 번 더 말한 뒤 나는 반대편으로 돌아눕는다.

그리고 오늘은 무슨 꿈을 꾸고 싶은지 생각하기도 전에 꿈나라로 간다.

27장

"좋은 아침, 좋은 아침!" 열 시가 조금 넘은 시각, 숨이 턱에 닿아 사무실에 도착하니 베아테가 언제나처럼 쾌활한 목소리로 인사를 한다. 베아테는 '오늘의 작은 위로'를 붙이고 있다. "율리아는 언제 봐도 예뻐!"

내 모습을 내려다본다. 일곱 시쯤 파울이 쥐도 새도 모르게 일어나 출근한 뒤, 알람을 듣지 못하고 계속 자다가 일어나보니 아홉 시 사십 분이었다. 공들인 스타일링은 고사하고 샤워도 못하고 뛰어나왔다. 그래서 지금 나는 낡은 청바지와 보풀이 일어난 스웨터 차림에, 머리는 자연적으로 형성된 떡 머리 스타일이다. 우리 사무실에 욕실이 있어서 얼마나 다행인지 모른다. 이런 모습으로 고객을 맞을 수는 없으니 말이다.

"아, 고마워요." 나는 약간 황당해하며 대꾸한다. 그리고 '오늘의 작은 위로'를 읽는다.

사랑—이것은 일시적인 정신병으로
결혼에 의해 치유된다.
— 암브로제 비어스

"이건 또 어디서 찾았어요?" 내가 묻는다.

베아테가 웃으며 말한다. "오늘 아침에 게르트가 아침 식탁에 놔준 카드에 씌어 있었어."

"왜요? 오늘 무슨 날이에요?"

"결혼기념일이거든. 벌써 이십팔 주년이야!"

"와! 정말 오래되었네요. 그런데 어째 카드 내용이 좀 안 맞는 것 같은데요."

베아테는 어깨를 으쓱한다. "오랜 시간을 같이 살다보니까 기묘한 유머 감각도 닮아가는 모양이지."

"그런가요?"

"두고 봐. 율리아도 이제 결혼하면 알게 될 거야. 행복한 결혼 생활의 비결은 많이 웃는 데 있어. 웃어서 해결되지 않는 문제는 없거든."

또 결혼 얘기다. 빨리 파울에게 자백하라는 하늘의 계시인 모양이다. 아, 나도 말하려고 하고 있다고요!

"알았어요. 명심할게요."

"결혼 생활에 대해 궁금한 거 있으면 망설이지 말고 언제라도 물어봐."

"네. 그런데 시몬 나왔어요?"

베아테는 눈썹을 치켜올린다. "지금 시간이 몇 신데?"

"열 시 조금 넘었어요."

"열한 시나 돼야 오잖아."

"아, 맞다…… 시몬이 이사 나갔다는 걸 자꾸 잊어버려요. 열한 시 전에는 보기 힘들어졌지요, 참."

"그래." 베아테가 말한다. "나도 한번 내가 출근하고 싶을 때 출근해봤으면 좋겠다." 그녀는 사랑이 담긴 눈길을 게르트의 방 쪽으로 던지며 말한다. "게르트랑 나는 언제나 여덟 시 정각이면 칼같이 출근하니까."

"그 대신 헤커 씨는 밤샘하는 날이 많잖아요." 나는 내 동업자를 두둔하며, 베아테가 내미는 커피를 들고 내 방으로 향한다.

일정표를 보니 오늘도 할 일이 만만치 않다. 전화 통지 세 건에 이별 편지 여덟 건이다. 한 시부터 세 시 사이에는 개별 방문 통지를 원하는 고객들과의 상담이 여덟 건 있다. 그래, 더도 덜도 말고 이렇게만 계속 들어와

라. 그래야 내가 투자한 이만 유로가 아깝지 않지! 그러나 일의 바다 속으로 다이빙하기 전에 먼저 좀 씻어야 할 것 같다. 베아테에게 귀띔을 해놓으려고 거실로 나온다. "오늘 캐주얼 프라이데이였던가요? 난 수요일인 줄 알았는데." 소리 나는 쪽을 보니 시몬이 베아테 책상에 기대 서 있다. 언제나처럼 시크한 양복 차림에, 여기저기 윤이 반짝반짝 난다. 산뜻한 향기 한 자락이 내 쪽으로 불어오는 것만 같다. 누구랑은 완전 딴판이군. 그래도 난 더 일찍 왔다, 뭐!

"좋은 아침! 한 주의 중심인데 수요일에도 특별하게 입어줘야죠." 나도 지지 않고 대꾸한다.

"아, 그게 특별하게 입은 거였어요?"

"그런지 룩이라고 몰라요? 패셔니스타 되기는 글렀네요." 나는 짓궂게 씩 웃어 보인다. 시몬과의 말싸움은 재미있다. 베아테에게도 즐거운 구경 거리인 모양이다. 곁눈질로 보니 입술이 웃는 모양새다.

"그런 건 한가한 사람들이나 하는 거죠. 나같이 바쁜 사람이 어디 패션 같은 데 신경 쓸 시간이 있겠습니까?" 그는 과장된 제스처로 손을 들어 양복 깃을 쓸어내린다. 자기 모습이 얼마나 근사한지 확신하고 있는 사람의 행동이다.

"바쁘면 어쩔 수 없죠. 그런데 혹시 이런 속담 들어봤어요? 일찍 일어나는 새가 벌레를 잡는다." 나는 보란 듯이 시계 쪽에 시선을 두고 말한다.

"요새는 일찍 일어나는 새가……" 시몬도 지지 않고 맞서며 씩 웃는다.

"아유, 방해돼서 일을 못하겠네." 베아테가 끼어든다. "책상으로 가든지, 샤워를 하러 가든지 얼른 흩어져요. 어서, 어서!" 나는 베아테의 명령에 따라 얌전하게 목욕탕으로 간다. 그런데 문을 여는 순간, 시몬이 뒤에 서 있는 것이 느껴진다. 나는 놀라서 뒤를 돌아본다.

"뭐 더 할 말 있어요?" 이렇게 말하는 내 목소리가 가늘게 떨린다. 누가 이렇게 가까이 서 있으면 신경이 곤두선다.

"베아테가 샤워하러 가라고 했잖아요." 시몬은 이렇게 말하면서 장난스럽게 두 눈썹을 치켜올린다. 나는 그냥 웃고 만다.

"저는 샤워, 헤커 씨는 책상이요." 나는 짐짓 엄격한 톤으로 말한다.

그는 어깨를 으쓱하더니 하는 수 없다는 듯이 가벼운 한숨을 쉬며 돌아선다.

"어쩐지 좀 이상하더라." 터벅터벅 발걸음을 옮기며 시몬이 혼자 중얼거린다. 샤워를 하면서 나는 혼자 빙그레 웃는다. 가끔 뜬금없는 짓을 하긴 하지만 정말 재미있는 남자다!

삼십 분 뒤 나는 개운하게 씻은 뒤, 항상 사무실에 두고 다니는 회색 정장으로 말끔하게 갈아입고 책상 앞에 앉아 편지쓰기에 집중하고 있다. 수잔네 딜렌이라는 고객인데 남자친구인 토마스 퓔러와 헤어지고 싶어한다. 십 년이나 사귀었는데도 공식적인 커플 관계를 인정하지 않는 것이 이유다. 수잔네 딜렌은 이별 편지에 어떤 내용이 들어가야 할지 조목조목 글머리표를 달아 이메일을 보냈다. 머릿속에서 편지의 내용을 정리한 뒤, 컴퓨터 자판을 두드리기 시작한다.

퓔러 씨에게.

이별 대행사 '작은 위로'입니다. 갑자기 본사의 편지를 받게 되어 놀라셨으리라 생각합니다. 퓔러 씨의 여자친구 수잔네 딜렌 씨는 제삼자의 중립적인 매개를 통해 문제를 해결하는 것이 최선이라고 생각하신 듯합니다. 저희의 개입 권리를 증명하기 위해 주문서의 사본을 동봉하오니 참고하시기 바랍니다.

딜렌 씨는 두 분에게 미래가 없다는 결론 아래 이제까지의 관계를 정리하기로 결심하셨습니다. 딜렌 씨가 꼽은 이별의 첫 번째 이유는 퓔러 씨가 딜렌 씨와의 관계를 인정하지 않는 것입니다. 퓔러 씨, 이 편지를 읽으시는 지금 무척 충격이 크리라 생각합니다. 의심되는 사항이 있으시면 언제라도 저희에게…… 아, 이건 아니다. 한번 까놓고 말해볼까요, 필러 씨? 아주 단순한 이유입니다. 당신은 수년 동안 여자친구의 마음을 모른 척하고, 거기다 여자로서 참기 힘든 모욕까지 안겨주었어요. 사람이 많은 곳에서 마치 애인이 아닌 것처럼 행동하고, 다른 여자들을 넘봤죠? 일단 손 안의 비둘기는 놓지 않으면서 꿩이 나타나면 언제라도 버릴 태세였죠. 이게 그 대가입니다. 당신 여자친구는 이제 당신한테 진절머리가 나서 못 견디겠대요. 그래서 나더러 대신 좀 뺑 차 달라는 군요……

물론 이대로 편지를 보내지는 않을 것이다. 명문장이지만 어쩔 수 없다. 형식적이고 동정적인 이별 편지는 이제 지겹다. 이런 일에서까지 패턴을 만들어낼 수 있다니, 인간이란 정말 희한한 동물이다. 필러처럼 짐승만도 못한 인간들은 한번쯤 매운 맛을 봐야 한다. 정말 생각 같아서는 그냥 콱……

"어떻게 됐어요?"

나는 백일몽에서 깨어나 소리 나는 쪽으로 고개를 돌린다. 시몬이 자기 책상에 앉아 의문이 담긴 눈으로 나를 건너다보고 있다.

"뭐가 어떻게 돼요?" 나는 영문을 몰라 묻는다.

"어제 저녁에 파울한테 우리가 동업한다는 얘기 했어요?"

나는 고개를 가로젓는다. "그럴 틈이 없었어요. 갑자기 다른 중요한 일이 생겼거든요."

"다른 중요한 일이요?"

"예." 나는 짧게 대답한다. 카티야의 사생활을 시몬이 알아야 할 이유는 없다. 그러고 보니 어젯밤 설명할 기회를 준다며 라파엘에게 간 카티야에게 여태껏 연락이 없었다. 이따가 전화를 한번 해봐야겠다.

"흠." 시몬이 말한다. "빨리 공지를 해야 할 것 같은데. 축하 파티도 열어야죠."

"급할 것 없어요. 계약서에 사인한 잉크도 아직 안 말랐어요."

"알았어요." 그는 다시 모니터 쪽으로 얼굴을 돌리고, 나도 쓰다 만 편지에 집중한다. 하지만 오늘은 왠지 글발이 서지 않는다. 두 통이나 더 써야 하는데. 게다가 전화도 해야 하고, 오후에 있을 개별 방문도 준비해야 한다. 그런데 웬일인지 통…… 의욕이 생기지 않는다. 아마도 자꾸 머릿속에서 파울과 카티야 생각이 나기 때문인 것 같다. 라파엘은 과연 칠 년이나 사귄 여자친구의 존재를 카티야에게 이해시킬 수 있었을까?

딜렌 씨는 필러 씨와의 관계를 정리하고 싶어하십니다. 이 관계에 미래가 없다는 판단 때문입니다. 딜렌 씨가 꼽은 가장 큰 이별의 이유는 이 관계를 인정하지 않는 필러 씨의 우유부단함입니다. 필러 씨, 이 편지를 읽으시는 지금 무척 충격이 크리라 생각합니다. 의심되는 사항이 있으시면 언제라도 저희에게 연락 주십시오. 이 편지를 받으신 날로부터 공휴일을 제외한 삼 일간 이십사 시간 내내 위에 기재된 전화번호로 연락이 가능합니다. 이 서비스는 특별히 딜렌 씨의 의사를 반영해 저희가 제공하는 것입니다. 딜렌 씨는 또한 당분간 필러 씨가 연락을 자제해 주기를 희망하십니다. 지금 당장은 이해하시기 힘들지도 모르겠습니다만, 아니 막말로 해서 그 착한 여자가 무슨 잘못이라고 당신같이 주제도 모르고, 자기밖에 모르는 이기주의자하고 입 아프게 담판을 지어야 하냐고요? 오랫동안 붙들고 있으면서 그만큼 애를 태웠으면 됐지. 애를 태우다, 태우다 아주 속이 시꺼멓게 탔을 거라고. 그래도 그 여자는 당신과의 미래를 꿈꾸고 있었다고요. 아무것도 안 해주면서 받기만 하니까 좋습디까? 나한테 걸렸으면 국물도……

"뭐해요?" 지금 이 컨디션으로 계속 편지를 써봐야 소용없다는 생각에 나는 시몬에게 말을 걸어본다.
"계산서 정리합니다. 그쪽은요?"
"이별 편지 작문요. 편지가 가야 그쪽이 정리할 계산서도 들어오죠."

"무슨 내용인데 그래요?"

"항상 똑같죠, 뭐. 여자가 수년간 한 남자만 바라보고 살았는데, 남자는 생날라리예요. 참다가 지친 여자가 남자를 차는 거예요."

"잘됐네요."

나는 돌연 사색적인 감상에 사로잡힌다. "그거 알아요? 몇 달간 일을 해보니까 애기가 다 거기서 거기예요. 열정이 사라져서 관계를 끝내고 싶어 하든가, 아니면 상대방도 자기를 사랑해주기를 기다리다가 지쳐서 나가떨어지든가 둘 중 하나예요.

"둘 다 끝내야 할 이유네요."

"네, 맞아요." 나도 그와 같은 생각이다. "하지만 결과적으로 너무 슬프잖아요." 수잔네 딜렌과 카티야가 떠오른다. 카티야는 가지 말아야 한다는 걸 잘 알면서도 다시 라파엘에게로 돌아가지 않았던가.

"사는 게 원래 그래요. 사랑은 영원하지 않거든요."

"나한테는 영원해요." 나는 거세게 받아친다.

"다행이네요!" 시몬이 웃는다. "아니면, 파울과의 결혼, 말리려고 했거든요." 그는 내게 윙크한다. 갑자기 현기증이 나는 것 같다.

"왜 그래요?" 시몬이 묻는다. 아마 현기증이 표정에 나타난 모양이다.

"아, 아무것도 아니에요. 그냥…… 생각이 주체가 안 될 때가 있어요."

시몬은 자리에서 일어나 내 자리로 건너오더니 내 책상 앞의 의자에 앉는다. "율리아, 그거 알아요? 가장 큰 장점이 동시에 가장 큰 단점도 된다는 거."

"무슨 말이에요?"

"남의 마음을 잘 이해하는 것이나 감정이입의 능력은 훌륭한 자질이에요. 고객으로 하여금 잘 이해받고 있다는 느낌을 주니까요. 하지만 다르게 생각하면 큰 약점이기도 해요. 고객의 불행을 일일이 다 기억하고 마음에 담아두면 이 직업 오래 못 버티거든요."

"어떤 일들은 잊으려고 해도 잘 안 돼요." 나는 긴장한 채 내 앞의 자판만 바라본다. 시몬이 바로 앞에 앉아서 내 얼굴을 들여다보는 것이 어색해서다. "그리고 자꾸 그런 생각이 들어요. 각자 자기 생각만 하고 있는 사람들을 데려다가 한 자리에 앉혀놓고 대화를 시켜야 하는 것 아닌가, 그냥 에이전시를 통해서 편하게 헤어지면 그만인 건가, 그런 생각이요."

"자기를 책임져야 하는 건 결국 자기 자신이지요. 우린 그냥 실행을 할 뿐이에요. 결정은 우리 소관이 아니죠."

"그건 나도 알아요. 그런데도 가끔은 차라리 결혼 정보 일이 낫지 않았을까 싶어져요. 사람들이 헤어지는 걸 보면…… 슬프잖아요."

"당신이 했던 말 기억 안 나요?" 그는 자세를 낮추어 내 얼굴을 올려다보며 싱긋 웃는다. "닫히는 문이 있으면 열리는 문도 있다. 불행한 사랑이 끝나면 더 행복한 사랑이 시작될 새로운 가능성이 열리는 거예요." 그는 한 눈을 찡긋한다.

시몬 헤커와 내가 이런 대화를 나누고 있다니! 옛날 같으면 상상도 못 했을 일이다. 어쨌든 기분이 나아졌다.

"새로운 가능성 얘기가 나와서 말인데, 멜라니하고는 어떻게 됐어요?" 내가 묻는다. "얘기 들은 지가 한참 된 것 같은데."

"아, 멜라니요? 휴양 갔어요."

"휴양이요?"

"무슨 희귀한 알레르기 때문이라든가……" 그는 더 이상 대답하지 않는다. 안 봐도 뻔하다. 희귀한 알레르기는 무슨, '시몬 헤커 알레르기' 나 되겠지. 그러나 그가 이 화제를 내키지 않아 하는 것 같아 나는 더 이상 캐묻지 않는다.

"참, 사랑이 뭔지. 이건 내가 우리 에이전시 만들고 난 다음부터 계속 해오던 생각인데요……" 나는 머릿속에서 적당한 단어를 찾아 헤맨다.

"무슨 생각인데요?" 시몬이 궁금한 듯 묻는다. 나는 어떤 표현을 써야 할지 몰라 잠시 뜸을 들인다.

"그냥 사랑의 비결이 뭔가 하는 거예요. 연애관계의 본질은 또 뭔지, 왜 어떤 커플들은 행복한데, 다른 커플들은 불행할까요? 이상하지 않아요?"

시몬은 자기 턱을 쓸어내리며 생각에 잠긴다. "사랑에 비결 같은 것은 없지 않을까요? 만약 그런 게 있다면 내가 여기 앉아서 이런 거 하고 있겠어요? 그걸로 특허 내서 벌써 부자가 됐지."

"남은 기껏 진지하게 얘기하니까…… 농담 빼고는 얘기 못하죠?"

"농담 빼고도 얘기 잘해요!" 그는 활짝 웃는 얼굴로 말한다. "잘하는데, 일부러 상대방이 눈치 못 채게 하는 것뿐입니다."

"대단한 기술이네요. 그걸로 특허 내지 그래요?"

"안 그래도 그럴 생각입니다!"

우리는 함께 웃는다. 그러나 나는 곧 진지한 톤으로 돌아온다.

"이건 우리 초창기 고객한테 들은 질문인데, 아직까지 대답을 찾지 못했어요. 한번 들어볼래요?"

"말씀만 하십시오. 성심성의껏 대답해드리겠습니다!"

어떻게 표현해야 하나 나는 또 고민한다. 에이, 그냥 쉽게 말하자. "시몬한테는 사랑하는 것과 사랑받는 것 중 어느 쪽이 더 중요해요?"

시몬은 어처구니없다는 듯 나를 쳐다본다. "당연히 둘 다지요!"

물어본 내가 바보지. 그러나 사실은 정답이기도 하다. "그럼, 둘 다 가질 수 있는 거라고 생각해요?"

"아니요."

"아니라고요? 둘 다 원한다, 그리고 둘 다 가질 수는 없다? 좀 어폐가 있지 않아요?"

그는 일어나 자기 자리로 가 털썩 주저앉는다. "내가 왜 아직까지 싱글 신세를 못 면했는지 이제 그 이유를 알겠죠? 사랑을 믿기 때문이지요."

웃음이 나온다. 부조리하기 짝이 없다. "사랑을 믿기 때문에 싱글이라고요?"

그는 재미있지 않느냐는 표정을 짓더니 금세 너털웃음을 웃는다. "지금은 말이 안 되는 것 같죠? 더 살아봐요, 이해할 수 있는 날이 올 테니."

"그럼, 인생의 대선배님께 한 말씀 드릴게요." 나는 세상물정 모르는 여자아이 취급을 받는 것이 싫어 약간 퉁명스럽게 말한다. "사랑은 영원하지 않다고 하더니 갑자기 또 사랑을 믿는다니요? 이 두 가지는 서로 대립되는 내용 아니에요? 선배님 말씀에 모순이 있네요."

"그게 정말 모순이라고 생각해요?" 그는 장난기가 가신 표정으로 말한다. "모르겠어요? 율리아는 방금 자신도 모르는 사이에 인생의 가장 큰 비극을 표현한 거예요."

이 말에 나는 말문이 막힌다. 시선을 어디에 둘지 몰라 하던 나는 다시 모니터 화면을 응시한다. 그리고 시몬의 말을 말장난으로 여겨야 할지, 아니면 그 속에서 진리를 찾아야 할지 생각해본다.

그것도 잠시일 뿐이고 아웃룩에 도착한 새 메일이 내 관심을 사로잡는다. 보낸 사람은 파울, 제목은 '봐봐'이다. 마우스를 클릭해 편지를 연다. 시몬에게 방금 괴상한 강의를 들은 터라 반가운 기분전환이다.

파울은 올드타이머 렌터카 사이트의 링크 몇 개와 자신의 마음에 드는 차종을 적어 보냈다. 나는 속으로 한숨을 쉰다. 파울의 노력은 가상하다 못해 눈물겹다! 석 달 전만 됐어도 나는 감동의 물결에 휩쓸려 익사했을 것이다. 하지만 지금은 죄의식의 개울물만 졸졸졸 흐르고 있다. '워드'를 끄고 인터넷의 바다로 뛰어든다. 그동안 손놓고 있었던 결혼식 준비를 오랜만에 다시 하는 것이다. 삼십 분 뒤, 다시 '워드'로 돌아오니 쓰다 만 편지가 술술 잘도 써진다.

오후가 되자 로맨틱의 흔적은 찾아볼 수도 없다. 여기는 상담실, 내 앞에는 눈물 콧물로 범벅이 된 얼굴의 아니코 로젠붐이 앉아 있다.

"정말 너무해요. 어떻게 인간이 그럴 수가 있어요? 그 사람이 저한테 늘 하는 말이 뭔 줄 아세요?" 연극적 휴지부. 나는 고개를 젓는다. "아니, 아니코, 고마운 줄 알아야지. 나 아니었으면 아직도 부다페스트의 관광 유람선에서 서빙이나 하고 있을 주제에. 정말 너무하지 않아요?" 나는 티슈를 한 장 더 건넨다. 그녀는 화장지에 울분을 토하듯 팽하고 코를 푼다. 이러고 있는 것이 벌써 한 시간째다. 아니코 로젠붐은 자신의 '너무하는' 남편을 정리해줄 사람이라기보다는 하소연을 들어줄 사람을 찾아온 것 같다. 덕분에 나는 비교적 짧은 시간 동안 두 사람의 일을 연애시절부터 쭉 꿰게 되었다. 십 년 전 아니코와 미하엘이 부다페스트의 버스 안에서 처음 만난 일, 버스 기사가 난폭 운전을 했는데 중심을 잃은 아니코가 쓰러진 곳이 하필이면 미하엘의 품이었다, 미하엘이 영문도 모르고 관광객을 상대하는 바에 가자고 해서 첫 데이트를 망친 일, 아니코가 미리 손을 쓴 덕분에 밤에 유람선을 타고 낭만에 젖었던 두 번째 데이트—이 유람선이 미하엘이 앞서 말한 바로 그 유람선이다—, 미하엘이 꿀이라도 발라놓은 듯 자주 부다페스트에 드나들었던 일, 아니코가 함부르크로 이주한 일, 둘이 살 집의 인테리어 때문에 싸운 일, 다시 화해한 일, 기타 등등, 기타 등등.

　나는 슬쩍 시간을 확인한다. 이제 시몬도 상담실을 써야 할 때가 됐을 텐데. 게다가 배에서 꼬르륵 소리가 난다. 상담을 좀 효율적인 방향으로 유도해야겠다.

　"네, 설명 감사해요. 그러니까 남편분과 헤어지고 싶으신 거지요?" 그녀는 고개를 끄덕인다. "저희가 언제 남편분께 이 소식을 전하는 것이 좋을까요? 이사할 집은 구하셨나요? 아니면 남편분에게 집을 나가달라고 하실 건가요?"

　"가장 좋은 방법은……"

　순간, 문 두드리는 소리가 나더니 대답을 기다리지도 않고 시몬이 문가에 나타난다. 내 동업자는 딱히 매너가 출중한 인물은 아니다.

　"어, 미안해요, 율리아. 다 끝난 줄 알았어요."

　"그럼, 문은 왜 두드렸어요?"

　"사람 소리가 들려서요. 그럴 때는 노크를 하는 게 예의죠."

　"예, 맞아요. 그리고 노크한 뒤 기다리는 것이……"

나는 더 이상 말을 계속하지 못한다. 이미 방으로 들어선 시몬의 고객이 마구 소리를 지르기 시작했기 때문이다.

"아니코, 여기서 뭐하는 거야?"

어라? 둘이 아는 사이? 이러면 안 좋은데.

"그래, 미하엘. 내가 여기 있는 거 보니까 놀랍지? 이제 너랑은 지겨워서 도저히 같이 못 살겠다!"

이럴 수가. 그렇다면 이 남자는 미스터 로젠붐?

"지금 누가 할 소리를 하는 거야? 나는 뭐 좋아서 같이 사는 줄 알아? 그놈의 잔소리 듣는 것도 이제 지겨워. 이거 해라, 저거 해라, 이게 뭐냐, 좀 잘해라. 도대체가 만족할 줄을 몰라!"

아니코는 자리에서 벌떡 일어나 자기 남편 앞에 가서 선다. 그리고 곧 독일어와 헝가리어의 욕설 이중창이 시작된다. "이디오타!"(멍청이)— "배은망덕하긴!"—"셰그페이!"(나쁜 놈)—"나쁜 년!"

시몬은 두 사람을 떼어놓으며 미하엘 로젠붐을 문 쪽으로 끌어내려 애쓴다. 하지만 두 사람은 주위에 아랑곳하지 않고 서로 헐뜯기를 계속한다. 나는 어찌해야 할지 몰라 안절부절못한다. 이제 아니코의 목소리 톤은 극적인 수위에 다다랐다. "영원히 사랑하겠다고 했잖아! 그러고선 나 몰래 여길 와?"

"나는 뭐 할 말이 없는 줄 알아? 내가 인생의 유일한 의미라며? 다 거짓말 아니었어?"

"흥! 난 유일한 기쁨이라고 했어! 그리고 거짓말 한 거 없어."

"나도 거짓말 한 거 하나도 없어. 난 자기 영원히 사랑할 거야. 내가 여기 온 건 자기가 날 더 이상 사랑하지 않는 것 같았기 때문이야."

"어떻게 그런 말을 할 수가 있어?" 미세스 로젠붐은 갑자기 울먹이기 시작한다. "난 자기 사랑해. 자기가 날 사랑하지 않는 거잖아!"

그리고 믿어지지 않는 일이 벌어진다. 미스터 로젠붐이 자기 아내에게 달려들더니…… 그녀를 끌어안은 것이다.

"아니코! 내 사랑! 난 자기 정말로 사랑해. 자기가 날 더 이상 원하지 않는 줄 알았어."

"아니야. 나도 자기 원해."

상담실은 이제 눈물바다가 됐다. 둘은 서로를 꽉 껴안고 키스를 하고 또 한다. 둘만 남겨두는 것이 낫겠다는 생각이 들어 나는 방을 나간다. 시몬도 나와 같은 생각인 듯하다.

우리는 상담실 문 앞에 서서 마주보며 미소를 짓는다.

"기분전환 확실하게 되네요. 내가 예의를 차리지 않길 잘했죠? 아니면 이런 결말이 안 났을 거 아니에요? 생각해봐요, 내가 바로 문을 안 열었으면 둘 다 서로를 보지 못했을 테고, 그럼 서로 헤어졌을 거잖아요." 나는 그냥 웃는다.

"맞아요. 앞으로도 예의 차리지 않아도 돼요."

오 분 뒤, 문이 열리며 아니코와 미하엘 로젠붐이 손에 손을 맞잡고 천천히 걸어 나온다.

"린덴탈 씨, 헤커 씨. 이 에이전시의 도움을 받지 않아도 될 것 같습니다." 미하엘이 활짝 웃는 얼굴로 말한다. 시몬은 그의 어깨를 툭 친다.

"로젠붐 씨, 정말 잘됐습니다. 앞으로도 행복하시길 빕니다! 저, 그런데 계산서는 어느 분 앞으로 보내야 하지요?"

로젠붐 부부는 아연실색하여 시몬을 쳐다본다. 나는 웃음이 터져나오는 것을 겨우 참는다.

"무슨 계산서요?"

"상담료 두 건 말입니다. 제 생각에는 아주 성공적인 상담이었던 것 같은데요."

"이런 사기꾼 같으니라고!" 미스터 로젠붐이 소리친다.

"Arcatlansag!"(사람이 염치가 있어야지!) 미세스 로젠붐도 앙칼지게 소리를 지른다. 그리고 두 사람은 옷자락을 펄럭이며 사무실을 나선다.

"헝가리 말을 모르는 게 천만다행이네요." 시몬이 말한다. "이거 사람들이 톱 고객 상담의 진가를 영 몰라주는 걸요."

저녁에 컴퓨터를 끄면서 나는 퇴근길에 카티야의 가게에 들를까 말까 생각한다. 내 베스트프렌드의 신상이 궁금하기는 한데 너무 피곤하다. 몇 번이나 전화를 했지만 통화를 못했다. 그러나 만약 무슨 일이 있다면 내게 연락을 했을 것이다. 그래, 내일까지 연락이 없으면 미용실에 가보자. 이렇게 결론을 내린 뒤 일어나 외투를 걸치고 가방을 집어든다.

"퇴근합니까?" 시몬이 묻는다.

"네."

"그럼, 편안한 저녁 되십시오."

"고마워요." 내가 대답한다. "집에 가자마자 발 쭉 펴고 누워서 아무것도 안 할 거예요."

"파울하고 얘기는 해야죠?"

"아, 네. 그럼요." 나는 은근히 화가 난다. 누굴 어린애로 아나, 다짐을 받고 또 받고 하게? "오늘 저녁에 얘기할 거예요."

"그럼, 얘기 잘해요!" 그는 힘내라는 듯 씩 웃어준다. "내일 봅시다!"

아래로 내려와 내 오펠 코르사에 올라탄 나는 갑자기 마음이 바뀐다. 그래, 오늘 잠깐 카티야한테 들러야겠다. 미용실 문은 열었는지, 상태가 어떤지만 보고 집에 가자. 만약 완전히 절망한 상태로 어딘가에 널브러져 있다면…… 오늘 만나러 가지 않은 나를 나 스스로가 용서할 수 없을 것이다. 게다가 오늘까지 연락이 닿지 않는다면 어차피 내 마음도 편할 리 없다.

물론 파울과의 대화도 마음에 부담이 안 되는 것은 아니다. 그러나 속담에도 있듯이, 천릿길도 한 걸음부터 아닌가!

28장

"아, 율리아!" 오, 괜한 걱정이었나? 실연한 내 베스트프렌드는 면도날로 손목을 긋거나 엘베 강에 빠져죽을 사람처럼 보이지는 않는다. 이십 분 뒤 미용실 문을 열고 들어서는 내게 달려들며 내 목을 끌어안는 카티야는 오히려 열여덟 청춘 같은 싱싱함과 삶의 에너지로 넘친다.

"안 죽고 살아 있었구나." 나는 약간 당혹스러워하며 카티야의 포옹을 푼다.

"살아 있지 않으면?" 그녀는 웬 뚱딴지 같은 소리냐는 듯 쳐다본다.

"하도 연락이 없어서 죽은 줄 알았지." 내가 설명을 한다. "전화도 안 받고."

"여기 상황을 보고 얘기를 해야지." 살롱 안을 둘러보니 단 한 명의 손님이 머리에 파마로트를 감고 앉아 있을 뿐이다. "오 분 전만 해도 완전 북새통이었거든." 카티야가 재빨리 설명을 덧붙인다.

나는 고개를 갸웃하며 카티야를 빤히 쳐다본다. "카티야 너?"

"뭐?"

"라파엘하고는 어떻게 된 거야?"

"어떻게 되고 말고 할 게 있나, 뭐?" 그녀는 마치 남의 얘기라도 되는 양 별스럽지 않게 대꾸한다.

"은근슬쩍 넘어갈 생각 마. 나 지금 기분 별로 안 좋거든. 내가 얼마나 걱정했는지 알아? 어떻게 됐는지 경과보고 해!" 나는 짐짓 심각한 표정을 짓는다.

"잠깐만." 카티야는 손님에게로 가서, 그 부인의 귀가 잘 안 들리는지 귀에 대고 소리를 지른다. "톰슨 부인, 잠깐 뒤에 있는 창고에 좀 갔다 올 게요. 십 분이면 돼요. 열처리 기계 켜놓을게요."

"알았어." 톰슨 부인이 큰 소리로 대답한다. "잡지라도 읽어야지." 카티야는 열처리 기계를 밀고 와 높이를 조절한 뒤 전원을 켠다. 곧 웅웅거리는 소리가 난다. 카티야는 따라오라는 손짓을 한다. 우리는 대나무 발이 쳐진 문을 지나 살롱의 뒷방으로 간다. 카티야는 접는 의자에 앉고, 나는 낡아서 뒷방 신세가 된 미용의자에 자리를 잡는다.

"오해하지 말고 들어." 카티야는 약간 미안해하는 말투로 입을 열고, 나는 즉시 눈치를 챈다. 공격적 수비로 나오겠다 이거지. "라파엘하고는 다시 화해했어." 역시 내가 염려했던 대로다.

"그래서 일부러 나한테 연락도 안 하고, 내 전화도 안 받은 거구나?"

"아니야." 카티야가 부인한다. "내가 왜 그런 짓을 해?"

"왜냐하면 그 파렴치한의 수작에 다시 놀아났다는 얘기를 하기 싫었을 테니까."

"그럼 내가 지금은 왜 얘기하겠니?"

"내가 직접 찾아와서 어쩔 수 없으니까."

"그렇지 않아." 그녀는 내 말을 강하게 부인한다. 그러나 그녀의 말투는 내 말이 백 퍼센트 옳다는 것을 확인시켜줄 뿐이다. "너한테 얘기를 안한 건……" 카티야는 뭔가 말을 할 듯하더니 갑자기 말머리를 돌린다. "라파엘은 파렴치한이 아니야. 그리고 수작 부린 것도 없어."

"정말 없어?"

그녀는 힘이 들어간 눈빛으로 고개를 주억거린다.

"숱 치는 가위로 잘라버린다더니 어떻게 해서 마음이 돌아선 거야?"

"설명하기 좀 복잡해."

"복잡하겠지." 나는 비꼬는 말투로 말한다. "한꺼번에 여러 여자를 거

느리는 일이 쉬울 리가 있겠니? 그것도 일부다처제가 금지된 나라에서."

내 마지막 말을 듣더니 카티야의 얼굴색이 빠르게 변한다. "일부다처제하고는 상관없어. 라파엘이 결혼을 한 것도 아니잖아?"

"그렇다고 상관이 아주 없진 않지."

"지금 나를 단죄하러 온 거야?" 카티야는 자리에서 벌떡 일어나며 외친다. "아니면 친구로서 내 얘기를 들어주러 온 거야?"

"단죄라니, 난 그저……"

"너 지금 나한테 설명할 기회라도 줬어?" 카티야는 여전히 전투적인 자세를 고수한다. 이래서는 죽도 밥도 안 되겠다.

"알았어. 앉아서 천천히 얘기해봐. 입 다물고 얌전히 들을 테니까."

카티야는 내 말이 참말인지 의심하는 듯 잠시 그 자세를 유지한다. 그러나 곧 다시 자리에 앉는다. "좋아. 그러니까……" 카티야는 표현할 말을 찾는지 잠시 말을 멈춘다. "어제 저녁에 라파엘 집으로 갔을 때는 무조건 헤어질 작정이었어. 그가 무슨 소리를 하든 상관 안 할 생각이었어."

"그래, 나도……"

"율리아!"

"미안." 나는 즉시 꼬리를 내리며 사과한다. "이제부터는 아무 말도 안 할게."

"좋아. 어디까지 말했지? 그래, 라파엘 집으로 갔어. 가는 동안 속으로 별별 생각을 다했어. 무슨 말을 퍼부어줄지도 다 생각했어. 배신당한 믿음, 뭐 그런 거. 그런데 막상 집에 도착해서 라파엘의 초췌한 모습을 보니까, 그 얼굴을 보니까…… 화났던 감정이 봄눈 녹듯 사라지더라."

"흠." 나는 눈짓으로 다음 말을 재촉한다.

"네가 무슨 생각을 하고 있는지 알아. 내가 바보라고 생각하지?" 카티야가 말한다. '그래, 이 바보야!' 라는 말이 목구멍까지 올라오지만 초인적인 자제력으로 억누른다. "라파엘의 눈빛에는 정말 진심이 담겨 있었어. 그 눈빛을 본 순간 알았어. 라파엘이 나를 그런 잔인한 방식으로 이용

했을 리가 없다는 걸."

"흠." 참아라, 율리아, 참아! 무슨 말이 더 나오는지 들어봐야 할 것 아니냐!

"거실에 앉아서 다 터놓고 얘기했어. 나디야와 사귄 지 아주 오래됐고, 헤어지고 싶지만, 나디야가 너무 매달리기 때문에 헤어지자고 하면 혹시 무슨 짓이라도 저지를까봐 걱정이 돼서 말을 못했대."

"그 여자가 그렇게 걱정이 돼서 처음에는 피오나랑, 그리고 지금은 너랑 바람피운다니?" 나는 더 이상 참지 못하고 분통을 터뜨린다. 카티야가 얼마나 귀엽고, 사랑스럽고, 에너지가 넘치는 아이인데, 그리고 둘째가라면 서러워할 터프한 내 친구가 이런 말도 안 되는 얘기를 나뿐만 아니라 자기 자신에게 지껄이고 있으니 답답해 미치겠다.

"피오나랑은 심각한 관계가 아니었대. 그냥 나디야로부터 빠져나오기 위한 첫 번째 시도 같은 거였대."

"내가 한번 맞춰볼까? 그리고 너와의 관계는 완전히 다르다고 하지?"

"율리아." 카티야는 원망 섞인 눈길을 보내더니 금세 뾰로통해진다. "내가 지금 하는 말이 얼마나 멍청하게 들리는지 내가 스스로 모를 것 같니? 하지만 난 라파엘이 말하는 걸 직접 들었어. 그건 정말 진심에서 우러나온 말이었어."

"좋아." 나는 일단 양보한다. 지금 카티야의 이성에 호소해봤자 역효과만 날 뿐이다. "그래, 라파엘이 나쁜 사람이 아니고 너와의 관계도 진심에서 우러나온 것이라고 치자……" 카티야의 얼굴에 금방 희망의 빛이 떠오른다. 내 친구의 이런 모습을 보는 것이 싫다. 몇 주 전만 됐어도 그런 남자 하나쯤 눈썹 하나 까딱 안 하고 차버렸을 텐데. 그 카티야는 지금 잠들어 있다. 사랑에 빠진 카티야만이 깨어 있다.

"율리아, 왜 말을 하다 마니?" 내가 또 딴 생각에 빠져 있었던 모양이다.

"아, 그래." 나는 다시 말을 잇는다. "그 사람이 너를 진짜 좋아하고 너랑 함께 있고 싶어한다고 치고, 앞으로 어떻게 할 거라니? 너랑 라파엘이

랑 나디야랑 삼각관계로 지낼 수도 없지 않니?'

"당연히 안 되지." 카티야는 즉시 부정한다. "나디야랑 최대한 빨리 헤어지겠다고 약속했어. 시간이 어느 정도 필요하니까……"

"그 어느 정도가 얼마나인데?' 나는 악마의 변호사 역할을 자처하고 나선다.

"몰라." 카티야는 한숨을 내쉰다. "하지만 내가 이해를 해야 하지 않을까? 칠 년을 사귀었는데 어떻게 하루아침에 깨끗하게 정리가 되겠어?'

나는 울화가 치밀어 더 이상 참지 못하고 의자를 박차고 일어선다. "엿먹으라고 해! 그게 다 너를 붙잡아두려는 수작이야, 이 바보야! 나도 파울하고 칠 년 됐어. 만약 내가 느끼기에 우리 사이에 뭔가 잘못됐고, 거기다 나한테 다른 사람까지 생겼다면 난 바로 헤어져. 그리고 그걸로 끝이야."

"정말?' 카티야는 눈을 동그랗게 뜨고 나를 쳐다본다.

"그럼, 정말이야!'

"난 그 말 안 믿어."

"믿든지 말든지 네 맘대로 해!' 나는 신경질적으로 내뱉는다. 그러나 곧 부드러운 목소리로 카티야를 달랜다. "미안해. 너한테 화내려는 건 아니었어. 그냥 네 걱정이 돼서 그래. 내 친구한테 누군가 상처를 줄 수도 있다고 생각하니까 자꾸만 화가 나."

"네 마음 알아." 카티야도 자리에서 일어나 내 손을 잡는다. "만약 우리 둘이 입장이 바뀌었다면 나도 너랑 똑같이 행동했을 거야. 하지만 난 정말로 라파엘을 믿어. 그 사람이 날 진심으로 대하고 있다는 걸 그이 눈에서 똑똑히 읽었어." 그녀의 얼굴에 겸연쩍은 미소가 떠오른다. "너도 내가 사람 잘 보는 거 알지? 아마 이번에도 틀리지는 않을 거야."

나는 카티야를 꼭 안아준다. "그래, 맞아. 그럴 거야." 내 입에서는 절로 한숨이 나온다. "라파엘이 곧 나디야한테 말을 하겠지. 두 사람이 헤어지기만 하면 다 잘될 거야. 넌 너만 좋아하는 남자 만나야 돼. 말할 용기가 없어서 결단을 못 내리는, 그런 줏대 없는 인간한테는 너무 아까워."

카티야는 갑자기 내 포옹을 풀며 호들갑을 떤다. "바로 그거야!" 그녀가 외친다.

"뭐가?" 순간, 살롱 쪽에서 전자음의 멜로디가 들린다.

"아, 열처리 기계! 잠깐만 기다려." 카티야는 이렇게 말하고 쏜살같이 뛰어나간다. 그리고 오 분 뒤 다시 돌아온다. "내가 왜 그 생각을 못했지? 해답을 바로 옆에다 두고."

"무슨 소리야?" 내가 느린 건가? 도무지 무슨 소리인지 모르겠다.

"우리가 라파엘을 도울 수 있는 방법!"

"우리? 라파엘을 도와?"

카티야는 피식 웃는다. "너 진짜 형광등이다, 얘. 머리 좀 써봐! 라파엘이 혼자 나디야를 정리하기는 힘들 거 아냐? 그런데 네가 하는 일이 뭐야? 짜잔! 이별 대행사잖아!"

"나더러 나디야를 대신 정리하라고?"

"그래!" 카티야는 힘차게 고개를 끄덕인다. "라파엘은 원래 천성이 착해놔서 매정하게 끊는 일 잘 못해. 혼자서는 힘들어. 그럴 때 전문가가 나서야 하는 것 아니니?"

카티야는 무척 만족스러운 표정이다. "혼자 이별 못하는 사람 도와주는 게 너희가 하는 일이잖아."

"맞아. 하지만 우리가 움직이려면 당사자가 직접 와서 사인을 해야 돼. 라파엘이 우리 서비스를 예약한다면 모르겠지만……"

"라파엘이 그렇게 하도록 우리가 설득을 시켜야지."

"난 사람들한테 헤어지라고 종용하는 짓은 안 해." 내가 짐짓 화를 내며 말한다.

"아유!" 카티야는 손사래를 친다. "그렇게 고지식한 척 좀 하지 마. 라파엘이 찾아가든, 에이전시에서 찾아가든 뭐가 달라? 모로 가도 서울만 가면 되지."

"엄연히 달라. 시몬이랑 내가 길거리에 서서 싸우는 커플들을 눈여겨봤

다가 명함 주면서 '한번 찾아주십시오' 하는 거나 똑같잖아."

카티야는 큰 소리로 웃는다. "어머, 그거 좋은 아이디어다, 얘."

"농담하지 마!"

"좋아, 이제부터는 정말 진지하게 말할게." 카티야는 내게 애원의 눈빛을 보낸다. "지금 이 상황이 보통 상황이니? 남의 문제가 아니라 네 제일 친한 친구의 미래가 달린 문제야. 전문가적 입장에서 볼 때 이렇게 하는 것이 최선이라고 네가 라파엘한테 잘 얘기하면 분명히 들을 거야. 그리고 결국은 나디야한테도 좋은 일 아니겠니? 라파엘이 자기를 사랑하지 않는다는 걸 언젠가는 알아야 할 것 아니야?"

"그러니까 모두를 위한 해결책이고, 사심은 없다 이거지……"

"그럼!" 카티야는 과장되게 눈을 부라린다. "나 몰라? 나 어떤지 잘 알잖아!"

"아니까 하는 말이야." 결국 나도 웃고 만다.

"부탁이야, 응?" 카티야의 조르기가 시작됐다. "친구 덕 좀 보자, 얘. 라파엘한테 잘 얘기해주는 거다, 알았지?"

에구에구, 카티야의 저 애원하는 눈빛에 안 넘어가는 장사가 있을까? 그러나 나는 한 십 초쯤 망설인 뒤 단호하게 고개를 젓는다.

"미안하다, 친구야. 다른 부탁이라면 다 들어주겠는데 이건 안 되겠어. 라파엘이 직접 '작은 위로'에 찾아와서 예약을 한다면 기꺼이 맡아서 하겠지만, 가만히 있는 사람한테 일을 맡기라고 종용할 수는 없어."

카티야의 얼굴에 실망의 빛이 역력하다. 어린아이처럼 아랫입술이 쑥 나와 있다. "정말 안 되는 거야?"

"정말 안 돼." 주장을 굽히지 않는다. "이해해줘."

그대로 삐쳐버릴 것 같았던 카티야는 이내 체념한 듯 힘없이 고개를 끄덕인다.

일요일. 파울과 나는 결혼 피로연을 위한 장소를 찾아다니느라 온종일

차 안에서 보낸다. 파울은 고성에서 옛 영주의 저택으로, 저택에서 농장으로, 농장에서 다시 호텔로 이어지는 기막힌 드라이브 노선을 찾아냈다.

"여기 괜찮은데." 바트 오데슬로 근교에 있는 한 농장의 잘 정돈된 출구를 빠져나와 다시 국도로 진입하며 파울이 말한다. "테라스에서 정원이 훤히 내다보이니까 참 좋더라. 팔월에 날씨만 따라주면 우리 결혼식이 훌륭한 여름 축제가 될 수도 있겠어."

"음⋯⋯" 나는 차창을 통해 들어오는 햇볕에 눈이 부셔 실눈을 뜨며 건성으로 대답한다.

"하루 대여료가 천 유로인 것도 마음에 들어." 파울이 말을 계속한다. "우리 예산하고 딱 맞아떨어지잖아."

"음." 나도 동의한다.

"처음엔 함부르크에서 피로연을 하는 게 낫다는 생각이었어." 파울은 노면의 구덩이를 능숙하게 피하며 말한다. "일단은 숙박비 문제가 걸리니까. 그런데 오늘 다녀 보니까 점점 교외에서 하는 게 좋겠다는 생각이 들어."

"음."

"어른들 가신 뒤에는 젊은 사람들끼리 남아서 파티도 벌일 수 있겠어, 그치? 물론 아무도 운전을 안 해도 될 때의 얘기지만." 그는 이렇게 말하며 껄껄 웃는다.

"음."

파울은 약간 불안한 듯 내 얼굴을 살핀다. "왜 그래?"

"응? 아무것도 아니야." 나는 급히 적당한 말로 둘러댄다. "자기가 이렇게까지 신경을 많이 쓸 줄은 몰랐어. 정말 감동했어."

"이 정도 가지고 뭘." 파울은 안심이 되는 목소리다. "이제 남은 것들 하나둘씩 해치워야지. 팔월 오일이 한참 남은 것 같지만 금방이야."

이 말에 나는 가슴이 덜컥 내려앉았다. 실제로 우리의 결혼식까지 남은 시간은 넉 달! 반년 전만 해도 시간이 굼벵이 기어가듯 느리게 느껴져서 여름이 영영 오지 않을 것만 같았는데, 겨우 넉 달밖에 안 남았다니! 가슴이 답답해진다. 파울의 아내가 되기 싫어서가 아니다. 그때까지 에이전시에 박아 넣은 자본을 어떻게 빼내올지 아무런 대책이 없기 때문이다. 곧 계산서가 날아들 것이다. 다는 아니더라도 어느 정도는 미리 빼낼 수 있어야 한다. 왠지 빠져나갈 구멍이 없는 느낌이다.

회사에 돈을 투자하면 그 다음에 어떤 일이 생길지 왜 한 번 더 생각하지 않았을까? 당분간은 내 돈이 아니라는 데까지 생각했어야 했다. 그러나 카티야의 말대로 내 인생의 일순위가 바뀌었고, 지금 내게 가장 중요한 것은 '작은 위로' 다. 그러니까 내 말은 파울은 빼고! 심호흡을 한다. 지금이 바로 결혼자금의 행방에 대해 고백해야 할 때다. 지금 말해야 한다.

"파울, 나 있지, 사실은……"

"아, 정말 기대된다." 파울은 내 말을 듣는지 마는지 오른팔을 들어 내 어깨에 올린다. "정말 멋진 결혼식이 될 거야. 오늘 드라이브도 재미있었고. 자기는 오늘 돌아본 곳 중에 어디가 맘에 들었어? 난 방금 그 농장이 참 괜찮던데."

그래, 나중에 얘기하자. 뭐, 오늘만 날인가.

세 시간 뒤 집에 돌아온 우리는 소파에 앉아 오늘 가져온 정보지들을 보며 의논을 하고 있다. 거의 파울 혼자서 의논하는 수준이고, 나는 그냥 들러리에 가깝다. 결혼을 미뤄야 할지도 모른다는 얘기를 끝내 하지 못하고 또 하루가 저물고 있기 때문에 마음이 무겁다. 갑자기 기적이 일어나든가, 아니면 중국의 웨딩 붐 세대 혹은 희한한 신흥종교단체가 '작은 위로' 에 무더기 주문을 해오지 않는 한 결혼식은 미뤄야 할 것이다.

다른 한편으로는 카티야 일이 자꾸 마음에 걸린다. 미용실 뒷방에서 만난 이후 카티야한테 다섯 번이나 전화가 왔었다. 라파엘을 만나 설득해달라는 부탁이었다. 그러나 나는 끝까지 냉정하게 거절했다. 이 일은 왠지 예감이 안 좋다. 물론 내가 라파엘을 믿지 않기 때문이다. 카티야는 홀딱 넘어갔지만, 나한테는 어림 반푼어치도 없다. 내가 보기에 이 일은 구려도 한참 구리다. 불쌍한 카티야. 사랑 때문에 눈에 콩깍지가 씌었으니! 제발 크게 상처받는 일은 없어야 할 텐데. 라파엘은 카티야에게 그런 짓을 할 자격이 없다. 그럼, 누구는 그런 자격이 있단 말인가? 물론 아니다. 세상 그 누구도 타인에게 상처를 입힐 자격 같은 것은 없다.

"율리아?"

"어, 왜?"

"자기 오늘 왜 그래?" 파울이 묻는다.

"내가 왜?"

"꼭 넋이 나간 사람 같아." 파울은 나를 걱정스럽게 바라본다.

"아무 일도 없어." 나는 반색을 하고 말한다. "그냥 머릿속이 좀 복잡해서 그래."

"결혼식 때문에?"

나는 고개를 끄덕인다. "응, 결혼식 때문에. 그리고……"

"그리고 또 뭐? 마음에 담아두지 말고 얘기해. 남자친구는 뒀다 뭐해?"

"중요한 것도 아니야. 정말."

"중요한 거 아니라도 말해봐. 듣고 싶어."

"그냥, 카티야가 잘못된 사람을 사랑하는 것 같아서."

"카티야는 항상 사람이 바뀌잖아." 파울이 아무렇지도 않게 말한다. "잘못된 사람이든 아니든 상관없지 않아? 어차피 한두 주일 지나면 시들해지는데."

"맞아. 보통은 그렇지. 그런데 이번엔 좀 달라. 제대로 걸린 것 같아."

"잘됐네, 뭐. 아무리 자유연애가라도 언젠가는 한 사람한테 정착하고 싶어지는 법이야. 사실 카티야는 사랑받기만 원하는 타입이잖아. 한번쯤 입장을 바꿔보는 것도 나쁠 것 없지."

"응, 그럴 수도 있겠다." 말은 이렇게 하지만 내 생각은 반대다. 카티야에게는 무엇보다도 사랑하는 일이 중요하다. 왜냐하면 사랑의 감정을 너무도 좋아하기 때문이다. 모든 것이 새롭고, 흥미롭고, 힘이 절로 나고, 자고 일어나면 새로운 아이디어가 떠오르는 그 현상 말이다. 카티야에게 그 감정을 오래도록 느끼게 해줄 사람이 생긴 것이라면 더없이 잘된 일이다. "하지만……" 나는 말을 하려다 만다. 더 말을 꺼내면 라파엘의 다른 여자친구 이야기를 꺼내야 하기 때문이다. 왠지 친구의 비밀을 지켜야만 할 것 같다.

"왜 말을 하다 말아?" 파울이 묻는다. 그래, 카티야도 크게 뭐라고 하지는 않을 것이다. 자초지종을 들은 파울은 어깨를 으쓱한다.

"남자가 어떻게 나오는지 기다려봐야 할 문제네."

"그렇게 단순한 일은 아니야. 난 카티야가 걱정돼 죽겠어."

"카티야도 성인인데 스스로 잘 알아서 하겠지."

"과연 그럴까? 내 생각에 사랑 문제에서 성년이라는 건 없어. 사랑에 관한 한 누구나 틴에이저야."

파울은 가늘게 미소를 짓는다. "또 딴 사람들 걱정에 마음이 아픈 거야? 마음이 착하기도 하지. 하지만 내가 보기엔 그럴 필요 없어."

카티야가 나한테 그냥 딴 사람이 아니라는 것을 지금 파울에게 굳이 설명하고 싶은 생각은 없다. 그 대신 그 특별한 질문이 하고 싶어진다. "자기한테는 사랑받는 게 중요해, 아니면 사랑하는 게 중요해?"

파울은 황당하다는 표정으로 나를 훑어본다.

"갑자기 왜 그런 질문을 해?"

"방금 자기가 그랬잖아. 카티야는 항상 사랑받기만 원한다고. 그럼, 그 반대인 사람도 있다는 소리잖아. 자기는 어느 쪽인지 알고 싶어서 묻는 거야."

"뭐 하러?" 파울은 한숨을 쉬더니 내 어깨에 팔을 두른다. "자기야, 내 생각엔 아무래도 그 에이전시가 자기한테 나쁜 영향을 끼치는 것 같아."

"왜?"

"왜냐하면 나는 이제까지 그런 쓸데없는 질문 안 하고도 잘 살아왔거든. 그리고 자기도 옛날에는 그런 소리 안 했어. 그런 말 자기한테 안 어울려."

"쓸데없다니?" 나는 이해가 되지 않는 표정으로 반박한다. "난 중요한 문제라고 생각해."

"율리아." 그는 내 코에 입 맞춘다. "난 자기를 사랑하고, 자기는 날 사랑해. 그리고 우리는 넉 달 뒤에 결혼할 거야. 그게 중요한 거야. 알겠어?"

29장

"여어, 주말 잘 보냈어요?" 시몬은 그 소름 돋게 하는 핑크색 와이셔츠 차림으로 책상 앞에 앉아 환하게 미소를 짓는다.

"네, 덕분에요." 그의 인사에 대답하며 삐져나오는 하품을 삼킨다. "아니, 이렇게 이른 시간에 웬일이에요? 침대에서 떨어졌어요?"

"일찍 일어나는 새가 벌레를 잡는다. 몰라요?" 시몬이 천연덕스럽게 말한다. "아침 일곱 시부터 수리공들이 들이닥쳤어요." 그리고 윙크와 함께 진짜 이유를 살짝 덧붙인다.

"알 만하네요." 나는 의자에 풀썩 몸을 던진다. "수리공들한테 쫓겨났군요?"

"정확히 맞혔어요. 창문에 뭔가를 고쳐야 한다는데 무슨 말인지도 모르겠고 관심도 없어요. 율리아는 주말에 뭐 했어요?"

"파울이랑 같이 교외로 드라이브 나갔어요. 결혼식 피로연 장소 물색하러 갔는데, 근방의 성이라는 성은 다 돌고 온 것 같아요."

"아, 결혼식! 그러고 보니 슬슬 새 양복 살 때가 됐군요. 뭐 생각해둔 분위기 있어요? 클래식한 영국식 스타일이 좋을까요, 아니면 모던한 스타일이 나을까요?"

나는 짐짓 놀란 눈으로 그를 흘겨본다. "누가 초대나 한대요?"

시몬은 너털웃음을 웃는다. 그러나 그 웃음은 눈까지 이르지 못한다. "에이, 그렇게 야박하게 굴 거 있습니까? 파울 다음으로는 내가 율리아 인생에서 가장 중요한 남자잖아요!"

"어쩐지." 우편물을 가지고 들어오던 베아테가 농을 던진다.

"베아테도 눈치챘지요? 린덴탈 씨가 인정을 안 하는 것뿐이라니까요. 상사를 넘어서서 뭐 친구까지는 아니더라도 인생 선배, 아니면 하다못해……"

"동업자요." 나는 퉁명스럽게 말한다.

"예?"

"우린 더 이상 상사와 직원의 관계가 아니라 동업자 관계라고요! 벌써 잊어버린 거예요?"

순간, 아차 싶지만 이미 엎질러진 물이다.

"동업자?" 베아테는 놀란 표정으로 나와 시몬을 번갈아가며 본다.

"아, 그건……" 내가 변명을 시도한다. "그러니까 그게…… 어떻게 된 거냐면요……"

"한젠 씨." 시몬이 끼어든다. "들으신 그대로예요. 율리아와 제가 동업자가 됐습니다. 회사의 지분을 반반씩 가지게 되었거든요. 오늘 아침에 결정된 사실입니다." 그러더니 잔뜩 목소리를 낮춰 비밀스럽게 말한다. "아직 소문내면 안 됩니다. 공식적으로 발표할 거거든요."

"누구한테요?" 베아테는 이제 자못 화가 난 표정이다.

"예?" 시몬이 되묻는다.

"누구한테 공식적으로 발표할 거냐고요?"

"에, 그러니까…… 당연히…… '작은 위로'의 직원들과 또……" 시몬은 이렇게 말하며 눈빛으로 내게 구원요청을 한다. 만약 다른 상황이었다면 이렇게 당황해하는 시몬의 모습이 고소했겠지만 지금은 나도 당황스러울 따름이다.

"이상하네요." 베아테가 퉁명스럽게 말한다. "내가 알기로는 '작은 위로'에 나 말고 다른 직원은 없는데!"

"게르트를 잊으면 안 되죠." 시몬은 금세 자신만만한 미소를 되찾으며 말한다.

"뭘 잘못 아시는 모양인데." 베아테가 성을 낸다. "게르트는 사장님 직원이 아니에요. 건물 관리인이니까 비젤 씨 직원이죠."

"아, 그거야 당연한 말씀이고요." 시몬이 변명한다. "같은 공간에서 사무실을 나눠 쓰고 있으니까 우리 에이전시의 가족으로도 생각한다는 거지요."

"그것 참 고마운 말씀이네요. 그럼 전 가족 같은 제 동료 직원한테 가서 율리아가 출근한 지 잘해야 오 분밖에 안 됐는데, 그 짧은 시간에 이런 중요한 문제를 의논해서 결정할 수 있는 건지 한번 물어봐야겠네요." 베아테는 이 말과 함께 휙 돌아서 나가버린다.

"젠장." 나도 모르게 튀어나온 말이다. "이제 어떡하죠?"

"너무 신경 쓰지 말아요." 시몬이 나를 진정시킨다. "어차피 얘기할 생각이었잖아요. 그리고 우리가 동업하는 게 베아테랑 무슨 상관이에요? 베아테한테는 변하는 거 없잖아요."

잘못을 하면 내가 했기 때문에 사실 시몬에게 화낼 일은 아니다. 오늘 아침에서야 동업 결정이 났다는 거짓말도 나를 도우려고 한 것이 아닌가. 그러나 그의 뻔뻔스러울 정도로 자신만만한 말투는 지금 내 신경에 아주 많이 거슬린다. "시몬, 뭐가 문제인지 정말 모르겠어요?"

"뭐가 문제인데요?"

"신뢰라고 혹시 들어봤어요?" 나는 거칠게 내뱉는다. "내가 베아테랑 조용히 얘기할 생각이었어요. 이렇게 급하게 주워듣듯이 알게 되는 건 옳지 않아요. 베아테 기분이 어땠겠어요? 자기 의견은 전혀 중요하지 않은 사무 보조원처럼 느꼈을 거 아니에요?"

"미안하지만, 베아테는 실제로 사무보조원이에요. 전화 받고 우편물 정리하는 데 대학 졸업장 필요한 거 아니잖아요?"

나는 자리에서 벌떡 일어난다. "혹시 그거 알아요? 난 내가 잘못 판단했다고 생각했는데, 지금 보니까 옛날의 그 비열한 이기주의자 맞네요!"

나 또한 쾅 소리가 나게 문을 닫고 나가버린다. 시몬은 내 뒤에 대고 "이제라도 알았으니 다행이네요."라고 말하며 빈정거린다. 마음이 좋지 않다. 그에게 불공평하게 대했다는 것을 알기 때문이다…… 에이, 모르겠다. 천하의 시몬 헤커가 그 정도 말로 상심하지는 않을 것이다. 그리고 시몬도 잘못이 있다!

베아테는 부엌에서 흐느껴 울고 있고, 게르트는 옆에서 그녀의 어깨를 어루만지며 달래고 있다.

"베아테?" 나는 조심스럽게 그녀에게 다가간다.

"나가!" 베아테는 이렇게 소리친 뒤 휴지에 팽하고 코를 푼다.

"나랑 조용히 얘기 좀 해요!"

"얘기할 게 뭐가 있다고?" 그녀는 성이 잔뜩 나서 거칠게 내뱉는다. "방금 자기네 잘난 동업자가 하는 소리 똑똑히 다 들었어. 나는 멍청해서, 전화 받고 우체통에 편지 집어넣는 일밖에 못하는 사무보조라며?"

"에이, 아니에요. 시몬도 그런 뜻으로 한 말은 아니에요." 사실은 말을 하는 나 자신도 확신할 수 없다.

나는 게르트에게 눈짓으로 신호를 보낸다. 게르트는 내 말을 알아듣고 베아테와 나만 남겨둔 채 조용히 부엌을 나간다. "베아테는 우리 '작은 위로'에 없어서는 안 될 중요한 사람이에요. 베아테가 여기 총 살림꾼인데 베아테 없이 무슨 일이 되겠어요?" 나는 베아테에게 한 걸음 다가서서 그녀의 팔을 쓸어내린다.

"그래?" 베아테는 한 번 더 코를 푼다. "내가 여기 총 살림꾼이라서 나한테만 동업 사실을 숨긴 거야?" 베아테는 총 살림꾼이라고 한 내 말투를 흉내내며 말한다. "잘난 자기네들끼리 알아서 할 테니까, 멍청한 나는 굿이나 보고 떡이나 먹으라는 거야?"

"미안해요." 나는 즉시 잘못을 인정한다. "우리가 잘못 생각했어요. 하지만 베아테이기 때문에 말을 안 한 건 아니에요."

베아테는 공허한 웃음을 웃는다. "그런 결정을 총 살림꾼 빼놓고 하는 건지 몰랐네! 그리고 뭐, 오늘 아침에 결정된 사실입니다? 누구를 바보로 아나?"

"그건 시몬이 내 입장을 생각해서 그렇게 말한 거예요." 나는 시몬을 두둔한다. "베아테한테 아직 말하지 못한 건 사실 다 내 책임이에요. 베아테 때문은 정말 아니에요. 파울 때문이지."

"파울…… 때문이라니?" 베아테는 놀란 듯 내 얼굴을 빤히 쳐다본다. 나는 말없이 고개를 끄덕인다. 그리고 모든 사실을 털어놓는다. 시몬이 '작은 위로'를 떠나려고 한 일, 내가 결혼자금을 회사에 투자한 일, 그리고 파울이 아직 그 사실을 모르고 있다는 것까지 빠짐없이 말한다. "베아테를 생각해서 한 일이기도 해요." 사실과 크게 일치하지는 않지만 거짓은 아니다. 물론 베아테의 일자리가 달린 문제이기도 했지만, 내게 더 중요한 것은 사실상 내 일자리였기 때문이다. 어쨌든 지금 중요한 것은 베아테를 진정시키는 것이다. 목적과 수단을 가릴 여유가 없다.

"헤커 씨가 에이전시를 정리할 생각이었다니, 난 전혀 몰랐어." 베아테는 거의 충격을 받은 표정이다. 그러나 곧 원망 섞인 잔소리가 되돌아온다. "그래도 그 말을 나한테 했어야지. 나한테도 똑같이 상관되는 일이었는데."

"곧 말할 생각이었어요. 하지만 그 전에 먼저 파울한테 말해야 한다고 생각했어요."

베아테는 이제 꽤 진정된 모습으로 고개를 끄덕인다. "그래, 파울한테도 빨리 얘기해야지."

"네." 나는 속으로 한숨을 쉰다. 요즘 들어 부쩍 한숨만 늘었다. "이제 괜찮아요?" 나는 최대한 귀여운 표정을 지으며 아양을 떨어본다. "이제 그만 화 풀어요."

베아테는 웃으며 나를 흘겨본다. "내가 언제 율리아한테 삐쳐서 오래 가는 거 봤어?"

"그럼, 시몬은요?" 내가 묻는다.

베아테는 빙긋 웃으며 말한다. "시몬? 적어도 일 년은 삐칠 수 있어."
우리는 마주보며 웃는다.

"그럼, 우리 이제 화해한 거예요? 그리고 파울한테 말할 때까지 동업 사실은 비밀로 해주세요. 다른 사람 입을 통해서 들으면 좋지 않을 것 같아서요."

"방금 내가 우연히 들은 것처럼 말이지?" 베아테가 놀림 반, 원망 반으로 말한다.

"네, 맞아요." 나는 가벼운 한숨과 함께 대답한다.

"알았어. 입 꾹 처닫고 있을게." 베아테는 엄지와 검지를 입에 대고 지퍼 잠그는 시늉을 하면서 한쪽 눈을 찡긋한다.

나는 친구들 사이에서 하듯이 그녀의 어깨를 툭 치며 말한다. "그럼 이제 다시 힘을 모아서 함부르크의 예비 이별 커플들을 정리해볼까요?"

"오케이."

휴. 나는 내 책상으로 돌아가며 생각한다. 월요일 아침, 아직 열한 시도 안 됐는데 첫 번째 풍랑을 가까스로 비껴갔다. 계속 이런 식으로 나간다면 오늘 하루는 안 봐도 뻔하다.

"안녕, 율리아!" 책상을 돌아 막 의자에 앉으려는데 갑자기 뒤에서 부르는 소리가 난다. 나는 귀에 익은 목소리에 가슴이 덜컥 내려앉은 것을 느끼며 홱 하고 뒤를 돌아본다. 카티야! 손에 종이 한 장을 들고 상기된 표정으로 방 한가운데 서서 웃고 있는 것은 내 친구 카티야다. "받아 왔어!" 내 친구가 힘차게 외친다. "이별 위임장!"

"그러니까 라파엘의 여자친구에게 라파엘이 헤어지고 싶어한다는 말을 전하라는 거지?" 시몬 방으로 연결되는 미닫이문을 닫은 뒤 카티야의 용건을 다시 한 번 정리한다. 시몬은―당연히!―자기도 알아야 한다며 문 닫는 데 반대했지만, 아직은 카티야와 나 사이의 문제다. 나는 책상 앞에 앉아 카티야가 가져온 라파엘의 위임장을 살펴본다. 내 앞에 앉은 카티야는 이상하게 들떠서는 안절부절못한다.

"주말 내내 대화를 했어. 그래서 결국은 라파엘도 혼자는 힘드니까 전문가에게 맡기자는 쪽으로 마음을 정했어."

"흠…… 글쎄." 나는 의심에 찬 말투로 말한다. "별로 느낌이 안 좋아."

"왜?" 카티야는 의아해하며 내 얼굴을 살핀다. "너희가 여기서 하는 일이 연인관계 정리하는 거잖아? 왜 라파엘 일만 못 하겠다는 거야?"

"왜냐하면……" 나는 머릿속에서 적당한 단어를 고른다. "왜냐하면…… 사실은 딱히 이유가 있는 건 아냐." 결국은 사실대로 말하고 만다.

"거봐, 그냥 하기 싫은 거잖아."

"생각을 해봐. 넌 내 제일 친한 친구야. 제일 친한 친구가 관계된 일을 한다는 게 쉽겠니?"

"내가 돈을 안 내겠다는 것도 아닌데 왜 그래? 내 말은 라파엘이 낼 거라고."

"라파엘이 정말 그렇게 하겠대?" 나는 한 번 더 확인을 한다.

"글쎄, 그렇다니까."

"이게 정말 옳은 결정이라고 확신하는 거니? 라파엘한테 이미 한 번 속았잖아. 이건 신뢰에 관계된 문제야."

카티야는 지겹다는 듯 한숨을 쉰다. "라파엘이 한 일이 아주 잘한 일은 아니야. 하지만 밤을 새워가면서 얘기를 했고, 자기도 정말 잘못했다고 생각하고 있어. 나에 대한 감정도 절대적으로 진지한 것이고, 앞으로 나와 함께 있고 싶은 것 외에는 바라는 것이 없대."

"말로야 못 할 게 뭐가 있니?"

"율리아, 너 정말 이럴래?" 갑자기 카티야의 언성이 높아진다. "사람이면 누구나 실수를 할 수 있는 거야. 그리고 사랑이라는 감정이 사람 맘대로 되는 게 아니잖아?"

"내 생각은 조금 달라."

"어련하겠니?" 카티야는 기다렸다는 듯이 말꼬리를 문다. "완벽한 남자와 완벽한 관계를 이루고 사는 너한테는 남들이 하는 실수가 용납이 안 되겠지."

"얘, 이건 삐칠 일이 아니야." 나는 스스로를 변호한다. "그리고 내가 완벽과는 거리가 먼 관계를 경험해봤다는 건 너도 잘 알잖아." 점점 화가 난다. "미안하지만, 그래서 난 자기 여자친구에게 진실을 숨기는 남자를 보면 의심을 안 할 수가 없어."

"미안해." 카티야가 한층 작아진 소리로 말한다. "그건 이해해. 하지만…… 이번 일은 나를 위해서…… 아니 우리를 위해서 꼭 좀 해줄 수 없겠니?"

나는 잠시 생각한다. "일단 라파엘하고 통화라도 하고 나서 결정할게. 일을 맡기 전에 당사자하고 얘기는 해야 하지 않겠니?"

"좋은 생각이야. 그런데 오늘은 통화하기 좀 어려울 거야. 종일 방송이 있고, 스튜디오로는 전화가 안 되거든."

"그럼 내일 해야겠네."

"그런데 라파엘이 최대한 빨리 진행시켰으면 좋겠대. 이왕 결심한 거 마음 바뀌기 전에 해치우고 싶은가봐. 게다가 나디야도 오늘 저녁에 틀림없이 집에 있을 거래."

"오늘 바로 하라고?"

카티야는 고개를 주억거리며 애원의 눈길을 보낸다.

"나디야한테 헤어지는 이유를 뭐라고 해야 하는데? 내 제일 친한 친구랑 바람났다고?"

"당연히 아니지. 그건 걱정하지 마. 무슨 말을 해야 하는지 정리해서 라파엘이 직접 이메일을 보낸다고 했으니까. 벌써 와 있을지도 몰라. 메일 한번 체크해봐."

나는 한숨을 쉬며 의자를 컴퓨터 방향으로 돌린다. 편지함에는 정말 라파엘에게서 온 편지가 있다. 주소로 보아 방송국에서 바로 보낸 것 같다.

친애하는 율리아,

제가 카티야에게 못할 짓을 했기에 저에 대해 좋지 않게 생각한다는 것 알고 있습니다. 그럴 만합니다. 그러나 이제 모든 잘못을 바로잡고 싶습니다. 그 첫 번째 단계는 나디야와 헤어지는 것이라고 생각합니다. 그러나 관계가 오래되다 보니 혼자서 해결하기에 벅찹니다. 그래서 이렇게 도움을 청합니다. 저를 '작은 위로'의 고객으로 받아주십시오. 그리고 저를 대신해서 나디야와의 관계를 하루 속히 정리해주십시오. 오랫동안 미뤄온 일, 이제는 카티야를 위해 조금이라도 빨리 해결하고 싶습니다.

나디야는 오늘 저녁에 집에 있을 겁니다. 오늘 나디야의 집으로 가주십시오. 그리고 여러 형태의 이별 서비스를 제공하는 것으로 알고 있는데, 부디 부드러운 방법으로 이별을 통보해 주십시오. 단, 카티야에 관한 것은 언급하지 말아 주십시오. 나디야에게 불필요한 상처를 주고 싶지는 않으니까요. 중요하게 언급되어야 할 것은 제게 연락을 하지 말아 달라는 것입니다. 지난 몇 년간 나디야는 우리 관계의 끝을 인정하지 않으며 매번 저를 좌절의 구렁텅이로 빠뜨렸습니다. 이번에는 절대 그런 일이 생겨서는 안 됩니다.

저를 위해, 아니 카티야를 위해서라도 이 일을 꼭 맡아 주십시오.

오늘 제가 바쁜 이유로 카티야에게 전권을 위임하였습니다. 카티야에게 모든 것을 잘 말해두었으니 물어볼 것이 있으면 카티야에게 물어보십시오. 제가 직접 나서지 않는 것 때문에 저를 겁쟁이로 생각하실지도 모르겠습니다. 나디야가 받을 상처를 생각하면 저도 가슴이 아픕니다. 어차피 내려진 결정, 관계자들 모두에게 최선의 해결책이 되기를 바랄 뿐입니다. 부디 이해해 주시기 바랍니다.

감사를 전하며, 라파엘

그래도 내게 메일을 쓸 생각은 했군. 사실 나도 이런 결정이 얼마나 힘든 것일지 이해가 안 되는 것은 아니다. 아마 내 앞에서 다시 한 번 시시콜콜한 것까지 되씹고 싶지는 않았을 것이다. 그가 카티야를 위해 깨끗이 정리하겠다면야 나도 카티야의 행복을 방해할 생각은 없다. 라파엘의 서류를 다시 한 번 체크한다. 신분증 사본, 그의 사인이 들어간 주문확인서, 필요한 서류는 다 있다. 그런데 어딘지 모르게 꺼림칙하다.

"아무래도 안 되겠어." 나는 다시 한 번 빠져나오려고 시도한다. "네가 내 친구이기 때문에 쉽게 결정을 내릴 수가 없어……"

"그럼 내가 맡죠!" 시몬은 미닫이문을 조금 열어놓고 듣고 있었는지 문을 활짝 열어젖히고는 문틀에 기대서 말한다.

"시몬!" 나는 퉁명스럽게 외친다. "엿듣지 말아요. 이건 사적인 대화라구요!"

"제가 보기엔 그렇지 않은데요." 그는 성큼성큼 우리 쪽으로 건너와 내 책상 앞에 남은 빈 의자에 앉는다. "제가 제대로 이해했다면 지금 카티야 씨는 우리 고객으로 와 있는 거예요. 엄밀히 말하면 남자친구분의 위임으로요."

"좀 빠져줄래요?"

시몬은 짐짓 놀라며 눈썹 하나를 치켜올린다. "회사의 공동 주주로서 그렇게는 못하겠는데요."

"정말이에요?" 카티야가 반가워한다. "이 일을 맡아주실래요?" 시몬은 라파엘의 서류를 낚아채 쭉 훑어본다.

"나디야 바겐슈타인." 그는 큰 소리로 처리 대상의 이름을 읽는다. 그리고 카티야에게 안심하라는 눈짓을 보낸다. "이 사안은 처리된 것으로 생각하셔도 되겠습니다. 오늘 저녁에 제가 직접 가서 해결하지요. 율리아가 도덕적 양심의 문제 때문에 이렇게 괴로워하는데, 제가 이런 것 하나 도와주지 못한대서야……" 그는 마치 단어가 생각나지 않는 척 뜸을 들인다. "……비열한 이기주의자밖에 더 되겠습니까?" 그는 허허 웃으며 슬쩍 곁눈질을 한다. 왕멍청이 헤커!

"정말 감사해요!" 카티야가 탄성을 내지른다. 그리고 자리에서 튀어 일어나더니 시몬의 목에 매달린다.

"아, 이러실 것까지는 없습니다." 시몬은 살짝 당황해하며 카티야를 떼어낸다. "뭐 대단한 일이라고요? 제 직업에 충실한 것뿐입니다."

그리고 나를 향해 말한다. "율리아, 베아테한테 계산서 준비해달라고 말해줄래요?"

"아니요." 나는 시몬의 말이 떨어지자마자 딱 부러지게 말한다. "직접 일을 맡을 생각이면 서류도 직접 알아서 하셔야죠." 나는 속으로 부아가 치밀어 올라 금방이라도 터져버릴 것만 같다.

"그러죠, 뭐." 그는 고무줄이 튕기듯 가볍게 일어나 자기 책상으로 간다. "그게 뭐 어렵겠습니까?"

"너무 화내지 마." 오 분 뒤, 문 앞까지 배웅하는 내게 카티야가 말한다.

"화를 내긴 누가 화를 낸다고 그래?" 나는 시침을 뚝 떼며 말한다. "왜? 너 때문에 우리 회사에 분란이 생겨서?"

"미안해." 카티야는 풀이 죽어서 말한다. "괜히 나 때문에…… 나는 그냥……" 다시 그 불쌍한 강아지 표정이다. "……라파엘하고 행복하게 살고 싶은 것뿐이야. 이해할 수 있지?"

나는 한숨을 내쉰다. "이해해. 그냥 왠지 석연치가 않아서 그래."

"걱정 마." 카티야는 나를 안심시킨다. "시몬이 일을 맡는다고 했으니까 넌 그냥 잊어버려."

"그래, 잘되겠지." 우리는 가벼운 볼 키스와 함께 헤어진다. 문을 도로 닫는데 '오늘의 작은 위로'가 눈에 띈다.

권위와 신뢰는 불공정한 대우가 아니면
그 어떤 것에도 흔들리지 않는다.
— 테오도르 슈토엄

아하. 하지만 과연 헤커가 이 말 속에 숨은 베아테의 뜻을 읽어낼 수 있을까? 그러나 다른 한편으로는 권위, 이것이야말로 이 사무실에서 한번쯤 토론되어야 할 주제이기도 하다는 생각이 든다.

"아주 근본적인 문제에 대해서 얘기할 게 있어요." 나는 시몬의 방문을 열어젖히며 선언하듯 말한다.

"뭔데요?" 시몬은 아주 궁금하다는 표정을 짓는다.

"먼저, 우리는 이제 파트너잖아요. 파트너라는 건 결정을 함께 내린다는 거예요."

"오." 시몬은 살짝 비꼬는 투로 말한다. "이제부터는 나갈 때 꼭 허락받고 나가지요."

"한번이라도 좀 진지해질 수 없어요?" 나는 퉁명스럽게 쏘아붙인다.

"문제가 도대체 뭐예요? 당신 친구의 남자친구가 일을 맡겨왔고 당신이 하기 싫다고 해서 내가 하기로 했잖아요. 그럼 된 거 아니에요?"

"되긴 뭐가 돼요!" 내가 소리를 버럭 지르자 시몬이 깜짝 놀라 움찔한다. 그러나 그는 곧 평정을 되찾는다.

"뭔지는 모르겠지만 문제가 있는 건 확실하군요." 시몬은 냉담하게 말한다. "그리고 이제는 나한테 화풀이하는 게 취미가 됐나 봐요?" 나도 모르게 가슴이 뜨끔하다. 정말? 아니다, 시몬이 나한테 뒤집어씌우는 거다. 이 부분은 일단 그냥 넘어가기로 한다. "이 일은 내 친구가 관계된 일이에요. 내 둘도 없는 친구가 어떤 사기꾼 같은 남자한테 홀딱 빠져 있다고요. 아직 내 추측일 뿐이긴 하지만요. 이 일로 카티야는 애먼 사람한테 상처를 줄 수도 있어요. 그리고 라파엘은 순 바람둥이예요. 카티야는 상처받고 절망하게 될지도 모른다고요."

"그러니까요." 시몬이 부드러운 말로 나를 회유한다. "라파엘이 옛 관계를 끝내려고 하는 게 잘된 일 아닙니까? 오늘 저녁에 제가 가서 직접 끝내겠습니다."

"좋아요." 나는 콧김을 내뿜으며 말한다. "그렇게 간단히 해치울 수 있다 이거죠. 몇 시에 갈까요?"

"같이 가게요?" 시몬이 놀라서 묻는다. "이 일에 상관 안 하고 싶어하는 줄 알았는데요?"

"생각이 바뀌었어요. 어쨌든 내 친구 일이니까 나도 가겠어요."

"뭐, 좋을 대로 하시지요." 그는 어깨를 으쓱한다. "그럼, 여섯 시쯤 갑시다."

"알았어요." 나는 이렇게 대답하고 내 방으로 사라진다. 그리고 들으란 듯이 미닫이문을 쾅 닫는다. 하루 종일 야단법석을 떨었더니 혼자 조용히 있고 싶다. 컴퓨터 앞에 앉아 편지 양식을 꺼낸다. 급하게 보내야 할 이별 편지가 몇 장 있다. 그러나 이번에도 지난번 뮐러 편지처럼 집중이 안 되고 자꾸 잡생각이 난다. 카티야, 라파엘, 나디야를 거쳐 생각은 파울에 이른다. 아직도 파울에게 돈의 행방에 대해 말하지 않았다. 바트 오데슬로의 농장 대여료를 나중에 할부로 갚는 것으로 한번 흥정을 해볼까?

흐리멍덩한 머리로 농장의 홈페이지를 찾아가 모든 것을 다시 한 번 찬찬히 살펴본다. 파울 말이 맞다. 이 농장은 결혼피로연 장소로 거의 완벽하다. 널찍한 연회실과 큰 정원, 특히 로맨틱한 분위기로 꾸며진 신혼침실이 마음에 든다. 휘장이 쳐진 캐노피 침대가 구비되어 있고, 욕실에는 월풀 욕조도 있다. "저것 봐." 침실을 구경하고 있을 때 파울이 신이 나서 말했다. "침대에 누워서 대형스크린의 평면 텔레비전을 볼 수 있어!" 나는 그의 옆구리를 퍽 치며 "결혼식날 밤에 텔레비전 보려고?" 하며 핀잔을 주었다. 파울은 내 코에 입 맞춘 뒤, "나중에. 일 끝난 다음에 말이야." 하고 속닥거렸다.

아, 파울…… 나는 '내 문서'를 열어 거기 저장해둔 파울과 나의 사진을 연다. 우린 정말 오랜 시간을 함께 했다. 수많은 일을 함께 겪었고, 그만큼 많은 추억을 만들었다…… 처음 만났을 때 생각이 난다. 난 그때 몇 년째 실연의 상처에서 벗어나지 못하고 있었다. 열아홉 살 때 시작된 내 사랑, 그의 이름은 군나였다. 나는 그에게 정말 홀딱, 홀딱, 홀딱 빠져 있었다. 그는 우리 학교 최고의 꽃미남이었다. 흐트러진 듯한 금발을 언제나 약간 긴 듯하게 하고 다녔다. 그래서 더욱 멋있었다. 목에 걸린 산호목걸이 끝에는 서핑보드가 대롱대롱 매달려 있었고, 만화 속 주인공처럼 반짝이는 푸른색 눈에, 언제나 쿨한 멘트를 입에 달고 다녔다. 그가 가장 잘하는 말은 '그딴 거 관심 없어.' 였다.

난 항상 군나가 나 같은 애는 쳐다보지도 않을 거라고 생각했다. 그런데 북해로 수학여행을 간 날, 모닥불 타임에 내 옆에 앉더니 내게 말을 걸어왔다. 지금도 그때 얼마나 떨렸는지 기억한다. 여자애들 사이에서 군나는 꽃남으로 통했는데, 그 꽃남이 하필이면 내게 말을 걸다니 도무지 믿어지지가 않았다. 그리고 군나가 내게 해변으로 산책을 가자고 했을 때, 친구들이 질투에 가득 찬 눈으로 나를 바라보던 것도 잊지 못한다……

그 후 석 달 동안 나는 여기가 지구인지 화성인지도 분간 못할 만큼 그에게 미쳐 살았다. 그와 함께할 미래를 꿈꾸었다. 덴마크에 작고 예쁜 집을 사서 군나가 밖에서 윈드서핑 하는 것을 지켜보는 꿈이었다. 내 무릎 위에는 천사 같은 두 아이가 놀고 있고…… 열아홉 살에는 누구나 그런 꿈을 꾼다. 아직 모든 것이 가능해 보이는 시기니까.

나의 광적인 사랑은 어느 비 오는 가을날, 뜻하지 않은 시련을 맞았다. 점심시간에 군나가 아이들이 숨어서 담배를 피우곤 하던 담 구석으로 나를 잡아끌었다. 나는 키스를 하려는 줄 알았다. 그러나 군나의 목적은 이별 통보였다. 그의 이별 통보는 비교적 짧고, 명료하고, 상처를 주는 것이었다. 학교의 최고 미인으로 통하는 산드라라는 아이가 있었는데, 꽃남에게는 꽃녀가 안성맞춤이니까, 그리고 그 산드라가 마침내 그와 사귀는 데 동의했으니까 헤어지자는 내용이었다. "너무 서운하게 생각하지 마." 그가 말했다. "어차피 오래 가지는 않을 거였잖아? 넌 참 좋은 친구야, 율리아. 너도 어딘지 귀엽다는 느낌이었지만, 뭐, 너도 알지? 내 짝은 산드라라는 거. 나 이제 가봐야 돼. 잘 살아라." 그렇게 나는 혼자 남겨졌다. 담배 피우는 아이들의 아지트에. 만약 그때 내가 담배를 피울 줄 알았다면 분명히 한 대 꺼내 물었을 것이다. 그러나 나는 담배를 피우지 않았고, 막 둘로 쪼개진 심장을 안고 조용히 교실로 돌아갔을 뿐이었다. 반 아이들은 나를 동정하는 눈으로 바라보았다. 그리고 몇 주 후, 그 이유가 뭔지 알 수 있었다. 군나는 이미 한참 전부터 꽃녀 산드라와 나 사이에 양다리를 걸치고 있었고, 그 사실을 나만 모르고 있었던 것이다. 그 잔인성은 열아홉 살짜리 여자아이의 연약한 감수성으로는 감당하기 힘든 것이었다. 만약 그때 카티야를 만나지 않았더라면 나는 크게 방황했을지도 모른다. 카티야는 이미 그때부터 낙천적인 성격의 명랑소녀였고, 어떻게 했는지 몰라도 나를 어느 정도 정상 상태로 돌려놓는 데 성공했다.

다른 남자에 관심을 가질 수도 있겠다는 생각이 들 때까지는 그로부터 삼 년이라는 세월이 걸렸다. 그 다른 남자가 파울이었다. 직장 동료의 파티에서 알게 되었는데, 첫인상이 무척 좋았다. 그러나 그 이상은 아니었다. 첫눈에 반하는 것과는 거리가 멀었다는 말이다. 하지만 몇 번 만나 보니 좋은 사람이라는 확신이 들었고, 함께 하는 시간이 많아질수록 그의 존재는 내 마음 속에서 점점 커져 갔다. 파울은 군나와 완전히 반대였다. 자상하고 정직하고 다정다감했다, 그리고 편했다. 시간이 흘러 우리는 사랑하는 사이가 되었고, 그때 가서 알았지만 파울은 이미 오래 전부터 나를 사랑하고 있었다.

사진을 보니 한숨이 더 나온다. 그래, 이런다고 문제가 해결되는 것은 아니다. 파울과 결혼 계획에 대해 상의를 해야 한다. 이런 중요한 일을 숨기는 것은 옳지 않다.

"해보면 알겠지." 나는 스스로를 격려하며 수화기를 든다. 그 농장에 전화를 걸어 팔월 오일로 예약을 하기 위해서다. 어떻게든 될 것이다. 우리는 수년에 걸쳐 크고 작은 역경을 이겨낸 천하의 드림팀이 아니던가.

"어, 빨리도 받네."

나는 영문을 몰라 수화기를 내려다본다. 수화기를 들기만 했는데 어디서 갑자기 사람 목소리가 들리는 거지?

"여보세요?" 나는 황당해하며 수화기에 대고 묻는다. "거기 누구세요?"

"나야, 파울."

"자기야!" 내가 외친다. "자기가 전화를 한 순간에 내가 수화기를 들었나 봐!"

"텔레파시가 통했네." 파울이 웃으며 말한다. "어때? 별일 없어?"

"뭐, 특별한 일은 없어. 자기는?"

"나도 마찬가지야. 그냥 자기 생각이 나서 전화했어."

"그랬어? 잘했어." 내가 대답한다.

"아, 참 오늘 저녁에 집에 몇 시쯤 올 거야? 오늘 내가 깜짝 선물을 준비했는데."

"정말? 기대되는걸."

"기대해. 몇 시까지 올 수 있어?"

나는 잠시 시간 계산을 한다. 여섯 시에 나디야 집에 갈 거고, 그 일은 삼십 분 이상 안 걸릴 것이다. "일곱 시 반쯤."

"좋아! 그럼, 저녁에 집에서 봐. 히, 신난다." 그는 속으로 웃음을 삼킨다.

"뭐 재미있는 일이라도 있어?" 내가 묻는다.

"비밀이야." 그가 대답한다. "이따 오면 알게 돼. 일 열심히 해." 파울은 수화기에 대고 뽀뽀 소리를 낸다. "사랑해."

"나도 사랑해. 그럼 집에서 봐!"

30장

"여기인 것 같은데요." 시몬은 자신의 재규어를 천천히 슐뤼터슈트라세 안으로 몰아가며 그뤼더차이트 양식의 큰 건물을 눈짓으로 가리킨다.

"네." 하고 대꾸하며 나는 쪽지에 적힌 나디야의 주소를 확인한다. "맞아요. 이 집이에요." 차에서 내린 우리 두 사람은 오늘도 애정전선의 해결사로서의 사명을 완수하기 위해 힘찬 걸음을 내딛는다.

"그럼, 시작해볼까요?" 대문 앞에 이르자 시몬이 이렇게 말한 뒤 '바겐슈타인'이라고 적힌 문패의 버튼을 누른다. 가슴과 어깨에 긴장이 느껴진다. 그동안 수십 번도 넘게 해온 일인데 왜 이렇게 신경이 곤두서는지 모르겠다. 이번 일은 왠지…… 다른 느낌이다. 그러나 한편으로는 이 일도 곧 끝날 것이라는 생각에 안도감이 들고, 다른 한편으로는 시몬이 옆에 있어서 정말 든든하다. 물론 이 생각을 말로 하느니 차라리 혀를 물고 죽는 쪽을 택하겠지만 말이다.

"누구세요?" 스피커에서 여자 목소리가 난다.

"바겐슈타인 씨?" 시몬이 묻는다.

"네, 그런데요?"

"린덴탈과 헤커라고 합니다." 시몬이 정해진 순서대로 말하기 시작한다. "중요한 일로 드릴 말씀이 있는데 문 좀 열어주시겠습니까?"

"무슨 일인데요?" 이런! 나디야 바겐슈타인은 아무에게나 문을 열어주지 않는 '일단 의심' 타입이다.

"용건은 직접 만나 뵙고 조용히 말씀드리고 싶습니다." 시몬이 엄청난 신뢰감을 유발하는 톤으로 말한다. 시몬이 일단 이 목소리 톤을 사용하면 아무리 의심 많은 사람이라도 상대방의 악의 여부에 대한 판단을 일단 보류하게 된다. 피가 뚝뚝 떨어지는 전기톱을 손에 들고 있을지라도 목소리만 듣는다면 나라도 문을 열어줄 것이다.

"좋아요. 들어오세요. 사층이에요."

띠이 하는 소리가 나고 시몬이 문을 민다. 엘리베이터 앞에서 그는 갑자기 내 어깨에 팔을 턱 올리더니 나를 약간 자기 쪽으로 끌어당긴다. 나는 뜻밖의 신체접촉에 놀라 몸을 부르르 떤다. 그는 웃음 띤 얼굴로 한쪽 눈을 찡긋하며 말한다.

"너무 걱정 말아요, 율리아. 잘 해결할 수 있을 겁니다."

"아…… 에, 그럼요." 내가 그의 팔을 뿌리칠 사이도 없이 엘리베이터가 금방 내려온다. 일부러 뿌리치려고 했다면 괜히 분위기만 더 어색해졌을 것이다.

사층에 도착한 우리는 엘리베이터에서 내려 주위를 두리번거린다. "저기네요." 중간 문 바로 옆집에 '바겐슈타인'이라는 문패가 달려 있는 것을 내가 먼저 발견한다. 우리가 집 앞으로 가는 동안 벌써 문이 열리며 여자 하나가 나타난다. 주근깨가 난 예쁘장한 얼굴에 작달막한 키의 여자다. 그녀는 풀오버와 트레이닝 바지를 입고 있는데…… 한눈에도 금방 알아볼 수 있을 정도로 배가 불러 있다!

"안녕하세요?" 그녀는 상냥하게 웃으며 우리를 맞는다. 웃는 얼굴의 양쪽 볼에 귀여운 볼우물이 팬다. "무슨 일로 오셨죠?" 시몬과 나는 황급히 눈빛을 교환한다. 순간적으로 둘 다 벙어리가 된 듯 아무 말도 하지 못한다. 여기 오는 동안 별의별 생각을 다 했지만 배가 남산만 한 임산부일 거라는 생각은 하지 못했다. 이건 심해도 너무 심했다.

"저희는 바겐슈타인 씨를 찾아왔는데요." 시몬의 말문이 먼저 트인다. 그러나 그의 목소리는 전에 없이 떨리고 있다. 낯 두꺼운 헤커도 이 상황에서는 당황하지 않을 수 없는 모양이다.

"제가 바겐슈타인인데요." 여자가 말한다. 두려워하던 일이 사실로 확인되는 순간이다.

"나디야 바겐슈타인 씨 본인이십니까?" 시몬은 재차 그녀의 신원을 확인한다. 여자가 고개를 끄덕인다.

"네, 저예요." 이제 그녀의 얼굴에는 미소가 사라지고 점차 의심의 빛이 감돌기 시작한다. 한 손으로는 태아를 보호하려는 듯 배를 감싸 쥐고 다른 손은 문손잡이에 갖다 댄다. 여차하면 문을 닫아버릴 태세다.

"예, 저희는……" 시몬이 다시 입을 연다. "저희가 오늘 이렇게 찾아뵌 이유는…… 그러니까……" 나는 시몬이 행여나 우리의 원래 목적을 발설하는 것은 아닐까 하여 마음이 조마조마하다.

"네, 말씀하세요." 시몬이 더 말을 잇지 못하자 나디야 바겐슈타인이 말을 재촉한다. "정확히 무슨 일로 오셨지요?" 그녀의 얼굴에는 어느새 다시 미소가 떠올라 있다. 아마도 우리의 서투른 말주변이 우스운 모양이다. "이렇게 계속 서 있는 것이 힘들어서요." 그녀는 자신의 부른 배를 눈짓으로 가리킨다. "가서 누워야 해요. 충분한 안정이 필요하거든요."

"예, 그럼요!" 시몬이 급히 대꾸한다. "오래 걸리지는 않을 겁니다. 저희는 여론조사를 하고 있습니다."

"여론조사요?"

시몬은 고개를 주억거린다. "예, 보건복지부에서 나왔는데요, 향후 정책방향의 모색을 위해 예비 어머니들의 의견을 수렴하고 있습니다."

어떻게 저런 소리를 잘도 지어내는지 모르겠지만, 어쨌든 상황을 모면하게 해준 시몬에게 감사한다. 그러나 그것도 나디야가 우리를 집안으로 안내해 차를 권하기 전까지의 얘기다. 그녀는 어머니로서의 자신의 모습을 어떻게 상상하고 있는지 거침없이 말하기 시작한다.

"제 남자친구도, 저도 갑작스러운 임신 사실에 무척 놀랐어요." 이렇게 말한 뒤 그녀는 재빨리 설명을 덧붙인다. "하지만 원하지 않은 임신은 아니었어요. 우리 둘 다 얼마나 기뻐했는지 몰라요."

나는 마음 속에서 카티야의 얼굴을 떠올린다. 계획된 것은 아니었지만 어쨌든 원했던 아이의 아빠가 될 라파엘의 얘기를 들으면 카티야가 뭐라고 할까? 좋은 말은 안 나올 것이다. 사실을 알고 나니 누가 더 불쌍한지 알 수 없게 돼버렸다. 인생의 동반자를 찾았다고 굳게 믿고 있는 카티야? 아이 아빠가 자신의 등 뒤에서 무슨 짓을 하고 다니는지 꿈에도 생각하지 못하는 나디야? 나는 곁눈질로 시몬의 표정을 살핀다. 나디야의 집에 앉아 차를 마시며 그녀의 이야기를 듣고 있는 상황이 그에게도 썩 내키지 않아 보인다. 그의 이마에 생긴 일자 주름을 보면 알 수 있다. 그동안의 경험으로 볼 때 이 일자 주름은 극도의 긴장을 의미한다.

"앞으로 무척 바빠질 거예요. 한 달 뒤에 남자친구 집으로 들어가거든요." 나디야는 이렇게 말하며 소파 옆 좁은 탁자 위의 사진을 가리킨다. 사진 속의 얼굴은 분명히 라파엘이다. 이제 의심의 여지는 확실하게 사라졌다. "어쩌다 보니 합치지를 못하고 계속 따로 살았어요. 남자친구 일이 무척 바쁘거든요. 라디오에서 일해요. 방송국 일이 다 그렇잖아요?" 시몬과 나는 동시에 기계적으로 고개를 끄덕인다. 둘 다 너무 충격을 받아서 인형처럼 굳어버린 것이다. "그 다음엔 서둘러서 아가 방을 꾸며야 해요. 이제 곧 산달이라 언제 나올지 모르거든요. 요한나가 태어나면 육 개월까지는 제가 직접 키울 거예요." 이름까지 지어놨다니 할 말이 없다. "하지만 그 다음엔 일을 다시 시작할 생각이에요. 이미 남자친구랑 같이 놀이방과 육아 도우미도 알아봤는데, 자리가 쉽게 날 것 같지는 않더라고요." 그녀는 한숨을 쉰다. "함부르크에는 보육시설이 턱없이 부족해요." 나디야는 이제 우리 쪽의 대답을 바라는 듯 시몬과 나를 건너다본다.

"아, 예, 잘 알겠습니다. 저희가 이 여론조사를 하는 이유가 바로 그겁니다." 우리가 말할 차례가 되었다는 것을 깨달은 시몬이 급히 대답한다. "먼저 실질적 수요가 얼마나 되는지부터 조사를 해야 하니까요."

"그럼요." 나도 가만히 있을 수만은 없어 한마디 거든다. 이렇게 우리는 나디야 바겐슈타인의 거실에 앉아 육아 문제와 산모의 재취업 문제 등을 이야기하며 거의 한 시간 가량을 보낸다. 그러나 그녀는 말 어디에서도 싱글 맘으로 살 생각 같은 것은 내비치지 않았다. 내가 에둘러 조심스럽게 질문을 해봤지만 헛수고였다. 오히려 나디야는 라파엘에 대해서라면 무조건 좋은 말만 했다. 나는 그 파렴치한이 얼마나 치밀하게 양다리를 걸쳐왔는지 생각하며 혼자 치를 떤다. 나디야는 라파엘의 야근이 잦은 이유를 방송국에서 라디오 진행 외에 출세를 위한 다른 프로젝트에서 일하기 때문으로 알고 있다. 이 야근은 물론 카티야의 집에서 이루어진다. 짐승만도 못한 인간.

"안녕히 가세요." 나디야는 우리를 문 앞까지 배웅한다.

"예, 안녕히 계세요." 인사하는 내 목소리가 갈라진다. "시간 내주셔서 정말 감사합니다."

"아니에요." 그녀의 웃는 얼굴에 다시 그 귀여운 볼우물이 팬다. 이것으로 나는 한 번 더 우리의 완패를 확인한다.

자동차까지 걸어가는 동안 둘 다 말이 없다. 이렇게 황당한 상황에 무슨 말을 하리. 차에 타고 난 후에야 시몬이 입을 연다.

"나쁜 자식!" 그는 격앙된 심정을 감당하지 못해 한 손으로 세게 핸들을 내려친다. "어떻게 인간이 그렇게 비양심적이고 잔인할 수가 있죠?" 시몬은…… 화가 난 것일까? 아니, 그 이상이다. 그는 분노에 휩싸여 어쩔 줄 모르고 있다. 가끔 생각이 좀 다르기는 하지만 시몬에게는 보면 볼수록 정의로운 데가 있다. 뭐, 꼭 정의까지는 아니더라도 지금 라파엘이 벌이고 있는 그런 사기극을 할 사람은 아니다. 그리고 나디야에게 우리의 진짜 목적을 밝히지 않기 위해 여론조사원 행세를 할 생각을 하다니, 얼마나 귀여운가. 오늘 아침 베아테 앞에서 내가 말실수한 것을 가려주기 위해 거짓말을 했을 때도 마찬가지였다. 그리고 일전에…… 잠깐! 내가 지금 뭘 하고 있는 거지? 율리아, 충격을 받은 건 알겠지만 그렇다고 갑자기 시몬 헤커를 성인으로 만드는 건 곤란해.

"이제 어떡하죠?" 시몬이 묻는다.

"나도 모르겠어요."

"나디야한테 모든 사실을 다 말했어야 하는 건데." 그는 앙다문 이빨 사이로 곱씹듯이 말한다. "그런 인간쓰레기를 아이 아버지로 두느니 차라리 혼자 키우는 게 나아요."

"그럼요." 나는 시몬의 말에 동의한다. "게다가 그 인간쓰레기는 우리를 동원해서 나디야와 헤어지려고까지 했어요. 임신한 여자친구를 떼어내려 하다니, 어떻게 사람이 그렇게까지 잔인할 수가 있어요? 정말 이해가 안 돼요."

"여자들한테는 눈앞의 불을 보고도 못 본 척하려는 심리가 있는 것 같아요."

"그게 무슨 말이에요?"

"나디야가 정말 라파엘이 바람피우는 걸 몰랐다고 생각해요? 그런 눈치도 없으면 눈 뜬 장님이죠! 몇 년째 야근을 하는데 승진을 한 것도 아니고 직업적으로 아무것도 달라진 것이 없다는 게 말이 돼요? 그리고 여자가 임신을 해서 산달이 다 돼서야 자기 집으로 들인다는 게 무슨 뜻이겠어요? 당신 친구 카티야도 똑같아요. 라파엘이 자기를 진심으로 사랑한다는 그 믿음 하나로 버티는 건데, 사실 한 번 거짓말한 사람이 두 번 거짓말 못하겠어요?"

"그 말은 맞아요." 내가 말한다. "하지만 사랑을 하면 뻔히 알면서도 속게 되잖아요. 그리고 그건 여자들에게만 해당하는 건 아니에요."

잠시 침묵이 감돈다. 그러다 이윽고 시몬이 시동을 건다. "이제 이 황당 스토리의 두 번째 파트가 남았네요."

"무슨 말이에요?" 내가 묻는다.

시몬은 차를 출발시킨 뒤 고개를 돌려 착잡한 표정으로 나를 본다. "당신 친구에게 오늘 있었던 일을 보고해야지요."

아, 참! 거기까지는 생각을 못 하고 있었다. "어떡해요?" 내가 죽는 소리를 한다. "오늘 비극 한 편 쓰게 생겼네요."

"그러게요."

십 분 뒤, 차는 카티야의 집 앞에서 멈춘다. 카티야의 집 창문을 올려다보니 창문에 불이 켜져 있다. 차라리 집에 없기를 바랐는데. 그러나 오늘은 월요일이니 미용실도 쉬는 날이고, 아마 외출도 하지 않은 모양이다.

"건투를 빌어줘요." 이렇게 말한 뒤 차문을 열고 내리려는 순간 시몬이 나를 부른다.

"율리아!"

"네?"

"나도 같이 갈까요?" 시몬이 말한다. "내 말은, 혹시 혼자 말하기 뭣하면……"

"고맙지만 혼자 갈게요. 친구 대 친구로 여자들끼리 얘기하는 게 나을 것 같아요."

"그런가요?" 시몬이 고개를 끄덕인다. "카티야에게 너무 상심하지 말라고 전해줘요. 그런 자식한테는 눈물 한 방울도 아까워요."

나는 그에게 빙긋 웃어 보인다. "그대로 전할게요!" 차에서 내린 뒤 나는 시몬의 차가 떠날 때까지 기다렸다가 손을 흔들어준다. 그리고 벨을 누른다. 이런 소식으로 카티야를 마주할 생각을 하니 마음이 천근만근이다. 그러나 카티야는 어쩌면 생각보다 담담하게 사실을 받아들일지도 모른다.

"뭐, 나디야가 임신을 했다고?"

역시 카티야의 반응은 '담담'과는 거리가 멀다. 오히려 '생각보다' 더 심하다.

내 말이 채 끝나지도 않았는데 울음을 터뜨리더니 이제는 급기야 소리 높여 울부짖기 시작한다.

"어떻게 그럴 수가 있어? 나쁜 놈! 거짓말쟁이! 사기꾼!"

"카티야, 진정해." 막 유리 물병이 벽으로 날아가려는 순간, 내가 카티야의 손에서 병을 뺏는다.

"충격이 크겠지만, 일단 진정하자, 응?"

"진정? 내가 지금 진정하게 됐어? 임신한 여자친구와 합칠 날까지 정해놓고는 뭐, 운명적인 사랑? 그런데 나더러 진정을 하라고?"

"그래, 그 사람은 인간도 아니야." 내가 말한다. "게다가 우리를 시켜서 나디야와의 관계를 정리하려고까지 했잖아. 인간의 탈을 쓰고 어떻게 그럴 수가 있는지."

돌연 카티야의 얼굴이 빨개진다. "저기……" 그녀는 말을 잇지 못하고 고개를 숙인다.

"왜 그래, 카티야? 어디 아프니?"

"저기, 그게……" 이제까지 카티야가 이렇게 얼굴을 붉히는 것을 본 적이 없다.

이러는 데에는 다른 이유가 있을 수 없다!

"카티야, 너 혹시?" 나는 준엄한 목소리로 그녀를 다그친다. "사실대로 말해봐."

"어떻게 된 거냐면…… 그게 말이지." 그녀는 힘겹게 말을 잇는다. "사실은 라파엘이 시킨 일이 아니야."

"그게 무슨 소리야?" 무슨 말인지 뻔히 알면서도 나는 내 귀를 의심한다. 믿을 수가 없다.

"그 위임장은 내가 만든 거야, 가짜야." 카티야는 이렇게 말하며 눈을 내리깐다.

"뭐가 어째?"

"그게…… 어차피 헤어질 생각이라고 했거든. 그런데 실행하기가 힘들다고 해서, 그래서 내가…… 처음엔 '작은 위로'에 맡기는 게 어떻겠냐고 했어. 그랬더니 좋은 생각이라면서, 지금은 일 때문에 스트레스가 많으니까 몇 주 후에 가보겠다고 했어. 그 일 때문에 스트레스를 더 받으면 일을 못한다고. 그리고 그 뒤에도 몇 번이나 나디야와의 관계는 자기가 원하는 관계가 아니고, 자기가 사랑하는 건 나뿐이라고 해서…… 내 딴에는…… 내가 해결해주면 좋아할 거라고 생각했어."

"그러니까 라파엘은 우리가 나디야를 찾아간 사실조차 모르는 거야?" 나는 두려워했던 사실에 기가 막힌다.

"정확하게 말하면…… 몰라. 신분증도 내가 복사하고, 위임장도 내가 직접 썼어."

"그럼 그 메일은 어떻게 된 거야?" 나는 도무지 이해가 되지 않는다. 그런 메일을 써서 보낼 정도라면 카티야가 굳이 서류를 위조할 필요도 없었을 텐데.

"그 메일도 내가 쓴 거야."

"하지만…… 라파엘이 직접 '알파 라디오'에서 보낸 것 같았는데."

"아니야. 라파엘의 어카운트에서 보냈을 뿐이야. 라파엘은 세계 어디서라도 자기 어카운트에 접속할 수 있어. 받는 사람은 실제로 보낸 곳이 어디인지 모르는 거지. 내 컴퓨터에서도 종종 보냈었어. 다시 만난 뒤에 한 세 번 정도 어깨 너머로 훔쳐봤어. 그래서 비밀번호를 알고 있었지."

나는 황당한 표정으로 카티야를 응시한다. 이제까지 알던 내 친구 카티야가 아니다!

"네가 내 말을 안 믿을 것 같아서 메일을 보낼 생각을 한 거야. 나디야의 주소는 라파엘 전화기에 저장되어 있던 전화번호로 알아냈어. 요새 그 정도 알아내는 건 식은 죽 먹기야. 전화번호만 등록돼 있으면 주소를 찾아서 알려주는 데가 있어. 그리고……"

"잠깐만." 나는 카티야의 말을 중단시킨다. "미안한데, 네 탐정 실력이 얼마나 뛰어난지는 지금 내 관심사가 아니거든. 네가 나를 속였다는 게 아직도 믿어지지가 않아."

"속였다고 말하는 건 좀……"

"아니!" 나는 무 자르듯 냉정하게 말한다. "속인 거 맞아! 나한테 잘못

된 정보를 흘렸고, 그 정보 때문에 시몬과 난 죄 없는 임산부한테 못할 짓을 할 뻔했어." 나는 배신감을 느끼며 내 제일 친한 친구를 노려본다. 카티야는 기가 죽어 울상을 짓는다.

"난 몰랐어." 그녀는 이윽고 작은 소리로 중얼거리듯 말한다. "난 그 여자가 임신한 줄 몰랐다고."

"임신을 안 했더라도 네가 한 짓은 잘못이야! 아니, 잘못 이상이야. 그건 범죄라고! 모르게 남의 주소 알아내고, 비밀번호를 훔치고, 정말 이해가 안 돼. 그런 술수로 만들어진 관계가 행복할 수 있다고 생각해? 라파엘은 사기꾼이야. 하지만 네가 한 짓도 절대 잘한 짓이 아니야. 도대체 너왜 그러니?"

"나도 몰라! 그냥 다시 라파엘을 잃을까봐 너무 겁이 났어. 라파엘은 이제까지 살면서 내가 가장 사랑한 남자란 말이야. 네가 몇 년 전부터 얘기하던 결혼이나 아이가 갑자기 나한테도 중요해졌어. 드디어 내 반쪽을 찾은 느낌이었어." 카티야는 다시 흐느껴 울기 시작한다. "그 모든 게 다 허상이었다는 것을 이제 알겠어. 그리고 네가 나한테 얼마나 화가 났는지도 알고, 앞으로 나랑 말도 안 할 거라는 것도 알아. 내가……" 카티야는 목이 메어 더 이상 말을 잇지 못한다.

순간적으로 모든 분노가 사그라진다. 이렇게 울고 있는 카티야를 보니 마음이 아프다. 금세 눈시울이 뜨거워지며 나도 따라 울고 싶어진다. 난 사람들이 말하는 터프와는 영 거리가 먼 모양이다.

"아유, 정말 내가 못 살아." 나는 이렇게 말하며 팔을 넓게 벌린다. "이리 와, 이 정신 나간 기집애야!"

카티야는 다시 한 번 울음을 터뜨리며 내게로 달려와 내 어깨에 대고 서럽게 운다.

"사실은 한 달이고 두 달이고간에 절교감이야." 나는 카티야의 머리칼을 쓸어주며 말한다. "하지만 정상참작을 해야 할 부분도 있으니까 한 번만 봐준다. 라파엘이 널 속이지 않았다면 다 일어나지 않았을 일이니까."

"가슴이 찢어지는 것처럼 아파." 카티야는 울어서 쉰 목소리로 내 어깨에 대고 말한다. "넌 정말 좋은 친구야. 그리고 난 멍청한 닭대가리야." 이 말에 나는 소리 내어 크게 웃고 만다.

"이 말 잘 기억해뒀다가 나중에 다 지나간 다음에 내가 써먹어야겠다."

"나 조금은 이해해줄 수 있겠니?" 카티야는 내 어깨에서 다시 고개를 들고 묻는다. 나는 한숨을 쉰다.

"쉽지는 않지만 아주 조금은 이해할 수 있어."

"고마워." 카티야가 말한다. 그리고 몽상에 젖은 듯한 목소리로 묻는다. "어떤 사람이야?"

"누가 어떤 사람이야?"

"라파엘 여자친구 말이야."

나는 잠시 생각한다. 그리고 어깨를 으쓱하며 말한다. "꽤 귀여워."

"흠." 카티야는 슬픈 표정을 짓는다.

"카티야, 네가 그 여자 처지가 아닌 걸 정말 다행으로 생각해야 돼."

"나도 그렇게 생각하려고 해. 그런데…… 너무 힘들어. 방금 전까지만 해도 너무 행복했는데, 갑자기 모든 게 사라졌어."

"네가 느끼는 사랑의 감정이 전부는 아니야. 상대방도 너를 그만큼 사랑해야 돼. 그렇지 않으면……" 그렇지 않으면 뭐, 율리아?

"……그렇지 않으면 그 사람은 사랑받을 자격이 없어." 카티야가 조용히 말한다.

나는 내 어깨로 그녀의 어깨를 툭 치며 말한다. "그러니까 이제 라파엘 궁둥이를 뻥 차버려. 그럼, 훨씬 기분이 나아질 거야." 카티야를 웃기려는 나의 시도는 실패한다. 카티야는 머리를 옆으로 세차게 흔든다.

"싫어! 그 사람 얼굴 다시는 안 볼 거야. 나한테는 이미 죽은 사람이야." 카티야의 입에서 한숨이 새어나온다. "장례식에 술이 빠지면 안 되지." 이렇게 말하며 카티야는 와인 선반으로 간다. "율리아, 나 '위로 디럭스 패키지' 예약해줘! 첫 번째 잔은 이걸 위해서 마시겠어."

"알았어. 차도 놓고 왔으니 한 잔 마시자."

카티야는 코르크 마개를 따고, 잔 두 개를 가져오고, 와인을 따른다. 그리고 우리는 잔을 부딪친다. "아직 진짜 진실한 사랑을 할 수 있는 건 여자들뿐이야. 여자들을 위하여!"

"건배."

한 잔 술은 두 잔이 되고, 두 잔은 석 잔이 되게 마련이다. 여하튼 자정 무렵 택시에서 내려 집으로 걸어가는 내 걸음은 약간 비틀거리고 있다. 빈속에 마시는 레드와인은 특히 잘 취한다. 옛날 같았으면 평일에 이런 상태로, 이렇게 늦게 귀가하는 일은 죽었다 깨어나도 상상 못 할 일이었다. 다음날 새벽 여섯 시면 어김없이 자리에서 일어나야 했을 테니 말이다. 자기사업의 좋은 점은 바로 이런 것이다. 출퇴근 시간의 노예로 살 필요가 없다. 융통성 있게 조정할 수 있다. 그리고 카티야와의 대화도 말하자면 사업상의 약속이었던 셈이다.

문을 열고 복도에 들어서니 온 집안이 깜깜하다. 아마 파울은 자고 있을 것이다. 나와 달리 그의 업무시간은 변하지 않았으니까. 먼저 조용히 재킷과 신발을 벗은 뒤, 목이 말라 살금살금 부엌으로 간다. 물과 함께 아스피린을 하나 먹어야겠다고 생각하며 전등 스위치를 누른다.

"왔어?"

나는 소스라치게 놀라 외마디 소리를 지른다. 파울이 식탁에 턱을 괴고 앉아 기이한 표정을 짓고 있다. 뭐랄까…… 분노와 슬픔이 섞인 표정이랄까? 식탁 위에는 스무 개는 될 법한 작은 케이크들이 쭉 놓여 있다. 그 중에는 먹다 만 것도 몇 개 있다.

"불도 안 켜고 여기서 뭐해?" 나는 놀라고 미안해하며 말한다. 나디야와 카티야의 일로 까맣게 잊고 있던 약속 하나가 순간적으로 머릿속에 떠오른 것이다. 파울의 깜짝 선물!

"내 약혼녀 기다리고 있었어." 아주 간결한 대답이 돌아온다. 그리고 자리에서 일어서며 말한다. "원래는 여기 있는 케이크들을 자기랑 같이 먹어보고 우리 결혼식에 쓸 케이크를 고르려고 했어. 그런데……" 그는 갑자기 입을 다물더니 아무 말도 없이 내 옆을 스쳐 침실로 간다.

"파울?" 나는 자신 없는 소리로 파울을 부른다. 하지만 문 닫히는 소리와 함께 그는 내 시야에서 사라진다. 제길! 어쩌다 그렇게 까맣게 잊어버린 거지?

나는 작은 케이크들을 살펴본다. 파울은 이렇게 심혈을 기울이고 있는데, 바보 같은 나는 또 다른 데 정신이 팔려 있었다니!

나는 얼른 욕실로 가 이를 닦고 침대 속으로 기어든다. "정말 미안해." 나는 뒤에서 그를 껴안는다. "오늘 정말 끔찍한 하루였어. 아침부터……"

"율리아." 파울이 말한다. "나 피곤해. 그리고 내일 아침에 일찍 나가야 돼. 에이전시 얘기 하지 마." 그는 내게서 약간 떨어져 누우며 내 포옹을 푼다.

나는 뜬눈으로 침대에 누워 생각한다. 난 왜 이렇게 사는 걸까?

31장

　다음날 아침 부엌에 가보니 케이크의 흔적은 말끔히 치워지고 없다. 원래는 아침 일찍 일어나 케이크를 다 먹어 보고 뭐가 맛있는지 파울에게 말할 작정이었다. 그러나 새벽 네 시까지 깨어 있다가 깊은 잠 속으로 곯아떨어진 나는 알람도 듣지 못하고 아홉 시가 다 되어서야 일어났다. 파울은 이미 두 시간 전에 나갔다.

　샤워를 하고 옷을 갈아입으며 오늘 점심시간에는 오랜만에 파울을 찾아가 놀라게 해주리라 생각한다. 예전에는 종종 파울의 사무실 앞으로 찾아가곤 했었다. 파울은 내 깜짝 방문을 화해의 뜻으로 받아들일지도 모른다. 그리고 마침내 자백을 하리라. 파울이라면 분명히 뭔가 좋은 생각을 해낼 거야, 둘이서 함께라면 해낼 수 있고말고 라고 생각하며 나는 스스로를 위로한다.

　"좋은 아침, 율리아!" 사무실로 들어서는 내게 베아테가 인사를 한다.

　"좋은 아침!"

　"좀 괜찮아?" 베아테가 걱정스러운 눈길로 묻는다. "어제 힘들었다며? 방금 헤커 씨한테 들었어."

　"예, 어제는 문제가 많았어요."

　"요새 젊은 사람들은 정말 무서워." 베아테는 호호 할머니라도 되는 듯이 말한다. "안 그래요, 여보?" 그러고는 옆에서 공구를 정리하고 있는 게르트에게 동의를 구한다. "정말 이해가 안 된다니까!"

"음." 게르트는 대답은 하는 둥 마는 둥, 펜치가 잘 작동하는지 점검하는 데 여념이 없다.

"우리 때는 안 그랬어." 커피를 가지러 부엌으로 들어가는 나를 쫓아오며 베아테가 말한다. "그때는 둘이 만나서 사랑하면 결혼을 했고, 그 다음엔 미우나 고우나 쭉 같이 살았어. 요새는 너무 자유로워져서 더 문제가 많은 거야."

"그럴 수도 있죠." 나는 짧게 대답한다. 지금 베아테와 이 주제에 대해서 토론하고 싶은 생각이 없다.

"나하고 게르트만 해도 그래. 우리라고 왜 고비가 없었겠어? 오래 같이 살다보면 당연히 문제가 생기지. 그래도 우리는 헤어진다거나 그런 생각은 안 했어. 같이 있는 게 너무 당연했으니까. 그리고 문제가 하나 생겼다고 해서 금방 포기하지 않았어. 서로 이해하기 위해서 노력을 했고, 이해시키려고 노력했지. 금방 다른 사람이 생기고 그러지 않았다고."

"베아테는 쉰네 살 아니었어요? 왜 아흔여섯 살 같은 소리를 해요? 베아테 나이의 사람들도 결혼한 사람 중 둘 중에 하나는 이혼했을걸요. 자기 결혼 생활이 원만하다고 해서 다른 사람들도 다 그래야 한다고 말하는 건 억지예요."

베아테가 놀라서 묻는다. "율리아, 나한테 화난 거 있어? 왜 그래?"

"아니요. 전 그냥 원만한 관계를 위해서 노력하지만 그게 안 되는 사람들도 있다는 말을 하는 것뿐이에요."

"그거야 그렇지." 베아테는 작게 중얼거리더니 화해를 청하는 듯 말한다. "안 그랬으면 우리 에이전시는 벌써 망했지."

"맞아요."

"그런데 카티야의 애인 얘기 들으니까 정말 할 말이 없더라고. 어떻게 그럴 수가 있어? 임신한 애인을 두고 연속으로 바람을 피운다는 게 말이 돼?"

"그러게 말이에요." 나는 한숨을 쉰다. "문제가 있죠."

"파울이 그런다고 생각해봐!"

"왜요?" 커피머신을 보고 있던 나는 놀라 베아테를 돌아본다.

"그냥 얼마나 끔찍할지 한번 상상을 해보라는 거지."

"파울한테는 그런 걱정 안 해도 돼요." 나는 자신 있게 대답한 뒤, 농담처럼 덧붙인다. "그리고 전 임신도 안 했는걸요."

"또 모르지." 베아테는 내게 한쪽 눈을 찡긋해 보이며 말한다. "그런 일은 눈 깜짝할 새에 일어나는 일이라……" 베아테는 곧 자기 자리로 돌아가고 나도 내 방으로 간다.

"좋은 아침!" 시몬이 인사를 건넨다.

"어? 오늘도 수리공들한테 쫓겨났어요?"

그는 한숨을 쉰다. "네. 빨리 좀 끝났으면 좋겠어요. 아침에 일찍 일어나느라고 바이오리듬이 엉망이 됐어요."

"안됐네요!" 나는 농담을 던진다. "그거 인권 침해 아니에요?"

"그러게요." 그는 능청을 떤다. "앰네스티 인터내셔널에 제보해야 할까 봐요."

우리는 소리내어 웃는다. 그러나 시몬은 곧 진지한 얼굴로 묻는다. "카티야는 잘 받아들였나요?"

"좋아하지는 않았죠. 하지만 진실을 알게 되어서 다행으로 생각하고 있어요."

"그래서 어떻게 할 거래요?"

나는 어깨를 으쓱한다. "뭘 어떻게 하겠어요? 그를 잊어버려야죠, 뭐."

"하지만." 시몬은 약간 흥분한 듯 대꾸한다. "그렇게 당하고만 있을 수는 없죠! 내 생각엔 한번 혼쭐을 내줘야 할 것 같은데. 그것도 아주 확실하게요!" 그는 공격적인 표정을 지으며 내 얼굴을 살핀다.

"이번 일에는 상당히 여성적인 입장을 취하시네요." 나는 다시 농담을 던진다. "복수는 우리 여자들의 전유물이 아니었나요?"

"잔소리하는 어머니와 못된 누이동생 사이에서 내가 그동안 얼마나 여성화됐는지 이제 알겠어요?" 시몬이 짓궂게 웃는다. "여하튼 그냥 넘어갈 일이 아니잖습니까?"

나는 잠시 생각에 잠긴다. "그런 것 같기도 해요. 어쨌든 나디야와 카티야, 그리고 그 전 여자까지 벌써 세 사람이나 엄청난 피해를 봤으니까요."

"그렇죠! 똘똘 뭉친 우먼파워를 한번 보여줘야지요!" 시몬이 외친다. "그리고 내게 좋은 생각이 있어요." 시몬은 원래 상당히 영악한 데가 있는 인물이다. 그런 그의 머릿속에서 나온 작전을 듣고 보니 과히 지능적이라 나는 손뼉을 치며 감탄한다. 그래, 바로 그거야!

"어쩜 그런 생각을!" 시몬의 재규어 뒷좌석에 앉은 카티야는 처음에는 너무 심하다는 듯 혀를 내둘렀지만 곧 감탄한다. "이런 계획이 있는데 미용실이 문제가 아니지. 그 멍청이가 어떤 표정을 지을지 정말 기대되네."

"나도 그래요." 시몬이 벙긋 웃으며 말한다. 아까부터 신나 죽겠다는 표정이다. 시몬 속에는 정말 악동이 하나 들어 있는 것이 아닐까? 하지만 나마저도 우리의 작전을 생각하면 키득거리게 된다. 오늘 점심시간에 파울에게 가기로 한 다짐을 지키지 못하게 되어 안타깝지만 그 대신 저녁에 일찍 가서 맛있는 요리를 준비할 생각이다. 그리고 숨겨둔 이야기를 다 풀어놓을 것이다. 더 이상 미루지는 않겠다!

십 분 뒤 방송국 앞에 도착하자 슈누켈이 문 앞에서 우리를 기다리고 있다. "안녕, 예쁜 누나." 그는 카티야의 옆자리에 올라타며 인사를 건넨다.

"안녕, 슈누키(*슈누켈의 애칭)!" 카티야가 장난스럽게 인사를 받는다. "준비는 다 됐어?"

슈누켈은 고개를 까딱하며 고갯짓으로 녹음기를 가리킨다. "충전 다 해 왔어요. 난 준비 완료예요."

"그럼, 어디 한번 가봅시다." 시몬은 이렇게 말하며 가속페달을 밟는다. 차는 끼익하는 소리와 함께 블랑케네제를 향해 질주한다.

카티야와 나는 차 안에 남아 시몬과 슈누켈이 먼저 라파엘의 집안으로 사라지는 것을 지켜본다. 카티야는 긴장이 많이 되는지 손톱을 물어뜯고 있다.

"저 두 사람이 과연 성공할까?"

"돈 있고 배경 든든한 사람 역할로는 시몬이 딱이지. 시몬의 말주변이면 라파엘도 금방 넘어갈 거야. 네가 말했잖아, 라파엘한테 방송국 커리어가 얼마나 중요한지. 거기다 라파엘의 허영심까지 생각하면, 걸려들고도 남아!"

삼십 분 뒤 시몬과 슈누켈이 다시 집 밖으로 나온다. 시몬은 즉시 손가락으로 승리 기호를 만들어 보인다. 카티야는 날카로운 외마디 소리를 지르더니 차에서 뛰어내려 두 사람을 껴안고 좋아한다. 그리고 모두 다시 차에 탄다.

"반응은 어땠어요?" 내가 묻는다.

시몬은 뒷좌석에서 앞으로 몸을 내밀며 대답한다.

"예언자의 말씀대로 자기가 알아서 다 불던걸요."

"웬 예언자요?" 슈누켈이 영문을 몰라 하며 묻는다.

"나 말이에요, 나." 시몬이 너털웃음을 짓는다.

나는 그에게 곱게 눈을 흘긴다. 역시 시몬은 삼가는 표현에는 약하다. 어쨌든 성공했으니 다행이다.

"녹음 잘됐는지 한번 들어볼래요?" 슈누켈은 재킷의 안주머니에서 녹음기를 꺼내며 말한다. "음질은 좀 멍멍하게 들릴 수도 있지만 내용은 다 알아들을 수 있을 거예요." 슈누켈이 녹음기를 켠다.

"안녕하세요, 카이저 씨? 저는 '라디오 베를린'의 인사과장 홀거 베른첸이라고 합니다." 녹음기에서 시몬의 목소리가 흘러나온다. "전화로 이미 인사드렸죠? 이쪽은 제 어시스턴트인 옌스 슈누켈입니다."

"어서 오세요." 라파엘 카이저의 목소리가 또렷하고 분명하게 들린다. "잘 오셨습니다. 들어오시죠."

곧 약간의 지직거리는 소리가 난다. 아마 슈누켈이 걷는 동안 마이크에 옷깃이 스쳐서 나는 소리인 모양이다.

"카이저 씨, 이미 전화로 말씀드렸듯이, 이번에 저희가 카이저 씨의 영입을 위해 내놓은 조건은 어느 모로 보나 최고 수준입니다. 저희 편집장에게는 제가 직접 조용히 만나 협상을 하겠다고 귀띔을 해두었습니다."

"그럼, 어디 한번 들어 보지요."

"'라디오 베를린'은 독일의 수도를 책임지는 록과 팝 위주의 방송입니다." 헤커가 연기하는 베른첸이 말한다.

"네, 저도 베를린에 가면 자주 듣습니다."

"청취율에서는 저희를 따라올 방송이 없지요. 그런데 '모닝'이 좀 시원치가 않아요. 그래서 전국의 모닝 쇼를 다 한번 들어봤지요. 그래서 추려낼 것은 추려내고 최종적으로 남은 결과가 바로 카이저 씨였습니다."

"그렇게 봐주시니 그저 감사할 따름입니다."

"카이저 씨는 '알파 라디오'의 등대 같은 존재라고 할 수 있습니다. 그리고 이렇게 말씀드려도 된다면 여기서 썩기는 아까운 인재라고 생각합니다."

카이저의 만족스러워하는 웃음소리가 들린다. 그래, 웃어라. 나는 속으로 칼을 갈며 생각한다. 아직 웃을 수 있을 때 실컷 웃어라.

"말도 마십시오. '알파 라디오'는 글러먹은 지 한참 됐어요. 어중이떠중이 다 마이크 앞에 앉히니까요. 왜들 그러는지 정말."

슈누켈의 "흠, 흠" 하는 소리가 나고 다시 헤커의 베른첸이 말한다.

"경영 문제인 경우가 많이 있죠. '알파 라디오'의 경영 문제에 대한 얘기도 심심찮게 들리더군요."

"소문으로 떠도는 건 빙산의 일각에 불과합니다. 지금 편집장은 완전히 꼴통이에요. 언제 라디오를 해봤어야죠? 신문 쪽에서 온 사람이 뭘 알겠어요? 그야말로 먹통이죠."

세 사람은 소리 높여 웃는다. 우리도 웃는다. 처음에는 내가, 그 다음에는 슈누켈이, 마지막으로 카티야도 푸푸 하는 웃음소리로 합세한다. 우리의 계획이 이렇게 착착 맞아주다니 신이 난다!

시몬은 웃지도 않고 태연하게 말한다. "아직 환호하기엔 일러요. 이제 2부 진행시켜야죠. 이번엔 여자들 차례예요. 준비됐어요?"

카티야가 고개를 까딱한다. 슈누켈의 녹음기는 내가 어깨에 멘다. 그리고 우리 둘은 차에서 내려 카이저의 집으로 향한다. 카티야가 문을 두드린 뒤 한참이 지나서야 라파엘이 모습을 나타낸다.

"자기! 아, 율리아도!" 라파엘은 놀라며 말한다. "무슨 일이야?"

"자는 걸 우리가 깨웠나보네." 카티야가 명랑하게 지껄인다.

"응. 방송 끝나고 삼십 분 전에야 도착했거든. 자려고 누워 있었어. 나 원래 이 시간에 자는 거 알잖아."

"깨워서 미안해. 그런데 아주 중요한 용건이 있어서."

"그래? 그럼, 들어와." 라파엘이 키스하려고 어깨에 손을 대려 하자 카티야는 본능적으로 그의 손길을 피한다. 나는 어색한 순간을 무마하려고 얼른 두 사람 사이로 끼어들며 라파엘에게 과장되게 상냥한 미소를 지어 보인다.

"저희가 깜짝 선물을 준비해 왔거든요."

"깜짝 선물요?" 라파엘은 무슨 영문인지 몰라 카티야를 바라볼 뿐이다.

나는 녹음기를 그의 얼굴 앞에 들이댄다. "새로운 방송 아이디어예요. 방송의 귀재이시니까 쓸 만한지 어떤지 들으면 금방 아실 거예요." 내가 설명한다.

"맞아. '라디오 한제'에서 하는 '바람기를 잡아라' 알지? 그거랑 비슷한 거야. 여자 진행자가 남자들한테 전화해서 데이트하자고 꼬드기는 거 있잖아. 남자들이 자기 애인한테 얼마나 충실한지 보려고 말이야."

"어, 그거. 재미있던데. 그거랑 비슷한 쇼를 생각해냈단 말이야?"

내가 고개를 끄덕인다. "그런데 우리가 생각한 건 연인관계가 아니라 업무관계에 관한 거예요. '싫다, 싫어, 상사가 싫어' 정도의 제목이면 어떨까 하는데."

"아하……" 라파엘의 이마에 주름이 잡힌다. "글쎄요. 솔직히 말하면 잘 상상이 안 되는데요."

"어머, 그래요? 그럴 줄 알고 우리가 미리 견본을 하나 만들어왔어요. 이걸 들으면 훨씬 상상이 잘 될 거예요."

우리는 식탁에 둘러앉는다. 그리고 내가 녹음기의 재생 버튼을 누른다. 시몬의 첫 몇 마디가 나오자 라파엘은 벌써 눈치를 채고 급히 멈춤 버튼을 누른다.

"이게 지금 뭐하자는 거야?" 그는 경직된 웃음을 지으며 말한다. "멀쩡한 아가씨들이 왜 이런 장난을 하는지 모르겠네. 심심해? 아니면 정말 이런 걸 라디오에 내보낼 수 있다고 생각하는 거야?"

"아, 그게 말이지." 카티야는 아주 순진한 척하며 앙증맞게 눈을 몇 번 깜빡인다. "어떤 반응이 나올지 실제 상황으로 실험을 한번 해본 것뿐이야."

"아, 그래……" 바쁘게 잔머리 돌아가는 것이 그의 얼굴에 훤히 다 드러난다. "실험을 하는 것도 좋지만, 전문가로서의 내 의견을 듣고 싶다면 그거 얼른 지우고 잊어버리는 것이 좋겠어."

"어머, 라파엘, 내 아이디어가 그렇게 마음에 안 들어? 너무해." 카티야가 삐친 척 아양을 떤다. "어떻게 생각하니, 율리아?"

나는 연극적으로 가슴에 손을 얹으며 말한다. "어머나, 라파엘이 이렇게 비협조적으로 나오다니 너무 가슴이 아프다, 얘. 우리가 비상 계획을 생각해냈기에 망정이지 어쩔 뻔했니?"

"비상 계획?" 그가 잔뜩 긴장해서 묻는다. 사실 그런 것은 없다. 그냥 한 말이다. 그러나 그는 이 말에 벌써 식은땀을 흘리고 있으니 예상했던 효과 이상이다.

"그래, 맞다. 지금 '알파 라디오'의 편집장한테 가서 이걸 들려주면 자기 스타 진행자가 자기에 대해 어떻게 생각하는지 알게 되겠지? 그럼 우리 아이디어가 얼마나 좋은지도 알 수 있을 거야."

"자기 미쳤어?" 라파엘은 눈에 띄게 당황하고 있다. "이게 나한테 무슨 영향을 끼칠지 몰라서 그래? 내 인생에서 가장 중요한 것을 망치고 싶어?"

"솔직히 말하면, 그래." 카티야는 여전히 생글생글 웃으며 해맑은 표정으로 말한다. "그러면 우리 둘 사이에는 더 이상 계산할 것이 없어질 거야. 왜냐하면 자기도 내 인생에서 가장 중요한 것을 망쳤거든. 사랑에 대한 믿음."

라파엘도 이제 짐작이 되는 모양이다.

"세상에…… 나디야를 만난 거야?"

카티야는 침묵한다.

"그럼, 베른첸이니, '베를린 라디오' 니 했던 것들이 다 처음부터 계획된 것이란 말이야? 날 망치려고?"

"맞아."

"하지만, 하지만…… 그럴 순 없어! 편집장이 이걸 들으면 나는 바로 해고야!"

"그러면 오히려 일이 훨씬 수월할 텐데." 내가 끼어든다. "그렇지 않으면, 이걸 들고 함부르크의 방송국을 죄다 찾아다녀야 하거든요. 당신 편집장이 소문에 못 이겨서 결국 당신을 해고할 때까지 말이에요." 나는 스스로도 놀란 척을 하며 카티야에게 말한다. "어머, 말하고 보니까 좋은 생각이다, 애. 그렇지? 아니면 어떤 멍청한 편집장이 아무것도 모르고 라파엘을 다시 고용할 수도 있잖아."

"그런 일은 절대 없어야지." 카티야는 크게 고개를 끄덕인다.

라파엘은 그새 송장처럼 허옇게 질려 있다. 이번엔 진짜인 것 같다. 꽤 슬픈 표정이다. 그에게는 카티야나 나디야보다 직업이 훨씬 중요한 모양이다. 이 인간에게 중요한 것은 오직 자기 자신뿐이었던 것이다.

"그렇게는 안 될걸!" 그는 마지막 저항에 나선다. "몰래 남의 대화를 녹음하는 건 불법이야!"

카티야는 그에게 경멸의 눈빛을 던진다. "나한테 그런 거 상관없어. 고발하고 싶으면 고발해, 이 사기꾼아. 천천히 생각해봐. 앞으로 시간 많을 테니까."

"카티야, 부탁이야. 그러지 마." 우는 소리를 해도 반응이 없자, 급기야 그는 매력남 모드로 바꿔 부드러운 목소리로 달래기 작전에 돌입한다. "설명할 기회를……"

"안 돼!" 카티야가 차갑게 잘라 말한다. "한 가지 방법이 있기는 해. '알파 라디오'가 이 테이프를 받지 못하게 할 단 한 가지 방법."

"뭔데?" 라파엘의 얼굴에 희망의 빛이 떠오른다. 나는 뜻밖의 말에 놀라 카티야를 응시한다. 시나리오에 없는 내용이기 때문이다.

"나디야에게 진실을 말해. 너 같은 사기꾼하고 같이 살고 싶은지 아닌지 스스로 결정할 수 있도록."

라파엘은 순간 몸을 움찔하지만, 곧 고개를 끄덕인다.

"난 수화는 잘 모르거든." 카티야가 성질을 버럭 낸다. "말로 해."

"나디야에게…… 진실을 말하지."

"그게 다야?"

나는 흠칫 놀란다. 지금 이 순간, 카티야는 복수의 여신으로 다시 태어난다!

"나디야가 나와 계속 살고 싶은지 스스로 결정할 수 있도록 진실을 말할게." 라파엘이 쉰 목소리로 카티야의 말을 반복한다.

"그 진실이 어떤 건데?" 카티야의 목소리가 싸늘하게 변한다. 만약 카티야의 손이 탁자 밑에서 덜덜 떨리는 것을 보지 못했더라면 나는 이 상황을 재미있다고 여길 수도 있었을 것이다.

"나……" 그의 호흡이 힘들게 느껴진다. "나디야가 나와 계속 살고 싶은지 스스로 결정할 수 있도록 진실을 말한다니까. 그리고 나…… 나 같은……" 그는 자기 모욕적인 말을 차마 입 밖에 내지 못한다.

"됐어. 생각해볼게." 카티야가 그를 고통에서 구원한다. "믿어도 돼. 난 거짓말 안 하니까."

그런 다음 우리 둘은 의자에서 일어나 그 자리를 뜬다. 한때 카티야가 반했던 그 빛나던 라파엘과는 어떤 공통점도 찾을 수 없는 초라한 라파엘만 남겨둔 채.

밖으로 나온 뒤 나는 카티야의 어깨를 토닥여준다. "정말 잘했어. 그리고 나디야 얘기는 참 좋은 생각이야. 테이프를 '알파 라디오'로 보내는 것보다 훨씬 좋은 생각이야. 아무리 아프더라도 나디야에게도 진실을 알 수 있는 기회가 주어져야 하니까."

카티야가 고개를 끄덕인다. 방금 전처럼 자신 있는 모습이 아니다. 기운이 다 빠져 초췌한 모습이다. "그래, 진실은 잔인한 거야. 하지만 더 잔인한 건 평생을…… 거짓 속에서 사는 걸 거야." 이렇게 말한 뒤 카티야는 울기 시작한다. 나는 카티야를 꼭 안아준다.

저녁이 되어 맛있는 음식을 먹으며, 힘들었지만 스릴 넘쳤던 오늘 하루에 대해 이야기할 생각으로 무거운 장바구니를 들고 집에 도착하니, 파울은 거실에서 맥주병을 앞에 놓고 심상치 않은 표정을 짓고 있다.

"파울! 무슨 일 있어?" 나는 놀라서 묻는다. 파울은 집에서 혼자 맥주를 마시는 일이 없다.

"응." 단음절의 대답이 돌아온다. "있어."

순간적으로 온몸의 피가 한 곳으로 몰리는 느낌이 들며 뭔가 중대한 사건이 터졌음을 직감한다.

그리고 실제로 중대한 사건이 터졌다. 그냥 중대한 사건이 아니다.

무지, 무지, 무지 중대한 사건이다.

파울은 탁자 위에 펼쳐져 있는 내 통장을 가리킨다. 마지막 줄에 이만 유로의 출금 기록이 찍혀 있다.

"도대체 어떻게 된 거야?"

32장

싸움이 났다. 큰 싸움이다.

"돈을 거저 줬다고? 이만 유로를? 정신이 나간 거 아냐?"

내가 바들바들 떨리는 신경을 그러모아 최대한 객관적이고 침착하게 돈의 출처와 행방에 대해 설명하는 동안 파울은 내 앞에 앉아 기가 막힌다는 표정을 짓고 있다.

"투자한 거라니까." 나는 당당하게 말한다. "미래를 위한 준비야."

"허!" 파울이 외친다. "미래에 쪽박 찰 준비?"

"뭐? 하긴 자기가 언제 '작은 위로'를 제대로 된 회사로 인정한 적이나 있었어?"

"그거하곤 상관없는 얘기야. 그리고 내가 자기 회사를 인정 안 했으면 그 왕짜증 헤커하고 맥주 마시러 가란다고 순순히 갔겠어? 그 날 정말 장난 아니었거든. 그리고 지금 내가 하려는 말은 왜 나 모르게 투자를 하느냐 이거야."

"내 돈이니까." 나는 한 발자국도 물러서지 않는다. "그런데 왜 가만히 있는 남의 통장은 뒤지고 난리야?"

"아, 미안!" 냉소적인 대답이 돌아온다. "서랍 정리하다 보니까 눈에 띄던걸. 몇 달째 여기저기 던져놓기만 하고 청소할 생각도 안 하기에 집안 청소 좀 하다가 우연히 발견한 거야."

"아, 그래?" 나 또한 냉소적으로 받아친다. "그래서 손에 잡힌 김에 한

번 들여다봤다?"

"우리가 언제부터 그렇게 서로 비밀 따지는 사이였어?" 파울도 그냥 당하고만은 있지 않는다. "난 그냥 우리 부모님이 주실 돈하고 합쳐서 결혼 자금이 실제로 얼마나 되는지 보려고 한 것뿐이야. 자기는 더 이상 결혼식에 관심도 없는데 나 혼자 생뚱맞은 짓을 하고 다녀서 미안하게 됐어."

"누가 관심 없대?" 나는 거세게 반박한다.

"그렇게 관심이 많아서 결혼자금을 몽땅 그 멍청이 헤커한테 줬어?"

"출자한 거라고 얘기했잖아! 그리고 아직 칠천 유로는 남아 있어."

"고작 그걸로 환상의 결혼식을 치를 수 있겠어?"

"항상 조금 소박하게 해도 된다고 말한 사람은 자기였어. 그리고 만약 안 되면 정말 간소하게 해야지, 뭐."

"내 의견도 물어봐줘서 고마워." 파울은 나와 팽팽히 맞선다. "그런 줄도 모르고 나는 장소 알아보러 다닌다고 그 난리를 쳤으니. 어디 그뿐이야, 음악가에, 음식 코스 선택에, 꽃 장식에……"

"허!" 내가 크게 소리를 지르자 그 기세에 놀라 파울이 몸을 움찔한다. 나는 매섭게 그를 노려본다. "기가 막혀! 고작 며칠 알아본 것 가지고 지금 유세하는 거야? 이제까지 자기가 나 몰라라 하는 동안 몇 년째 나 혼자 해오던 일이야!"

"그래, 자기가 하도 즐거워하는 것 같아서 그냥 내버려뒀어. 어차피 다른 데는 관심도 없었잖아. 하지만 난 결혼 자금을 맘대로 써버리는 그런 무책임한 짓은 안 해!"

파울이 마치 남처럼 느껴진다. 이렇게 나를 매도하는 사람이 내 남자친구일 리가 없다. 내가 다른 데는 관심도 없었다고? 이제까지 나를 그런 여자로 봤단 말인가! 분노와 허탈감으로 온몸의 피가 거꾸로 흐르는 것만 같다.

진정해, 율리아. 나는 힘겹게 스스로를 진정시킨다. 파울은 지금 흥분해 있어. 나도 마찬가지야. 그리고 이 모든 것은 알고 보면 오해야. 로젠붐 부부를 생각해봐!

"이런 식으로 알게 돼서 나도 미안하게 생각하고 있어. 오래 전부터 말할 생각이었어. 그런데 생각처럼 되지가 않았어."

이제 파울은 아주 슬픈 표정이 된다. "옛날 같았으면 결정하기 전에 내게 얘기했을 거야." 그리고 다음 순간, 그의 슬픔은 분노로 바뀐다. "이제 중요한 결정은 다 시몬 헤커랑 하는 모양이지?"

또 그 얘기! "말도 안 되는 소리 좀 하지 마." 내가 버럭 화를 낸다. "시몬과는 상관없어. 이건 단지 내 삶에 관한 거야."

"그래, 말 한번 잘했어. 자기 삶, 자기 에어전시, 자기 돈이 중요하지. 우리 삶, 우리 결혼식은 중요하지 않지? 가만 보면 자기는 이제 결혼을 원하는 것 같지도 않아!"

"당연히 원해, 하지만 에이전시가……"

"그래, 에이전시, 에이전시, 에이전시! 몇 달째 그놈의 에이전시 얘기만 들었더니 아주 지겨워!"

파울은 이제 소리를 지르기 시작한다. "얼굴 볼 시간도 없고, 겨우 얼굴 마주하고 앉으면 한다는 소리가 허구한 날 에이전시 얘기야! 자기가 얼마나 변했는지 알고는 있어? 하긴 지금 이십 분 동안 그 망할 놈의 휴대전화 안 울린 것만 해도 고맙게 생각해야지. 누가 전화해서 다리에서 뛰어내리겠다고 하면 또 쪼르르 달려가야 할 것 아니야!"

"그럼 그 사람이 다리에서 떨어지게 놔뒀으면 좋겠어?" 나는 내 직업을 변호한다. "파울, 내가 하는 일은 의미 있는 일이야. 그리고 아직은 퇴근 후에도 전화기를 끄면 안 되는 단계야. 시작 단계에서는 어쩔 수 없어. 그리고……"

"그 단계가 얼마나 걸리는데? 반 년? 일 년? 삼 년? 내가 그렇게 사랑하던 율리아, 우리의 삶이 소중하던 옛날의 율리아는 대체 어디로 간 거야?"

"그 율리아 여기, 자기 앞에 있어! 그리고 우리의 삶, 나한테 아직도 소중해! 단지……" 나는 머릿속에서 적당한 말을 찾아 헤맨다. "파울, 자기는 나한테 중요한 사람이야. 그 무엇보다도 중요해. 하지만 그렇다고 해서 나한테 중요한 다른 것들을 다 포기해야 되는 거야?"

"그래, 자기가 죽고 못 사는 그 시몬 말이지!" 그는 자리에서 일어나 서성거리기 시작한다. "헤커 그 자식 순전히 허풍쟁이에 떠버리야. 사기꾼 근성이 농후하다고." 그는 잠시 말을 멈추고 내 앞에 서서 나를 뚫어지게 바라본다. "자기가 왜 그 자식을 그렇게 위하는지 이해가 안 돼."

"파울!" 나는 자리에서 일어나 그를 안으려고 한다. 그러나 그는 내 손을 뿌리친다. "정말 문제는 돈이 아닌 거지? 자기는 시몬을 죽도록 질투하고 있어."

"그러지 말아야 할 이유라도 있어?"

"파울." 나는 부드러운 음성으로 말한다. "자기가 시몬을 별로 좋아하지 않는다는 건 알고 있었어. 약간의 질투를 느낀다는 것도. 하지만 시몬을 이렇게까지 싫어하는 줄은 정말 미처 몰랐어." 나는 다시 그를 향해 손을 뻗는다. 이번에는 못 이기는 척 내게 손을 맡긴다. "나도 그래." 이렇게 말하는 파울은 마치 잔뜩 삐친 아이 같다. 나는 그를 다시 소파에 앉힌다. 그리고 그의 손을 잡는다.

"자기야." 나는 차분한 목소리로 말을 시작한다. "그 돈을 투자한 건 에이전시를 살리기 위해서였어. 시몬은 파산 직전이었고, 회사를 포기하려고 했어. 그럼 나도, 베아테도 직장을 잃었을 거야. 시몬 개인과는 정말 상관없어." 나는 그의 뺨을 부드럽게 쓰다듬는다. "나라고 그 사람이, 자기가 말했듯이, 허풍쟁이인 줄 모를까봐?"

"사기꾼, 떠버리도 빼먹지 마." 파울은 여전히 툴툴거린다. 그러나 이제 어느 정도 진정이 된 듯하다. 그는 한숨을 내쉰다. "문제는 자기가 그 자식하고 보내는 시간이 너무 많다는 거야. 거기다 이제 결혼식에는 더 이상 관심도 보이지 않으니까 난 당연히 그런 생각을 하게 되는 거라고. 게다가……" 그는 여기서 잠시 말을 끊는다. "게다가 그 자식 생긴 것도 기생오라비처럼 잘생겼잖아."

"나한테는 아니야!" 거짓말인 줄 알면서도 나는 반박한다. 파울 말이 맞다. 시몬은 꽤 매력적인 외모의 소유자다. 상당한 허풍쟁이인 것도 사실이지만, 허풍만 센 것이 아니라…… 내가 알 게 뭐람. 마음이 천사 같다고는 할 수 없지만, 호감을 갖게 하는 뭔가가 있다. 물론 이 말을 지금 파울에게 할 수는 없다.

"하지만 자기가 많이 변한 것도 사실이야." 파울이 다시 말을 시작한다. "마치 딴 사람 같아. 뭐랄까……" 파울은 적당한 말을 고른다.

"당당해졌다고?" 내가 말한다. "몇 달 전에는 꿈도 못 꾸었던 일을 이제는 행동으로 옮기고 있으니 달라졌다면 달라졌다고도 할 수 있지."

"몇 달 전에는 꿈도 달랐어."

"결혼식 얘기하는 거라면 그 꿈은 여전해."

"정말?" 파울은 두려움이 담긴 눈으로 묻는다.

"정말." 나는 마음 속으로 이 말이 충분히 설득력 있게 들렸기를 바란다. 파울과 나 모두에게. 왜냐하면 사실…… 지금 내게는 다른 일이 더 중요하기 때문이다. 그리고 내가 결혼해야 할…… 아니 결혼하고 싶은 남자가 왜 내가 당당해진 것을 가지고 이렇게 힘들어 하는지에 대해서는 일단 생각하지 않기로 한다.

"무슨 대책이 있기는 한 거야?" 파울이 묻는다. "슬슬 예약도 하고 선불도 지급해야 할 텐데. 지금 내가 가진 돈으로는 턱없이 부족해. 내 저축은 다 묶여 있잖아. 자기한테 남아 있는 칠천 유로로도 우리가 생각하는 결혼식은 못해."

"뭐 어때?" 나도 모르는 사이에 튀어나온 말이다.

"거봐." 파울이 다시 슬픈 표정을 짓는다. "자기는 너무 변했어. 옛날 율리아 같았으면 크게 실망했을 거야."

"기뻐해야 할 일이야. 지금 율리아는 자기처럼 현실적으로 변했거든."

"그게 무슨 말이야?"

"이러면 어떨까? 한번 들어봐. 결혼은 예정대로 팔월 초에 하는 거야.

무슨 일이 있어도 그건 미루면 안 돼! 하지만 일단 조촐하게 시청 혼인식만 하고. 그리고 축하연은 내년에 크게 한 판 벌이는 거지."

파울은 잠시 충격을 받은 듯 보인다. "결혼식을 미루겠다고?" 그러더니 허탈하게 자기 말을 되풀이한다. "자기는 진심으로 결혼식을 미루고 싶은 거야!'

"큰 축하연만 미루는 거야." 나는 파울을 안심시키려고 노력한다. "결혼은 올해 하는 거라니까." 그래도 파울의 얼굴에서 회의적인 표정이 떠나지 않자, 나는 다른 식으로 설명을 시도한다. "옛날의 율리아는 모든 걸 한꺼번에만 하려고 했어. 그런데 지금의 율리아는 현실적으로 생각할 줄 알게 됐어. 하지만 옛날이나 지금이나 율리아가 원하는 건 똑같아. 자기랑 결혼하는 거!'

파울은 한참동안 말이 없다. 그러다가 팔을 뻗어 내 어깨를 감싸더니 그 팔에 힘을 주어 나를 꼭 안는다. "좋아." 그가 말한다. "지금의 율리아를 이해하려고 노력해볼게. 그리고 자기 말대로 하자. 팔월에는 시청 혼인식, 큰 축하연은 내년."

"고마워, 자기야!' 나는 그에게 아주 부드러운 키스를 한다. 그리고 생각한다. 지금 내가 왜 고마워해야 하는 거지?

세 시간 뒤. 파울은 내 옆에서 평화롭게 잠들어 있는데, 나는 도무지 잠이 안 온다. 무수히 많은 생각들이 머릿속을 뚫고 지나간다. 나쁜 생각들. 파울. 축하연만이지만 일단은 연기된 결혼식. 에이전시. 시몬. 갑자기 가슴이 답답해진다. 최근 일어난 일들이 선명한 그림이 되어 머릿속에 떠다닌다.

그렇다. 나는 에이전시 일을 좋아한다. 보람도 있고, 독립적으로 회사를 꾸려나가는 것이 즐겁다.

그렇다. 나는 시몬에게 돈을 주었다. 이 돈을 잃는 일은 없을 것이다. 그런데, 마음 한 구석 그늘진 곳에 뭔가 숨겨져 있다. 내가 그 존재조차 부정하려 했던 어떤 것.

그렇다. 나는 시몬과 함께 있으면 기분이 좋아진다. 사사건건 티격태격 하는 것도 좋고 핑퐁처럼 농담 받아치는 것도 재미있다. 심지어 그가 정말 왕재수인지 아니면 내가…… 마음에 담아도 될 고운 사람인지를 몰라 헤매는 느낌까지도 좋다. 언제가 마지막이었는지 기억도 나지 않는 이 흥분은 시몬과 함께 다시 내 인생에 찾아왔다. 그와 함께 있으면 다른 사람이 되는 것 같다. 활기가 느껴지고, 심장이 팔딱팔딱 뛰는 것 같고…… 그 냥 좋다.

그렇다. 파울과의 삶은 완벽하다. 그는 내가 원하는 모든 조건을 갖추고 있다. 그러나 가끔은 2% 부족하다는 느낌이 든다. 아주 약간의 특별한 느낌. 이 느낌을 나는 에이전시에서, 그리고 시몬에게서 찾는다.

난 파울을 사랑해. 나는 스스로에게 말한다. 어디 가도 파울 같은 완벽한 남자는 찾을 수 없어. 잠을 이루지 못하고 이리 뒤척 저리 뒤척 하다가 생각을 성탄전야로 돌리려고 해본다. 파울이 선물한 노트를 떠올린다. 파울의 사랑고백이 마치 보드라운 담요처럼 얼마나 따스하게 나를 감쌌는지 기억해낸다. 그러나 다음 순간, 크리스마스 파티의 희미한 기억이 되살아난다. 담배 자판기가 있는 좁은 복도. 나를 보고 미소 짓는 시몬……

나는 이 기억의 파편을 떨쳐버리려고 애쓴다. 좋아, 시몬과의 연애감정을 즐길 수는 있다. 불장난 같은 것이다. 누구에게나 일어날 수 있는 일이다. 특히 결혼을 앞두고 있는 사람에게는. 결혼은 인생의 큰 변화이니까 말이다. 게다가 해고와 새로운 도전 등 갑자기 한꺼번에 너무 많은 일이 일어나서 제정신이 아니었다. 큰일은 아니다. 뭐, 조금 사랑에 빠졌다고 할 수도 있다. 마치 연예인을 선망하듯이. 그러나 파울과 내가 함께 한 시간은 그런 연애감정과는 비교도 할 수 없는 큰 것이다! 신뢰와 믿음, 그리고 우리를 연결해주는……

"난 파울을 사랑해." 나는 스스로에게 조용히 속삭인다. "그리고 파울은 나를 사랑해. 이것만이 중요해."

다음날 아침, 아주 오랜만에 회사에 가기가 싫다. 아프다고 하고 가지 말까 하는 생각을 잠시 한다.

파울은 아침에 아주 달콤한 작별인사와 함께 출근했다. 내 얼굴 전체에 뽀뽀를 퍼부었고, 올 여름에 결혼하고 내년에 멋진 축하연을 할 생각에 얼마나 기쁜지에 대해 백 번도 넘게 얘기했다. 심지어 우리는 아침 일찍 아주 부드러운 섹스를 나누기까지 했다. 한 이 년 만이었을 것이다. 아침에는 항상 바빠서 시간이 없었다. 섹스는 아주 좋았다.

그러나 내 기분은 별로 좋지 않다. 열 시 조금 넘어 사무실에 도착한다. 잠을 못 자서 너무 피곤하다. 이제 겨우 출근했지만 어서 오늘이 지나가기를 바라는 마음뿐이다.

"좋은 아침!" 시몬이 활짝 웃으며 인사한다.

"베아테랑 게르트는 어디 갔어요?" 나는 주위를 둘러본다.

"게르트는 삼층에 보일러가 고장 나서 갔고, 베아테는 나 온 뒤에 잠깐 나갔어요. 우체국에 간 것 같아요."

"아, 그래요." 나는 시큰둥하게 대꾸한다.

"아, 참, 카티야가 전화했어요. 라파엘한테서 전화가 왔다는군요."

"정말이요? 용감하기도 하지. 뭐라고요?"

"안 믿을걸요. 나디야와 헤어지고 나면 다시 만날 생각이 있는지 묻더래요."

"말도 안 돼!" 내가 외친다.

"진짜예요. 정말 그렇게 말했답니다."

"그래서 카티야는 뭐라고 했대요?" 내가 묻는다.

"아무 말 없이 그냥 끊었다던데."

"잘했네. 또 전화하더라도 마음이 흔들리면 안 되는데."

"안 그럴 겁니다. 잘하고 있는 것 같아요." 시몬이 걱정 없다는 투로 말한다. "정말 드라마 같지 않습니까? 한 몇 년 지나면 우리 에이전시 이름으로 책도 한 권 낼 수 있겠어요. 사랑, 이별, 그리고 질투······"

"흠." 나는 이 말에는 별 대꾸를 하지 않는다. 이 세 단어를 들으니 기분이 이상해지면서 어제 저녁과 밤의 일이 떠오른 것이다.

"그러고 보니 좋은 생각인 것 같은데." 시몬은 혼자 상상의 나래를 펴기 시작한다. "잘 팔릴 것 같지 않아요? 어차피 익명이니까 이야기 몇 개는 좀 재미있게 꾸미고, 뺄 건 빼고 하면 괜찮을 것 같지요?"

"흠." 나는 이메일 체크하는 데 집중하려고 노력한다.

"농담이 아니라, 정말 좋은 생각입니다!" 시몬은 자신의 아이디어에 감탄해 마지않는다. "꿩 먹고 알 먹는 격이잖아요. 책이 팔리면 돈을 벌어서 좋고, 또 동시에 에이전시 선전이 돼서 좋고. 안 그래요? 이거야말로 고전적인 윈-윈 상황이지요. 안 그래요?"

"흠."

"율리아?"

나는 모니터에서 눈을 떼고 시몬을 쳐다본다. "네?"

"오늘 왜 그래요?"

"내가 뭘요?"

"자신도 모르는데 내가 알겠어요? 계속 흠흠거리기만 하고, '흠흠병'에라도 걸렸습니까?" 시몬은 빙그레 웃는다. 나도 덩달아 미소를 짓는다.

"아무 일도 없어요. 그냥 잠을 못 자서 피곤해서 그래요."

"나한테 얘기해 봐요."

"무슨 얘기요? 잠 못 잔 얘기요?"

"아니요. 왜 잠을 못 잤는지 그 이유요."

"별 이유 없어요."

"아, 율리아······" 시몬은 내 책상으로 건너와 책상 앞의 의자에 앉는다. "우리가 함께 일한 지도 이제 꽤 됐어요. 이제 나도 당신을 웬만큼 안다고 자신하는데, 오늘은 뭔가 심상치 않아요. 우리가 항상 마음이 맞는 건 아니었어요. 하지만 나도 알고 보면 착한 남자라니까요. 내가 도울 수 있는 일이 있으면 돕고 싶어요."

그리고 결국 나는 시몬에게 다 말한다.

왜? 나는 왜 파울과 싸운 이야기를 시몬에게 하는 것일까? 세상 모두에게 다 말해도 시몬에게는 말하지 말아야 하는 것 아닌가? 그러나 내 입에서는 말이 콸콸 잘도 쏟아져 나온다. 돈이 없어진 사실을 파울이 스스로 알아냈다는 것, 파울이 엄청나게 화를 냈다는 것, 큰 축하연을 일단 미루기로 했다는 것, 거기다 파울이 시몬을 질투한다는 말까지 다 했다.

파울의 질투에 다 이유가 있다는 말은 물론 하지 않았다.

"질투를 한다고요?" 내가 말을 마치자 시몬이 의아해하며 반문한다. 나는 고개를 끄덕인다.

"당신이 나한테 반해서 수작을 걸고 있다고 생각하는 것 같아요."

"뭐요?" 시몬은 큰 소리로 웃으며 기가 막힌 듯 무릎을 탁 친다. "별 소리를 다 듣겠네! 어쩌다 그런 생각을 하게 된 거예요?"

"우리가 함께 보내는 시간이 많잖아요." 이렇게 말하며 나는 시몬이 파울의 질투를 별 소리로 생각한다는 사실에 이내 자존심이 상한다. 그러나 지금 중요한 것은 내 자존심이 아니라 파울과 나의 관계다.

"흠, 그렇군요. 나 때문에 둘 사이가 좋지 않다니 미안하게 됐네요."

"내가 그렇게 밖으로 도는 데 익숙하지 않아서 그래요. 피델리아에서 경리로 일할 때는 오후 다섯 시면 어김없이 집에 왔고, 함께 지내는 시간도 많았거든요. 지금은 그러질 못하니까 적응이 잘 안 되는 모양이에요."

시몬은 킥킥 웃는다. "미안해요." 웃을 상황이 아니라는 것을 깨달았는지 시몬은 바로 웃음을 거둔다. "지난번에 율리아가 한 말이 갑자기 생각나서요."

"내가 뭐라고 했는데요?"

"자세히는 기억 안 나는데, 여자가 밖에서 성공하는 것 때문에 고민하는 남자는 구식에, 가부장적인 사고방식을 가진 남자다, 뭐 그런 얘기였어요. 그러면서 파울은 완전히 반대라고 말했는데요."

"네, 생각나요." 나도 살짝 웃음이 나온다. "대부분의 경우엔 사실이기도 해요. 그리고 파울한테 문제가 되는 건 회사라기보단 당신 쪽이고요."

"개인적으로는 영광이지만, 그렇다고 해서 문제가 쉬워지는 것은 아니군요."

나는 고개를 주억거린다. "네, 어려운 문제예요. 이제 결혼하고 나면 괜찮아지겠죠, 뭐. 자기 사람이 됐다고 생각하면 질투할 일도 없을 테니까요. 그리고 한밤중까지 에이전시에 앉아 있는 일을 자제하고, 파울과 보내는 시간을 늘려야겠어요. 이 말은 곧, 그 비싼 '위로 디럭스 패키지' 팔기 좋아하는 그 사람도." 여기서 나는 공중에 손가락으로 동그라미를 그린 후, 시몬을 가리킨다. "이제부터는 집에서도 휴대전화 켜놓고 실연의 늪에 빠진 우리 고객들을 위해 이십사 시간 대기해야 한다는 뜻이에요."

시몬은 어쩔 수 없다는 듯 미소를 짓는다. "워크 라이프 밸런스가 필요하다 이거죠! 예, 예, 그럽시다. 나처럼 효율적인 업무능력을 타고난 사람한테는 그까짓 거 문제도 아니죠."

"아마 희생정신도 타고나셨나 봐요." 눈으론 이미 웃고 있으면서도 나는 비꼬는 말을 한다. "그리고 그 정도의 효율적 업무능력이면 연애 활동에도 지장은 없겠네요. 그쪽 워크 라이프 밸런스도 깨지면 안 되니까요."

"말이야 쉽죠. 요즘 여자들이 얼마나 바라는 게 많은데요! 어쨌든 내 걱정은 말아요. 난 여자들한테는 어떻게든 성공하니까요."

"뭐, 그렇다면 다행이고요! 자, 그럼 이제 헤어지고 싶어서 안달난 우리 고객들에게 관심을 돌려 볼까요!"

이 말로 일단락을 지으며 나는 속으로 생각한다. 시몬이 말하는 '성공'이란 구체적으로 무엇을 뜻하는 것일까?

33장

난 정말 되도록 많은 시간을 파울과 함께 보낼 생각이었다. 그러나 유니버스는 나의 이 소망만큼은 들어주지 않을 작정인가 보다. 지난 한 달 동안 에이전시에 주문이 끊일 날이 없었기 때문에 이제는 길을 가다 커플들이 눈에 띄면 이상하기까지 하다. 느낌 같아서는 함부르크의 모든 커플들이 다 헤어졌어야 하기 때문이다. 그동안 우리에게는 '작은 위로'의 서비스를 세 번이나 이용한 단골까지 생겼다. 사람들은 다행히 끊임없이 새로운 사람을 찾아내 커플을 이룬다. 즉, 우리 회사에 손님이 끊길 걱정은 없다.

예를 들면 카티야가 좋은 예다. 한 달 전까지만 해도 '세상에서 가장 지독한 사기꾼' 라파엘 카이저 때문에 눈물로 지내던 카티야에게 새로운 상대가 나타났다. 사실 아주 새로운 상대라고 하기에는 좀 오래됐다고 해야 하나……

"예, 대타가 바로 나타나지 않아서 나 혼자 방송을 진행했다니까요. 기분 정말 짱이었어요!" 내 제일 친한 친구의 새로운 상대가 된 남자는 지금 내게 이렇게 말하며 환하게 웃고 있다.

슈누켈과 카티야가 애인 사이가 되다니 정말 믿어지지 않는다. 그러나 지금 카티야와 슈누켈은 엄연한 커플로서 우리 커플과 함께 이탈리아 식당에 앉아 카티야의 표현대로 하자면 '즐거운 커플 모임'을 갖고 있다. 슈누켈은 막 '라디오 한제'에서 일어난 최근 소식을 전하고 있다. 눈을 반짝이며 이야기에 열중인 슈누켈과 자랑스럽게 그의 손을 잡고 있는 카티야의 모습은 귀여운 바퀴벌레 한 쌍을 연상시킨다. 세상에 이런 짝이 또 있을까! 스물세 살짜리 라디오 실습생과 내 제일 친한 친구가 연상연하 커플! 사실 여섯 살 차이가 무슨 대수겠는가. 슈누켈이 여섯 살 위라면 말이다. 그러나 내가 카티야에게 슈누켈이, 아니 엄연히 옌스라는 이름이 있으니까 더 이상 슈누켈이라고 부르지 말란다, 그래 옌스가 아주 조금…… '어리지 않느냐'고 묻자, 카티야는 너는 중세에 태어났느냐, 젊은 애가 생각이 왜 그렇게 보수적이냐며 타박을 주면서 하는 말이 슈누켈이, 아니 옌스가! 웬만한 삼십대 중반의 남자보다 훨씬 낫다는 것이었다. 사실 이 총각의 낯이 두껍다는 것은 인정해주어야 한다. 카티야처럼 쉽게 접근하기 힘든 파워우먼에게 스스럼없이 전화를 걸어 저녁식사에 초대하는 일은 그 나이의 젊은이들에게는 쉬운 일이 아니다. 어쨌든 그는 그 어려운 일을 해냈고, 우리는 이렇게 '커플 모임'에 함께 앉아 있다.

"다음번엔 옌스가 자기 방송을 맡을 거래." 카티야는 자랑스럽게 발표하듯이 말한 뒤, 상체를 숙여 그의 뺨에 쪽 소리가 나게 키스한다. "정말 대단하지 않니?"

"어머, 잘됐네." 내가 이렇게 맞장구를 치자, 파울도 옆에서 크게 고개를 끄덕인다.

"벌써 상설 코너도 하나 생각해놨어요. 어떤지 한번 들어봐요." 슈누키-옌스는 나를 향해 말한다.

"뭔데요?"

"미니 위로 타임." 그가 설명한다. "청취자들이 내 방송에 전화를 해서 자기 파트너에게 헤어지고 싶다고 말하는 거예요. 라디오 생방송으로요. 어때요, 죽이죠?"

"어, 글쎄요……" 이 녀석이 우리 사업 모델을 날로 먹으려고 드네?

"아니, 진짜 대박이라니까요. 우리 보스도 아주 좋다고 했어요." 그는 신나서 지껄인다. "말하자면 안티 데이트 쇼 같은 건데요. 물론 '작은 위

로' 이름이 늘 협찬으로 나갈 거예요. 광고 한번 확실하게 때리는 거죠!'

"시몬이 어떻게 생각할지 모르니 한번 상의해봐야겠네요."

"당연히 오케이지." 카티야가 끼어든다. "시몬이 공짜 광고를 싫다고 하겠니? 그리고 너도 이제 동업자잖아. 그럼 스스로 결정할 수 있는 거 아니야?"

"맞아. 하지만……"

"미안한데." 파울이 끼어든다. "저녁 내내 또 에이전시 얘기만 할 건 아니지?"

"아니야, 아니야." 나는 반색을 하며 말한다. 파울이 내 일에 관해서 어느 정도 너그러워진 것은 사실이지만, 그렇다고 아주 관대해진 것은 아니기 때문이다.

"그래요, 결혼식 얘기나 해봐요." 카티야가 말머리를 돌린다. "정확히 언제라고 했지요?"

"사실 나도 몰라요." 파울이 말한다. "율리아가 서류 준비해서 나랑 같이 시청에 갈 시간이 언제 날지 모르기 때문에 정확히 언제라고 말을 못하겠네요." 표적은 물론 나다.

"다음 주엔 갈 수 있을 거야." 나는 이렇게 말하며 파울의 손을 잡는다.

"두고 봐야지. 그 말을 한두 번 들은 게 아니기 때문에."

"그동안 에이전시에 일이……" 또 일 얘기가 나오자 나는 얼른 입을 다문다. "다음 주에는 꼭 가자."

"그러든가." 파울은 어차피 믿지 않는다는 듯 시큰둥하게 대답한다. 모두 말이 없다. 돌연 분위기가 썰렁해진다.

"그런데 반응이 무지 좋더라고요." 슈누키가 다시 말을 꺼낸다. "내 생각엔 내 진행이 청취자들에게 잘 먹히는 것 같아요."

"그럼, 잘 먹히는 정도가 아니지." 카티야가 옆에서 장단을 맞추며, 깨물어주고 싶다는 듯 슈누키를 바라본다. "말하는 게 정말 프로 같았다니까. 정말 짱이었어."

카티야 커플과의 저녁은 별 재미없이 민숭민숭하게 끝났다.

열 시쯤 집에 돌아와 나는 파울에게 함께 영화라도 보자고 제안한다.

"편안하게 소파에 앉아서 영화 보면서 토요일 밤을 보내는 게 어때? 생각 있어? 팝콘은 내가 만들게."

"보통 때라면 생각이 있었겠지만 오늘은 아니야. 지금 급히 좀 나갔다 와야 하거든."

"나가다니?" 내가 의아해하며 묻는다. "이 시간에 어딜?"

"법원에 좀 다녀와야 돼. 내일 필요한 서류를 두고 왔어."

"내일은 일요일이야!"

"일요일이라도 해야 할 일은 해야지. 요새 일이 엄청 많거든."

"그럼, 내일 가지러 가도 되는 거 아냐?" 내가 말한다.

"아니야. 그냥 지금 가져올래." 내가 뭐라고 더 말할 틈도 없이 그는 황급히 키스 인사를 한 뒤 "금방 올게."라는 말과 함께 집을 나선다.

혼자 남겨진 나는 황당함을 감추지 못한다. 파울의 저런 모습은 한 번도 본 적이 없다! 내가 항상 바빴던 것에 대한 복수라도 하는 건가? 하지만 내가 아는 파울은 그런 성격이 아니다. 쫀쫀하게 하나하나 기억했다가 되갚아주는 그런 유형이 아니다.

나는 바람 빠진 풍선처럼 한숨을 내쉬며 소파 위로 풀썩 몸을 쓰러뜨린다. 그리고 텔레비전을 켠다. 파울이 그렇게 쫀쫀하게 굴겠다면 나 혼자라도 편안한 토요일 밤을 즐길 수밖에.

등허리가 아파 잠에서 깨보니 새벽 한 시다. 소파 위에서 잠이 든 모양이다. 텔레비전에서는 어느 퀴즈쇼의 재방송을 하고 있다. 이상하게 여기며 침실로 간다. 왜 파울은 날 깨우지 않은 거지?

파울이 아직 오지 않았기 때문이다. 텅 비어 있는 침대를 발견하자 나의 의문은 더욱 커진다. 법원에서 밤을 새려는 것일까? 어디에 있는지 보려고 휴대전화로 전화를 건다. 음성녹음으로 연결된다. 사무실로 전화를 걸어본다. 아무도 받지 않는다. 그렇다면 사무실에는 없다는 얘기다. 흠. 뭔가 대단히 수상한걸. 우연히 동료 직원을 만나서 술집에 간 걸까? 그랬다면 전화를 하거나 메시지를 남기거나 했을 텐데.

경찰에 신고를 해야 하는지, 아니면 내가 과민반응인 것인지 갈피를 잡지 못하고 있을 때 문에서 열쇠 돌리는 소리가 난다.

"파울!" 나는 약간 격앙된 톤으로 외치며 복도로 달려 나간다. 그는 막 재킷을 벗어 옷걸이에 걸고 있다. "이렇게 오랫동안 어디에 있었던 거야? 걱정했잖아!"

"아, 미안. 길에서 우연히 직원을 만나서 얘기하다 보니까 늦어졌어. 전화하는 걸 깜빡했어. 그리고 어차피 자고 있을 것 같아서."

"누구 만났는데?" 뭔가 수상쩍은 느낌에 나는 꼬치꼬치 캐묻는다. 이미 말했지만, 정말 이런 일은 처음이다.

"자기는 몰라." 그는 손사래를 치며 아무렇지도 않게 말한다.

"아하." 더 무슨 말을 하겠는가?

"이제 자자." 파울은 셔츠의 단추를 풀며 말한다. "내일 아침에 일찍 나가야 돼. 할 일이 산더미같이 쌓여 있어."

"서류 가지러 간다더니 서류는 어쨌어?" 내 말에 파울은 잠시 동작을 멈추더니 이마를 손바닥으로 친다.

"아, 이런! 그만 깜빡했네!"

"깜빡했다고?"

"응. 법원에 막 들어가는데 그 친구를 만났거든. 그래서 바로 술집에 간 다음 잊어버리고 그냥 왔어."

"아하."

역시 이 말 외에는 더 이상 할 말이 떠오르지 않는다.

그 날 이후, 이렇게 더 이상 할 말이 없는 상황은 매우 빈번하게 찾아왔다. 파울이 좀…… 수상하다. 평일, 주말 가리지 않고 야근을 밥 먹듯이 하는가 하면, 내가 에이전시에만 매달려 있다고 불평하는 일이 아예 없어졌다. 노력은 했지만 아직 가지 못한 시청건에 대해서도 한마디 말이 없었다. 그러다 내가 마침 시간이 나서 가자고 했더니 자기는 그 날 시간이 안 된다는 것이었다. 그 말을 듣고는 정말 어안이 벙벙했다. 벌써 유월 중순이니 이제는 정말 확실한 날짜를 잡아야 하는데!

"자기 나한테 뭐 화난 거 있어?" 어느 날 아침 식탁에서 내가 묻는다.

"뭐?" 그는 보고 있던 신문을 내리며 반문한다. "내가 왜 자기한테 화를 내?"

"그냥…… 자기 행동도 좀 이상하고, 만날 일만 하는 것 같아서."

파울은 피식 웃는다. "자기가 나한테 일 많이 한다고 불평을 해? 귀엽네, 귀여워!"

"자기 정말 그러기야?" 내가 삐친 척을 한다. "진짜 왜 그러는 거야?"

"내가 어떤데?"

"좀…… 이상해졌단 말이야."

"율리아. 나 이상해진 거 없어." 그는 웃으며 내 말을 부정한다. "그냥 바빠서 그런 것뿐이야. 자기가 경험자니까 더 잘 알잖아. 이해 못 해?"

"누가 이해 못 한대?"

"그럼 문제될 것 없네." 그는 신문을 접으며 자리에서 일어선다. "나 먼저 나갈게. 이따 저녁에 봐."

"파울?" 나는 이름을 불러놓고 약간 민망해서 손가락에 긴 약혼반지를 만지작거린다. 청혼할 때 파울에게 받은 반지다. 파울도 똑같은 모양에 치수만 큰 것으로 사서 커플링으로 끼고 다닌다.

"왜, 자기야?"

"우리 아무 문제도 없는 거지?"

그는 밖으로 나가다 말고 뒤를 돌아본다. "그럼, 아무 문제도 없어."

나는 혼자 부엌에 남아 생각에 잠긴다. 아무 문제도 없는 것 같지가 않다. 그리고 솔직히 말하면, 이 느낌은 파울의 행동이 수상해지기 전부터 있었던 것이다.

한 시간 뒤 나는 카티야의 집 앞에 서 있다. 집안에 들어서니 이 방 저 방 할 것 없이 온통 어질러져 있다. 내 친구는 짐을 싸느라 여기저기 바닥에 흩어져 있는 옷가지들 사이에서 거의 춤을 추고 있다.

"부엌에 가서 앉아 있어!" 욕실로 뛰어들며 카티야가 소리친다. "잠깐 드라이만 하면 돼!"

나는 식탁에 자리를 잡고 앉는다. 곧 카티야가 모습을 나타낸다. "미안, 완전 난장판이지? 뭘 가져가야 할지 도무지 모르겠어. 두 시에 옌스가 데리러 오면 바로 체크인하러 가야 하는데." 그녀의 얼굴은 흥분으로 상기되어 있다. "아, 카리브해 삼 주 여행. 우리가 휴가를 같이 보낸다는 게 정말 꿈만 같아!"

"좋은 시간 보내. 해변의 야자수 그늘 아래 너랑 슈누…… 아니, 옌스랑 단둘이서 얼마나 좋아?"

"그래…… 그런데 나 남자랑 휴가 가는 거 처음이거든. 항상 짧은 관계로 끝났기 때문에 긴 여행을 간 적이 한 번도 없어. 그렇게 오랫동안, 그것도 하루 종일 붙어 있으면서 잘 지낼 수 있을까?"

"그럼, 문제없어. 그냥 즐기면 돼."

카티야가 한숨을 쉰다. "그래, 알았어. 그런데 삼 주 동안이나 일을 안 한다고 생각하니까 그것도 너무 이상해. 미용실 문을 그렇게 오래 닫은 적이 없는데."

"정말 부럽다." 나는 실토하지 않을 수 없다. "나도 여행가고 싶어."

"우는 소리 하지 마. 너도 이제 금방 신혼여행 갈 거잖아!" 그러면서 카티야는 쿡쿡 웃는다. "그 전에 날짜를 먼저 잡아야 하겠지만."

"나도 지금 그것 때문에 너랑 얘기하러 온 거야."

"날짜 잡았어?"

"아니. 지금으로서는 결혼을 하게 될지도 미지수야."

"아니, 왜?" 카티야가 수선스럽게 묻는다. "무슨 일 있어?"

"아니, 별일은 없어. 그냥…… 요즘 파울이 좀 이상해. 그리고 나도…… 솔직히 말하면 내가 원하는 게 뭔지 잘 모르겠어."

"무슨 소리야? 좀 자세히 말해봐."

"몇 달 전까지만 해도 나한테 가장 중요한 건 동화 속처럼 로맨틱한 결혼식을 치르는 거였어. 갖출 것 다 제대로 갖추고서 말이야. 그런데 그동안 너무 많은 변화가 있었잖아? 내가…… 아, 어디서부터 어떻게 설명을 해야 할지 모르겠다. 그리고 넌 지금 여행 갈 짐 싸야 하는데. 바쁜 사람 붙들고 이게 뭐하는 짓인지."

"율리아." 카티야는 탁자 위로 손을 뻗어 내 손을 잡는다. "내 제일 친한 친구를 위한 시간은 언제라도 낼 수 있어. 더구나 이렇게 중요한 일인데 내가 너한테 시간 없다고 할 것 같니? 잠깐 기다려봐." 카티야는 전화가 있는 복도로 나가 옌스에게 전화를 건다. "자기?" 그녀의 목소리가 들린다. "난데, 두 시까지는 도저히 안 되겠어. 출발 직전에 체크인하고 짐은 그냥 들고 타자." 쿡쿡 웃는 소리가 난다. "수건 한 장이면 충분하다니 그게 무슨 소리야?" 다시 웃는 소리. "그래?" 목소리가 낮아진다. "자기도 수건 한 장이면 충분해. 그래도 가끔 밥은 먹으러 가야 할 것 아니야? 그럴 때를 대비해서 원피스 한 장 챙겨 가면 좋지 않을까?" 아무 소리도 들리지 않는다. 옌스가 말하고 있는 모양이다. "그래, 알았어. 그럼, 다섯 시까지 가방 다 싸서 기다리고 있을게…… 나도 사랑해. 이따 봐!"

통화를 끝낸 카티야가 다시 부엌으로 돌아온다. "자, 이제 말해봐. 나 시간 엄청 많아."

"너한테는 뭐가 더 중요하니?" 요즘 들어 머릿속에서 떠나지 않는 그 질문을 카티야에게도 던져본다. "사랑하는 것, 아니면 사랑받는 것?"

"오." 카티야의 입에서 감탄사가 흘러나온다. "일단 커피부터 준비해야겠다. 얘기가 길어질 것 같은데?"

커피잔을 앞에 놓고 나는 카티야에게 속마음을 털어놓는다. 그동안 내 머릿속을 스쳐 지나간 생각들, 인정하고 싶지 않아 꼭꼭 숨겨두었던 생각들을 말로 풀어낸다. 마치 어린아이처럼 말로 해야만 사실이 된다고 믿고 감추어왔던 진실이다. 나는 이 진실을 외면한 채 내게는 아무 문제도 없다고 스스로를 속여 왔던 것이다.

"사실은 문제가 있어. 그것도 이미 오래 전부터. 우리 고객들 이야기를 듣다보면 파울과 내 이야기 같아서 깜짝깜짝 놀라곤 해. 가슴이 뛰지도 않고 찌릿찌릿한 느낌도 없어. 같이 산다기보다는 그냥 한 집에 살 뿐이야. 전체적으로 보면 다 괜찮은 듯 보이지만, 괜찮으면 평생 그렇게 살아도 되는 거니?"

"오래된 관계에서 매일매일 가슴이 뛰길 바라는 건 초보의 착각이라더니?"

"그 말은 맞아. 하지만 영영 가슴이 뛰지 않는다면? 내가 파울을 사랑하는 건 나도 알아. 그런데, 처음부터 막 좋고 그런 감정으로 시작한 관계가 아니었어. 지진이 난 듯 떨리고 너무 행복해서 숨이 막힐 것 같은 그런 느낌은 처음부터 없었어."

"파트너 관계에서 중요한 것은 설렘이나 떨림이 아니라, 두 사람이 얼마나 좋은 팀인가 하는 것이다." 카티야가 빙긋 웃는다. "네가 한 말이야."

"그래, 그 말도 맞아. 아니, 그게 가장 중요한 거야. 난 지금 설렘과 떨림, 그것 없이도 살 수 있는 것인지 질문하는 거야."

"파울한테 그런 느낌 받은 적, 한 번도 없어?" 카티야는 자못 진지한 표정으로 묻는다.

"솔직히 말하면……" 갑자기 눈물이 솟구친다. "없어."

"어머, 난 그런 줄은 몰랐어."

"몰랐던 게 당연해. 내가 말을 안 했으니까. 그래도 난 행복했어, 전체적으로는. 적어도 그렇게 믿었어. 그런데 요즘은…… 자꾸 이상한 생각이 들어. 내가 그렇게까지 로맨틱한 결혼식에 목매달았던 이유가 뭘까? 혹시

내 삶에 없는 로맨틱과 열정을 거기서 채우려 한 것이 아니었을까?'

"그런데 이제 열정을 쏟을 대상이 나타났기 때문에 그런 결혼식이 필요 없게 됐다는 말이구나?" 카티야가 추론한다.

"그런 것 같아."

"그럼 잘된 거네. 파울과의 삶에서 찾지 못하던 열정을 일에서 찾았으니까."

"하지만 로맨틱은?"

"흠……" 카티야는 잠시 생각한다. "내 생각엔 너희도 여행을 한번 가는 게 좋을 것 같아. 파울이랑 너랑 단둘이서만 아무데나 좋은 곳으로 떠나봐."

"그게 효과가 있을까?"

카티야는 크게 고개를 끄덕인다. "만약 파울과의 관계에 회의가 느껴진다면, 이 남자가 네가 찾던 남자인지 아닌지 하루라도 빨리 알아내야 해. 적어도 결혼식 전까지는."

"응…… 일리가 있는 말이야."

"그럼."

정오가 다 되어서야 카티야의 집을 나선 나는 에이전시로 차를 몰아가며 꼭 여행 예약을 하리라 마음먹는다. 단둘이만 가는 여행이라면 그냥 같이 사는 사람이 아니라 사랑하는 연인으로서의 감정을 새롭게 확인할 수 있을 것이다. 일찌감치 이런 생각을 했더라면 좋았을 것을! 어느새 파울과 나는 한 팀이라는 생각이 다시 마음 속을 채워가고 있다. 파울과 나는 오랜 시간을 함께 했고, 그 오랜 시간 동안 서로를 이해하며 잘 지내오지 않았는가. 아무하고나 이런 관계를 꾸릴 수 있는 것은 아니다. 일단 마음이 정해지고 나니 얼마 전에 나쁜 생각을 품었던 것이 죄스럽기까지 하다. 누구나 로맨틱 코미디의 연인들처럼 한순간에 불붙는 그런 사랑을 하는 것은 아니다. 우리는 천천히 사랑을 키워왔고, 거기에도 나름의 가치가 있는 것이다.

사무실에 도착하니 시몬은 나가고 없다. 오늘은 외근이 많은 날이다. 나는 컴퓨터를 켜며 잘됐다고 생각한다. 마음 놓고 인터넷에서 여행 상품을 찾아볼 수 있게 됐다. 우선 전화를 베아테에게로 돌려놓고 인터넷 여행사를 돌아다니며 검색을 한다. 막상 웹사이트들을 둘러보니 여행가고 싶은 욕구도 더 생기고 괜찮은 상품도 많이 눈에 띈다.

다섯 시 반쯤 검색을 마치고 보니 찾아서 인쇄해 놓은 자료가 한 뭉치나 된다. 오늘 집에 가서 파울에게 보여줄 생각이다. 내 마음에 든 것은 예쁜 호텔과 낭만적인 방갈로가 있는 이 주일짜리 태국 여행이다. 가격도 괜찮으니까 파울도 싫다고 하지는 않을 것이다. 이제 문제가 되는 것은 파울이 언제 휴가를 낼 수 있느냐 하는 것이다. 나는 날짜가 정해지는 대로 시몬에게 통보할 생각이다. 내게도 쉴 권리가 있고, 지난 성탄절에도 시몬은 자기 마음대로 며칠씩 에이전시 문을 닫지 않았던가.

문 두드리는 소리가 나더니 베아테가 고개를 쏙 내밀고 들여다본다.

"율리아?"

"네?"

"어떤 여자 손님이 와서 지금 당장 자기랑 상담하고 싶다는데, 시간 되겠어?"

"그럼요." 이제 자료조사는 끝났으니 실질적인 업무에 들어가 보자.

"그럼, 바로 들여보낼게." 잠시 후, 매우 훌륭한 미모에 매우 긴 다리를 가진 갈색 머리의 여자가 들어온다. 삼십대 중반이나 되었을까? 아니면 더 젊을 수도 있다. "린덴탈 씨?"

"네." 나는 자리에서 일어나 여자가 내미는 손을 잡아 흔든다.

"마리 쉬어만이라고 해요." 여자가 자기소개를 한다.

"앉으시죠." 여자는 내 책상 앞의 의자에 앉는다.

"무슨 일을 도와드릴까요?"

"급하게 처리하고 싶은 일이 있어요." 용건을 말하는 여자의 목소리에서 극도의 흥분이 느껴진다. "당장 오늘 저녁에 처리해주시면 좋겠어요. 그게 안 된다면 내일 낮에 그 나쁜 자식이……" 여자는 흥분을 자제하려 애쓴다. "그 사람이 사무실에 있을 때 회사 사람들이 다 보는 앞에서 말해주세요. 그 사람이 어떤 사기꾼인지 세상이 다 알아야 해요."

"쉬어만 씨." 나는 최대한 위로가 되는 톤으로 말한다. "우선 진정하시고……"

"진정하기 싫어요!" 여자가 버럭 소리를 지른다. "그 쥐새끼 같은 자식 좀 당장 정리해줘요! 그리고 이 에이전시에 있는 옵션 중 가장 잔인한 것으로 하겠어요!"

오, 이 여자도 맺힌 게 많은 모양이네……

"네, 잘 알겠습니다." 나는 차분한 음성으로 말을 이어나간다. "그럼, 우선 헤어지고 싶은 사람이 누구인지부터 말씀해주실까요?"

여자는 가죽 핸드백을 뒤져 사진 한 장을 꺼내더니 탁 소리와 함께 책상 위에 놓는다.

증명사진 자판기에서 찍은 네 장짜리 사진에 쉬어만의 모습이 보인다.

그리고 한 남자가 보인다.

내가 아는 남자다.

"그 남자 이름은 파울 에발트 마이스너예요."

나는 거의 의자에서 굴러 떨어질 뻔한다.

34장

"파울?" 나는 망연자실해서 그의 이름을 되뇐다. "이름이 파울 에발트 마이스너라고요?"

마리 쉬어만은 고개를 끄덕인다. "네, 맞아요."

나는 다시 한 번 사진 속의 사이좋아 보이는 커플을 들여다본다. 이 남자는 의심할 여지없이 파울 에발트 마이스너다. 나의 파울 에발트 마이스너. 나는 오늘 집에 가서 그에게 태국 여행을 가자고 할 생각이었다.

"알게 된 지 한 달 반쯤 됐을 거예요." 아직도 충격에 휩싸여 있는 나에게 마리 쉬어만이 설명을 시작한다. "전 함부르크에 온 지 얼마 되지 않았어요. 큰 변호사 사무실의 동업자가 되면서 직장을 옮겼는데……" 그녀는 잠시 말을 중단한다. "어떻게 알게 됐는지는 별로 중요하지 않겠죠? 어쨌든 우린 서로 사랑하게 됐어요. 처음엔 아무 문제도 없었죠. 적어도 그렇다고 믿었어요."

이게 웬 마른하늘에 날벼락이란 말인가. 갑자기 얼굴도 모르는 여자가 나타나서 내 남자와 사랑에 빠졌다니? 꿈이라면 누가 나 좀 깨워줘요!

"사귀는 내내 그 사람 집에 한 번도 간 적이 없다는 게 물론 나한테도 이상하게 느껴졌죠. 멍청한 거냐, 순진한 거냐, 이렇게 물을 수도 있겠지만 사랑에 빠지면 원래 그런 건 중요하지 않게 느껴지잖아요? 그리고 파울도 아무런 수상한 기미를 보이지 않았어요. 언제나 자상했고, 일이 힘든데도 나를 위해 시간을 많이 내주었어요. 우리 나이가 되면 급하게 서

두르지는 않거든요. 뭐, 틴에이저도 아니니까요. 그런데 오늘 점심을 먹고 파울이 계산을 하는데, 지갑 동전 주머니에서 이게 떨어지는 거예요." 그녀는 책상 위의 사진 옆에 금반지 하나를 탁 하고 내려놓는다. 나는 여전히 충격에서 헤어나오지 못한 채 그것에 눈길을 준다.

제발 누가 스톱 버튼 좀 눌러줘요. 영화가 이상해요……

아니, 이것은 영화가 아니다. 내 눈 앞에 있는 것은 분명히 파울의 약혼반지다.

"처음엔 웃으면서 이게 뭐냐고 물었죠. 반지 안에 새겨진 율리아라는 이름과 날짜를 보고서야 알았어요. 약혼녀가 있었던 거예요! 날 감쪽같이 속였어요. 집에 떡하니 미래의 마나님을 앉혀놓고서 어떻게 그런 짓을 할 수가 있어요? 금방 다 털어놓더라고요. 약혼녀와의 관계에 문제가 생겼다면서 우는 소리를 하더군요. 남자들이 만날 하는 소리 있잖아요. 전 벌떡 일어나서 식당을 나왔어요. 이 반지도 함께 들고 왔죠. 말하자면 증거품으로요. 그리고 직장 동료한테 찾아가 한참 울었어요. 함께 일한 지 얼마 되지도 않은 사람이라 너무 창피했어요. 그리고 나서 그 동료가 주소를 가르쳐줘서 여기 오게 된 거예요."

나는 휘둥그레진 눈으로 멍하니 마리 쉬어만을 쳐다볼 뿐이다.

"이봐요, 린덴탈 씨? 내 말 듣고 있는 거예요?"

"이거……" 나는 떨어지지 않는 입을 겨우 열어 말한다. "이거 농담이죠, 맞죠?"

"내가 지금 농담하는 것 같아요?"

"그래요, 농담이에요." 내 입에서는 갑자기 히스테릭한 웃음이 터져 나온다. "농담 맞잖아요!"

"린덴탈 씨, 무슨……"

"내 말이 틀려요? 정말 웃겨!" 이제 나는 큰 소리로 웃어젖힌다. "이번엔 파울이 정말 제대로 된 깜짝 선물을 준비했네요. 진짜 웃겼어요!"

"파울? 파울을…… 알아요?"

"이제 그만 해요, 쉬어만 씨! 아니, 나도 처음엔 정말인 줄 알고 깜짝 놀랐어요. 연기가 대단하시네요. 정말 감쪽같이 속을 뻔했네."

"아니……" 이번에는 마리 쉬어만의 눈이 휘둥그레진다. "린덴탈 씨가 그 율리아? 그러니까…… 그……"

"……파울 에발트 마이스너의 약혼녀예요. 바로 맞혔어요. 하지만 이미 알고 온 거 아니에요?"

그녀의 눈이 튀어나올 듯 커진다. 그리고 짝 소리가 나게 공중에서 양 손바닥을 맞부딪친다. "어떻게 이런 일이! 난 전혀 몰랐어요!"

이제 알겠다. 농담이 아니었다. 마리 쉬어만은 삼십 분이 걸려서야 이 모든 것이 파울의 장난이 아니라는 것을 내게 확신시킬 수 있었다. 그녀가 우리 에이전시에 오게 된 것도 단지 동료에게 추천을 받았을 뿐, 순전한 우연이라는 것이었다. 사실 그동안 '작은 위로'는 함부르크에서는 모르는 사람이 없을 정도로 유명해졌다.

나는 아직 충격에서 벗어나지 못한 상태로 집 앞 주차장에 차를 집어넣는다. 이것이 정말 사실이라니 믿을 수가 없다! 그러나 몇 주간 파울이 보인 수상한 행동들은 이것으로 모두 설명된다. 왜 갑자기 그렇게 일벌레가 되었는지도, 왜 주말마다 사무실에 나가야 했는지도, 모든 의문이 명쾌하게 풀렸다. 마리 쉬어만 때문이었다. 파울이 나를 배반했다! 한 번도, 단한 번도, 그 어떤 순간에도 이런 일이 가능하리라고 생각한 적은 없었다. 파울이 바람을 피우다니!

나는 급히 층계를 오르며 파울이 아직 집에 돌아오지 않았기를 빈다. 최근에는 여덟 시 전에는 들어오는 법이 없었다. 그러나 바람피우던 상대와의 관계가 갑자기 파국을 맞았으니 오늘은 어떨지 알 수 없다.

열쇠를 따고 잠시 집안의 소리에 귀를 기울인다. 아무 소리도 나지 않는다. 아직 오지 않은 모양이다. 급히 서둘러 몇몇 옷가지와 필요한 물건을 챙겨 여행 가방에 쑤셔 넣는다. 어서 여기서 나가야 한다. 어딘가 내 생각을 정리할 수 있는 곳으로 가야 한다. 파울과 같은 침대, 같은 지붕 아래에서 잠을 잔다는 것은 상상할 수도 없다!

십 분 뒤, 꼭 필요한 것들만 챙겨서 현관문을 나서던 나는 갑자기 생각나는 것이 있어 다시 부엌으로 돌아간다. 그리고 손가방에서 그 사진과 파울의 반지를 꺼내 식탁 위에 놓는다. 마리 쉬어만은 "저기, 이건 이제 제가 가지고 있을 필요가 없어진 것 같네요. 이것으로 제 주문도 취소하겠어요. 행운이 있길 빌어요!"라는 말과 함께 사무실을 떠났다.

그래, 이제 끝난 거야. 나는 마지막으로 한 번 더 반지와 사진을 바라보며 생각한다. 그리고 내 손가락에서 약혼반지를 빼 그 옆에 나란히 놓는다. 기분이 이상하다. 아무런 느낌이 없는 듯도 하고, 오만가지 상념이 다 들기도 한다. 초현실적이다. 마치 또 하나의 내가 한 발자국 옆에 서서 여태까지의 내 삶이 산산조각 나는 것을 지켜보는 것만 같다.

나는 도망치듯 집을 나와 차에 올라탄다. 어디로 가야 할지는 알 수 없다. 중요한 것은 여기를 뜨는 것이다.

두 시간 동안 정처 없이 함부르크의 도로를 질주하던 나는 이제 앞으로의 대책을 고심한다. 카티야는 지금쯤 비행기에 앉아 있을 것이다. 그렇다면 전화도 안 된다는 소리다. 어차피 지금은 내 전화기도 꺼져 있다. 그리고 당분간은 켜지 않을 생각이다. 파울이 집에 돌아오면 분명히 전화를 할 것이다. 그러나 내 마음이 정리되기 전까지는 그 어떤 말도 듣고 싶지 않다.

거리를 헤매고 나니 분노는 어느 정도 가라앉았다. 그 자리에 새로운 감정이 찾아든다. 슬픔, 그리고…… 죄의식 비슷한 감정이다.

죄인은 당연히 파울이다. 그러나 한편으로는 혹시 내가 그를 그렇게 만든 것은 아닐까 하는 어처구니없는 생각이 든다. 바람피운 남편의 아내들에게 책임이 있다는 말은 옳지 않다. 그러나 내가 파울에게 신경을 쓰지 않은 것 또한 부인할 수 없는 사실이다.

"그래도!"라고 내뱉으며 나는 있는 힘껏 가속페달을 밟는다. "그건 이유가 안 돼! 나를 속이고 다른 여자랑 놀아날 구실 같은 건 없어!"

문득 정신을 차리고 보니 나도 모르는 사이에 지리히슈트라세의 우리 사무실 앞에 와 있다. 사실 지금 내가 갈 수 있는 곳은 이곳뿐이기도 하다. 적어도 여기에는 침대소파가 있으니 당분간 잠은 잘 수 있다. 문제는 시몬과 베아테에게 내가 여기서 야영하는 이유를 설명해야 하는 것인데, 지금은 이것저것 따질 여유가 없다. 다행히 오늘은 금요일이니까 이번 주말은 조용히 지낼 수 있을 것이다. 카티야의 집 열쇠를 여벌로 가지고 있었더라면 이럴 때 정말 요긴했을 텐데! 뭐, 어쩔 수 없다. 사무실의 침대소파도 나쁘지는 않다.

나는 사무실 소파 위에 웅크리고 앉아 자기연민 속으로 빠져든다. 오늘 일어난 일들이 머릿속에서 영화처럼 스쳐지나간다. 오늘 정말 이 일들이 내게 일어난 것일까? 혹시 다 내가 상상해낸 것은 아닐까? 뺨을 꼬집어본다. 이건 꿈이 아니다. 그리고 나는 멀쩡한 제정신이다.

나는 한숨을 쉬며 일어나 컴퓨터를 켜고 한참동안 파울과 나의 사진을 들여다본다. 휴가, 가족축제, 웨딩 박람회 때 찍은 사진들이 지나가고 내 얼굴은 눈물과 콧물로 범벅이 된다. 이것이 진정 끝이란 말인가? 파울과 나의 마지막? 이럴 수는 없다는 생각과 함께 마음 한 구석에서 스멀스멀 기어 나오는 한마디는……

아니야!

맞아, 이게 끝이야.

다른 한편으로는 오래된 체증이 내려간 듯 시원한 느낌이다. 내 삶에 새로운 방향을 제시할 변화가 마침내, 드디어, 이윽고 일어난 것이다. 그렇다. 이제는 부인할 수 없다. 언제부턴가 파울과의 결혼은 내게 더 이상 백 퍼센트 당연한 일이 아니었다. 잘못된 결정은 아닐까 하는 걱정, 결혼 뒤에도 지금처럼 똑같이 살게 될 것이라는 두려움이 나를 지배하고 있었다. 아이들이 태어나고, 새 자동차를 사고, 언젠가는 강아지나 애완용 토끼를 가지게 될지도 모른다. 그러면 내 안 어딘가에 잠자고 있는, 아직 그 정체조차 알 수 없는 내 꿈들은 어떻게 해야 하는가? 언제나 이렇게 '제로' 근처에서 평균치의 삶만 반복하는 것이 아니라, 모험 가득한 '업'과, 꼭 있어야만 한다면 두렵지 않은 '다운'을 겪어보고 싶은 나의 이 열정은 어떻게 한단 말인가? 마치 오랫동안 억압되어 왔던 내 꿈과 열정이 한 순간에 폭발해버린 것 같은 느낌이다.

파울은 나를 속였다. 그러나 어떤 면에서는 나 또한 나를, 그리고 우리를 아주 오랫동안 속여 왔다. 나는 완벽한 우리의 삶에서 완벽한 나의 역할을 연기했다. 진심에서 우러나온 깊은 감정과는 상관없는 삶이었다. 옛날 사진들을 보면서 지금에야 깨닫게 된 사실이다. 사진 속의 나는 언뜻 보면 무척 행복해 보이지만, 기억을 더듬어보면 그 사진을 찍을 때 나는 그렇게 행복하지 않았다. 이제까지 그런 생각을 한 번도 하지 않았다니 이상한 일이다. 나는 스스로가 너무도 초라하고, 바보스럽고, 불쌍하게 느껴져 큰 소리로 울어버린다.

그리고 나를 끈질기게 괴롭히는 질문 하나가 있다: 무엇이 더 중요한가? 사랑하는 것, 아니면 사랑받는 것?

시몬 헤커의 말이 맞다. 둘 다 중요하다. 나도 둘 다를 원한다.

둘 다가 아니면 싫다.

책상에서 일어나 불을 끄고 다시 소파가 있는 방으로 건너간다. 그리고 담요 밑으로 기어들어가 몸을 잔뜩 웅크린다. 육체적으로도 정신적으로도 너무 피곤했던 터라 나는 곧 잠 속으로 빠져든다.

"아야!"

뭔가 부딪히는 소리와 함께 낮은 비명소리가 들려 나는 눈을 번쩍 뜬다. 주위는 온통 깜깜하다. 겁이 덜컥 난다. 나는 재빨리 소파에서 일어난다. 사무실에 누가 있다!

복도에서 물건을 발로 차는 듯한 소리가 나더니 곧이어 "이게 뭐야?"

하는 소리가 들린다.

시몬, 나는 안도의 한숨을 쉰다. 꼭 도둑이 든 줄만 알았다.

서둘러 스위치를 찾아 불을 켠 뒤 복도로 통하는 문을 연다. 시몬이 머리를 긁적이며 아까 현관문 앞에 두었던 내 여행 가방을 이상하다는 듯 노려보고 있다.

"시몬!" 내가 그를 부른다. 시몬은 화들짝 놀라 뒤를 돌아보더니 역시 이상하다는 듯 내 모습을 살핀다.

"이 시간에 여기서 뭐하고 있어요? 그리고 왜 당신 가방이 여기 있는 거예요? 하마터면 걸려서 넘어질 뻔했어요."

"나도 한번 물어볼게요. 그러는 당신은 이 시간에 왜 여기 있어요?"

"집에 있기가 하도 답답해서 일이나 하려고 나왔어요."

"금요일 밤에요?" 내가 믿기지 않는 투로 말한다.

"뭐, 그쪽은 더 나은 이유라도 있습니까?" 시몬이 투덜댄다.

"내 남자친구가 몇 주째 다른 여자를 만나고 있었어요. 그래서 당분간 집을 나왔어요."

"오, 그럴 만한 이유가 있었군요."

"그 상대 여자가 정말 우리 에이전시에 나타났단 말입니까? 와, 세상에 그런 우연도 다 있나!"

시몬과 나는 소파에 앉아, 시몬이 '특별한 경우'를 위해 책상서랍에 넣어 둔 코냑을 마시고 있다. 사무실에서 일어날 수 있는 '특별한 경우'가 어떤 경우인지는 모르겠지만, 처음 두 잔을 억지로 삼킨 뒤 세 잔째가 되니 좋은 맛도 느껴지고 뱃속에 기분 좋은 따뜻함이 전해온다.

만약 몇 달 전에 점을 봐서 언젠가 시몬 헤커와 소파에 앉아 술 마시며 신세한탄을 할 날이 있을 것이라는 말을 들었다면 절대 믿지 않았을 것이다. 오히려 그 점쟁이를 비웃었을 것이다. 그러나 오늘밤 나는 시몬에게 마리 쉬어만의 이야기를 들려주었다. 그리고 내 머릿속에 떠돌고 있는 다른 생각들도 다 토해냈다. 파울과 정말 결혼을 해야 할지 모르겠다느니 하는 것들 말이다.

"그렇다니까요." 내가 대꾸한다. "나도 처음엔 장난인 줄만 알았어요."

"그래도 역시 파울과 그 여자가 짜고 하는 짓이 아닐까요?"

나는 힘차게 고개를 가로젓는다. "아니에요. 그 쉬어만이라는 여자 정말 진지했어요." 나는 한숨을 쉰 뒤 입으로 잔을 가져간다. 어느새 주위가 안개 낀 것처럼 뿌옇게 보인다. 저녁도 먹지 않은 빈속에 코냑을 마셨으니 직통으로 취한 것이다. 그럼에도 나는 시몬에게 잔을 내밀어 한 잔 더 따르게 한다.

"내가 아까도 말했죠. 나 파울한테 별로 화 안 났어요. 우리 관계는 식은 지 이미 오래됐어요. 아뫼에바……" 푸, 단어 한번 어렵네! "아메바 체온만큼이나 될까. 바람 빠진 풍선이나 다름없어요."

시몬은 의미심장한 표정이 되어 말한다. "참, 세상 오래 살고 볼 일이네요. 나한테는 커플의 모범 같은 두 사람이었는데."

하하, 커플의 모범? 나는 크게 실소한다.

"농담도 잘하시네!" 이렇게 말하며 나는 손가락으로 그의 가슴을 쿡 찌른다. 그리고 뜻밖의 단단한 근육에 놀란다. "우린 당신한테 지루하고 재미없는 커플의 대명사인 줄 알았는데요?"

"그렇게 생각했어요?" 시몬은 고개를 가로젓는다. "한 파트너와 오랫동안 행복한 것처럼 좋은 일이 또 어디 있겠어요?" 그는 술을 한 모금 들이켠다. "난 그런 경험도 못해보고 죽는 것 아닌가 하는 걱정도 가끔 하는 걸요."

"정말이요?"

그는 말없이 자기 손을 내려다본다. 헤어스타일링 제품을 바꾼 모양이다. 평소에는 뒤로 빗어 넘겨져 있던 머리가 오늘은 이마 위로 떨어져 내린다.

"네, 정말이에요. 그리고…… 정말 겁이 날 때도 있어요." 그는 여전히 고개를 들지 않은 채 쓴웃음을 짓는다. "좀 쓰다듬어줘요."

이 말에 내 심장은 세차게 두근거린다.

"그런 말 하지 말아요." 나는 얼른 잔을 들어 마신다.

시몬이 고개를 끄덕인다. 그리고 내 옆으로 다가 앉아 내 눈을 지그시 들여다본다.

내 얼굴은 화끈 달아오른다.

"율리아?"

온몸에 찌릿찌릿 전기가 흐르는 듯하고, 팔에 소름이 돋는다.

"네?"

"많이 취한 것 같아요. 부엌에 가서 생수 좀 갖다 줄까요? 과자도 있을 텐데."

허억. 생수? 과자?

"속 안 좋아요?" 시몬이 묻는다. "표정이 이상해요."

만물의 영장이라는 인간이 이렇게까지 무딜 수 있단 말인가?

이번엔 정말로 이상한 표정으로 그를 쳐다본다. 취해서 눈의 초점이 잘 맞지 않는다.

"율리아, 괜찮아요?"

"난 키스하려는 줄 알았어요." 나도 모르게 튀어나온 말이다. "그런데 물 갖다 준다고요? 생수 좋지요!"

오예, 오예. 내가 정말 이 말을 한 것은 아니겠지……? 아니, 정말 했나 봐. 스스로의 돌발적 발언에 놀란 나는 거의 술이 깰 지경이다. 다행히 깨지는 않는다. 과연 헤커는 나의 이 전면 공격에 어떻게 대응할 것인가?

"엥?"

이거 말고 좀 똑똑한 반응을 할 수는 없나?

"율리아, 왜 이런 상황에서 내가 접근할 거라고 생각하는 거죠? 내일 아침이면 당신은 후회할 테고, 난 나쁜 놈이 될 텐데."

흠, 할 말 없게 만드는군.

"왜냐하면……" 그래, 왜일까? 나는 잠시 생각에 집중한다. 그리고 명쾌한 답을 얻는다. "왜냐하면 내가 원하기 때문이에요. 목마른 사람이 우물 판다는 말도 있잖아요?"

나는 이 말과 함께 그를 끌어당겨 그의 입술에 키스한다.

시몬은 당황한다. 그러나 그것도 한순간일 뿐, 곧 내 키스에 열정적으로 답한다. 숨이 막힐 것 같다. 심장이 두방망이질하듯 뛰고, 머릿속에는 자동적으로 크리스마스 파티의 장면이 떠오른다. 그리고 그때 끊긴 필름이 복원된다. 우리는 담배자판기에 기대 서 있고 서로의 허리에 팔을 두르고 있다……

그러는 사이 우리는 소파에서 바닥으로 굴러 내려온다. 나는 그의 티셔츠 밑으로 손을 넣어 그의 따뜻하고 매끈한 등을 만진다. 그리고 그의 심장 박동을 느낄 수 있을 만큼 그의 몸을 꽉 껴안는다. "율리아." 그가 낮게 속삭인다. "지금이라도 그만두는 게…… 내 말은 내일이면 후회할 수도 있어요."

"쉿." 나는 이렇게 말하며 내 왼쪽 손가락을 그의 입술에 갖다 댄다. "내가 뭘 원하는지 난 알아. 지금 그걸 하는 거야." 그리고 그가 숨을 제대로 쉴 수 없을 정도로 강하고 격렬한 키스를 퍼붓는다. 그리고 어느 순간 그의 손이 내 블라우스 단추를 풀기 시작한다. 그는 조심스럽게 천천히 단추를 푼다. 마치 내게 한 번 더 그를 제지할 기회를 주려는 듯. 그러나 나는 멈추지 않을 것이다. 지금 이 순간의 느낌에 충실할 것이다. 내일 무슨 일이 일어나든, 어떤 책임을 져야 하든 상관없다. 내가 지금 원하는 것은 오직 시몬 헤커의 몸을 내 몸 가까이에 느끼는 것뿐이다. 그의 향기를 빨아들이고, 그의 키스에 답하는 것이다.

나는 그의 이름을 부른다. "시몬."

나는 그의 티셔츠를 끌어올려 벗긴 뒤 그의 가슴에 입 맞추기 시작한다. 그동안 그는 내 머리를 쓰다듬으며 내 머리카락에 키스한다. 그리고 둘 다 일어서서 서로의 남은 옷을 벗긴 뒤 함께 소파에 몸을 던진다. 시몬은 아주 부드럽게 내 몸을 끌어당겨 내 눈 속을 들여다본다. 우리는 서로에게 미소 짓는다. 그리고 우리를 제외한 모든 것이 어둠 속으로 사라진다……

"좋은 아침!" 시몬은 사각팬티 차림으로 소파 앞에 서 있다. 나는 알몸으로 아직 담요 속에 누워 있다. 그는 양 손에 커피잔을 들고 약간 멋쩍은 표정으로 서 있다. "커피 어때요?"

나는 자리에서 일어나 조금 수줍어하며 담요를 턱까지 끌어올린 뒤 고개를 끄덕인다. "고마워요." 그는 내 옆에 앉는다.

우리는 말없이 커피를 마신다. 가끔씩 곁눈질로 서로를 훔쳐볼 뿐이다. 웃음이 나오기도 하고, 환한 아침에 이러고 있으니 좀 민망하기도 하다. 어젯밤엔 어떻게 된 거지? 무슨 일이 있었는지는 알겠는데, 어쩌다 이렇게 됐지? 다시 한 번 시몬을 흘깃 쳐다본다. 어쩌다 이렇게 됐는지 알겠다. 시몬은 언제나 내게 동료 이상이었다. 나는 그에게 반해 있었던 것이다. 이제 모든 것이 엄연한 사실로 확인되었다. 나는 그저 천하의 왕멍청이를 좋아하게 된 것을 인정하고 싶지 않았던 것뿐이다. 처음에는 시몬을 그렇게 생각했으니까. 그리고 다른 누군가를 사랑한다는 것 자체가 내게는 금기였다. 내게는 파울이 있으니까. 아니, 있었으니까. 있었었으니까? 아, 아직도 너무 혼란스럽다! 완전히 뒤죽박죽이다!

그러나 시몬의 눈길 하나만으로도 나는 다시 찌릿함을 느낀다.

"잠은 잘 잤어……요?" 그는 사레가 들려 캑캑거린 뒤 다시 말한다. "잘 잤어?"

"응." 나는 그에게 살짝 미소를 지어 보인다. "잘 잤어?"

"응." 그리고 둘 다 다시 입을 다문다.

"그럼……" 다시 입을 여는 사람은 나다. "난 샤워 좀 해야겠는데."

"아, 그렇게 해요…… 그래, 그렇게 해." 시몬은 더듬거리며 대꾸한다. "그럼 난 내려가서 빵 사올게."

나는 속으로 너무 좋아 깡충 뛴다. 시몬은 도망갈 생각이 없다. 사실 바로 가버릴까봐 걱정하고 있었다. 그에 대한 내 감정이 아직도 크다는 것을 스스로 확인했기 때문이리라. 그리고 아침에 이런 식으로 헤어진다면 당장 다음 주부터 일하는 데에도 지장이 클 것이다.

나는 담요를 몸에 감고 소파에서 일어선다. "난 참깨 빵."

"참깨 빵." 그는 나를 보며 빙긋 웃는다. "알았어." 그는 일어나 바지를 입고, 나는 욕실로 간다.

뜨거운 물로 샤워를 하는데, 갑자기 밖에서 시끄러운 소리가 난다. 물을 잠그고 목욕 수건을 두른 뒤 밖으로 나간다.

그리고 눈앞에 펼쳐진 광경에 그만 그 자리에 굳어 버린다. 머리끝까지 화가 난 파울이 사무실 문틀에 팔을 짚고 버티고 서 있고, 시몬은 바지만 입고 웃통은 벗은 차림으로 서로에게 고함을 지르고 있다.

"이게 지금 뭐하는 짓입니까? 율리아 어디 있어요?"

나는 재빨리 욕실로 숨으려 하지만, 어느새 파울이 나를 발견한다. 물에 흠뻑 젖은 채 수건만 두른 내게 파울이 소리친다. "율리아!" 그리고 시몬을 매섭게 노려본다. "아, 처음부터 이럴 계획이었습니까?" 파울이 지르는 소리가 어찌나 큰지 벽이 다 흔들릴 지경이다. "아주 머리를 잘 쓰셨군! 질투심을 유발하라고 나를 꼬드기더니만, 그 사이에 자기가 덥석 낚아챌 생각이었던 거야!"

뭐, 뭐라고? 이게 다 무슨 소리람?

"내가 누구를 꼬드겼다고 이러는 겁니까? 생사람 잡지 마십시오." 시몬이 급히 변명한다. "내가 율리아한테 들은 바로는 그쪽이야말로 큰 실수를 했던데."

"지금 남의 일에 참견할 처지나 된다고 생각하는 거요? 둘 다 반은 벗은 모습으로 현장에서 들켰는데 나한테 설교를 해? 적반하장도 유분수지!"

"잠깐." 몸에서 물이 뚝뚝 떨어지는 몰골이기는 하지만, 나는 최대한 당당한 자세로 두 사람 사이에 가 버티고 선다. "누가 나한테 설명 좀 해줄래? 질투심을 유발하다니 그게 무슨 소리야?"

문틀에 기대고 서 있던 파울은 사무실 안으로 들어오며 쾅 하고 문을 닫는다. "내가 다 설명할게, 율리아." 파울은 시몬이 철천지 원수라도 되는 듯 노려본다. "몇 달 전에 나더러 저 인간이랑 같이 맥주 마시러 가라고 했었지? 그때 저 인간이 나한테 여자들은 잘해줄수록 기어오른다, 살짝 까칠하게 굴면서 길을 잘 들여야 한다고 일장연설을 했어. 난 당연히 헛소리로 생각하고 귀담아 듣지도 않았지. 어쨌든, 얼굴 보기 힘들어야 반가운 줄 안다, 희소가치를 높이라는 말이었어. 그리고 백발백중이라면서 질투심 유발하는 기술을 늘어놨어. 여자친구가 자기한테 시들해진 것 같으면 다른 여자를 사귀는 척해라, 그러면 십중팔구 여자친구의 마음이 돌아온다는 거였어. 그런 쇼비니즘적인 헛소리는 남자인 내가 듣기에도 역겨웠어. 그런데……" 파울은 잠시 말을 멈추고 분노로 이글이글 타오르는 눈으로 시몬을 쏘아본다. "자기가 저 인간한테 정신이 나가서 집에도 늦게 들어오고 하니까…… 슬슬 두려워지기 시작했어."

오, 오…… 그 다음에 무슨 말이 나올지 알 것 같다. 아마 시몬도 나와 같은 생각을 한 모양이다. 갑자기 눈이 휘둥그레지더니 파울이 그의 슬픈 사연을 더 말하지 못하도록 황급히 말을 막는다.

"아, 파울도 참. 그 말을 진심으로 들었던 겁니까? 그러니까 내 말은, 내 옛날 여자친구 몇 명한테는 그 방법이 통했어요. 그런데 율리아 같은 숙녀한테 그런 술수라니 가당치도 않아요! 그러니까 내 말은, 율리아가 뭐 그런 값싼 여자입니까? 동등한 파트너잖아요! 파울이 내 말을 완전히 오해한 거예요."

나는 얼굴이 확 붉어진다. 파울도 마찬가지다. 그러나 분명 나와 같은 이유에서는 아닐 것이다.

"기분 나쁘니까 내 이름 함부로 부르지 말아요!" 파울이 시몬에게 버럭 소리를 지른다. 그리고 하던 이야기를 계속한다. "처음엔 그저 내 희소가치를 높여보자는 생각이었어. 그 방법은 전혀 효과가 없었어. 그래서 조금만 질투심을 유발해보자는 생각을 했어. 일부러 밖에서 보내는 시간을 늘렸어. 그래도 효과가 없자 결국은 마지막 카드를 쓴 거야." 그는 잠시 머뭇거리다가 다시 말을 잇는다. "가상의 애인을 만든 거지. 그리고 자기 사무실에 찾아가서 나랑 헤어지겠다고 말하라고 시켰어."

나는 멍한 표정으로 그를 응시할 뿐이다. "마리 쉬어만이, 자기가 나를 질투하게 하려고 일부러 보낸 사람이라고?"

파울은 고개를 끄덕인다.

"어떻게 그런 바보 같은 짓을 할 수가 있어?" 나는 건조하게 내뱉는다.

"하지만 헤커 저 인간이……"

"난 빼줘요!" 시몬이 즉시 들고 일어선다. "그런 말도 안 되는 전략을 써놓고 나한테 다 뒤집어씌울 생각입니까?"

파울은 무슨 말인가 하려다가는 곧 입을 다문다. 그리고 축 늘어진 어깨로 자기 발끝만 내려다본다. 돌연 파울이 너무나 가엾게 느껴지면서 그냥 콱 죽어버리고만 싶다. 어쩌다 내가 이런 상황까지 오게 된 거지? 어제까지만 해도 행복한 약혼녀 율리아 린덴탈이었는데, 오늘 나는? 오늘 나는 뭐지?

35장

파울과 나는 함께 집으로 돌아왔다. 그러나 둘 다 무슨 말을 해야 할지 몰라 입을 꾹 닫고 있다. 집으로 오는 차 안에서도 침묵으로 일관했다. 아무리 달변가라도 이런 상황에서는 할 말이 없을 것이다.

"율리아." 둘 다 아무 말 없이 외투를 벗어 걸고, 내가 여행 가방 속의 물건을 서랍 속에 넣고 나자 파울이 입을 연다. "우리에게 다시 한 번 기회를 주자. 이번에 시몬과 있었던 일에 대해서는 앞으로 한마디도 묻지 않을게."

"그렇게 간단한 문제가 아니야, 파울." 이렇게 말하며 나는 다가오는 담판의 시간을 예감한다. 이것은 마치 앞으로 빠져나가야 할 어두운 터널을 눈앞에 보는 듯 깊은 슬픔을 느끼게 한다. 파울이 바람을 피운 것이 아니라 결국은 거꾸로 내가 바람을 피웠지만, 누가 바람을 피웠든 우리에게 함께 할 미래가 없다는 사실에는 변함이 없다. 난리법석을 떨고 난 지금 이 정신에도 그것만은 분명하다. 분명하게 알고 있는 것만으로 문제가 쉬워진다면 얼마나 좋겠는가.

두 시간 뒤 나는 다시금 여행 가방을 들고 집을 나선다. 우선 호텔로 갈 생각이다.

우리는 오랫동안 대화를 나누었다. 더 이상 서로를 붙잡을 수 없다는 것을 알지만, 이야기하는 동안 나는 파울의 손을 꼭 잡고 있었다. 삶에 욕심이 생겼다는 것, 그리고 더 이상 '괜찮은' 정도에는 만족하고 싶지 않다는 것을 차근차근 설명했다.

"하지만 난 자기를 사랑해." 하고 파울이 말했다. 그러면서 "자기도 날 사랑하잖아."라는 말을 덧붙이고 싶은 듯 말꼬리를 올렸다.

"그래, 파울. 나도 자기를 사랑해. 하지만 서로 사랑한다고 해서 서로를 행복하게 할 수 있는 것은 아니야."

파울이 이 말을 이해했는지는 알 수 없지만, 나는 마침내 이 말의 뜻을 깨달았다.

또 하나 내가 깨달은 것은 시몬 헤커가 나의 이 결정과 상관이 없다는 것이다. 시몬이 없었더라도 언젠가는 깨달았을 일이다. 즉, 시몬은 이 일의 기폭제가 되었을망정 내 결정의 이유는 아니다.

시내를 돌며 어느 호텔에 들까 생각하는 동안 전화기가 쉴새없이 울린다. 나는 받지 않는다. 시몬에게서 온 전화다. 사실 그에게 무슨 말을 어떻게 해야 할지도 모르겠다. 그에게 반한 것은 솔직히 인정한다. 그러나 지금 나는 상당한 혼란 상태에 빠져 있다. 이런 상태에서 앞으로의 일에 대해 의논하거나 결정을 내리는 것은 불가능하다. 내게 지금 필요한 것은 조용히 쉬는 것이다.

그러나 현실은 나를 가만 놔두지 않는다. 다시 전화벨이 울린다. 시몬이 한번 마음을 먹으면 끈질기다는 것을 잠시 잊고 있었다. 그러나 전화기 화면을 보니 전화한 사람은 시몬이 아니라 카티야다!

나는 얼른 길가에 차를 대고 전화를 받는다. 드디어 내 제일 친한 친구와 통화할 수 있게 되었다!

"카티야!" 나는 전화를 받자마자 반갑게 외친다. "전화 정말 잘했어. 너랑 얘기할 게 있어. 목적지에는 잘 도착했니?"

"응." 카티야의 대답이 돌아온다. "정확히 말하면 함부르크에 잘 도착했어. 나 지금 집에서 전화하는 거야."

이 말을 듣는 순간 나도 모르게 울음보가 터진다.

"왜 도로 온 거야?" 삼십 분 뒤 카티야의 부엌에 앉아 내가 묻는다.

"그냥, 프랑크푸르트로 가는 연결편에서부터 우리 둘에게 너무 이른 여행이라는 데 생각이 모아졌어." 카티야가 설명한다. "그렇게 오랫동안 붙어 지내기에는 서로를 아직 잘 모른다는 생각을 둘 다 하고 있었던 거야. 그래서 바로 돌아가자는 데 합의했어."

"너희 둘 다 정말 미쳤구나!"

"맞아." 카티야가 웃는다. "그래서 우리가 그렇게 잘 맞는 거야. 또 그래서 더욱 망치고 싶지 않은 거고."

나는 머리를 절레절레 흔든다. "정말 대단하다!"

"이제 네 얘기 해봐." 카티야가 화제를 바꾼다. "대체 무슨 일이야? 네 몰골 정말 못 봐주겠다, 애!"

나는 카티야에게 어제 있었던 일을 이야기한다. 그리고 이제까지 한 번도 본 적이 없는 카티야의 반응에 놀란다. 카티야는 그냥 말없이 듣고만 있다. 내 이야기가 끝나자 그녀 역시 머리를 절레절레 흔든다.

"파울하고 헤어졌다는 게 정말이야?"

나는 고개를 끄덕인다.

"믿기지 않아!"

"믿기지 않을 정도로 바보 같아?"

"아니!" 카티야는 단호하게 말한다. "믿기지 않을 정도로 용감해. 그리고 믿기지 않을 정도로 네가 자랑스러워!"

이 말에 나는 한 번 더 눈물바람을 한다. "넌 믿기지 않는 게 왜 그렇게 많아?"

"응, 다 진심으로 하는 말이야." 카티야는 내 어깨를 꼭 껴안는다. "파울 일은 잘 결정한 거야. 문제는 네 인생의 중요한 다른 남자인데…… 두 사람 이제 어떻게 할 거야?"

"지금 우리 아빠 얘기하는 거지?" 나는 애써 짓궂은 미소를 지어낸다.

카티야가 팔꿈치로 내 옆구리를 한 대 친다.

"어서 말하지 못해? 시몬하고는 어떻게 할 거야?"

"나도 모르겠어."

"사랑해?"

"응, 그런 것 같아."

"그 사람도 너 사랑해?"

"그런 것 같아."

"아유, 속 터져! 율리아, 속 시원하게 좀 털어놔봐. 이제 어떻게 할 생각이야?"

나는 물끄러미 내 손톱만 내려다본다. 말하기 싫어서 그러는 것이 아니라, 나도 정말 몰라서 말을 안 하는 것이다.

"좋아, 그럼 냉장고에서 와인 한 병 꺼내올게. 아직 낮이긴 하지만 술이라도 들어가면 말문이 트이겠지."

화이트와인 한 잔이 들어간 뒤 내가 깨달은 것은 1) 내가 알코올 중독일지도 모른다는 것이다. 왜냐하면 2) 술이 들어가니 시몬 얘기가 술술 잘도 나온다.

"어젯밤은 정말 좋았어. 그리고 정말 솔직히 말하면 오래 전부터 시몬한테 끌렸어. 내 생각엔 시몬도 나랑 비슷한 감정인 것 같아. 둘이 서로의 감정을 말한 적이 없기 때문에 나만의 일방적인 생각이긴 하지만, 느낌이 그래. 다른 한편으로는 벌써부터 파울이 보고 싶고, 헤어졌다는 게 너무 슬퍼. 그렇게 오랫동안 함께였는데, 앞으로 파울 없이 살아야 한다고 생각하니 막막해 죽겠어. 그래서 너무 혼란스럽고 내가 원하는 게 뭔지도 잘 모르겠어. 내 심정이 이해되니?"

카티야가 고개를 끄덕인다. "적어도 머리로는. 이제까지 내 인생에는 그렇게 큰 빈 자리를 남길 만한 인물이 없었잖니?" 그녀는 한숨을 쉬고, 나는 킥킥 웃는다.

"라파엘을 잘 정리한 것 같아서 아주 기특한데!"

"뭐야, 배은망덕한 것! 넌 친구도 아니야. 난 지금 여행도 안 가고 너 위로해주고 있는데 남의 염장 지르는 소리를 해!" 우리는 까르르 웃음을 터뜨린다.

"너, 그거 알아?" 웃음이 지나간 뒤 내가 말한다. "사실은 나도 시몬한테 전화하고 싶어 죽겠어. 만나서 저녁도 같이 먹고 싶고, 생각 같아서는 황혼을 보며 그의 어깨에 기대어 바이올린 연주도 듣고 싶어. 하지만 아직 때가 아니야. 시간이 더 필요해."

"왜?" 당연한 반응이다. 이런 밑도끝도없는 소리를 카티야가 이해할 리 없다. 그러나 나의 이 밑도 끝도 없는 생각이 맞아주기를 나는 간절히 바라고 있다.

"내가 진짜 원하는 게 뭔지 스스로에게 확신시킬 시간이 필요해. 지난 몇 달간 내가 깨달은 것은, 내가 삶에 욕심을 가지게 됐다는 것과 이 욕심을 잘 이루려면 조용히 생각할 시간을 가져야 한다는 거야. 내 목표가 무엇이고, 이 목표를 달성하기 위해서 무엇을 해야 하는지 천천히 생각할 시간이 필요해."

"하지만……" 카티야가 고개를 갸우뚱한다. "넌 이미 많이 이뤘어. 어쩌면 벌써 목표에 도달했는지도 몰라. 그리고 시몬이 네 인생의 남자일 수도 있어."

"응, 그럴지도 몰라. 하지만 지금은 아무것도 결정할 수 없어, 그리고 결정하고 싶지도 않아. 그동안 숨가쁘게 달려왔으니 당분간은 좀 조용히 지내고 싶어. 만약 시몬이 정말 내 인생의 남자라면 몇 주일 후라고 해서 갑자기 마음이 바뀌어 있지는 않을 거야."

"와, 율리아, 너 꼭 연애상담사 같다, 얘."

"나 연애상담사야." 나는 웃으며 말한다. "하는 일이 좀 다르긴 하지만 일종의 연애상담이지. 이별하는 연인들을 상담하니까."

"그럼, 안티 연애상담사네?" 카티야가 웃으며 농을 한다.

"이름이야 아무럼 어때?" 내가 말한다. "그런데 내가 몇 달간 그 숱한 이별들을 함께 겪으면서 느낀 게 뭔지 아니? 관계 하나를 끝낸다는 건 사람들이 생각하는 것처럼 그렇게 쉬운 일이 아니라는 거야. 우리한테 와서 돈 내고 일을 맡기면 그걸로 관계를 정리했다고 생각하는데, 사실 그건 잘못된 생각이야. 이별은 어떤 이별이든, 그리고 어떤 식으로든 상처를 남겨. 이 상처를 돌보지 않고 방치하면…… 속에서는 계속 곪는 거야. 그래서 지금 나에겐 나만을 위한 시간이 필요한 거야."

"직업이라서 그렇게 말하는 거야, 아니면 개인적으로 정말 그렇게 생각하는 거야? 이러다 사흘 뒤에 파울도 시몬도 다 놓쳤다고 징징거리는 거 아냐?" 카티야는 걱정과 호기심이 섞인 표정으로 나를 바라본다.

"흠…… 아니, 그럴 일은 없어. 드디어 질문에 대한 답을 찾았거든."

그로부터 일주일 뒤 '카페 히르쉬'에 들어서니 시몬은 먼저 와서 기다리고 있다. 그가 문 쪽을 보고 있지 않아 나는 잠시 그를 관찰한다. 그는 긴장한 듯 보인다. 마치 컵 속에 한 방울의 물이라도 남았는지 살피는 사람처럼 빈 물컵을 손에 들고 요리조리 돌리고 있다.

나는 회사에 일주일 동안 휴가를 냈고, 그래서 일주일 동안 시몬을 만나지 못했다. 이것도 내 계획의 일부였다. 내가 정말 원하는 것이 무엇인지 알아내기 위한 계획. 게다가 지금 나의 상태는 이별 대행이라는 업무를 맡기에는 매우 부적합하다.

이윽고 시몬이 나를 발견하고 손을 흔든다. 따뜻한 느낌의 전율이 등줄기를 타고 흐른다. 나는 그가 그리웠다. 그리고 지금 나를 반기는 그의 표정을 보니 그 또한 나를 그리워했음이 분명하다. 나는 짧게 안도의 숨을 내쉰다.

내가 그에게 다가가자 그가 즉시 자리에서 일어난다. 그리고 우리는 잠시 멋쩍은 표정으로 서로를 마주본다. 볼 키스 인사를 해야 하나, 말아야 하나? 내가 먼저 시작하고 싶지는 않다…… 그는? 용기가 안 나는 것일까, 아니면 하기가 싫은 것일까? 약간 어색한 침묵이 흐른다. 나는 그냥 자리에 앉는다.

"율리아, 다시 만나서 기뻐……" 그는 일단 입을 열기는 했으나 계속 말을 해야 할지 판단이 서지 않는 모양이다. 짧은 침묵이 흐른 뒤 그가 묻는다. "그동안 어떻게 지냈어?"

"잘 지냈어. 카티야의 집에서 여자들끼리 생활하는 것도 나쁘지 않고."

"휴가도 나쁘지 않았던 모양인데? 아주 좋아 보여."

"고마워."

다시 침묵이 흐른다. 다행히 곧 종업원이 주문을 받으러 와서 우리는 거리낌 없는 대화를 주고받는다. 전채를 주문할 것인가 말 것인가로 한참 토론한 뒤 드디어 주문이 끝나자, 시몬이 갑자기 탁자 위의 낮은 촛대 너머로 내 손을 잡는다.

"오늘 전화가 와서 정말 기뻤어. 보고 싶었어, 율리아. 사실은 내일 만나면 말할 생각이었는데, 아무래도 사무실에는 방해꾼들이 있으니까." 그는 헛기침을 하며 목을 가다듬는다. "하고 싶은 말이 있었는데……"

나는 눈빛으로 그의 용기를 북돋워준다.

"사랑해, 율리아. 좋아한 지 이미 한참 됐어. 하지만 말을 할 수가 없었어. 율리아라는 사람에 대해서, 그리고 파울과의 관계에 대해서도 큰 존경심을 가지고 있었고, 그래서 어차피 소용없을 거라고 생각했어." 그는 잠시 말을 멈추고 내 손을 잡은 손에 더욱 힘을 준다. "그리고 사무실에서 함께 밤을 보내게 되자 마치 꿈이 이루어지는 기분이었어. 내 꿈이었거든. 그동안 나를 싫어하지는 않는다는 거 알고 있었어. 하지만 그 이상일 거라고는 생각하지 못했어. 그래서 그날 나란히 앉아서 나한테 키스하고 싶다고 했을 때 정말 심장이 튀어나오는 것 같았어." 그는 잠시 말을 잇지 못한다. 나는 미소를 지으며 다른 손으로 그의 손을 잡아준다. 오늘 그는 왠지 감수성 예민한 사춘기 소년처럼 마냥 수줍어한다. 옛날의 떠버리 헤커가 아니다. "그날, 계속 이 말을 하려고 했어. 정말 좋아하고 있다고. 그냥 하룻밤의 일로 생각할까봐 걱정이 됐거든. 계속 적당한 순간을 기다리고 있는데, 갑자기 파울이 들이닥친 거야."

피식 웃음이 나온다. "타이밍이 안 좋았네."

"그렇다고 할 수 있지. 파울이랑 같이 집으로 돌아가는 걸 보고 둘이 다시 화해할 거라고 생각했어."

"아니." 나는 천천히 대답한다. "완전히 끝났어."

"그래?" 시몬이 진지한 표정으로 말한다. "율리아, 그럼 나에 대한 감정은 어떤 거야?"

이런 질문을 직설화법으로 들으니 기분이 묘하다. 나는 용기를 내어 준비해 둔 대답을 한다. "내 감정도 역시 사랑의 감정이야. 하지만 이것으로 정말 충분한지 알아낼 시간이 필요해."

시몬의 이마에 주름이 잡힌다. "왜 사랑의 감정으로 충분하지 않은데?"

"왜냐하면 내가 파울과 오랫동안 함께였기 때문이야. 한 관계가 끝났다고 해서 바로 새로운 관계로 옮겨갈 수는 없어. 그러면 안 된다고 생각해. 그리고 내 삶에서 변화시켜야 할 일들이 있어. 에이전시 일을 시작하고 독립을 하면서 내 삶의 많은 부분이 변했어. 일하는 즐거움을 알았고, 책임을 질 줄도 알게 됐고, 욕심도 생겼어. 하지만 그렇기 때문에 더욱 여기서 그치고 싶지 않아. 내 삶을 더 변화시키고 싶어. 그냥 사람들 관계 정리하는 일만 하고 싶지는 않아. 난 그 사람들의 삶이 계속되기를 원해. 지금 나처럼 말이야." 나는 크게 숨을 들이마신다. 이제 입 밖에 꺼내야 할 이 말이 지금 이 순간처럼 분명한 확신으로 다가온 적이 없었다. 그럼에도 나는 이 말을 꺼내기가 두렵다. "그래서 '작은 위로'를 떠날 생각이야. 내 일을 해보고 싶어. 나 혼자만의 일. 그리고 이 일을 해보기 전에는 우리 관계에 대해서도 뭐라고 확실하게 말할 수 없어. 이렇게 중요한 두 가지 일을 한꺼번에 할 수는 없을 것 같아."

시몬은 도무지 이해가 되지 않는다는 표정이다. "우리는 파트너 아니었나?"

"맞아, 파트너였지. 하지만 이제 혼자 독립할 용기가 생겼어. 오해해서 들지는 말아줘. 이제까지 정말 고마웠어. 나 혼자였다면 이런 생각은 절대 하지 못했을 거야. 부탁이야, 내게 시간을 줘!'

시몬은 아무 말이 없다. 내 손에서 오른손을 빼내더니 내 머리를 천천히 쓰다듬는다. 이제까지 누군가 나를 이렇게 자세히 들여다본 일은 아직 없었던 것 같다.

"나, 그 질문에 대한 답을 찾았어, 시몬."

"무슨 질문?"

"내가 전에 한번 말한 적 있지? 사랑하는 것과 사랑받는 것 중 어느 것이 더 중요한가."

"정답이 뭔데?"

"이게 정답인지는 모르겠어. 하지만 내가 얻은 나만의 대답이야."

"말해봐!"

"나 스스로를 사랑하는 일이 먼저라는 거야. 그리고 내가 중요하다고 생각하는 일을 해야 한다는 거지. 그러면 다른 것들은 다 저절로 따라올 거야."

36장

나는 내 자의식 게시판을 자랑스럽게 바라본다. 옛날 사무실에 있던 것처럼 크지는 않다. 내게는 그렇게 큰 게시판을 만들 넓은 벽도 없다. 일인 창조기업 지원센터에 자리잡은 이십육 평방미터짜리 사무실을 결코 크다고 할 수는 없으니까. 그러나 이 게시판은 나의 게시판이다. 나만의 게시판이다. 이미 붙여져 있는 두 개의 짧은 토막기사 옆에 드디어 제대로 된 신문기사를 붙일 수 있게 되었다.

이별 후에도 즐겁게 고고씽!
게랄드 파울리 기자

이제 연애상담 분야에서는 명실상부한 전문가로서 입지를 다진 율리아 린덴탈은 올해 서른의 나이로 그 명성에 비해 젊은 감이 없지 않다. 그러나 사랑과 이별을 다뤄 온 경력은 충분하다. 약 일 년 전 한 동업자와 함께 '작은 위로'라는 에이전시를 열어 사랑이 식은 고객들의 이별 대행을 해오던 린덴탈 씨가 이번에는 인간적인 사업모델을 들고 나와 주변의 이목을 끌고 있다. 이번에 새로 문을 연 회사의 이름은 '작은 희망'으로, 어떤 면에서 보면 '작은 위로'의 후속사라고도 볼 수 있다. 이 회사에서 린덴탈 씨가 하는 일은 사랑에 실패한 사람들이 다시 삶의 용기를 되찾을 수 있도록 도와주는 것이다. 이별과 함께 공동의 보금자리를 떠나야 하는 사람들에게 살 집을 찾아주는 일부터 실연의 상처를 치유해줄 심리상담자를 주선하는 일까지, 당장 이런 일을 할 여력이 없는 고객들에게 꼭 필요한 서비스를 제공한다. 그리고 이 서비스 사업의 전망은 밝다. 아직 개업한 지 석 달밖에 되지 않았지만 벌써 첫 번째 직원을 채용할 계획이다. 민감한 감수성과 주위를 돌아볼 줄 아는 착한 마음씨는 '작은 희망'에서는 필수요건이다. 거기에 낙관적 사고 방식도 빠질 수 없다. "제가 고객들에게 보여주고 싶은 것은 이별 후에 도 삶이 행복해질 수 있다는 사실입니다."라고 린덴탈 씨는 본지와의 인터뷰에서 말했다. 위의 '자질'을 갖춘 사람들은 함부르크에서 가장 잘나가는 여성 사업가에게 연락하기 바란다.

'작은 희망'은 아직 '작은 위로'만큼 잘나가는 회사는 아니다. 그러나 직원이 필요한 것은 사실이다. 나는 베아테를 데려올까 하는 무모한 생각 까지도 해보았지만, 시몬을 곤란하게 하고 싶지는 않다. 그에게 할부로 받아야 할 돈이 아직 이만 유로나 있다. 그러나 내 사업도 꽤 잘되는 편이 다. 처음에 투자한 칠천 유로의 본전은 이미 다 뽑은 상태다. 내가 생각해 도 대견하다.

시계를 보니 벌써 두 시 십오 분이다. 원래는 오늘의 세 번째 고객이 두 시에 오기로 되어 있었다. 오늘 아침에 그가 보내온 메일의 내용으로 볼 때 실연 후 삶을 거의 포기한 심각한 경우였다. 나는 우리 회사와 결연을 맺고 있는 심리상담자 중 한 사람에게 미리 약속을 잡아두었다. 그가 더 늦어진다면 다시 전화해서 다른 약속을 잡아야 한다.

나는 한숨을 내쉬며 내 몽블랑 만년필을 들어 메모를 한다. 이 명품 필 기도구는 손에 딱 들어맞는 것이 아주 마음에 쏙 든다. 그새 이 만년필에 익숙해져버려서 그동안 싸구려 볼펜을 어떻게 썼나 싶어질 정도다. 더 놀 라운 것은 이 필기도구는 내가 장만한 것이 아니라는 사실이다. 나는 이 것을 '작은 희망'의 개업기념 선물로 받았다…… 파울의 선물이었다. 너 무 뜻밖의 일이라 고맙다는 말도 나오지 않았다. 파울은 특유의 표정을 지으며 말했다. "인생의 드라마를 꼭 다시 써야겠다면 제대로 된 필기도

구로 쓰도록 해." 그 일을 생각하면 지금도 가슴이 찡하다. 그리고 파울이 내 인생에서 완전히 사라져버리지 않은 것이 정말 다행이라고 생각한다. 파울은 그러기에는 내게 너무 중요한 사람이다.

십 분 뒤, 드디어 초인종이 울린다. 센터의 접수담당인 시빌레가 오늘 일찍 퇴근해야 했기 때문에 내가 직접 문을 열러 나간다.

문을 열자마자, 웃음이 절로 나온다. 끔찍한 패션의 체크무늬 재킷에 기장이 짧은 바지를 입은 이 남자는 어디선가 많이 본 얼굴이다…… 그러나 숱이 많은 징그러운 콧수염 때문에 긴가민가할 뿐 확실히 알아볼 수가 없다.

아이들처럼 이런 장난을 하다니. 하지만 나도 이 장난에 기꺼이 동참한다. "슈뢰더 씨?" 나는 짐짓 사무적으로 묻는다.

"네, 맞습니다. 바로 시간 내주셔서 고맙습니다, 린덴탈 씨."

"들어오시죠." 나는 슈뢰더 씨를 내 사무실로 안내한 뒤 회의 탁자 앞에 자리를 권한다. "무슨 도움이 필요하신가요?"

"제가 아주 죽겠습니다요. 천생연분인 낭자를 만났는데 내 마음을 몰라줘요. 이렇게 살 수는 없습니다. 그 낭자의 마음을 얻는 방법을 좀 알려주세요."

"슈뢰더 씨, 미안한 말씀이지만, 저희 '작은 희망'은 새로운 관계를 시작하는 분들이 아니라 막 이별한 분들을 대상으로 하고 있습니다."

"린덴탈 씨, 제가 듣기로는 새로운 일에도 적극적이시라고 하던데, 어떻게 좋은 방법이 없겠습니까?"

"그렇게까지 말씀을 하시니 그럼 시도라도 해봐야겠네요. 왜 이제까지 그 여자분의 마음을 얻지 못했다고 생각하시나요?"

"제 생각엔 그 여자가 아직도 저를 무자비하고 허풍이나 떠는 그런 사람으로 알고 있는 것 같아요. 물론 쇼비니스트도 포함해서요."

"그럼 그 말들은 사실무근인가요?"

"그럼요. 사실 전 아주 마음씨가 착하고 예민한 감수성의 소유자랍니다. 오늘 신문에서 읽으니까 직원을 찾으시던데, 사실 저 같은 사람이야말로 그 일에 적임자죠. 물론 이건 말이 나와서 하는 소립니다만."

"네, 그러세요? 그러니까 그 여자분이 슈뢰더 씨를 전혀 알아주지 않는다 이 말씀이시군요?"

"그렇죠."

"그건 아마도……" 나는 그의 얼굴로 손을 가져간다. "이 콧수염 때문이 아닌가 싶네요." 나는 단번에 그의 가짜수염을 뜯어낸다.

시몬은 소리소리 지르며 엄살을 떤다.

"아야! 미쳤어? 내가 얼마나……"

그가 더 말을 못 하게 나는 내 입술로 그의 입술을 덮어버린다.

둘 다 거친 호흡을 정리하고 나자 내가 도발적으로 묻는다. "시몬 헤커, 우리 회사의 직원자리를 탐내는 거야, 아니면 나를 탐내는 거야?"

"율리아 린덴탈, 아직도 나를 몰라? 당연히 둘 다지."

그는 빙그레 웃는다.

"하나는 바로 오케이할 생각이 있지만, 다른 하나는 좀더 지켜봐야겠는데?"

"내 그럴 줄 알았지."

"너무 일찍 기뻐할 건 없어. 난 아주 무서운 상사거든."

그리고 우리는 아주 오래 기다렸다는 듯 긴 키스를 나눈다.

에필로그

오늘의 작은 희망 :

　이 세상에 사랑만 한 것은 없다.
　오직 사랑만이 있을 뿐이다.
── 오스카 와일드

감사의 말

사적인 관계의 허물까지도 거리낌 없이 내보여준 친구들에게 감사의 말을 전한다. 삶이 가장 위대한 작가라고 하지 않았던가. 그리고 멋쟁이 남편을 만나기 전까지 내 인생을 스쳐 지나간 숱한 사이코들에게도 감사의 말을 전한다. 그런 말도 있지 않은가, 굴러다니는 돌멩이도 다 쓸 데가 있다!

베른트에게 감사를 전한다. 베른트 최고!

편집고문인 '화룡·점정畵龍點睛' 티모시 존더휘스켄에게도 감사의 말을 전한다. 역시 최고!

옮긴이의 말

김 진 아

독일 소설에는 난해하거나 우울하다는 선입견이 따라다닌다. 대개 유명한 상을 받은 작품이 국내에 번역되어 소개되기 때문인데 사실 그런 소설들은 소수의 엘리트, 혹은 엘리트이고 싶어하는 사람들의 전유물인 경우가 많다. 그러니 지하철에서 낱말 맞추기에 열중하고 있는 평범한 독일인을 보며 하이나 뮐러를 떠올리면 괴리가 클 수밖에 없다. 반면에 뼛속까지 실용주의적인 이 소박한 민족이 발전시켜온 특수한 엘리트적 지향이 존재하는 것도 사실이다. 이것은 정신적인 분야, 특히 문학에서 잘 드러난다. 한국에서 사회적 자기극복의 방편으로서의 '공부' 가 신성불가침의 영역을 이루었다면 독일인의 자기를 뛰어넘으려는 의지는 '글쟁이' 들의 무한한 정신적 고양의식에서 실현되었다고 볼 수 있다.

그러나 실제로 독일문학의 층은 아주 다양하고 두껍다. 그 중 기저를 이루는 것은 단연 대중적인 장르라 할 수 있는 추리소설과 애정소설이다. 일명 독일식 'chic-lit' 을 표방하는 안네 헤르츠의 소설은 탄탄한 재미로 대중성을 담보하면서 사람의 마음을 움직이는 풍부한 정서와 누구나 공감할 수 있는 사회적 소재로 꾸준한 인기를 누리고 있다. 아이를 낳을 것인지 말 것인지 고민할 때, 저축해놓은 돈으로 자기 사업을 시작할지 결혼을 해야 할지 망설여질 때, 아무 문제도 없는데 남자친구가 멀게만 느껴질 때, 아니면 여자친구에게 줄 멋진 크리스마스 선물을 찾고 있다면 이 책에서 기지 넘치는 발랄한 조언을 구할 수 있을 것이다.